# 열하일기

下

# 열하일기

下

박지원 씀
리상호 옮김

보리

# 겨레고전문학선집을 펴내며

우리 겨레가 갈라진 지 반백 년이 넘어서고 있습니다. 그러나 함께 산 세월은 수천, 수만 년입니다. 겨레가 다시 함께 살 그날을 위해, 우리가 함께 한 세월을 기억해야 합니다.

예부터 우리 겨레가 즐겨 온 노래와 시, 일기, 문집 들은 지난 삶의 알맹이들이 잘 갈무리된 보물단지입니다.

그동안 남과 북 양쪽에서 고전 문학을 되살리려고 줄곧 애써 왔으나, 이제껏 북녘 성과들은 남녘에서 좀처럼 보기 어려웠습니다.

북녘에서는 오래 전부터 우리 고전에 깊은 관심과 사랑을 보여 왔고 연구와 출판도 활발히 해 오고 있습니다. 그 가운데 〈조선고전문학선집〉은 북녘이 이루어 놓은 학문 연구와 출판의 큰 성과입니다. 〈조선고전문학선집〉은 가요, 가사, 한시, 패설, 소설, 기행문, 민간극, 개인 문집 들을 100권으로 묶어 내어, 고전을 연구하는 사람들과 일반 대중 모두 보게 한, 뜻 깊은 책들입니다. 한문으로 된 원문을 현대문으로 옮기거나 옛글을 오늘의 것으로 바꾼 성과도 놀랍고 작품을 고른 눈도 참 좋습니다. 〈조선고전문학선집〉은 남녘에도 잘 알려진 홍기문, 리상호, 김하명, 김찬순, 오희복, 김상훈, 권택무 같은 뛰어난 학자분들이 머리를 맞대고 연구한 성과를 1983년부터 펴내기 시작하여 지금도 이어 가고 있습니다.

보리 출판사는, 조선민주주의인민공화국 문예 출판사가 펴낸 〈조선고전문학선집〉을 〈겨레고전문학선집〉이란 이름으로 다시 펴내면서, 북녘 학자와 편집진의 뜻을 존중하여 크게 고치지 않고 그대로 내는 것을 원칙으로 삼았습니다. 다만, 남과 북의 표기법이 얼마쯤 차이가 있어 남녘 사람들이 읽기 쉽게 조금씩 손질했습니다.

이 선집이, 겨레가 하나 되는 밑거름이 되고, 우리 후손들이 민족 문화유산의 알맹이인 고전 문학이 지니고 있는 아름다움을 제대로 맛보고 이어받는 징검다리가 되기 바랍니다. 아울러 남과 북의 학자들이 자유롭게 오고 가면서 남북 학문 공동체가 이루어지는 날이 하루라도 앞당겨지기 바랍니다. 그리고 이 자리를 빌려, 어려운 처지에서도 이 선집을 펴내 왔고 지금도 그 작업에 몰두하고 있는 북녘의 학자와 출판 관계자들에게 고마운 마음을 전합니다.

2004년 11월 15일

보리 출판사

차례

# 열하일기 下

## 옥갑야화玉匣夜話 245



## 황도기략黃圖紀略

## 공자묘를 참배한 감상〔謁聖退述〕



## 앙엽기盎葉記

## 원문

# 열하일기 上

# 열하일기 中

■ 일러두기

1. 이 책은 조선민주주의인민공화국 평양의 문예 출판사에서 펴낸 책을 보리 출판사가 다시 펴내는 것이다. 《열하일기 상》은 1995년 것을 판본으로 했고, 《열하일기 중》과 《열하일기 하》는 1959년 것을 판본으로 했다.

2. 옮긴이와 북 문예 출판사 편집진의 뜻을 존중하는 것을 큰 원칙으로 했다. 다만 지금은 거의 안 쓰는 한자와 옛날 말투들은 독자들이 알아듣기 쉽도록 바꾸었다.
예 : 거년→지난해, 주사→술집, 사괴다→사귀다

3. 맞춤법과 띄어쓰기는 '한글 맞춤법' 을 따랐다.
ㄱ. 한자어들은 두음법칙을 적용했고, 모음과 ㄴ 받침 뒤에 오는 한자 '렬' 은 '열' 로 '률' 은 '율' 로 고쳤다. 단모음으로 적은 '계' 나 '폐' 자를 '한글 맞춤법' 대로 했다.
예 : 리해→이해, 람루하다→남루하다, 리마두→이마두, 군률→군율, 페해→폐해

ㄴ. 'ㅣ' 모음동화, 사이시옷, 된소리 따위의 표기도 '한글 맞춤법' 대로 했다.
예 : 참이였다→참이었다, 바다가→바닷가, 날자→날짜

4. 남에서는 흔히 쓰지 않는 표현이지만, 북에서 흔히 쓰는 입말들은 다 살려 두어 우리 말의 풍부한 모습을 살필 수 있게 했다.
예 : 메투리, 날탕패, 저마끔, 헨둥하다, 꿇다, 잔주르다, 덩둘하다

5. 저자가 글을 쓸 당시의 나라 이름, 사람 이름은 저자가 표현한 한자식 표기대로 두었다.
예 : 몽고(몽골), 안남(베트남), 이마두(마테오리치), 야소(예수), 섬라(타이)

# 피서록避暑錄

* 본편은 '피서록'이란 제목을 붙였으나, 주로 중국 인사들과 관계된 저명한 조선 시인들의 작품 소개와 조선에 관계된 중국 시인들의 작품들을 흥미 있게 소개하여, 시평을 중심으로 한 잡문이다.

# 머리말

'피서록' 은 내가 피서산장을 유람할 때에 기록한 것이다.

열하에는 경치 좋은 곳이 서른여섯 군데 있다고 하여 강희 황제는 경치 좋은 곳에 전각을 지었다. 첫째는 연파치상烟波致爽이요, 다음은 지경운제芝逕雲隄요, 다음은 무서청량無暑淸涼이요, 다음은 연훈산관延薰山館이요, 다음은 수방암수水芳巖秀요, 다음은 만학송풍萬壑松風이요, 다음은 송학청월松鶴淸越이요, 다음은 운산승지雲山勝地요, 다음은 사면운산四面雲山이요, 다음은 북침쌍봉北枕雙峯이요, 다음은 서령신하西嶺晨霞요, 다음은 추봉낙조錘峯落照요, 다음은 남산적설南山積雪이요, 다음은 이화반월梨花伴月이요, 다음은 곡수하향曲水荷香이요, 다음은 풍천청청風泉淸聽이요, 다음은 호복한상濠濮間想이요, 다음은 천우함창天宇咸暢이요, 다음은 난류헌파暖流暄波요, 다음은 천원석벽泉源石壁이요, 다음은 청풍녹서淸風綠嶼요, 다음은 앵전교목鶯囀喬木이요, 다음은 향원익청香遠益淸이요, 다음은 금련영일金蓮映日이요, 다음은 원근천성遠近泉聲이요, 다음은 운범월방雲帆月舫이요, 다음은 방저임류芳渚臨流요, 다음은 운용수태雲容水態요, 다음은 징천요석澄泉遶石이요, 다음은 징파첩취澄波疊翠요, 다음은 석기관어石磯觀魚요, 다음은 경수운잠鏡水雲岑이요, 다음은 쌍호협경雙湖夾鏡이요, 다음은 장홍음련長虹飮練이요, 다음은 보전총월甫田叢樾이요, 다음은 수류운재水流雲在로서, 황제가 거처하는 이 지역을 통칭해서 '피서산장'이라고 한다.

강희 황제는 글을 쓰기를,

"금산金山[1]에서 물맥이 나와 따뜻한 물줄기는 여러 샘으로 나뉘었는데, 구름 자욱한 산골짝엔 이곳 저곳 맑은 물이 깊게 고였고, 푸른 아지랑이는 반석에 흐르는 물을 감돌새, 어란은 넓고 넓어 풀잎마저 살졌으니, 이런 경치들은 농가에 해될 일이 없구나. 맑은 바람 부는 여름철의 산뜻한 기운은 사람의 몸을 고루 잡아 정양하기에 마침이로다.

나는 여러 차례 양자강 둑을 돌아 남방의 수려한 경치를 잘 알았고, 두 번이나 진秦땅과 농隴땅[2]을 여행하여 서쪽 지방의 묵은 지식을 더욱 밝혔고, 북으로는 용사龍沙[3]를 지나고 동으로 장백산까지 유람할새 산천과 인물을 역시 이루 다 기록할 수 없었건만 나로서는 이를 택하지 않았다. 오직 이곳 열하만이 길은 서울과 가깝고 땅은 황야에 자리잡아, 지세가 높고 낮고, 멀고 가까운 거리를 헤아리며 자연과 산천의 기세를 맞추어 소나무를 의지하면 서재가 되고 물을 끈 데는 정자가 되었다. 모두가 사람의 힘으

1) 몽고의 아리타이산을 금산이라 하고, 봉천 부근에도 금산 명칭이 있다.
2) 섬서 감숙 지방.
3) 흑룡강 지방.

로는 될 바가 아니요, 꽃다운 벌판을 빌려 절로 만들어진 것이다.
서까래를 새기고 기둥을 단청할 비용이 필요 없고, 숲과 물이 가진 자연 그대로의 담박한 정신을 즐길 수 있다. 고운 물새는 푸른 물결을 희롱하는데 사람을 피하지 아니하고, 사슴들은 석양빛을 띤 채 떼를 지어 출몰한다. 솔개는 날고 고기는 뛰되 제 천성을 따라 오르락내리락할 뿐 먼빛으로 자줏빛 아지랑이에 싸인 아름다운 풍광을 절로 열어 놓았으니, 이것이 피서산장의 경치다."

하였다. 이는 강희 50년(1711) 6월 하순에 쓴 것인데, 강희는 늘그막에 대부분 열하에 있었던 것이다.

때는 바야흐로 한가을인데도 북쪽 지방의 더위는 오히려 찌는 듯하여 모시 홑옷을 입고도 한낮에는 땀이 철철 흘렀다. 매양 유람하는 여가를 타서 의자를 집 밖에 있는 큰 홰나무 아래 내다 놓고 더위를 식히면서 듣고 보고 그 자리에서 마음에 생각난 것을 그대로 적으니, 이를 '피서록'이라고 한다.

기여천奇麗川은 만주 사람이다. 성질이 교만하여 윤형산尹亨山을 깔보는 눈치가 현저하게 있었다. 형산은 짐짓 모르는 척하고 말이나 태도에서 겸손하게 굴었다. 형산은 여천보다도 스무 살이 위요, 지위도 역시 높지마는 한인들이 이미 타족에게 몸을 굽혀 벼슬하고 있는 이상 형세로 보아 할 수 없는 노릇이다. 여천이 거처하는 방은 내가 있는 방과 문을 마주 대하고 있어 내가 형산을 찾아보러 갈 때는 반드시 여천의 문 앞을 지나야 되므로 언제나 여천에게 먼저 들른다. 형산은 내 뜻을 모르고는 반드시 나를 따라왔다가는 잠깐 앉았다 일어나면서 다른 데로 간다고 말했다. 여천은 웃으면서 뒤통수에 대고 손가락질을 하여,

"윤공은 다른 데로 간다."

했다. 윤공도 언젠가 역시 돌아앉아서 비평하기를,

"올빼미 눈이 언제나 사람이 될는지?"

했다. 만인과 한인의 원수 같은 사이가 이와 같다. 여천은 일찍이 가만히 말하기를,

"산동포사山東布使 한 사람이 있었는데, 언제나 청렴하다는 소문이 나지 않는 것을 고통으로 여겨 관청문 앞에, '백성을 자식 보듯 하나 법은 태산같이 중하게 세운다.' 고 방을 한 쌍 써 붙였더니, 밤이 되어 어떤 자가 그 아래다가 쓰기를, '소와 양도 부모의 것이요, 창고도 부모의 것이니 우리는 자식 된 직분만을 지킬 뿐이다. 보배도 많아지고 재물도 많이 모으는 것이 어찌 산山의 본성이겠는가?' 하고 썼답니다."

그 뜻은 윤형산을 가리키는 것만 같았다. 언젠가 우연히 윤공을 만나 당신이 산동포사 벼슬을 지낸 적이 있더냐고 물었더니 윤공은

그렇다고 하였다.

(그 후 관내 중원땅으로 돌아와서 이런저런 이야기를 하던 끝에 기여천을 아느냐고 물었으나 모두가 머리를 흔들었고, 풍승건馮乘健이란 이가 분개해서 되놈을 알 것이 무엇이냐고 하였다.

윤형산을 물을 때는 사람마다 흔연히 낙천가로서 일류 인물이라고 하였다.)

광피사표 패루 남쪽 골목 둘째 문머리 동董씨 댁 대문에 강희 황제가 손수 쓴 '쌍청雙淸'이라는 현판을 걸었다. 또 지금 황제가 손수 쓴 현판도 있는데, 두 대에 효자가 셋이 났다고 '양세삼효兩世三孝'라고 썼다. 이는 장성 밖에 살던 한인인데, 천자가 전후 세 차례나 이곳에 걸음을 한 적이 있었다고 한다. 강희 황제가 절강성을 여행할 때 산음山陰 땅 늙은이인 왕석원王錫元의 형제 다섯 사람을 불러 보았는데, 누런 머리에 이는 새로 돋고 서로 부축하고 서로 의지삼아 연회를 차린 행궁으로 왔다. 맏이와 둘째가 한 탯줄서 난 쌍둥이로 각각 나이 80세, 다음이 78세, 다음이 76세, 다음이 75세로서 다섯 사람의 나이를 합하면 모두 389세요, 다섯 사람의 자손이 모두 45인이었다.

황제는 각각 비단과 '일문인서一門仁瑞'라고 손수 쓴 현판을 하사하였고, 황태자는 '오지금수영금대 백질선주췌일문五枝錦樹榮今代 百秩仙籌萃一門'이란 주련을 하사하였다. 근세에 와서 맑은 행실과 뛰어난 행장을 표창하는 법이 예전 세상보다는 훨씬 더하다고 볼 수 있다.

북진묘 뜰에 있는 늙은 소나무를 황제가 친히 그림을 그려 오석에다가 새겨 바윗돌 복판에 끼워 두었다. 바위 높이는 겨우 길 나마 되는데 명나라 시대는 '취운병翠雲屛'이라 했고, 시방 황제는 다시 '보천석補天石'이라고 이름을 붙이고 그 그림 옆에는 시를 지어 붙였는데, 그 시는 다음과 같다.

북진묘 서쪽에
평퍼진 솔 한 그루
절반은 시들고
절반은 푸르네.

정신을 모은 양은
포박자[4]를 보는 듯
그림에 그린 모습
진소옹[5]이 부끄럽네.
밑에 서면 갠 날도
비나 오듯 컴컴터니
앞에서 보노라니
형체마저 없는 듯

유월도 한더위
뿌리 위에 자리 잡고

4) 포박자는 진나라 시대 갈홍葛洪이란 처사로 도술에 능했다는 인물.
5) 진소옹陳少翁은 미상.

책을 들고 읽노라면
바람 소리 한결 맑네.

鎭廟門西似蓋松, 半存枯幹半籠葱.
凝神如見抱朴子, 圖貌慙非陳小翁.
立下忽疑晴與雨, 現前可悟色兮空.
何當六月其根坐, 讀疎仡聽謖謖風.

끝에는 건륭 황제의 친필로,

"갑술년(1754)에 동쪽 지방을 순시하면서 친히 북진묘에 제사를 하고 묘를 두루 구경하였다. 늙은 고송이 한 그루 있는데 절반은 벌써 쇠와 돌이나 다름없이 말랐고 동쪽 둥치는 푸르게 울창하고 운치가 기괴하여 즉시 나무 아래 서서 이 그림을 그렸다."

하고 '9월 24일, 천지를 스승으로 삼았다.〔天地爲師〕'는 도장을 쳤는데, 황제의 글씨나 그림은 모두 능숙했다.

돌 옆에는 삼한 사람 김내金鼐의 시가 있었다.

의무려산 꼭대기
올라서 보매
아득한 구름 바다
한눈에 드네.

바윗돌 이끼 위엔
발자취도 혐의쩍고
사람 본 새소리는

조용도 하이.

하늘 닿은 고목엔
용님마저 갔건만
꽃빛도 새로워라
봉황새 머무네.

장할손 북두칠성
하늘 고인 기둥 되어
이 나라 억만년을
길이 지키리.

時登醫巫閭山頭, 雲舍滄桑望裏收.
石髮巖衣嫌跡擾, 鳥鳴蟬噪帶人幽.
凌空樹古龍飛去, 傍地花新鳳壘留.
北斗惟神天一柱, 億年萬紀庇皇秋.

'화공和公'이라 서명하였는데 글씨는 필력이 졸렬하였다. 더러는 조선 사람 김내라고 하지마는 요동 사람들도 역시 삼한 사람이라고 하는 줄은 모르는 말이다. 고정림顧亭林은 관직 이름과 지명에다가 옛 이름을 쓰는 것을 배척하였으나 역시 이를 본받아 쓰는 사람도 있었다. 그리고 이 시는 능숙치도 못할 뿐만 아니라 벌써 조선 사람의 투가 아니다.

난설헌蘭雪軒 허씨의 시는 《열조시집列朝詩集》과 《명시종明詩綜》

에 실렸는데 때로는 이름이, 또 때로는 별호가 '경번景樊' 이란 이름과 함께 기록되었다. 내가 일찍이 이덕무의《청비록淸脾錄》서문을 지을 때에 여기 대하여서 자세히 변증한 바 있었다.

무관懋官이 북경 있을 때에 허씨의 시를 한림 축덕린祝德麟과 낭중 당락우唐樂宇와 사인 반정균潘庭筠에게 보여서 세 사람이 돌려 보고는 허씨를 칭찬하였다고 한다. 내가 이번에《명시종》에 빠지고 잘못된 데가 있음을 이야기하면서 허씨의 이야기를 하게 되었다. 윤형산이 있다가 말하기를,

"청나라 강희 시대 회암悔菴 우동尤侗은 '외국죽지사外國竹枝詞'[6]를 지으면서 귀국치를 제일 머리에 실었습니다. 그 시는,

양화진 어구에는
살구꽃이 붉은데
팔도강산 노랫소리
조선 풍정일러라.

그중에도 잊지 못할
여도사의 글솜씨
상량문을 지으려
광한궁에 올랐다네.

楊花渡口杏花紅, 八道歌謠東國風.

6) 죽지사는 원래 악장 이름이었으나 후세에는 한시 칠언절구로 지방 습속에 관한 자자분한 일을 두고 읊는 시를 이른다.

最憶飛瓊女道士, 上梁曾到廣寒宮.

라고 했고, 주석에서 말하기를, '규수 허경번은 뒷날 여도사가 되었는데, 일찍이 광한궁 백옥루白玉樓 상량문을 지었다.' 고 했습니다."

했다. 그래서 나는 당시 '경번' 이란 이름이 잘못된 것을 자세히 변증하였다. 윤씨와 기씨 두 사람은 함께 갈라 적어서 간직하였는바, 중국땅에서 글하는 이들은 응당 이것으로 글 짓는 자료 하나로 삼을 것이다.

대체로 규중에 들어앉아 있는 여인이 글을 짓는다는 것은 본래 아름다운 일이라고 할 수 없는 터이지만, 외국의 한낱 여자로서 꽃다운 이름이 중국에 퍼졌다는 것은 영광이라 할 수 있을 것이다. 그러나 우리 나라 부인들은 아직 이름이나 자가 본국에서도 드러내지 못한 터에 '난설' 이라는 별호도 오히려 과하다고 할 수 있는데, 더구나 그 이름이 '경번' 으로 알려져서 두고두고 책에 실려 씻어 내기 어렵다면 재주와 생각 있는 규중 여자들로서는 한 본보기로 삼아 조심해야만 될 일이 아닐까?

여러 가지 요술 중에는 술을 만들어 내는 돌멩이가 가장 요긴한 물건이라 할 것이다. 만약에 정말 이런 돌이 있다면 천하에 다시없는 보배라고 할 것이다.

명나라 천계(天啓, 1621~1627) 연간에 일본이 유구琉球[7]를 치고

7) 오늘의 오키나와를 중심으로 한 섬들.

그 임금을 포로로 잡아간 일이 있었다. 유구 태자는 자기 나라 안에서 대대로 내려오던 보물을 싣고 자기 아버지를 속량하려고 뱃길로 가다가 우리 나라 제주도에 표류했다.

제주 목사 아무개는 배 가운데 무슨 물건이 있느냐고 물었다. 태자는 술이 솟는 돌멩이와 만산장漫山帳이 있다고 대답하였다. 술 솟는 돌멩이는 모양이 마뇌석瑪瑙石같이 생기고 복판은 술 한 잔이 들어갈 만큼 오목하여 맑은 물을 부으면 즉시 맛좋은 술로 변하는 것이요, 만산장은 바다 거미줄에 약물을 들여 짠 장막으로 작게 펴면 집 한 채는 덮을 수 있고 크게 펴면 능히 큰 산이라도 덮을 수 있어 작은 것으로는 모기나 파리, 큰 것으로는 이시미까지 뚫고 들어가지 못하는 것이었다. 목사는 이 보물들을 달라고 하였다. 태자가 주지 않자 드디어 군사를 풀어서 태자의 배를 둘러싸니 태자는 돌멩이와 장막을 바다 속에 집어넣어 버렸다. 목사는 배 안에 있는 물건이란 물건은 죄다 몰수하고 마침내 태자를 죽였는데, 태자는 죽는 자리에서 시를 읊었다.

요 임금의 어진 말을
걸놈이 어찌 알랴.
이내 신세 하소연할
겨를조차 없어라.

삼양을 순장할새
누가 속량할 것이며
이자가 배를 탈새

도적놈이 죽였고나.[8]

사장에 뒹구는 뼈
덮어 줄 풀 있건만
고국에 돌아간 넋
어느 애비 위로하랴.

죽서루 흐르는 물
원한의 눈물인 양
봄가을 일만 년을
흐느껴 길이 울리.

嘵語難分桀服身, 臨刑何暇訴蒼旻.
三良臨穴誰能贖, 二子乘舟賊不仁.
骨暴沙場纏有草, 魂歸故國弔無親.
竹西樓下滔滔水, 遺恨分明咽萬春.

이 이야기는 이중환李重煥의 《택리지擇里志》에 실려 있다. 당시 목사는 대간의 탄핵을 받아 사형에 처해졌다가 감형되어 평생 귀양살이로 보냈다고 한다.

나는 언제나 이 이야기를 종잡을 수 없는 이야기로 의심하고 있

8) 삼양三良과 이자二子는 《시경》에 나오는 고사로서, 삼양은 진秦 목공穆公이 죽자 억울하게 순장을 당한 어진 신하 세 사람이요, 이자는 계모의 흉계로 배를 탔다가 죽은 아들 형제다.

다. 이 이야기가 과연 참말이라고 하자. 목사의 죄는 목을 베어 조리를 돌린다 치더라도 속죄가 못 될 값에 그 자손들이 어떻게 길이 부귀를 누릴 수야 있을 것인가.

유구의 중산왕中山王 상녕尙寧은 여러 번 문안 편지와 예물을 바쳐 해마다 사신이 왔는데 갑신년 이후로는 다시 문안 왕래가 없어졌다. 이번 걸음에 해외의 여러 사신을 만나 보지 못한 것이 유감이지마는 '요술 구경〔幻戱記〕'에 나오는 술 만드는 돌멩이를 보아서는 유구의 술 돌멩이도 역시 요술인 것만 같아 보였다. 복건성 사람 왕삼빈王三賓의 말을 들어 바다 거미줄에 범이 걸린다는 말이 참말이라면 만산장 이야기도 괴이찮은 일만 같다.

열하 술집들이 번화한 품은 황성에 못지않아 바람벽 위에는 이름난 사람들의 서화를 많이들 붙여 두었다. '유하정流霞亭'이라고 하는 술집에는,

부귀와 공명을
다 잊어버리고
한평생 두고두고
술이나 먹을거나.

고운 꽃 삼백 가지
울 속에 심어 두어
비바람 사철 향기
실컷 맡아 보리라.

功名富貴雨忘羊, 且盡生前酒一觴.

多種好花三百本, 短籬風雨四時香.

하고 써 붙였고, 또 '음취구루飮翠裘樓' 바람벽에 써 붙인 글은 먹 자국이 아직도 잘 마르지 않은 양 붙었는데 우민중于敏中이나 아극돈阿克敦의 글씨와 비슷해 보였다.

주점 심부름꾼들에게 이 글씨 임자를 아느냐고 물었더니, 난데없는 웬 손님이 별안간에 나타나 써 붙여 두고 곧 가 버려서 글쓴이의 이름을 모르겠다고 했다.

임금을 섬길 맘은
옛날만 못잖건만
늘그막 이내 몸은
농사가 생계라네.

풀섶 길 소를 따라
서쪽 성 밖 나가는 길에
주막에 비껴 누워
남은 해 보낼거나.

致主初心陋漢唐, 暮年身計落農桑.

草烟牛迹西郊路, 又臥旗亭送夕陽.

두 편의 시는 어느 시대 누구의 작품인지 몰라도 한 차례 읊으니 감개가 무량하기에 모두 부채면에다가 베껴 와서 윤형산에게 물었더니, 형산은 그 이름까지 죄다 가르쳐 주었는데, 나는 또 잊어버렸다.

윤형산이, 고려의 박인량朴寅亮은 나와 무엇이 되느냐고 묻기에,

"모수毛遂와 모담毛聃처럼 성만 같았지, 아무런 상관이 없습니다. 제 성은 원래 조선 본토의 성받이인데, 여덟 가닥 조상으로 나누어져 각각 관향이 달라 서로 친족으로 삼지도 않고 남의 초상에 단지를 할 수도 없는 터입니다."

했더니, 윤공은,

"강희 연간에 박뢰朴雷란 사람이 있었는데, 자는 명하鳴夏로서 조선 사람이었습니다. 오늘날 청국은 천하를 한 집안으로 삼는 터에 함께 '푸른 입술의 혐의'는 없을 것입니다."

나는 물었다.

"'푸른 입술의 혐의'란 무엇인지요?"

"송나라 원풍元豊 연간에 고려 사신이 명주明州에 왔습니다. 상산위象山尉 장중張中이 시를 지어 보냈더니 박인량이 답시를 썼는데, 그 서문에 '꽃 같은 얼굴로 불을 부는 자태는 이웃 여자의 푸른 입술이 움직임을 부끄럽게 하고, 상간桑間[9]의 더러운 곡조는 영郢땅 사람의 백설곡白雪曲을 따라 불렀다.'[10]라고 써 보냈습니다. 관변에서는 지위가 낮은 관리들이 외국 사람과 교제함을 규탄하였습니다.

9) 야비한 곡조의 고장.

10) 어떤 사람이 영 땅의 노래를 불렀는데, 처음에는 고을 사람이 따라 부르다가 나중에는 온 나라 사람이 덩달아 불렀다는 고사.

신종 황제가 '푸른 입술'이 무엇이냐고 좌우에 물었으나 아무도 대답하는 자가 없어, 조원로趙元老에게 물었더니 대답하기를, 《태평광기太平廣記》[11]를 보면, 어떤 사나이가 이웃 여자가 불 부는 것을 보고 시를 지어서,

숯불을 불다나니
붉은 입술 오믈오믈
장작을 때다나니
하얀 팔뚝 드러났네.

자욱한 연기 속
멀리 뵈는 그 얼굴
안개 속에 핀 꽃인 양
곱기도 하여라.
吹火朱唇動, 添薪玉腕斜.
遙看烟裏面, 恰似霧中花.

하니, 그의 마누라가 있다가 그 남편에게 하는 말이, 당신은 어째서 나한테는 그런 시를 짓지 못하느냐고 했답니다. 그러자 남편이, 당신도 불을 불면 내 응당 본떠 지으리라고 하여 그 마누라가 불 부는 시늉을 했더니 남편이 시를 지어,

11) 중국의 전설 기문을 광범하게 수록한 송나라 시대에 저작된 대 전집.

숯불을 불다나니
푸른 입술 우물우물
장작을 때다나니
검은 팔뚝 드러났네.

자욱한 연기 속
멀리 뵈는 그 얼굴
귀신 할미 상판인 양
못나기도 하여라.
吹火青唇動, 添薪墨腕斜.
遙看烟裏面, 恰似鳩槃茶.

하였으니, 이 이야기는 왕벽王闢의 《민수연담澠水燕談》에 기록되었다고 합니다."

내가 학지정에게,

"장군은 무관 출신이건만 고전 의례에 밝고 글씨가 훌륭하여 비록 이렇다하는 늙은 선비라도 어깨를 겨눌 자가 드물 것만 같습니다. 중국의 무장들은 반드시 문아해야 되고 학문이 넉넉해야만 되는지, 그렇지 않으면 장군만이 선비 집안으로 반초班超[12]를 본받은 것인지요?"

하고 물으니, 지정은,

"우리 집안은 대대 농가로서 다행히 성대를 만났습니다. 그러나

12) 후한 때 명장으로, 초기는 학문을 전공하다가 무관이 된 인물.

수하와 육가, 강후絳侯와 관영灌嬰을 따라가려고 한 지는 오랩니다. 저 같은 것이야 소위 말로 되고 수레로 실을 만큼 많으니 말할 나위도 못 되지요. 시방 태학사 아계阿桂 같은 이라든가 얼마 전의 태학자 서혁덕舒赫德 같은 이는 다들 문장으로는 천하를 태평케 할 수 있고 무예는 난리를 막을 수 있어 부귀와 수복은 분양汾陽[13] 서평西平과 같고 노력과 공적은 배진裴晉[14]이나 문로文潞[15]와 같습니다.

이만큼 되지 않고는 문학을 공부했다고도 할 수 없고, 무예를 닦았다고 할 수 없을 것입니다. 시방 세상같이 사방의 이웃 나라가 끽소리 없이 복종을 하고 난리도 없는 잠잠한 세상에는 저 같은 자야 한낱 썩은 무부에 불과할 것입니다.

조한曹翰[16]이 지은 시 한 수를 들어 봅시다.

30년 이래로
육도를 배워
꽃다운 이내 이름
무장으로 빛났네.

난리가 벌어질 젠

13) 당나라 현종 시대 명장인 분양왕 곽자의郭子儀.
14) 당나라 현종 때의 배도裴度로서 진땅에 봉하였다.
15) 송나라 인종 때 사람으로 이름은 문언박文彦博이니 장수와 정승으로 50여 년을 지내 노국공潞國公의 봉호를 받았다.
16) 송나라 초기의 명장.

철갑을 떨쳐 입고
아무리 가난해도
보검을 팔잖았네.

내 팔뚝 늙었어도
시위를 당길 터요.
이내 눈 어둡잖아
진터쯤은 살핀다오.

간밤에 가을 바람
뜰 앞에 일다나니
옛날 입던 수갑옷을
대하기도 부끄럽네.

三十年來學六韜, 英名常得預時髦.
曾因國亂披金甲, 不爲家貧賣寶刀.
臂健尙嫌弓力輭, 眼明猶識陣雲高.
堂前昨夜秋風起, 羞覩盤花舊戰袍.

이 시를 읽을 때는 그가 '안장 위에 버티고 앉아서 이리저리 둘러보는 용기'[17]를 생각케 합니다. 예로부터 선비 출신 장수를 꼽는다면 손무孫武, 오기吳起, 염파廉頗, 악의樂毅, 왕전王翦, 조충

17) 춘추 때 조나라 장수 염파廉頗를 늙었다고 등용하지 않으니, 그는 말에 올라 자기는 늙었어도 전장에 나갈 수 있다는 것을 보여 준 고사.

국趙充國, 반초班超, 심경지沈慶之, 한세충韓世忠 들이 있는데 다 들 훌륭한 노장들입니다."

했다. 내가 웃으면서,

"심경지는 낫 놓고 기역자도 모르는 사람인데 어째서 선비 장수라고 말하겠습니까?"

하니, 지정 역시 웃으면서,

"심공이 농사는 사내종에게 묻고 길쌈은 여종에게 묻는다고 하여 당시에 이미 그의 학문은 허해 준 셈입니다. 척남궁戚南宮은 더구나 시에 능숙하여,

나팔 소리 들려오자
초목도 울 제
구름머리 마주보고
돌문만 우뚝.

삭풍 찬 국경 술은
취하도 않고
지는 잎 기러기 떼
돌아만 가네.

국경의 풍운이
자기만 하면
이 몸의 백발쯤은
탄할 것 없네.

이 산봉 뉘 함께
이름 남길까.
이 장군[18]의 무검대나
함께 할거나.
畵角聲傳草木衰, 雲頭起對石門開.
朔風邊酒不成醉, 落葉歸鴻無數來.
但使元戈銷殺氣, 未妨白髮老邊才.
勒名峯上吾誰與, 故李將軍舞劍臺.

그의 무장 자격은 따를 만도 하지마는 그의 시 짓는 재주에는 따를 수 없습니다."(강희를 '현엽청인玄曄淸人'이라고도 하므로 '원元' 자를 빌려 '현玄' 자를 대신했다.)

저녁 나절에 풍윤성豐潤城에 올라갔더니 웬 수염이 좋은 점잖은 이가 내 앞에 와서 절을 하면서 자기 이름은 임고林皐요, 절강 사람이라고 했다. 내 이름을 듣고는 한편 놀라고 한편 기뻐하면서 당신이 초정楚亭의 친족이 아니냐고 했다. 나 역시 놀라서, 어떻게 초정을 아느냐고 물었더니, 임고는 말하기를,

"지난 해 박초정이 이형암과 함께 문창루文昌樓에 올라갔다가는 이 고을 호형항胡逈恒의 집에서 묵었습니다."

하고는 성 밑에 보이는 대문 한 군데를 가리키면서, 저기가 바로 호

18) 이 장군은 한나라 무제 때 흉노족과 칠십여 회를 싸운 명장 이광李廣으로, 북방에 그의 무검대舞劍臺가 있다.

씨 집이요, 벽에는 초정의 글씨가 붙어 있다고 했다. 곧장 변계함과 정 진사와 함께 그 집으로 들어갔더니 날은 벌써 캄캄하여 주인은 네 군데나 불을 밝혔다. 등불로 벽을 비추고 한번 읽어 보니 이는 내가 전동典洞 살 때에 형암이 내 집에 있으면서 지은 시였다.

쓸쓸한 가을철을
숲이 먼저 짐작컨만
더위 추위 잊은 이 몸
바보 되고 말았구나.

바람벽 고요한 밤
뭇 벌레 울음 울 제
발 틈으로 새 한 마리
엿보기 일쑤러라.

조촐한 몸 더럽힐까
재물은 남이로세.
글에 미친 놈이라고
불러나 주소.

중국땅 좋을시고
모두가 부럽구나.
요봉[19]의 문필이며
완정[20]의 시.

沆寥秋令樹先知, 任忘暄涼做白癡.

壁靜萬蟲勤自護, 簾虛一鳥慣相窺.

拋他錢癖如將浼, 呼我書淫故不辭.

好事中州空艷羨, 堯峯文筆阮亭詩.

주련은 백로지 두 폭이요, 글씨 태는 꿈틀꿈틀 움직이는 양, 글자 한 자가 두 손바닥만큼씩 했다. 예전에 우리들끼리 중국 이야기를 주고받고 할 때 입에 침이 없이 부러워하면서 몇 해 동안을 애태우던 나머지 겨우 한 번 유람을 하게 되었는데 더구나 이 글씨를 보고 나니 만리 이향에서 옛 친구를 만나 본 듯만 하구나.

유리창 안에 있는 육일재六一齋에서 처음으로 황포黃圃 유세기兪世琦를 만났는데 그의 자는 식한式韓이다. 얼굴이 티기 없이 잘난 것이 반정균, 이조원李調元, 축덕린祝德麟, 곽집환郭執桓 같은 명사 중에 한 사람이나 아닌가 의심했다. 이 여러 사람들은 나보다도 먼저 교유했던 친구가 있었으므로 그들의 이름은 언제나 입에 젖어 있었고 얼굴마저 눈에 삼삼하게 익숙해졌다. 유황포와 필담을 할 때 유혜풍柳惠風이 지은 '숙부 탄소彈素를 보내며' 라는 시를 썼다.

고운 국화 시든 난초

사신 행차 보낼새

19) 요봉堯峯은 청나라 강희 시대 문인 왕완汪琬.

20) 완정阮亭은 강희 시대 문인 왕사정王士禛.

맑은 구름 부슬비
구월도 늦가을

한 마디 중국땅에
부칠 말이 있다면
지북에선 누가 또
글을 짓던고.
佳菊衰蘭映使車, 澹雲做雨九秋餘.
欲將片語傳中土, 池北何人更著書.

황포가,
"'지북에선 누가 또'란 것은 누구를 가리킨 것인지요?"
묻기에, 나는,
"이는 완정이 지은 《지북우담池北偶談》에 실린 우리 나라 김청음金淸陰 이야기를 말한 것입니다."
하니, 황포가,
"《감구집感舊集》 중에 상헌이라는 이름이 있던데, 자는 숙도叔度라고 하지요?"
하였다.
"바로 그분입니다. 그분이 지은 시에,

맑은 구름 가벼운 비
성황당을 뿌릴 적
고운 국화 시든 난초

팔월이 제철.

淡雲輕雨小姑祠, 佳菊衰蘭八月時.

라고 했는데, 완정이 이 시를 논평한 시에 '가벼운 비'를 '부슬비〔微雨〕'라고 하고, '고운 국화'를 '국화는 빼어나고〔菊秀〕'로, '시든 난초'를 '난초는 풀이 죽었다〔蘭衰〕'로 고쳤습니다.

그러니 조선 사신 말을 듣는다면 과연 조선의 해성시解聲詩[21) ]라고 했다 합니다. 혜풍의 시는 완정을 본떠 지은 시입니다."

황포가 있다가,

"혜풍의 시는 얻기 어려운 시입니다. 과연 조선이 시를 안다는 것은 참말입니다. 다른 작품도 있거든 들려주십시오."

하기에, 나는 다시 썼다.

책을 들자 눈물은
천년 역사 적시고
물에 닿은 문인은
시름도 한없네.

확사가 엮은 시들
시 솜씨는 날리니
치청전집 한 권을
구해 볼거나.

21) 음률에 맞고 악곡에 올릴 수 있는 시를 말한다.

看書淚下染千秋, 臨水騷人無限愁.

稿士編詩嫌草草, 豸青全集若爲求.

황포는 손을 내저으면서 붓끝으로《치청전집》을 가리키고는,

"이는 금하는 책입니다. 철군[22]의 조상은 귀국 분이지요?"

했다. 나는,

"무엇 때문에 금했소?"

하고 묻는데, 황포는 대답하지 않았다. 나는 또 시를 써 보였다.

이름난 시인으론
곽집환을 들거니
담원[23]의 연창[24]은
조선 팔도 퍼졌네.

삼 년이 지나도록
소식 없으니
찬 꿈속만 같아라.
유유한 분수.[25]

有箇詩人郭執桓, 澹園聯唱遍東韓.

至今三載無消息, 汾水悠悠入夢寒.

---

22) 철군鐵君은《치청전집》의 저자인 듯한데, 인물은 미상.

23) 담원澹園은 곽집환의 별호인 듯하다.

24) 연창聯唱은 짝을 맞추어 지은 연구.

25) 분수는 곽집환의 고향인 산서성 소재 강명.

황포는 글을 끊으면서,

"곽씨는 어데 시인인지요?"

하기에, 태원 사람이라고 대답했다. 나는 사동망師東望과 양유동楊維棟은 어떤 사람들이냐고 물었더니 다들 모른다고 했다. 나는 다시 책방에 새로 박은 《회성원집繪聲園集》이 없느냐고 물으면서 그 책 서두에는 사씨와 양씨의 서문이 있고 또 내 서문도 있다고 했더니 황포는 즉시로 '회성원집' 넉 자를 써서 문수당文粹堂이란 책점으로 사람을 보내어 사 오라고 했으나 그는 돌아와서 그런 책이 없다고 했다. 나는 또 물었다.

"당신은 반정균 학사를 아시는지요?"

황포는,

"일찍이 사귄 적이 없습니다."

하였다. 나는 다시 반씨 댁이 종인부宗人府[26] 사이 담벽 부근에 있지 않느냐고 물으면서,

"내가 올 때 누가 하는 말로는 종인부를 찾아서 대문을 지나 사이 담벽 오른편으로 돌아들면 바로 반씨 댁이라는데 여기서 얼마나 멀까요?"

했더니, 황포는,

"당신께서는 응당 예부를 알 터이지요?"

했다. 이때 마침 웬 손이 자리에 들어오면서 하는 말이,

"종인부로 갈 것 없습니다. 반씨 집은 이곳서 멀지 않습니다. 양매서가楊梅書街 단씨段氏의 백고약포白膏藥鋪 맞은편 대문집이

26) 황족 관계 사무를 보는 관부.

바로 반씨 집입니다."

했다. 황포는 그 손과 무어라무어라 하더니 냉큼,

"지난 해 가을에 반씨가 거기로 이사를 했답니다. 선생은 누구 인연으로 그를 아시게 됐습니까?"

하기에, 나는,

"우리 나라 사람 홍대용이 건륭 병술년(1766)에 사절을 따라 북경까지 왔다가 반씨를 만나게 되어 그 후 계속 교제들을 하고 있는데, 저는 비록 만나 보지는 못했으나 정신으로 사귀고 있는 셈입니다. 반씨는 서화에 능숙하여 일찍이 자필로 복숭아나무와 버드나무를 그리고 시를 지어 홍군에게 보내기를,

서호땅 우리 집
못 둑에 선 나무
푸른 잎, 붉은 꽃
때는 이월이라네.

이렇듯한 강남땅을
못 돌아가매
뽀얀 먼지 실버들
꿈속만 같네.

吾家西子湖邊樹, 淺碧深紅二月時.
如此江南歸不得, 軟塵如粉夢如絲.

이와 같이 하였습니다."

황포는 권주를 자꾸만 치면서,

"귀하의 친구인 홍 수재의 좋은 시구를 듣고 싶습니다."

했다.

"전부터 기억하고 있는 것이 없습니다. 혜풍이 탄소를 전송하며 지은 시를 보면,

푸른 잎 붉은 꽃
때는 이월이라오.
먼지는 뽀얗게
꿈속만 같네.

항주가 낳은 선비
이름은 반향조
어여쁠사 그의 시는
남시를 대한 듯.

淺碧深紅二月時, 軟塵如粉夢如絲.
杭州名士潘香祖, 可憐佳句似南施.

라고 했는데 우리 나라에서 중국의 명사들을 사모하는 것이 이렇습니다."

황포는 다시 권주를 치면서,

"반씨는 정말 명사입니다. 그러나 혜풍 역시 훌륭합니다."

하고는 앉은자리에서 글 쓴 종이를 건사하여 품속에 집어넣으면서,

"저는 방금 구당시화毬堂詩話를 적고 있습니다. 다행히도 훌륭한

이야기를 들었습니다."
하고는, 같이 대문을 나서서 작별하였다. 황포는 손가락으로 가리키면서,
"이리 가면 양매서가로 가는 길입니다. 단씨의 점방 현판에는 큰 고기를 그려 붙였는데 바로 거기입니다."
했다.

강녀묘姜女廟는 산해관 밖에 있는 소위 망부석이다. 왕건王建의 시에,

님을 기다리던 그곳
강물만 유유하이.
돌로 화해 버린 그 몸
고개도 안 돌리네.

그날 그날 산머리엔
비바람도 푸근할 제
가는 손 돌아오면
돌마저 말을 하리.
望夫處江悠悠, 化爲石不回頭.
山頭日日風和雨, 行人歸來石應語.

세상에는 망부석이 한 곳만 아니다. 하나는 태평太平에 있고 하나는 무창武昌에 있어 왕건이 읊은 망부석은 이 망부석이 아니다. 시

방은 여기 행궁이 있어 그 장려한 품이 북진묘 못지않다. 과친왕果親王이 '진고명적振古名蹟' 이라고 금자로 쓴 주련도 있다. 건륭 8년(1743) 10월에 황제는 시를 지어 돌에 새겼다.

고목에 찬바람이
석양에 소리칠새
오늘도 구슬프게
그리운 님 조상하듯.

천고를 무심하게
절개도 자랑 않고
한 몸만 죽었으니
강상을 위함이네.

그날부터 내려오며
강녀라 이름 불러
애끊는 하소연은
기량[27]도 못 따르리.

아름다운 그의 절개
길이 두고 볼 것이매

27) 기량杞梁은 전국 시대 제나라 사람으로서 전쟁에 나가 죽었다. 그 처가 남편 무덤에 가서 우는 소리가 너무 슬퍼서 제나라 사람들이 그것을 노래로 불렀다.

이곳이 그 터 아닌들
답답할 일 없으리.
涼風颯樹吼斜陽, 尚作悲聲弔乃郎.
千古無心誇節義, 一身有死爲綱常.
由來此日稱姜女, 盡道當年哭杞梁.
長見秉彝公懿好, 訛傳是處也何妨.

망부석 옆에는 작은 정자가 있는데, 진의정振衣亭이라 한다. 대체 오늘 청나라 황실은 대대 명필로서 과친왕은 더욱 잘 써 미원장보다도 나을 듯만 같았다.

사신을 따라서 중국에 들어가는 자들은 반드시 칭호가 있다. 역관은 '종사관'이라 하고, 군관은 '비장'이라 하고, 놀 양으로 가는 나 같은 자는 '반당伴當'이라 한다. 우리 나라 말에 소어蘇魚를 '밴댕이〔盤當〕'라 불러 '반伴' 자는 음이 매일반이다. 압록강을 건너고 보면 소위 '반당'은 모자 은정수리에 푸른 깃을 꽂고 짧은 소매에 가뜬한 차림차리로 길가의 구경꾼들은 흔히들 '새우'라고 한다.[28] 무엇을 두고 '새우'라고 부르는지는 모르겠지마는 아마도 무관의 별호 같아 보였다. 지나가는 촌가 마을 어린애들이 떼를 지어 몰려 있다가는 한목소리로 부를 때는,

"가오리哥吾里가 온다, 가오리가 온다."

한다. 더러는 말꼬리를 따라오면서 저마끔 이렇게 떠들어 댄다. '가

28) 새우의 껍질은 갑옷 같다 하여 무관에 비하는 말이다.

오리가 온다.'는 말은 '까올리(高麗)[29]가 온다.'는 말이다. 나는 웃으면서 동행에게,

"세 가지 물고기로 변하는구먼."

하니, 세 가지 고기가 무엇이냐고 물었다. 나는,

"길에서는 '반당'이라 하니 이는 '소어'요, 강을 건너서는 '새우'라고 하니, 새우도 어족의 하나요, 되땅 애들은 '가오리'라고 하니 이는 홍어가 아닌가?"

했더니, 여러 사람들은 다들 깔깔 웃었다. 이내 말 위에서 시 한 수를 읊조렸다.

푸른 깃은 정수리
무부의 차림으로
요양도 천리 길
사신 뒤를 따르누나.

중국땅에 들어오자
고기 별호 세 번째라
예부터 못난 이 몸
'종이 고기'[30] 배웠거니.

翠翎銀頂武夫如, 千里遼陽逐使車.
一入中州三變號, 鯫生從古學蟲魚.

---

29) 조선 사람.

30) 책 종이를 먹는 좀을 '종이 고기'라고 하는바, 글공부에 열중한 자를 이에 비한다.

고려는 원래 고구려高句驪에서 딴 이름으로서 '구句' 자와 '마馬' 변을 없애 버리고 산은 높고 물은 맑다는 의미로 '고려'라고 했는바, 천자문 중에 있는 '금생려수金生麗水'의 '려' 자는 응당 거성으로 읽어야 할 터인데, 중국 사람은 이를 평성으로 읽는다. 수나라, 당나라 시대는 고구려를 모두들 고려라 했으니, 고려란 이름은 그 내력이 오래다.

이무관李懋官은 일찍이 말하기를, "고구려는 《한서》 '지리지'에 처음으로 나왔는데, 그 선조는 금와다. 우리 나라 말로 '와'를 '개구리'라 하고 또는 '왕마구리'라고도 하는데, 옛날 사람들은 질박하고 솔직하여 임금의 이름으로 국호를 삼았는바, 그 성을 붙여 고구려라 한 것이다." 했다.

이것이 비록 한때 우스갯소리 같지마는 매우 이치에 닿는 말로서 외국 방언에서 음은 있지마는 글자가 없는 종류가 많아 중국인들은 그 음을 번역하여 이를 글자로 쓰고 있다. 은銀을 '몽고'라 하고, 좋은 금을 '애친각라愛親覺羅'라 하고, 장사壯士를 '예락하曳落河'라고 하는 따위가 이것이다.

산서 사람 곽집환의 자는 봉규封圭요, 다른 자는 근정勤庭이요, 별호는 반우半迂요, 다른 별호는 동산東山이요, 또 회성원繪聲園이라고도 한다. 건륭 병인생(1746)으로 시 짓는 데 능하고 서화를 잘한다. 집안은 재산 있는 명망가로서 집은 호산虎山을 베개 삼고, 문은 노천蘆泉을 마주보고 있다. 그의 아버지 이름은 태봉泰峯이요, 자는 청령靑嶺이요, 호는 금납錦衲이다. 죽은 뒤에 중헌대부中憲大夫가 되고 예에 따라 자정대부資政大夫로 승진했다. 심덕잠沈德潛, 가낙

택賈洛澤 같은 명사들과 시를 지으면서 같이 놀았다. 그사이 봉규는 일찍이 같은 고을 문헌汶軒 등사민鄧師閔 같은 이들을 통하여 우리나라 명사들에게 담원팔영澹園八詠을 청했다. 담원은 금납이 거처하는 집으로 그 아버지를 위하여 길이 전하고저 하는 것이었다. 나는 다음과 같이 글을 지었다.

내청각來淸閣

붉은 홍조 푸른 괴석
담 너머로 솟아 뵈고
한 그루 오동나무
깊숙하게 서 있는 그 집

손님맞이 등한함은
그 아들의 버릇이건만
아버지가 남긴 유풍
사모해 마지않네.
紅蕉綠石出東墻, 一樹梧桐窈窕堂.
傲骨平生迎送嬾, 丈人惟拜暮山光.

감영지鑑影池

남향 비탈 그림자는
진종일 어늘어늘

그림자와 이내 사이
마주 불러 대답할 듯.

미풍이 한들하고
물오리 지나치자
물결은 수도 없이
얼기설기 헝클어지네.
南陀竟日影婆娑, 耐可呼吾亦喚他.
乍綴微風鳧鷺去, 不禁撩亂百東坡.

## 소심거素心居

코끝에 희끗하며
보기는 보았건만
무엇인지 알자 하니
콧구멍이 막혔어라.

찬 꿈속 스며드는
그윽이 나는 향기
달빛을 희롱하는
한 가지 매화러라.
已觀微白鼻端依, 欲辨臟神掩兩扉.
獨有暗香侵夢冷, 羅浮明月弄輝輝.

송음정松陰亭

소나무는 우중충
만卍 자 난간 덮을새
바윗돌에 비낀 담쟁이
마주 어울려 푸르네.

바람결 부는 대로
그림배 두려무나.
밤새도록 들려오는
찬 여울물 소리인 듯.
松覆深深卍字欄, 垂蘿欹石翠相攢.
一任畵舫風吹去, 盡夜寒聲瀉作灘.

비하루飛霞樓

가볍게 뿜는 놀은
취한 넋을 깨울 제
갈기도 너울너울
하늘 말이 달리는 듯

선약을 캐고저
유완劉阮[31)]을 찾을라니
적성赤城[32)]의 아침놀에

길마저 잃었고나.

噗輕堪醒醉魂花, 天裏行空翠鬣鬖.

採藥將尋劉阮去, 路迷廉閃赤城霞.

## 유춘동留春洞

지는 꽃 손목 잡고
손님인 양 만류할새
비바람께 부탁하다가
핀잔만 맞았구나.

골짝 꽃 꺾어다가
화병에 모셔 두니
삼백예순 사시절이
언제나 봄이로세.

花似將歸强挽賓, 囑他風雨反逢嗔.

自從洞裏修瓶史, 三百六旬都是春.

## 소월대嘯月臺

찢어지듯 밝은 달밤
소월대에 홀로 서니

---

31) 유완은 한나라 때 인물로 천태산天台山에 들어가 선약을 캐다가 신선을 만났다는 사람.

32) 적성은 천태산 부근에 있는 산 이름이다.

버들 바재 서리 듣고
기러기 떼 적막코야.

외마디 울음소리
가을 구름 쪼갤 적
만리 허공에는
달님 얼굴 내밀었네.
玉塵淸宵獨上臺, 杞棚霜落鴈流哀.
一聲劃裂秋雲盡, 萬里瑤空皓月來.

어화헌語花軒

아리따운 화예 부인[33]
대궐은 첫걸음
말하기도 부끄러워
눈시울이 먼저 붉네.

앵가의 사리쯤이
신통할 것 있으며
아난의 도통을
누가 알아 줄 것이랴.
花蘂夫人初入宮, 含羞將語臉先紅.

33) 화예 부인은 오대 시대 촉 왕 맹창孟昶의 부인으로 미인이요, 문인이다.

鸜哥舍利元非妙, 誰識阿難悟道功.

봉규는 그가 저작한 《회성원집》 판각본 한 권을 내게 주면서 서문을 써 달라고 했다. 그 책을 보니 주인공의 풍모는 맑고도 소탈하여 화식도 않는 신선만 같았다.

그는 젊었을 적부터 아버지가 하던 일을 본떠 국내에 이렇다하는 시인들을 다 초청하여 글 짓는 술자리를 벌여 양유동楊維棟, 노병순盧秉純 같은 사람들이 다들 서문을 썼다. 그는 '진문津門 서정西亭을 생각한다' 는 시를 썼다.

꽃 시절도 마지막
동산의 가을
주렴 끝에 걸린 달은
갈구리 같네.

기러기 한 마리는
북으로부터
그림자는 동남으로
바다로 드네.

香散花殘小院秋, 西亭簾角月如鉤.
北來一鴈橫空碧, 影下東南入海流.

'표요산수表耀山水' 라고 제목한 소폭에는,

고기잡이 어장터엔
물빛이 맑고
이슬 맺힌 버들잎은
어둡다가도 밝아지네.

하늘 끝 구름 사이
돛대는 멀고
적막한 석양볕에
기러기 우네.
蟹舍漁灣水色明, 烟條露葉半陰晴.
雲間天際孤帆遠, 寂寞斜陽一鴈聲.

라고 했고, 또 '유감有感'이라는 시가 있다.

맑은 가을 비추는
물 위의 달빛
회남땅 갈대숲을
꿈길에 도네.

풀숲에 비 내릴 제
포구는 적막
바람에 꺾인 고목
강물에 둥실

외로운 배 댈 곳 없이
천지는 넓고
정처 없는 이내 신세
운수 같고야.

한없이도 쓸쓸한
아득한 그곳
끝없이 먼 길에
시름만 나네.

濠梁月色照清秋, 夢繞淮南蘆荻洲.
雨暗楚原連浦靜, 風催古木雜江流.
孤舟無依乾坤闊, 隻影空持雲水浮.
最是蕭條極目處, 迢遙萬里使人愁.

나는 금오교金鰲橋와 옥동교玉棟橋 사이를 거닐어 보기만 한다면 우촌雨村 이조원李調元, 추루秋樓 반정균, 지당芷塘 축덕린祝德麟 같은 여러 명사들을 만나게 될 줄 알았지마는 곽집환은 벌써 죽은 지가 6년이나 되었다.(곽집환은 건륭 을미년(1775) 8월에 죽었다는 말을 들었다.) 《회성원집》은 응당 다시 새긴 판본이 있을 터인데 유리창에서 구해 보았으나 끝내 얻지를 못했는바, 참말 유감스러웠다.

윤공은 검정 종이로 만든 작은 부채에 유금乳金 빛으로 대와 괴석을 그려 놓고 글을 썼다.

싱싱한 푸른 대는 그대의 모습
듣직한 바윗돌은 그대의 말씀.
부채를 펼치고 그대 위해 그릴 제
손목을 잡고 나니 마음은 하나.
綠竹瞻君子, 卷阿矢德音.
揮毫開便面, 握手得同心.

맨 아래는 '윤가전 지음, 나이 80세.' 라고 썼다.

《명시종》에는 나의 5대조 금양군錦陽君이 대동관大同館 벽에 쓴 절구 한 수가 실려 있다.

한나라 홍가 연간
일어났던 고구려
대궐집 남은 빈터
풀숲에 가리웠네.

슬프다 을지문덕
서럽구나 그의 죽음
나라는 망했건만
후정화[34]야 했을라고.
高句麗起漢鴻嘉, 宮殿遺墟草樹遮.

34) 후정화後庭花는 진陳나라 후주後周가 날마다 망국적인 연회를 벌이고 부르던 곡조 명칭.

惆悵乙支文德死, 國亡非爲後庭花.

고구려가 일어나기는 홍가(鴻嘉, 기원전 20~기원전 17) 연간이 아니요, 즉 한나라 원제元帝 건소建昭 2년(기원전 37)이다. 성제成帝 홍가 3년(기원전 18)은 백제 태조 고온조高溫祚가 직산稷山에 도읍을 한 해이다.

나의 선조는 마침 이것을 잘 알아보지 못하고 실수를 했던바, 유식한兪式韓의 《구당록球堂錄》에는, 《일지록日知錄》에서 조선 역사의 자료로서 《서경》을 고증한 것을 인용하여, 이 시에서 홍가라고 한 것이 잘못된 것임을 변증하였다. 중국 인사들이 고증과 변증에 알뜰하여 박식이란 말을 듣는 사람들이 이렇게 많다.

장주長洲의 회암 우동이 지은 《외국죽지사》에는 맨 첫머리에 우리 나라 것을 싣고 그 아래로 백여 나라의 지방 민요와 토산 같은 것이 대강 기록되어 있다. 그 내용을 본다면 조선의 사정에 대해 아직도 많은 오류들이 있는바, 더구나 몇만 리씩 멀리 떨어진 해외의 나라들로서 문자만으로 그 지방의 풍속을 통할 수 없음이랴. 그 조선편 시에 보면,

고구려는 하구려로
낮추었으니
조선이란 옛 칭호가
더 좋을지라.

천리 어란 왕경에는
온갖 놀음판
한나라 옛 모습을
한성서 보리.
高句麗降下句驪, 未若朝鮮古號宜.
千里王京陳百戲, 漢城猶見漢官儀.

하였는데, 주석에는 일렀으되, 고조선은 모두 고구려로 들어갔는바 수나라가 이를 정복하다가는 뜻대로 안 되니 이를 나쁘게 불러 '하구려' 라 하였고, 명나라 홍무 연간에 사신이 들어와 승인을 받은 후 다시 '조선' 이라 했으며, 한성으로 서울을 삼고 칙사가 갈 때마다 온갖 놀이판을 벌였다고 했다. 또 다음과 같은 시가 있다.

긴 장삼 넓은 소매
머리엔 절풍건
다듬 종이 낭호필에
한자는 진서라네.

나라가 유구함은
역사에 쓰였고
상서의 편 중에도
구주[35] 사람이라네.

35) 기자가 지었다는 홍범구주洪範九疇를 말한다.

長衫廣袖折風巾, 硾紙狼毫漢字眞.
自序世家傳國遠, 尙書篇內九疇人.

또,

여덟 살 난 아이의
이름은 황창
칼춤을 추다 말고
백제왕을 베었네.

팔월이라 한가윗날
회소곡을 부르면
아침부터 잣는 실
한 광주리 그득 차네.
小兒八歲號黃昌, 舞劍能誅百濟王.
更唱嘉俳會蘇曲, 朝來蠶績已盈筐.

하였다. 주석에,

"신라의 황창랑은 나이 여덟 살에 그 임금을 위하여 백제로 가서 거리에서 칼춤을 추었던바, 백제 임금이 궁중으로 불러들여 춤을 추도록 했는데, 드디어 백제왕을 찔러 죽였다.

칠월 보름날은 왕이 왕녀들을 시켜 6부의 여자들을 모아 넓은 마당에서 길쌈을 하도록 하고는, 팔월 보름날에 가서는 그 성적을 심사하여 진 편에서 술을 내어 서로 춤을 추고 노래를 불렀는데, 이를 '가배嘉俳' 라 하였다.
　이때 한 여자가 일어나 '회소곡' 이란 노래를 불렀는데, 후일 조선이 신라를 멸한 후 이것을 본떠 '황창' 과 '회소' 두 곡조를 만들었다."

하였다. 기여천은 《소대총서昭代叢書》를 내놓고 손가락으로 이 부분을 짚어 보였다. 내가 윤형산에게,

"하구려라고 낮추어 부른 것은 즉 왕망王莽 때 일입니다."

했더니, 윤공은,

"그렇소."

했다. 나는 말했다.

"자서세가自序世家 구절은 온통 틀렸습니다. 기자조선은 위만조선에게 쫓겨났습니다."

"이는 동방 삼국 시대를 섞갈려 말한 것입니다. 단순히 귀국만 가리켜 말한 것이 아닙니다. 그 나라를 전한 지가 오래되었다고 한 것은 대체 국호를 조선이라고 한 것이 기자 때 처음이라는 것을 말함이요, 귀국을 끝까지 찬미하는 탓일 것입니다. 대체 이 글은 본디 잘 지었다고 할 수 없어 천치가 꿈 이야기를 하는 셈이요, 신 거죽에 대고 근지러운 데를 긁는 것이나 다름없습니다."

"조선이 신라를 멸했다고 주석에 쓴 말은 더구나 당토않은 말입니다. 우리 나라는 고려를 계승하고, 고려는 신라를 계승하였은즉 어떻게 오백 년 전 신라를 멸할 수 있었겠습니까?"

여천은 허허 웃으면서,

"소위 을축 갑자구먼요."

했다. 나는 윤공에게 물었다,

"오늘 세상의 시인으로서 국내에서 엄지손가락으로 꼽아 줄 사람의 이름을 들을 수 있겠습니까?"

윤공은,

"천하의 크기로 보아 대가와 천재들이 적지 않겠지마는 제 나이 늙어 세상일을 등진 처지에 나이 젊은 재주꾼들이야 알 수 없습니다.

저의 늙은 친구인 태사 원매袁枚의 자는 '자재子才'인데 속티를 훨씬 벗고 뛰어난 선비입니다. 벼슬하기를 좋아 않고 산수를 찾아다니면서 지은 회고시가 가장 능수입니다."

하면서 몇 구절을 목청을 높여서 읊었다. 나는 알아들을 수가 없어 써서 보여 달라고 청했다. 윤공이 써서 보여 준 '박랑성博浪城'[36] 시는 이렇다.

약을 캐는 진인은
봉래로 갈 제
박랑사의 모래는
망해대로

구정이 잠겼으나[37]
삼호[38]가 일고

---

36) 하남성에 있는 지명. 진 시황이 이곳을 순행할 때에 장량이 창해 역사를 시켜 철퇴로 암살하려다가 실패한 곳이다.

37) 구정이 잠겼단 말은 주나라가 망했다는 말.

38) 초나라.

육왕[39]이 끝마치자
철퇴는 번쩍[40]

복수에 불타는
영웅의 기개,
십만 냥 황금도
그대는 몰라라.

산도깨비처럼
간 곳 없을 제
진나라 옥새도
가엾으려니.

열흘 동안 찾아보아
붙들지를 못 했구나.
예부터 그대 같은
재사는 없으렷다.

眞人採藥走蓬萊, 博浪沙連望海臺.
九鼎尙沈三戶起, 六王纔畢一椎來.
龍虎有氣黃金盡, 山鬼無聲白璧哀.
大索十日還撤手, 如君終古儘奇才.

39) 진 시황이 통일한 여섯 나라의 임금을 말한다.
40) 진 시황을 암살코저 한 사건을 말한다.

이 시로서 중국 인사들의 맘속을 알아 볼 수 있는바,[41] 형산이 구태여 이 시 한 편을 읊는다는 것은 더욱이 그 뜻을 나타내고 있지마는 기여천 앞에서 이런 시를 내놓고 읊는 것은 무슨 배짱인지?

강희 무오년(1678)에 강서성 여자 계문란季文蘭은 오랑캐에게 붙들려 심양으로 팔려 가게 됐다. 가는 길에 진자점榛子店에 이르러 바람벽 위에 시를 지어 썼다.

가엾어라 옛 단장
어데로 가고
다 낡은 비단 치마
이 웬일인고.

우리 부모 생사를
어디서 알랴.
봄바람에 심양 길을
울며 가누나.
椎髻空憐昔日粧, 征裙換盡越羅裳.
爺孃生死知何處, 痛哭春風上瀋陽.

밑에다가 또 이렇게 썼다.

"저는 강서 우상경虞尙卿 수재의 처로서 남편은 잡혀 죽고 이제

41) 청나라를 진나라에 비해서 한족들의 강개한 심정을 말한다.

왕장경王章京에게 팔려 심양으로 가는 길입니다. 무오년 정월 21일 눈물을 뿌려 벽을 씻고 이 글을 쓰옵니다. 다만 바라옵건대 천하에 마음 있는 분은 이 글을 보시고 구원해 주소서. 저의 나이는 스물한 살이외다."

그 후 6년이 지난 계해년(1683)에 청성부원군淸城府院君 김석주金錫胄가 사신으로 이곳을 지나면서 베껴 가지고 왔다. 그 후로 30여 년이 지나 노가재 김창업이 이곳을 지날 때 바람벽 위에 쓴 글씨가 여전히 남아 있었다고 한다. 금번에 나는 노가재가 다녀간 지 60여 년 뒤에 또 이곳을 지나면서 글을 읊어 회상하고 배회하였으나 벽 위에 글씨는 볼 수 없었다. 우연히 이 시를 기풍액에게 이야기했더니, 그는 알 듯 모를 듯 눈물을 지으면서 진자점이 어디 있느냐고 묻기에 산해관 밖에 있다고 대답했다. 그는 그 자리에서 절구 한 수를 지었다.

꽃 같은 고운 얼굴
되땅에 팔렸으니
속상한 피리 소리
부모 생각 오죽하리.

가엾은 그를 위해
천금을 던질
세상의 의협 남아
없단 말인가.

紅粧朝落鑲黃旗, 笳拍傷心第五詞.

天下男兒無孟德, 千金誰贖蔡文姬.

강희 황제가 산장을 두고 지은 시는 전부 서른여섯 수인데 졸렬하여 볼 만한 것이 없었다. 대부분 억지 작품으로 평소의 뜻을 표시하였는바, 여러 신하들은 숱한 서적을 끌어 모아서 별별 주석을 다 붙였다.

'연파치상烟波致爽' 시구에서, '산장에 피서를 자주 하니, 떠들지 않고 조용하네.〔山莊頻避暑 靜默少喧嘩〕'와 같은 구절을 두고 여기 무슨 놈의 주석을 붙일 것이 있을 것인가? 그런데 주석을 하는 자들은 양梁나라 소통蕭統의 시에 '수레를 명하여 산장 나서니〔命駕出山莊〕'라는 구절과, 유우석劉禹錫의 '푸른 담쟁이 그늘 아래 산장이 있고〔綠蘿陰下有山莊〕'라는 구절과, 대숙륜戴叔倫의 '잔디밭 오솔길에 왕래가 잦고〔芝田棗逕往來頻〕'라는 구절과, 손적孫逖의 '경치 좋은 땅 정자가 좋고, 맑은 날 받아 잔치가 잦네.〔地勝林亭好 時淸宴賞頻〕'라는 구절과, 위징魏徵의 '구성궁예천명九成宮醴泉銘'[42]에 황제가 구성궁에서 피서를 했다는 것이며, 이 밖에도 양나라 간문제簡文帝가 지은 납량納涼 시에 '오동나무 아래 더위를 피하니, 바람은 이따금 품으로 드네.〔避暑高梧側 輕風時入襟〕'라는 구절과, 백거이白居易가 지은 '봄 맞아 그림자는 다사롭고, 피서차 대 바람은 시원코나.〔望春花景暖 避暑竹風涼〕'라는 구절과, 《남사南史》의 '심인사전沈麟士傳'에 있는 '나이 여든이 넘었는데 이목이 오히려 총명한 사람

42) 구성궁은 당 태종이 피서하던 궁전인데, 궁궐 안에 샘물이 저절로 솟는 것을 기념해 빗돌을 세우고 재상 위징이 이를 두고 지은 글.

들은 조용하게 수양한 까닭이라고 했다.' 는 구절과, 황보증黃甫曾의 시에 '좋은 날씨에 풀은 자라고, 고요한 동안에 꾀꼬리는 우네.〔草長光風裏 鶯啼靜默間〕' 라는 구절과, 하손河遜의 시에 '눈과 귀에는 떠듦이 없네.〔視聽絶喧嘩〕' 라는 구절들을 인용하였다.

이따위 두 구절을 못 알아볼 사람이 없을 터인데 무엇 한다고 이 같이 허다한 주석을 붙일 것인가? 황제가 지은 이런 졸렬한 작품에 무엇 한다고 이런 허다한 출처가 있을 것인가?

주자는 '관관저구關關雎鳩[43]에 무슨 출전이 있을꼬?' 하였으니, 이야말로 시의 정의에 대한 대가라 할 수 있다.

거리에서는 하간전을
떠들어 외고
안방에선 양백화를
슬프게 읊네.[44]
街頭喧誦河間傳, 閨裡悲歌楊白華.

이 시는 점필재佔畢齋가 사방지舍方知를 풍자한 말이었다. 사방지는 천인으로서 어릴 적부터 여자 복색을 하고 분연지 단장에 바느질을 배웠다. 커서는 벼슬하는 양반집에 출입하였다.

천순天順 7년(1463) 봄에 관청에서는 이런 풍문을 듣고 이자가 본

43) 《시경》에 있는 구절로 '꾸꾸꾸꾸 우는 비둘기' 란 의미다.

44) '하간전河間傳' 과 '양백화楊白華' 는 중국 고대 궁중에서 일어난 음탕한 사실을 두고 지은 염시들이다.

디 보고 다니는 신중이 있어 그 신중을 붙들어 신문을 하였다. 그 신중이 이자의 음경이 놀랍게 크다고 하였다. 여자 의원인 반덕班德을 시켜 만져 보도록 하고, 영순군永順君 이부李溥와 하성위河城尉 정현조鄭顯祖가 돌림으로 검열해 보고는 다들 혀를 빼물면서 굉장하더라고 했다.

당시 중국에서도 역시 이런 일이 있었다고 한다. 오군吳郡 양순길楊循吉의 《봉헌별기逢軒別記》에 성화成化 경자년(1480)에 서울 살던 과부 이야기가 나온다. 그 과부는 길쌈도 잘하고 곱고 젊은 데다가 신발은 네 치를 넘지 않았다. 부자 양반들 집에서는 서로 끌어당겨 수놓는 법을 가르쳤는데, 남자를 보면 당장에 수줍은 태를 짓고 피했다. 밤에는 수 가르치는 자를 따라가서 자는데, 언제나 자는 방에는 문을 채워 두기 때문에 사람들은 그가 몸조심하는 것을 더욱 믿게 되었다.

태학에 다니는 어떤 자가 그를 연모하여 자기 마누라를 거짓으로 누이라 속이고 그 과부를 자기 집까지 청했다. 밤들어 그는 자기 마누라에게 눈짓을 하여 가만히 문을 열고 뒷간에 가는 척하게 하고는 갑자기 과부 방에 뛰어들어 촛불을 껐다. 과부가 고함을 치자 그는 목을 틀어쥐고 억지로 달려든즉 남자였다. 즉시로 잡아 묶어서 관청으로 보내서 국문을 했더니 이자의 성은 상桑가요, 이름은 충翀이요, 나이는 스물네 살로서 어릴 적부터 발을 조였다 한다. 법 맡은 관원이 이 사건을 아뢰니, 헌종 황제는 이를 요망스럽다 하여 극형에 처하였다.

망부석을 두고 천산千山 범광원范光遠이 시를 지었다.

성을 쌓던 사람은
어디로 가고
열녀의 자취밖에
볼 수 없구나.

묻노라 만리장성
너는 알려니
돌로 화한 그 임의
슬픈 정곡을.
不見築城人, 但見貞女迹.
試問萬里城, 何如一片石.

강희 황제 때 발간한《전당시全唐詩》는 당나라 때 지은 시를 모은 책으로 모두 120권이다. 의당 빠짐없이 수집했을 텐데, 당나라 현종이 신라 경덕왕에게 준 오언십운 시가 실리지 않았다.《삼국사기》에,

"신라 경덕왕 15년(756) 봄 2월에 왕은 현종이 촉땅에 있다는 말을 듣고 사신을 당나라로 보내, 장강을 거슬러 올라 성도成都에 이르러 황제를 만났다. 황제가 '신라왕은 해마다 사신을 보내고 예악을 힘써 지키므로 가상히 여겨 시를 지어 보낸다.' 는 조서를 내렸다.

우주는 위도로 나뉘어 있건마는
만물은 중심을 생각하고 있도다.

조공하는 예물들은 온 천하로부터
산 넘고 물 건너 서울로 찾아드네.

아득한 이내 회포 푸른 물에 막혔건만
오랜 세월 중국 위해 부지런을 다했도다.

가도 끝도 무연한 이 땅 다한 그곳
아득한 바다 구석 자리를 잡았도다.

산수는 비록 다를지언정
의로운 나라라고 부를 만하도다.

사신은 돌아가 풍속을 전하였고
사람들은 찾아와서 문물을 본뜬다.

의복과 쓰개는 예절 지킬 줄 알고
충성과 신의는 도덕을 내세우네.

성실도 하여라! 하늘이 굽어보리.
어질기도 하여라! 그 덕행이 외로우랴!

한 깃발 아래 모여 백성을 다스릴새
보내 준 후한 선물 그 정성 다함없도다.

송죽같이 푸른 지조 더욱 소중히 하여
바람서리 맞아도 늘 변치 말지라.

四維分景緯, 萬象含中樞.
玉帛遍天下, 梯航歸上都.
緬懷阻靑陸, 歲月勤黃圖.
漫漫窮地際, 蒼蒼連海隅.
興言名義國, 豈謂山河殊.
使去傳風敎, 人來習典謨.
衣冠知奉禮, 忠信識尊儒.
誠矣天其鑒, 賢哉德不孤.
擁旄同作牧, 厚貺比生蒭.
益重靑靑志, 風霜恒不渝.

송나라 선화宣和 연간에 고려 사신 김부의金富儀[45]가 이 시의 판각본을 가져다가 관반학사館伴學士[46] 이병李邴에게 보였다. 이병이 이것을 휘종徽宗 황제에게 올려 즉시로 양부兩府와 여러 학사들에게 보이고, 드디어 선포하며 진봉시랑進奉侍郎이 올린 시는 틀림없이 당 명황의 글씨라고 칭찬을 마지않았다. 이 시는 벌써 중국에 들어가서 도군道君[47]의 감상을 거쳤으나 당시를 기록하는 후세 사람들은 모두 수록하지 않았다.

45) 《삼국사기》 저자 김부식의 아우.
46) 외국 사신을 접대하는 학사.
47) 송나라 휘종의 별호.

옛날 시대 누락된 작품에까지 주의를 돌리지 못하고 있던 것을, 오히려 해외의 여러 나라 인사들이 숨은 것을 캐어 낸 공적을 갖게 되었다. 어찌 이것이 우리들의 다행이 아닐까 보냐.

오중吳中은 예로부터 날탕패, 협잡꾼들이 많이 나는 곳이지마는 모두가 문장에 능하고 서화를 잘하여 대체로 명사들이 많았다. 그러나 중국 사람들은 다들 나쁘게 보아 간상배나 거간패를 지목해 말할 때는 '항주풍杭州風' 이라고 한다. 이는 오중 지방에 대개 교활한 사람이 많은 까닭이다. 전당錢塘 전여성田汝成의 《위항총담委巷叢談》에는,

"항주 풍속은 경망하니 사람을 추어 주기도 잘하고 깎기도 잘하여 도청도설을 할 뿐 차근차근 생각하는 버릇이 없다. 누가 별난 물건을 가졌고 누구 집에 무슨 일이 생겼다면 한 사람의 말에 백 사람이 맞받아 자신이 그 의심을 품고도 제 눈으로 목도나 한 것처럼 분명타고 떠든다. 이것은 바람과 같아서 일면서도 머리가 없고, 지나가도 그림자가 없으매 자취를 밟을 수 없다.

속담에, '항주 버릇은 겉만 보아 좋다, 나쁘다 떠드는 것이 한 특색이다.' 하고 또 '항주 버릇은 파와 같아 대가리의 꽃은 보기 좋게 총총 백였지마는 속은 텅 비었다.' 고 한다. 그들의 습성이 협잡하기를 좋아하여 눈앞의 이익에만 눈이 어둡고 뒷일을 생각지 않아, 벌써 송나라 때부터 술에다 재를 타고, 닭에 모래를 채우고, 거위 배때기에 바람을 불어 넣고, 생선에 물을 집어넣고, 천에 기름과 분을 바르는 짓을 해 왔다."

하였다. 나는 기풍액에게 육비陸飛의 그림이 훌륭하다고 했더니, 기

공이,

"그쯤은 아무것도 아닌 벌레입니다."

했다. 이 역시 항주 버릇을 두고 하는 말로서 북쪽 사람들이 남쪽 선비들을 밉게 보는 품이 이와 같다.

영조 때 시인 두기杜機 최성대崔成大가 지은 '이화암노승가梨花菴老僧歌'에 '오왕은 연극 놀이 상투 보고 울었고, 전옹은 중이 되어 글씨 소일 마음 붙였네.〔吳王看戲泣椎結 錢叟爲僧托麟筆〕'란 시가 있는데, 우리 나라 선배들은 매양 중국의 사정에 대하여는 언제나 풍문에 따르고 실정에 어둡다.

소위 '오왕'이란 오삼계吳三桂를 말함이요, 전옹은 전겸익錢謙益을 말한다. 함께 청나라에 항복하고는 늘그막에 심심하게 지낸 자들이다. 하나는 비록 의거를 빙자했지마는 먼저 참람스럽게 황제를 자칭한 자요, 하나는 저술에 뜻을 붙였지마는 벌써 변절을 한 자이다. 아무리 교묘하게 후세의 욕질을 피해 보려고 했지마는 어떤 사람이 이것을 믿어 줄 것인가?

우리 나라 속담에 무엇이나 물정에 어두운 자를 '몽롱춘추朦朧春秋'라고 한다. 우리 나라 사람들이 《춘추》를 말하기 좋아하지마는 몽롱하기가 모두 이런 꼴이 많다. 그러니 어째서 만주 사람들에게 웃음거리가 되지 않겠는가?

송나라 휘종 대관(大觀, 1107~1110) 연간에 섭몽득葉夢得이 고려 사신의 관반館伴이 되었다. 옛날부터 사신이 오면 한 달을 넘기지 않고 돌려보내는 법이다. 휘종은 사신에게 과거 합격자 발표와 상지

上池를 구경시키려고 거의 70일 동안이나 머무르게 하였다. 사신은 꽤 거동이 조심스럽고 단정하였다. 섭몽득이 사신을 전송하기 위하여 점운관占雲館까지 와서 작별을 하는데, 부사 한교여韓皦如가 섭몽득에게 옥띠 한 벌을 선사하면서, 이 물건은 당나라 때 것으로 자기 집안에 대대로 전해 오던 것이라 하고 그의 홀 위에다 시 한 수를 썼다.

눈물을 지우면서
이별을 하매
평생에 다시 만날
기약 없고나.

하찮은 물건이되
정성이라오.
물건 볼 때 사람 보듯
잊지 말아 주.
泣涕汍瀾欲別離, 此生無復再來期.
謾將寶帶陳深意, 莫忘思人見物時.

섭몽득은 고려 사신을 보내면서 서로 주고받는 예가 없다고 끝내 사양하면서 그 시를 칭찬하여 비록 소박하지마는 그 뜻은 볼만하다고 했다.

옹정 연간에 칙사 서산書山은 부벽루에 글을 지어 붙이기를,

풍물 많은 옛 모습
그대로건만
산과 물은 어디고
부끄러움을 띠었네.
風物獨依舊, 山河猶帶羞.

하였다. 서산은 만주 사람인데 별안간에 자기 처지와 반대의 뜻으로 글을 지은 것은 무슨 까닭인지.

얼마 전에 상선 한 척이 황해도 옹진에 표류해 왔는데, 배에는 시를 잘 짓는 자가 있어서 수사에게 율시 한 편을 보냈다.

고국의 정변을
누가 슬퍼할 것인가?
이국에 얼굴 뵈기
못내 부끄럽구나.

주의[48]의 울음은
천추에 서러워
이 바다에 눈물 뿌려
다함없어라.
故國誰憐鍾簴變, 殊方還愧姓名通.

48) 주의周顗는 진晉나라 관리로, 친우의 죽음을 구해 내고 애매하게 몰려 죽은 인물.

千秋周顗新亭淚, 空灑滄溟水不窮.

이 시의 전편을 얻지 못해서 애석한 바요, 시인의 성명도 역시 전하지 않는다.

섭몽득은 《석림시화石林詩話》에 썼으되, 고려는 태종 때부터 오랫동안 사신을 보내지 않다가 원풍(元豊, 1078~1085) 초기에 이르러 처음으로 사신을 보냈다. 신종神宗은 장성일張誠一을 관반으로 임명하여 국교 회복에 대한 뜻을 물었는데, 사신은 자기 나라가 거란과 이웃하여 그 성화를 견딜 수 없어 국왕 왕휘(王徽, 고려 문종)는 언제나 《화엄경》을 외면서 중국에 태어날 것을 빌다가 어느 날 꿈에 별안간 중국 서울까지 와서 도시와 궁실들이 장한 것을 자세히 보고는 깨어난 뒤에 이를 사모하여, 즉시로 시를 지었다고 했다.

인연도 고약하게
거란을 이웃
일 년에도 사신 행차
몇 번이런고.

뜻밖에도 몸을 옮겨
중국땅 오니
애달프다 깊은 대궐
날은 새려네.

惡業因緣近契丹, 一年朝貢幾多般.

移身忽到中華裡, 可惜深宮滴漏殘.

전수지(錢受之, 전겸익)가 말한, '나라 안엔 난리 없어 한 분이 계시다.〔國內無戈坐一人〕'[49]란 글귀는 김모재金慕齋[50]가 지은 것이니 본집本集에 실려 있다. 전수지가 《황화집皇華集》 발문을 쓰면서 이 시를 들어서 조롱하였다. 그러나 이것은 실상 홍산鴻山 화찰華察[51]이 칙사로 시작된 나쁜 전례의 발단이다.

예를 든다면 '너른 들판 가없는 물, 긴 하늘에 한 점 기러기〔廣野無邊水 長天一點鴻〕' 같은 글을 두고 뜻을 새길 때에, '야野' 자는 '넓다〔廣〕'는 뜻을 표현한 것이고, '천天' 자는 '길다〔長〕'는 뜻을 표현한 것이요, '수水' 자는 변이 없으니 '무변無邊'이 되고, '홍鴻' 자는 비점[52]을 찍었으니 '한 점'이 된다. 이런 것을 일러서 글자 두 개가 모여서 뜻이 된다는 것이다. 이러므로 칙사를 맞는 직책을 맡은 신하가 멀리 용만龍灣까지 가서 칙사를 맞을 때는 반드시 글재주 있는 선비를 뽑아 보내어 이런 임기응변에 대비한다. 그래서 칙사는 도중에 반드시 이런 문제를 내는바, 이것은 접반사들을 골려 주려는 목적으로 접반사들도 역시 미리 이런 것을 연습하는 일이 예가 되고 있으나 이는 즐겨서 하는 것이 아니다.

수지는 홍산을 위하여 이 책에 발문을 썼으니 그 실정은 알지도

49) '國' 자에서 '戈'를 빼고 '人'을 넣은 글자 풀이.

50) 이조 중종 시대 고관이요, 학자로 《동몽선습童蒙先習》의 저자 김안국金安國.

51) 명나라 가정 연간의 고관으로 조선에 사신으로 왔던 인물.

52) 글을 평정할 때 글자 옆에 점을 한 점씩 찍는 방식인데, '기러기 홍' 자의 변은 '氵'이므로 비점批點으로 간주하는 의미이다.

못하고 다만 조선 사람의 글귀 하나를 꼬집어 내어 조롱한 것이다. 더구나 조선 사람과 함께 글을 주고받지 말라고 경계까지 했으니 이러고야 어찌 조선 사람을 심복케 할 수 있을 것인가? 내가 이 이야기를 유식한兪式韓에게 했더니, 그는 적어서 품속에 간직하면서 무슨 큰 보물이나 얻은 것처럼 하였다.

최간이(崔簡易, 최립)의 '삼일포三日浦'라는 시에,

비 갠 뒤 산봉우리
엇석빗석 둘러섰고
물 차는 갈매기 떼
쌍쌍이 날아드네.

사흘째 놀던 신선
다시 오들 않으니
이 땅의 좋은 경치
흔한 줄을 알괘라.
晴峯六六斂螺蛾, 白鳥雙雙弄鏡波.
三日仙遊猶不再, 十洲佳處始知多.

나는 일찍이 사선정四仙亭에 올라가 심백수(沈伯修, 심염조)의 글씨로 이 시를 써서 정자 위에 붙인 것을 보았는바, 이 시가 그리 뛰어난 작품이라고는 할 수 없었다.

세상에 전하는 이야기로는, 간이가 왕감주王弇州[53]를 찾아보았을 때에,[54] 공문서가 산처럼 쌓였고 관리 수십 명이 번갈아 문건을 아뢰고 있었다고 한다. 감주는 책상에 기대어 결재하는데 물이 흐르듯 거침없어, 여러 아전의 붓대들이 한목으로 움직여 삽시간에 해치우더란다.

또다시 십여 명 젊은이들이 저마끔 더러는 시, 더러는 줄글, 더러는 소품 등 숙제를 가져다 바치니 감주가 붉은 먹을 갈아 비점을 쳐가면서 열람하는데, 손에 든 붓을 놓을 사이가 없더라고 했다. 간이는 어이가 없이 놀라서 시중꾼에게,

"선생님은 언제나 저러고 지내시는지요?"

하고 물었더니, 시중꾼이,

"오늘은 마침 한가한 틈이신가 보외다. 선생님이 지금까지 시를 만 수나 지었고 저서가 천 권은 됩니다."

했다. 간이는 말문이 막히고 풀이 죽어 소매 속에서 글 한 편을 끄집어 내어 가르침을 청했더니, 감주가 말하기를,

"글짓기에 뜻을 두는 자로서 독서를 많이 못하고 견문이 넓지 못하니, 돌아가서 창려의 글 속에 '획린해'[55] 한 편을 오백 번만 읽으면 작문의 첩경을 마땅히 짐작할 수 있을 것이오."

하여, 간이는 몹시 부끄러워 감주를 만났던 일을 굳이 감추었다고 한다. 간이가 글을 지을 때는 일부러 뒤틀린 버릇으로 괴상한 글을

53) 명나라 가정 시대 저명한 학자요, 고관인 왕세정王世貞.

54) 최간이는 월사月沙 이정구李廷龜가 사신으로 중국을 갈 때 수행원으로 명나라를 간 적이 있다.

55) 창려昌黎는 한퇴지의 별명이고, '획린해獲麟解'는 한퇴지가 지은 글이다. '획린해'는 불과 200자도 못 되는 간단한 잡문이나 논리가 정연한 점에서 전형적 명문장으로 치고 있다.

짓기 좋아하면서 이를 이우린李于鱗[56]에게 배웠다고 하였다. 우린은 원래 감주가 가장 그의 재주를 두려워했으므로 이렇게 말함으로써 감주를 한번 눌러 주려는 것이었다.

허균許筠이 태사 주지번朱之番[57]의 손마중 직분을 맡았을 때 일이다. 주지번에게,

"전에 감주를 본 적이 있습니까?"

하고 물으니, 주지번은 말하였다.

"일찍이 계사년(1593) 봄에 태창太倉에 가서 감주공에게 가르침을 청했던바, 공은 당시 남사구南司寇 벼슬을 그만두고 있었는데 얼굴은 보통 사람에 지나지 않으나 안광은 별같이 반짝이고 꽃동산을 꾸며 집을 짓고 문인들을 모아 놓고는 술을 먹으면서 시를 짓는데, 감주는 하루에 술을 대여섯 말씩 마셔도 취하들 않았습니다. 시문을 청하는 자가 있으면 시비에게 풍류를 잡히고는 먹을 갈고 종이를 펴면 귀신의 조화가 다 나왔습니다."

다시 감주가 꺼리고 두려워하는 것은 무엇인지 물었더니, 주지번이 말하였다.

"감주공이 평생에 두려워서 머리를 숙이는 데는 오직 창명滄溟 이우린 한 사람이었습니다. 글을 지을 때마다 반드시 먼저 이우린의 '진관秦關' 시 한 수를 목소리 높이 읊고 나서 지었습니다. 그

56) 역시 명나라 가정 시대 인물로 이름은 이반룡李攀龍인바, 괴벽한 글을 짓기로 유명한 인물인데 당시 왕사정 등과 함께 시문의 오자五子로 쳐주었다.

57) 명나라 만력 시대 인물로 서화의 명인인바, 사신으로 조선까지 온 일이 있어 현재 연광정에 붙은 '제일강산第一江山' 이란 현판은 주지번의 글씨다.

시에, '진나라 하늘 비에 푸른 용이 멀리 걸려 있고, 한나라 대궐 바람돌말이 길게 울었다.〔蒼龍遠掛秦天雨 石馬長嘶漢苑風〕' 고 했으니, 어찌 무서워하지 않았겠습니까?"[58]

남당 때 사람 심분沈汾의 '속신선전續神仙傳' 에는 신라의 빈공진사賓貢進士 김가기金可紀[59]가 신선이 되었다고 하였다. 당나라 선종 때 장효표章孝標가 지은 '신라로 돌아가는 김가기를 전송하며' 라는 시에,

이국 글 이국 말에
급제마저 하고 나니
해 돋는 바다 너머
고국 생각 절로 난다.

일엽주 바람 맞아
고기 등을 달릴 제
물결은 잔잔한데
삼산이 솟았고야.
登唐科第語唐音, 望日初生憶故林.
風高一葉飛魚背, 湖淨三山出海心.

58) 시를 괴벽스럽고 웅대하게 묘사한 전형을 말한다.

59) 신라 문성왕(文聖王, 839~856) 시대 인물이다. 당나라에 들어가 과거에 급제하고 활약을 한 인물로 특히 신선 공부에 몰두하여 당나라 선종의 우대를 받았다.

하였는데, 이 시를 보아서는 김가기가 본국으로 돌아간 것이 분명하다. '속신선전' 에는,

"김가기가 종남산終南山 자오곡子午谷에 살았는데 3년 후에 배를 타고 본국으로 돌아갔다가 또다시 돌아와서 도복을 입고 종남산에 들어가 열심으로 음덕을 쌓았다.

당나라 대중大中 11년(857) 12월 갑자기 황제께 글을 올려 '신이 옥황의 부르심을 받고 명년 2월 25일에는 꼭 하늘로 올라가겠습니다.' 하였는데, 선종은 이를 이상히 여겨 궁녀 네 사람과 향약香藥과 금으로 수놓은 채단을 하사하고 또 은밀히 사자 두 사람을 보내어 숨어 기다리도록 하였더니, 그가 말한 날짜가 되자 과연 오색구름이 끼고 수레 모는 학이며, 피리 소리, 젓대 소리, 쇠북 소리, 편경 소리 낭자하면서 깃으로 만든 일산이며 오색 깃발이 하늘을 덮었는데 그는 학을 타고 하늘로 올라갔다. 상하 없이 죽 늘어서서 구경하던 사람들은 산골짝을 메우다시피 들어차서 누구 없이 경탄을 하고 절을 하지 않는 자가 없었다."

한다. 한무외韓無畏[60]의 《전도록傳道錄》에는, 김가기가 최승우崔承祐[61]와 중 혜자惠慈와 함께 신원지申元之에게 도를 배웠는데 그는 종리장군鍾離將軍[62]과 기타 세상에 살아 있는 신선 2백 명을 만났다고 쓰여 있는데, 말들이 모두 주워다 붙인 것만 같다.

60) 이조 선조 시대 청주 출신 선비로 신선 되는 방술에 저명했던 인물.

61) 신라 진성 여왕 때 인물로 당나라에 유학하여 과거에 급제한 자.

62) 항우의 부하로 있다가 후일 한신에게 가서 자살한 장군.

나의 친구 나걸羅杰은 자가 중흥仲興인데 문장이요, 걸출한 선비다. 《주역》에 깊이 정통하고 평생을 두고 종요鍾繇, 왕희지王羲之의 글씨 법을 즐겼다. 어쩌다가 휴지쪽 한 장이나 편지 한 쪽을 얻으면 언뜻 종이 등짝에 예학명瘞鶴銘[63]을 쓰다가 때로는 종이가 부족해서 점이나 획을 쓸 자리가 없으면 붓끝은 종이를 지나쳐 방바닥에 죄다 먹을 묻히므로, 혹시 문 밖에서 중흥의 발자국 소리가 날 때는 으레 먼저 필연 문방구를 죄다 감춘 뒤에야 나가 맞는다. 중흥은 방에 들어오면 반드시 먼저 좌우를 돌아보며 종이와 붓을 찾다가 눈에 띄지 않은 뒤에야 인사를 늘어놓는 법이니, 그의 독실한 품이 이 같았다.

병신년(1776) 동짓달에 서장관 신사운申思運을 따라 북경에 갔을 때 그 당시 정사는 금성위였다. 금성위는 선비 대접을 남달리 극진하게 하여 행동을 자유롭게 해 주고 부채나 환약 등속을 대 주어 아문 출입에 지장이 없도록 몇 번씩이나 역관들에게 부탁해 주었다. 그러나 중흥은 천성이 솔직한 데다가 가는 곳마다 막는 데가 많았으므로 마음대로 유람도 못 하고 중국 명사는 한 명도 만나지 못했다고 한다. 그가 떠날 때에 나는 개성서 전별하였다.

그가 돌아와서는 중국식을 본떠 태평차를 만들어 가지고 처자를 태우고는 무주에 있는 적상산赤裳山으로 들어갔는데 지금까지 4년 동안을 보지 못했다. 내가 이번 걸음에 상자 속에 넣어 둔 옛 친구들의 편지와 시문을 뒤지다가 중흥이 옛날 지은 행초로 쓴 시가 언뜻 눈에 띄기로 이것을 행장 속에 넣고 가지고 기풍액에게 보였다. 기

63) 육조 시대 양나라 은사 도홍경陶弘景이 강소성 초산焦山이라는 곳 석벽 위에 지어 새긴 저명한 비문.

풍액은 입에 침이 없이 칭찬을 하면서 씩씩하고 건전하고 묵직한 힘이 두보와 비슷하다고 했다. 그의 '우성偶成' 시는 이렇다.

적막한 산골 집엔
갓망건도 소용 없네.
늘그막에 하는 노릇
한가롭고야.

섬돌 위 양지 볕은
조용도 한데
하늘 밖에 뜬 구름은
산뜻도 하이.

푸른 숲 찾아 들어
꾀꼴새 울음 울 제
아롱다롱 고운 꽃
청춘을 보내누나.

내 뜻이자 하늘 뜻
어김이 없으리라.
타고난 모습대로
살고 크고 자랄거나.

山扉寥廓棄冠巾, 老去漸能幽事親.
階除留對日華靜, 空外翻過雲片新.

黃鳥忽來啼綠樹, 斑花無數度青春.
知無一物違吾意, 不負皇天長育辰.

또又

하늘 밖 금서[64] 땅은
산 지나 또 산일세.
집터를 잡고 보니
한가롭기 그지없다.

외봉우리 솟은 바위
창공에 비껴 섰고
오솔길 그윽한 꽃
아롱다롱 점쳤구나.

나는 새도 조심스레
비 맞은 채 지나가고
꿀벌만 너도나도
꽃향기로 배 불리네.

흥겨운 그날 그날
지팡이로 짝을 삼아

64) 금서錦西는 충청도 금강 서쪽 반도형 지대를 말한다.

보고 읊고, 읊고 보고
이 나그네 즐겁고야.
天外錦西山復山, 近來卜宅不離閒.
孤峯晴石依空翠, 側徑幽花點細斑.
鳥避誤疑沾雨過, 蜂窺爭占飫香還.
興長日日扶藜杖, 一望一吟開旅顔.

또又

이 고을 동쪽 벌은
흑치 장군 전장터라.
객지도 오래 사니
모르는 일 없을러라.

산협 새벽 구름 걷자
골짝 속은 푸르고
개골 물에 땅거미 지자
옛 성 너머 해 지네.

늦잠 깨고 일찍 자니
내 세상이로구나.
짧은 노래 길게 읊어
다함이 없네.

남 모를 이런 흥취
없었더라면
나그네의 시름을
언제 풀랴고.
戰經黑齒郡之東, 久住殊方事盡通.
峽曉雲移幽洞翠, 澗曛日隱古城紅.
晩興早寢從他好, 短咏長吟不自窮.
若道淹留無逸興, 何時得豁旅愁空.

잠이 안 들 때[不寐]

밤 저물어 즐겨 보는
산골짝 구름
먼 하늘은 울긋불긋
놀빛도 야단이네.

처마를 대해 앉자
참새 소리 그치고
목침 베고 누우려니
모기 떼만 잉잉.

산에 나무 냇가 모래
세어 볼 듯 심심할 제
하늘에 찬 별들은

절로 무늬 놓았네.

잠 못 자고 시름 많아
병 될 것 없어라.
이참에 남는 것은
주옥 같은 시로세.
入夜喜看連峽雲, 遙空漸改赤紛紛.
對簷獨坐息喧雀, 支枕乍眠還聚蚊.
峰樹溪沙漫欲數, 南箕北斗自成文.
未憐愁劇添新病, 剩得詩如刺繡紋.

## 낮잠을 자면서[午枕]

낮잠을 자다나니
찌는 듯 덥구나.
만사에 게을러져
손 닿기도 싫어라.

읽던 책 채 못 덮어
먼지만 케케 앉고
벼루에 남은 먹은
파리 배만 불리네.

오솔길 지나치는

나그네 묻는 말에
묵발 매던 내 마누라
짜증만 내누나.

별안간 솟아오른
맑은 달빛을
해님이 돋은 줄만
잘못 알았지.

昏昏午睡困炎蒸, 萬事疎慵著不能.
未卷牀書窺紫燕, 常餘硯墨飽青蠅.
客過小徑虛相問, 妻對荒畦久欲憎.
忽得清光看月出, 錯疑赫日儮空昇.

기풍액은 말하기를, 참말 걸작 구절이 많지마는 간혹 율에 맞지 않는 데가 더러 있다고 하였다. 대체로 우리 나라 음운이 중국 음운과는 서로 다르므로 때로 율에 맞지 않는 데가 더러 있다.

박충, 김이어[65]는 모두 신라 사람들로서 당나라에 들어가서 빈공진사가 되었다.

당나라 장교張喬는, '사신이 되어 돌아가는 김이어를 전송하며'라는 시에, '바다를 건너와선 벼슬에 오르고, 고국에 돌아가선 문물

65) 박충朴充과 김이어金夷魚는 신라 말기 진성 여왕, 효공왕 때 인물들로서 모두 당나라에 유학하여 관리에 등용되었던 인물들이다.

을 고쳤네.〔渡海登仙籍 還家備漢儀〕' 라 하였고, '고국으로 돌아가는 시어侍御 박충을 전송하며' 라는 시에서는, '고국을 떠나서 스물네 해 동안, 이 땅의 세 임금 갈아 모셨네.〔天涯離二紀 闕下歷三朝〕' 라고 하였다.

중국 인사들은 나를 만나면 반드시 먼저 뱃길을 묻고 아울러 어디서 상륙하였느냐고 묻는다. 이럴 때마다 내가 육로로 요동에서부터 산해관으로 들어와 북경까지 닿았다고 하면 더러는 믿지 않는 자까지 있었다. '바다를 건너와서 벼슬에 올랐다.' 는 글이 이를 증명하는 것으로, 우리 나라를 바다 멀리 떨어져 있는 유구나 구라파같이 알고 있었다. 중국 인사들도 때로는 우둔스럽기가 이와 같다.

이무관李懋官이 묵장墨莊의 집에 있으면서 반추루潘秋樓에게 시를 청했더니, 반추루가 말하였다.(묵장은 한림서길사 이정원李鼎元으로 촉땅 금주錦州 사람이요, 추루는 반정균의 별호이다.)

"나는 예전에 시를 지을 때 몹시도 정신을 들여 애를 써야만 했으므로 지은 시가 그리 많지 못합니다. 얼마 전에 운철소惲鐵簫[66]의 한류책자寒柳冊子를 보니 그 뒤에 왕추사王秋史[67]가 명나라 은상국殷相國이 통악원通樂院 뒤뜰에 심은 버드나무를 보고 지은 네 수가 있길래 소감이 있어 지었습니다."

66) 청조 강희 시대 인물.
67) 청나라 강희 시대 문인인 왕평王苹.

1

서러운 이내 심사
화공에다 이야기할까?
늘어진 가지마다
물역 마을 꿈 어렸네.

허물어진 옛 정자
글 선비들 사라졌고
쓸쓸한 빈 벌판에
후원 터만 남았구나.

눈썹 같은 지새는 달
봄 두고 이별할 제
석양빛 어제대로
저녁 넋을 거두누나.

예순 해 동안 읽어 오던
곱게 꾸민 그 책들은
먹 향기 종이 빛깔
먼지 속에 침침할 뿐.

愁心都付畫工論, 凄絶長條夢水村.
海右亭荒名士散, 天涯木落廢園存.
半規殘月春留別, 一例斜陽暮歛魂.

六十年來看粉本, 墨香箋色又塵昏.

2

슬슬 부는 동녘 바람
씻어 간 곳 새로운데
버들꽃 물에 날릴 때
모두가 꿈결 같네.

애달프다 녹음 속에
매미는 울건마는
난간에 말 매던 이
찾을 길 바이 없도다.

낡은 다락 그림자에
늙은 두보 생각하듯
수심 어린 이 마을에
털보 그대 추억 되오.

작화산 기슭으로
우뚝 선 가지 밖에
맑은 호숫가에 앉아
수건 씻는 이만 뵈네.

看遍東風窣地新, 蘸波吹絮摠情塵.

可憐碧葉吟蟬地, 不見紅欄係馬人.
衰影驛樓傷老杜, 離悰門巷憶髯秦.
鵲華山麓髡枝外, 只有明湖冷濯巾.

3

화가와 시인들은
한목으로 사라졌고
아름드리 푸른 숲도
엉성해진 옛 성일레라.

언덕 기슭 누운 가지
저녁 눈 속 비껴 섰고
다락 속은 어두컴컴
찬 기운 떠었고나.

들레가 적막하매
낙엽도 조심조심
석양에 집을 찾는
먼 곳까지 외롭고야.

가여운 버들 꽃이
흙 묻을까 걱정이다.
혹시 내년 봄바람에

한목 날지나 말지라.

畵人吟子一時稀, 減盡金城翠十圍.

緣岸臥枝敧暮雪, 入樓暝色帶冬暉.

靜中黃葉無多響, 遠處昏鴉數點歸.

猶有沾泥閒恨在, 逢春莫更作團飛.

4

일흔개 솟는 샘은
돌 절구질 요란하고
두어 그루 고목 나무에
서리만 자욱하네.

전조에 세운 누대
모래밭에 흔적인 양
이 해도 다 저물어
숲 그늘만 충충하이.

지나는 나그네
마음 두고 보는 눈매
머리 센 늙은 기생
만나나 보는 듯하네.

오동꽃 떨어질 때

산 생강 다 늙는다.

왕랑의 늙은 얼굴

누가 알아볼거나.

七十泉聲亂石舂, 兩株憔悴野霜濃.

前朝臺榭沙痕在, 晩歲關河樹影重.

偶爲士流靑眼放, 恰如女妓白頭逢.

桐花零落山薑老, 誰識王郎濯濯容.

이것으로써 한인들이 눈에 띄는 데마다 일으키는 감흥을 알아볼 수 있을 것이다. 이것을 형산과 또 여러 사람들에게 보였더니 모두들 감개 깊게 눈물들을 지었다.

약천藥泉 남구만南九萬이 암행어사로 성주星州에 닿아 밤에 고을 선생안先生案[68]을 뒤지다가 '저말諸沫'이란 이름을 보았다. '만력 계사년(1593) 정월 아무 날 도임하여 4월 아무 날 벼슬을 사임하고 귀환하였다.' 라고 하였다. 남구만은 우리 조선에 저가 성이 있는 게 퍽도 이상하여 윤형성尹衡聖[69]에게 물었더니, 윤형성이 말하기를,

"중국 강소, 절강 등지에 저씨가 더러 사니 저말의 선조는 틀림없이 중국에서 왔을 것입니다. 임진란에 저말은 의병을 일으켜 왜적과 싸워 가는 곳마다 이겨 곽재우郭再祐와 함께 이름이 높았습니다."

68) 해당 고을 장관을 지낸 인물들의 사적을 기록해 둔 책.

69) 남구만과 동시대 인물로 진주 목사를 지냈다.

하였는데, 《약천집》에 실려 있다고 했다. 약천의 박식으로도 오히려 백 년 안쪽에 있던 저말을 몰랐다는 것은 그가 미천한 가문 출신인 것을 알 수 있다. 비록 그토록 공로를 세우고도 이름이 드러나지 못하고 사라지고 말았으니, 어찌 죽은 혼이라도 원통하지 않을 것이랴.

성주 정석유鄭錫儒가 아직 과거를 못했을 때에 본 고을 목사 자제들과 함께 공부를 하게 되어 내아內衙에서 머물게 되었다. 내아 뒷뜰에는 매죽당梅竹堂이란 집이 있고 매죽당 앞에는 또 지이헌支頤軒이 있었다. 하루는 정석유가 혼자 이 집 안에서 거닐었는데, 때마침 달은 몹시 밝은데 별안간 검정 모자에 진 자줏빛 도포를 입은 자가 수염을 쓰다듬으면서 대밭 속에서 나와,

"나는 이 고을 옛 목사였던 저말이다. 나는 원래 고성현 사람으로 임진 왜란에 의병을 일으켜 적을 토벌하였다. 바다와 육지를 지키고 적진을 무찔러 원수를 맞으면 이를 격파치 못한 적이 없었다. 그러나 역사와 문헌이 없어지고 전하지 못하였으니 당시 정기룡鄭起龍[70] 같은 자도 나의 부하였다."

하면서 언뜻 허리춤에서 환도를 뽑아 가지고는,

"이 칼로써 일찍이 왜놈의 적장 여러 놈을 죽였다."

하는데, 이마 위는 불꽃이 펄펄 나는 듯만 같았다. 그는 듬성듬성 난 수염에 눈을 부릅뜨고 시 한 수를 읊었다고 한다.

저 뫼는 높고 높아
구름 함께 사라지고

70) 임진 왜란 당시 경상 우병사까지 지낸 명장.

하늘은 멀고 멀어
달과 함께 외롭고야.
山長雲共去, 天逈月同孤.

또 그는 말하기를, 자기 무덤은 칠원漆原에 있는데 무너지고 풀이 우거졌는데도 자손이 없어서 손질도 못 했다고 하면서 서글프게 읍을 하고는 대밭 속으로 사라졌다고 한다.

날이 밝은 후 함께 이 일을 이야기하면서 저말이라는 사람이 있음을 알았지마는 그 성이 쓰여 있지 않음을 의심스럽게 생각했을 뿐 그의 공적이 이런 줄을 알지 못했던바, 이 일을 뜻밖에 알게 되자 감격스럽고도 이상하게들 여겼다. 감사 정익하鄭益河가 이 소문을 듣자 정석유를 불러 자세한 이야기를 듣고 곧장 조정에 이 사실을 보고하려는데, 때마침 관직을 그만두게 되어 손을 못 대고, 다만 칠원 고을에 지시하여 그의 무덤 어란을 수축하고 묘지기 두 호를 두도록 하였다. 칠원 수령 어사적魚史廸이 낮잠을 자다가 꿈에 어떤 관원이 와서 내 무덤이 고을에서 몇 리 되는 아무 산턱 무슨 좌향에 있는데 고을에서 반드시 무슨 지시가 있을 터이니 명심하라고 하더란다.

꿈을 깨고 나서 이상히 여겼더니 그날 저녁에 기별이 와서 어사적은 드디어 무덤 수리를 훌륭히 했다고 한다. 저말은 고성의 촌가 출신으로 글자 한 자도 모르는 무식이었으므로 비록 뛰어난 공적이 있어도 자필로 쓰지는 못했고 보니, 그의 혼백은 엉켜서 흩어지들 못하고 이같이 귀신으로 나타나게 되었다는바, 더구나 시를 읊었다는 것은 신통한 일이다.

평사評事 신경연辛慶衍은 나이 열두 살에 배천白川에서 서울로 오는 도중 길에서 명나라 사신 일행을 만났는데, 사신의 역졸이 신경연이 탔던 말을 빼앗았다. 신경연은 매우 곤란하여 걸어서 명나라 사신에게 와서 점심 시간을 틈타 이를 호소했다. 사신은 그의 얼굴이 깨끗하게 생긴 것을 눈여겨보고는 길 위에 선 장승을 가리키면서,

"네가 저 장승을 보고 글을 지으면 꼭 네 말을 찾아 주마."

했더니, 신경연이 운자를 청했다. 칙사가 운자를 내주었더니, 즉시 시를 지었다.

천년 지난 오늘에도
항우의 혼은 남아
강을 건널 체면 없어[71]
형체만 남았구나.

음릉 길을 잃은 것이
천추의 한이 되어
언제나 길에 서서
길잡이 노릇하네.

楚伯千秋尚有靈, 渡江無面只存形.
當年恨失陰陵道, 長向行人指去程.

71) 항우가 한 고조와 싸우다가 해하垓下에서 대패하고 음릉으로 도망하는데, 자기 고향인 강동으로 가려다가 고향 갈 면목이 없어 오강烏江을 못 건너고 자살한 고사.

사신은 깜짝 놀라 감탄하면서 진기한 문방구로 상을 주었다고 한다. 이 글은 무명씨가 지은 것이라 하여《명시선明詩選》에 실렸다.

신경연은 광해군 때 급제하여 평안 병마평사로 있을 때 서도 지방이 소란하여 청천강을 아홉 번이나 건넜고, 드디어 평사관으로 있으면서 죽었는데 그가 죽은 후 매우 이상한 일이 있었다고 한다. 죽은 후 수십 년 만에 신 평사의 어떤 친구가 관서 길에서 신 평사를 만났는데, 생시나 다름없이 이름을 부르면서 부탁하기를,

"내 자손들이 매우 가난한데 전할 물건이 있어도 전하지 못하네. 보검 한 자루와 옥관자 한 쌍이 우리 집 들보 위에 있어도 집 권솔들은 아무도 모르니 그대는 부디 이 말을 전해 주소. 이 두 가지 물건을 판다면 응당 좋은 값을 받을 것이네."

하였다. 그 친구는 매우 이상하게 여겨 돌아와서 자손들에게 이 말을 전하고 같이 집을 뒤졌더니 과연 칼과 옥관자가 나왔다고 한다.

(우리 나라는 십 리, 오 리마다 길에다가 나무로 장수같이 깎은 등신을 세우고 지명과 이정을 기록해 두는데 이를 보통 '장승'이라고 한다. 중국의 장정長亭, 단정短亭과 같으므로 우리 나라 시인들로서 장정이란 문자를 빌려 쓰면서 더러는 중국의 정후亭堠를 우리 나라 장승으로 잘못 알기도 하고, 장정을 정장亭長으로 잘못 알기도 하니 딱한 일이다.[72] 내가 중국에 들어와 보니, 도로에는 장정을 세우고 지명을 썼고, 양쪽으로는 단정을 세우고 동쪽으로 아무 데까지는 몇 리요, 서쪽으로 아무 데까지는 몇 리라고 써 놓았다. 이번에 열하 지방 장성 밖으로 나와 보니 장정에는 많이들 '신汎'

72) 중국은 매 십 리마다 '정'을 두어 여행자의 숙참으로 세웠고 '정장'은 동리 소임과 같은 공무자의 명칭이요, '정후'는 이정표다.

자를 썼는데 무슨 칭호인지 모르겠다.)

일찍이 신돈복辛敦復이 나에게 해 준 이야기 가운데, 중묘조中廟朝 때 사람 남주南趎의 이야기가 있다. 남주는 열아홉 살에 과거에 급제하여 문형文衡의 천거에 들어 전적典籍[73]으로 벼슬을 마쳤는데, 어릴 때부터 이상한 행적이 많았다.

매일 아침이면 글방 선생에게 공부를 하러 간다고 가는데, 알아보면 가지 않을 때가 많아서 집안 사람들이 가만히 뒤를 밟아 본즉 도중에서 곧장 숲속으로 들어갔다. 수림 속에는 공부하는 글방 집 한 채가 있고 집주인은 티끌 세상과는 떨어져 말쑥하게 생긴 사람이었다. 남주는 들어가 절을 하고 종일 강의를 듣다가 해가 저물어서야 돌아오곤 했다.

집안 사람이 물으면 언제나 거짓말로 대답하였는데, 뒤에는 도술 공부까지 하였다고 한다. 과거에 급제한 뒤에는 기묘사화에 걸려 곡성현으로 귀양살이를 갔다가 이내 그곳에서 살았다.

하루는 그의 하인을 시켜 편지를 써 주어 지리산 청학동으로 들여보냈다. 거기에는 화려하게 지은 단청집이 있고 사람 둘이 있는데, 한 사람은 자줏빛 옷에 구름무늬 관을 썼고, 한 사람은 늙은 중으로 둘이 종일 바둑을 두고 있었다고 한다. 그 하인은 하루를 머물다가 다시 글을 받아 가지고 돌아왔다. 그 하인이 처음에 이 산에 들어올 때는 봄철이어서 산에는 풀과 나무가 한창 무성했는데 산을 나와 보니 들에서는 가을걷이를 하고 있었다. 이상스러워서 물었더니

73) 도서를 맡은 관직.

9월 초순이라고 하였다.

남주는 나이 서른에 죽었는데, 장사를 치르면서 관을 들다가 너무도 가벼워서 집안 사람들이 관 뚜껑을 열어 보았더니 빈 관이었다고 한다. 관 속에는 글이 쓰여 있었다.

> 바다에는 배 간 자리
> 찾을 길 없고
> 산에서는 학 난 자취
> 볼 수 없어라.
> 滄海難尋舟去跡, 靑山不見鶴飛痕.

그 당시 마을 앞에서 밭을 갈고 있던 농부가 공중에서 풍악 소리가 나는 것을 듣고 쳐다보았더니, 남주가 말을 타고 흰 구름 속에 둥실 떠가더라고 했다. 충주의 진사 남대유南大有는 그의 자손이라고 한다.

한유韓愈의 시에 '나무와 돌은 요괴스러운 변이 잘 생긴다.〔木石生妖變〕' 는 말이 나온다. 당나라 말년에 소주 사는 중 의사義師가 갑자기 나무로 깎아 새긴 부처들을 끌어 모아 불에 태운 일이 있었다. 우리 나라 양주 회암사檜岩寺에 옛날부터 나무로 만든 큰 부처가 있어 매우 영험하다고 하여 원근의 중이나 속인들이 향화로 떠받들어 야단이었다.

나옹懶翁이 주지가 되어 이 절에 있으면서 하루 아침은 여러 중들에게 명령하여 이 부처를 끌어 내어 불에 태우라고 하였다. 여러 중들은 모두 질겁하면서 그리 못 하도록 말렸으나 나옹은 듣지 않고 중 백여 명을 시켜 부처를 큰 동아줄로 묶어 끌어당겼는데, 불상은 움찍도 안 했다. 나옹이 성을 내면서 한 손으로 이를 밀자 부처는 제자리에서 넘어졌다. 부처를 절 밖으로 끌어 내어 장작을 쌓고 불에 태우니 냄새가 견딜 수 없었다고 한다. 까닭인즉 큰 구렁이가 부처 뱃속에 둥지를 틀고 있었는바, 이러고 난 후는 아무런 재앙이 없었다고 한다.

대체로 나무가 오래되면 귀신이 붙는다는 것으로서 허물어진 절간에 있는 나무 부처 같은 데는 흔히 딴 요물이 따라 붙는다는 것이다. 이것이 한유가 말한, 소위 나무와 돌은 요괴스러운 변고가 많다는 것이다.

오늘 반선이 보낸 부처는 거의 한 자쯤 되는데 나무를 깎아 만들고 도금을 한 것 같아 보였는바, 이것도 어찌 요괴가 안 붙었다고 할 수 있을 것이랴? 갑자기 이것을 받아 놓고 일행 상하는 마치 꿀단지 속에 손을 집어넣은 듯 어쩔 줄을 몰랐다.

내가 밤에 정사에게 이것을 잘 처리할 방책을 물은즉 정사는 이미 수역에게 나무 궤짝을 만들도록 시켜 두었다고 했다. 내가 잘했다고 했더니 정사는 무얼 잘했다는 것이냐고 되물었다. 내가 물에 띄워 버릴 참이 아니냐고 했더니, 정사도 웃고 나 역시 웃었다.

대관절 이것을 도중에 어느 절에라도 버려 둔다면 청국을 자극할 일이 무섭고 이것을 가지고 우리 나라로 들어간다면 응당 말썽이 날 터이니, 양국의 국경에서 순류로 바다로 띄워 보내는 것은 압록강만 한 데가 없을 것이다.

호음湖陰 정사룡鄭士龍[74]은 평생토록 호사를 했다. 나이 젊어서 예조좌랑으로 있을 때 평성부원군平城府院君 박원종朴元宗[75]을 찾아갔다. 박 평성은 당시 수상으로 별장 깊숙한 곳에 있으면서 시비 수십 명을 시켜 호음을 인도하여 들였다. 호음이 겹겹 대문을 지나니 군데군데 단청집이요, 굽이굽이 붉은 난간이었다. 박 평성은 연못 둑 소나무 정자 그늘 밑 땅바닥에 앉았는데 좌우에 있는 시비들이 모두 비단옷을 질질 끌고 번갈아 가면서 음식상을 들여왔다. 또 기생 몇 패가 풍악을 하면서 진종일 주연을 베풀고 즐겼다. 자리를 파할 무렵 호음이 공무를 아뢰었더니 평성은 보지도 않고,

"이 늙은 몸은 본래 무인이라 다행히 어지러운 세상에서 이만큼 지위를 얻어 다만 이런 오락으로 성세聖世를 보답하고 있거늘 그대가 가진 공무는 돌아가서 예조판서에게 물어 봄이 좋겠네."

하였다. 호음은 정신이 얼떨떨해져서 평생을 두고 그를 부러워했으므로 늙을 때까지도 호사를 좋아했다고 한다.

이 이야기는 나의 6대조 금계군錦溪君의 《기재잡기奇齋雜記》에 실려 있다. 세상에서는 전하기를, 호음이 평성을 부러워하여 '흰 여우 갖옷을 훔치는 수단'[76]을 잘 썼다고 한다.

일찍이 그는 강원도 감사가 되어 순력을 하면서 금강산에 들어가 정양사正陽寺에서 묵을 때 순금 부처를 훔쳐서 드디어 큰 부자가 되었다고 한다. 늘그막에 와서야 대단히 후회를 하고 시를 지었다.

---

74) 조선 중종 때부터 선조 초년까지 영중추領中樞까지 지낸 고관.

75) 연산군을 몰아 내고 중종을 맞아 영의정까지 지낸 인물.

76) 맹상군孟嘗君이 진나라에 붙들려 있을 때 도적질 명수인 그의 문객이 진왕에게 바쳤던 흰 여우 갖옷을 훔쳐 다시 진왕의 애첩에게 바치고 진나라를 탈출한 고사.

정양사 법당에
향을 사르던 밤 일
거원[77]이 아니건만
마흔에야 깨우쳤네.
正陽寺裡燒香夜, 蘧瑗方知四十非.

내가 일찍이 정양사를 유람할 때에 과연 벽에 이 글이 붙어 있는 것을 보았다. 이번에 삼사가 받은 금부처는 모두 세 개로서 금으로 수천 냥을 얻을 수 있었는바 만약에 호음이었더라면 정양사의 잘못을 깨달을 일은 없었을 것이다. 나는 부사와 이 말을 하고는 같이 한참 웃었다. 또 내가,

"이번의 불상이 불행히도 나무 부처이고 보니 빈탕이라고 서로 피했지마는 만약에 참말 금부처였더라면 이단을 배척한다는 이론도 한번 상의해 볼 여지가 있었을 터이겠지요."

하고는, 함께 배를 틀어쥐고 웃었다.

장자가 말하기를, "말은 목을 매고, 소는 코를 꿴다." 하였으니, 소의 코를 꿰는 법은 옛날부터 있는 일일 것이다. 우리 나라 소는 난 지 일고여덟 달이 되면 벌써 코를 꿰게 된다. 왕 형공王荊公의 시에 "소 코를 안 꿨다면, 맷돌을 어찌 갈꼬?(牛若不穿鼻 豈肯推人磨)" 했다. 맷돌 가는 것도 이럴 터인데 더구나 수레를 끌고 밭을 가는 것이랴.

책문을 들어선 뒤부터 열하에 이르기까지, 한 집에 기르는 소는

77) 거원蘧瑗은 춘추 시대 위나라 현인으로 나이 쉰이 되어 49세의 과오를 깨달았다는 인물.

일고여덟 마리씩은 다 되고 더러는 많으면 삼사십 마리씩은 되었으나 밭 갈고 수레를 모는 데는 죄다 뿔을 매어 부리고 코 꿴 놈은 한 마리도 못 보았다. 소는 어떤 소나 덜썩 크고 집집이 방목을 하는데도 어린아이 한 명이 능히 소 수십 마리씩 먹이는데 코를 꿰기는커녕 뿔도 매지 않았다. 중국이 짐승 길들이는 기술은 비록 우리 나라로서는 따를 수 없지마는 코를 꿰지 않는 법은 또 무슨 고금의 변천이라 할까?

진나라 두예杜預는 황제에게 상소를 하는 글에, 전목典牧이 있어 종우 4만 5천여 마리를 두었는데, 수레를 끄는 데 부리지 않고 다 늙도록 코를 꿰지 않게 되었다고 하였으니, 이로써 본다면 중국에서도 옛날은 소를 부릴 때 죄다 코를 꿨던 모양이다.

강녀묘 안에 주련을 붙였는데, 문 승상이 쓴 글은 비장하였다.

강녀는 아직도
죽지 않아서
천년 묵은 돌조각은
정렬을 말하네.

진 시황은 오늘에
어데 있을꼬?
원망도 스러워라,
저 만리장성.
姜女未亡也, 千年片石猶貞.

秦皇安在哉, 萬里長城築怨.

글씨는 매우 이상야릇하였다. 과친왕 윤례允禮가 지은 시는 점잖고 아름다웠는데,

푸른 전나무 잎은
고생살이 나머지요,
매화꽃은 곱잖아도
향기로 한몫 보네.
柏葉從來常自苦, 梅花終古不爲姸.

하여 글씨는 귀신 솜씨였다. 건륭 을해년(1755) 동짓달에 셋째 황자 등금거사藤琴居士가 지어 붙인 글은 쌀쌀하였다.

헐린 담장 노송 사이
옛 사당에는
남편 여읜 강녀 내력
섧기도 하지.

임 만날 길 없으니
높은 절개 보였고
허리에 찬 노리개만
옛 모습 그대로네.

돌에 뿌린 눈물 자취
그날의 원한이요,
느껴 우는 냇물소리
오늘의 추억일레라.

진의정 못둑은
처량도 한데
하염없던 그 눈초리
눈에 삼삼하여라.

松老頹垣見古祠, 崩城姜女事堪悲.
藁砧望斷成奇節, 環珮空餘識舊姿.
石灑淚痕當日恨, 水流嗚咽後人思.
振衣亭畔凄涼甚, 猶憶凝眸睩曼滋.

글씨는 민첩하고 묘하게 쓰였다.

'방류요수芳流遼水'라는 글씨는 건륭 황제 어필이요, '경절처풍勁節凄風'이라는 글씨는 과친왕의 글씨요, '망부석' 석 자는 태원太原 사는 백휘白輝의 글씨였다.

중국은 글자가 곧 말이 되지마는 우리 조선은 말이 먼저요, 글자는 나중이므로 중국과 조선은 이 점이 구별되고 있다. 이는 무슨 말인가 하면 말이 먼저 되고 글자가 나중이고 보면 말은 말대로 글자는 글자대로 따로 놀아 가령 '천天'을 읽을 때는 '한날 천漢捺天'이라고 하여 이런 경우에서 글자 외에 또다른 한 개 어려운 어휘를 갖게 된다.('설부說郛'[78]에 있는 《계림유사鷄林類事》에 '천天'을 '한날漢捺'이라 하였다.) 어린아이가 이미 '한날'이란 무슨 말인지 모를진대 어떻게 '천天'을 알 수 있을 것인가?

정현鄭玄[79]의 집 여종들은 모두 능히 시를 이야기할 수 있었다는 것은 두고두고 한 개 미담이라 할 수 있지마는 실상 중국에서는 부인이고 어린아이 할 것 없이 문자로써 말을 삼고 있으므로 비록 눈으로는 '고무래 정丁' 자도 모르지마는 입으로는 능히 봉황새를 읊조리는 격으로 경經, 사史, 자子, 집集 무엇이고 그들에게는 보통 말이 되어 입에 젖어 있다.

우리 사람들이 처음으로 중국 어린아이가 개천을 사이에 두고 그 어머니에게, '물이 깊어 건널 수 없어요.〔水深渡不得〕' 라고 외치는 것을 볼 때 깜짝 놀라면서 중국에서는 다섯 살 난 아이라도 입만 벌리면 시를 짓는다고 하였다. 이것은 그런 것이 아니라 그들의 말이 이렇다. 무슨 뜻이 있어서 글을 지은 것이 아니다. 노가재가 천산을 유람할 때에 촌 늙은이가 앉아 술을 파는 것을 보고 길을 물으면서,

"이런 궁벽한 곳 사람도 없는 데서 술은 누가 사서 먹는가?"

하니, 그는 대답하기를,

"향기 나는 곳에 나비는 저절로 찾아오지요.〔花香蝶自來〕"

했다고 한다. 이 말은 아무런 자자분한 설명이 없이 분명하고 똑똑하게 그 뜻을 표현하여 절로 글귀가 된 것이다. 이는 다름이 아니다. 중국말은 글자가 곧 말이 되는 좋은 증거라 할 수 있을 것이다.

---

78) '설부'는 명나라 도종의陶宗儀가 야사, 설화, 전기 따위를 초록하여 편집한 100권의 총서.

79) 경서의 주해를 저작한 한나라의 저명한 학자.

내 집에는 일찍이 아주 투미한 계집종이 한 명 있어 언젠가 꼭 떡을 얻어야 할 터인데 다른 음식을 얻고는 좋아서 치사하기를,

"파촉도 관중이지요."[80)]

했다. 이는 본래 항간에 돌아다니는 속담으로 그 하인 계집종이야 파촉이고 관중이고 어딘지 몰랐을 터요, 다만 이런 경우에 이것이나 저것이나 무방타는 뜻으로 알았고 본즉 역시 뜻에 맞았던 것이다. 여기서 중국말이란 그리 어렵지 않다는 것을 알 것이요, 또 하필 정현의 집 여종들을 세상에 없이 놀랍다고 쳐줄 것도 없을 것이다.

이덕무가 《청비록淸脾錄》에 썼다.

"조선 사람으로서 중국땅을 두루 돌아다닌 사람으로는 익재益齋 이제현李齊賢만 한 이가 없을 것이다. 그가 유람한 곳으로 그의 시에 보이는 곳만도 정형井陘, 예양교豫讓橋, 황하黃河, 촉도蜀道, 아미峨嵋, 공명사당孔明祠堂, 함곡관函谷關, 민지澠池, 이릉二陵, 맹진孟津, 비간묘比干墓, 금산사金山寺, 초산焦山, 다경루多景樓, 고소대姑蘇臺, 도장산道場山, 호구사虎口寺, 표모묘漂母墓, 탁군涿郡, 백구白溝, 업성鄴城, 담회覃懷, 왕상비王祥碑,[81)] 효릉崤陵, 장안長安, 정장공묘鄭莊公墓, 허문정공묘許文貞公墓, 관룡방묘, 망사대, 무측천릉,[82)] 숙종릉肅宗陵, 빈주邠州, 경주涇州, 보타

80) 파촉巴蜀은 중국 사천 지방이요, 관중關中은 섬서 지방으로서 한 고조와 항우가 서로 먼저 관중을 차지하려고 경쟁을 할 때 생긴 말로 '꿩 대신 닭'이란 의미.

81) 왕상은 진나라 때 계모를 위하여 얼음 구멍에서 잉어를 구해 먹인 효자.

82) 관룡방묘關龍逄墓는 하나라 걸왕 때 현신의 묘이고 망사대望思臺는 한 무제가 아들 여戾 태자를 죽이고는 나중에 후회하고 쌓아 놓은 축대의 이름이다. 무측천릉武則天陵은

굴寶陀窟, 월지국月支國의 사신이 말을 드린 사적 등에 관한 것들과 같은바, 그가 돌아다닌 곳은 실로 놀라워 조선 사람으로서는 따를 사람이 없을 것이다. 그의 시는 참말 우리 나라 2천 년 이래의 대가로서 화려하고도 명랑하고 전아한 품이 우리 나라 시의 딱딱하고 꺽꺽한 폐습을 깨끗이 벗어났다.

요즘 세상 사람들은 심지어 익재가 이제현인 줄도 모르는 자까지 있다. 고사립顧嗣立이 《원백가시선元百家詩選》을 편찬하면서도 고려 사람의 시는 한 편도 싣지 않았다. 당시 목암牧庵 요공姚公[83]과 염자정, 장양호[84] 들은 익재공의 시를 다들 떠받들어 쳐주었지마는 역시 한 수도 실리지 않았다는 것은 괴이한 일이다."

익재의 무덤은 금천金川 지금리只錦里 도리촌桃李村에 있는데 무덤 아랫마을이 익재의 옛 집이라고 한다. 그의 옛 집터를 인연으로 서원을 짓고 제사를 모셨다. 내가 사는 연암 촌집에서 서원까지는 불과 십 리밖에 안 되도록 가까워 나는 일찍이 한두 번 서원을 찾아가 그의 유집을 읽고 더욱이 《청비록》에서 평한 글이 틀림없음을 믿게 되었다. 그의 시에,

**고향 생각[思歸]**

**늦가을 듣는 비는**

---

당나라 고종의 황후묘다.

83) 원나라 문인 요수姚燧.

84) 염자정閻子靜과 장양호張養浩는 원나라 시대 문인들이다.

청신 숲을 가렸고
해질녘 구름장은
백제성[85]에 비꼈고야.
窮秋雨鎖青神樹, 落日雲橫白帝城.

## 새벽에 이릉을 떠나면서[二陵早發]

구름은 주사[86]의
선약 솥을 감돌고
눈발은 문왕님이
비 피한 곳 뿌리네.
雲迷柱史燒丹竈, 雪壓文王避雨陵.

## 배를 타고 아미산으로[舟行峨嵋]

비에 쫓긴 송아지는
돌아갈 길 바쁘고
물결에 밀린 갈매기 떼
배 탄 손을 따르네.
雨催寒犢歸漁店, 波送輕鷗近客舟.

85) 청신靑神과 백제성白帝城은 중국 사천성 소재 양자강안의 지명이다.
86) 주사柱史는 노자老子의 관직명 주하사柱下史를 말한다. 이릉의 역사와 관련하여 읊었다.

다경루多景樓

밤 들어 풍경 울자
포구에 밀물 들고
도롱이 채 우뚝 서니
누각에 비 뿌리네.
風鐸夜喧潮入浦, 烟簑暝立雨侵樓.

함곡관函谷關

흙덩이로 황하수를
막았더라면
땅덩이는 서쪽으로
이었으려니.
土囊約住黃河北, 地軸句連白日西.

우리 나라 시인들이 사물을 표현할 때는 모두가 남의 글에서 빌려 쓸 뿐인데, 정말 눈으로 보고 발로 밟을 수 있었던 이로는 다만 익재 한 사람이다.

이번에 나는 한번 고북구를 나와 나로서는 옛날 사람보다는 낫다고 치고 있지마는 익재에 비한다면 참말 부족한 바가 많다고 할 수 있을 것이다.

《감구집》에는 청음 김상헌 선생의 시를 게재하고 있다. 왕이상王

貽上[87]의 처음 부인 추평鄒平 장씨張氏는 강남의 진강부鎭江府 추관推官 만종萬鍾의 딸이요, 도찰원좌도어사 충정공忠定公 연등延登의 손녀다.

숭정 말년에 청음 선생이 뱃길로 명나라에 가는 길을 제남濟南으로 잡았을 때 장충정은 벼슬을 그만두고 집에 있었다. 선생은 장만종을 인연으로 충정을 만났는데 충정이 선생을 한번 보고는 아주 혹하여 엿새 동안을 머물게 하고 선생이 지은 《조천록朝天錄》에 서문을 지어 주었다. 왕이상이 선생과 친숙하게 된 것은 대체 그의 처가를 통해서 알게 된 것이다. 《감구집》에 선생의 시를 초록하여 게재한 것으로는 다음과 같은 것들이 있다.

1

바다 물역 가을 드매
기러기 떼 첫 손이요,
오경 밤 반짝이는
객성은 이몸인 양

폭군의 모진 손에
지름길 끊어질 제
거친 파도 헤쳐 가며
조각배로 내 왔노라.

---

87) 청초의 저명한 시인 왕사정王士禛.

三秋海岸初賓鴈, 五夜天文一客星.

橋石已從秦帝斷, 星槎猶許漢臣通.

2

물역의 성머리에

지새는 달 걸렸을 제

뱃머리에 홀로 앉아

지난 일 읊을거나.

동녘 바다 그만두고

돌아갈 길 찾자니

북두를 기대고서

신주[88] 만 바라보네.

五更殘月水城頭, 咏史何人獨艤舟.

不向東溟覓歸路, 還依北斗望神州.

3

남북에서 몰려든

나그네와 상고 떼들

그림 주렴 드리운 배

88) 신주는 명나라 국토를 존칭하는 말.

물역에 몇몇 척인고.

고장 노래 드높이
부르면서 지나다니
달빛 어린 성중은
양주[89]를 지나는 듯.

南商北客簇沙頭, 畵鷁青簾幾處舟.
齊唱竹枝聯袂過, 滿城烟月似楊州.

모두 왕이상이 말한 대로 시가 맑고도 고와 욀 만한 시들이다. 왕이상은 전 중국에서 첫손 꼽는 시인으로 식자들로서는 왕이상의 글이라면 한 자, 한 구라도 늘상 먹는 음식이나 맞잡아 벌써 입에 젖었고 보니 청음 선생의 성명을 모르는 자가 없었다. 그러나 선생의 뛰어난 큰 절개는 알 수가 없을 것이다.

지정志亭 학성郝成은 김숙도(金叔度, 김상헌)가 지은 시에서 좋은 시 몇 편을 달라고 청했다. 나는 본디부터 그의 시는 외는 것이 없다고 하면서 이번 걸음에 가지고 온 청음 선생의 6대손 되는 김이도金履度의 전별시가 있다고 했더니, 지정은 매우 좋아하면서 이것도 역시 이상한 일이라고 하였다. 내가 이것을 내어 보였더니 지정은 두세 번 읊조렸다. 그 뒤에 이것을 자기의 저서《용재소사榕齋小史》에 집어넣었는데 다음과 같이 실었다.

"화산華山 김이도는 조선 사신 청음 김상헌의 6세손이다. 그는

89) 양주는 양자강과 운하가 통하는 곳으로서 물산이 폭주하고 놀기 좋은 풍류 지대.

'삼가 연암을 북경으로 보내면서' (원시에는 연경으로 간다는 의미에서 '부연赴燕' 이라고 한 것을, 지정은 서울에 조공 간다는 의미로 '조경朝京' 이라고 고쳤다.)라는 시를 썼다.

1

사면은 연나라 산
넓기도 한데
만리라 진나라 성
높기도 하네.

채찍을 쳐들고
가는 그 님아
백발을 휘날리며
수고하시네.
四面燕山闊, 萬里秦城高.
中有垂鞭者, 白髮行邁勞.

2

철석 같은 의지론
담헌 님이요,
고매한 재덕으론
연암 님일세.

이역에도 그 이름
모를 이 없고
드높은 학풍은
서로 이었네.
耿介湛軒子, 倜儻燕巖叟.
海內知姓名, 高風屬前後.

건륭 경자년(1780) 5월 23일 화산 김이도가 지었다. 그의 자는 계근季謹이요, 글씨는 종요와 왕희지를 본떴으며 조선에서 걸출한 문장가이다. 그의 친구인 박연암, 한석호韓錫祜와는 시와 술로 통하는 막역한 사이다. 금년 가을 박연암이 사신을 따라 북경으로 와서 나와 같이 놀게 되어 매우 친숙해졌다. 이에 화산의 전별시 세 편을 얻었는데 《시경》의 사모四牡나 황화皇華[90] 시가 남긴 뜻을 깊이 체득했는바, 나는 그중 두 편을 적었다."

(원문에는 '수방殊方'이라고 한 것을 '해내海內'로, '계전후繼前後'의 '계' 자를 '속屬' 자로 지정이 고쳤다.)

지정은 또 초록하였다.

"연암의 족손族孫 되는 남수南壽의 자는 산여山如요, 호는 금성錦城인데 얼굴은 관옥같이 잘났다."

하고는, 남수가 나에게 준 전별시를 실었다.

---

90) 《시경》에서 나온 시로 임금의 덕화를 노래하였다.

머리가 세었다고
걱정 말지라.
천지는 길고 길어
다함이 없네.

넓디넓은 요동벌
필마로 드니
채찍을 한번 치자
바람은 만리.
莫云頭已白, 天地忽無窮.
匹馬遼東野, 一鞭萬里風.

금성은 우리 박씨네 관향인데, 지정은 이를 별호로 알았다.

지정은 또 기록하였다.

"이 나라의 저명한 인사로 이재성 중존이란 이가 있는데 별호는 지계芝溪요, 연암의 처남이다."

라고 쓰고, 중존이 내게 준 전별시를 실었다.

압록강 흐르는 물
앞을 가리는데
만리장성 넘을 차비
분주하고야.

유유하게 먼 길을
지나는 손님
뚜뚜히 알괴라
그 누구인지.
鴨綠衣帶水, 長城宿春之.
悠悠遠行客, 歷歷知是誰.
(지정은 원 시의 '연성燕城'을 '장성長城'으로, '고래경유객古來經遊客'을 '유유원행객悠悠遠行客'으로 고쳤다.)

또又

십년을 연암 두메
살던 그 님이
먼 길 떠날 차비
분주하고야.

반생을 책더미 속
묻혔던 그 몸
오늘은 천자 있는
그곳에 가네.
十載巖栖客, 晨裝告遠遊.
半生方冊裡, 今日帝王州.

또又

그 옛날은 공명의 뜻
없잖았건만
사슴 뫼돝 짝을 삼아
숨어 살았네.

그래도 두 눈은
구경에 그려
늘그막 헝큰 생각
잊어 볼거나.
宿昔桑蓬志, 沈冥鹿豕群.
猶被雙眼役, 可忘白頭紛.

또又

장마와 무더위에
강은 부풀고
구름장 둥실 뜨자
숲은 나지막.

비노니 우리 님아
몸조심하소.
가더라도 소식만은

전해 주소라.

雨熱關河漲, 雲蒸薊樹低.

請君愼行李, 去矣莫棲棲.

('청군신행리請君愼行李'가 원 시에는 '면전신행역勉旃愼行役'으로 되어 있다.)

지정은 또 기록하였다.

"혜당惠堂 한석호韓錫祜와 백후伯厚 양상회梁尙晦와 유재裕齋 이행작李行綽은 모두 개성 사람들이다. 개성은 고려 왕조의 옛 도읍지인데 이 나라에서는 송경松京이라 한다. 옛날 개주開州요, 옛 이름은 촉막군蜀莫郡이다. 신숭, 자하[91] 같은 경치가 있고 문인과 율객들은 아직도 을지생乙支生과 정인지鄭麟趾의 유풍이 있다. 갸륵한 왕조의 문교는 멀리 국경 밖까지 퍼졌기 때문이다."

하고는 혜당이 북경으로 오는 내게 준 전별시를 실었다.

넓은 뜻 가진 그 님
몸 둘 곳 없어
하늘 밑 동쪽 구석
살게 되었네.

멀거나 가깝거나
차별이 없고

91) 신숭神嵩은 개성의 송악산, 자하紫霞는 채하동彩霞洞을 말한다.

문밖을 나서잖아도
뜻은 만리 밖.
偶爾無方住著身, 一天之下海東濱.
如將遠邇看平等, 不出門時萬里人.

또又

지새는 달빛 아래
산골 문이 밝아올 제
목련꽃 아래선
남은 정회 깊어라.

중국땅 좋은 줄
알 바 없는 저 꾀꼬리
이별이 서러운 양
울기만 하네.
曉月依山磵户明, 木蓮花下藹餘情.
黃鸝不識中州好, 啼作陽關惜別聲.

또又

넓은 들 덮은 하늘
네 둘레는 둥글고
동남쪽 산봉들은

갈수록 멀어져라.

요동땅 들어가서
무엇을 볼 참인고
해 바퀴 빙글 돌아
고국땅 가리키리.
青天蓋野四周環, 漸失東南點點山.
行到遼陽何所見, 日輪回指海雲間.

또又

조각배 집어타고
창파 만리 표랑하며
천하명승 두루 구경
소원이 아니든가.

필마를 잡아타고
사신 행차 따라서니
푸른 바다 외돛대와
그 아니 비슷한가.
常願風漂萬里舟, 遍登天下有名樓.
悠悠匹馬金臺路, 何似孤帆碧海秋.

또又

장성이 무너지며
나라도 갈렸건만
인물은 변함없이
그대로라네.

공자묘 뜨락 돌북
옛 모습 남았으나
덧없는 인간 세상
변천은 몇 번인고.
長城自壞國隨之, 朝市人烟遂不移.
夫子廟庭周石鼓, 人間幾度夕陽時.

가랑비 내리는 봄 뒤뜰[春院細雨]

무거운 이슬 방울
오동잎이 먼저 알고
가느단 뇌성이매
새마저 놀라잖네.

싹트는 새 풀잎은
깊숙한 꿈속 같고
활짝 핀 꽃봉오리

말없이 멀뚱멀뚱.

섬돌에 검정 개미
오르다 미끄러질 제
나뭇잎 안은 벌레
떨어질까 아슬아슬.

물 위에 선 쌍무지개
저 멀리 보일 적
연기 속 새 한 마리
굼뜨게 날아드네.

외로운 나그네는
시름없이 앉아서
그리운 님 생각에
깊이도 잠겼어라.

露重梧先聞, 雷輕鳥不疑.
嫩草深疑夢, 濃花恰欲痴.
玄蟻緣階滑, 青蟲抱葉危.
水立雙虹遠, 烟穿獨鳥遲.
悄悄孤客坐, 湛湛美人思.

지정은 백후가 내게 준 전별시도 기록하였다.

까마득한 산천이나
길은 한 가닥
마음은 이었건만
따라 못 가네.

푸른 버드가지에
해는 기울 제
그대 위해 따르나니
또 한 잔 드오.
極目山河路一絲, 心如相約未相隨.
離筵更進一盃酒, 楊柳青青斜日時.

이행작의 송별시도 썼다.

채찍에 몸을 붙여
바닷가를 가는 손
요동벌 유월 하늘
비도 지루하고야.

앞길을 꼽아 보니
예서도 삼천 리
묻노니 언제나
연경땅 닿을쏜가.
濱海行人信一鞭, 遼天六月雨長懸.

計程從此三千里, 借問幾時可到燕.

중국 사람들은 이같이 쓰는 버릇들이 많다. 비단 남의 시를 잘 고칠 뿐만 아니라 그가 말한 을지생이니 정인지의 유풍이란 말은 더구나 배를 틀어쥐게 한다. 우리 나라에는 을지생이란 이름이 없으니 이는 아마 을지문덕을 말하는 것이리라. 을지문덕과 정인지 사이는 수천 년 떨어진 터에 여기서 병칭해서 한목 쓴다는 것은 아마도 을지문덕이 《수서隋書》에 보이고, 정인지가 《고려사》를 지었으므로 유표스럽게 뽑아 쓴 것만 같다.

또 김이도를 말할 때에 한석호와 시 동무요, 술친구로 막역하다고 하니 참말 뱃살 고출 일이다. 두 사람은 서로 얼굴만 모를 뿐 아니라 비록 시대는 같지마는 서로 이름도 모르는 사이에 어떻게 시와 술로 막역할 수 있으며, 더구나 두 사람은 평생에 술을 먹을 줄 모름이랴.

나는 다음 날로 길을 떠나게 되어 이 잘못을 교정해 주지 못했다.

이불李紱의 《목당집穆堂集》에 실린 '경인년 설 아침 조회에〔庚寅年元朝早朝〕' 라는 시에,

조선은 옛날부터 사귄 지 오랜 나라
의관은 생소하고 풍속도 야릇.
사모와 관복으로 봄 조공을 드리니
바다 구석 해뜨는 곳 평화로운 곳.
朝鮮內屬來王久, 肯怪衣冠太俗生.

紗帽版袍春入貢，海隅日出最昇平.

이라고 하였다. 아침 나절 산장문 밖에서 수없는 관원들이 조회를 마치고 물러나오는데, 붉은 모자에 마제수를 입은 것이란 사람으로 하여금 보기 창피하게 했건만 우리 사신의 의관은 화려하기가 신선 같아 보였다.

그러나 거리 아이들은 이상하게 놀라 도리어 연극 놀음판 배우 같다고 하니 답답한 일이 아닐까 보냐.

이익재의 자는 중사仲思요, 다른 별호는 역옹櫟翁이고, 경주 사람인데, 열다섯 살에 과거에 급제하였다. 충선왕忠宣王이 원나라에 와서 있을 때 만권당萬卷堂을 꾸며 놓고는 고려로 돌아가지 않고 익재를 불러 자기 처소에 두고 중국의 조자앙이나 원복초[92] 같은 여러 명사들과 시를 지어 주고받으면서 교유하였다. 충선왕이 서촉西蜀 지방까지 칙사로 가거나 강남 지방으로 강향 걸음을 할 때 그는 따라다니면서 이르는 곳마다 시를 읊어 사람들에게 절찬을 받았다.

고려로 돌아와서는 다섯 임금을 도와서 네 번이나 재상이 되었다. 충선왕이 참소를 입어 토번吐蕃으로 귀양살이를 갔을 때는 만리 길을 달려가 문후하였으니 충성과 의분은 끓어 넘쳤다. 그 뒤에 김해후金海侯에 봉해지고 81세에 죽으니 시호를 문충文忠이라 하였다. 그의 시는 화려한 맛이 있으면서도 아담하여 조선의 시인들이

92) 조자앙趙子昂은 원나라 말기, 명나라 초기의 탁월한 서화가인 조맹부趙孟頫이고, 원복초元復初는 동시대 문인인 원명선元明善이며 복초는 자이다.

가진 촌티와 깔깔한 때를 활짝 벗었다.

길에서[路上]

말을 탄 채 '촉도난'[93]을
읊었더니만
오늘 아침 이내 몸은
진관[94]에 드네,

저녁 구름 푸르스름
어부수를 막았고
아침 숲은 시뻘겋게
조서산을 이었네.[95]

글자를 배운 것이
평생 후회로구나.
명리를 줄 터이니
한가한 몸 못 바꿀까.

그 옛날 죽장망혜

93) 촉도가 험한 것을 두고 지은 이태백의 저명한 시.
94) 진관秦關은 감숙성 소재 관문의 이름.
95) 어부수魚皃水와 조서산鳥鼠山은 감숙성에 있는 강과 산 이름.

한가로운 몸으로
안화사 다니던 일
못내 그립네.

馬上行吟蜀道難, 今朝始復入秦關.
碧雲暮隔魚鳧水, 紅樹朝連鳥鼠山.
文字賸添千古恨, 利名誰博一身閒.
令人最憶安和路, 竹杖芒鞋自往還.

내가 사는 연암 뒷산 기슭에 재 하나 사이를 두고 안화사란 묵은 절터가 있다. 익재공의 이 시를 매양 읊조리며, 공이 죽장망혜로 이 어간을 다녔던 것을 상상해 보면서 촉도와 진관과 어부수와 조서산을 생각할 때는 사람으로 하여금 정신을 황홀케 하였다.

내가 이번 걸음에 가 본 곳은 익재도 가 보지 못한 곳이다.

송나라 원풍 7년(1084)에 황제는 서울 동쪽 회남淮南 지방에 고려의 정관亭館을 짓도록 명령하였던바, 밀주密州, 해주海州 두 지방은 민심이 소연하여 도망하는 자들까지 있었다. 그 이듬해 소동파가 이곳을 지나면서 그 집의 장엄하고도 화려한 것을 탄식하며 절구 한 수를 지었다.

으리으리 날아갈 듯 추녀 뵈는 담장 밖,
쓸쓸한 농가들엔 연장만 남았구나.
오랑캐의 종으로 다 내주고 보니,
모를러라 그들은 얻은 것이 무엇인지.

簷楹飛舞垣墻外, 桑柘蕭條斤斧餘.
盡賜昆耶作奴婢, 不知償得此人無.

소동파가 고려를 미워하는 버릇은 도처에 이렇다. 만일 그에게 강희 황제가 지은 서른세 참의 찰원察院[96]을 보여 주었다면 무어라고 하였을까?

황산곡黃山谷[97]이 목보穆父의 '고려 송선松扇을 드린다'는 시에 차운하여 지은 시에,

은 갈고리 옥 투호 명견지明繭紙[98]에,
가볍고 서늘한 바람을 같이 보내는 듯.
수고롭기도 멀리 책구루를 지나,
더위에 때맞추어 잘도 왔구나.
銀鉤玉唾明繭紙, 松箑輕涼幷送似.
可憐遠度幘溝漊, 適堪今時褦襶子.
(책구루는 고려의 지명이다.)

하였고, 또 쓰기를,

96) 조선 사신의 내왕을 위하여 설비한 숙소.
97) 송나라 시대의 문장가이며 도술가인 황정견黃庭堅.
98) 명견지明繭紙는 상품의 조선 종이.

문인의 풍채는 결백도 해 보이고
삼한의 절조는 삼신산만 같구나.
신선의 불사약을 얻은 듯하여,
이 몸은 티끌 세상 멀리 떠난 듯.
文人玉立氣高寒, 三韓持節見神山.
合得安期不死藥, 使我蟬蛻塵埃間.

하였는바, 이제 와서는 고려 송선이란 것을 어떻게 만들었는지 모를 일이다.

내가 태사 고역생高棫生과 한자리에 앉아, '반정균이 왕추사의 한류寒柳 시에 차운하여 지은 시'를 외었더니 자리에 있던 사람들은 모두들 잘 되었다고 칭찬하였다. 왕추사가 누구냐 물었더니 명재明齋 풍병건馮秉健이 말하기를,

"그는 역성歷城의 진사로서 이름은 평苹이요, 자는 추사요, 자호는 '칠십이천주인七十二泉主人'인데 반정균 시에 이른바, '칠십여 개 솟는 샘이 절구질 소리에 시끄럽다.〔七十泉聲亂石舂〕'는 것이 바로 그를 두고 말한 것입니다."

하였다. 사헌簑軒 능야凌野가 말하기를,

"시방 왕조에 들어서 시인으로는 많이들 왕추사를 꼽는데, 그가 일찍이 지은 시에, '요란한 물소리 속 누가 왔던고, 단풍은 숲속에서 책만 짓누나.〔亂泉聲裏誰通屐 黃葉林間自著書〕'라고 하였고, 또다른 시에는, '단풍잎 떨어질 때, 황소 등은 따뜻하고, 푸른 산 잘라진 곳 술 취한 손 넘누나.〔黃葉下時牛背晩 靑山缺處酒人行〕'라

고 하여, 당시 사람들은 그를 '왕황엽王黃葉'이라 하였답니다."
하였다.

《일하구문日下舊聞》에 《동국사략東國史略》과 《고려사》 '열전'이 실렸는데, 거기 보면,

"고려 세자가 원나라에 가서 황제를 알현하였는데, 황제가 편전에서 무슨 글을 읽느냐고 묻자 세자가, '정가신鄭可臣과 민지閔漬 같은 스승이 있어 여가에 때로 《효경》이나 《논어》 들을 토론합니다.' 고 대답했다. 황제는 기뻐하면서 세자에게 그들을 데리고 들어오라고 명령하여 자리를 내주고는, 우리 나라 왕실이 세습한 차례와 역대의 정치 실적과 풍속의 좋은 점 등을 물으면서 조금도 지루해하지 않고 들었다.

그 뒤에 대신들과 함께 월남을 정벌할 것을 의논하면서 두 사람을 불러 같이 의논하고는 그들의 뜻을 칭찬하였다. 이때 정가신에게는 한림학사를, 민지에게는 직학사를 제수하였다."

하였다. '열전'을 보면,

"황제가 자단전紫檀殿에서 세자를 불러 가신도 같이 가게 되었다. 황제가 자리에 앉도록 한 후 갓을 벗으라고 분부하면서, '수재는 머리를 땋아 늘일 것 없이 두건을 쓸지라.' 하였다.

바로 황제의 책상 앞에는 둥그렇게 생기고 조금 갸름한 큰 물건이 있었는데 빛깔은 깨끗하고도 안정감을 주었다. 높이가 자가웃은 되고 속은 술을 붓는다면 닷 말쯤은 들 만하였다. 마하발摩訶鉢이란 나라가 바친 낙타조의 알이었다. 황제는 세자에게 구경을 시키고 드디어 세자와 그를 따르는 신하들에게 술을 하사하

면서 정가신에게 시를 지으라고 명했다. 정가신이 시를 지어 바쳤는데, 그 시에, '동이만 한 새알 속에 불로주를 가득 담아, 만세토록 사시라. 훈훈한 그 술기운, 해동까지 미치리.〔有卵大如甕 中藏不老春 願將千歲壽 醺及海東人〕' 하여, 황제는 가상히 여기고 자기 식탁에서 국을 하사하였다."

하였다.

(주곤전[99]이 이에 대해 상고하여 말하기를, 고려 세자는 충선왕 장璋으로 일찍이 서울에 만권당을 꾸며 놓은 자이다. 정가신은 고려에서《천추금경록千秋金鏡錄》을 지었고, 민지는《세대록년절요世代錄年節要》7권을 더 붙여 지었고, 또 본국의《편년강목編年綱目》42권을 지었으나 아깝게도 이 책들을 얻을 수 없었다.)

나는 자씨의 묘지명과 형수씨 되는 이 공인李恭人의 묘지명을 쓰기 위하여 중국 인사에게 부탁하여 중국에서 글씨 잘 쓰는 이를 찾았더니, 호부주사戶部主事 서대용徐大榕은 호주湖州 사람으로 서로 알지 못하는 처지에 시를 지어 보냈다.[100]

그가 붙인 주석에,

"때마침 떠날 기일이 촉박하였으므로, 잔 글씨 해서를 쓸 수 없어 나의 외사촌을 시켜 쓰게 했습니다. 초 잡은 글씨가 지금도 있으므로 다시 보내겠습니다. 연암께 올리는바, 아울러 조량하시옵소서. 양호陽湖 척암惕葊 서대용 씀."

99) 주곤전朱昆田은 청나라 초기 대학자 주이준의 아들로 시인이다.
100) 시는 생략한다.

이라고 하였다. 이 글씨를 보니 역시 잘 쓴 글씨였다. 두 묘지명은 전당錢塘의 양정계楊廷桂가 쓴 것인데, 양정계는 바로 서대용의 외사촌이다.

오조吳照는 강서 사람인데 자는 조남照南이요, 호는 백암白菴이다. 그가 석호石湖를 유람할 때 지은 시는 모두 잘된 시였다.

1

뒤뜰에 안개 걷히고
누런 햇발 돋아올 적
노 젓는 소리 맞춰
배는 못 가운데로.

늘어선 푸른 산은
그림폭을 펴놓은 양
허공에 우뚝 솟은
탑 한 자리 보이네.
茂苑烟銷曉日黃, 數聲柔櫓出橫塘.
靑山面面開圖障, 一塔淩空見上方.

2

주름 잡은 잔물결은

물고기 비늘인 양
갈매기와 해오라기
물가에 우뚝 섰네.

치이자의 풍류가
문득 생각나누나.
언젠가 이곳에서
미인과 놀았겠지.

水縐微波漾細鱗, 沙鷗白鷺立湖濱.
風流想像鴟夷子, 此地曾經載美人.

3

능가산 아래는
능가사가 있는데
산문을 감도는 물
한 굽이를 지었네.

새벽 절 종 다 쳤건만
갈까마귀 날지 않고
빈 행랑채 적막한데
오동꽃만 지누나.

楞伽山下楞伽寺, 水繞山門一曲斜.
敲罷曉鍾鴉未散, 空廊人靜落桐花.

4

모심은 논배미에
물은 가득 찼는데
물과 구름 아득하매
가을철만 같아라.

이 골짝에 농사짓기
가장 좋을시고.
발 벗은 남방 처녀
소 먹일 줄 잘 아누나.
短短秧針綠滿疇, 水雲渺渺似涼秋.
此間最是爲農樂, 赤脚吳娃解飯牛.

5

둥둥 뜬 마름잎들
물오리 등 덮었는데
아름다운 이 경치
망천도[101] 분명코나.

비스듬한 다릿목에

101) 망천은 산서성 명소인데, 중국의 농촌 시인 왕유王維의 고향.

몇 포기 푸른 버들
범석호[102] 생각이
끝없이 간절코나.
菱葉浮波覆野鳧, 分明佳景輞川圖.
斜橋幾樹青青柳, 憶煞詩人范石湖.

6

호수 밖에 뫼 있고
뫼 아래 밭이로다.
비 올 때나 갤 때나
물빛도 고울시고.

내 만약 이곳으로
살 집을 옮긴다면
서쪽 이랑 다 갈고선
배 잡아타고 놀걸.
湖外有山山下田, 湖光宜雨亦宜烟.
他年我若移家住, 耕罷西疇便刺船.

오조의 나이는 현재 서른 남짓인데, 거인擧人이다.

102) 범석호는 송나라 시대 고관이요, 시인인 범성대范成大.

# 구외이문口外異聞

▪ 본편은 박지원이 열하에 내왕하는 동안 장성 밖 지역에서 들은 기이한 이야기들을 별반 순서나 정리를 거치지 않고 그대로 수록한 잡록이다.

# 반양盤羊

반양이란 짐승은 몸뚱이는 사슴같이 생기고, 꼬리는 가늘고, 두 개 뿔이 등덜미 위에 어울려 있고, 우글쭈글한 무늬가 있다. 밤이 되면 뿔을 나뭇가지 위에 걸고 자는데, 다른 짐승의 공격에 대비하는 것이라고 한다. 모양은 노새와 같은데 떼를 지어 몰려다니고, 더운 여름날에는 먼지와 이슬이 서로 엉켜 뿔 위에는 풀이 돋는다고 한다.

더러는 '영양麢羊'이라고도 하고, 더러는 '완양羱羊'이라고도 한다. 《설문》[1]이란 책에는 영양은 큰 양으로서 뿔이 가늘다 하였는데, 육전陸佃[2]의 《비아》란 책에는 완양이란 오吳나라 양과 비슷하되 그보다 크다고 하였다.

금번 만수절에 몽고가 헌납한 것인데 황제가 다시 반선에게 주었다고 한다.

---

1) 한나라 허신許愼의 저작인 사전으로, 《설문해자說文解字》의 약칭.

2) 송나라 시대의 학자, 유서類書의 일종인 《비아埤雅》의 저자.

# 채요새와 나비 [彩鷂蝴蝶]

강희 40년(1701)에 황제가 장성 밖으로 피서를 하였을 때에 랄리달喇里達 족의 두목 되는 자가 채요새[3] 한 마리와 푸른 날개 달린 나비 한 쌍을 진상하였다. 채요새는 범을 잡을 수 있고, 나비는 새를 잡을 수 있다고 왕이상의 《향조필기香祖筆記》에 쓰여 있다.

3) 장끼같이 생긴 새매.

# 고려 구슬[高麗珠]

중국 사람들은 조선 진주를 보물로 여겨 '고려 구슬'이라고 한다. 빛깔은 담박하며 희기는 옥돌 같다. 요즘 중국 사람들이 모자 앞이마에 한 알씩 박아 두어 모자의 앞뒤를 표시한다. 조선 진주는 8푼쭝 이상이라야 보물로 삼고 있다. 황제가 가진 조선 진주는 7돈쭝이나 되는데 꿈자리가 시끄럽고 가위눌리는 것을 막는 보배로 여긴다. 황후가 가진 조선 진주는 6돈 4푼쭝인데 모양이 흰 가지 같다고 한다. 건륭 30년(1765)에 황후가 이 진주를 잃어버렸는데 당시 회회족 출신 첩 황후가 이 진주를 난의위졸鑾儀衛卒[4]의 집에서 찾아 냈다고 황후를 참소하여, 황후를 폐위시켜 냉궁冷宮에 가두었다고 한다.

귀주안찰사 기풍액의 모자 앞이마에 단 조선 진주는 빛깔은 그다지 아름답지 못하나, 기풍액의 말을 듣는다면 진주 무게가 6푼 7리나 되고 값이 은 40냥이라고 했다. 나는 말하기를,

"그 진주는 우리 나라 토산이 아닙니다. 때로 대합 조개를 먹다가

4) 황제의 거둥에 호위하는 의장병.

이빨 사이에서 얻는 수가 있지마는, 이것은 '육주陸珠'라고 하여 그리 대수로운 물건이 못 되지요. 부녀자들이 머리꽂이나 귀걸이로 치장하는 진주는 모두 왜倭 진주로 붉은빛을 띠고 보니 이야말로 보물답답니다."

했더니 기 안찰사는 웃으면서,

"아니외다. 이것은 조개 껍질을 둥글게 갈아 만든 것이요, 진주가 아니외다. 조선 진주를 소중히 쳐주는 까닭은 조개 티가 없고 절로 천연스러운 보석 빛깔을 내는 데 있습니다."

하였다. 이 말이 딴은 이치에 닿는 말 같으나 나는 모를러라, 조선 진주가 어디서 나는지, 또 누가 이것을 캐서 세상에 이렇게 내돌렸는지.

## 숭정 때 대신[崇禎相臣]

숭정(1628~1644) 17년 동안에 정승으로 임명했다가 파면된 자가 50명이었고, 변방 지방의 장수가 조정의 명령을 집행함에 조금이라도 실수할 때는 지체 없이 목이 날아가게 되었다. 아홉 변방의 당시 군율이 엄격한 정도는 역대에 볼 수 없을 만큼 엄했지마는 역시 국가의 흥패와 존망에 관하여는 아무런 도움이 되지 못하였다.

## 이상아와 서혁덕[伊桑阿舒赫德]

강희 시대 정승의 직위에 있던 자 중 문장과 학문으로는 다들 이상아를 꼽는다. 이상아는 만주인으로 강희 무진년(1688)에 예부상서로 정승이 되어 15년 동안 정승 자리에 있었는데, 86세에 죽었다. 시호는 문단文端이다. 나이 63세에 구양수歐陽脩의 고사에 따라 천자에게 사직 청원을 서른 번이나 냈다. 그 뜻이 갈수록 간절하므로 천자의 승낙을 얻었다.

근년에 정승직으로 유명하기는 서혁덕으로 첫손을 꼽을 것이니, 그 역시 만주인이다. 정승 자리에 40여 년 있었는데, 지난해에 죽으니 나이가 88세였다. 당시 사람들은 그를 문로공文潞公[5]에 비하였다.

5) 송나라의 정승으로서 이름은 언박彥博이다. 그는 50여 년을 장상의 지위에 있었다.

# 왕진의 무덤[王振墓]

지난해, 즉 건륭 기해년(1779)에 서산西山에서 왕진[6]의 무덤을 찾게 되어 그 관을 쪼개고 그의 죄목을 열거한 다음 시체를 찢어 조리를 돌리는 책형에 처하였다. 이와 함께 그의 도당의 무덤 20여 기를 파헤쳐 시체의 목을 베었다고 한다.

《명사明史》에,

"황제의 일행이 토목보土木堡에 도착하였을 때 왕진의 짐수레만 천여 대였다. 그때 적병이 사방에서 추격해 왔으므로 당시 따르던 관리와 장병은 한목으로 몰살당했다."

하였다. 그러니 어찌 이판에 왕진이 혼자 빠져 나왔겠으며 또 당시에 왕진의 가족을 한목 베고, 마순장馬順長과 왕진의 조카 왕산王山을 거리에 끌어내어 목 베어 죽였다고 하였으니, 그 도당들인들 무덤을 가졌을 턱이 있겠는가?

그러나 영종英宗[7]이 다시 복위하게 되어 왕진의 관작을 다시 회

6) 명나라 영종英宗 시기 환관 출신 관리로서 정권을 쥐고 폭정을 하던 자.

복시키고 사당을 세워 제사를 모셨다고 하니, 왕진의 무덤이 있단 말도 괴이찮은 말 같기도 하다.

7) 명나라 제6대 황제로서 실위失位되었다가 다시 복위하고 연호를 천순天順이라 하였다.

## 조조의 수장[曹操水葬]

건륭 무진년(1748)에 장하漳河에서 고기잡이를 할 때 물속에서 자맥질하던 자의 허리가 동강나서 떠올랐다. 황제는 수만 명 병졸을 풀어서 강 옆을 파고 물을 딴 데로 돌린 뒤에 강바닥을 들여다보니, 수없는 병장기가 널려 있고 그 아래는 무덤이 있어 드디어 관을 파내니, 금은으로 찬란히 치장한 속에 황제의 면류관과 복색을 갖추었으니 곧 조조의 시체였다.

황제는 친히 관우묘에 나와서 소열昭烈[8]의 소상 앞에 그 시체를 꿇어앉히고 목을 베었다. 이 일은 천고에 내려오던 귀신과 사람들의 분노를 시원하게 씻어 주었을 뿐만 아니라, 일흔두 개의 무덤을 만들었다는 전설의 의혹[9]을 통쾌하게 부수게 되었다.

8) 촉한 황제 유비.

9) 조조는 후세에 굴총을 두려워하여 죽은 후 일흔두 개의 가짜 무덤을 만들었다는 말이 있다.

# 위충현魏忠賢

숭정 초년에 위충현을 봉양鳳陽으로 귀양 보내고 그의 집을 적몰했더니 충현은 도당을 모아 장난을 하였다. 황제는 진노하여 잡아들이도록 명령했는데, 충현은 화를 피할 수 없음을 깨닫고는 목을 매어 자살하였다. 황제는 충현의 시체를 하간河間에서 다시 책형에 처하였다고 하니 충현의 무덤이 어디 있다고 할 것인가?

강희 시대에 강남도 감찰어사江南道監察御史 장원張瑗이 황제께 상소하기를,

"황제께서 전년에 남쪽을 순행하실 때 악비岳飛의 무덤을 수축하도록 명령하시고 우겸于謙의 비석에 제자題字를 하사하였습니다. 진실로 이 두 신하의 충성은 일월을 꿰뚫고, 의리는 산하처럼 장한지라 천하에 드러내놓고 자랑하고 표창함이 지당할 것입니다. 신이 명령을 받들고 서성西城 지대를 순시할새 서산 일대를 사열하던 중 향산香山 벽운사碧雲寺에 이르렀더니 절 뒤에 굉장한 집이 단장에 둘러싸여 몇 리 어란을 두고 자리를 잡았는데, 나무숲이 우거지고 금벽 단청이 휘황한 것이 명나라 역적 위충현의 무

덤이었습니다.

무덤 위에는 덜썩 높은 빗돌 두 개가 가지런히 섰고 두 줄로 글을 썼는데, '흠차총독 동창관기판사 장석신사 내부공용고 상선감 인무 사례감병필 총독남해자 제독보화등전 완오 위공충현지묘欽差總督東廠官旗辦事掌惜薪司內府供用庫尚膳監印務司禮監秉筆總督南海子提督保和等殿完吾魏公忠賢之墓'라 쓰여 있었습니다. 수도의 바로 근방에 아직도 이런 더러운 자취와 참람한 시설이 남아 있으니, 무엇으로써 큰 악인을 경계하고 공법公法을 밝히겠습니까? 더구나 황제의 뜻을 받들어《명사》를 편찬할새, 무릇 명나라 말년에 화를 입은 충량한 여러 신하들의 전기를 쓰지 않은 이가 없거늘 광명한 세상 아래 어찌 간특한 역당들이 대담하게 날뛰는 짓을 허용하겠습니까? 우러러 바라옵건대 천자의 위엄을 보이사 지방 관원에게 명령하여 이 빗돌을 뒤넘겨뜨리고 무덤을 깎아 없애도록 조처하시기 바랍니다."

하였다. 그리하여 그는 황제의 뜻을 받아 이곳 관원들과 함께 이 무덤을 헐어 펀펀히 깎아 없애 버렸다 한다. 이로써 본다면 왕진의 무덤도 역시 있었던 모양이니, 나는 여기에 이 두 가지 기록을 씀으로써 명나라 말년에 법을 숭상하기는 엄격하였으나 기율이 이같이도 서지 못하였다는 것을 밝히고자 한다.

## 양귀비의 당집 [楊貴妃祠]

청나라를 창립한 정신이 오로지 어진 행실을 표창하고 악한 행실을 처벌하는 법도로써 천하 인심을 복종시켰다고 하지만, 계주薊州 반산盤山에는 안녹산의 사당이 있고, 동탁董卓,[10] 조조, 오원제吳元濟,[11] 황소黃巢[12] 같은 자들의 사당이 여기저기 있었는데 왜 이런 것을 헐지 않고 그대로 두는지 알 수 없는 일이다.

장성 밖 어느 길가에는 양귀비의 당집이 있었는데 안녹산의 소상까지 함께 깎아 놓아 마두들이 들어가 구경을 했더니, 양귀비의 상은 산 사람처럼 요염하고, 안녹산의 상은 뚱뚱하게 생긴 데다가 배를 가리지 않은 채 희떡 드러내놓아 볼썽없이 추악했다고 말했다. 이런 음탕스러운 당집을 헐지 않는 것은 후세 사람들에게 본보기로 경계하는 뜻인지?

10) 후한 말년에 정권을 전횡한 인물.
11) 당나라 시대의 반역 인물.
12) 당나라 희종僖宗 때 농민 폭동을 지도한 유명한 인물.

## 초사樵史

《초사》 한 권은 어떤 사람의 저작인지 알 수 없다. 명나라가 망하게 된 이유를 비분한 감정에 호소하여 객씨客氏[13]의 이야기라든가, 웅정필熊廷弼을 죽인 사실에는 여러 가지 못 들은 소문까지 많이 게재하였다. 또 만력 연간에 조선을 구원한 사실을 잘못으로 지적하였는데, 이 때문에 정부의 재정은 파탄을 보고 백성들은 떠돌아다니게 되었으나 조정의 신하들은 손댈 곳을 알지 못했다고 했다. 어떤 허망스러운 자가 광산을 개발하자고 당시의 대신에게 권하자 조정은 이 말에 휩쓸려서 이 정책을 실시하였기 때문에 백성들은 더욱 곤란한 처지에 빠져 모두가 반란을 일으켰으므로 나라가 망하게 되었다고 하였다.

이야기가 지극히 비통스러운 데가 많아 정사와 함께 읽다가 눈물을 금치 못하였는바, 대체 길이 바빠 이 글을 베끼지도 못했다. 들으니 이 책은 금서에 들기 때문에 세상에 전하는 것은 손으로 베낀 이 사본뿐이라고 하였다.

13) 명나라 말년 희종熹宗의 유모로 위충현과 사통을 하여 악행을 공모한 여자.

# 주각해麈角解

천자만이 능히 제도를 고안할 수 있을 것이다. 시방 황제가 월령月令[14]을 고친 것으로 보아도 넉넉히 짐작할 수 있을 것이다.

나는 연암 초당에서 이따금 앞개울에 사슴이 와서 물을 먹는 것을 본 적이 있었다. 머리는 물레바퀴처럼 생겼는데 그 털과 뿔을 자세히 보고저 가만가만 가까이 가 보면 사슴은 깜짝 놀라 뛰어 달아나기 때문에 끝내 자세히 한번 보들 못했다. 이번에 장성 밖을 나와 매일같이 진상하는 사슴 떼를 보니 큰 놈은 노새 같고 작은 놈은 당나귀 같았다. 그 뒤 장성 안으로 들어와서 어느 약국에 들러 사슴뿔을 보았다. 엉성하게 생긴 것이 길이가 4, 5척은 되어 방안에 가득 찼는데 모두들 이것을 녹용이라고 하였다. 내가,

"이것은 모두 미용麋茸이니, 녹용을 좀 봅시다."

했더니, 약국 주인은 허허 웃으면서,

"어찌 '녹'의 큰 놈을 '미'라고 부르는 줄 모르겠습니까? '녹'의

14) 천자가 실시할 정치 행사를 열두 달에 나누어 규정한 조문.

큰 놈을 '미'라고 한다면, '미'의 작은 놈이 '녹'일 것입니다. 뿔이야 어찌 다를 리가 있겠습니까?"

하였다. 내가,

"하짓날 녹각이 빠진다는 것은 《주역》의 구괘姤卦에 해당하는데, 이때 '음陰' 하나가 새로 생기므로 보음補陰하는 약재가 될 것이요, 동지에 미각이 빠진다는 것은 《주역》의 복괘復卦에 해당하므로 '양陽' 하나가 새로 생기게 되어 '보양補陽'하는 약재가 될 것입니다. 쓸모가 현수하게 다르지요."

하니, 약국 주인은,

"당신은 아직 책력을 보지 못했습니까? 월령은 벌써 고쳤답니다. 천자께서 일찍이 '미용'과 '녹용'에 의심을 두시고 천하에 명령을 내려 무릇 글자에서 '사슴 녹鹿' 자 변에 쓰는 짐승으로 뿔 가진 짐승이란 모조리 산 채로 잡아다가 해자[15] 안에서 기르되 엄격히 격리시켜 제 맘대로 교미를 못하도록 하였습니다.

그랬더니 하짓날에 와서 '미'나 '녹'의 뿔이 모두 빠졌고, 동지에 뿔이 빠지는 것은 오직 '주麈'였습니다. 그리하여 마침내 11월령에 '미각이 빠진다.'는 대문을 '주각이 빠진다.'로 고쳤습니다."

하였다. 이로써 미루어 본다면 우리 나라 관북 지방에서 나는 녹용이란 것은 아마도 녹용이 아닐 것만 같은데, 국내의 녹용은 날로 귀해만 지니 실로 한심할 일이 아닐까?

나는 물었다.

"주의 모양은 어떻게 생겼소?"

15) 북경 근교에 있는 역대로 각종 금수를 기르던 뒤원으로 '남해자南海子'의 약칭.

"아직 본 적이 없습니다. 더러는 말하기를 앞은 사슴같이 생기고 뒤는 말 같다고 합니다."

대체로 월령을 고친다는 것은 천자의 위세가 아니고는 천하를 믿도록 할 수 없으므로, 천자라야만 능히 제도를 고안할 수 있다는 것이다.

## 하란 사슴[荷蘭鹿]

약국 주인은 또 말하기를,

"사슴 가운데는 형편없이 작은 놈도 있소."

하고 자기의 주먹을 보이면서,

"요밖에 못 되는 놈도 있답니다."

했다.

그는 일찍이 하란[16]에서 진상하는 사슴 한 쌍을 보았는데, 푸른 바탕에 흰 얼룩무늬가 있었다고 한다.

16) 폴란드의 한자 발음.

## 사답炸答

내가,

"약국에 희귀한 약품들도 다 갖추어져 있습니까?"

하니, 약국 주인은,

"초목과 금석을 물론하고 이름을 지적하여 구경을 하시겠다면 당장 보여 드리지요."

하였다. 나는 또,

"희귀한 진품 약 이름이 마침 생각나지 않누먼요."

했더니, 약국 주인은 동쪽 바람벽 아래 있는 붉은 칠을 한 궤짝을 가리키면서,

"저 속에 있는 사답 한 개야말로 정말 구하기 어려운 드문 약재료일 것입니다."

한다.

"사답이란 대체 어떤 물건인지요?"

하고 물으니, 약국 주인은 웃으면서 일어나,

"구경하셔도 무방합니다."

하고는 궤짝을 열고 몇 되들이 바가지만 한 둥근 돌 한 개를 내놓는데, 모양은 거위알과 비슷했다. 나는,

"이것은 수마석水磨石이 아니요? 어째서 농담을 거시나요?"

했더니, 약국 주인은,

"어떻게 무례하게 짐짓 농담을 하겠습니까? 이것은 타조駝鳥 알로, 이름도 모를 이상한 병도 고친답니다."

하였다.

## 입정승入定僧

장성 밖에 있는 백운탑 돌함 속에는 요나라 시대에 죽은 중의 시체가 있는데, 몸뚱이가 지금도 썩지 않고 부드러운 윤기가 돌면서 따뜻하나 눈은 감고 숨은 끊어졌다고 한다.

# 별단別單[17]

북경 사는 하층 사람들은 글자를 아는 자가 극히 드물다. 소위 필첩식이나 서반[18]에는 남방의 가난한 집 자식들이 많다. 얼굴은 초췌하여 뾰족하게 깎은 듯만 하고 한 명도 크고 두툼하게 생긴 자가 없다. 비록 관청 밥을 먹는다지마는 아주 보잘것이 없어 만리타향에 나와 생계는 매우 쓸쓸하여 가난하고 군색한 꼴이 얼굴에 아주 나타나고 있다.

사신 행차가 있을 때 서적이라든가 붓, 먹 같은 물건의 매매는 모두 이 서반들이 주로 가운데서 거간질을 하여 얼마씩 이익을 먹는다. 그리고 역관들이 이런 관청의 비밀을 얻고자 할 때는 이 서반을 통하여 알게 되므로 이자들은 황당한 이야기를 크게 늘어놓는다. 이자들의 말인즉 될수록 신기한 것을 찾아 모두들 기괴망측한 이야기로 역관들에게 돈을 받고 판다. 시국 정책에 관한 소식이란 잘된 업

17) 정식 보고가 아닌 별지의 단자.

18) 필첩식筆帖式과 서반序班은 청나라 시대 각 관청의 하급 서기.

적은 숨겨 버리고 나쁜 정치만 골라 꾸며 대어 천재와 변고와 요괴스러운 사물, 인사와 역대에 없던 일로써 심지어 반역과 반란과 백성들의 원망과 일시에 소란스러운 정상을 마치도 멸망의 참화가 조석에 박두하여 위태로운 듯이 장황하게 기록하여 역관배에게 주면 역관들은 이를 사신에게 바친다. 서장관은 그것들을 추려서 견문한 사건들을 별단으로 만들어 임금에게 올리는바, 임금에게 올리는 장계 자료가 이렇게도 불성실하다.

임금에게 보고하는 글이란 얼마나 조심해야 할 일인데, 어째서 돈을 낭비해 가면서 허황하고도 맹랑한 이야기들을 사서 복명하는 자료로 삼을 것이랴. 사신들이 뻔질 북경을 드나들면서 백 년을 두고 하는 노릇이란 이렇다.

걱정되는 일은 이런 문서를 불행히 잃어버리게 되어 잘못 저들의 수중에라도 떨어진다면 닥쳐올 우환과 해독이 또 어떻다 할 것인가? 비록 금번에 열하까지 왕래한 이야기들은 모두가 눈으로 본 일이라 가장 진실한 정형을 기록한 것이지마는, 먼저 보냈던 장계에 붙여 올린 한두 가지 사건에도 중국에 기휘할 사건이 없지 않았은즉 압록강을 건너기 전까지는 언제나 마음이 조마조마할 따름이다. 나의 의견으로는 저들 중국 소식 중에 거짓, 참을 물론하고 먼저 보내는 장계는 모두 국문으로 꾸미되 장계가 정원政院에 떨어진 후에 이를 한문으로 번역하여 상주하는 것이 묘책일까 한다.

## 돌을 붙이는 등나무 즙[籐汁膠石]

왕삼빈의 말에 의하면 전과 검[19] 땅에는 돌을 이어 붙이는 등나무가 있어 이름을 '양도등羊桃籐' 이라고도 하는데 즙을 내어 돌을 붙여 때운다. 산중에서 허공에 걸쳐 돌다리를 놓는데 비록 수십 발 되게 돌을 이어 붙여도 떨어지지 않으니, 풀로 종이를 붙이고 아교로 널판을 붙이는 거나 다름없다고 한다. 그래서 귀주 사람들은 이것을 '돌 붙이는 아교' 라고 부른다고 한다. 그 이야기인즉 별스럽게 황당하게 들리나 다른 참고가 될까 하여 잠시 기록해 둔다.

19) 전滇은 중국 운남성의 약칭이요, 검黔은 귀주성의 약칭이다.

# 조라치照羅赤

몽고말로 '필도치必闍赤' 란 말은 서생이란 말이요, '팔합식八合識' 이란 말은 선생이란 말이다. 우리 나라에서 내삼청內三廳의 하인들을 '조라치' 라고 하는바, 이것은 필시 고려 때의 옛말을 따른 말일 것이다.

고려 시대는 흔히들 외올어畏兀語를 많이 배웠는바, '조라치' 란 말은 필시 몽고말일 것이다.

## 《원사》의 천자 이름[元史天子名]

《원사》를 읽을 때에 천자의 이름을 비롯하여 사람 이름들이 별스러워서 언제나 읽기 어렵다고 한탄하였다.

장성 밖에는 웬 허물어진 절이 있었으니, 원나라 시대 옛 절이었다. 동강난 빗돌에 원나라 역대 황제들의 공덕을 서술하여 놓았는데, 거기에 이르기를,

"성길사成吉思는 태조요, 와활태窩闊臺는 태종이요, 설선薛禪은 세조요, 완택完澤은 성종이요, 곡률曲律은 무종이요, 보안독普顔篤은 인종이요, 격견格堅은 영종이요, 홀도독忽都篤은 명종이요, 역린진반亦憐眞班은 중종이다."

하였다.

# 만어蠻語

만어로 '애막리愛莫離' 란 말은 중국말로 묵은 인연이 있다는 말이요, '낙물혼落勿渾' 이란 말은 중국말로 몰염치하단 말이요, '예락하' 란 말은 만주말로 장사壯士란 말이다.

## '려麗' 발음은 '리' 요, '동東' 은 두와 등의 반절음인 '뜽'
[麗音離東頭登切]

역졸들이나 말꾼들이 배웠다는 중국말이란 모두가 발음이 뒤틀린, 가짜 중국말이다. 이자들은 저희가 하는 말이 저들 자신도 무슨 말인지 모르면서 말하고 있다.

가장 더러운 냄새를 '고려취高麗臭' 라고 하는데 조선 사람들은 목욕을 잘 하지 않아 발 냄새가 흉하다는 것이요, 물건을 잃어버렸을 때는 '동이東夷' 라고 말하는바, 이는 '동이' 가 훔쳤다는 의미다.

'려' 자 발음은 '리' 요, '동' 자 발음은 '두' 와 '등' 음의 반절인바, 우리 사람들은 이런 줄 잘 모르고는 냄새가 좋지 못할 때는 '고려취' 라 하고 다른 사람이 물건을 훔쳤다고 의심할 때는 '아무개는 동이' 라고 해, 마침내 훔친다는 말이 되어 버렸다.

얼마나 기막힌 일인가?

## 병오년과 을묘년 설날의 일식[丙午乙卯元朝日食]

황제가 즉위하는 날 향불을 피운 젯상 앞에 나아가 머리를 조아려 하늘에 사례하였다. 그날 밤 황제의 꿈에 하느님이 황제에게 백세의 수를 내겠다고 하였다. 황제는 다시 또 젯상 앞에 나아가 머리를 조아리고 절을 하면서 빌기를,

"원컨대 오는 을묘년에 황위를 전하여 재위 기간을 황조皇祖[20]보다 한 해 적도록 해 줍시사."

하였다 한다. 금년에 와서 흠천감欽天監이 아뢰기를, 앞으로 6년 후인 병오년(1786) 설날에는 반드시 일식이 있을 것이요, 10년 후인 을묘년(1795) 설날에 또 반드시 일식이 있을 것이라고 하였다. 황제는 이 말을 듣고 계획을 바꾸어 말하기를,

"을묘년에 만약 선위禪位를 한다면 새 천자의 원년 설날 아침 조회 시간에 꼭 일식이 있을 터이니, 이로 인하여 설날 아침 조회는 중지해야 할 것이다. 이는 송나라 고종이 선위의 이름을 빌려 실

20) 강희 황제를 말한 것인데, 그는 61년 동안 재위하였다.

상은 금나라 사람들과 접촉을 피하려고 한 것과 같다. 만약에 또 을묘년으로 밀어 넘긴다면 이는 재위 기간이 도리어 황조보다 두 해나 더하게 되니 이로써 불안한 일이다."

하였다고 한다.

이 이야기는 매우 요망스러운 이야기로서 필시 황제의 말이 아닐 것이다. 옛날부터 제왕의 재위 기간이 길면 사방에서 다투다시피 상서를 축복하고 군신들은 뜻을 받들어 경사를 꾸며 자랑한다고 하니, 이런 허탄한 일도 있을 수 있었다. 그러나 어째서 오늘에 앉아 앞으로 닥칠 일식을 점쳐 그 선위하는 해를 물리고 당기고 할 것이랴! 이는 필경 국내의 요망한 무리들이 함부로 황제의 90세 산다는 꿈을 빌려서 지금 황제가 늙어서까지 황제의 자리에 앉아 있는 욕심을 발라 맞추는 아첨의 말일 것이다.

# 육청六廳

열하 태학관 대성문 밖 동쪽 담벽에는 건륭 43년(1778) 황제의 유시諭示를 새겨 박아 두었는데, 글에 이르기를,

"경기의 동북쪽 400리 떨어져 있는 열하 지방은 고북구의 북쪽에 있다. '우공禹貢'에는 기주冀州의 끄트머리라고 하였고 우虞나라와 은殷, 주周 때는 유주幽州의 지방이었다. 진나라, 한나라 이래로 나라 판도 안에 들지 못했다가 위나라 때에 안주安州, 영주營州 두 주를 세웠고 당나라 때는 영주 도독부가 있었으나 치소治所를 장성 안에 두었음에 불과하였다. 요나라, 금나라, 원나라에 이르러 비로소 '영주'라는 이름으로 향鄕을 가졌으나, 이 부근의 옛날 지역은 곧 황폐해졌다. 명나라는 대령代寧을 버려서 별개의 지역으로 보았다.

얼마 전에 설치한 승덕주承德州를 이번에 부府로 승격시키고 즉시 동지同知를 두어 관할하게 할 것이며, 그 밖에 남는 육청六廳, 즉 객랄하둔청喀喇河屯廳은 난평현灤平縣으로 고치고, 사기四旗는 풍녕현豊寧縣으로 고치고, 팔구청八溝廳은 그 땅이 약간 넓

으므로 평천주平泉州로 고치고, 오란합달烏蘭哈達은 적봉현赤峰縣으로 고치고, 탑자구청塔子溝廳은 건창현建昌縣으로 고치고, 삼좌탑청三座塔廳은 조양현朝陽縣으로 고쳐서, 모두 승덕부에 귀속시켜 통괄케 할 것이다."

하였다.

# 삼학사[21]가 장렬히 죽은 날[三學士成仁之日]

미곶첨사彌串僉使 장초張超의 일기에 학사 오달제吳達濟와 학사 윤집尹集은 정축년(1637) 4월 19일 피살되었다고 하여, 두 집에서는 일기에 따라 4월 19일로 제사를 지냈다.

정축년은 즉 명나라 숭정 10년으로 두 학사가 해를 당한 것은 청인이 심양에 있을 때였다. 학사 홍익한洪翼漢은 일기에 실리지 않았은즉 그가 장렬하게 죽은 날짜가 어느 날인지 분명치 못하여 역시 두 학사를 따라서 19일로 제사를 지낸다.

금번에 청인이 지은 《개국방략開國方略》이란 책을 보니, 청 태종이 특히 숭덕崇德 2년(1637) 3월 갑진에 조선의 신하 홍익한 들을 '조약을 파기하고 군사를 일으켜 항전하여 명나라를 도우려 한 죄'를 바로잡기 위하여 죽였다고 쓰여 있다. 숭덕은 즉 청 태종의 연호로서 3월달 갑진은 날짜로 꼽아 보면 6일로, 소위 '아무개 등' 이라

21) 삼학사는 병자년 청군이 침략할 당시 결전을 주장하다가 심양으로 포로로 잡혀가 피살된 세 명의 애국자.

고 '등' 자를 보아서 오씨, 윤씨 두 학사가 피살된 것도 역시 같은 3월 6일인가 한다.

# 요즘의 중국 명사들[當今名士]

요즘 중국의 명사로서는 양국치梁國治, 팽원서彭元瑞, 별호가 효람曉嵐인 기균紀昀, 오성흠吳聖欽, 대구형戴衢亨과 그의 형 심형心亨 등은 모두 오吳땅 사람들이요, 축덕린祝德麟, 이조원李調元은 모두 촉蜀땅 면죽綿竹 사람이다. 내게는 대심형이 쓴 주련 두 폭이 있다.(글 내용은, '책을 펴니 말들은 품위 지키고, 거문고 어루만지니 세상 기운 맑아지누나.〔開帙群言守其雅 撫琴六氣爲之淸〕' 이다.)

# 명련의 아들을 왕으로 봉하다[明璉子封王]

인조조仁祖朝 갑자년(1624)에 구성부사龜城府使 한명련韓明璉은 평안 병사 이괄李适과 함께 모반하여 군사를 일으켜 대궐을 침범하다가 실패하여 모두 잡혀서 목이 잘려 죽었다. 명련의 두 아들 윤潤과 난瀾은 눈 위에 짚신을 거꾸로 신고 건주建州로 도망쳐 들어가 대장이 되었다가 그 후 13년 만에 청 태종을 따라서 조선까지 왔다고 한다. 이것은 당시에 전하는 이야기로 진부를 잘 알 수 없으나 이번에 신간 《태종실록》을 보니 과연 "조선 대장 한명련이 부하의 손에 죽고 그 아들 윤潤과 의義가 항복해 왔으므로 의를 이친왕怡親王으로 봉했다." 하였다. 이로 보면 '난'을 '의'로 개명한 모양이다. 《소대총서昭代叢書》 시호록諡號錄에는 응당 그 이름이 실렸을 터이니 앞으로 반드시 고증해 보겠다.

아아! 우리 나라가 창건된 지 4백 년 이래로 흉악한 역적질을 하다가 죽은 자들이 없지 않지마는, 이 두 역적같이 군사를 일으켜 대궐을 침범한 자는 아직 없었다. 이 흉악한 역적의 자손처럼 오랑캐 속에 몸을 붙여 군사를 빌어 가지고 일어나 이렇게도 극악한 짓까지

한 자는 없었다. 당시의 건주땅은 도망꾼들의 소굴로 되었는바, 이것으로 보더라도 평소에 국경 관문을 엄격히 단속 못 하고 연강沿江의 방비가 소홀했던 것과, 강한 이웃을 끼고 못된 장난을 한 것을 족히 상상할 수 있지마는 그 일에 종사하는 장졸의 성명도 누구인지 몰랐고 본즉, 어찌 더구나 용감한 인재와 훌륭한 모사가 있고 없음을 알 수 있었을 것이랴. 이러고서 공연히 빈말로만 대적을 쳐부수고, 맨손으로 대의를 붙든다니 참말 딱한 일이 아니겠는가.

# 고아마홍古兒馬紅

고아마홍이란 자는 의주의 관노 정명수鄭命壽요, 강공렬姜功烈이란 자는 도원수 강홍립姜弘立이다. 모두 이름을 고치고 오랑캐에게 투항한 자들이다. 정명수는 그중에도 가장 흉악한 놈으로서 그 부모의 나라를 못살게 구는 노릇에 못하는 짓이 없었다.

필선弼善 정뇌경鄭雷卿이 분을 참지 못하여 명수를 찔러 죽이고저 원리院吏 강효원姜孝元과 더불어 꾀를 내어 사람을 시켜 정명수가 저지른 여러 가지 간특한 일을 청인에게 고했다. 그런데 청인은 글을 바친 자를 잡아 목을 베고, 정뇌경과 강효원은 죽게 되었다. 죽일 때는 명수를 시켜 형벌을 감독하게 하였는데 그 방법이 참혹했다. 뒤에 청인들도 역시 정명수가 본국에서 죄를 지었다는 것을 알고 드디어 목을 베었다.

강홍립은 광해조 때에 도원수가 되어 심하深河의 전투에서 오랑캐에게 항복을 하였다. 강홍립은 인조가 반정을 하고 왕이 되어서 그 가족을 몰살시켰다는 소문을 듣고 크게 분개하여 오랑캐의 군사를 몰아 평산에 이르렀다. 조정에서는 부득이 홍립의 가속을 군진 앞으로 보냈더니 그의 숙부 되는 진縉이 홍립을 책망하였다. 이때에 홍립은 매우 부끄러워 얼굴을 못 들었다. 그 후 청인들은 강홍립이 거짓말한 것을 알아채고 드디어 강화를 하고 돌아갈 때에 강홍립을 두고 가면서 그를 본국의 마음대로 처치하라 하였다. 조정에서는 만주를 두려워하여 감히 드러내놓고 죽여야만 된다는 말을 못하였다. 강홍립은 양화도楊花渡 별장에 와서 살았는데 우리 나라 사람들을 대할 면목이 없어 방문 밖을 나오지 못하고 다만 긴 한숨 소리만 들렸을 뿐이었다고 한다. 그 후 5, 6년이 지나 집안 사람이 목을 졸라 죽였다고 한다.

## 동의보감東醫寶鑑

우리 나라 서적으로서 중국에 들어가 출판한 것이 매우 드무나 홀로 《동의보감》 25권이 널리 유행하고 있다. 그 판본은 아주 정묘하였다. 우리 나라 의학 방문이 그리 넓지를 못하고 토산 약재로 진품이 없어 우리 선조 대왕은 태의 허준許浚과 유의儒醫인 고옥古玉 정작鄭碏과 의관 양예수楊禮壽, 김응택金應澤, 이명원李命源, 정예남鄭禮男 들에게 명령하여 편찬국을 설치하고 책을 편찬하는데 내부內府의 의방醫方[22] 5백 권을 내어 참고 자료로 삼도록 하였다. 이 책은 선조 병신년(1596)에 시작하여 광해 2년 경술년(1610)에 완성되었는바, 이 해는 명나라 만력 38년이었다. 중국서 발행된 이 책의 서문이 아주 잘 되었는데, 거기 쓰기를,

"《동의보감》은 즉 명나라 시대 조선의 양평군陽平君 허준의 저작이다. 조선의 풍속을 본다면 본디부터 문자를 알고 독서를 좋아한다. 허준 역시 세족世族이다. 만력 연간에 허봉許篈, 허성許筬,

22) 궁중에서 쓰는 의학 처방.

허균許筠 형제 세 사람이 다 함께 문장으로 이름을 울렸고 그의 누이 경번景樊의 재명은 그 형들보다도 더 뛰어났다. 중국을 둘러싼 여러 나라들 중에서 가장 걸출하다.

책명에 '동의東醫'라고 하는 것은 무슨 뜻일까? 나라가 동쪽에 있으므로 '의醫' 자 위에 '동東' 자를 붙인 것이다. 옛날 이동원李東垣은 《십서十書》를 지어 '북의北醫'로 강소, 절강 지방에서 행세하였고, 주단계朱丹溪는 《심법心法》을 지어 '남의南醫'로 관중關中 지방에서 유명하였다. 이제 양평군은 외딴 외국에 있으면서 책을 지어 중국에서 행세를 하게 되었으니 학리學理란 전하기 마련이지 땅이 멀다고 국한됨은 아니다.

'보감寶鑑'이란 무슨 뜻일까? 비해 말하면 햇빛이 뚫고 비치는 곳에는 어둠을 헤치고 살을 쪼개고 베듯 사람들로 하여금 책을 손에 잡으면 환하게 밝아 거울과 같음이다. 옛날 나익지羅益之는 《위생보감衛生寶鑑》을 저술했고, 공신龔信은 《고금의감古今醫鑑》을 저술하였으니, 모두 '감鑑' 자 이름을 붙여도 과장한다는 혐의는 받지 않았다. 여기서 이야기한다면 사람이란 오장뿐이요, 병은 칠정에 그칠 것이매 그 사이에 기품을 타고나는 데서 온전스럽고 편벽된 구별이 있을 것이요, 병이 감염해 들어가는 데도 깊고 얕은 구별이 있을 것이요, 징후의 변화에는 통하고 막히는 구별이 있을 것이요, 양후兩候[23] 간의 맥박 동태는 뜨고 갈앉고 중간 세 층이 있어 자세히 살펴본다면 밭고랑을 째 갈라 놓음과 같아서 간대로 넘나들 수 없고 화톳불을 피워 놓은 듯 간대로 가릴

23) 1후候는 5일 간.

수 없는 것이다. 대황大黃이 체한 것을 내리는 줄 알면서도 찬 기운에 중독됨을 알지 못하고, 부자附子가 보허補虛를 하는 줄 알면서도 다시 건질 수 없는 독을 끼치는 줄 모른다.

이러므로 뛰어난 명의는 병을 고치는 데 병이 들어 눕기 전에 고치는 것이요, 병이 다 든 후에 고치지는 않는 것이다. 병이 다 든 후에 고친다는 것은 병을 치료하는 법에서는 아주 하책일 것이다. 그나마 다시 아무것도 모르는 땡땡이 의원에게 병을 내맡긴다면 어찌 병이 나을 것인가? 심한 자로서 이익을 탐내는 자는 본디 병 없는 사람을 상대로 하여 공로를 세우고, 처음으로 의원에 종사하는 자는 심지어 사람을 희생해 가면서 의원 공부를 한다. 《주역》에서 말한, '병은 약을 먹이지 않고 절로 낫게 한다.'는 말과 《논어》에 '남방 사람들은 간특하여 돈 벌기에만 몰두한다.'는 말은 그들을 두고 한 말인 것 같다.

편작扁鵲은 말하기를, '사람들의 병통은 질병이 많은 것이요, 의원의 병통은 치료 방법이 적은 것'이라고 하였다. 그러나 헌원씨軒轅氏와 기백岐伯 이래로 시대마다 명의들이 있어 오늘에 이르기까지 저술의 호한한 품은 거의 산더미처럼 쌓여 있으니 의술의 부족을 걱정할 바가 아니라 효험이 있고 없음이 문제이다. 이것은 옛 사람들이 저마끔 잡다한 소견을 말한 탓이었던가? 그중에도 정미롭지 못한 자는 이론이 자세하들 못하고, 한 가지에 집착하는 자는 올바른 치료법을 해치고 있으니, 사람의 병을 치료코저 하면서도 사람의 마음을 치료하지 못하고, 사람의 마음을 치료코저 하면서도 사람의 뜻과 통하지 못하는 까닭이다.

이제 본편을 보면 먼저 내경內景[24]을 서술하여 근본을 거슬러 올라가 다지고, 다음으로 외형을 서술하여 그 자세한 점을 풀고, 다음으로는 잡병을 들어서 그 징험을 해설하고, 마지막으로 탕약과 구灸[25]를 서술하여 그 방문方文을 정했다. 그중에는 《천원옥책天元玉冊》으로부터 《의방집략醫方集略》에 이르기까지 80여 종을 인용하였는데 모두 우리 중국 서적이다. 그중에 조선 것으로 찬술된 부분은 세 종뿐이다. 옛 사람들이 이미 이룬 법칙을 따라 용하게도 신통스럽게 이를 밝히고 두 쪽 어간에 결함과 부족을 보충하여 사람의 몸뚱이에 가위 광명을 가져오게 하였다. 이 책이 다 완성되어 궁정에 바쳤더니 국수國手로 추천하였다.

돌아보건대 이 책은 비각秘閣에 비장해 두었던 터라 세상에서는 얻어 보기가 어려웠다. 전에 차사鹺使를 지낸 산좌山左의 왕공王公은 광동 지방에 관장으로 와서 당시 의원들이 잘못 치료하는 점을 많이 보고 사람을 일부러 시켜 북경으로 보내 이 책을 베껴왔으나 출판을 보지 못하고 다른 일로 인하여 그곳을 떠나게 되었다.

순덕順德 사는 명경[26] 좌한문左翰文은 내가 총각 때부터 사귄 친구이다. 그는 선뜻 이 책을 판각하여 세상에 널리 전하기로 생각하고 비용으로 약 3백여 민緡을 조금도 아낌없이 내놓았다. 대체 그의 마음인즉 사람을 구제하고 물건을 이롭게 하자는 마음이요, 그 일인즉 음양을 조화시키자는 것이었다. 천하의 보배는 마

24) 원래 도가에서 나온 말이나 한방 의학에서 내과 계통을 가리키는 말.

25) 쑥으로 뜨는 법.

26) 국가 시험에 시부詩賦로 합격한 자를 '진사'라 하고, 경서로 합격한 자를 '명경明經'이라 했으나, 청나라 시대는 공생貢生을 '명경'이라 한다.

땅히 천하가 함께 가져야 할 것이라 좌군의 어진 행실이야말로 크다고 할 수 있을 것이다. 판각이 되자 나에게 서문을 위촉하기에 기꺼이 이를 쓴다."

하고 글 끝에,

"때는 건륭 31년 병술년(1766) 난추蘭秋 상순에 호남의 소양邵陽, 예릉醴陵, 흥녕興寧, 계양현桂陽縣 장관을 지내고 경오, 임신, 계유, 병자 사과四科 호광향시湖廣鄕試 동고관同考官이었던 번우番禺 능어淩魚 찬撰."

이라고 썼다.

내 집에는 이 책이 없어 매양 우환이 있을 때는 이웃 사방으로 빌리고는 했더니 금번에 이 책을 보자 꼭 사고 싶었으나 말굽은 닷 냥을 변통하기 어려워 하염없이 돌아오면서 능어가 지은 서문만 베껴 다음날 연구의 자료로 삼는다.

# 심의深衣

우리 나라 심의[27]를 반드시 마포로 만들고 면포를 쓰지 않는 것은 잘못된 일이다. 삼으로 짠 것은 반드시 '마포'라 하고, 모시로 짠 것은 반드시 '저포'라 하고, 솜으로 짠 것은 반드시 '면포'라고 해야 한다. 그런데 우리 나라 말에 포布를 베(保, 보補와 외外의 번飜)라고 새기고 '布' 자를 '베 포'라고 읽는다. 그리하여 다만 삼으로 길쌈하는 집들이 '베'라는 단골 이름을 붙이기 때문에 마포 파는 데만을 그저 '베전'이라 하고, 저포 파는 데를 '저포전'이라 하고, 면포 파는 데 이르러는 아무런 구별을 하지 않고 있다. 우리 나라 말에 면화를 목화라고 하며 그저 솜으로 짠 것들까지 목이라 이름을 지어 면포가 즉 '대포大布'인 것을 알지 못한다. 그리하여 면포를 대포라 하지 않고 면포 파는 저자를 '백목전'이라고 한다. 심지어 두 가지 세금을 대포에 부과하여 전세목田稅木, 대동목大同木이라고 하여서 대포는 드디어 딴 물건처럼 되었다. 그러므로 이 목이란 관청 문서

27) 학자가 입는 옷으로 흰 베로 만드는데, 소매를 넓게 하고 검은 천으로 가를 두른 것.

에까지 등록되어 나라 안에는 어디고 통하고 있다.

그러면 대포란 무엇인가? 순백색 흰 물건을 포백布帛의 무늬라고 한다. 그것은 솜은 길쌈의 근본 밑천으로서 수를 놓든가 오색 물감을 들여서는 못 쓰며 그 바탕은 검소하고 그 빛깔은 순수하여 이야말로 무늬 없는 무늬를 가졌기 때문이다. 소위 '대포로 만든 옷'이란 것이 바로 이것이다. 또 튼튼하고도 잘 해지지 않는 것은 선의善衣의 옷감이라는 말이 있으니, 이 '튼튼하고 해지지 않는다.'는 것은 면포를 두고 한 말이다. 대포로 만든 옷이 즉 심의다. 중국의 삼승포三升布는 솜에다가 양모를 섞어 실을 자아서 베를 짠 것이다. 우리 나라 장사치로 삼승포를 가져다 넘기는 자를 홀로 '청포전'이라 하고 대포까지 겸해 팔면서 그것을 '대포' 또는 '문삼승門三升'이라 하여 값을 곱으로 받는데 백목전이 이를 알아 내지 못하는 것은 그의 실지 내용을 구명하지 못한 까닭이다.

중국의 상복은 다들 면포로 한다. 이번에 길에서 만난 상복 입은 사람들은 마포 옷이란 하나도 볼 수 없었고 두건도 역시 면포이다. 때가 바로 한여름 철이라 땀과 기름이 흠뻑 젖도록 흘렀다. 내가 방금 입은 면포 겹옷을 중국 사람들은 뒤적거려 보고들 올 짜인 것이 매우 정밀함을 진기하게 여겨 심의 감으로 사기를 요구하는 자가 많았다. 나는 물었다.

"어째서 중국만은 가는 베가 없는가?"

모두들 한탄을 하면서,

"중국은 옷이란 옷은 모두 비단을 사용하고 대포로 옷을 해 입는 것을 부끄러워하고 본즉, 옛날 성인이 만든 원대하고도 경제적인 제도를 버려 두고 연구도 않은 지가 오랩니다. 그러므로 비록 포대나 전대를 만들 때는 베를 짜기도 하나 굵고 거칠어 이로써는 선의 옷감으로 될 수 없습니다."

하였다. 나는,

"선의란 어떤 옷인지요?"

하고 물으니,

"선의란 좋은 옷입니다. 천자로부터 서민에 이르기까지 다들 상상품 좋은 옷 한 벌씩은 가지고 있어 무늬로 귀천을 표시합니다. 그러나 심의란 것은 귀천이나 남녀의 구별이 없고 길흉의 구별도 없이 꼭 같은 복장입니다. 이를 대포로써 만드는 것은 그 검소함을 표시하는 것이니 이것이 어찌 좋은 옷감이 아니겠습니까?"

하고 대답한다. 우리 나라 유가에서는 더욱이 심의를 중히 여겨 그림을 그린다, 말로 설명을 한다 하여 소매와 깃 따위를 두고 내가 옳다거니 네가 옳다거니 떠들면서 한 치, 한 푼을 서로 고집하고 있지마는 면포와 마포 중에서 무엇이 심의의 옷감인지도 모르니 어찌 우스운 일이 아닐까 보냐.

# 나약국의 국서[羅約國書]

"건륭 44년(1779) 12월 나약국 가달假㺚은 황제 폐하께 글을 올립니다. 신은 들으니 삼황이 처음 나오고 오제가 뒤를 이어 하늘을 대신하여 억조창생 위에 군림하였다고 하는데, 하필 중국에만 임금이 있으라 하고 오랑캐에게는 임금이 없으란 법이 있겠습니까? 하늘과 땅은 넓고 커서 한 사람이 혼자 주재할 바 못 될 것이요, 우주는 광대하여 한 사람이 독차지할 바가 못 됩니다. 천하는 천하 인민의 천하요, 한 사람의 천하가 아닐 것입니다.

신은 나약 지방에 있어 도시들이란 불과 수백 리요, 강토는 삼천 리를 넘지 못합니다마는 언제나 이를 만족하게 생각하고 있습니다. 그러나 폐하로 말하자면 중원에 자리를 잡고 앉아 만승의 주인이 되어 도성들이 수천 리요, 강토가 수만 리인데도 오히려 부족하다는 욕심을 가지고 매양 남의 강토를 병탐하려 하십니다.

하늘이 살기를 내면 귀신이 울부짖는 법이요, 땅이 살기를 내면 용과 범이 달아나 숨는 법이요, 사람이 살기를 내면 천지가 뒤집어지는 법입니다. 요순은 도덕이 있으매 온 세상이 조공을 하였고, 우 임금과 탕 임금은 백성들에게 은혜를 베푸니 만국이 손을 잡고 섬기게 되었습니다. 또 진 시황은 자주 흉노를 정벌하다가 그의 몸은 썩은 고기가 되었고, 거란은 중원땅을 한번 유린하다가 몸은 소금에 절인 돼지[28]가 되고 말았습니다.

덕을 쌓은즉 저와 같고 악의 결과는 이와 같습니다. 여기에서 오는 길흉화복은 뿌리와 가지가 서로 맞닿은 것과 같고 그 신실함은 춘하추동이 제때에 닥침과 같고 그 힘은 뇌성벽력과 같으니 어찌 조심할 일이 아니겠습니까? 역사를 보면 이 이치에 순응하는 자라 하여 반드시 생명을 보존하지도 않았으며 역행하는 자라 하여 반드시 멸망을 당하지도 않았습니다. 그러나 이는 인간의 이치가 상도에서 어긋남이요, 천도가 뒤틀려 가는 것일 것입니다. 그런데 신이 혼자 무슨 마음에 순천부를 향하여 머리를 숙이고 무릎을 꿇을 것입니까? 비록 폐하가 친히 육사六師의 정예를 인솔하고 초원과 사막 지대에 왕래한다 하더라도 우리는 하란산賀蘭山[29] 아래에서 만나 채찍을 들고 서로 문안을 하고 말 위에서 천하를 의논할 것입니다. 이때에는 바로 구름 사막 만리 길에 범과 용이 자웅을 겨루게 될 것입니다.

무릇 전쟁이란 두 편이 다 이기는 법이 있을 수 없고, 복이란 두 편에 한목 오는 법이 없습니다. 그러므로 군대를 거두고 전쟁을 중지하고 생령들의 질고를 풀고 군사들의 어려움을 늦추어 줌

---

28) 요나라 임금 야율덕광耶律德光이 죽었을 때 그 나라 사람들이 시체의 배를 가르고 소금을 잔뜩 넣은 후 본국으로 가져갔는바, 당시 사람들이 이를 '제파帝羓'라고 일렀다.

29) 감숙성 영하현寧夏縣 서쪽에 있는 산 이름.

만 같지 못할 것입니다.

폐하께서 그리 하신다면 신은 삼가 해마다 조공을 바칠 터이요, 대대로 신하라 일컫겠습니다. 만일 그렇게 하지 않는다면 나약국에도 문학으로는 공자, 맹자 같은 성인의 경전이 있고 무술로는 강태공과 손자 같은 이의 《육도六韜》와 《삼략三略》이 있는 이상 어찌 중국에 머리를 숙여 많은 양보를 하겠습니까? 원컨대 폐하는 익히 살펴 주십시오.

이에 대신 다리마多里馬를 보내어 천자 계신 대궐에 배알하여 삼가 충심을 보이옵는바, 지극한 정성은 하늘을 덮고 감격한 눈물은 땅에 차오이다."

역관 조달동은 별단을 꾸미려다가 이 글을 서반으로부터 얻어 밤에 나에게 보였다. 서장관 역시 와서 말하기를,

"아까 나약국의 국서를 보셨습니까? 천하 일이 야단났습니다."

하였다. 나는 말하기를,

"세상일이란 본디 그런 것이지요. 그러나 세상에는 원래 나약국이란 없는 게 아닌가 합니다. 내가 이십 년 전에 일찍이 별단 중에 이 같은 문서를 보았는데, 역시 황극달자黃極㺚子의 거만한 글이라고 하여 선배들과 함께 둘러앉아 한번 읽은 후 매우 북방을 우려한 적이 있었지요. 더러는 말하기를 청나라를 대신할 자는 '황극'이라고도 했습니다. 이번에 이 글을 보니 더덜없이 그것과 비슷하였습니다.

서반배들은 모두 강남의 빈민 자식들로 객지에서 몸 붙일 곳이 없이 이따위 허탄한 소리를 우리 역관들에게 공비 돈을 받고 속

여 팝니다. 별단은 비록 보고 들은 사건 같지마는 어째서 이 믿을 수 없는 허탄한 이야기를 사행 때마다 돈을 주고 사서 막중한 상주上奏에 올리는 자료로 삼는단 말입니까? 내 생각으로는 별단 중에 적당하게 짐작하여 취사를 함이 좋겠습니다."

했더니, 서장관은 반색을 하면서 그럴 일이라고 하였다. 조군은 애써 발명을 하였다. 나는 조 역관에게 말하였다.

"그대는 나이 젊어 사리를 모르오. 우리 나라 사대부들이 건성으로 《춘추》만 떠들고 존왕양이 공담만 해 온 지 백여 년에 중국 인사들인들 어찌 이런 마음이 없겠소? 그러므로 연갱요年羹堯, 사사정查嗣庭, 증정曾靜 같은 따위들이 상서스러운 일을 보고는 재앙이라 하고, 좋은 정치 실적을 악정이라고 무함하여 온 세상을 선동하고 문자로 베껴 전파하여 마치 위급한 형세가 조석에 박두한 듯이 한 것이지요. 그리하면 우리 역관들은 허탄한 소리에 속아 넘어가 절로 바보 놀음을 하네요. 삼사가 오랫동안 깊숙한 여관 속에 앉아 소일할 거리가 없어 울적할 때에 걸핏하면 자네들을 불러 새 소문이라도 듣는 것은 길에서 주워 들은 이야기로써 답답한 가슴을 푸는 거지요. 사신은 아무것도 모르고 수염을 추켜올리고 부채를 치면서 '오랑캐놈들이 백년 운수가 있을랴고!' 하고는 바로 강개하게 강 복판에서 노를 치는 작태를 부리고 있으니 참으로 허망한 일입니다. 더구나 먼저 보내는 군관이 밤낮없이 질주를 할 때는 절반은 말 등 위에서 잠을 자거늘 혹시 문서 쪽을 저들 국경 안에서 떨어뜨린다면 닥쳐올 재변을 또 어떻게 하겠소?"

서장관은 허허 웃고는 일변 놀라면서 조 역관에게 무어라 무어라 신칙을 하였다. 모르겠구나, 그 후 추리고 남긴 결과가 어떠했는지.

# 불교 서적[佛書]

불교 서적이 처음 중국에 들어온 것은 불과 42장章으로서 그 후 불경이라고 부르는 것들 태반은 위나라, 진나라 시대 문인들 손에서 지어진 것이다. 이런 사업이 요진姚秦 때 성행하기 시작해 소량蕭梁 때 극성하였고 당나라 때 와서 크게 정비되어 거의 유가의 전적들과 비슷했다.

무릇 상고 이래로 이미 이런 학문이 있어서 황제黃帝, 광성자廣成子,[30] 남곽자기南郭子綦, 묘고야산인藐姑射山人,[31] 허유, 소부,[32] 변수, 무광,[33] 장저, 걸닉[34] 들은 일찍이 사람들에게 불교 숭봉자라고 지목된 적도 없었고 또 일찍이 저술을 한 적도 없었으므로 후세에 와서 불교가 외국으로부터 나왔다는 것만 알고 중국에 먼저 이런 도

30) 황제가 도를 물었던 선생.
31) 《장자》에 나오는 도인.
32) 허유許由와 소부巢父는 요 임금 시대의 철인들.
33) 변수卞隨와 무광務光은 탕 임금이 천하를 양보하였으되, 받지 않고 물에 빠져 죽은 철인.
34) 장저長沮와 걸닉桀溺은 공자 시대의 은사.

가 있었다는 일을 똑똑히 모르고들 있다. 공자는 "나의 도는 하나로 꿰뚫는다." 하였고, 노자는 "성인은 하나를 지킨다." 하였고, 석가는 "만 가지 법칙이 하나로 귀착한다."고 하였다. "만 가지 법칙이 하나로 귀착한다."는 말은 우리 유가에서, "이치는 하나이나 만 가지로 달라진다."는 말과 미상불 비슷한 뜻이다.

세상에 떠도는 불교 서적이란 모두가 《남화경南華經》의 주석이요, 《남화경》은 즉 《도덕경》을 전한 주석에 불과하다. 저들은 다 타고난 자격이 뛰어나고 생각들이 탁월하였다. 어찌 인의와 예악이 함께 천하를 다스리는 대법칙이 되는 줄이야 몰랐을 것인가? 불행히 그들은 망하는 세상에 나서 본질은 없어지고 형식만 떠드는 데 눈을 찌푸리고 상심을 하다가 본즉, 차라리 태고의 정치를 사모하게 되었다. 그들이 말한, '성인을 없애고 지혜를 버리고 도량형기를 파괴해야 된다.'는 따위 이야기는 모두 세태 풍속에 분개해서 나온 말이다.

3천여 년 이래로 이런 책을 배척한 자가 한 사람 뿐만 아니겠지마는 이 책들은 필경 보존되어 있고, 또 이런 책이 있다 하여 천하가 조용하고 어지러운 데는 아무런 관계가 없었다. 한퇴지는 맹자가 양자와 묵자를 배척함을 희미하게나마 보고 역시 도교와 불교의 배척을 자기 교조로 내세웠다. 맹자의 재능이 직접 양자, 묵자를 배척함으로 인하여 아성亞聖[35]이 된 것도 아니건마는 한퇴지는 직접 그 책을 불살라 맹자의 뒤를 계승하려고 하였으니 모를 일이다. 과연 한퇴지는 그 책을 불사를 배짱이 있었는지.

35) 공자의 다음 가는 성인이란 말.

## 명나라 마패[皇明馬牌]

상서원尙瑞院에 보관되어 있는 명나라 마패馬牌는 누런 빛깔 무늬 없는 비단에 검정 오목을 축으로 한 두루마리다. 길이는 2척 4촌이요, 너비는 5척이다. 가장자리에 이시미와 용을 수놓았고 복판에 안장을 갖춘 붉은 말 한 필을 수놓았다. 황제의 지시문은,

"공무로 가는 인원이 역을 통과하는 데는 이 증명서를 나누어 가지고 가서 맞추어 본 다음에야 마필의 제공을 허한다. 만일 이 증명을 맞추지 않고 무단히 역마를 준다든가 법대로 집행하지 않고 정실에 따라 증명서에 수응하는 자는 함께 중죄로 다스릴 것이니, 마땅히 이 명령을 지킬 것이다. 홍무 23년(1390) ○월 ○일."

하였는데 글자는 모두 검정 실로 수를 놓았고 연호 위에는 옥새를 찍었다. 옥새의 문구는 '제고지보制誥之寶'라 썼고, 왼쪽에는 '통通자 70호'라고 가는 글씨로 쓰고, 아래쪽 연폭에는 작은 옥새의 절반을 찍었다. 또 붉은 말 한 필을 그린 축은 '통 자 67호'요, 또 푸른 말 한 필을 그린 축은 '통 자 68호'요, 붉은 말 두 필을 그린 축은 '달達 자 30호'다.

대체 홍무 경오년(1390)에 사신이 군산도群山島에서 배를 띄워 금릉金陵으로 갈 때에 내린 증명이 네 번이다. 또 붉은 말 두 필을 그린 축은 만력 27년(1599) ○월 ○일 '달 자 16호', 또 붉은 말 두 필을 그린 다른 축은 '달 자 13호'로서 제고와 연호는 검정 실로 수를 놓았고 네 가장자리는 이시미와 용을 수놓으며 그 위에 옥새를 찍은 것이 모두 홍무 제도와 같았다. 왼쪽에 가늘게 쓴 '통' 자, '달' 자 등 몇 개 자호는 모두 수를 놓지 않으니, 임시로 몇 째 자호라고 쓴 것은 손으로 쓴 것 같으며 모두 도장은 절반을 찍어 내주었다. 홍무 때의 '통 자 67호' 푸른 말 이하 여덟 마리 말은 모두 안장과 굴레를 그리지 않았다.

대체 만력 기해년(1599) 요양 길이 막히고 보니 가도椵島로부터 등주에 이르러 상륙하여 북경으로 들어갈 때 하사한 증명이 두 번이다. 마패축은 축마다 주칠한 가죽 통에 넣어 주석 장식을 붙이고 또 다시 사슴 가죽 주머니에 넣었다. 모를 일이지마는 당시의 사절이 이를 돌려 주지 않은 까닭은 무엇인지? 혹시 명나라 구례로서 외국 사신이 수로로 내왕할 때는 이를 위하여 마패를 갈라 주었는지? 이번 열하 걸음에 역시 말을 내주라는 황제의 지시가 있었으니, 응당 이런 마패를 내주었을 듯한데 도중에 서로 어긋나서 그랬던지 증명을 맞추어 보는 절차도 어떠한지 보지 못하였다.

# 합밀왕哈密王

동직문을 나서서 열하를 향하여 몇 리를 못 갔는데 북경의 교군꾼 삼십여 명이 어깨에 가마채를 메고 발을 맞추어 갔다. 회회국 사람 십여 명이 뒤를 따르는데 얼굴이 사납고 코가 크고 눈은 푸르고 머리와 수염이 억세게 났다. 그중 두 사람은 눈매가 맑고 고운데, 복색이 가장 화려했다. 붉은 탄자로 만든 전립을 썼는데 좌우 두 편 가장자리 처마를 말아 붙이고 앞뒤 처마는 뾰족하여 마치 아직 피지 않은 연잎사귀 같았다. 이리저리 돌아볼 때는 경망스러워, 보기에 우스웠다. 마두들은 추측만 하고 회회국 태자라고 했다. 앞섰다 뒤섰다 사나흘을 같이 가면서 말 위에서 담배도 서로 나누어 피웠는데 그 동작이 꽤 공순하였다.

하루는 한낮이 되어 너무 덥기로 말에서 내려 도중 삿자리 가게 아래서 쉬노라니 두 사람은 뒤따라와서 역시 말에서 내려 마주 대면하여 의자에 앉았다. 나에게 묻기를,

"만주 말을 아느냐, 몽고 말을 아느냐?"

하기에, 나는 농조로 대답하여,

"양반이 어떻게 만주 말이고, 몽고 말을 알 것인가?"
하고는 즉시 글로 써서 회회국 내력을 물었더니 한 사람은 머리를 흔들면서 다른 편을 쳐다보는 것이, 아주 글은 까막인 모양 같고, 한 사람은 흔연히 붓을 매만지며 한참 생각하더니 겨우 몇 자를 쓰는데 젖 먹던 힘을 다 들여 쓰는 것 같아 보였다. 자칭 합밀왕이라 하고 같이 동반하는 사람을 가리키면서 역시 12부部의 번왕蕃王이라고 했다. 대답하는 것이 전연 문리에 닿지 않아 알 수가 없었다. 메고 오는 물건은 무엇이냐고 물었더니 모두 황제께 진상하는 옥그릇들이요, 그중에도 가장 큰 것이 자명종이라고 하였다.

번왕이라고 하는 자는 주머니를 풀더니 차를 내어 따르는 사람을 시켜 끓여 서로 나누어 마시면서 나에게도 한 잔 권하는 품이 아마 색다른 차라고 생각하는 모양 같았다. 그 향내와 빛깔을 보아 역시 북경 거리에서 파는 보통 차나 다름없었다. 화로라든가 보시기 같은 기물은 모두 주칠을 하고 가죽 두 겹으로 싸서 주렁주렁 허리띠에 달린 장식품같이 등에 짊어지고 보니 매우 간편해 보였다. 그는 차를 마신 후 먼저 일어나 채찍을 한 번 치면서 달려갔다. 이튿날 아침에 또 강둑에서 만나 중국 말로 합밀왕의 나이는 얼마냐고 물었더니, 역시 중국 말로 서른여섯 살이라고 대답하였다. 번왕은 더욱이 중국 말이 능하나, 손바닥을 두 번 쥐었다 펴고 한 손을 또 쳐들어 스물다섯 살이란 것을 표시했다.

《당서》에 보면 회흘回紇은 일명 회골回鶻이라 하였고《원사》에는 외올아부畏兀兒部가 있는바, 외올아부가 곧 회흘이다. 회회란 즉 회흘이 변한 소리다.《고려사》에는 원나라가 고려 사람에게 외올 말을 교습시켰다고 했으니 외오아畏吾兒 또는 외올畏兀이 변한 소리다.

합밀은 한나라 시대의 이오伊吾란 땅이요, 당나라 때는 이주伊州 땅이다.

고려 말년에 설손偰遜이란 자가 즉 회흘 사람이다. 원나라에서 벼슬하다가 공주를 따라 조선으로 와서 그대로 눌러앉아서 고려에서 벼슬을 하였는바, 이조에 들어와서 벼슬을 한 설장수偰長壽는 즉 설손의 손자이다.

# 서화담집徐花潭集

화담花潭 서경덕徐敬德 선생은 수학에 있어 송나라 때 소옹邵雍과 비슷하나, 시와 문은 약간 편이 있지만 그다지 쳐줄 것이 못 되는데, 사고전서에 편입되었다.(사고전서는 지금 황제가 편찬하였다.)

# 장흥루판長興鏤板

오늘의 오사란烏絲欄[36]은 옛날의 편죽編竹이다. 옛날은 글자를 모두 대쪽에다가 칠로 쓰고 가죽 끈으로 엮었으니, 소위 간책이란 것이 이것이다. 그 모양은 지금 오사란과 같았다. 공자가 《주역》을 읽는데 가죽 끈이 세 번이나 끊어졌다는 것이 바로 이것이다.

한 무제가 황하를 건너 동쪽으로 갈 때 책 다섯 상자를 잃어버렸는데, 다행히 장안세張安世가 그 책들을 다 외고 있어 이에 힘입어 다시 기록하였다고 했으니, 당시 책의 각판이 없음을 알 것이요, 후세에 판각을 처음으로 새기기는 후당後唐 명종明宗 때다. 명종은 오랑캐 지방의 사람으로 글이라고는 알지 못했으나 구경九經을 판각으로 새기기는 역시 장흥長興 연간으로서 그 공로야말로 홍도鴻都[37]의 석경石經[38]보다 적다고 못할 것이다.

---

36) 줄간을 친 종이.

37) 한나라 시대 문 이름. 이 문 안에 학교를 두고 책을 보관했다.

38) 한나라 태학에 세운 돌에 새긴 경서의 빗돌.

명종은 당시 사대부들이 길한 혼인을 복상 중에 거행하는 것과 복상 중에 관리로 등용하는 제도가 있음을 보고 탄식하여 말하였다.

"선비가 효도와 우애를 중하게 여김은 그것으로써 풍속을 돈목하게 만들려는 것이다. 그런데 지금 아무런 전쟁도 없는 터에 어찌 복상 중에 있는 자를 관리로 기용할 수야 있을 것인가? 또 혼인이란 길례다. 어찌 상가에서 이것을 거행할 것인가?"

즉시 유악劉岳에게 명령하여 문학을 잘하고 고금의 일에 대해 정통하게 아는 선비들을 뽑아 예문을 정리시켰다. 태상박사 단옹段顒, 전민田敏 들은 모두 속물들이어서 다시 정리한다는 것이 당시의 각 가정에서 내려오는 습속들에 불과하였다.

지금 취진판聚珍板[39]으로 내려오는 장홍루판은 호부시랑 김간金簡이 감독하여 수집한 것이다.

39) 사고전서의 별칭.

# 주한과 주앙[周翰朱昂]

사람이 젊을 적에는 전정이 멀고 보니 자기는 늙을 날이 없을 듯이 무슨 이야기를 하다가도 노인을 업신여기는 실수를 가끔 한다. 이런 경박한 악소년이나 건방진 자는 흔히 앞날의 복을 받지 못할 것이니 불가불 조심해야 할 일이다. 인조 때 찬성贊成 민형남閔馨男이 나이 일흔이 넘어 손수 과실나무 접을 붙이니 같은 마을에 사는 여러 젊은 명관이 이를 웃으면서,

"공께서는 아직도 백 년 계획을 세우시나요?"

할 때에, 민공은,

"바로 그대들을 위하여 선물로 남길 것이네!"

하였다. 그 후 민공은 아흔네 살이 되어 여러 명관들의 제삿날 과일을 손수 따서 제사에 부조했다고 한다.

옛날 양대년楊大年이란 사람이 젊어서 주한, 주앙 두 사람과 함께 한림원에 있었는데 이 두 사람은 이미 머리가 허옇게 세었다. 매사를 논의할 때마다 양대년은 그들을 모욕하여,

"두 영감의 생각은 어떻습니까?"

할 때에, 주한은 매우 불쾌하여,

"그대는 늙은이를 그리 깔보지 마소. 필경은 이 백발을 남겨 그대에게 꼭 선사할 것이네!"

하였다. 주앙이가 있다가,

"백발을 남겨서 그를 주지 마오. 다른 사람이 또 그를 깔보는 것을 못하도록 해야지요."

하였다. 후일 양대년은 과연 나이 쉰도 못 살았다.

열하 태학에는 늙은 학구가 있었는데, 이름은 왕곡정이다. 왕곡정은 한인인 어린아이 호삼다胡三多에게 글을 가르쳤다. 호삼다는 나이 열세 살이었다. 또 만주 사람으로 왕나한王羅漢이란 자가 있었는데, 나이는 바로 일흔셋으로 호삼다에 비하면 한 갑자가 더한 무자생戊子生이다. 곡정에게 강의를 받는데 매일 신새벽이면 삼다와 함께 책을 끼고 앞서거니 뒤서거니 발걸음을 맞추어 곡정을 찾는다. 더러 곡정이 이야기 때문에 틈이 없을 때는 노인은 언뜻 몸을 돌려 호삼다에게 고개를 숙이고는 주저하지 않고 글을 한 차례 받아 가지고 간다. 곡정이,

"저 노인은 손자가 다섯 명이요, 증손이 둘이나 있는데 날마다 몸소 와서 강의를 받아 가지고는 돌아가 여러 손자들에게 되돌려 가르친답니다. 그의 근실한 태도가 이같이 놀랍습니다."

했다. 이렇듯 늙은이는 부끄러워하지 않고 어린아이는 업신여김이 없었는바, 이 점은 중국의 예의가 장하다는 소문이 날로 전파되는 이유일 것이다. 이런 변방의 풍속이 이렇게 순박한 것을 더욱 감탄하지 않을 수 없다. 하루는 호삼다가 붉은 종이 첩지에 은 두 냥을 가지고 와서 그 첩지를 나에게 보이는데, 거기에 쓰기를,

"함께 공부하는 아우님 '호'에게 삼가 부탁합니다. 조선 박 공자에게 청심환 한두 개를 전편으로 청하옵니다. 삼가 변변찮은 박폐를 갖추어 대금으로 삼사온바, 물건은 하찮으나 정은 깊삽고 의리는 가이없이 무거울 것입니다."

했다. 나는 돈을 돌려보내고 환약 두 알을 찾아 내어 주었다. 소위 '함께 공부하는 아우님 호'란 호삼다를 가리키는 말인바, 이 말에는 더욱이 웃음을 참지 못했다. 그러나 남달리 스스로 중후하고 원만한 태도는 주앙이 양대년에게 퍼부은 독설과는 매우 달랐으므로 여기에 함께 기록하여 젊은이들이 늙은이를 모욕하는 데 경계로 삼을까 한다.

# 무열하武列河

역도원酈道元의 《수경주水經注》에 유수濡水는 동남쪽으로 흐르는데, 무열수가 거기에서 합한다고 했다. 유수는 오늘의 난하요, 무열수는 오늘의 열하이다. 열하의 이름은 《수경》에 나타나지 않았은즉 아마도 무열이 변한 음 같다. 그 근원은 세 군데 있으니 하나는 무욱리하武郁利河요, 하나는 석파이대石巴伊臺요, 하나는 탕천湯泉에서 나와 한목 모여 열하가 되어 산장을 안고 남쪽으로 흘러 난하에 든다고 하였다. 우리 사행이 줄달음질로 이미 열하에 들어왔을 때 더러는 이 길로 바로 질러 조선으로 돌아간다는 말이 있어 사신은 임역을 시켜 미리 조선으로 돌아갈 노정을 연구하도록 하였다. 임역이 통관에게 이를 알아보니 통관배는 깜짝 놀라,

"산 뒤는 모두 달자㺚子들이 사는 지방으로, 의무려산을 안고 동북으로 돌아가는 길 어간에서 반드시 달자를 만나 겁탈당할 것입니다. 우리네 중국땅 사람도 이 길을 아는 자가 없습니다. 이 길로 질러 돌아가는 것이 비록 황제의 뜻이라 하더라도 사신은 예부에 글을 내어 이 길은 면하도록 간청을 하는 것이 좋을 것입니다."

하였다. 임역은 다시 탐문할 자리가 없어 방금 답답해하던 판에 마침 한 늙은 장경으로 일찍이 이 길을 가 본 자가 있어서 역력히 말을 할 수 있다 하여 종이와 붓을 내주어 쓰게 한즉 한문 글자를 전연 몰랐다. 하늘만 뻔히 쳐다보다가 땅에 그림을 그리고 손으로 모래를 모아 산 모양을 만들고 다시 검부러기를 잘라 배 건너는 형상을 만들었다. 그리고는 붓을 휘둘러 빨리 글씨를 쓰는데 즉 만주 글자였다. 아무도 알아보는 자가 없어서 구경하던 사람들이 모두 깔깔 웃었다. 나는 마침 이 종이를 가져다가 왕곡정에게 보였더니 곡정 역시 해득을 못 하여 왕나한에게 보였다. 나한은,

"제가 비록 이 글을 안다고 하나 한문으로 번역하기는 어렵습니다. 제가 사는 이웃에 봉천 사람으로서 손으로 와 있는 이가 있는데 아마도 그가 이 길을 알 것만 같습니다. 내일 이 사람에게 물어서 자세히 기록해 오겠습니다."

하고는 즉시 종이를 건사하여 품속에 집어넣고 갔다. 이튿날 그는 과연 자세히 기록해 가지고 왔는데,

"열하에서 30리 가면 평대자平臺子요, 홍석령紅石嶺까지 30리, 황토량黃土梁까지 25리, 서육구西六溝까지 15리, 여기가 승덕부의 경계로서 경계비가 있고 여기서부터 20리를 가면 상운령祥雲嶺이요, 여기서 칠구七溝까지 30리, 봉황령까지 30리, 평천주平泉州까지 20리, 대묘참大廟站까지 35리인데 여기는 평천주 경계이다. 여기서부터 40리를 가면 양수구楊樹溝요, 쌍묘雙廟까지 25리, 송가장宋家庄까지 30리, 건창현建昌縣까지 30리, 장호자長鬍子까지 30리, 야불수夜不收까지 25리, 공영자公營子까지 20리, 담장구擔杖溝까지 30리, 여기가 건창현 경계이다. 여기서부터 행호자

대杏湖子臺까지 10리, 랄마구喇嘛溝까지 25리, 호접구蝴蝶溝까지 20리, 대영자大營子까지 15리, 조양현朝陽縣까지 25리, 대릉하大淩河까지 25리, 다시 강을 건너서 망우영蟒牛營까지 25리, 장가영張家營까지 30리, 만자령蠻子嶺까지 25리, 석인구石人溝까지 25리인데 여기는 조양현 경계이다. 여기서 육대변문六臺邊門까지 30리, 최가구崔家口까지 30리, 20리 더 가 의주성義州城을 지나 대릉하를 건너 금주위錦州衛로 나와 광녕로廣寧路를 거쳐……."

하였다.

## 옹노후雍奴侯

어릴 적에 《사기》를 읽으면서 한나라가 구순寇恂을 옹노후로 봉했다는 것을 보고, '후로 봉할 이름이 그리도 없어서 하필 옹노후라 했을꼬?' 하고 속으로 괴이쩍게 여긴 일이 있었다.

옹노란 지명을 알아보니 어양漁陽 우북평右北平에 있었다. 내가 앞서 연燕, 계薊 길을 들어 어양, 북평으로 나왔으나 오늘은 옹노가 변해 무엇으로 이름을 붙였는지 알 수 없었고, 또 이 땅을 아마도 지나왔는지도 모를 일이다.

옹노는 또 늪지에 관한 이름으로서 《수경주》에는 사면으로 모여 들어 있는 물을 '옹'이라 하고, 흐르지 않는 것을 '노'라고도 했다.

# 사㦤

《한서》 지리지에는 청하군淸河郡에 사제현㦤題縣이 있다고 했다. 나는 막북에서 고북구로 돌아 들어와 밤에 청하현에서 잤다. 이제는 사제현이 어디 있는지 알 수 없다. 요컨대 청하 근방이 아닐까 한다.

안사고顔師古의 주석에는 '사㦤' 자는 '사莎'의 옛날 글자라고 하였다.

# 순제묘順濟廟

《동서양고東西洋考》를 보면 오대 시대 민閩[40]땅의 도순검都巡檢 임원林願의 여섯째 딸은 진晉나라 천복天福 8년(943)에 났는데 옹희雍熙 4년(987) 2월 29일에 신선이 되어 올라갔다고 했다. 언제나 붉은 옷을 입고 바다 위로 날아다니기 때문에 동리 사람들이 사당에다 모셨다고 한다.

송나라 선화宣和 계묘년(1123)에 급사중給事中 노윤적路允廸이 사신이 되어 고려로 가는데 중로에서 바람을 만났다. 이웃 배들은 모조리 빠졌으나 노윤적이 탄 배만 귀신이 돛대에 내려와서 아무 탈이 없었다고 했다. 사신이 돌아와 이를 조정에 아뢰었더니 순제順濟라는 묘호를 내렸다고 한다.

요즘 천주당에 그려 놓은 붉은 옷을 입은 여자가 있다. 그 형상이 구름 바다 위로 날아다니는 것을 보아 그 귀신인가 한다.

40) 복건성.

# 해인사海印寺

합천 가야산 해인사는 신라 애장왕 때 창건되었다. 이름난 가람이나 큰 절은 흔히 서로 이름을 답습하여 붙이는 수가 많지마는 이것만은 그렇지 않다.

중국 순천부 서해자西海子 위에 옛날 해인사가 있었다. 명나라 선덕 연간에 다시 중건하여 대자은사大慈恩寺로 이름을 고쳤다가 이를 철폐하여 공장으로 만들었다.

우리 나라의 해인사는 천여 년 전 고찰인즉, 북경 근방에 있는 해인사는 응당 신라 때 창건했던 절보다 뒷일일 것이다.

## 4월 8일 관등 놀이[四月八日放燈]

중국의 관등 놀이는 정월 대보름날 밤에 하는 놀이로, 14일부터 16일까지 한다.

우리 나라 관등 놀이는 반드시 4월 8일에 한다. 이날은 부처의 생신으로 일러 아마도 고려 때 풍속을 그대로 지키는 것만 같다.

석가여래는 정반왕淨飯王의 태자로 주나라 소왕昭王 24년 갑인년(기원전 1029) 4월 8일에 나서 42년 임신년(기원전 1011)에 태자 나이 열아홉에 태자의 위를 버리고 출가하여 도를 닦다가 목왕穆王 3년 계미년(기원전 999)에 이르러 도를 터득했다고 한다.

# 오현 비파五絃琵琶

양염부楊廉夫의 원궁사 元宮詞에,

화림에 거둥하자 천막도 장한데
고려의 시녀들이 시중을 드네.
임금은 좋아라고 명비곡[41]을 친히 부를새,
임께서 준 비파를 말 위에서 타네.
北幸和林幄殿寬, 句麗女侍婕妤官.
君王自賦明妃曲, 勅賜琵琶馬上彈.

하였다.

《고려사》 악지樂志에는 "악기 비파는 줄이 다섯이다." 하였다. 그러면 시녀들이 탔다는 비파는 다섯 줄 비파일 것이다.(《온광루잡지韞光樓雜志》에 있다.)

41) 한나라 왕소군을 두고 지은 노래.

## 사자獅子

《철경록輟耕錄》에 쓰기를,

"나라에서는 매양 여러 왕들과 대신들을 모아 잔치를 배설하는 것을 '대취회大聚會'라고 일렀다. 이날은 여러 가지 짐승들을 만세산에 끌어 내어 범, 표범, 곰, 코끼리 같은 짐승은 일일이 따로 내놓은 뒤에 사자가 나온다. 사자는 몸뚱이가 짧고 작고 유달리 생겨 일반 가정에서 기르는 금빛 털을 가진 삽살개같이 생겼는데 여러 짐승들이 이를 보면 무서워 엎드리고 감히 쳐다보지를 못한다. 이는 기가 눌리는 까닭이다."

하였다. 내가 일찍이 만세산에 가 보았으나 기르는 짐승들이란 볼 수 없었고 본즉, 모두들 서산西山과 원명원圓明苑에 둔 모양이다. 열하에서 본 이상한 짐승들도 적지 않았으나 하나도 그 이름을 알 수 없었다. 날마다 길들인 곰과 집에서 기르는 범 같은 것을 보았으나 모두 귀를 드리우고 눈을 감아 언제나 가련한 꼴을 하고 있었다. 더구나 사자를 못 본 것은 유감스러웠다. 그런데 백 년 이래로는 역시 사자를 진상한 자가 없었다고 한다.

# 강선루降仙樓

우리 나라 성천成川에 있는 강선루 현판은 명나라 만력 때 미만종米萬鍾 중조仲詔가 쓴 글씨다. 그 필법은 미원장 못지않은데 그가 괴석怪石을 좋아하는 성벽은 그보다 더했다.

《간재필기艮齋筆記》에 보면,

"방산房山에 이 현판 돌이 있는데, 길이가 석 자이며 넓이가 일곱 자인데 빛깔은 푸르고 윤기가 나서 중조가 이것을 작원勺園으로 끌어올 것을 생각했다. 수레바퀴를 겹으로 하고 말 열 마리를 메워서 인부 백 명이 끌어 이레 만에 비로소 산에서 나와 또 닷새 만에 양향良鄕에 닿았다. 길에서 너무도 힘이 들어 드디어 밭둑 사이에 눕혀 놓고 이를 담장으로 둘러싸고 초막으로 위를 덮었는바 왕복하는 편지까지 있어서 한때는 미담으로 전했다."

하였다. 내가 북경 유람을 할 때에, 복건성 사람 오문중吳文仲이 그린 미만종의 괴석 그림책을 팔러 온 자를 만났다. 하나는 영벽석靈壁石이요, 하나는 방대석方臺石이요, 하나는 영덕석英德石이요, 하나는 구지석仇池石이요, 하나는 연주석兗州石이요, 또 비비석非非

石, 청석靑石, 황석黃石이라 하는 것들이 있었는데, 모두 기기괴괴한 형상이었다. 거기에다 오문중은 담원시湛園詩를 지어 붙였다.

주인은 본디부터
마음이 맑아
맑다는 이름으로
뒤원 이름 지었네.

때로 자리 만들어
바둑 두다가
손님 위하여
술병을 내네.

한가한 구름은
대발 여울로
지는 해는 솔문을
비쳤어라.

축대에 올라서
달맞이할 새
흐르는 달빛이
귓속질하네.

主人心本湛, 以湛名其園.
有時成坐隱, 爲客開靑罇.

閒雲歸竹渚, 落日映松門.

登臺候山月, 流輝如晤言.

미만종이 벼슬살이로 사방에 다닐 때 괴석만을 모았다는 것도 역시 명사라 할 수 있다. 조선 사람들은 다만 안다는 것이 미원장뿐이요, 미중조를 모르기에 특히 여기에 기록한다.

다만 강선루 현판은 어떤 인연으로 여기까지 왔는지 역시 뒷날 연구를 기다릴 일이다.

# 이영현李榮賢

《태학지太學志》를 보면, 융경隆慶 원년(1567)에 황제가 국학에 거둥했는데, 조선 사람으로 이영현 등 여섯 명이 각각 제 품계대로 의관을 갖추고 이륜당彝倫堂 밖 문관들이 서는 반차 다음에 섰다고 했다. 이 당시 참반을 했다면 응당 관에 머문 사신일 터인데 어째서 여섯 명이나 참석했을까? 또 이영현은 누구의 조상인지도 모를 일이요, 따라 참석한 여러 사람도 성명을 상고할 수 없다. 선배 이만운李萬運은 옛날의 고사를 많이 아는지라 우선 이것을 써 둠으로써 한번 찾아 주기를 기다린다.

# 왕월의 시권[王越試券]

청나라 때 왕월의 과거 시험 종이가 바람에 날려 우리 나라에 떨어졌다. 우리 나라에서는 이 종이를 사신 편에 부쳐 돌려보냈는데, 황제께 아뢰었더니 중국은 이 일을 기록하면서 '유구琉球'라고 잘못 기록했다.

당시 왕월은 풍력風力이 있다고 하여 사법관 직책에 등용했다고 한다. 일찍이 《낭야만초琅琊漫抄》를 보니 성화(成化, 1465~1487) 연간에 태감 왕고王高가 휴가를 얻어 집에 나와 있을 때 당시의 병부상서 아무개가 찾아갔는데, 때마침 도어사 왕월과 호부상서 진월陳鉞 역시 왔다. 왕고는 한참만에야 비로소 나와 여러 사람 앞에 읍을 하고 앉아서 말하기를,

"옛날 왕진이 일을 처리하는데 여섯 대신이 흔히들 사사로이 찾아갔기 때문에 정치를 전단한다고 사람들이 뒷말을 하였습니다. 오늘 여러분들이 이렇게 찾아오셨는데, 어찌 외인들이 나를 걸어 시비하지 않으리라고 할 수 있겠습니까? 또 여러분은 나를 방문했지마는, 저를 어떤 사람으로 알고 있습니까?"

할 때에, 병부상서는 말하기를,

"공은 성인이외다."

하였다. 이 말을 들은 왕고는 정색을 하면서 말하기를,

"위대한 교화력과 도덕이 있는 것을 성인이라고 합니다. 그리하여 공자도 '내가 어찌 감히' 하고 말했는데, 내가 누구이기에 성인이라고 하십니까?"

하였다. 여럿은 이 말을 듣고 숨도 내쉬지 못하였다고 한다. 그 당시 병부상서는 비록 이름을 숨겼으나 시비는 가릴 수 없었고 본즉, 소위 왕월의 '풍력'은 어디 있을 것인가?

## 천순 7년 회시 때 공원의 불[天順七年會試貢院火]

천순 7년(1463) 2월 회시 과거를 보이는데 때마침 공원에 불이 나자 감찰어사 초현焦顯은 즉시 대문을 닫아 걸어 출입을 못 하도록 하여 과거꾼으로 타 죽은 자가 아흔 명이나 되었다고 한다.

# 신라호新羅户

연경 동북쪽 군현에는 '고려장高麗庄' 이란 이름이 많을 뿐 아니라 당나라 총장(總章, 668~669) 연간에도 신라 사람이 많은 곳에 관아를 두었다 하니, 지금 양향良鄕의 광양성廣陽城이 바로 거기라 한다.

# 고려사를 증명함[證高麗史]

주곤전朱昆田은 죽타竹垞[42]의 아들이다. 그가,

"원나라 순제順帝가 북으로 달아나 응창應昌에 머물러 있을 때 태자 애유지리랍달愛猷識里臘達이 화림和林으로 옮겨가 왕위를 계승하고 '선광宣光'이라고 연호를 고쳤는데, 고려에서는 '북원北元'이라 하여 신우辛禑는 일찍부터 그 연호를 받들었으니, 그때는 명나라 홍무 10년(1377)이다. 그 이듬해 두질구첩목아豆叱仇帖木兒가 즉위하자 북원은 고려에 사신을 보내 이를 통고하였고, 이어서 또 연호를 '천원天元'이라 고친 후 고려에 통고하였다."

하였는데, 이것이 모두 정인지鄭麟趾의 《고려사》에 써 있고 본즉, 순제를 이어서 연호를 세운 자는 선광까지만이 아니다.

대체로 순제란 칭호는 중국이 부르는 이름이요, 혜종惠宗이란 묘호는 원나라의 최후 왕에게 붙인 시호이다. 그 후 겨우 선광의 시호가 소종昭宗이라는 것밖에 모르고 본즉, 천원의 즉위는 역사 편찬자

42) 청초의 고증학자 주이준.

가 생략한 것이리라. 그리하여 이 사실들은《고려사》에 의거하여 증명하게 된 것이 아닐까.

## 조선 모란朝鮮牡丹

《육가화사六街花事》에 말하기를, "하포모란荷包牧丹은 《본초강목本草綱目》에는 일명 '조선 모란'이라 한다."고 했다. 꽃은 승계국僧鞵菊 같고 진자줏빛인데 모란으로 이름을 붙인 것은 그 잎이 서로 비슷하다는 까닭이다. 북경 괴수사가槐樹斜街, 자인사慈仁寺, 약왕묘藥王廟 꽃 저자에서는 언제나 팔고 있다.

'하포'라고 하는 까닭은 중국 사람이 수놓은 둥근 주머니를 서로들 선사하면서 하포라고 하기 때문인데, 즉 주머니의 이름이다. 승계국은 어떤 모양인지 모르지마는 모두 일년초 꽃이다. 이름은 조선 모란이라 하지마는 우리 나라에서는 볼 수 없으니 무슨 까닭일까?

# 애호艾虎

단옷날 공조工曹에서는 궁선宮扇 애호를 바친다. 《계암만필戒庵漫筆》에, "단옷날은 서울 있는 관리들에게 궁선을 하사하는데, 죽골로 한 종이 면에는 모두 새와 짐승을 그리고 오색 선으로 애호를 두른다." 하니, 즉 중국의 묵은 풍속이다.

# 십가소十可笑

《대두야담戴斗野談》에 북경에는 열 가지 가소로운 명물이 있다고 했다. 그것은 광록시의 찻물, 태의원의 약방문, 신악관神樂觀[43]의 기도, 무고사武庫司의 칼과 창, 영선사營繕司[44]의 일터, 양제원養濟院[45]의 옷과 양식, 교방사敎坊司[46]의 할머니, 도찰원都察院의 법규, 국자감의 학당, 한림원의 문장이다.

이것은 한나라 때 속담에, 거인 수재가 글을 모르고 효렴孝廉[47]으로 발탁되어 벼슬하는데, 아비가 따로 거처한다는 말과 같다. 우리나라 속담에도 "관청 돼지 배가 아프다."는 말이 있으니 이것은 "월나라가 진나라의 여윈 꼴을 본다."[48]는 말과 같다. 이는 모두 이름만

43) 도교의 절이나 음악을 연습하는 곳으로 사용한다.
44) 토목 공사를 맡은 관청.
45) 국립 자선 사업 기관.
46) 음악을 맡은 관서.
47) 한나라 시대 관리 선발 과목의 일종.
48) 서로 관심을 두지 않는 것.

있고 실상은 없다는 말로 한나라 세상에도 효성과 청렴이 이 같거늘 더구나 뒷날 세상일까 보냐.

## 자규子規

원나라 지정至正 19년(1359)에 자규새가 거용관居庸關에서 울었다 한다. 이 관은 황성에서 70리 떨어졌는데, 연경 팔경 중에 '거용의 푸른 숲'이 그 하나이다.

원나라 왕운王惲은 진 시황이 장성을 쌓을 때에 역군들을 이곳에 두었다 하여 '거용'이라 한다고 했고, 모용수慕容垂가 모용농慕容農을 얼옹새蠮螉塞로 내보냈다고 했는데, 얼옹은 곧 거용을 잘못 전한 음이라고 했다.

나는 일찍이 한번 거용관에 가고저 했으나 왕반이 140리나 되고 보니 하루 동안에는 다녀오기 어려울 듯하여 그만두었더니, 지금에는 한스럽구나.

## 경수사 대장경비 대략[慶壽寺大藏經碑略]

"국가가 불교를 숭상하고 신봉하여 큰 절을 짓고는 반드시 불경을 안치한다. 천하의 글씨 잘 쓰는 자들을 모아 금가루를 이겨 불경을 베낌으로써 그 위엄을 보이고 천하에 각자 잘하는 자들을 뽑아 좋은 나무에 판각하여 전함으로써 널리 전파하도록 한다.

북경에 있는 여러 군데 절에는 날마다 먹여 기르는 중들이 단정하게 앉아 떼를 지어 불경을 외고, 종을 치고, 소라 고동을 불어 주야로 쉴 사이가 없다. 한 해에 또 한두 번은 칙사를 역마에 태워 보내어 천하를 고루고루 돌아다니면서 이렇게 해야만 온 천하의 변강까지도 모두 복을 받게 된다. 참말 지극한 일이다.

고려는 예로부터 시서와 예의의 나라로 일컬었는데, 원나라가 천하를 차지하자 세조 황제는 은혜로 맺어 대접하는 예절이 유달랐다. 부자[49]가 왕위를 이을새, 모두 부마의 대우를 받게 되었다. 지금 왕(충선왕)은 또 총명과 충효로 황제와 황태후에게 사랑을

49) 고려의 원종과 충렬왕.

받아 대덕大德 을사년(1305)에는 불경을 경수사에 시주하여 황제께 영광을 돌려 보답하였다. 이 절은 유황裕皇[50]의 복을 비는 절로서 서울의 여러 절 중에 가장 오래된 절이다. 황경皇慶 원년(1312) 여름 6월에 아무개에게 일러 글을 짓고 이를 돌에 새기게 하였다.

왕의 이름은 장璋인데 어진 사람을 좋아하고 착한 일을 즐겨 도덕과 문장을 갖추었다. 세조를 섬기게 되자 황제의 생질로서 세자가 되어 숙위宿衛로 입직하여 포상을 받았고, 성종成宗 때 뽑혀 공주에게 장가를 들었다.

대덕(1297~1307) 말년에는 지금 황제를 따라 내란을 평정하였고 무종武宗을 세우는 데 공로가 있어, 추충규의협모좌운공신推忠揆義協謀佐運功臣 개부의동삼사 태자태사 상주국부마도위 심양정동행중서성우승상開府儀同三司太子太師上柱國駙馬都尉瀋陽征東行中書省右承相으로 삼아 고려왕을 이어받게 하고 지금 황제가 즉위하여 책훈으로 태위太尉를 더했다."

이 비문은 정거부程鉅夫의 글이다. 이 글은 《설루집雪樓集》에 있는데 풍자하는 말이 많다. 대체로 외국의 저작에 의탁하여 얼핏 자기의 견해를 보인 것이다. 《고려사》에는 응당 게재되지 못했을 터이므로, 여기에 그 대략을 싣는다.

50) 원나라 성종인 듯하다.

## 황량대謊糧臺

동악묘에 한 5리 못미처 황량대荒涼臺라는 곳이 있는데 이는 글자가 잘못된 것이다. 《장안객화長安客話》에 당 태종이 고구려를 정벌하면서 일찍이 군사를 이곳에 주둔하고 거짓 창고를 설치하여 상대방을 속였으므로, 세상에서는 이 땅을 '거짓말 양식' 이란 의미의 '황량대' 라 했다 하니, 이 말이 그럴듯하다.

# 원나라 이학의 극성[胡元理學之盛]

중국 이학理學이 극성하기는 원나라 시대만큼 융성한 적이 없었는 바, 또 두 가지 이상한 일이 있었다. 그것은 원나라가 개국하던 초기에 도사이면서 유학의 진리를 말하고, 승려이면서 유교의 사업을 한 것들이다. 장춘진인長春眞人 구처기邱處機의 자는 통밀通密인데, 등주 사람이며 장춘은 그의 별호다. 금나라 황통 무진년(1148) 5월 19일에 출생하여 정우貞祐 을해년(1215)에 금나라 황제가 불렀으나 듣지 않았고, 송나라에서 또 사신을 보내어 불렀으나 역시 듣지 않았다. 이해 5월에 몽고 태조가 내만奈蠻으로부터 근시를 시켜 손수 쓴 조서를 보내 부르니 드디어 오게 되었다.

철문관鐵門關을 넘어 수십 나라를 거쳐 만여 리를 걸어 설산에서 황제를 보았다. 첫째, 천하를 통일하는 방법은 살인을 좋아하지 않는 데 있다고 대답하였고, 대규모의 사냥을 말려서 말하기를 하늘의 도는 생生을 좋아하는 데 있다 하였고, 정치하는 방도를 물으니 하늘을 공경하고 백성을 사랑하라고 대답하였고, 수신修身하는 도리를 물었더니 마음을 맑게 하고 욕심을 적게 하라고 대답하였고, 죽지 않는 약을 물었더니 위생衛生하는 길은 있지마는 길이 사는 약은 없다고 하였다. 매양 황제가 불러 자리에 나앉으면 황제를 권하는 말은 모두 자애와 효도에 대한 이야기였다. 이것이 어찌 도사의 입에서 나오는 유가의 말이 아니라 할 수 있으랴.

이때 몽고가 중원땅을 유린하였는데, 하남과 하북이 더욱 심하였다. 백성들은 포로가 되어 살육당해도 목숨을 피할 곳이 없었다. 구처기가 연경으로 돌아와서 그 도당을 시켜 통첩을 가지고 전장 뒤에 유랑하는 자들을 불러 모았다. 이로써 남의 종이 되었던 자는 양민으로 회복될 수 있었고, 죽을 지경에 있다가 살아날 길을 얻은 자가 무려 2, 3만 명이나 되었다. 이 이야기는《원사》에 실려 있다.

또 해운국사海雲國師의 이름은 인간印簡인데, 산서山西 영원寧遠 땅 사람이다. 나이 열한 살에 능히 군중 앞에서 강의를 하여 많은 무리를 감화시켰다. 금나라 선종은 통원광혜대사通元廣惠大師라는 호를 내렸다. 영원성이 함락되자 그의 스승인 중관中觀과 함께 붙들렸다. 원나라 태조 성길사成吉思 황제는 대사에게 사신을 보내어 말하기를, "늙은 장로, 젊은 장로는 다 좋다."고 하였다. 이때부터 세상에서는 모두 그를 '젊은 장로'라고 했다.

해운은 당시 대관인 홀도호忽都護에게 매양 말하기를,

"공자는 성인이니 마땅히 대대로 봉하여 제사를 받들 것이요, 안자, 맹자의 후손과, 주공과 공자의 학문을 배운 자는 모두 부역을 면하고 그 직업에 종사토록 해야 합니다."

하였다 한다. 이것은 왕만경王萬慶이 지은 구층탑 비문에 쓰여 있다. 이것이 어찌 불교도로서 유가의 행세를 하는 것이 아니랴. 여기에 아울러 기록한다.

# 배형拜荊

내가 일찍이 풍윤현을 지날 때에 현의 동북쪽에는 진왕산秦王山이 있는데 다만 가시덤불이 떨기로 자라고 있을 뿐이었다. 전설에 의하면 당 태종이 진왕秦王으로 있을 때 이 산에 올라 가시나무를 보고 놀라서 말하기를,

"이 가시나무는 우리 동리 훈장이 나에게 글 구절 떼는 것을 가르칠 때 쓰던 회초리다."

하고는 말에서 내려 절을 하였는데 그때 가시나무들은 모두 머리를 드리우고 엎드리듯 하였다고 한다. 그런데 시방도 그 시늉을 내는 듯하다.

# 환향하還鄕河

풍윤현과 옥전현玉田縣 사이에는 환향하還鄕河가 있다. 이곳 물이란 모두 동으로 흐르는 터인데 홀로 이 강만은 서쪽으로 흐른다. 《연산총록燕山叢錄》에,

"송나라 휘종徽宗[51]이 이 강의 다리를 건너다 말을 멈추고 사방을 돌아보면서 처량히 하는 말이, '이 물을 지나면 대사막이 가까울 것이다. 나는 어찌 이 강물처럼 고향으로 돌아가지 못할꼬?' 하고는 먹지도 않고 갔다."

하였다. 더러는 말하기를 석소주石少主가 환향하라고 지은 이름을 지금 사람도 그대로 부른다고 한다. 석소주라면 아마도 석진石晉[52]의 젊은 임금인 중귀重貴로서 역시 거란의 포로가 되어 이 강을 건넜을 것이다.

51) 금나라의 포로가 되어 죽은 황제.

52) 오대 시대 석경당石敬塘이 창건한 후진.

# 계원필경桂苑筆耕

《당서》 예문지藝文志에는 신라 최치원의 《계원필경》 네 권이 있다 하여 뒷날 책 짓는 이들이 이 서목을 인용하지마는 보이지 않는다.

책이 없어진 지 필시 오래된 모양이다.

## 천불사千佛寺

밀운密雲에서 덕승문德勝門으로 들어갈 때에 길이 무척 진 데다가 양 떼가 또 길을 막아 더 갈 수 없어서 드디어 말에서 내려 역관 홍명복과 함께 길가에 있는 천불사에 들러 잠시 쉬었다.

부처 앉은 자리를 천 개 연꽃이 둘러싸고 연꽃은 천 개 불상을 둘러쌌다. 천존불天尊佛 스물네 개와 십팔나한은 모두 우리 나라에서 진상한 것이라고 한다. 이 사실은 유동인劉同人의 《경물략景物略》에 쓰여 있지마는 《녹수잡지淥水雜識》라는 책에, 이미 교응춘喬應春의 비문에 의거하여 태감 양용楊用이 부어 만든 부처라고 고증하였음을 모르는 모양이다.

# 옥갑야화玉匣夜話

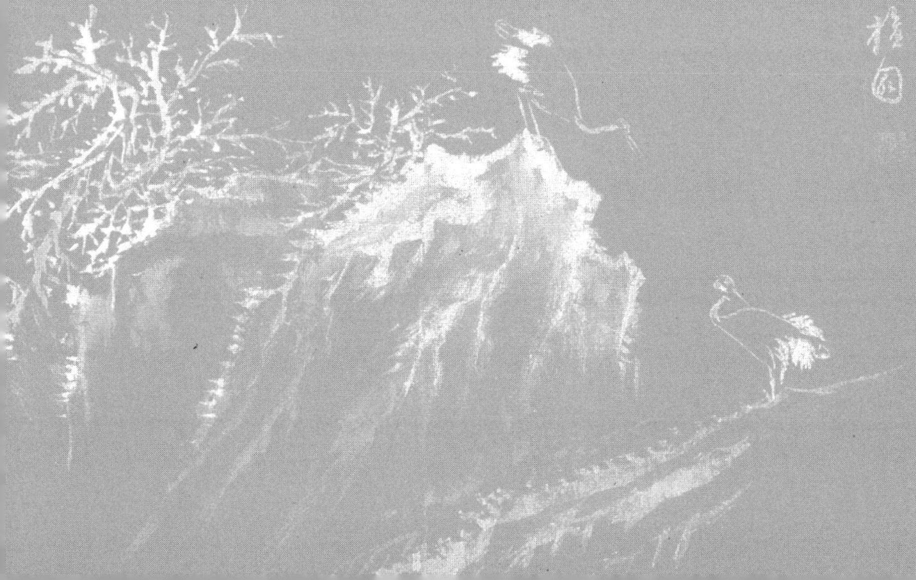

옥갑으로 돌아와서 여러 비장들과 침상을 나란히 하고 밤이 깊도록 이야기를 하였다.

옛날에는 연경의 풍속이 순박하여 역관들에게는 비록 만금이라도 빌려 주고는 했으나 지금 저들은 속이는 것이 능사인바, 그 잘못은 미상불 우리 사람들로부터 시작되었다고 한다.

30년 전에 한 역관이 빈손으로 연경에 와서 장차 돌아갈 무렵에 그 단골 주인을 보고는 엉엉 울었다고 한다. 주인이 괴이쩍어서 까닭을 물었더니, 그는,

"압록강을 건너올 적에 몰래 남의 은을 맡아 가지고 오다가 발각되어 제가 가졌던 포包와 함께 관청에 몰수당했습니다. 지금에 와서 빈손으로 돌아가려니 살 길이 없어 돌아가지 못하겠습니다."

하면서 칼을 뽑아 자살하려고 드니, 주인은 놀라서 재빨리 끌어안고 가진 칼을 빼앗고는 물었다.

"몰수당한 은은 얼마나 되는가?"

"삼천 냥이올시다."

주인은 위로하면서,

"대장부가 몸이 없어지는 것이 걱정이지, 돈 없는 것이야 걱정할 게 있나. 지금 죽고 돌아가지 않는다면 처자들을 장차 어떻게 할 것인가? 내가 그대에게 돈 만 냥을 꿔 줄 터이니 5년 동안 식리를 하면 다시 만 냥은 더 얻을 것이네. 그때 가서 본전만 갚으소."

하였다. 역관은 돈 만 냥을 얻어 물화를 크게 무역해 가지고 돌아왔다. 당시에는 아무도 이 사정을 아는 자가 없어서 누구나 그의 재주가 신통하다고 하지 않는 자가 없었다. 그는 5년 만에 드디어 큰 부자가 되어 즉시로 사역원에 등록된 관적을 삭제하고 다시는 북경에

들어가지 않았다. 그 후 여러 해가 지나 한번은 가만히 북경 가는 친구에게, "연경 가서 만약에 아무 주인을 만나 안부를 묻거든 반드시 우리 집이 역병에 몰사당했다고 말하게나." 하고 부탁하니, 그 친구는 이야기가 너무도 허황하므로 주저하였던바, 그 역관은 만약 그렇게만 하고 돌아오면 꼭 돈 백 냥을 주리라고 약속하였다.

그 친구는 연경에 가서 과연 그 주인을 만났는데, 그 주인은 역관의 안부를 물었다. 그는 부탁받은 그대로 자세히 말을 전했더니 그 주인은 두 손으로 얼굴을 가리고 대성통곡을 하는데 눈물이 비 오듯 하면서,

"하느님 맙시사. 어찌자고 그런 착한 사람 집에 그 같은 참혹한 재앙을 내렸을꼬!"

하고는 드디어 돈 백 냥을 내어 주며 부탁하기를,

"그는 처자까지 다 죽었으니 제사 지내 줄 사람도 없을 터라. 그대가 고국에 돌아가거든 나를 위하여 50냥으로는 제물을 장만하여 제사를 지내 주고 50냥으로는 추후로 그의 명복을 비는 재를 올려 주소!"

하고 부탁하였다. 그 친구는 정신없이 놀랐으나 이미 거짓말을 해 놓았으므로 할 수 없이 돈 백 냥을 받아 가지고 돌아와 그 역관의 집을 찾아갔더니, 벌써 참말로 역병에 걸려 한 사람도 남김없이 몽땅 몰사를 하고 말았다. 그 친구는 크게 놀란 데다가 또 겁이 더럭 나서 그 돈 백 냥으로 주인 몫으로 재를 올리고는 '내가 무슨 면목으로 그 주인을 다시 볼 것인가.' 하면서 죽는 날까지 다시는 연경 걸음을 하지 않으리라 각오하였다.

또 이야기하였다. 지사知事 이추李樞는 근세의 명역관인데 평소에 한 번도 입으로 돈 이야기를 한 일이 없었고 연경 출입한 지 40여 년 동안 손에 은을 잡아 본 적이 없어서 언제나 화락한 군자의 풍도가 있었다고 한다.

또 이야기하였다. 당성군唐城君 홍순언洪純彦은 명나라 만력(1573~1620) 연간의 명역관이다. 연경에 와서 한번은 창루에 놀러 갔다. 창녀 가운데는 인물에 따라 해웃돈이 차이가 났는데, 하룻밤에 천 냥 돈을 내라는 여자가 있었다. 홍순언은 돈 천 냥을 내고 하룻밤 자려고 했더니, 그 여자는 방년 16세로 인물이 뛰어나게 잘났는데 홍군을 보고는 눈물을 지으면서,

"제가 비싼 값으로 사람을 찾은 까닭은 진정으로 보아 천하에 남자란 모두 인색한 자들로 천 냥 돈을 내놓을 자가 없을 줄만 알고 하루, 이틀 이 욕을 면하기만 믿었던 터입니다. 본래는 관주館主를 속이려고 했던 것이요, 한편으로는 천하에 의협심 있는 분이 저를 속량하여 첩으로 삼아 줄 것을 바랐던 터입니다.

제가 창루에 온 지 닷새인데 감히 천 냥을 내고 오는 자가 없었습니다. 오늘 다행히도 천하에 의협심 있는 분을 만났습니다마는 공께서는 외국분이라 법이 있어 저를 데려가시지는 못할 터이요, 그렇다고 이 몸이 한번 물이 들면 다시 씻을 수 없을 것입니다."

하였다. 홍군은 그를 불쌍히 여겨 창루에 들어온 까닭을 물었더니,

"저는 남경 호부시랑 아무개의 딸인데 집안이 적몰당하고 또 뒷돈을 물어야 되겠기로 제 몸을 창루에 팔아 아버지의 목숨을 속죄했습니다."

했다. 홍군은 깜짝 놀라 물었다.

"나는 참으로 그런 줄 몰랐구나. 오늘 당장에 누이를 속량할 터이니 몸값이 얼마인가?"

"이천 냥입니다."

홍군은 그 자리에서 돈 2천 냥을 내어 주고 작별하였다. 여자는 수없이 절을 하면서 은혜로 정한 아버지라고 부르면서 갈라졌다. 홍군은 그 후 이 일을 다시 염두에 두지 않고 다 잊어버렸다.

홍순언은 또다시 중국으로 들어가게 되었다. 그가 들어가는 연도에서 홍순언이 오잖느냐고 여러 번 물어 보는 사람들이 있어서 홍군은 이상스럽게 생각하면서 북경 가까이까지 왔는데 길 옆에 성대하게 장막을 치고 있다가 홍군을 맞는 자가 있었다. 그 병사는 석 대감의 뜻을 받아 마중 나왔다고 하였다. 그가 석 대감의 집에 닿았더니 석 상서石尙書는 절을 하면서 영접하고 은혜로 맺은 장인이라고 부르면서,

"따님이 장인을 기다린 지가 오래외다."

하였다. 이내 악수를 하고 내실로 들어가니 부인이 성장을 하고 뜰 아래 내려가 절을 하였다. 홍군은 황공스러워 어쩔 바를 모르고 있으니, 상서는,

"장인은 오랫동안 딸을 잊으셨나 보외다."

하였다. 홍군은 비로소 이 부인이 창루에서 속량해 준 여자인 것을 알았다. 이 여자는 창루를 나오자 즉시로 석성石星의 후처가 되었다. 귀부인이 되었지마는 손수 비단을 짰는데 모두 '보은報恩' 이란 글자를 수놓았다고 한다. 홍군이 귀국하게 되자 이 보은단 외에 비단과 금은을 수없이 선물하여 전송하였다고 한다. 임진왜란에 석 상

서가 군대를 맡고 있으면서 출병을 주장한 것은 석씨가 본디 조선 사람과 의리를 맺었던 까닭이라고 한다.

또 이야기하였다. 조선 사람 장사꾼의 단골 주인으로 정세태鄭世泰란 사람이 있었는데 그는 북경에서 제일 가는 부자라고 하였다. 세태가 세상을 떠나자 살림은 다시 일어날 수가 없을 만큼 여지없이 파산했다고 한다. 세태는 단벌 손자 하나를 두었는데 그는 남자 중 일색으로 인물이 잘났으나 어릴 때 잡기 놀이판에 몸이 팔렸다고 한다. 세태가 살았을 때 그의 점원으로 있었던 임林가란 사람은 누만 거부가 되었는데, 놀이터에서 구경을 하다가 웬 미남자가 재주 노는 것을 보고 마음이 끌려 누구인지 물어 보고는 정세태의 손자임을 알게 되자 서로 만나 붙들고 울면서 돈 천 금을 내어 속량을 하고 함께 데리고 집으로 돌아와 집안 사람들을 보고 신칙하여,

"잘 대접하라. 이 사람이 우리 집 옛 주인이시다. 놀이판에 있었다고 조금이라도 괄세를 해서는 안 된다."

하였다. 그가 장성하자 그 재산을 절반 갈라 세업을 삼게 해 주었다. 세태의 손자는 몸이 비대하고 희멀쑥하게 잘났는데 아무것도 하는 일 없이 다만 연 띄우는 놀이를 하면서 북경 시중에서 놀았다고 한다.

옛날은 물건을 매매할 때 포장을 풀고 점검하는 법이 없이 북경서 묶은 짐짝을 그대로 가지고 돌아와 장부와 대조해 보면 조금도 틀림이 없었다고 한다. 한번은 잘못 흰 털모자를 묶어 보낸 일이 있었는데, 돌아와 열어 보니 모두가 흰 모자라 검열 못 한 것을 스스로 몹시 후회하였다.

그런데 정축년(1757)에 두 번 국상을 만나 도리어 곱쟁이 장사를 하였다고 한다. 그러나 이것은 우연히 얻은 재물이며 역시 인심이 점차 옛날과 달라진 데서 온 것이다. 그러므로 근년에는 물품 포장을 자신이 하게 되고 주인에게 맡겨 포장을 하지 않는다고 한다.

또 이야기하였다. 변승업卞承業이 병들었을 때 돈을 얼마나 벌었는지 한번 알아보려고 점원 서기들을 다 모으고 장부를 맞춰 본 결과 은으로 50만 냥이었다. 그의 아들이 재산을 널어 놓은 지 오래되어 번폐롭고 축도 나겠으니 즉시 거둬들이는 편이 좋겠다고 했더니 변승업은 나무라는 말로,

"이는 서울 안 만 호의 명맥이나 다름없다. 어떻게 하루아침에 이를 끊고 서둘러 돌려받을 것인가?"

하였다. 승업은 노경에 그 자손들을 경계하여 말하였다.

"내가 섬긴 대관들이 많았지마는 국가의 여론을 한 손으로 틀어쥠으로써 가계를 삼은 자치고 삼대를 내려가는 집을 보지 못했다. 지금의 여론은 국내에서 재물 만지는 사람들로서는 우리 집에 드나드는 것으로써 높고 낮은 층하를 삼는다고 한다. 이것도 역시 여론이다. 그러므로 재물을 헐지 않으면 재앙이 미칠 것이다."

이래서 그의 자손이 번창하였는데도 모두 가난했던 것은 승업이 노경에 재물을 많이 헐었던 까닭이다.

나 역시 이야기하였다. 윤영尹映이란 사람이 있어 늘 변승업이 재산 많은 이야기를 말했는데, 그 재물이 옛날부터 국내에서 제일이라 하였고 승업의 대에 와서 좀 줄었지마는 처음 그의 재산이 불어 일

어날 때는 운수가 없다고 할 수 없었으니, 허생의 이야기를 들으면 참말 이상하다 할 수 있다. 허생은 필경 그 이름을 말하지 않았으므로 세상에서는 아는 자가 없다고 했다. 윤영의 이야기를 들어 보자.

# 허생전許生傳

허생은 묵적골에서 살았다. 바로 남산 밑까지 곧추 닿고 보면 거기 우물턱 위에 늙은 살구나무가 섰고 바람비를 가리지 못하는 두어 칸 초가집이 이 나무를 향하여 사립을 열고 있다. 그러나 이 집 주인인 허생은 글 읽기를 좋아하고 그의 안해는 남의 바느질품을 팔아 호구를 하였다.

하루는 그 안해가 배가 고파 못 배겨 눈물을 지으면서,

"당신은 평생에 과거 한 번 보지 않으면서 글은 읽어 뭣 하겠소?"

하였다. 허생은 웃으면서 말했다.

"내가 아직 글을 못 다 읽었소."

"그러면 장인바치질이나 해 보지요?"

"장인바치질은 본디 배운 적이 없으니 어떻게 하겠소?"

"그러면 장사라도 해야지요."

"딱한 말이오. 밑천 없는 장사를 어떻게 하겠소?"

안해는 화를 바락 내면서 바가지를 긁었다.

"그래! 밤낮없이 글을 읽어 배웠다는 것이 고작 '어떻게 하겠

소?' 란 말뿐이오? 장인바치질도 못 한다, 장사도 못 한다, 그러면 도적질이라도 못 할 것이 뭐요?"

허생은 책을 덮고 일어서면서,

"애석하구나. 내가 당초 십 년 동안 글공부를 하기로 작정을 했더니 금년이 칠 년이렷다."

하고는 사립을 나섰다. 아무도 아는 사람이 없었던지라 곧추 운종가로 갔다. 그는 거리 사람들을 붙들고 물었다.

"한양성에서 갑부가 누구요?"

변씨가 제일 가는 부자라고 말하는 자가 있어 그는 되잡아 변씨 집을 찾았다. 허생은 변씨를 만나 넌지시 읍을 하고는 다짜고짜로,

"내가 집이 가난한 터라 잠깐 시험 삼아 해 볼 일이 있어 그러니 임자는 나에게 돈 만 냥만 돌려 주시우."

하니, 변씨는 선뜻,

"좋소! 그러시우."

란 말 한마디뿐, 선자리에서 돈 만 냥을 내어 주었다. 허생은 끝내 한마디 인사말도 없이 가 버렸다. 옆에 있던 변씨의 자제들과 문객들은 허생을 속절없는 비렁뱅이로 보았다. 허리띠는 해어져 속실이 이삭 패듯 나왔고, 가죽신 뒤턱은 짜그라지고, 갓모자는 주저앉고, 중치막 자락은 구질구질 멀건 콧물이 뚝뚝 들었다. 비렁뱅이 손이 간 뒤에 모두들 눈을 휘둥거리면서 물었다.

"주인장은 대관절 그 손이 누구인지 아십니까?"

"모르네."

"생면부지 모르는 사람에게 갑자기 돈 만 냥을 허공에 대놓고 던져 내주시면서 성명도 안 물어 보시니 대체 웬일이시오?"

"자네들이 모르는 말일세. 대체로 남에게 아쉬운 사정을 말하는 자는 언제나 제 의사를 떠벌려 먼저 신의를 자랑하면서도 어디고 그의 얼굴빛은 비굴하고 이야기는 중언부언하는 법이네. 그러나 아까 그 손님은 비록 옷과 신발이 허술하기는 하나 말은 간결하고 눈초리에 뱃심이 나타나고 얼굴에 수줍은 빛이 없으니 이런 이는 재물이 없어도 자족하는 사람일 것이네. 그가 시험해 본다는 일이 필시 작은 일이 아닐 터이니, 나 역시 그 손을 한번 시험해 보겠네. 안 주면 몰라도 돈 만 냥을 이미 줄 바에야 이름은 알아서 무엇 할 것인가?"

허생은 돈 만 냥을 얻어 가지고 다시 집으로 돌아가지 않았다. 안성은 경기도, 충청도의 접경이요, 삼남의 길목인지라 허생은 이곳에 자리를 잡고 장사를 시작하였다. 허생은 대추, 밤, 감, 배, 석류, 감자, 귤 등속을 시가의 배 값으로 무역해 두었다. 허생이 과일을 무역해 쌓아 둔 뒤로 국내에서는 잔치고 제사에 소용할 과일이 없어져서 허생에게 배 값을 받아 갔던 장사치들이 이번은 열 배 값을 내고 되사게 되었다. 허생은 이것을 보고 길게 한숨짓고,

"돈 만 냥으로 이렇게 판을 치게 되니 우리 나라 바닥을 짐작할 수 있구나!"

하였다. 허생은 다시 칼, 호미, 마포, 백목 등 피륙을 가지고 제주로 들어가 말총을 있는 대로 끌어 모으면서,

"몇 해를 못 가서 온 나라 사람들이 머리를 싸 동이지 못할걸!"

하였더니, 과연 얼마 안 되어 망건 값이 열 배로 뛰어올랐다.

허생은 어느 날 바닷가로 가서 늙은 사람을 보고 물었다.

"바다에서 멀리 떨어져 나가 살 만한 빈 섬이 없을까?"

"있소이다. 일찍이 제가 풍랑에 불려 바로 서쪽으로 사흘 동안 표류해 가서 어떤 빈 섬에서 밤을 묵었는데, 아마도 사문沙門과 장기長崎 어간인 듯합니다. 꽃과 나무가 저 혼자 피고 나무 열매, 풀 열매가 저 혼자 익고 사슴이 떼를 짓고 물고기가 놀라지 않았습니다."

"자네가 길잡이를 하게나. 나와 같이 부귀를 누릴 걸세."

사공은 그 말을 좇아서 즉시로 좋은 바람을 맞아 동남으로 향하여 그 섬에 닿았다. 허생은 높은 둔덕에 올라 한참 바라보더니 서글픈 기색으로,

"땅이 천 리도 못 되니 무엇을 해 볼 것인가? 그래도 흙이 기름지고 샘물 맛이 좋으니 넉넉한 집 주인 늙은이 노릇하기에는 알맞겠구나!"

하였다. 사공이 있다가,

"사람 없는 빈 섬에 누구와 함께 살 것입니까?"

하니, 허생은,

"덕이 있는 곳에 사람이 붙는 법이거든! 덕이 없음을 걱정할 일이지 사람 없는 걱정이야 할 것 없네!"

하였다. 이때 변산에는 도적 떼가 수천 명이나 몰려 있었다. 지방 관청에서는 군사를 풀어 놓아도 잡을 수가 없었으나 도적 떼도 역시 나와서 노략질을 못 하고 바야흐로 주려서 곤경에 빠진 터인데, 허생이 그들을 찾아갔다. 허생은 대뜸 물었다.

"자네들은 여편네를 가졌나?"

"없소이다."

"그러면 논밭을 가졌나?"

도적들은 비웃으면서,

"여편네가 있고 논밭이 있을 바엔 무엇이 답답해서 도적질을 하겠소?"

하니, 허생은,

"그럴 일이다! 그러면 왜 장가를 들어 집을 짓고, 소를 사고, 농사를 지으며 살지 않는가? 도적이란 이름을 면하고 앉아서 부부의 낙을 즐기고 나가서 쫓기고 붙들릴 걱정 없이, 길이 잘 먹고 잘 입고 배부르게 살지를 않는가?"

하고 물었다. 여러 도적들은,

"어째서 그 짓을 마다하겠소? 다만 돈이 없다오."

했다. 허생은 웃으면서 말했다.

"자네들은 도적질을 하면서 어째서 돈 걱정을 하나? 내가 자네들을 위해 변통해 주겠네. 내일 바다에 나가 보면 붉은 깃발을 단 배가 모두 돈을 실은 배일 터이니, 마음대로 가져들 가게!"

허생이 도적 떼와 약속을 하고 간 후에 도적들은 모두들 미친 사람이라고 비웃었다. 그 이튿날이 되어 도적들이 바다에 나가 보니 허생이 돈 30만 냥을 싣고 왔다. 모두들 눈이 휘둥그레져 죽 늘어서서 절을 하면서,

"그저 장군의 명령대로 하오리다."

하였다. 허생은 그들에게,

"그저 힘대로들 지고 가게나."

했더니, 이때야 여러 도적들이 다투어 가면서 돈 짐을 지는데, 애달프게도 한 사람이 백 냥 더는 지지 못하였다. 허생이,

"자네들이 힘이 부족해서 백 냥밖에 들지를 못하니 그러고야 무

슨 도적질을 하겠나. 비록 자네들이 지금 양민이 되려 해도 이름이 도적 명부에 실려 있고서 돌아갈 수도 없겠구나. 내가 여기서 기다릴 터이니 자네들은 각각 백 냥씩만 가지고 가서 여편네 한 명, 소 한 마리씩만 데리고 오려무나."

하니, 여러 도적은 "네." 하고는 다 흩어져 갔다.

허생은 2천 명이 한 해 동안 먹을 양식을 준비해 가지고 기다리고 있었다. 여러 도적들은 한 사람도 남김없이 다 돌아왔다. 그들을 함께 배에 싣고는 빈 섬으로 들어갔다. 허생이 이같이 도적 떼를 몰아간 뒤에 나라에서는 마음을 놓게 되었다.

섬에 도착한 그들은 나무를 베어 집을 짓고 대를 엮어 바자를 만들었다. 아직 손도 대보지 못한 생땅이라 백 가지 씨앗이 무성하고 묵밭 새밭도 없이 한 줄기에 아홉 이삭씩 여물었다. 그 해에 3년 먹을 양식을 저장하고는 남은 곡식을 몽땅 배에 실어 장기로 가서 팔았다. 장기란 땅은 일본에 딸린 고을로서 호수가 31만인데, 때마침 큰 흉년이 들었던 터에 이 곡식을 풀어서 은 백만 냥을 얻었다. 허생은 탄식을 하면서 말했다.

"내가 이제는 시험을 좀 해 보았구나!"

이때야 허생은 남녀 2천 명을 죄다 불러 놓고,

"내가 처음 자네들과 함께 이 섬에 들어온 후 먼저 살림살이부터 풍족하게 만든 뒤에 따로 글자도 만들고 제도도 장만할 작정을 했더니, 땅은 작고 또 내 덕이 박한지라 나는 오늘로 떠나겠네. 아이를 낳거든 오른손으로 수저를 잡도록 가르치고, 하루라도 먼저 난 이에게는 사양해서 먼저 먹게 하도록 가르치게."

하고는 다른 배들을 죄다 불사르고는,

"안 가면 못 오겠지!"

하였다. 은 50만 냥을 바다에 던져 넣고는,

"바다가 마를 때는 가지는 자가 있겠지! 백만 냥이라면 온 나라에서도 용납할 수 없을 터인데 더구나 작은 섬에서랴!"

하고 글 아는 자를 모두 함께 배에 태워서 데려 나오고는,

"이 섬이나마 화근을 끊어야만 하지!"

했다. 온 나라 안을 두루 돌아다니면서 가난한 사람과 의지할 데 없는 사람들을 고루 구제하고 났으나 아직도 10만 냥이 남았다.

"응! 이 돈은 변씨에게 갚아야 되겠군!"

하고는 변씨를 찾아가서,

"당신은 나를 기억하겠소?"

하니, 변씨는 깜짝 놀라서,

"당신의 얼굴빛이 옛날보다 조금도 나은 데가 없으니 만 냥 돈을 치패보지나 않았소?"

하니, 허생은 웃으면서 말했다.

"재물 때문에 얼굴이 돋보이는 것은 임자네들 일일 것만 같소. 만 냥 돈이 어찌 도를 살찌울 수야 있겠소?"

허생은 이러고야 은 10만 냥을 변씨에게 내어 주면서,

"내가 한때 굶주림을 견디지 못하여 글공부를 끝내지 못하고 당신에게 돈 만 냥을 꾸게 되어 미안하오."

하였다. 변씨는 깜짝 놀라 일어서서 절을 하고는 사양하면서 십분의 일만 이자로 받겠다고 하니 허생은 크게 화를 내며,

"임자는 어째서 나를 장사치로 보는가!"

하고는 옷을 뿌리치고 가 버렸다. 변씨는 가만히 뒷발만 밟아 따라

가 바라보니 그 손은 남산 밑으로 가서 어느 오막살이 집으로 들어갔다. 웬 늙은 노파가 우물 둑에서 빨래를 하고 있어 변씨는 물었다.

"저 오막살이집은 뉘 집인가요?"

노파는 대답하기를,

"그것은 허생원 댁입니다. 허생원이 집은 가난한 데다가 글 읽기를 좋아하더니 하루아침에 집을 나간 채 돌아오지 않은 지가 벌써 오 년이나 되었답니다. 그 마누라가 혼자 남아 있으면서 그가 집 나간 날을 제삿날로 정하고 제사를 지낸답니다."

하였다. 변씨가 비로소 그 손님의 성이 허씨인 것을 알고는 한숨을 짓고 돌아왔다고 한다. 변씨는 그 이튿날로 받은 은을 죄다 가져다가 돌려주니, 허생은 사양하면서,

"내가 부자가 되려고 했다면 백만 냥을 버리고 십만 냥을 가지겠소? 나는 오늘부터 당신을 의지 삼아 살 터이니, 당신은 가끔 나를 보살펴 식구에 따라 양식을 보내 주고 몸을 재서 옷감이나 보내 주면 일생을 이것으로 만족하겠소. 누가 재물 때문에 마음을 괴롭히겠소?"

하였다. 변씨는 허생을 백방으로 달랬으나 필경 어쩔 수 없었다. 변씨는 이때부터 허생의 살림살이를 대중하여 군색할 만하면 언뜻 자신이 용돈을 가지고 가서 주곤 했다. 허생은 흔연히 받다가도 혹시 더 올 때가 있으면 장히 좋아하지 않으면서 말했다.

"당신이 어째서 나에게 재액을 보낸단 말이오?"

술을 가지고 갈 때는 매우 좋아하면서 서로 권커니 잣커니 취하도록 마셨다. 벌써 몇 해를 두고 정분은 날로 두터워져 변씨가 한번은 5년 동안에 어떻게 해서 백만 냥을 벌었냐고 조용히 물으니 허생

이 말했다.

"이것이야 알기 쉬운 일이오. 조선은 배가 외국으로 통하지 못하고 수레가 국내에 다니지 못하므로 온갖 물건이 제 바닥에서 나서 제 바닥에서 잦아지게 마련이오.

무릇 천 냥 돈이란 그리 많은 재물이 못 되므로 그리 많은 물건을 도거리로 살 수는 없고 보니 이것을 열로 쪼개면 족히 열 가지 물건을 살 수 있소. 물건이 가벼우면 옮기기가 쉬우므로 열 가지 물건 중에서 한 가지 물건이 비록 꿀리더라도 아홉 가지 물건이 펴 나가면 이익이 서로 보충될 터이니, 이것은 이익을 보는 안전한 방법이기는 하나 좀스러운 장사 방법이라오. 무릇 돈이 만금이 되면 족히 물건을 다 끌어 모을 수 있으므로 수레에 실으면 온 채 수레가 되고 배에 실으면 온 배에 실을 수 있고 고을로 치면 한 고을을 도맡을 수 있어 그물의 코처럼 물건이란 물건은 모조리 끌어들일 수 있소.

육지에서 나는 물건 만 가지 중에 한 가지를 통거리로 사 두든지, 물에서 나는 만 가지 재화 중에 한 가지만 통거리로 사 두든지, 만 가지 약재 중에 한 가지만 통거리로 사 둔다면 한 가지 물화가 꼬리를 감추고 백 명의 장사치들은 손속히 말라 들 것이니, 이는 백성을 해치는 장사 방법으로 뒷날 세상이라도 일 맡은 자가 이런 방법을 쓴다면 반드시 그 나라를 좀먹을 것이오."

변씨가 물었다.

"애초에 당신은 어떻게 내가 돈 만 냥을 낼 줄 알고 나를 찾아와 청했던지요?"

"꼭 당신만이 아니라 만 냥을 가진 자라면 내어 주지 않을 수가 없을 것이오. 내 짐작으로 내 재주라면 능히 백만 냥은 벌 수 있다고 생각했지마는 운수야 하늘에 있는 것이라 내가 어찌 꼭 알 수야 있었겠소? 그러매 나를 부리는 자는 복이 있는 자일 터라 반드시 부유한데 더욱 부유할 것도 역시 하늘 운수일 것이오. 이러고야 어찌 돈을 꾸어 주지 않겠소? 벌써 돈을 꾼 다음에는 돈 임자의 복을 빙자해 장사를 했으므로 손만 대면 성공하게 되었으니 만약에 내 자신의 돈으로 했다면 성공과 실패를 단정하지 못할 것이오."

변씨는 다시 물었다.

"지금 사대부들은 남한산성의 치욕[1]을 설분코저 하고 있습니다. 이야말로 뜻 있는 선비로서 한번 팔뚝을 걷고 지혜를 짜낼 때입니다. 당신 같은 재주로 어찌하여 이렇게 스스로 세상 모르게 파묻혀 있습니까?"

"예로부터 자취 없이 숨어 있다가 사라진 사람을 꼽아 보면, 어찌 능히 적국에 사신으로 갈 만한 인물로 누더기 속에서 늙어 죽은 졸수재拙修齋 조성기趙聖期 같은 인물에 한할 것이며, 전쟁이 나면 군량을 이어 댈 만한 인물로 바다 구석에서 세월을 보내다가 죽은 반계거사 유형원 같은 이에 그치겠소? 오늘 나라 정치를 맡아 보는 사람들이야 알 만하오. 나는 결국 장사를 잘하는 사람이오. 버린 돈은 능히 구왕九王[2]의 머리를 살 수 있었지마는 이것을 바다에 던지고 온 것은 돈이 쓸 데가 없었던 까닭이라오."

---

1) 청나라가 침략한 병자호란을 가리킨다.

2) 청 태조의 열네번 째 아들로 청조 창건에 가장 큰 공로를 세운 예친왕睿親王의 별칭.

변씨는 "후유." 하고 한숨을 쉬고 나갔다.

변씨는 본디 정승 이완李浣과 사이가 좋았다. 이완은 당시 어영대장으로 있었는데, 일찍이 그가 변씨에게, 요즘 시정 여염에 파묻혀 있는 뛰어난 재주가 있는 자로 함께 큰일을 할 만한 인물이 없을까 하고 물은 적이 있었다. 변씨가 허생 이야기를 했더니 이공은 깜짝 놀라면서 물었다.

"정말 그런 인물이 있을까? 이름은 뭐라지?"

"소인과 삼 년 동안을 같이 지냈지마는 끝내 이름을 모릅니다."

"그는 틀림없이 이인異人일세. 그대와 함께 가 보세."

이완은 밤을 타서 탈것과 하인들을 물리치고 혼자 변씨와 함께 도보로 허생을 찾아갔다. 변씨는 이 대장을 문 밖에 세워 두고 혼자 먼저 들어가서 허생을 보고 이 대장이 찾아온 사연을 죄다 이야기했더니, 허생은 들은 척도 않고는,

"여보, 당신 옆구리에 차고 온 술병이나 끌러 놓소. 한잔 맛있게 먹읍시다."

하였다. 변씨는 이 대장이 한데서 오래 서 있는 것이 민망하여 여러 번 귀띔을 했으나 허생은 듣지 않았다. 밤이 깊어서야 허생은 손을 불러들이라고 하였다. 이 대장이 들어와도 허생은 앉은 채로 일어나지도 않았다. 이 대장은 어색하여 몸 가눌 바를 모르고 이내 국가에서 어진 사람을 구한다는 이야기를 장황하게 늘어놓자 허생은 손을 설레설레 흔들면서 말했다.

"밤은 짧고 이야기는 길어 듣기 지루하오. 당신은 지금 무슨 벼슬을 하고 있소?"

"대장이올시다."

"그러면 당신은 즉 국가의 신임받는 신하이구려. 내 마땅히 와룡臥龍 선생을 추천할 터이니 당신이 능히 임금께 청하여 세 번씩 그 오막살이를 찾도록 할 수 있겠소?"

이 대장은 고개를 드리우고 한참 있다가는 대답하였다.

"어렵습니다. 다음 계책을 말씀해 주십시오."

"나는 아직 다른 계책은 배운 것이 없소."

이 대장은 그래도 자꾸만 물었다. 허생은,

"명나라 장사들이 조선에 대하여는 묵은 은혜가 있다 하여 그 자손들이 많이들 조선으로 와서 홀아비 신세로 이리저리 유랑하고 있으니, 그대가 조정에 청하여 종실의 딸들을 그들에게 고루 시집보내고 훈척 세가들의 저택을 빼앗아 그들에게 살도록 할 수 있겠소?"

하니, 이 대장은 고개를 늘이고 한참 있다가는 대답하였다.

"어렵습니다."

"이것도 어렵다, 저것도 어렵다고만 하니 무엇을 할 수 있단 말이오? 여기 가장 쉬운 일이 있으니 그것은 그대가 할 수 있겠소?"

"죄송합니다. 들려주십시오."

"무릇 대의를 천하에 소리치려고 할진대 먼저 천하의 호걸들과 사귀어 결탁하지 않는 자가 없을 것이요, 남의 나라를 치려고 하면서 먼저 간첩을 쓰지 않고는 성공한 자가 없는 법이오. 지금 만주가 갑자기 천하의 주인이 되고 나서 중국과는 친하지 않다고 자인하고 있지마는 조선은 다른 나라보다 앞장서서 그들에게 복종한 까닭에 그들은 조선을 신뢰하고 있소이다.

이런 기회에 옛날 당나라, 원나라 때 모양으로 조선의 자제들을 보내어 유학시키고, 벼슬하게 하고, 상인들이 마음대로 출입하도록 청한다면 조선이 자기들과 친해지는 것을 기꺼이 허락할 것이오. 이렇게 되면 국내의 청년 자제들을 뽑아 머리를 깎고 되복을 입히고, 선비들은 과거를 보이고, 평민들은 강남 지방까지 멀리 장사를 나가도록 하여, 그 나라의 허실을 엿보고 지방의 호걸들과 결탁을 한다면 천하를 도모할 수 있는 것이요, 나라의 치욕을 씻을 수 있을 것이외다.

이리하여 만약 주씨朱氏[3]를 구해 보아도 얻지 못한다면 천하의 제후와 상의하여 좋은 사람을 하늘에 천거해야 하오. 이렇게 한다면 나아가서는 대국의 스승이 될 것이요, 물러나서는 백구伯舅[4]의 나라가 되기는 어렵잖을 것이오."

이 대장은 어리둥절한 기색으로 말하였다.

"우리 나라 사대부들이 모두 예법을 조심스레 지키고 있으니 누가 머리 깎고 되복 입기를 좋아하겠습니까?"

허생은 화를 버럭 내면서 꾸짖기를,

"그래! 소위 사대부라는 게 대체 무엇인가? 오랑캐 땅에 나서 자칭 사대부라는 것이 얼마나 어리석은 일인가? 아래위 입성을 소복으로 한다는 것은 이것이야 상복이 아닌가? 머리를 쥐어 묶어 삐쭉하게 쪼았으니 이거야 남방 오랑캐의 북상투가 아닌가? 무엇이 예법이란 말인가? 번오기樊於期[5]는 자기의 사사 원수를 갚기

3) 명나라 황실의 성씨이다.

4) 성이 다른 제후 국가.

5) 진 시황이 잡아 죽이려던 장수로 연나라 태자 단丹이 진 시황을 암살하러 갈 때 진 시황의 의심을 없애기 위하여 번오기의 머리를 베어 가고저 청했는데, 번오기는 언뜻 자기 목을 베어 주었다.

위하여 자기 머리를 아끼지 않았고, 무령왕武靈王[6]은 자기 나라를 강하게 하기 위하여 되복 입기를 부끄러워하지 않았다. 지금 명나라를 위하여 복수를 한다고 하면서도 오히려 그 머리칼 한 오리까지 아끼고 앞으로 장차 전장에 나가 말을 달리고 칼을 내두르고 창을 쓰고 돌을 날릴 궁리를 한다면서도 그놈의 넓은 소매를 그대로 두는 것이 소위 예법이란 말인가?

내가 세 가지 계책을 말하였으되 너는 한 가지도 들을 수 없다고 하면서 그러고도 네 입으로 조정의 신임받는 신하라고 하니, 대체 신임받는 신하 꼴이 이렇단 말인가! 이 죽일 놈 같으니!"

하고는 좌우를 돌아보면서 환도를 찾아 찌르려고 드니, 이 대장은 대경실색하여 벌떡 일어나 뒷바라지를 차고 뛰어나가 갈팡질팡 집으로 돌아갔다. 이튿날 허생의 집에 가 본즉 허생은 사라지고 빈 방만 남아 있었다.

혹자는 말하기를 허생은 명나라 유민이라고도 한다. 숭정 갑신년(1644) 뒤로 명나라 사람들이 많이들 나와 살았다. 허생도 혹시 그렇다면 그 성은 허씨가 아닌 것일지도 알 수 없는 일이다. 세상에서 전하기는 판서 조계원趙啓遠이 경상감사가 되어 순행차로 청송에 왔을 때 길 옆에 웬 중 두 명이 서로 마주 베고 누웠다. 앞선 자가 쫓아가서 고함을 쳤으나 그들은 피하지 않고 채찍으로 쳐도 일어나지 않아 여럿이들 붙들어 끌어도 움찍하지 않았다. 조공이 이르러 가마

베어 주었다.

6) 전국 시대 조나라 왕.

를 멈추고는 어디 사는 중들이냐고 물었다. 두 중은 일어나 앉아 한결 더 뻣뻣한 태도로 눈을 흘기고 한참 동안 있다가,

"너는 허장성세를 하고 권력에 아부한 덕에 고을 자리를 얻은 자가 아니냐!"

하였다. 조공이 중들을 보니 한 명은 붉은 상판이 둥글고 한 명은 검은 상판이 길었다고 한다. 말하는 태가 자못 범상치 않아 가마에서 내려 그들과 이야기를 하려고 하니, 중은 말하기를,

"따르는 자들을 물리치고 나를 따라오라!"

하였다. 조공이 몇 리를 따라 가노라니 숨은 가빠지고 땀은 자꾸만 흘러 좀 쉬어서 가기를 청했더니, 중이 화를 내면서,

"네가 평소에 여러 사람들과 있으면서는 언제나 흰소리를 하면서 몸에는 갑옷을 입고 선봉을 맡아서 명나라를 위하여 복수 설치를 한다고 떠들더니, 지금 보아 몇 리 걸음도 못 걸어 한 자국에 열 번 헐떡이고 다섯 자국에 세 번을 쉬려고 하니, 이러고야 어찌 요동과 계주 벌판을 말을 타고 달릴 것인가?"

하였다. 어떤 바윗돌 아래에까지 닿으니 거기 나무에 기대어 집을 만들고 땔나무를 쌓고는 그 위에 거처하는 것이었다. 조공이 목이 말라 물을 청하니, 중은,

"응! 귀인이라 또 배도 고프겠지!"

하고는 누런 좁쌀떡을 내놓고 소나무 잎으로 가루를 내어 개천 물에 타서 주었다. 조공은 이마를 찡그리고 마시지 못하고 있으니, 중은 또다시 꾸짖되,

"요동벌은 물이 귀하거든! 목이 마르면 응당 말 오줌이라도 마셔야지!"

하고는, 두 중이 마주 부둥켜안고 엉엉 울면서,

"손 대감! 손 대감!"

이라고 외치고는 조공에게 묻되,

"오삼계가 운남에서 군사를 일으키고 강소, 절강 지방이 소란한 것을 네가 아느냐?"

하였다. 조공은 들은 적이 없다고 하니, 두 중은 탄식을 하면서 말했다.

"네가 방백의 몸으로 천하에 이런 큰 일이 있건마는 듣지도 못하고 알지도 못하고 함부로 큰소리만 쳐서 벼슬자리만 얻었을 뿐이구나!"

조공이 중들에게 대관절 누구냐고 물었더니,

"물을 필요가 없다. 세상에는 역시 우리를 아는 자도 있을 것이다. 너는 여기 앉아 조금만 기다려라. 내가 우리 선생님하고 꼭 같이 와서 너에게 할 이야기가 있다."

하고는 일어나 깊은 산속으로 들어갔다. 조금 뒤에 해는 지고 오래 지나도 중은 돌아오지 않았다. 조공은 밤늦도록 중이 돌아오기만 기다리고 있는데 밤은 깊어 풀, 나무는 우수수 바람 소리를 내는데 범 싸우는 소리가 들렸다. 조공은 기겁을 하고 거의 까무라쳤다. 여럿이 횃불을 켜 들고 감사를 찾아왔다. 그리하여 조공은 거기서 핀잔을 당하고 골짝 속을 빠져 나왔다.

이 일이 있은 지 오래되었어도 조공은 언제나 자리에 있으면 마음이 늘 불안하여 가슴속에는 한을 품게 되었다. 후일 조공이 이 일을 우암 송시열 선생에게 물었더니, 선생은 말하였다.

"이는 아마도 명나라 말년 총병관總兵官 같아 보이오."

"언제나 나를 깔보고 너라고 한 까닭은 무엇일까요?"

"그들이 스스로 우리 나라 중이 아닌 것을 밝히려는 거요. 땔나무를 쌓아 둔 것은 와신상담을 한다는 뜻일 게요."

"울 때는 손 대감을 찾으니 이것은 무슨 뜻일까요?"

"아마도 태학사 손승종孫承宗을 가리키는 것 같소. 손승종은 일찍이 산해관에서 군사를 거느리고 청군과 싸운 적이 있었으니, 두 중은 아마도 손승종의 부하일 것도 같소."

차수次修는 말한다.

이 이야기의 대략을 보면 당나라의 《규염객전虯髥客傳》[7]과 '화식전貨殖傳'[8]의 작법을 사용하였으나, 그중에는 중봉重峯[9]의 봉사封事와 《반계수록》 및 《성호사설》 들에서도 하지 못한 말들을 하였다. 이 문장은 솜씨가 분방하고 사상이 비분강개하여 조선에서 보기 드문 문장이라고 할 것이다.[10]

---

7) 규염객이 당나라의 이정李靖을 도와 부여국扶餘國을 쳤다는 패관소설.

8) 한나라의 역사가 사마천이 지은 《사기》의 편명.

9) 이름은 헌憲이니 선조 때의 큰 학자로서 임진 왜란 때 의병을 일으켜 싸우다가 금산錦山에서 전사하였다.

10) 주석을 붙인 이는 박제가다.

# 황도기략黃圖紀略

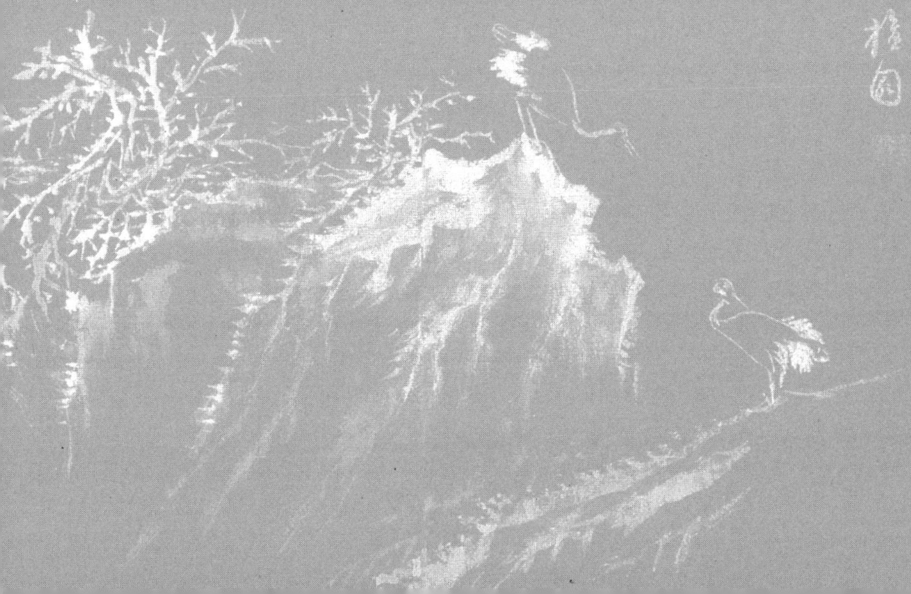

▪ 본편은 북경의 궁성을 비롯한 명소 고적에 관한 견문기이다.

## 북경의 아홉 개 성문[皇城九門]

북경성의 주위는 40리요, 꼭 바둑판 모양과 같다. 정남쪽에 있는 것을 정양문正陽門이라 하고, 동남을 숭문문崇文門이라 하고, 서남을 선무문宣武門이라 하고, 정동을 조양문朝陽門이라 하고, 동북을 동직문東直門이라 하고, 정서를 부성문阜成門이라 하고, 서북을 서직문西直門이라 하고, 북서를 덕승문德勝門이라 하고, 북동을 안정문安定門이라 한다.

성 안에는 자금성이 있어 주위는 17리인데, 붉은 단장에 누런 유리 기와를 덮었다. 서북쪽에 있는 문을 지안문地安門이라 하고, 남쪽이 천안문天安門이요, 동쪽이 동안문東安門, 서쪽이 서안문西安門이다. 자금성 안에 궁성이 있는데 정남은 태청문太淸門이요, 두 번째 문이 즉 자금성의 '천안문'이요, 세 번째 문이 단문端門이요, 네 번째 문이 오문이요, 다섯 번째 문이 태화문太和門이요, 뒷문이 건청문乾淸門이요, 건청문의 북쪽 문이 신무문神武門이요, 동쪽이 동화문東華門이요, 서쪽이 서화문西華門이다.

북경성의 아홉 개 문루는 모두 처마가 세 겹이요, 문마다 옹성이 붙어 있다. 옹성에는 모두 2층 적루敵樓가 있고 쇠로 싼 관문이 성문과 마주 보고 섰고 좌우는 함께 편문便門이 있다. 성의 정남쪽 한 면은 외성이 되어 일곱 문이 났으니 제도는 내성 아홉 문과 같다. 정남이 영정문永定門이요, 남쪽 왼편이 좌안문左安門이요, 남쪽 오른편이 우안문右安門이요, 동쪽이 광거문廣渠門이요, 서쪽이 광녕문廣寧門이요, 광거문의 동쪽 모퉁이 문을 동편문東便門이라 하고, 광녕문의 서쪽 모퉁이 문을 서편문西便門이라고 한다.

지안문 밖에는 고루가 있고, 고루의 북쪽에는 종루가 있다. 각루가 여섯 개요, 수문이 세 개다. 성을 두른 못물은 옥천산玉泉山에서 발원하여 고량교高梁橋를 지나 물은 두 갈래로 갈라졌다. 한 갈래는 성 북쪽을 돌아 굴러 동쪽으로 꺾여 남으로 흐르고 성의 서쪽을 돌아 굴러 남으로 꺾여 동으로는 자금성에 들어가 태액지太液池가 되었고, 이 물은 아홉 문을 감돌아 아홉 삽회牐滙[1]를 지나 대통교大通橋에 이르는바, 동서 언덕은 모두 박석과 돌로 쌓았다. 아홉 문의 못도랑은 모두 큰 돌다리를 놓았다.

외성의 못물은 역시 옥천 물이 갈라 흘러 서각루西角樓에서 성을 감돌아 남으로 흐르다가 꺾여 동으로 동각루에 이르기까지 와서 일곱 문을 거쳐 동쪽 운하로 들어가는데, 문에는 각각 다리 한 개씩 걸쳐 있다.

내성에는 열여섯 개 큰 거리에 스물 네 개 방坊이 있으니, 태청문의 동쪽을 부문방敷文坊이라 하고, 서쪽을 진무방振武坊이라 하고, 숭문문 안의 맞은편 방을 취일방就日坊이라 하고, 선무문 안의 맞은

1) 수문 장치.

편 방을 첨운방瞻雲坊이라 한다. 동대가東大街 사패루四牌樓를 이인방履仁坊이라 하고, 서대가 사패루를 행의방行義坊라고 한다. 태학의 동서로 마주 보는 방을 성현방成賢坊이라 하고, 부학府學의 동서로 마주 보는 방을 육현방育賢坊이라 한다. 제왕묘帝王廟의 동서로 마주 보는 방을 경덕방景德坊이라 한다.

정양문을 똑바로 나서서 10리 밖 남교에는 원구圜邱가 있다. 안정문 밖으로 곧추 10리를 가면 북교가 되어 방택方澤이 있고 조양문 밖을 곧추 10리 나가면 동교가 되어 해가 여기서 뜬다. 부성문 밖으로 곧추 10리를 나가면 서교가 되어 달 지는 데가 여기다.

태묘는 대궐 왼쪽에 있고 사직은 대궐 오른편에 있다. 육과六科는 단문의 좌우에 있고 육부와 백사百司는 태청문 밖 좌우에 있다.

내가 이미 중국에서 돌아와 지나온 곳을 회상할 때마다 모두가 감감하여 아침 안개가 눈을 가리는 듯하고 침침하기는 넋을 잃은 새벽 꿈결만 같아서 남북 방위를 바꾸기도 하고 명목과 실상이 헝클어지기도 하였다.

하루는 정석치鄭石癡에게 《팔기통지八旗通志》에 나오는 황성 지도를 그려 달라 하여 한번 펼쳐 보니, 성지城池와 궁궐과 거리와 관아들이 손금을 들여다보는 듯하고 종이 위에서 신발 끄는 소리가 들리는 듯만 하기에 드디어 요긴한 대목을 추려 권머리에다가 기록하고 '황도기략'이라고 편명을 붙였다.

북경성의 앞은 조정이요, 뒤는 저자요, 왼쪽은 종묘요, 오른쪽은 사직이 있으며, 아홉 문이 바르고 아홉 거리가 곧아서 한번 도성이 바르자 천하가 바로잡힘을 볼 수 있었다.

# 서관西館

서관은 첨운 패루 안 큰거리의 서쪽 백묘白廟의 왼쪽에 있다. 정양문 오른편에 있는 것은 남관南館으로, 모두 우리 나라의 사관이다. 동지사가 먼저 남관에 들고, 별사가 뒤미처 오게 되면 이 관에 나누어 든다.

더러는 말하기를, 이 집은 몰수한 집이라고 한다. 앞 담이 십여 간인데 모란을 새긴 벽돌을 쌓아 알쏭달쏭 물린 무늬가 영롱했다. 정사는 정당에 들고, 가운데 마당에는 동서 양당이 있어 부사와 서장관이 갈라 들고 나는 전당前堂에 거처하였다.

## 금오교金鰲橋

태액지에 돌다리를 놓았는데 동서가 2백 보요, 양쪽은 백옥 난간을 세웠고, 가운데는 두 자를 더 높여 치도馳道를 닦았고, 양옆 협도에는 겹난간을 만들었다. 난간 머리에 새긴 짐승 대가리는 모두 480여 개나 되는데, 모두가 저마끔 모양을 달리하여 하나도 같은 것이 없었다. 다리의 양쪽 끝은 두 방이 마주 섰는데 서쪽이 금오金鰲요, 동쪽이 옥동玉蝀이다. 말과 수레가 길을 메우고 거니는 유람객이 복작거렸다.

물결은 햇빛 아래 반짝이고 티끌 하나 없는데, 북쪽으로는 오룡정五龍亭이 바라보이고 서쪽으로는 자금성이 바라다보였다. 수림은 자욱한데 층층 누각과 겹겹 전각이 서로 가리고 마주 비추고, 오색 유리 기와는 햇빛에 따라서 밝았다 어두웠다 하였다.

백탑사白塔寺의 부도와 정각亭閣들의 황금 호로병 꼭대기는 때로 나무숲 위로 솟아 있고 수풀 저편 멀리 보이는 하늘빛은 푸른데, 맑은 아지랑이는 보는 사람으로 하여금 마음을 푸근스럽게 만들어 마치 늦은 봄 날씨만 같았다.

# 경화도瓊華島

태액지 복판에 있는 섬을 '경화'라고 한다. 세상에 전하는 이야기로는 요나라 태후가 화장하던 대臺라고 한다. 원나라 순제가 영영英英을 위하여 이곳에 채방관采芳館을 짓고 섬까지 돌다리를 놓았는데, 제도는 금오교와 같다. 다리 두 끝에는 역시 두 방을 세웠는데 퇴운堆雲, 적취積翠라고 했다. 더러는 이 다리를 금해교金海橋라고도 한다. 호수 위에는 축대가 있어 옹성같이 생겼고 축대 위에는 전각이 섰는데 푸른 일산 같았다. 다리 위에 서서 금오교를 돌아다보니 행인과 거마들이 인간 세상과는 달라 보였다.

축대 아래는 금나라 시대의 늙은 소나무가 있어서 명나라 가정(1522~1566) 연간에 녹봉을 주어 호를 도독송都督松이라 했는데, 혹은 전나무라고도 하고 혹은 노송나무라고도 했다. 명나라, 청나라 사이에 많은 시구들을 남겨 놓았다. 지금은 다만 흩어져 없어지고, 다만 두 그루 썩은 나무둥치만 남아 빛은 허옇고 무슨 나무인지 분간할 수도 없었다.

# 토원산兎園山

토원산은 일명 토아산吐兒山이다. 높이는 불과 대여섯 길이요, 둘레는 겨우 백여 보다. 깎은 주춧돌이 군데군데 놓여 옛날 전각의 축대 같기도 했다. 안으로는 흙을 쌓아 산을 만들고 바깥에는 태호석을 빙 둘러 세웠는데, 알쏭달쏭 뚫어진 구멍이 영롱하게 푸를 뿐 다른 빛깔은 섞이지 않았다. 높이는 모두 길 나마 되는데 돌로서는 아주 다시없이 이상하게 생긴 돌이었다. 돌을 포개어 작은 굴을 만들었는데 양쪽 머리에는 모두 홍예문을 달았다.

굴을 빠져 나오면 또 괴석으로 길을 끼고 나사같이 틀어 올려 봉우리를 만들어 굽이굽이 돌도록 하였으며 그 위에는 몇 칸 정자를 지어 대궐을 굽어보도록 하였다.

또다시 몇십 보를 가면 돌로 만든 용이 머리를 쳐들었고 그 아래로는 네모난 연못이 있다. 벽돌로 구불구불 틀어 도랑을 내었는데 아마도 유상곡수流觴曲水[2] 자리인 것만 같다. 그러나 기계를 돌려

2) 술잔을 물에 띄우고 돌려 가면서 마시도록 한 놀이터.

물을 끌어 대던 물건은 하나도 남은 것이 없었다. 산 앞에는 돌 평상과 옥돌 걸상이 있고 또 수십 보를 더 가니 3층으로 된 둥근 축대가 있는데 그 모양이 맷돌과 같았다. 그 아래로는 갓 허물어진 전각이 있었다. 산속에 있는 돌이란 돌은 모두가 꼿꼿이 서서 기울어진 놈이라고는 하나도 없었는데, 허물어진 담장과 부서진 기와는 이곳저곳 흩어져 있었다.

황제가 서산에서 건축 토목에 극치를 다한다고 하던데 홀로 이 금원禁苑만은 지척에 있건마는 수리를 하지 않아 폐허나 다름없이 두었으니, 이 무슨 까닭일까?

# 만수산萬壽山

태액지를 파서 산을 만든 것이 만수산인데, 매산煤山이라고도 한다. 산 위에는 삼첨 전각이 있고 네 개의 법륜간法輪竿을 세웠으니, 여기가 명나라 의종 열 황제가 순국한 데다.

나는 항주 사람 육가초陸可樵, 이면상李冕相을 오룡정에서 만났다. 두 사람은 함께 처음으로 북경에 와서 길을 모르고 헤매는 것은 나나 다름없었다. 그들은 다만 옛 사람의 기록을 의지 삼아 때때로 이것을 옷주머니 속에서 자주 내 보면서 때로는 서로 보고 웃기도 하고 때로는 둘이 마주 보고 깜짝 놀라기도 하였으니, 대체로 옛날 기록과 맞추어 보다가 맞을 때도 있고 맞지 않을 때도 있고 본즉, 스스로 기뻐할 적도 있고 또 놀랄 때도 있었던 것이다. 저들은 중국 사람이지마는 보고 들은 것이 서로 다르고 옛 기록이 때로는 이같이 착오와 거짓이 있거늘 하물며 나 같은 외국인일 것이랴.

나도 또 이 때문에 스스로 크게 깨달은 것이 있었다. 내가 처음은 만세산을 만수산으로만 알았던 것이다. 대체 중국 발음으로 '만'을 '완'이라 하고 '세' 음은 '수'와 '쇄'의 합음이기 때문에, '만수'나

'만세'는 음과 뜻이 함께 비슷하고 보매 산 하나를 두고 두 이름을 붙이게 된 줄로 알았다. 그러나 지금 두 사람이 가지고 있는 옛 기록을 상고해 보면 과연 같은 산이 아니었다. 며칠 전에 구경한 토원산과 경화도가 곧 만세산이었다. 비하자면 사람이 자리에 마주 앉아 얼굴을 보고 이름을 물어서 각각 서로 분간해 아는 것이나 다름없었다.

만세산은 금나라 사람들이 송나라 간악艮嶽을 손수레로 실어 옮겨 만들었다. 당시에는 절량석折糧石이라고 했는데, 원 세조가 그 위에 광한전을 세웠다. 명나라 선종 황제가 지은 '광한전기廣寒殿記'가 바로 광한전을 두고 지은 이것이다.

고려 공민왕 때에 원나라 태자는 고려 찬성사贊成事 이공수李公遂를 광한전에서 불러 보았다 했으니, 즉 이 만세산이다. 또 고려 원종 5년(1264) 9월에 왕이 연경으로 와서 10월에 만수산 옥전玉殿에서 황제를 작별했고, 또 신사전申思佺[3]은 만수산 옥전을 두루 구경했다고 하였으나, 다만 옥전이라고만 말하고 전각의 이름은 말하지 않았다. 그러나 이미 만수산이라 불렀은즉 소위 옥전은 광한전이 아님이 분명하다. 수황정壽皇亭을 구경하고저 했으나, 지키는 파수꾼이 들여놓지를 않았다. 알지 못하겠구나, 정자는 지금도 남아 있는지, 어허, 서글픈 일도 있지!

---

3) 고려 원종元宗 때 인물.

## 태화전太和殿

태화전의 명나라 때 이름은 황극전皇極殿이다. 삼첨 지붕에 아홉 층대 뜰이요, 지붕은 누런 유리 기와를 이었다. 월대月臺는 3층인데 각각 높이는 한 길이요, 층마다 백옥으로 난간을 둘렀는데 모두 용봉을 아로새겼고, 난간머리에는 다들 이시미 대가리를 새겨 밖으로 향하게 했다.

축대 위에는 쇠로 만든 학을 세워 훨훨 날아가는 것만 같았다. 첫 축대 난간 속에는 솥 여덟 개를 벌여 놓았고, 둘째 축대에는 난간 모서리를 마주 대하여 솥 두 개를 놓았고, 셋째 축대 난간 속에는 난간을 사이에 끼고 각각 솥 한 틀을 마주 두었는데, 솥의 높이는 모두 길나마 되었다. 뜰에는 역시 솥 30여 개를 늘어놓았는데 그 물색이 뛰어나, 귀신 같은 솜씨는 옛날 구정이 혹 이곳에 있지 않은가 싶었다.

태청문에서 백옥 난간을 연이어 굽이굽이 틀어 태화전까지 닿았다. 또 난간은 태화전을 빙 둘러 중화전中和殿과 보화전保和殿까지 이르러 모양이 마치 '아亞' 자 같다. 태화전 앞 동쪽 전각을 체인각體仁閣이라 하고, 서쪽 전각을 홍의각弘義閣이라 한다. 축대 높이는 거의 태화전 축대 높이와 같으나 뜰 층계가 편편하고 한 층대 한 난간일 뿐이다. 대체로 태화전은 천자가 정치를 하기 위하여 나앉는 곳인데도 그리 크고 높지도 않게 보여 다른 사람들에게 물어보니, 그들의 의견도 모두 비슷하였다. 내가 매우 의아해했더니 수역이 웃으면서,

"이는 다름이 아니외다. 지금까지 거쳐 온 수천 리 어간의 성읍과 민가가 그같이 장엄하고 화려했고 사찰과 궁관이 굉장하고도 사치했고 본즉 보는 안목은 날로 사치해지고 마음과 뜻은 점점 넓어져 태화전을 보기 전에 벌써 머리 속에는 청양靑陽, 옥엽玉葉[4] 같은 큼직한 명당들이 천자의 좌처일 것이라고 생각했고, 또 지금 좌우 낭무廊廡로부터 갑자기 태화전을 보니 그렇게 색달리 보이지 않으므로 도리어 어리둥절해져서 예상과 다르게 보였을 뿐입니다.

사람에게 비한다면 요순도 역시 보통 사람과 같지마는 만약에 좌우에서 원元, 개愷[5] 같은 어진 신하가 보필하지 않고 구차하게 망나니, 나무꾼 따위로 직위를 채울 뿐이라면 아무리 요순과 같은 성인이 있어서 일월성신과 별별 갖은 무늬로 수놓은 복장을 입고 영롱한 광채를 휘날리며 눈동자가 둘씩 있는 눈[6]을 끔벅거린다 하더라도 저 혼자 오뚝 서서 어떻게 그 위대한 정치를 하겠습니까?

---

4) 청양과 함께 주나라 시대 궁전의 명칭.

5) 중국 상고 시대에 이상적 인물로 꼽는 여덟 명의 신하와 여덟 명의 재자才子를 말한다. 팔원八元과 팔개八愷라 한다.

6) 전설에 순 임금의 눈동자가 둘이라 한다.

그러므로 사찰과 궁관은 당우唐虞 시대의 악목岳牧[7]과 같은 것으로서 어디나 모두 제후의 조공을 받을 수 있게 하고, 여염집들과 점포들은 당우의 강구康衢와 같은 것으로서 어디나 즐비하게 들어차게 해야만 비로소 황제가 거처하는 곳의 장대와 모습을 알 수 있는 것입니다.

지금 이 세 겹 지붕, 아홉 층대의 뜰과 누런 기와는 일반 백성들로서는 참람히 얻지 못할 물건이며, 기타 궁전의 제도도 모두 태화전을 본뜨지 않는 것이 없으니, 이것은 태화전이 사치한 까닭입니다. 그렇지 않다면 태화전 역시 오막살이 초가집과 다를 것이 무엇이겠습니까?"

하기에, 나는,

"자네 말과 같다면 요순이 걸주를 겸한 후에야 비로소 뽐낼 만한 천자가 되겠구먼!"

했더니, 옆에서 듣는 사람들이 모두 웃었다.

7) 후세의 제후와 같은 사악四岳과 십이목十二牧.

# 체인각體仁閣

내무부內務府 관원이 통관과 함께 우리 역관을 안동하여 우리 나라에서 바치는 자주 명주와 황저黃紵를 체인각에다 꿇아 받아들였다. 때마침 각로로 있던 이시요李侍堯의 가산을 몰수해 들이고 있었다. 이시요는 운귀총독雲貴總督 해명海明에게 뇌물로 금 2백 냥을 받은 사건으로 인하여 가산을 몰수당하게 된 것이다. 중국은 내외를 물론하고 대소 귀천이 없이 모두 일정한 봉급과 보수가 있지마는 지방관에 이르러는 복잡하고 시끄러워 일정한 제도를 만들기 어려웠다. 만약에 정한 금액 외에 사사로 부과한 세금이 있든지 혹 뇌물을 받는 사건이 발각되면 이를 추궁한다. 비록 터럭 끝만 한 범죄 사실이 있더라도 뇌물과 살림을 모조리 몰수하는데 관직만은 박탈하지 않는다. 때문에 벌거벗은 몸으로 직위에 있을 수 있지만 처자는 의지 없이 유리하게 된다. 이 법은 대체 명나라 옛 법인데, 그보다 더욱 엄격해졌던 것이다. 관원은 마주 앉아서 몰수해 온 것을 받아들이는데 다른 물건은 없고 모두 부인네들이 입는 초피 털옷 2백여 벌뿐이다. 옷 한 벌은 매우 길고 털 가장자리에는 금으로 용틀임 수를 놓았다.

## 문화전文華殿

옹화문雍和門을 나서면 한 전각이 있어 문화전이라 한다. 누런 유리 기와 지붕이다. 명나라 고사에는 문화전 동쪽 방에 아홉 개 신주함을 만들어 복희, 신농, 황제, 요, 순, 우, 탕, 문왕, 무왕을 모시고, 왼쪽 함 한 개에는 주공을 모시고 오른쪽 함 한 개에는 공자를 모셨다 한다.

매일 천자는 문화전에 나와 강의 좌석을 베푼다. 황제가 먼저 한 번 절하고 세 번 조아리는 예를 하고, 각로와 강관은 축대 위 돌난간 왼편에 서서 기다린다.

승지가 "선생이 듭신다." 하고 외치면 각로와 강관들은 고기를 꿰미에 꿰듯이 한 줄로 열을 지어 뒤를 따라 들어와 반을 나누어 자리에 든다. 이때는 여러 가지 대궐에서 쓰는 까다로운 예절을 생략하고 강의하는 신하가 책상에 기대도록 편리를 보아 준다. 요즘에도 강의 좌석에서 이런 예절을 지키는지 모를 일이다.

# 문연각文淵閣

문화전 앞에 있는 전각을 문연각이라 한다. 여기는 천자가 서적을 보관하는 곳이다.

명나라 정통正統 6년(1441)에 송나라, 금나라, 원나라 때 모은 책들을 합하여 목록을 편집했는데, 전부 43,200여 권이라 하였다. 그 후 영락대전永樂大全[8] 23,937권을 더 보태게 되었다 한다. 만일 그 후 다시 근세에 와서 간행한 도서집성과 사고전서를 더 보태었다면 아마도 서고는 다 차고 밖에 쌓아 두었을 것만 같다. 문을 채웠으므로 간신히 주렴 틈으로 대강 바라다보니 전각은 우람차고도 깊은데 천자의 풍부한 장서를 한번 열람 못 한 것이 한스러웠다.

일찍이 들으매 옛날 우리 나라 소현세자가 구왕九王을 따라 이 전각에 유숙했다고 한다. 구왕은 청나라 초기의 예친왕 다이곤多爾袞이다.

8) 명나라 성조 때 칙명으로 편찬한 유서.

# 무영전武英殿

협화문協和門 밖에 무영전이 있다. 제도는 문화전같이 생겼다. 옹화문과 서화문이 서로 곧추 마주 대하고 협화문과 동화문이 서로 마주 대했는데 무영전 앞에는 무연각武淵閣이 있다. 대체로 전각의 대문과 단장들은 어디고 서로 마주 대짝으로 되어 있지 않은 데가 없었다. 뜨락의 길이도 반드시 서로 맞아 조금도 차이가 없었다.

강한江漢 황경원黃景源의 '배신전陪臣傳'에는,

"숭정 갑신년에 살합렴薩哈廉이 북경에 들어와 명나라 문무관의 조하를 무영전에서 받았다."

했지마는 이는 잘못 전한 소문이다. 살합렴은 패륵인데 《시호록諡號錄》에 보면 살합렴의 시호는 무의武毅다. 문무관의 조하를 이 전각에서 받은 자는 즉 다이곤이요, 살합렴이 아니다.

갑신년(1644) 3월에 이자성이 황성을 함락시키자 이 해 5월에 다이곤이 황성에 들어갔으니, 이때는 명나라가 망한 지 한 달쯤밖에 안 되어서 우리 나라 하급 관리로서 무영전의 화려한 댓돌을 볼 때에 박쥐 똥만 남아 있을 뿐일 테니 눈물을 흘리면서 서로 쳐다보았을 것이다. 지금은 역졸과 말꾼들이 전각들이 미어져라 들어와 마음대로 유람을 하고 있다. 그들은 비록 당시의 광경을 잘 모를 터이지마는 모두 청인의 붉은 모자와 마제수 소매를 업신여기지 않는 자가 없으며, 제 스스로 의복이 남루한 줄 알면서도 오히려 비단옷 입은 자들과 함께 벌여 서서 조금도 부끄러운 티가 없다.

우리 나라가 소위 존화양이하는 대의는 미천한 하인에게도 뿌리 깊게 박혔으며 양심에서 나온 이념이 모두 같다는 것은 변명할 수 없는 사실일 것이다.

## 경천주擎天柱

오문 밖 좌우에는 몇 길 되는 돌사자를 세워 두었고, 단문 안 좌우에는 큰 돌거북을 앉혀 두었고, 그 위에다가 육모 나는 돌기둥을 세웠다. 기둥 높이는 예닐곱 길은 되고 기둥 몸에는 용무늬를 둘러 새겼다. 기둥 머리에 앉힌 물건은 무슨 형상인지 알아 낼 수 없으나 모두 무엇을 잡아채는 형상으로서 천안문 밖에도 역시 이런 것이 한 쌍 있었는데 아마도 돌문인 것만 같았다.

# 황제의 어용 마구간[御廐]

황실의 말을 먹이는 마방은 전성문前星門 밖에 있다. 동서로 나무 울짱을 세워 문을 만들었다. 말은 불과 3백여 필밖에 안 되는데 모두 굴레를 벗고 제멋대로 있었다.

마침 한낮이 되어 말먹이꾼이 울타리를 열고 채찍을 쳐들어 부르는 시늉을 하면서 지휘를 하니, 동서 양쪽 마구간에서 말들이 일제히 나와 머리를 가지런히 하고 좌우로 갈라섰다. 북쪽 담장 밑에는 큰 우물이 있고 우물가에는 커다란 돌구유가 있었다. 사람 둘이 기계를 돌려 물을 길어 계속 구유 속으로 댄다. 말먹이꾼은 채찍으로 말들을 열 마리씩 한 떼로 갈라 순서대로 들어가 물을 마시도록 했다. 앞 대열이 일제히 마시고 일제히 물러나오니 뒤에 있던 대열이 이어 나가 감히 서로 앞서려고 다투는 법도 없이 들어가는 패는 오른편으로 나오는 패는 왼편으로 제 발로 마구간으로 들어갔다. 나는 도대체 천자의 말이 모두 이것뿐이냐고 물었더니, 말먹이꾼은 웃으면서,

"천자는 만승천자라고 합니다. 서울이나 지방에 있는 웬만한 부잣집이라도 이만한 수효는 가지고 있는 터에 하물며 만승천자이

겠습니까? 창춘원暢春苑, 원명원圓明園, 서산 등지까지 치면 모두 만 마리는 될 것입니다. 황제의 장원인 남해자에는 역시 천리마가 있습니다. 지금은 천자님이 거둥을 했기 때문에 말들은 모두 준화주遵化州로 가고 여기 남아 있는 말들은 모두 늙고 쇠약하여 타기가 어려운 말들로 단문 앞에 의장으로나 설 만한 것뿐입니다. 그러니 모두 나이는 육, 칠십 살씩은 됩니다."

하더니, 그중에 누런 말 한 필을 가리키면서,

"이 말은 나이가 백세 살 났습니다."

하면서 입술을 열어 보이는데, 이가 단 두 개만 남아 있었다. 여물을 못 먹은 지가 벌써 30여 년이나 되어 낮에는 전술 두 동이를 먹이고 아침, 저녁은 엿밥과 보릿가루 두 되를 소주에 섞어 주면 구유에 대고 핥아 먹곤 하여, 한 달에 3품 요를 받는다고 한다.

황제가 때로 어찬을 내리면 반드시 두 무릎을 꿇고는 머리를 조아린다고 하며 옹정 시절에는 하루 천 리를 갔다고 했다. 말 털빛은 보기에 정결하고 윤기가 있어 그리 많이 늙어 보이지는 않았으나, 다만 눈이 작고 눈곱이 끼었는데 두 눈동자는 맑고 푸르러서 말갈 사람 같았다. 두 눈썹은 대여섯 대가 남아 풀기 없이 늘어졌고 귓속의 흰 털이 바깥까지 나와 갈기 같았다. 그러나 정강이만은 다른 말들과는 달리 아주 커서 젊었을 때는 힘이 셌을 것이 상상되었다. 말 먹이꾼은 눈치가 나에게 선물이라도 많이 바라는 것만 같고 얼굴 생긴 꼴이 완악하고 더럽게 돼먹은 것으로 보아 이자가 하는 말이 믿을 만한 말인지 모를 일이다. 해마다 삼복에는 한낮에 귀인들이 임금 타는 수레 차림으로 풍악을 잡혀 어마감御馬監이 관리하는 말들을 인도하여 덕승문 밖 적수담積水潭에서 목욕시킨다.

## 오문午門

오문은 홍예문이 셋으로, 깊기가 굴속에 들어가는 것처럼 되어 여럿이 떠드는 소리가 마주 쿵쿵 울려 요란하게도 웅성거렸다. 다리 다섯 개는 모두 백옥 난간이었다.

## 종묘와 사직[廟社]

육과六科는 단문 안에 있고, 육부를 비롯한 각 관청은 태청문 밖에 나누어 두었으니 이것을 전조前朝라 하고, 태액지 북쪽 신무문 안은 후시後市라고 한다. 종묘는 대궐 왼편에 있고, 사직은 대궐 오른편에 있어 전후좌우의 포치와 설비가 균형이 잡혔으니, 이래서 임금으로서 제도가 갖추어지는 것이다.

일찍이 《수구기략綏寇紀略》을 보니 숭정 16년(1643) 5월 북경서 피비가 내리면서 밤새도록 우레와 번개가 번득였고, 태묘의 신주가 거꾸러지고, 보정寶鼎 제기들이 모두 녹아 내렸다고 한다. 또 6월 23일 밤에는 봉선전奉先殿 묘문에 벼락이 쳐 쇠 문고리가 모두 용의 발톱이 할퀸 듯이 녹았고, 묘 앞에 있는 돌 위에는 용이 누운 흔적이 났다고 한다.

슬프다! 갑신년 이자성의 난리는 천고에 없었던 난리로, 하늘이 무너지고 땅이 꺼지고 종묘가 뒤흔들리면서 드디어 애친각라씨 판이 되고 말았으니, 어찌 이 같은 큰 변괴가 없었을 것이랴.

## 전성문前星門

체인각에서 협화문을 나와 동화문을 곧추 마주 보는 데 있는 전각이 문화각이요, 그 동쪽에 있는 문을 전성문이라고 한다. 푸른 유리 기와로 이고 대문 안에는 또 겹문이 있었으나 모두 쇠를 채웠다. 겹문 안에는 모두 푸른 기와집이었는데, 이것만 보아도 태자궁인 것을 알 수 있었다.

어떤 이는 말하기를, 태자가 있는 집을 전심전傳心殿이라 하고 전각 뒤에는 활 쏘는 정자가 있는데 쇠로 빗돌을 만들어 청나라 황실 조상의 훈계를 새겨 묻었다고 하는바, 아무도 감히 이곳까지 이르는 자가 없다고 한다. 전설에 의하면 강희가 황제 자리에 오래 있게 되매 태자는 궁에서 일하는 자에게,

"세상에 머리 센 태자가 있을까?"

하고 빈정댔는데, 이 말이 새어 강희는 태자를 폐하고 이때부터 태자를 미리 세우는 법을 없앴다고 한다. 옹정 원년(1723) 8월 17일에 조서를 내렸다.

"우리 성조 인聖祖仁 황제는 나라를 위하여 삼가 짐을 택하여 작

년 11월 13일 황위를 계승케 하였다. 이는 말 한 마디로 큰 결속을 지은 것이다. 국내외에서는 누구 없이 기뻐서 나를 받들었다. 이날 성조께서 두 형님[9] 일로 인하여 몸소 매우 걱정을 하신 것은 천하가 다 들어 아는 바이다.

오늘 짐은 여러 아들들이 아직 어려 반드시 근신해야 될 것이므로 이 일을 친히 기록하여 단단히 봉한 후 건청궁에 있는 세조장世祖章 황제의 친필인 '정대광명正大光明'이란 현판 뒤에 간직해 두었다. 즉 여기는 궁중에서 제일 높은 곳으로 이로써 불의의 걱정에 대비하기 위한 것이다. 따라서 여러 왕들과 대신들에게 이르노니 모두가 함께 반드시 명심하여야 할 것이다."

예부의 주사主事 육생남陸生楠은 태자를 미리 세우라고 상소를 하였던바, 옹정은 조서를 내려 단단히 나무랐다.

"태자를 미리 봉하지 않는 법은 대대로 내려오는 청조의 법이다. 황자들로 하여금 저마끔 효도하고 우애하고 공손하고 검소함에 힘쓰도록 할 것인바, 이래서 천명을 기다릴 뿐이요, 형제간에 시기와 참소와 악심을 끊게 되는 것이다. 이 법이야말로 만대를 통하여 오래 두고 쓸 아름다운 법도이다. 명나라 간신 왕석작王錫爵이 태자 세울 것을 청원하여 어진 태자를 세우지 않고 천계[10]를 세워 필경 천하를 망쳤다. 네가 왕석작을 본받을 것인가?"

이로부터 천하에서는 감히 또다시 태자를 미리 세우자는 말을 입밖에 내지 못하였으니 전성문이 닫힌 지도 곧 백 년이 될 것이다.

---

9) 태자를 두 번 세웠다가 폐지한 일이 있었다.

10) 명나라 희종.

## 오봉루五鳳樓

태화전 앞뜰의 면적은 거의 수백 보나 된다. 길 나마 되는 축대 위에는 백옥 난간을 둘렀고 그 위에 태화문이 섰다. 문은 3층 처마에 누런 기와를 이었으니 이것을 오봉루라고 한다.

황제가 큰 조회를 할 때 태화전에 거둥해 나와 앉으면 흠천감이 시간을 아뢰는 북을 누각 위에 설치하고 교방사敎坊司는 중화소악中和韶樂을 누각의 동쪽과 서쪽에 배설한다. 통관 서종현徐宗顯의 말을 들으면, 조회를 할 때 금의위錦衣衛는 노부鹵簿와 의장을 태화전 뜰 동서에 벌여 북향케 하고, 길들인 코끼리를 오봉루 아래 동서로 마주 세우고, 천자가 타는 수레들을 태화문 뜨락 복판 길에 북향으로 세우고 어마감은 의장마를 벌여 세우고, 금오위金吾衛[11]와 운휘사雲麾司[12]는 갑사甲士와 의장과 쇠북을 태화문 밖 오문 안 뜨락에 벌여 세우고, 서울을 수비하는 장교 7만 명이 길을 끼고 깃대를

11) 대궐문을 경위하는 관청.

12) 황제의 행렬에 의장을 맡은 직이다.

세우고 바둑판 같은 거리를 호위 경계한다.

백관은 단문 안 경천주 아래에서 시간을 기다리다가 오봉루에서 북소리가 처음 울리면 백관이 반열을 정비하고, 두 번째 북이 울리면 반열을 나누어 태화문의 좌우 협문을 통하여 한 줄로 늘어서 들어간다. 황제가 탄 수레는 보화전으로부터 중화전을 거쳐 태화전으로 드는데, 길잡이 시위는 아홉 개 옥새와 인부印符를 받들고 앞서 간다. 풍악은 '비룡인지곡飛龍引之曲'을 연주하고, 대악大樂은 '풍운회지곡風雲會之曲'을 연주한다. 이때야 여러 문을 한목으로 열면 곧추 바로 정양문까지 툭 터져 내다보인다. 안팎이 먹줄로 친 듯 바르고 조금도 굽은 데가 없다. 오봉루에서 황도皇都를 경축하고 태평시대를 즐기는 풍악은 마치도 하늘에서 울려오듯 들린다고 한다.

묵은 소문으로 숭정 초년에 오봉루 위에서 하늘에서 내린 글이라고 누런 보자기 열 벌을 얻었는데 겉의 제목에는 천계 7년 숭정 17년 복왕福王 1년(1644)이라 쓰여 있으니, 이것이 비록 요언이라 하더라도 이 같은 큰 나라 왕조의 성쇠에 있어 어찌 하늘이 정한 운수가 없을 것인가.

# 천단天壇

천단은 외성 영정문永定門 안에 있다. 단의 주위는 거의 10리쯤 되고 담장의 기반은 세 돌금으로 되어 그 위로는 능히 말이라도 달릴 수 있게 되었다.

안에는 원구圓邱가 있는데 첫째 층의 단은 넓이가 백여 보는 되고 높이는 넉넉히 길 나마 되는데, 바닥은 모두 푸른 유리 벽돌을 깔았다. 난간 네 둘레는 모두 녹색 유리로 헌함을 만들고 네 군데로 터진 층층대는 모두 아홉 층대로 되었다. 층층대의 넓이는 거의 두 발은 되는데 역시 푸른 유리 벽돌을 깔았다. 층층대의 양쪽 난간도 역시 녹색 유리로 된 헌함을 했다.

둘째 층의 단은 바닥이 두 발 남짓이 되는데 층층대가 네 군데로 터졌고 층대는 아홉 돌금이다. 바닥에는 푸른 유리 벽돌을 깔았고 단의 아랫도리와 네 둘레 난간은 역시 다 녹색 유리 헌함이다. 원구 밖은 또 누런 기와를 이은 담장으로 둘렀는데 사면에 영성문欞星門을 만들어 원元, 형亨, 이利, 정貞으로 나누고 동서남북으로 배합하여 이름을 붙였다.

동쪽 첫째 단에서는 해를 제사하고, 서쪽 첫째 단에서는 달을 제사하고, 동쪽 둘째 단은 이십팔수二十八宿를 제사하고, 서쪽 둘째 단은 바람, 구름, 비, 우레를 제사한다.

황궁우皇穹宇와 신악관과 태화전, 재궁齋宮, 천고天庫, 신주神廚는 모두 누런 유리 기와 지붕이다. 신악관은 평소에는 음악과 무용을 가르치는데, 매번 큰 제사를 치를 때는 미리 태화전에서 연습을 한다. 양과 돼지와 사슴과 토끼 들을 기르는 각 방이 있고, 북쪽 담장 아래로는 네모난 못을 스무 군데쯤 파서 겨울이 되면 얼음을 캐 빙고에 저장한다. 제사에 소용되는 물건을 정결하게 갖추어 두어 무엇이나 이 속에서 가져다 쓰도록 하였음을 볼 수 있다.

정양문의 적루 아래 있는 정남향으로 된 문은 언제나 닫혀 있어 이상타 했더니, 누가 말하기를 황제가 친히 천단에 제사를 지내러 나갈 때는 정남향을 한 옹성문을 여는데 기름 백 말을 부은 뒤에야 비로소 열린다고 했다.

# 범 우리[虎圈]

어용 마구간 뒤에는 범 우리가 있는데 연대煙臺[13]같이 성을 쌓고, 그 위에는 '우물 정井' 자로 들보를 걸치고, 팔뚝만 한 큰 철망을 덮었다. 담장 면에 작은 구멍을 뚫고 쇠를 박아 울타리로 삼았다.

예전에는 범 두 마리가 있었는데 한 마리는 최근에 죽었고, 한 마리는 원명원으로 데리고 가 버려서 지금은 빈 우리로 있다. 황제가 어디로 거둥할 때는 반드시 범 우리를 앞장세우고 가다가 못마땅한 생각이 날 때는 황제가 범틀 앞으로 와서 친히 쏘아 죽인다고 한다.

13) 명나라 시대 왜구를 막기 위해 쌓았던 낭연대狼煙臺의 준말.

# 풍금風琴

내 친구 홍덕보는 일찍이 서양 사람들의 재주를 말하면서,

"우리 나라 선배들로 김가재金稼齋와 이일암李一庵[14] 같은 이들은 모두 견식이 탁월하여 후세 사람들이 따를 수 없는 바요, 더구나 중국을 옳게 본 것도 쳐줄 바가 있지. 그러나 그들의 '천주당기天主堂記'에는 약간의 유감이 없지 않아.

이는 다름 아니라, 사람의 생각으로는 잘 미칠 수 없는 데요, 또 갑자기 얼핏 보아서는 알아 낼 수도 없는 것이네. 뒷날 연경에 간 사람들 역시 천주당을 맨 먼저 보지 않은 이가 없지마는 황홀 난측하여 도리어 괴물같이만 알고 이를 배척하였으니 이는 그들의 안중에는 아무것도 보잘것없는 것으로 보였던 까닭이네.

김가재는 집 모양과 그림에는 자세하였고, 이일암은 더욱이 그림과 천문 관측 기계에 자세하였으나 풍금에 대해서는 이야기하지 못했네. 대체 이 두 분이 음률에 이르러는 그리 밝들 못했으므로 잘 분별을 못했던 것이거든. 내가 비록 귀로 소리를 밝히 들었

14) 이조 숙종 때 인물로 이름은 이기지李器之요, 일암은 별호이다.

고, 눈으로 그 만든 솜씨를 살폈다 하더라도 이를 다시 글로 그 오묘한 데를 다 옮길 수 없었고 보니, 참말 이것이 유감스러운 일이네."

하면서 즉시 가재의 기록을 끄집어 내어 함께 보았다.

"방안 동쪽 벽에는 두 층계 붉은 문이 달렸는데 위에는 두 짝이요, 아래는 네 짝이다. 차례로 열리면서 그 속에는 기둥이나 서까래처럼 생긴 통이 총총하게 섰는데 크고 작기가 같지 않았다. 모두 금은색으로 섞어 칠을 발랐고, 그 위에다가는 철판을 가로 놓고, 그 한쪽 가에는 수없이 구멍을 뚫고 다른 한쪽 가에는 부채 형상 같은데 방위와 열두 시각을 새겼다. 잠시 보니 해 그림자가 그 방위에 이른즉 대 위에 놓인 크고 작은 종이 각각 네 번씩 울고 복판에 있는 큰 종은 여섯 번을 쳤다. 종소리가 잠시 그치자 동쪽 변두리 홍예문 속에서 갑자기 바람 소리가 '쏴아' 나면서 여러 개의 바퀴를 돌리는 것 같았는데 계속해서 별별 음악 소리가 들렸다. 어디에서 이 소리가 나는지 알 수 없었다.

통관은 말하기를, 이것은 중국 음악이라고 했다. 얼마 안 가서 소리는 그치고 또다른 소리가 나는데 조회 때 들은 음악 소리같이 들렸다. 이는 만주 음악이라고 했다. 조금 있다가 이 소리도 그치고 또다시 음절이 빠른 다른 곡조가 들리는데, 이는 몽고 음악이라고 했다. 음악 소리가 뚝 그치고는 여섯 짝 문은 절로 닫혔다. 이는 서양 사신 서일승徐日昇이 만든 것이라고 한다."(여기까지가 가재의 기록이다.)

덕보는 읽고 나서 한바탕 웃으면서,

"이야말로 이야기는 하면서도 자세하든 못하다는 것이네. 속에 기둥이나 서까래처럼 생겼다는 통은 유기로 만들었는데 제일 큰 통은 기둥이나 서까래만큼씩 하여 크고 작고 총총하게 섰는데 이는 생황 소리를 내기 위하여 크게 한 것이지.

크기가 같지 않은 것은 다음 율[15]을 취하여 곱절로 더 보태고, 여덟 율씩 띄어 서로 상생하여 팔괘가 변하여 육십사괘가 되는 것이나 같네. 금은색을 섞어 바른 것은 거죽을 곱게 보이려는 것이네.

갑자기 한 줄기 바람 소리가 여러 개 바퀴를 돌리는 소리같이 난다는 것은 땅골로부터 구불구불 서로 마주 통한 데서 풀무질을 하여 입으로 바람을 불듯이 바람 기운을 보내는 것이거든.

연방 음악 소리가 났다는 것은 바람이 땅골을 통하여 들면 바퀴들이 핑핑 재빨리 돌아 생황 앞이 절로 열리면서 뭇 구멍에서 소리가 나게 되지.

풀무 바람을 내는 법식은 다섯 마리 소가죽을 마주 붙여 부드럽기는 비단 전대처럼 만들고, 굵은 밧줄로 들보 위에 큰 종처럼 달아 매고 두 사람이 바를 붙잡고는 몸을 치솟구쳐 배 돛대를 달 듯 몸뚱이가 매어 달려 발로 풀무 전대를 밟으면 풀무는 점점 내려앉으며 바람 주머니 배는 팽창되어 공기는 꽉 들어찬다네. 이것이 땅골로 치밀려 들어가면서 이때야 율에 맞추어 구멍을 가리면 어디고 바람은 새지 않고 있다가 쇠호드기 혀를 건드리면 차례로 혀가 떨리며 열려 여러 소리를 내게 되는 것이네.

지금 내가 대강 이렇게 말할 수 있으나 역시 그 오묘한 데를 다

15) 옥타브를 의미한다.

말할 수는 없네. 만일에 나라에서 돈을 내어 이것을 만들라고 명령을 한다면 만들 수 있을 것도 같다네."(여기까지가 덕보의 이야기다.) 하였다.

지금 내가 중국에 들어와서 풍금 만든 법식을 생각할 때마다 언제나 마음속에 잊히지 않았다. 이미 열하에서 북경으로 돌아와 즉시 선무문 안 천주당을 찾았다. 동쪽으로 바라다본즉 지붕 머리가 종처럼 생겨 민가들 위로 솟아 보이는 것이 곧 천주당이었다. 성 안 사방에 다 한 집씩 있는데, 이 집은 서편 천주당이다. 천주라는 말은 중국 전설에 나오는 천황씨天皇氏, 반고씨盤古氏 하는 말과 같다.

이 사람들은 역서曆書를 잘 만들며 자기 나라의 제도로 집을 지어 사는데 그들의 학설은 부화함과 거짓을 버리고 성실을 귀하게 여겨 하느님을 밝게 섬기는 것을 으뜸으로 삼으며, 충효와 자애를 의무로 삼고, 허물을 고치고 선을 닦는 것을 입문으로 삼고, 사람이 죽고 사는 큰일에 준비를 갖추어 걱정을 없애는 것을 구경 목적으로 삼고 있다.

저들로서는 근본 되는 학문의 이치를 찾아 냈다고 자칭하고 있으나, 뜻이 너무 고원하고 이론이 교묘한 데로 쏠려 도리어 하늘을 빙자하여 사람을 속이는 죄를 범하여 제 자신이 절로 의리를 배반하고 윤상을 해치는 구렁으로 빠지고 있는 것을 모르고 있다.

천주당 높이는 일곱 길은 되고 무려 수백 칸인데 쇠로 부어 만들거나 흙으로 구워 놓은 것만 같았다. 명나라 만력 29년(1601) 2월에 천진天津의 감세監稅 마당馬堂이 서양 사람 이마두의 방물과 천주 여상을 바쳤는데, 예부에서는 대서양은 《대명회전大明會典》에 실려 있지 않으므로 참인지 거짓인지 알 수 없으니 적당히 참작하여 의관을 내어 주어 본국으로 돌아가게 하고 몰래 북경에 숨어 있지 못하도록 하라 하고 황제에게는 보고하지 않았다. 그러나 서양이 중국과 통하기는 대체 이마두로부터 시작하였다.

건륭 기축년(1769)에 천주당이 헐렸으므로, 소위 풍금이란 것이 남아 있는 것이 없었다고 한다. 다락 위에 있는 망원경과 또 여러 가지 천문 관측 기구들은 창졸간에 연구를 할 수 없으므로 여기 기록하지 않는다.

덕보의 풍금 이야기를 추억하며 서글픈 심정으로 이 글을 쓴다.

# 양화洋畵

무릇 그림을 그리는 자가 거죽만 그리고 속을 그릴 수 없음은 자연의 세勢이다. 대체 물건이란 불거지고 우묵하고, 크고 작고, 멀고 가까운 '세'가 있다. 그림에 능한 자는 붓대를 대강 몇 차례 놀려 산에는 주름이 없기도 하고, 물에는 파도가 없기도 하고, 나무에는 가지가 없기도 하니, 이것이 소위 '뜻을 그린다〔寫意〕'는 법이다.

두자미의 시에,

> 마루 위에 단풍나무 어쩐 일이며,
> 강과 산에 안개 이니 괴이쩍구나.
> 堂上不合生楓樹, 怪底江山起煙霧.

라고 하였다. 마루 위는 나무가 날 데가 아니니, '어쩐 일이며'란 말은 이치에 틀린 일이란 말이다. 안개는 응당 강과 산에서 일어나겠지마는 만약 병풍에서 안개가 일어난다면 매우 괴이쩍은 일일 것이다.

지금 천주당 가운데 바람벽과 천장에 그려져 있는 구름과 인물들은 보통 생각으로는 헤아려 낼 수 없었고 또한 보통 언어 문자로는 형용을 할 수 없었다. 내 눈으로 이것을 보려고 하는데 번개처럼 번쩍이면서 먼저 내 눈을 뽑는 듯하는 그 무엇이 있었다. 나는 그들이 내 가슴속을 꿰뚫고 들여다보는 것이 싫었다.

내 귀로 무엇을 들으려고 하는데 굽어보고 쳐다보고 돌아보는 그들은 먼저 내 귀에 무엇을 속삭였다. 나는 그것이 내가 숨긴 데를 꿰뚫어 맞힐까 봐 부끄러워하였다. 내 입이 장차 무엇을 말하려고 한즉 그들은 침묵을 지키고 있다가 돌연 우렛소리를 내는 듯하였다. 가까이 가서 보매 성근 먹이 허술하고 거칠게 묻어, 다만 그 귀, 눈, 코, 입의 짬과 터럭과 살결 사이를 희미하게 그어 갈라 놓았을 뿐이다. 터럭 끝만 한 치수라도 바로잡았고, 꼭 숨을 쉬고 꿈틀거리는 듯 음양의 향배가 서로 어울려 절로 밝고 어두운 데를 나타내고 있었다.

그림에는 한 여자가 무릎에 대여섯 살 된 어린애를 앉혀 두었다. 어린애는 병든 얼굴로 흘겨보는데, 그 여자는 고개를 돌리고는 차마 바로 못 보고 있는가 하면 옆에는 시중꾼 대여섯 명이 병난 아이를 굽어보는데 참혹해서 머리를 돌리는 자도 있었다. 새 날개가 붙은 귀신 수레는 박쥐가 땅에 떨어진 듯, 그림은 슬그머니 돌아 웬 신장이 발로 새 배때기를 밟고 손에는 무쇠 방망이를 쳐들고 새 머리를 짓찧고 있었다. 또 머리와 몸은 사람인데 새 나래가 돋은 자도 있어 백 가지가 기괴망측하여 무엇이 무엇인지 분간해 낼 수도 없었다.

좌우 바람벽 위에는 구름이 덩이덩이 쌓여 한여름 대낮 풍경 같기도 하고, 비가 갓 갠 바다 위 같기도 하고, 산골에 날이 새는 듯, 구름은 끝없이 뭉게뭉게 피어오르고, 수없는 구름 봉우리가 햇발에 비치어 무지개가 돌고, 멀리 바라보는 데는 까마득하고도 깊숙하여 끝 간 곳이 없는데 뭇 귀신이 출몰하고 갖은 도깨비가 나타나 멱살을 붙들기도 하고 소매를 뿌리치기도 한다. 어깨를 비비고 발등을 밟아 가까운 놈은 멀어 뵈고 얕았던 데가 깊어 뵈기도 하고, 숨은 놈이 드러나기도 하고, 가렸던 놈이 나타나기도 하여 뿔뿔이 따로 서 있었으니, 모두가 허공에 등을 대고 바람을 모는 형세였다. 대체로 구름이 서로 간격을 두어 이렇게 보이는 것이다.

천장을 바라다본즉 수없는 어린애들이 오색구름 속에서 뛰노는데, 허공에 주룽주룽 매달려 살결은 만지면 따뜻할 듯하고 팔목이며 종아리는 살이 포동포동 쪘다.

갑자기 구경하던 사람들은 눈이 휘둥그레지도록 놀라 어쩔 줄 모르고 손을 벌리고 떨어지면 받을 듯이 고개를 젖혔다.

# 코끼릿간[象房]

코끼릿간은 선무문 안 서성西城 북쪽 담장 아래 있다. 코끼리가 80여 마리 있는데, 이 코끼리들은 큰 조회 때 오문에서 의장으로 서기도 하고 황제가 거둥할 때 의장에도 쓴다. 코끼리는 몇 품의 녹봉도 받는다.

조회 때 백관이 오문으로 다 들어오면 코끼리가 코를 마주 엇대어 서서 아무도 마음대로 출입할 수 없다. 코끼리가 때로 병이 나서 의장으로 서지 못할 때는 억지로 다른 코끼리를 끌어 내다가 대신하게 하려 해도 코끼리는 말을 잘 듣지 않는다. 코끼리 부리는 사람이 병난 코끼리를 끌어다가 보여 주어야만 이를 곧이듣고 바꾸어 선다. 코끼리가 죄(물건을 다치거나 사람을 상하는 따위다.)를 범하면 칙명이라 하고는 매를 친다. 엎드려 매를 맞는 것이 사람과 다름없다. 매를 다 맞고 나서는 머리를 조아리고 사죄를 하며 봉급을 깎아 벌 받는 코끼릿간에 넣어 둔다.

나는 코끼리 부리는 자에게 부채 한 자루와 환약 한 알을 주고 코끼리에게 재주를 한번 시키라고 했더니, 부리는 자는 이것이 적다고 부채 한 자루를 더 청했다. 나는 지금 가진 것이 없으니 꼭 더 가져다 주겠다 하고 먼저 재주를 시켜 보라 했더니 코끼리 부리는 자는 코끼리에게 가서 타일렀다. 코끼리가 알아듣고 눈웃음 짓는데 쾌히 승낙하지 않는 것 같았다. 따라온 자를 시켜 코끼리 부리는 자에게 돈을 더 주라고 했더니 코끼리는 한참 동안 눈을 흘겨보더니 코끼리 부리는 자가 돈을 헤아려 주머니 속에 넣는 것을 보고야 승낙을 하고, 시키지도 않은 여러 가지 재주를 부렸다.

머리를 조아리며 두 앞발을 꿇기도 하고, 또 코를 흔들면서 퉁소 불듯 휘파람도 불고, 또 둥둥 북소리를 내기도 한다. 대체로 코끼리의 묘한 재주는 코와 어금니에 있다. 예전에 코끼리의 그림을 볼 때에 두 이빨이 모두 죽 바로 벋어져 곧추 무슨 물건이라도 찌를 듯하며 '코는 늘어지고 이는 버드러진' 줄 알았더니 지금 코끼리를 보니 그렇지 않았다. 이빨도 다 아래로 드리워져 막대기를 짚은 것만 같고, 갑자기 앞으로 향할 때는 환도를 잡은 것 같기도 하고, 갑자기 마주 엇갈릴 때는 '乂' 자 같이도 보여, 그 쓰는 법이 한 가지가 아니다. 당 명황 때에 코끼리 춤이 있었다는 말이 《사기》에 있는 것을 보면서 속으로 의심했는데, 지금 보니 사람의 뜻을 잘 알아먹는 짐승으로는 과연 코끼리 같은 짐승은 없었다.

숭정 말년에 이자성이 북경을 함락시키고 코끼릿간을 지나갈 때에 뭇 코끼리들은 눈물을 지으면서 아무것도 먹지를 않았다고 한다. 대체로 코끼리가 꼴은 둔해 보여도 성질은 슬기롭고, 눈매는 간사해 보이면서도 얼굴은 덕스러웠다. 더러는 말하기를, 코끼리는 새끼를 배면 다섯 해만에 낳는다 하고, 더러는 열두 해만에 낳는다기도 한다.

해마다 삼복 날이면 금의위 관교들이 의장 깃발을 늘여 세우고 쇠북을 울리면서 코끼리를 맞아 선무문 밖 못에 나가서 목욕을 시킨다. 이럴 때는 구경꾼이 수만 명이 된다.(또 따로 '코끼리 이야기〔象記〕'를 '산장잡기'에 썼다.)

## 황금대黃金臺

노이점盧以漸은 국내에 있을 때 경서에 밝고 행실이 바르다고 쳐주었는데, 본디 춘추의리로 존화양이에 엄격하여 길을 오면서도 만인, 한인을 물론하고 한목으로 되놈으로 불렀다. 거쳐 온 산천과 누대들은 모두 누린내 나는 오랑캐 고장이라 하여 구경도 안 했다. 그러나 고적으로서 황금대나 사호석이나 태자하 같은 데는 길을 돌아가는데도, 이름이 틀린 것도 가리지 않고 반드시 파고들어 찾아 내고야 만다. 날마다 나와 약속하기를 함께 황금대를 찾아보자고 하였다. 나는 즉시로 여러 사람들을 찾아 물었으나 아는 자가 없었다.

옛 기록을 구해 보았으나 이야기들은 다 같지 않았다. 《술이기述異記》에는, "연나라 소왕昭王이 곽외郭隗[16]를 위하여 쌓은 축대로서 지금의 유주幽州인 연왕의 옛 성 중에 있다. 지방 사람들은 현사대賢士臺라 하고 또 초현대招賢臺라고도 한다." 하였다. 지금의 북경

16) 전국 시대 인물로 소왕昭王이 현인을 구할 때에 천리마를 구하는 고사를 들어 자기를 추천해 등용된 인물.

은 즉 기주冀州땅이고 본즉, 연왕의 옛 성이란 데는 어느 곳에 있는지 모를 일이다. 더구나 황금대이랴.

《태평어람太平御覽》에는 쓰기를, "연나라 소왕이 천금 돈을 대 위에 두고 천하의 현사를 초청했다 하여 황금대라 했다." 했은즉, 뒷날 세상 사람들이 함부로 그 이름만 전할 뿐이요, 실재 황금대가 없음을 넉넉히 알 수 있을 것이다. 노군은 어느 날 몽고 사람 박명博明에게 얻었다는 기록을 보이면서 말하기를,

"《장안객화長安客話》에, 조양문을 나서서 남쪽으로 못을 돌아가면 동남쪽 모퉁이에 높다랗게 솟은 흙 둔덕이 바로 황금대라고 했습니다. 해는 뉘엿뉘엿 서산으로 넘어갈 때 옛일을 슬퍼하는 선비로서 이 대 위에 올라간 자는 갑자기 천고의 고사를 회상하면서 고개를 숙이고 거닌다지요."

했다. 노군은 이때부터 서글퍼져서 구경을 파의하고 다시는 황금대 이야기를 내지 않았다.

노는 날 틈을 타 노군과 함께 동악묘 연극 구경을 가기 위해 같은 수레로 조양문에 나갔다가 돌아오는 길에 태사 고역생을 만났다. 고역생은 사헌簑軒 능야凌野와 함께 탔는데 황금대를 찾아가는 길이라고 하였다. 능야는 월중越中 사람으로 좀 괴팍한 인물이었다. 북경에는 처음 와서 고적 구경을 하기 위하여 나에게 동행을 청했다. 노군은 퍽도 좋아하여 천생연분이라고 떠들면서 함께 갔다. 다 와서 본즉 두어 길 되는 허물어진 흙 둔덕이 주인 없는 황폐한 무덤과도 같았다. 억지로 이름을 붙여 '황금대'라 하고 '황금대기'는 따로 쓴다.

# 황금대기黃金臺記

조양문을 나서서 못을 따라 남쪽에 두어 길 되는 허물어진 둔덕이 있으니 여기가 옛날 황금대다. 세상에서 전하기는, 연나라 소왕이 궁전을 짓고 천금을 축대 위에 놓고 천하의 어진 선비들을 불러 당시의 강한 제齊나라를 복수코저 하였으므로 옛일을 회상하는 인사들은 여기 이르면 비창한 회포를 참지 못하고 감개무량하게 거닐면서 좀처럼 발길을 돌리기 어려워한다고 했다.

슬프다, 축대 위에 황금은 없어졌건만 지사는 오지 않았구나! 그러나 세상 사람들이란 본디부터 원수를 맺지 않았지마는 원수를 갚는 자는 무궁한 시간에 다함이 없고 본즉, 이 축대 위에 놓였던 황금도 반드시 그대로 천하에 돌아다닐 것이다. 나는 여기에서 역사에서 돈을 가장 많이 내어 놓고 복수를 하던 자의 이야기 가운데 큰 것들을 말하려 한다.

진나라 시대에 제후의 장수에게 돈을 먹이고 그 나라를 멸망시킨 것으로 보아 몽염蒙恬이를 가장 유력하게 쳐주어야 할 것이다. 이사李斯[17]는 원래 제후의 문객으로 제후를 위하여 몽염을 죽였으니, 천하의 복수를 하려는 자는 여기 와서 좀 멈칫해졌다. 얼마 후 조고趙高[18]가 이사를 죽이고, 자영子嬰[19]이 조고를 죽이고, 항우가 자영을 죽이고, 패공沛公[20]이 항우를 죽였다. 패공이 항우를 죽이기까지는 황금 4만 냥이 들었다.[21]

석숭石崇의 그 많은 재물도 생겨난 데가 있을 것임에도 아주 타고난 재물인 듯이 '이놈이 내 재물을 탐내는가?' 하고 욕질을 하니, 이 얼마나 어리석은 소리인가? 그러나 재물이란 굴고 굴고 또 전하여 서로 복수를 해 가면서 천년이 지난 오늘날까지 그 금덩이가 아직도 어디고 그대로 있을 것이다. 어째서 그런 줄을 알 것인가?

원위元魏[22] 이주조爾朱兆의 난리 때 성양왕城陽王 휘徽는 황금 백 근을 가지고 있었는데, 낙양령洛陽令 구조인寇祖仁의 일문에서 난 세 자사刺史는 모두 자기가 발탁해 준 사람이기 때문에 그에게 가서 의탁하였다. 그러나 구조인은 집안 사람들에게, "오늘에 와서 우리 집의 부귀는 지극하다 할 수 있지마는 저 휘 때문에 걱정이다." 하였다. 그러고는 휘에게 장수가 잡으러 올 것이라고 겁을 주어 다른 장소로 도망하라고 꾀인 후 길에서 그를 죽여 버리고 그 머리를 이주조에게로 보냈다.

이주조의 꿈에 죽은 휘가 와서 말하기를, "내가 지니고 있던 황금

17) 초나라 순경荀卿의 제자이다.
18) 진나라 재상으로 전횡을 하던 환관.
19) 조고에게 피살된 진 시황의 맏아들 부소扶蘇의 아들.
20) 한 고조 유방.
21) 패공은 진평의 계략에 의하여 항우와 범증을 이간하기 위하여 황금 4만 냥을 흩었다.
22) 북위北魏 또는 후위後魏라고 하는 북조北朝의 한 나라이다.

2백 근을 조인의 집에 두었으니 가지도록 하라." 하였다. 이주조는 조인을 잡아 꿈에 시킨 대로 금을 받으려고 했으나 이를 얻지 못하자 조인을 죽여 버렸다. 이것을 본다면 원수를 갚았는데, 황금은 아직도 남아 있는 것이 아니겠는가?

오대 시대에 성덕절도사成德節度使 동온기董溫箕는 황금 수만 냥을 가지고 있었는데 동온기가 거란의 포로가 되자, 아문 안에 지휘사인 비경秘瓊이 동온기의 집안 권솔을 한목으로 다 죽여 한 구덩이에 파묻고 그 금을 빼앗았다. 진 고조晉高祖가 왕위에 오르자 비경이 제주방어사齊州防禦使가 되어 부임하게 되어 그 금을 싸 가지고 위주魏州 길로 나오는데 범연광范延光이 국경에 복병을 했다가 비경을 죽이고 금을 몽땅 빼앗았다. 범연광은 또 이 금으로 인하여 양광원楊光遠에게 살해당하고, 양광원은 진 출제晉出帝가 목을 베어 죽였다. 그리하여 광원의 부하 관리인 송안宋顏이 그 금을 죄다 가져다가 이수정李守貞에게 바쳤다. 이수정은 주周나라 고조에게 패하여 그의 처자들과 함께 불에 타 죽었으나 그 금은 아직도 사람들 속에 남아 있을 것이다. 어째서 그것을 알 수 있을까?

옛날에 도적 세 명이 함께 남의 무덤을 파서 금을 도적하고는 저들끼리 말하기를, 오늘은 돈도 많이 벌었으나 꽤 곤하니 술이나 한 잔 사다가 먹자고 하였다. 그중 한 명이 선뜻 일어서서 술을 사러 갔다. 가는 도중에 이자는 제 스스로 축하하기를,

"하늘이 시키는 좋은 기회로구나. 금을 셋이 나누는 것보다는 독차지하는 것이 좋을 것이 아닌가?"

하고는 음식에 독약을 타 가지고 돌아오자, 남아 있던 두 도적은 갑자기 일어나 이자를 때려 죽였다. 두 도적은 먼저 술을 갈라 먹고는 금

을 반분하려고 했는데 얼마 못 되어 함께 무덤 곁에서 죽고 말았다.

슬프다! 이 금은 반드시 길 옆에서 굴러다니다가는 또다시 딴 사람이 주워 얻게 될 것이요, 이렇게 주워 얻은 사람은 가만히 하늘에 감사를 하면서도 이 금을 무덤 속에서 파냈고 독약을 먹은 자들의 유물이며 또 앞사람 뒷사람을 거쳐 또 몇천, 몇백 명을 죽게 할는지 몰랐을 것이다. 그런데도 세상 사람들은 금을 좋아하지 않는 사람이 없다. 어째서 그럴까? 《주역》에,

"두 사람이 마음을 합치면 그 날카로움은 쇠라도 끊는다.〔二人同心 其利斷金〕"

하였다. 이것은 바로 도적질을 전제하는 말이다. 어째서 그럴 것인가? 끊는다는 말은 가른다는 말이다. 가르는 것이 금일진대 '마음을 합치는 것도 잇속'이라는 것을 넉넉히 짐작할 수 있을 것이다. '의리'를 말하지 않고 '잇속'이라고 했은즉 '불의의 재물'인 것도 넉넉히 알 수 있을 것이다. 이것이 도적질이 아니고 무엇이랴?

바라건대 천하의 인사들은 돈이 있다 하여 꼭 기뻐할 것도 아니요, 없다고 하여 슬퍼할 것도 아니니, 아무런 까닭 없이 갑자기 돈이 앞에 닥칠 때는 천동처럼 두려워하고 귀신처럼 무서워하여 풀섶에서 뱀을 만난 듯이 머리끝이 삐죽하여 뒤로 물러설 일이다.

# 옹화궁雍和宮

옹화궁은 옹정 황제의 명복을 비는 절이다. 3층 처마의 큰 전각이 있고, 전각 속에는 금부처가 있고, 열두 돌금 사닥다리를 올라가는 것이 무슨 귀신 동굴로 들어가는 것만 같다. 사닥다리가 다하면 누각에 오르게 되어 처음으로 햇빛을 보게 된다.

누각의 네 둘레를 난간으로 두르고 복판은 우물처럼 둘러 파서 금으로 만든 부처의 아랫도리 절반까지 미치게 된다. 또 여기서부터는 사닥다리를 밟고 올라 캄캄한 속으로 한참 가야만 창문이 환하게 터진다. 누각 속 우물처럼 꺼진 데는 아래층 같아서 금부처의 등어리 절반이 겨우 보인다.

또다시 어둠 속을 더듬어 발가늠으로 캄캄한 데를 올라가노라면 곧장 윗층이 나오는데 비로소 부처의 머리 정수리와 가지런해진 난간을 의지하고 굽어보니 바람이 세차서 마치 소나무 숲에서 우수수 불어오는 것과 같다. 여기에 있는 3천 명 중은 모두가 라마중으로 생긴 꼴들이란 완미하고 더럽기 짝이 없었다. 다들 금실로 짠 중 복색을 질질 끌고 있었다.

때마침 우중禺中[23]이라 여러 중들은 한 줄로 죽 큰 전각 속으로 들어갔다. 다리가 짧은 바둑판 같은 걸상을 늘어놓고 한 사람이 걸상 한 개씩 차지하여 평좌를 치고 앉는다. 중 한 명이 종을 울리니 여러 라마는 일제히 염불을 시작했다.

다시 역관 이혜적李惠迪과 함께 대사전大士殿을 올라갔다. 아홉 개 성문을 한목으로 바라다보려는 것이었다. 인가는 즐비하고 황성 전체가 눈 아래 깔렸다. 창문을 열고 난간에 나서니 곳곳에 솟은 누대가 겹겹으로 둘러 가렸다. 난간을 한 바퀴 빙 돌고 보니 도리어 가슴이 답답해져 아래를 내려다보니 다리가 벌벌 떨려 오래 섰지 못했다.

23) 오전 열 시경.

## 대광명전大光明殿

서안문 안에서 남으로 작은 골목을 수백 보 가면 3층 처마에 열두 면으로 된 둥근 전각이 있다. 자줏빛 유리 기와를 이었고, 황금 호로병 모양의 꼭지를 달았는데 현판에는 '대광명전'이라고 했다. 전각 속 네 기둥에는 금빛 용을 그렸는데, 위로 올라가는 놈, 아래로 내려가는 놈을 그려 위로 지붕 골에 닿을 만했다. 복판에는 상제의 소상을 안치하고, 빙 둘러 서른세 개의 소상을 세웠는데, 모두 곤룡포 면류관에 홀을 잡고 있었다. 사방 바람벽에는 작은 창들이 났고 벽은 다 푸른 유리 벽돌이다. 아홉 돌금 뜨락 층대에 삼중 난간으로 되었다. 이 집 이름을 대현도大玄都라 한다.

명나라 세종 황제가 도陶 진인을 맞아 대광명전에서 내단內丹[24]을 강의했다고 한 곳이 곧 여기다. 청나라 순치 신축년(1661)에 만주 대신 색니, 오배, 소극살합, 알필륭[25] 들이, 세조가 죽을 때 겨우

24) 도교의 일종인 연금술.

25) 색니索尼, 오배鰲拜, 소극살합蘇克薩哈과 알필륭遏必隆은 청나라 초기의 명장들이다.

여섯 살 된 어린 임금 강희를 보좌하라는 유언의 명령을 받았다. 이 네 명의 신하가 이 전각에 와서 분향을 하고 팔뚝을 찔러 피를 내고는 상제께 맹세를 했다고 한다. 뒤에 있는 전각은 태극전太極殿인데 삼청三淸[26]의 소상을 모셨고, 또 그 뒤에 있는 전각은 천원각天元閣이라 하여 도사 수십 인을 기르고 집을 지키는 태감이 있었다.

대광명전과 천원각의 동쪽 행랑채를 중수할 때에 가재 김창업이 당시 역군들이 사닥다리를 놓고 기와를 벗기는 역사가 매우 장하더라고 하였다. 그의 일기를 보면 그때가 바로 강희 계사년(1713) 2월 초아흐렛날인데 지금 태극전과 천원각을 보면 모두 누런 기와와 금벽 단청이 찬란하게 번쩍이고 있으니, 지금으로부터 계사년은 벌써 68년 전이지마는 어제처럼 새롭다. 고사기高士奇의 《금오퇴식필기金鰲退食筆記》에,

> "황제에게 하사받은 저택이 바로 이 전각의 왼편에 있었다. 때는 바로 가을비가 처음 개고, 푸른 하늘은 씻은 듯이 맑아 가슴을 풀어 젖히고 밖에 나앉으니 높다란 집은 흘러내리는 밝은 달빛과 함께 마주 비춰 바로 광한궁에라도 올라앉은 듯이 황홀했다."

하였다. 대체로 이 터가 앞이 터진 곳이어서 때가 달밤 맑은 경치라면 더욱 아름다웠을 것이다.

26) 도교에서 위하는 세 신선.

# 개 우리[狗房]

사냥개 수백 마리를 두었는데, 크고 작고 생긴 모양이 저마끔 달랐지만 모두가 매우 여위었다. 더러는 눕기도 하고 더러는 웅크리기도 하고 거동이 한가해 보였다. 심심해 못 배기는 놈이 있는가 하면 좋아라고 꼬리를 치는 놈도 있고 일어나서 옷 냄새를 맡으면서 마중하는 놈이 있는가 하면 입을 벌리고 긴 하품을 하는데 위아래 턱 사이가 거의 한 자나 되는 놈도 있었다.

우리 나라 사람들 수십 명이 달려들었는데, 복장과 음성이 아마도 눈에 생소하게 보였을 터이나 우리 사람들을 보고 하나도 놀라거나 짖지를 않았다.

따라온 하인이 육포를 내어 개 치는 사람에게 주면서 재주를 한번 시켜 보라 하니, 개 치는 사람이 육포를 두어 발 되는 장대 끝에 미끼처럼 매달고 개 한 마리를 불렀다. 그중에서 누런 개 한 놈이 냉큼 뛰어나오는데 여러 개들은 발을 제겨 디디고 섰을 뿐 경쟁을 하지 않았다. 육포 단 장대를 들었다 내렸다 한즉 개는 좌우로 껑충껑충 뛰다가 한 발로 끌어 잡아채려고 하니, 개 놀리는 사람은 장대를 뿌리쳐 마치 뛰는 물고기가 공중으로 솟듯이 서너 길씩 올리니, 개도 역시 높이 뛰어 도리어 그 긴 장대를 뛰어넘는데, 날래기가 질풍과 같았다. 개 놀리는 자는 고함을 쳐 그 개를 물리치고 이번은 또다른 개를 불러 차례로 시험하였다.

개를 먹이는 법은 물건을 공중에 던지면 개가 고개를 젖히고 뛰어 잡아채서 먹게 하고 땅에 떨어지면 먹지 못하게 했다. 따로 똥오줌 누는 데가 있어 우리 안이 정결하고 더럽지 않았다.

# 공작포孔雀圃

푸른 공작 두 마리와 주홍빛 공작 한 마리가 있는데 꼬리 끝에 있는 엽전 무늬는 다 같았다. 붉은 공작도 몸을 한번 획 돌리면 아주 새파란 빛깔이 되고, 푸른 공작이 한번 몸을 돌리면 붉은빛이 되고, 엽전 무늬는 야청빛으로 변했다. 사람의 기침 소리를 들으면 전신의 깃과 털이 갑자기 광채를 잃어버렸다가 눈 깜짝할 사이에 처음 빛깔로 되돌아선다.

몸은 해오라비에 비하면 좀 작고, 꽁지 길이는 석 자 나마 되고, 다리와 발은 더럽게 생겨, 비단옷에 짚신 꼴이니 좀 부끄러운 일이다.

먹는다는 것이 다만 뱀뿐으로서 또 뱀과 흘레도 붙어 온 마당에 흰 것을 남겨 서 있는 자리가 아주 더럽다. 뒤원 일 보는 사람이 우리 하인들이 맨발로 걷는 것을 보고 이것을 못 밟도록 타이르면서, 뱀 뼈가 살에 들어가면 살이 썩는다고 하였다.

# 오룡정五龍亭

태액지 못 둑에 서남쪽을 향해 물가에 채색 정자 다섯 채가 서 있는데, 징상澄祥, 자향滋香, 용택龍澤, 용서湧瑞, 부취浮翠 다섯 채를 통칭 오룡정이라 한다. 물결도 맑은 넓은 못에 금벽 단청 그림자가 어른거릴 제 멀리 바라다보이는 금오교 다리 위를 오가는 거마와 행인들은 까마득하여 신선 사는 데만 같아 보인다.

뒷날 오중吳中 사람들과 놀면서 서호의 경치를 물었더니, 서호를 못 봤다면 오룡정이 바로 그 경치의 일부라고 했다. 이 정자는 언제 창건되었는지 모른다. 명나라 천순 연간에 태소정太素亭 뒤에 초가 정자가 있다고 하였는바, 지금은 그것이 없어졌으나 이곳이 그 옛 터전이라고 한다.

자광각紫光閣과 승광전承光殿의 자줏빛 기와, 금빛 전각은 숲속에 숨어서 붉은 담장 속에 채색 기와 정각이 높고 낮고 겹겹이 주름 잡혀 있었다. 삼사와 함께 왔을 때는 마침 석양 나절이라 엷은 아지랑이가 하느작거리는 광경이 더욱 신기하였다.

또 어느 맑은 아침 날 한번 왔더니 돋는 햇발을 받아 더욱 아름다웠으나 정자 아래 있는 수없는 연 줄기에 연꽃이 없음이 한스러웠다.

역관들의 말을 들으면 오룡정 광경은 비록 아침, 저녁 그 경치가 달라지지마는 그래도 한여름 연꽃철만은 못하고, 여름 연꽃철도 역시 한겨울의 얼음놀이보다는 못하다고 한다.

## 구룡벽九龍壁

오룡정을 거쳐 한 개 자그마한 둔덕을 돌아 한 대문을 들면 문 앞에는 차면담 같은 향장嚮墻이 있다. 높이가 대여섯 길은 되고 넓이는 여남은 발이나 되는데, 흰 사기 벽돌로 쌓고 아홉 마리 용을 새겨 놓았다. 용의 몸뚱이는 모두 몇 발씩이나 되고 오색 빛깔 외에 별다른 자줏빛, 초록빛, 남빛깔이 섞였다. 양각으로 도드라져 구불구불한 것을 자세히 보니 용의 사지와 몸뚱이와 머리와 뿔은 조각조각 구워 내어 합쳐서 마주 붙였다. 오르고 내리고 날아가는 모습이 각각 자세를 갖추어 변화무궁한데도 터럭 끝만치 이은 자리를 찾을 수 없었으니, 마음먹고 자세히 들여다보지 않는다면 알아챌 수 없을 만큼 되었다.

향장이란 것은 옛날의 색문塞門이나 마찬가지다. 궁궐이나 관청집이나 사찰 같은 데 다 있는 것이요, 일반 여염집에는 다들 대문 안에 세운다.

## 태액지太液池

태액지는 서안문 안에 있는데, 둘레는 몇 리나 되는지 알 수 없다. 내가 일찍이 동해 유람을 할 때에 고성 삼일포의 주위가 10여 리라고 했는데 지금 이 못은 그만 못한 것 같다. 옛날 명칭으로는 서해자西海子라 하였다.

못 가운데는 구름다리를 놓았는데 길이가 수백 보요, 흰 돌을 깎아 난간을 만들었고, 난간 밖에 또 흰 돌난간이 있어 난간 머리에는 사자 머리 수백 개를 새겨 놓았다. 크고 작기는 같으나 모양새는 저마끔 달랐다. 다리의 양쪽 머리에는 각각 패루를 세워 동쪽 머리에는 '옥동玉蝀'이라 써 붙였고, 서쪽 머리에는 '금오金鰲'라고 써 붙였다. 또 북쪽으로 바라보면 다리 하나는 경화도로부터 승광전까지 이어졌다. 이 다리 남북에도 역시 패루를 세워 하나는 '적취積翠', 하나는 '퇴운堆雲'이라 썼다. 못을 둘러싸고 전각과 누대는 첩첩한 지붕이 엇물렸고 고목들은 홰나무와 버드나무가 많았다.

8월 3일, 나는 옥동에 이르러 월중 사람 능야를 만나 함께 오룡정에 이르렀다. 능야도 역시 북경이 초행으로 도착한 지가 아직 며칠

안 되었다. 나에게 태액지 얼음놀이에 대해 묻고 또 황도 팔경도 물었다. 그들이 북경 지식에 등한함이 이와 같다. 대체 서울에서 멀리 만리 밖에 있어 이런 지식을 가진 자가 드물기 때문일 것이다. 내가 대엿새 전에 갔더라면 늦게 핀 연꽃을 볼 수 있었을 것이다.

작은 거룻배 수십 척이 마름 줄기 사이로 다니면서 연밥을 따고 있었다. 배를 탄 사람들은 모두 벌거벗어 유달리 흉해 보였다. 오색 빛깔 고기가 많이 있고 큰 고기 세 마리가 보이는데, 모두 두 자 길이는 되어 보인다. 온 몸뚱이에 얼룩이 졌다. 방금 부들대 밑에 와서 무엇을 먹다가 손뼉을 쳐서 놀라게 하였으나 아주 태연하게 있었다. 해마다 한여름이 되면 만주, 한인 대신들과 한림이야, 상서들에게 경도瓊島와 영대瀛臺에다가 뱃놀이 연회를 베풀고 연뿌리와 생선을 하사한다고 한다.

얼음이 얼고 눈이 쌓이면 팔기를 대오로 나누어 쭝방울 차기와 타상拖床 놀이를 하는데, 신바닥에 모두 쇠 이빨을 박아 달리고 쫓는데 편하고 빠르도록 한다. 이때는 천자도 나와 구경을 한다고 한다.

# 자광각紫光閣

태액지를 돌아가면 지붕이 둥근 작은 전각이 있는데, 위에는 누런 기와를 이고 처마는 푸른 기와를 썼다. 이름은 자광각이다. 곁에는 백조방百鳥房이 있어 기이한 새와 짐승들을 기른다. 전각은 덜썩 높고 넓으며 그 아래는 말 달리고 활 쏘는 마당이 있다. 예전 이름은 평대平臺인데, 숭정 경진년(1640)에 계주순무사 원숭환이 황제를 구원코저 들어왔는데 황제는 도리어 평대에서 원숭환을 찢어 죽였다 한다. 이곳이 그 땅만 같다.

## 만불루萬佛樓

구룡벽을 거쳐 몇 보를 더 가면 큰 전각이 있다. 전각은 벽으로 둘러싸고 함을 만들어 작은 부처를 안치했는데, 한 함에 부처 한 개씩 도합 만 개다. 또 여섯 길 되는 관음보살의 변상變相이 있는데 머리 위에는 부처 만 개를 둘러앉히고 손이 천 개, 눈이 천 개요, 발로는 간사한 귀신과 악귀와 흉한 짐승, 독한 뱀 등 요정妖精으로는 변화했으나 아직 물성物性을 얻지 못한 것들을 밟고 있었다. 그 앞에는 세 발 달린 큰 향로가 놓였는데 높이는 길 나마 되었다. 무수한 요괴들이 와서 팔로 떠받고 다리를 버티고 눈을 부릅뜨고 입을 벌리면서 향로 발을 떠받들고 있었다.

## 극락 세계極樂世界

새로 지은 수백 칸 되는 큰 전각이 있는데 푸른 기와를 이었다. 방 안에는 침향과 전단旃檀[27] 으로 오악 명산을 만들어 놓았다. 바위 봉우리와 골짝들이 깎아 세운 듯 깊숙한데 사찰과 누각이 그 위에 벌여져 있고 비단을 오려 꽃을 만들고 소나무, 전나무는 모두 구리와 쇠로 잎을 만들어 붙였는데 뽑아낸 듯이 헨둥하게 새파랗다. 몇 길 되는 폭포는 흰 눈을 뒤번지는 듯 거품이 일어 사람으로 하여금 혹하도록 한다. 얼음을 새겼느니 물이 떨어지느니 하는 말은 다 헛소리요, 대체 유리를 녹여 만든 것이다.

27) 남방에서 나는 일종의 향나무.

# 영대瀛臺

영대는 태액지 못가에 있다. 소화昭和라는 전각과 영훈永薰이라는 정자가 있는데, 모두 누런 기와를 이었다.

못가에 수목들은 모두 아름드리 고목으로, 그윽하고도 깊숙하여 무지개다리를 가렸고, 복도는 구불구불 수림 속으로 서로 통했다. 푸른 기와, 자줏빛 지붕은 못 복판으로 그림자를 거꾸로 던지는데, 때마침 연꽃은 갓 떨어지고, 갈대밭 여울 마름 덩굴 사이로는 간혹 작은 거룻배가 연밥을 따고 있었다.

# 남해자南海子

숭문문을 나서서 남쪽으로 20리를 가면 남해자라는 큰 뒤원이 있는데 둘레가 160리다.

원나라 때 천자가 사냥하던 곳으로, 명나라 때는 담장으로 둘러싸고 해호海戶를 두어 지키게 하였다. 황성은 안이고 밖이고 할 것 없이 새들이 귀하니, 대체 깊은 숲이 없는 까닭이다. 남해자를 못 미쳐 몇 리를 두고 울창한 숲이 끝없이 바라다보이는데 까치, 솔개, 해오라비, 황새들이 벌써 하늘을 뒤덮는다. 역관 조달동이 뒤따라와서는,

"시방 해호 마을에는 역병이 크게 돌고 있어 발을 들여놓을 수 없고, 해도 저물어 못 미치겠습니다. 여기서 대홍교大紅橋까지 20리요, 대홍교에서 안응대安鷹臺까지가 10여 리인데, 이 어간에 큰 못 세 군데가 있어 넓은 못물이 듬뿍 실려서 72개 다리가 놓였고 전각과 누대는 연도에서 보던 것과 다를 것이 없고, 기르고 있다는 기이한 새와 이상한 짐승들이란, 달리는 말이 아니고는 다 구경할 수도 없습니다. 지금 여기서부터 곧 빨리 돌아가더라도 성

문 닫는 시간까지 대어 서기는 어렵습니다."

하며 죽자고 말렸다. 할 수 없이 나는 서글프게 수레를 되돌렸다. 천녕사天寧寺와 백운관白雲觀에 들러 바삐 달려 정양문으로 드니 벌써 황혼이 지났다.

# 회자관回子館

회자관의 바깥 대문은 벽돌로 쌓았는데 법식이 별스럽게 이상하여 천주당에서 보던 것과도 다르다.

대문에 들어서서 겨우 걸음을 몇 자국 옮겨 놓지도 않아 개 두 마리가 와락 뛰어나와 입을 벌리고 짖으며 으르렁거렸다. 깜짝 놀라 돌아서니 회회 어린애 수십 명이 손뼉을 치면서 일제히 웃었다.

대문 안 좌우에는 큰 기둥을 마주 세우고 몇 발 되는 쇠사슬로 개 목을 기둥 아래 비끄러매어 두어 문을 지킨다. 개가 사람을 보면 비록 와락 달려들기는 하지마는 사슬 길이가 있어 언제나 사람 앞 몇 보 앞에서 멈춘다. 그러나 그 형세는 장히 무섭다.

회회 여자 여남은 명이 나와 보는데 모두 남자처럼 건장했다. 볼은 붉고 광대뼈가 넓고 눈썹은 푸르고 눈은 붉었다. 그중에 한 젊은 여자가 두어 살 난 어린아이를 안고 섰는데 꽤 얼굴이 고왔다. 모두 흰 옷에 숱이 좋은 머리털을 열 가닥쯤으로 땋아 등 뒤에 드리웠다. 머리 위에는 흰 모자를 썼는데 광대들이 쓰는 뾰족 모자 같았다. 옷은 우리 나라 철릭 같은데 소매가 좁았다.

## 유리창琉璃廠

유리창은 정양문 밖 남성南城 밑으로 가로 뻗어 선무문 밖까지 이른다. 즉 연수사延壽寺 옛 터다. 송나라 휘종이 북방으로 갈 때에 정鄭 황후와 함께 연수사에서 묵었다. 지금은 공장이 되어 여러 가지 빛깔 유리 기와와 벽돌을 만든다.

이 공장에는 사람 출입을 금하고 기와를 구울 때는 더구나 꺼리는 것이 많다. 비록 전속 기술자라도 모두 넉 달 먹을 양식을 가지고 들어간다. 한번 들어가면 마음대로 나오지 못한다고 한다. 공장 바깥은 모두 점포로서 재화와 보물이 넘치고 있다.

서점으로서 제일 큰 데가 문수당文粹堂, 오류거五柳居, 선월루先月樓, 명성당鳴盛堂 등이다. 천하의 거인들과 국내의 이름난 선비들이 많이들 이 안에 묵고 있다.

## 채조포彩鳥鋪

점방 안에는 백 가지 새가 울음을 우는데 산장의 창문 앞에서 봄철 아침을 맞는 듯만 같았다. 모두 철사로 만든 작은 조롱에 새 한 마리 혹은 두 마리씩 들었다. 두 마리 든 것은 암수다. 새는 모두 우리 나라에도 있는 새들이지마는 그 이름은 알 수 없었다.

조롱 속에는 다들 작은 종지에 물을 넣어 두었고 몇 줄기 조 이삭을 걸어 두어 쪼아 먹고 마시도록 했다. 빈 조롱을 가지고 온 자들은 어깨를 마주 비비고들 있었다. 그때에 한림 팽령彭齡이 주周 거인과 함께 각각 빈 조롱을 들고 점방에 와서 새 한 쌍이 든 조롱과 바꾸어 갔다. 우리 나라에서 속명으로 '뱁새'라 하는 것인데, 그렇게 희귀한 게 아닌데도 값은 50냥을 내고 갔다. 금계는 모양이 집닭 비슷한데, 볏이 없고 볼에 달린 '귀걸이'도 없고, 입부리와 목이 함께 붉고 흰 꽁지가 두 가닥으로 그 끝은 조금 구부러졌는데 푸른 돈 무늬가 한 점 있었다. 큰 물통에 물을 채워 두고 바깥으로는 울을 두르고 위로는 그물로 덮고 그 속에다가 금계를 기르고 있다. 큰 쇠 광주리 속에 흰 꿩을 두었는데 크기는 까치만 하고 꽁지는 금계와 같았다.

# 화초포花草鋪

모두가 풀꽃들인데 제일 많은 것이 수구繡毬와 가을 해당화와 석죽石竹이다. 여러 가지 꽃을 구색 맞추어 병에 벌려 꽂은 것은 모두 사계화四季花요, 푸른 꽃병에 한 떨기 홍련紅蓮을 꽂아 두었는데 크기가 박꽃만 하고 잎은 손바닥 같았다.

때마침 가을 국화가 한창이었다. 다 우리 나라에도 있는 꽃으로 학령鶴翎이 제일 많았는데, 줄기는 그리 길지 않았다. 홀로 금국金菊만이 가장 이색으로 꽃송이는 겨우 돈짝만큼 하나 새로 금박을 칠해 놓은 듯했다. 수선水仙은 아직 피지 않았고 난초는 훤초萱草 비슷하고 잔뜩 푸르기는 하나 맡을 만한 향기가 없었다.

# 공자묘를 참배한 감상[謁聖退述]

## 순천부학順天府學

황성의 동북쪽 모퉁이 시시柴市에 마주 서 있는 두 방坊을 '육현방育賢坊'이라고 한다. 두 방의 복판이 순천부학이다. 영성문에 들어서면 반월 모양으로 못을 팠으니, 이것이 반수泮水다. 허공다리를 세 개 놓고 난간은 흰 돌을 썼다.

다리 북쪽에 세 대문이 있는데, 복판이 대성문大成門이요, 왼쪽이 금성문金聲門이요, 오른쪽이 옥진문玉振門이다. 성전의 바깥 편액에는 '선사묘先師廟'라 했고 안에는 '만세사표萬世師表'라고 썼으니, 강희 황제의 글씨다. 위패에는 '지성선사至聖先師 공자의 위位'라고 썼다. 배향한 네 분 가운데 복성復聖 안자顏子와 술성述聖 자사子思의 위패는 동쪽에 있고, 종성宗聖 증자曾子와 아성亞聖 맹자孟子의 위패는 서쪽에 있었다. 두 행랑채 사이는 늙은 전나무들이 많은데 세상에서 전하기는 원나라 세조 때 노재魯齋 허형許衡이 손수 심은 나무라고도 하고, 혹은 원나라 초기에 야율초재耶律楚材가 심은 나무라고도 한다.

명륜당은 성전의 동쪽에 있고 계성사啓聖祠는 명륜당의 북쪽에 있고 규문각奎文閣은 명륜당의 동북쪽에 있고 문승상사文承相祠는 명륜당의 동남쪽에 있다. 중문 밖의 왼편이 명환사名宦祠요, 오른쪽이 향현사鄕賢祠다.

부학은 옛날 보은사報恩寺다. 원나라 지정(至正, 1341~1367) 말년에 유람하던 중이 호남 지방에서 의연금을 모아 절을 짓고는 불상을 안치하지도 못했는데, 명나라 군사가 북경을 쳐들어왔다. 명나라 군대가 공자묘에는 군사들을 못 들어가도록 명령하는 것을 보고, 중은 얼핏 공자의 위패를 빌려 전각 속에 두었다. 그 뒤에 중은 다시 얼씬도 못하게 되어 드디어 북평부학北平府學으로 되었다가 청나라가 북경으로 천도를 한 후는 순천부학이라 하였다.

# 태학太學

황성 동북쪽 모퉁이 동리를 숭교방崇教坊이라 하고, 사패루 거리를 성현방成賢坊이라 하고, 네 개의 패루 안에는 다 '국자감'이라고 썼다.

영락永樂 2년(1404)에 왼편 묘廟와 오른편 태학이 준공되었고, 선덕宣德 4년(1429) 8월에는 대성전 앞 두 행랑채를 수리하였다. 이보다 앞서 태학이 원나라에 의해 더럽혀졌다고 하여 이부주사吏部主事 이현李賢이 수리하기를 주청하여 그 말을 따른 것이다. 정통正統 9년(1444) 정월에 태학이 낙성된 후 천자가 거둥하여 공자묘에 참배하고 석전례釋奠禮를 거행하고는 이륜당彝倫堂으로 물러나와 좨주 이시면李時勉에게 강의하도록 명령하였다.

홍치弘治로 연호를 고치고 나서 황제는 또 태학에 거둥하였다. 이때에 《성가임옹록聖駕臨雍錄》이란 책을 만들었으니, 황제의 칙지와 장주章奏와 의례에 대한 내왕 문건과 강의, 관직 등이 다 기록되어 있다. 태학의 제도는 이때야 완전히 갖추어졌다.

만력 경자년(1600)에는 성전을 유리 기와로 바꾸었으니, 사업司業

부신덕傅新德[1]의 청을 따른 것이다.

숭정 14년(1641)에 또 태학을 수리하여 낙성된 후 8월에 천자가 태학에 거둥할 때 좨주 남거인南居仁이 《서경》 고요모皐陶謨를 강의하고, 사업 나대임羅大任은 《주역》 함괘咸卦를 강의하였다. 이때에 문무관으로 3품 이상이 함께 앉아 강의를 듣고 황제로부터 차를 하사받았다. 강의가 끝난 후 천자가 경일정敬一亭에 들러 세종이 세운 정자程子의 사잠비四箴碑와 석고石鼓가 허물어진 것을 보고 다시 수리하고는 보고하라고 하였다.

《장안객화長安客話》에, 명나라 초기에 고려에서 김도金濤 등 네 사람을 보내어 태학에 입학시켰는데, 홍무 4년(1371)에 김도는 진사에 급제하여 귀국하였다고 한다. 《태학지》를 보면 융경隆慶 원년(1567)에 황제가 국자감으로 갔을 때, 조선 사신 이영현 등 여섯 사람이 각각 제 품계에 해당하는 의관을 갖추고 이륜당에 가서 문관 반열의 다음에 섰다고 했다. 나는 부사와 서장관을 따라 뜨락으로 가서 두 번 절했다.

내가 얼마 전에 참배한 열하의 태학은 이 태학을 본뜬 것이다. 지금에 두루 공자묘를 구경하고 명나라 적 옛 제도와 비교하여 생각할 때에 태화전은 비록 조금 모자라는 것 같기는 했으나 제도의 정제된 품은 비슷했다. 뜨락의 넓이라든가 아래채들의 둘레들이 역시 동악묘와 비교할 게 아니었다. 위패는 모두 함 속에 넣어 감실에 모셔 두고 누런 휘장을 드리웠다.

강희 연간에 주자를 십철의 다음에 올려 모시고 금슬琴瑟과 종,

1) 국자감의 교수직.

북과 같은 악기를 전각 속에 진열해 놓았다. 두 행랑채에 종사한 자가 무릇 백 명은 되는데, 설비는 성전과 꼭 같았다. 태학에는 이륜을 강론하는 당이 일곱 개가 있어 회강당會講堂, 솔성당率性堂, 수도당修道堂, 성심당誠心堂, 정의당正義堂, 숭지당崇志堂, 광업당廣業堂이라 한다. 여러 생도들이 공부하는 처소다.

이륜당 앞에 심은 송백은 원나라 유학자 허형許衡이 손수 심은 나무라고 한다. 묘문에는 석고 열 개를 늘어놓았다. 주나라 선왕宣王의 엽갈獵碣[2]이다. 더러는 말하기를, 안로공顔魯公[3]의 《쟁좌위첩爭座位帖》과 장평숙張平叔[4]의 금단사백자金丹四百字[5]와 조문민趙文敏[6]이 임서한 왕 우군王右軍[7]의 악의론樂毅論과 황정경黃庭經과 난정정무본蘭亭定武本의 다섯 비문이 모두 태학 속에 있다고 하나 마침 안내를 받지 못했으므로 구경을 못 하고 돌아왔다.

---

2) 주 선왕이 수렵을 찬송하여 만든 기념물.
3) 당나라 명필 안진경顔眞卿.
4) 송나라 시대 도사.
5) 장평숙이 유해섬劉海蟾에게 받았다는 연금술 비결.
6) 원말의 저명한 서화가 조맹부.
7) 진나라 시대 명필 왕희지.

## 학사學舍

어제는 구양歐陽 조교助敎[8] 가 국자감 내의 학사 제도를 기록해 보여 주었다. 내호內號로서 광거문廣居門에 있는 오른쪽 대문 한 부분을 퇴성退省이라고 하여 연달아 길게 뻗친 집 네 채에 모두 49칸인데 남쪽에는 목욕실과 변소가 있다.

퇴성문에서 점차 북쪽으로 꺾여 서쪽은 천天, 지地, 인人, 지知, 인仁, 용勇, 문文, 행行, 충忠, 신信, 규規, 구矩, 준準, 승繩, 기紀, 강綱, 법法, 도度 등 글자로 호를 표시한 것이 전부 18호가 있는데 매호마다 21칸이다. 도자호度字號 북쪽에 보안당保安堂이라고 하는 다섯 칸이 있어 병이 난 국자감 학생을 수용한다. 이륜당 뒤에는 격格, 치致, 성誠, 정正의 호를 붙인 4호가 있는데 전부 98칸인바, 가정嘉靖 7년(1528)에 경일정敬一亭 밖에 고쳐 지었다.

동호東號는 성묘의 왼편에 있는데 전부 34칸이요, 대동호大東號는 거현방居賢坊 새만백창賽萬百倉 서문가西門街에 있다. 대문이

8) 태학의 교관직.

두 채가 있는데, 하나는 등준문登俊門이라고 한다. 학사가 동서 두 줄로 나뉘어 전부 40칸이다. 하나는 집영문集英門인데 27칸이다.

신남호新南號는 북성 이조호동二條衚衕 동쪽 어구에 대문이 한 채 있고 동서로 방이 두 줄로 나뉘어 전부 34칸이요, 남북이 4칸이다.

소북호小北號는 거현방居賢坊 호동에 있는데, 대문이 한 채 있고 남북으로 집이 두 줄로 나뉘어 전부 80칸이다.

교지호交趾號는 국자감의 남쪽에 있는데, 대문 한 채가 있고 남북으로 나뉜 집 두 채에 전부 28칸이다.

서호西號는 성현가成賢街의 서북쪽에 있는데, 국자감과 거리는 50보쯤 되니, 옛날 운한사雲閒寺 절터다. 작은 방 10칸과 또 이층 방이 있어 전부 9칸이다. 국자감에 소속된 관원들이 번갈아 거처하는 16칸이 있는데, 여기는 국자감 학생만이 거처하는 곳이라고 한다.

밤 들어 내원과 모두 계산을 해 보니 전부 580여 칸이었다. 그 외에도 이륜당으로부터 시작하여 동서 강당과 서적 창고와 양식 창고와 밥 먹는 장소와 의원 약방과 종과 북을 치는 누각과 부엌과 목욕간과 허물을 고치게 하는 방과 박사가 거처하는 집과 계성사啓聖祠, 토지사土地祠 등 얼마나 더 있는지 알 수 없다고 하였는바, 구양 조교의 이 기록은 아마도 외국 사람에게 자랑 삼아 떠벌리는 것 같았다. 그러나 한나라, 당나라 때에 비한다면 벌써 쓸쓸한 감이 없지 않다.

송나라 경력(慶曆, 1041~1048) 연간에 왕공진王拱辰이 국자감을 맡고 있을 때 말하기를, 한나라 태학은 1,800칸에 생도가 3만 명이나 되었고 당나라 때는 6,200칸이라고 하였으니, 당시 학사의 넓이와 생도의 수효는 뒷날 세상과 비교할 게 아니었다. 또 명나라 홍무 4년(1371)에 황제의 명령으로 지방의 준수한 수재들을 뽑아 국자감에 입학시켰는데 당시는 난리가 갓 평정되어 떠돌아다니던 자들이 여전히 많았을 때였지마는 그래도 진여규陳如奎 등 2,782명이 입학하였고, 26년(1393)에는 국자감 학생으로 열자悅慈 등 8,124명을 뽑았고, 영락 19년(1421)에는 방영方瑛 등 9,884명이라고 하였으나, 그래도 만 명을 채우지 못했으니, 옛날 시대의 선비를 양성시키던 성황에 비교해 보면 엄청나게 다르다.

지금 청나라는 나라를 세운 지는 이미 오래되어 국내가 태평하고 문물과 교육이 혁혁하여 제 스스로 일러 한나라, 당나라보다 더 낫다고 자랑하지마는, 오늘 여러 학사들을 돌아보니 열에 여덟, 아홉은 비어 있었다. 더구나 며칠 전에 간신히 석전을 지냈다는데, 대성문 왼편 극문戟門의 왼쪽 벽에 써 붙여 둔 석전에 참석한 학생 명부를 보면 겨우 4백여 명에 불과하였다. 그것도 모두가 만주인과 몽고인뿐이요, 한족은 한 명도 없음은 무슨 까닭일까? 비록 한인들이 벼슬을 하여 공경에 이른다 하더라도 성 안에서는 집을 얻을 수 없은즉 천하제일로 손꼽는 이 땅에 유학하는 선비도 감히 거처할 수 없는 것인가? 그렇지 않으면 중국의 족속으로 되놈의 종자와 한 책상에서 공부한다는 것을 치욕으로 여기는 것인가? 그러나 여기에서 넉넉히 본받아도 좋을 일은, 이곳 서재와 학사들이 텅텅 비어 있다면 응당 먼지에 파묻히고 잡풀이 돋았을 터인데, 어디고 씻고 닦아 맑게 정돈하지 않은 데가 없어 탁자들은 가지런하고, 문과 창은 밝아 종이를 바른 지는 비록 오래되었으나 하나도 찢어지고 떨어진 데가 없다는 점이다. 이것이 비록 한 가지 일이지마는 중국 법도의 대체를 알 수 있는 일이다.

## 역대비歷代碑

원나라 때 반적潘迪의 석고음훈비石鼓音訓碑는 대성문 왼편 극문戟門에 있다. 원나라 대덕 11년(1307)에 세운 가봉성호조비加封聖號詔碑 한 개는 바깥 지경문持敬門에 있고, 지순至順 2년(1331)에 세운 가봉선성부모처병사배제사비加封先聖父母妻並四配制詞碑 한 개는 대문 서쪽에 있다.

명나라 홍무 3년(1370) 신명학제비申明學制碑 한 개, 홍무 15년(1382)에 칙유태학비勅諭太學碑 한 개, 홍무 16년(1383) 정학규비定學規碑 한 개, 홍무 30년(1397) 흠정묘학도비欽定廟學圖碑 한 개, 가정 7년(1528) 경일정을 짓고 어제성유비御制聖諭碑 한 개, 정통 9년(1444) 어제중수태학비御制重修太學碑 한 개가 있다. 홍무 연간에 세운 네 개 비는 남태학에 세웠던 것으로, 후세에 다시 새겨 이 태학 가운데 세운 것 같다.

지금의 청나라 인仁 황제가 지은 선성찬비先聖贊碑 한 개와 안증사맹찬비顏曾思孟贊碑 한 개는 함께 강희 28년(1689) 윤3월에 세웠다. 아로덕유阿魯德猷를 평정한 뒤에 황제가 지은 헌괵비獻馘碑 한 개는 강희 43년(1704)에 세운 비다.

역관 조달동을 시켜 여러 비문들을 갈라 베끼도록 하였는데, 다 베낄 수가 없었다. 볼만한 글이 많았는데, 두루 열람하지 못한 것은 유감스러울 뿐이다.

## 명나라 진사 제명비[明朝進士題名碑]

국자감의 진사 제명비는 명나라 선덕 5년(1430) 임진林震의 방榜에서 시작하여, 숭정 13년 경진년(1640) 위덕조魏德藻의 방까지 71개다. 그 아래에도 아직 빗돌 두 개는 더 세울 만했으나, 황제가 진사를 싫어하고 박대하였다.

낙제한 거인 사돈史惇과 오강후吳康侯 들을 머물게 하고 특별히 임용하자 사돈 등이 진사의 전례에 따라 성묘에 배알하고 석채釋菜에 참가할 것과 비를 세워 이름을 기록해 줄 것을 청원하였더니, 황제가 승낙하였다. 태학사 주연유周延儒가 칙명을 받들고 글을 지어 경진비庚辰碑 다음에 이를 세웠다. 숭정 16년 계미년(1643) 양정감楊廷鑑의 방 다음부터는 비를 세울 만한 자리가 없어졌고 본즉, 이로써 명나라 진사의 제명비는 그쳤다고 한다.

지금 청나라의 과거 제도는 모두 명나라 옛 제도를 본떴으니, 제명을 한 빗돌은 파 이랑처럼 빽빽하게 들어서서 이루 다 기록할 수 없다. 적어도 깨끗한 정치를 행하여 왕조가 한없이 뻗어 나가고 중국의 정통이 자주 갈리면서도 언제나 이곳을 도성으로 삼아 태학에 비를 세우는 옛날 행사를 그대로 지킨다면 나는 모를러라, 이시미 대가리, 거북 잔등, 이 많은 빗돌들을 어느 땅에다 세울는지.

# 석고石鼓

석고[9]는 열 개인데 갑, 을, 병 차례로 대성문 좌우 극문 안에 각각 다섯 개씩 벌여 두었다. 이 석고는 주나라 선왕宣王이 기산岐山 남쪽에서 대규모의 사냥 놀이를 하고는 돌을 깎아 북을 만들어 그 사적을 기록한 것이다. 높이가 두 자 남짓하고 폭이 한 자나 된다. 돌에 새긴 글자가 기이한데 사관 주籀[10]의 필적이고, 새긴 글은 천자의 사냥을 찬미하는 노래 종류였다.

이 석고가 처음에 진창陳倉 들판에 있었는데, 당나라 한유韓愈가 박사로 있을 때 좨주에게 청하여 태학으로 옮겨 두려다가 뜻대로 하지 못했다. 재상 정여경鄭餘慶이 봉상鳳翔땅 장관으로 있을 때 이 북을 봉상의 공자묘 뒤에 가져다 두었다. 그런데 당시는 바로 오대의 난리통이라 석고가 모두 이리저리 흩어져 잃어버렸다. 그 뒤 송나라 사마지司馬池가 봉상부 관장으로 있을 때 이를 찾아서 다시 부학에

9) 돌로써 북 모양으로 만들어 각자를 해 둔 기념물.

10) 주나라 선왕 때 태사인데, 전서篆書의 시조라고 하여 서체에서 대전체를 뜻하기도 한다.

두었으나 한 개를 잃어버렸다. 황우皇祐 4년(1052)에 상전사向傳師가 잃었던 북 한 개를 찾아 드디어 열 개를 마저 채웠다.

대관大觀 2년(1108)에는 서울에서 변경으로 옮겨 황제는 쇠로 그 글자 새긴 자국을 메우도록 명령하여, 처음에는 태학에 두었다가 다음은 보화전寶和殿으로 옮겼다. 정강靖康 2년(1127)에 금나라 사람들이 변경을 함락시키면서 전으로 싸서 수레로 끌어 연경까지 가지고 왔다. 메웠던 쇠를 후벼 내고 왕선무王宣撫의 집에 두었다가 다시 대흥부학大興府學으로 옮겼다. 원나라 대덕 11년(1307)에 우집虞集이 대도大都의 교수로 있으면서 이를 풀숲 진창 속에서 찾아 내어 비로소 국학에 두게 되었다.

북들은 민간에 굴러다니면서 머리를 우묵하게 파서 확을 만들어, 새긴 문자가 더욱 닳고 이지러졌지마는 그래도 고적으로서 가장 이색진 물건으로는 이 석고 같은 것이 없을 것이다.

내가 나이 열여덟 살 때 처음으로 창려昌黎와 동파東坡의 '석고가石鼓歌'를 읽고 그 글을 기이하게 여긴 적이 있었고, 석고에 새긴 글 전문을 얻어 볼 수 없음을 한탄했다. 오늘 내 손으로 석고를 어루만지면서 입으로 반적의 음훈비를 읽고 보니, 외국 사람으로서 어찌 행운이 아닐까 보냐.

# 문 승상 사당[文丞相祠]

문 승상의 사당은 나무〔柴市〕 장터에 있으니, 동리 이름은 교충방敎忠坊이다. 사당은 세 칸으로 앞이 대문이 되고, 또 대문 앞으로 사당 서쪽은 회충회관懷忠會館인데, 강서성 지방의 사대부들이 설에는 이곳에 모여 제사를 드린다고 한다.

명나라 홍무 9년(1376)에 북평안찰부사 유숭劉崧이 처음으로 사당 짓기를 청원하였다. 영락 6년(1408) 태상박사 유이절劉履節이 황제의 명령을 받들고 명나라의 충신들을 제사 지낼 때에 '문천상은 송나라 왕실에 충성을 다하였고, 연경은 그가 절개를 바쳐 죽은 땅이니 사당을 지어 제사를 모시기를 청합니다.' 하니, 황제는 이를 좇았다고 했다.

원나라 유악신劉岳申은 '신공전信公傳'[11]에 쓰기를,

"공이 연경 숙소에 이르자 상빈처럼 대우하여 장막을 치니, 공이 의리에 차마 여기서 자지를 못하고 앉아서 날을 밝혔다. 장홍범張

11) 문천상을 신국공信國公이라 했다.

洪範[12]이 와서 항복을 청하였으나 이에 굴하지 않았다. 병마사兵馬司로 넘겨 항쇄와 족쇄를 채우고 십여 일 동안 빈 집에 두었다가 다시 결박을 풀고 칼을 벗긴 후 4년 동안 감금하였다.

시집으로 《지남록指南錄》 세 권, 후록後錄으로 다섯 권, 집두集杜 2백 수가 있으니 모두 자작 서문이 있다."

하였다. 조필趙弼의 '신공전'에는,

"공이 나무 장터로 끌려 나오자 구경꾼이 만 명이나 되었다. 공은 남쪽을 향하여 두 번 절을 하였다. 이날 큰 바람이 불어 모래를 날려 천지가 캄캄해지매 궁중에서는 촛불을 켜 들고 다녔다. 세조가 장張 진인에게 까닭을 물었더니, 그는 아마도 문 승상을 죽였기 때문일 것이라고 대답하였다.

황제는 즉시 공에게 특별히 '금자광록대부金紫光祿大夫 개부의동검교 태보 중서평장정사開府儀同檢校太保中書平章政事 여릉군공廬陵郡公'이라고 추증 벼슬을 내리고 또 시호를 충무忠武라 하여 추밀樞密 왕적옹王積翁을 시켜 신주를 써서 나무 장터를 깨끗이 소제하고 단을 설치하고 제사를 하였다. 승상 발라孛羅가 처음 전례奠禮를 드리는데 돌개바람이 불어 신주를 구름 속으로 휩싸 올려가 버렸다. 할 수 없어 신주에 고쳐 쓰기를, '전 송나라 우승상'이라고 하였더니, 하늘이 비로소 맑게 개었다."

하였다.

처음에 강남에서 열 명의 의사義士가 와서 공의 시체를 거적에 싸 둘러메고 남문 밖 큰길에 장사를 지냈다. 대덕 2년(1298)에 공의

12) 원 나라에 투항한 한족 출신 장수.

의로 맺은 아들 문승文陞이 직릉호織綾戶의 여인을 만났는데, 그는 공의 옛날 계집종인 녹하綠荷였다. 그는 문승을 위하여 말을 하고 드디어 공의 시체를 여릉廬陵에 장사를 지냈다. 선덕 4년(1429)에 부윤 이용중李庸重이 사당을 짓고 봄가을로 5월과 8월에 관원들이 제사를 모셨다. 따로 기문 한 편을 쓰겠다.

# 문 승상 사당기文丞相祠堂記

문 승상의 사당에 참배하러 갔더니 사당은 나무 장터에 있었다. 즉 선생이 장렬하게 순절한 곳이다. 동리 이름은 교충이다. 원나라 시대는 선비 복색으로 소상을 만들었는데 명나라 정통 13년(1448)에 순천부윤 왕현王賢이 황제께 아뢰어 송나라 시대 승상 복장으로 다시 만들었다.

제사를 올리기는 영락 6년(1408)부터 매년 봄가을로 5월과 8월에 천자가 순천부윤을 보내 제사를 차리는데 술잔 세 종류, 과일 다섯 종류, 비단 한 필, 양 한 마리, 돼지 한 마리로 하였다.

나는 두 번 절하고 나오면서 "후유!" 한숨을 쉬고는 탄식하였다.

역사에서 흥하고 망하는 판에는 하늘의 뜻을 단연코 알 수 있는 것이다. 그것들이 요망스러운 재앙과 경사스러운 상서로 나타날 때에는 이를 반드시 알뜰하게 좇기도 하고 힘써 붙들기도 하여 비록 어린아이와 부녀자라도 하늘의 뜻이 있다는 것을 뻔히 볼 수 있을 것이다. 그러나 충신이고 의사들이란 공연히 한 손으로 하늘을 버티다시피 하고 보니 이 어찌 억지 놀음이 아니며 또 어려운 일이 아닐까 보냐.

천하를 얻을 수 있는 위엄과 무력이라도 한낱 지사의 절개를 꺾지는 못한다. 이야말로 지사 한 사람이 버티는 절개가 백만 명의 군대보다도 강한 것이요, 만대를 통하는 떳떳한 도덕과 규범은 당대에 한 나라를 차지하는 것보다도 더 소중할 것이매 이 역시 천도로 볼 수 있을 것이다.

만약에 나라를 얻은 임금이 충분한 자신을 가지고 천자의 지위를 얻었다면 이것을 하늘의 명령으로 볼 것인가, 그렇지 않으면 자신의 힘으로 얻었다고 볼 것인가? 하늘이 이미 천자의 지위를 명령하였고 자신의 힘을 들이지 않았다면 역시 자신에게 천하의 책임을 맡게 한 것일까? 그렇지 않으면 천하로써 자신의 이해에 이용하라는 것일까? 하늘이 이미 자신으로써 천하에 이익을 주고저 할진대 천하에 이익을 주는 방법은 역시 어떤 원칙이 있을 것이니, 그것은 자신이 하늘의 명령을 받아서 도탄 속에 든 만백성을 구해 낼 따름이다.

그러매 무왕이 주紂 임금을 정벌한 것은, 무왕이란 개인이 이를 정벌한 것이 아니라 즉 청의를 가지고 무도한 자를 정벌한 것이다. 그러므로 당당히 천하를 차지하고서도 무왕은 이런 것에 구애받지 않았다. 그렇기 때문에 하늘에 대하여 의심이 없었고, 사람에 대하여 기탄이 없었고, 적국에 대하여 원수가 없었고, 천하에 대하여는 '나'를 없애고 '도'가 있는 곳을 따라 나아갔을 뿐이었다.

무왕이 기자를 방문한 것은 기자 개인을 찾아간 것이 아니라 그의 도를 찾은 것이다. 도를 찾아간다는 것은 그것이 천하에 이익을 줄 수 있었기 때문이다.

만약에 무왕이 기자를 강박하여 신하를 삼았다면 기자로서는 역시 구주九疇[13]를 끌어안고 '나무 장터'로 갔을 뿐이었을 것이다. 도를 전하지 못한다고 자기에게야 무슨 이해가 될 것인가?

후세에 와서 천하를 차지한 자는 역시 하늘로부터 천명을 받았다고 하지 않는 자가 없지마는, 다만 확고한 자신이 없었던 까닭에 하늘을 믿지 못하게 되고, 하늘을 믿지 못했던 까닭에 사람을 꺼리지 않을 수 없게 되었다. 무릇 자기 힘으로 굴복시킬 수 없는 자는 모두 자기의 강적일 것이므로 언제나 그들이 뜻있는 동지를 규합하여 옛날대로 회복할 것을 의심해서, 차라리 그 사람을 죽여 후환을 없애는 것만 같지 못하다고 생각했던 것이다.

그러나 이와 같은 '그 사람'인즉 역시 자신이 한번 죽음으로써 천하에 대의를 밝히고저 할 것이다. 여기서 '그 사람'이란 천하의 부형이라 할 수 있으니 천하의 부형을 죽이고 어찌 그 자제들의 원수가 됨을 면할 것이랴.

아아! 천하의 흥망이란 운수가 없지 않지마는 전조의 유민으로 문 승상 같은 자가 배출되지 않을 수 없는 것이다.

그러면 당시 하늘의 명령을 받았다는 임금으로서 이 같은 '그 사람'에 대하여는 어떻게 대처해야 할 것인가? 백성으로 삼되 신하로 삼지 말고, 존경은 하되 직위를 주지 말며 작위에도 봉하지 말며 조회도 하지 않는 반열에 둘 뿐이다. 원나라 세조가 할 일은 친히 문천상이 있는 곳을 찾아가서 손수 문 승상이 쓴 칼을 벗기고 동향하여 절을 하면서 오랑캐를 중국으로 변화시키는 방도를 묻고 천하 사람들과 함께 스승으로 모셨다면 이 역시 옛날 임금들의 법도일 것이다.

13) 기자가 논술한 정치의 원칙적 요강이니 즉 홍범洪範이다.

백이伯夷의 성격이나 이윤伊尹의 책임감, 그것이 곧 선생이 택할 길이다. 여릉廬陵[14]의 백 묘쯤 되는 밭을 떼어 주고 세금을 물리지 않는다면 녹봉을 주지 않아도 먹을 수 있을 것이다. 흥! 농부의 복색을 하고 고향으로 돌아가겠다는 지망이나 백마를 타고 동으로 가는 의미[15]나 같을 것이다. 예악이란 것은 언제나 사람이 응당 지킬 바 도덕에서 나오는 것이다. 선생의 뜻이 여기 있었다는 것을 어찌 몰랐을까?

14) 문천상의 고향인데 지금의 강서성 길안吉安.
15) 기자가 주나라의 신하가 되기를 싫어하여 조선에 왔다는 뜻.

# 관상대觀象臺

성에 붙여 쌓은 높은 축대가 있는데, 성가퀴보다 길 나마 솟은 데를 관상대라고 한다. 대 위에는 여러 가지 관측 기계들이 놓였는데 멀리서 보니 큰 물레바퀴 같아 보였다. 이것으로 천체 현상과 기후를 연구한다. 무릇 일월성신과 구름, 비 같은 천후 현상의 변화를 이 관상대에 올라가 예측한다.

대 아래에는 주관하는 관청이 있는데, 흠천감이라고 한다. 정당인 몸채에 붙인 현판에는 '관찰유근觀察惟勤'이라 쓰여 있다. 뜨락에는 여기저기 관측 기계들을 놓아 두었는데 모두 구리쇠로 만들었다. 비단 이 기계들의 이름을 알 수 없었을 뿐 아니라 만든 모양들도 모두 이상하여 사람의 눈과 정신을 얼떨떨하게 하였다. 대 위에 올라가니 성 안을 한눈 어란에 굽어볼 만하였으나 수직하는 자가 굳이 막으므로 올라가지 못하고 돌아왔다. 대체 대 위에 있는 기계들은 혼천의와 선기옥형[16] 종류 같아 보였다.

16) 혼천의와 선기옥형璿璣玉衡은 동양에서 천체를 관측하는 의기儀器.

뜨락에 놓아 둔 것들도 역시 내 친구 정석치 집에서 본 물건들과 같았다. 석치는 일찍이 대나무를 깎아 손으로 여러 가지 기계를 만들었다. 그러나 이튿날 보러 갔더니 그는 벌써 부숴 없애 버렸다. 언젠가 홍덕보와 함께 석치의 집을 찾아갔는데 두 친구가 서로 황도, 적도와 남북극 이야기를 하다가는 때로는 머리를 흔들고 때로는 고개를 끄덕이곤 하였다. 그 이야기들이 다들 까마득하여 알기 어려워서 나는 자느라고 듣지 못하였는데, 두 친구는 새벽까지 여전히 어두운 등잔을 마주 대하고 있었다.

그때 석치의 말이 기억나는데, 우리 나라 강진현康津縣 북쪽 끄트머리에 나온 곳은 북극 몇 도인데 황하가 회수에 들어오는 지대와 직선이 되므로 제주도 귤이 바다를 건너오면 강진에서부터 탱자가 된다고 했는데, 그 이야기가 근거 없는 소리도 아닌 것만 같았다.

# 시원試院

시원의 담장 둘레는 거의 5리나 되는데 벽돌로 쌓아 마치 성 같고 미끄럽기가 도끼로 깎은 듯만 하였다. 높이는 두 길이나 되는데 그 위에는 가시를 올려 놓았다. 복판에는 큰 집이 한 채 있고 사방 둘레로는 한 칸 집이 수천 개로 갈려 한 집, 한 집 거리가 반 칸씩은 되었다. 좌우쪽은 창문을 내어 햇볕을 받아들이고 앞에는 판자문을 내고 가운데는 작은 온돌을 만들고 부엌과 목욕간까지 구비되었다. 바깥은 벽돌담으로 처마가 묻히도록 쌓았는데 한 집도 허물어진 데가 없고 안팎이 정결하다. 비록 담장을 뚫고 작간을 하고 싶어도 담장이 쇠벽과 다름없이 튼튼하므로 할 수 없을 형편이다.

어제 낙제한 거인의 시험지를 구경했는데 길이는 두 자 남짓하고 넓이는 여섯 자인데 항용 책종이나 다름없었다. '우물 정井' 자 형의 붉은 줄을 쳐서 해서로 가늘게 쓴다면 천 자는 쓸 만하였다. 맨 첫머리에 붉은 도장으로 '예부'란 두 글자를 찍었고 밑에는 봉미封彌[17]

17) 시험관이 봉함하는 자리.

가 되었다. 아마도 예부가 인쇄한 시험 종이로 응시자에게 나누어 준 모양이다. 시험지에 평한 것을 보니 "팔대가 八大家[18]를 비평하라."는 글 밑에 '본방本房'이라 하여 성명을 갖춘 몇 줄 평론문이 있고 또 여러 시험관의 성명을 쭉 늘여 썼다. 평하는 글은 모두 붉은 글씨로 한 구멍에 한 자씩 썼는데, 상, 중, 하, 차次, 외外, 경更 등의 등차가 없었다.

비록 낙제한 과목이라도 꼬누는 법이 친절하여 작자로 하여금 똑똑히 낙제한 이유를 알도록 하였다. 정성스럽고 간절한 태도는 선생과 제자 사이에서 일깨우고 가르치는 태도 그대로이다. 큰 나라 시험장 제도가 엄격한 점과 고시하는 법이 자세하고도 주의 깊은 점은 과거 보는 자로서 넉넉히 유감이 없도록 해 놓았다.

18) 당송 시대에 유명한 8인의 문장가.

# 조선관朝鮮館

조선관은 사신의 처소다. 처음 이름은 옥하관玉河館으로 옥하교玉河橋 위에 있었는데, 아라사 사람들에게 점령되고 지금은 정양문 안 동성 아래 건어호동乾魚衚衕 한림서길사원과 담 하나를 사이에 두고 있다. 해마다 공물을 바치러 오는 사신이 먼저 와서 관에 머물고 있는데, 다시 별사가 왔을 때는 서관에 나누어 들게 되므로 여기를 '남관'이라 한다.

작년에 창성위昌城尉가 사신으로 왔을 때 남관에 불이 났다. 밤중 삼경이나 되었는데, 관 안은 물 끓듯이 히뚝 뒤집어져 일행이 가지고 왔던 폐백과 물화를 성 밑에 쌓아 둔 채 말 수백 필이 대문이 메이도록 먼저 나가려고 덤볐다. 삽시간에 갑군 수천 명이 철통같이 둘러싸고 물수레 수십 대가 몰려 들어왔다. 두 통씩 어깨에 둘러멘 물통이 뒤따라 연거푸 수레 물통 속에 물을 길어 붓는데, 한 방울 물도 낭비가 없었다.

불 끄는 자는 죄다 전氈으로 만든 모자에 전 복장을 입었는데, 모자나 복장이 함께 물에 젖었다. 손에는 긴 자루가 달린 갈고리, 도끼, 낫, 창들을 들고 불길을 무릅쓰고 마음대로 헐고 짜르고 하여 얼마 지난 후 불을 잡았는데 끽소리 없이 조용하여 허투루 둔 물건들이 하나도 잃은 것이 없었다고 한다. 이것으로써도 중국의 법도가 엄격함을 알 수 있었고 매사에 구차함이 없음이 이 같았다고 할 것이다.

# 앙엽기盎葉記

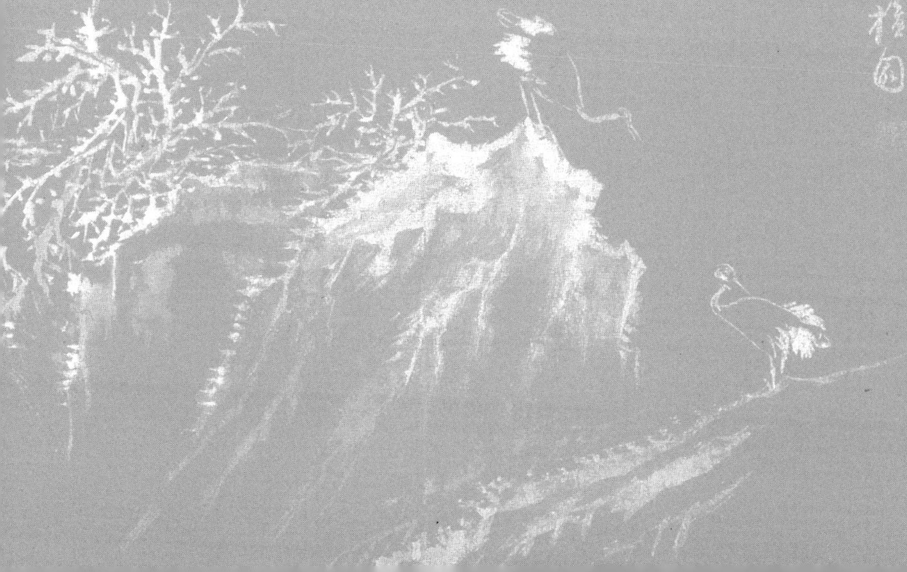

# 머리말

황성 안팎의 여염집과 점포들 사이에 있는 사찰과 궁관宮觀들은 천자의 명령으로 특별히 지은 것만이 아니라, 모두 여러 왕들과 부마들과 만족, 한족 대신들이 기증한 집들이 있으며 또 큰 장사꾼들이 반드시 한 개 묘당쯤은 지어 자신들을 위해 수명과 복을 빌어 천자와 더불어 사치하고 화려한 경쟁을 하므로, 천자도 새삼스레 건축을 일삼거나 따로 이궁을 두지 않고도 천자 있는 도성을 사치롭게 하고 있다.

명나라 정통(正統, 1436~1449), 천순(天順, 1457~1464) 연간에는 황제가 직접 돈을 내어 지은 집이 2백여 군데나 되었으나 근년에 새로 지은 집들이란 대부분 대궐에 있어 외인들로서는 볼 수가 없다. 다만 우리 나라 사신이 이르면 때로 끌어들여 마음대로 구경하도록 허락한다. 그러나 내가 유람한 곳이란 겨우 백분의 일이나 될까. 때로는 우리 역관들이 말리기도 하고, 때로는 들어가기 힘든 데를 다투어 가면서 모처럼 들어가면 바쁘고 총총하며 그저 시간이 부족하였다. 창건된 역사 같은 것은 비석 같은 것을 상고해 보지 않고는 어느 시대 어느 절인지도 알 수가 없었다. 겨우 빗돌 한 개만 읽는 데도 언뜻 몇 시간씩 보내게 되므로 호화스러운 궁전들의 구경도 주마간산이 되고 보니 심신이 함께 피로해지기만 하고, 사지가 맥이 풀려 언제나 꿈에 본 것만 같고, 눈은 신기루나 본 듯 희미하게 거꾸로 기억되며 명승고적은 틀리는 데가 많았다.

돌아와서 기록했던 것을 수습해 보니, 종이쪽이 나비 날개폭이나 될까 하면 글자는 파리 대가리만큼씩 한데, 모두가 그 바쁜 통에 빗돌을 열람하고 대충 베낀 것이다. 드디어 이것을 엮어서 '앙엽기' 라고 한다. '앙엽' 이란 말은 옛날 사람이 감 잎사귀에 글자를 써서 항아리 속에 모았다가 기록했다는 고사를 본받아서 한 말이다.

# 홍인사弘仁寺

홍인사의 맨 뒤에 있는 전각에는 관음 변상이 있으니 손이 천 개요, 눈이 천 개다. 손에는 각각 무엇인가를 잡고 있었다.

불상 뒤에는 큰 족자 그림이 걸려 있었다. 파도가 흉용하는 큰 바다에 빈 배만 떴다 잠겼다 하는데, 바다와 하늘에는 구름이 뭉게뭉게 피어올라 상서로운 오색구름으로 되었는데, 구름 속에는 금관 옥대로 어린아이를 껴안은 자가 있었다. 어린아이는 임금의 곤룡포와 면류관을 갖추고 곱게 생겼으면서도 근엄한 태도로 손으로 하늘을 가리키고 있었다. 수천 명 되는 사람이 뭉치는 구름 속에 빙 둘러서 옹위를 하는데 다들 이마에는 부처의 원광을 둘러 놓았다. 바다 언덕 위에는 수없는 남녀들이 이마에 손을 대고 하늘을 쳐다보고 있어 거의 만 명으로 헤아릴 수 있었다. 그림 그린 자의 성명도 없고 그린 날짜와 표제도 없으니 구경하는 자도 무슨 인연으로 시주를 한 것인지 알 수 없었다.

나는 이 그림이 송나라 육수부陸秀夫가 황제를 안고 바다로 가는 그림이라고 하였다. 무엇으로 이것을 알 것인가? 일찍이 송나라 군신도에 그린 상을 보니 송나라 때 재상 문정공文正公 범중엄范仲淹의 관과 복색이 이 같았다. 어제 문 승상 사당을 참배할 때에 본 소상의 복색이 역시 이와 비슷했다. 어린아이로 임금의 면복을 갖춘 자는 틀림없이 송나라 황제 병昺일 것이다. 빈 배가 출몰하는 것은 육수부가 황제를 안고 바다에 떨어지자 배 가운데 탔던 사람들이 다들 따라서 빠진 것이요, 구름을 타고 하늘로 올라가고 이마에 불광을 두른 자들은 후세 사람들이 상상한 것이니 그림 그리는 자의 고심일 것이다. 이때는 송나라의 운명이 넓은 바다 위에 떠 있어서 임금이나 신하나 아래위 없이 하루살이 같은 생명을 고래등 같은 파도 속에 붙이고 있었다. 이야말로 물이 아니면 하늘인지라 갈 데가 없었을 것이다. 그러나 그는 오히려 매일 《대학》의 장구를 써서 어린 황제를 가르쳐 그 조용하고 한가한 품이 바로 전각 속 탄자 위에서 강의를 하는 것만 같았다. 어찌 알 수 없는 수수께끼가 아니랴.

슬프다! 충신과 의사란 나라가 망해 엎어진다 해서 조금이라도 그 간결한 충군 애국심을 늦추지 않고 본즉 진실로 천하 국가를 위하는 근본은 오로지 뜻을 정성스럽게 하고 마음을 바로잡는 데 있는 것이다. 이 같은 임금과 신하의 관계가 하루라도 없다면 모르겠거니와 하루라도 임금과 신하의 관계가 있다면 이런 과업은 그날 그날의 급선무가 되어야 할 것이다. 만일 대의가 밝지 못하고 보면 비록 영토가 만리나 되더라도 오히려 천하 국가가 없는 것이나 다름없다. 그러나 이런 대의를 앞세운다면 비록 조각배 속에서라도 천하를 태평케 하는 정치의 원리는 미상불 준비되었다고 볼 것이다. 밥이 없으면 죽고 군사가 없으면 망하지마는, 성인은 오히려 죽고 망한 뒤에라도 신의를 지키고저 했다. 더구나 당시에 있어 문 승상은 밖에서 군사를 맡아보고 등광천鄧光薦[1]은 안에서 군량을 맡아 감독하고 있는 그때이니 만큼, 배 가운데 있는 조정이라도 오히려 법도만은 먼저 회복해야 할 것이다.

1) 송나라 말기에 문천상과 함께 활동하다가 붙들렸는데, 생명을 부지한 인물.

# 보국사報國寺

보국사는 선무문 밖에서 북쪽으로 1리쯤 가면 있다. 매달 3일과 5일이 장날이라 국내의 백화가 몰려든다. 불전은 세 채가 있고 행랑채가 빙 둘러 있으나 사는 중들은 얼마 안 되었다. 모두가 서울과 외읍에서 몰려든 행상들로서 아주 장터나 다름없다. 참선하는 절간 속이 버젓한 도회가 되었다.

첫째 전각의 편액에는 '일진부도一塵不到' 라고 썼고, 셋째 전각 뒤에는 비로각毘盧閣이 있는데 그 중간은 한길이 있어 점포들이 쭉 늘어섰고 거마들이 북적거렸으니 비단 장날만 그런 것이 아니다. 《사기》에 소진蘇秦이 제왕齊王을 찾아가서 말하기를, '임치臨淄[2]의 거리는 수레 채가 사람을 치고 어깨를 마주 비비고 땀은 비 오듯 하고 옷자락은 마주 이어져 장막처럼 되었다.' 하였기에, 나는 너무 과장한 말이라고 생각했는데 이번에 아홉 개 성문을 구경하고야 이 것을 알 만하였다.

2) 춘추 시대 제나라의 수도.

보국사와 융복사 같은 절들이 종로 바닥이나 다름없음을 본 후에야 옛날 사람들의 말이나 글이 허튼소리가 아니요, 과장이 아니란 것을 더욱 알게 되었다. 열국 시대로 말하면 언제나 난리판이었지마는 도성들이 부유하고 번화한 것이 그 같았거든, 하물며 태평한 시대에 천자가 거처하는 도성일까 보냐.

비로각에 올라가 보니 전각은 35칸이요, 복판에는 문창성군을 안치하고 좌우로는 불상과 신장들을 늘어놓았다. 북쪽 바람벽으로부터 층층대를 밟고 꼭대기로 올라가니 위층은 캄캄하여 층층대를 겨우 더듬어 가면서 찾을 수 있었다. 대여섯 길이나 올라가니 층층대는 끊어지면서 환하게 밝아졌다. 위층은 15칸인데 큰 금부처가 열한 개 있었다. 난간을 한 바퀴 돌아보니 황성의 아홉 성문 안팎이 손금 보듯 자세히 굽어 보였다. 사람은 콩알만큼 해 보이고 말은 한 치나 될까, 티끌 먼지 속에서 꾸물거렸다. 천녕사의 영탑影塔은 구름 속에 높이 머리를 박았고, 태액지는 맑게 툭 터졌는데, 경도瓊島와 백탑白塔은 수정처럼 곧추 섰다. 자표사自表寺는 명나라 성화(成化, 1465~1487) 초년에 황태후의 명복을 빌기 위하여 창건하였는데, 한림 시독학사侍讀學士 유정지劉定之가 지은 비문을 왕객汪客이 썼다.

## 천녕사天寧寺

보국사에서 천녕사로 왔다. 천녕사는 원위元魏 때는 '광림사光林寺'요, 수나라 때는 '홍업사弘業寺'요, 당나라 개원(開元, 713~741) 연간에는 '천왕사天王寺'로 현판을 고쳤다. 금나라 대정大定 21년(1181)에 '만안선림萬安禪林'이 되었다가 명나라 선덕(宣德, 1426~1435) 연간에 '천녕'이라 고쳤고, 정통(正統, 1436~1449) 시대는 또 고쳐서 '만수계단萬壽戒壇'이라 하였다.

한길가에 축대 두 층을 쌓아, 높이는 대여섯 길이나 됨 직했다. 축대 위에 집채들은 빙 둘러 이어져 거의 몇 리나 되었다. 가운데는 대불전이 다섯 채 있다.

옛날 이야기로는 수나라 문제文帝 인수仁壽 2년(602) 정월에 황제가 아라한阿羅漢을 만나 사리 한 주머니를 받아 즉시로 칠보함에다가 넣어 기주와 옹주 등 30주에 이것을 보내어 주마다 탑 한 자리씩을 세우고 이를 보관하도록 하였다.

지금 천녕사 탑도 그중의 하나라고 한다. 탑 높이는 27길 5자 5치라고 한다. 탑은 열세 층으로 팔모가 났는데 네 둘레로 방울을 단 것이 만 개는 되어 방울 울리는 소리가 끊어질 때가 없었다. 탑 꼭대기에 구리쇠 바퀴는 바람에 갈리어 번쩍번쩍 사람의 의복 자락에까지도 비치었다. 옛말로는 탑 그림자가 거꾸로 대사전大士殿에 든다고 한다. 해가 바로 전각의 문에 비칠 때 햇빛은 문틈으로 새어 들어 탑 그림자가 온통으로 돌바닥 위에 비친다고 하였다. 내가 왔을 때는 때마침 구름이 끼어 그림자 구경은 하지 못하였다.

대사의 소상 뒤에 있는 《화엄경》 병풍은 솜씨가 귀신 재주만 같았다. 강희 신미년(1691)에 대흥현大興縣 이지수李之秀의 처 유씨가 손으로 베낀 《화엄경》으로 전부 81권에 60만 43자인데 구불구불 구부려 접치도록 5층 전각을 만들어 복판에는 불상을 두었다. 글자는 가늘기가 개미 대가리만큼씩 한데 한 점, 한 획이 다 조심성스럽고, 긋고 삐친 글씨체가 한 군데도 허술한 데가 없었다. 전각과 지붕과 문창들도 조금도 어긋난 데가 없고, 불상의 눈은 산 사람만 같고, 옷자락의 구김살도 천연스러웠다.

어허! 한 여자의 마음과 손재간도 이같이 신기롭거든, 하물며 온 절간의 이룩이란 천하의 힘을 모아 놓은 것임이랴.

절 가운데 있는 보물과 진기한 골동품들은 틈이 없어 다 보지를 못했다.

# 백운관白雲觀

백운관의 둘레가 놀랍고 화려한 품은 천녕사 못지않았다. 도사 백여 명이 사는데 패루의 바깥 현판에는 '동천가경洞天佳境'이라 썼고, 안쪽 현판에는 '경림낭원璚林閬苑'이라 썼다. 홍예 셋이 난 다리를 건너 옥황전에 들어가니, 옥황은 황제의 복색을 입혔다. 전각을 돌아 삼십삼천三十三天의 제군은 홀을 잡고 면류관 술을 늘인 것이 옥황이나 다름없었다. 천봉신장天蓬神將은 머리가 셋, 팔이 여섯으로 각각 병장기를 들고 있었다. 앞 전각에는 흰 사슴을 탄 남극노인성군을 안치하였고, 왼편으로 한 전각에는 두모斗母를 안치하였고, 오른편 전각에는 원나라 세조의 국사인 구장춘丘長春을 안치하였다. 옥황전의 현판은 '자허진기紫虛眞氣'라 썼고, 두모전斗母殿 현판은 '대지보광大智寶光'이라고 썼으니, 모두 강희 황제의 친필이다. 도사들이 사는 행랑채는 모두 천여 칸으로 어디고 밝고 조용하여 티끌 하나 움찍하잖았다. 서적들은 죄다 비단 두루마리 책에 옥으로 축을 만들어 집안에 가득 쌓아 두었고, 보물 그릇들과 기이한 괴석들과 병풍이며 서화들은 때로 세상에 드문 보물들이 있었다.

# 법장사法藏寺

천단의 북쪽 담장을 따라 동쪽으로 몇 리를 가면 법장사가 있다. 이 절은 금나라 대정(大定, 1161~1189) 연간에 창건한 절이다. 옛날 이름은 미타사彌陀寺다. 명나라 경태景泰 2년(1451)에 중수하고는 지금 이름으로 고쳤다.

제도는 천녕사 같은 절들과 비슷하였다. 탑은 7층이요, 높이가 10여 길인데 가운데는 텅 비어 나선형으로 층층대를 놓았는데 한밤중 같이 캄캄했다. 손으로 더듬어 발을 떼어 놓는데 마치 귀신 동굴에 드는 것만 같았다. 벌써 한 층을 올라오고 보니 여덟 개 창문이 활짝 터져 눈과 정신이 시원해졌다. 7층까지 차례로 올라가는데 한 번씩 번갈아 꿈을 꾸었다 깨는 듯했다. 층대마다 팔면이요, 한 면마다 창문이 났고 창마다 부처가 있어 무릇 58불이다. 부처 앞에는 죄다 등잔 한 개씩 놓아 두었다. 어떤 사람이 말하기를, 정월 대보름날 밤은 탑을 둘러싸고 불을 켜고는 번갈아 풍악을 잡히면 마치 하늘 위에서 소리가 나는 듯만 같다고 한다.

맨 첫 층에는 우리 나라 김창업이 써 놓은 이름이 있고, 또 내 친구 홍대용의 이름이 있는데 먹빛이 금방 쓴 듯하였다. 서글프게 거닐다 보니 마음을 털어놓고 마주 이야기라도 할 것만 같았다. 난간을 의지 삼아 사방을 바라다보니 황성 전체가 뚜렷이 눈 어란에 들어왔다. 안력이 벌써 다하고 보매 심신이 흔들리고 떨려 오래 있을 수가 없었다.

둘째 전각에는 빗돌 두 개가 섰는데, 한 개는 급사중給事中 오헌吳獻의 저작이요, 홍려시승 고대高岱의 글씨다. 하나는 국자좨주 호영胡瀅의 저작으로 태자빈객 회음淮陰 김렴金濂의 글씨요, 좌도어사 고소姑蘇 진감陳鑑의 전자篆字다.

## 태양궁太陽宮

법장사를 나와 서쪽으로 수백 보를 가면 태양궁이 있다. 참배자들이 많아 거마들이 빽빽하게 모여 든다. 안팎 여러 전각들과 좌우 행랑채에는 기도하는 남녀들이 하루에도 천만을 헤아릴 만하다고 한다. 섬돌과 층계 어간에는 촛불 똥이 봉우리로 모였고, 향불에서 떨어진 재가 눈처럼 쌓였다.

앞 전각 바로 복판에는 자미성군紫微星君이요, 동쪽은 태양성군太陽星君이요, 서쪽은 태음성군太陰星君이요, 뒤에 있는 전각에는 구천성군성모九天星君聖母요, 왼편의 한쪽 전각은 관제關帝요, 오른편 전각은 석가를 모셨다.

술이야 밥이야 꽃과자 등속을 팔고 새를 놀린다, 땅 재주를 한다, 요술을 보인다, 야단법석을 하여 절집 안은 큰 도회처나 다름없었다.

# 안국사安國寺

숭문문 밖에 금붕어 못〔金魚池〕이 있으니, 어조지漁藻池라고도 한다. 못을 작은 웅덩이로 구획하여 복숭아와 버드나무를 많이 심고 이곳에 사는 동리 사람들은 해마다 오색 금붕어를 길러서 파는 것으로 직업을 삼고 있다. 금빛깔 붕어가 제일 많으므로 금붕어 못이라고 한다. 해마다 단옷날이면 도성 사람들이 한목으로 나와 말을 달린다.

못둑과 못 응달쪽 일대는 정자와 뒤원들이 많은 중에도 안국사가 제일 장하고 화려하다. 절문 좌우에는 종각과 고루가 있으며 큰 전각이 세 채 있고, 전각 앞 동서 행랑채는 수백 칸인데 어디나 부처를 모셨고, 금벽색 단청은 현란하여 무어라 형용할 수 없었다. 전각 뒤에는 또 큰 누각 세 채가 있어 금빛 난간에 수놓은 창문은 구름 속에 어렴풋하였다. 중은 단 두 명이 마주 지키고 있는데 참배자가 드문 것은 괴이쩍었다.

## 약왕묘藥王廟

천단 북쪽에 약왕묘가 있다. 무청후武淸侯 이성명李誠銘이 이 묘를 지었다. 전각 속에는 태호복희씨를 안치하고 왼편은 신농씨, 오른편은 헌원씨를 모셨고 역대의 이름난 의원들을 배향했으니, 손 진인, 기백, 편작, 갈홍, 화타, 왕숙화, 위 진인, 태창령, 장중경, 황보사안 등 이루 다 기록할 수 없다. 대체로 문묘의 제사 제도를 본떠 매달 초하루 보름에는 남녀가 운집하여 질병 기도를 하는데 초 뚱이며 향불 태운 재가 눈처럼 쌓였다. 방금도 한 여자가 성장을 하고 머리를 조아리는데 분땀이 자리를 적셨다. 전각의 장려한 품은 태양궁과 거의 백중하였다.

## 천경사天慶寺

약왕묘와 담 하나를 사이에 두고 천경사가 있다. 네 채의 큰 전각이 있는데 첫째가 사왕전四王殿이요, 둘째가 원통전圓通殿이요, 셋째가 대연수전大延壽殿이요, 넷째가 공상전空相殿이다.

공상전 복판에는 한 치 나마 되는 금부처 수천만 개를 주렁주렁 쌓아서 큰 부처를 만들었으니, 눈매는 산 사람 같고 이마 주름살이나 옷 주름은 모두 꼬마 부처들을 가로 모로 세우고 눕혀서 마치 그림 붓으로 그린 듯이 만들었다. 이 같은 정성과 기술이라면 건축 이룩에 있어서나 단청이 화려한 데 있어서 무슨 어려움이 있을 것인가.

이같이 큰 절간에 단지 한 명의 늙은 중이 두서너 명의 젊은 중을 데리고 있을 따름이다. 행랑채에는 여러 가지 종류의 장인바치들이 거주하면서 물건을 만든다고 뒤법석이다. 서화의 장축들과 표구 장식들을 모두 이곳에서 하고 있었다. 동북쪽 모퉁이 높은 다락 안에는 13층 금탑을 세워 두었는데 조각과 그림이 훌륭하기는 귀신 솜씨로 된 것만 같았다.

이 절은 명나라 천순 3년 기묘년(1459)에 세웠다 한다.

# 두로궁斗姥宮

천단의 서쪽에 두로궁이 있다. 대문 앞 정면 거리에는 패루가 셋이 있어 남쪽 패루 바깥 현판에는 '여천동수與天同壽'라 썼고, 안쪽 현판에는 '만수무강'이라 썼고, 동쪽 패루 바깥 현판은 '봉래심처蓬萊深處'라 썼고, 안쪽 현판은 '동화주주東華注籌'라 썼다. 서쪽 패루 안쪽 현판은 '천축연상天竺延祥'이라 썼고, 바깥 현판은 잊어버렸다.

세 개 패루가 솥발내기로 서 있는데, 금벽색과 단청빛이 현란하여 눈을 바로 뜨고 볼 수 없었다. 첫째 전각 현판은 '북극전'이라 하여 북두성군을 안치하고, 둘째 전각부터 다섯째 전각까지는 모두 쇠를 채워 구경을 시키지 않았다. 대체로 건축의 훌륭한 품이라든가 그림의 기교는 보통 지혜와 역량으로는 미칠 바가 못 되었다.

좌우 행랑채 벽에 그린 그림들은 모두 처음 보는 그림들인데 총총하여 자세히 보지 못했다. 또다시 한 전각에 닿아 창문 틈서리로 멀리 들여다보니 무슨 보물 기와인지는 알 수 없으나 푸른빛이 귀신 불처럼 반짝반짝하여 웅기중기 떨어질 듯 부처 배때기 같아도 보였으나, 알려고 해도 알 수 없고 꿈에 부적 읽은 것만 같았다.

또 한 방에 이르니 옛날 서화를 많이 두었는데 미불米芾의 천마부天馬賦와 산정목매도山精木魅圖가 있었으나 다만 표제만 보고 지났다. 강희 때 태감 고시행顧時行이 태황태후의 명복을 빌기 위하여 자기 돈을 내어 비를 세웠으니, 비문은 시독학사 고사기高士奇가 지어 강희 을해년(1695)에 세웠다.

# 융복사隆福寺

융복사 장날은 매달 1일, 11일, 21일이다. 의주 상인 경찬鏡贊이와 동행하였다. 이날이 바로 장날이라 거마들은 더욱이 잡답하여 절마당 지척에서도 사람을 잃어버리고 할 수 없이 혼자 다니면서 구경을 하였다.

비석에 기록하기를, "경태景泰 3년(1452) 6월 공부시랑工部侍郞 조영趙榮이 역군 만 명을 동원하여 5년 4개월 만에 준공하였다. 황제가 택일을 하여 거둥할 참인데 태학생 양호楊浩와 의제낭중儀制郞中 장륜章綸이 함께 상소하여 말렸으므로 그날로 거둥을 파의하였다." 한다.

절 안에는 고관대작들이 탄 수레와 말이 연이어 닿아 손수 물건을 골라 산다. 온갖 물품이 뜨락에 가득 차고 주옥과 보물들이 이리저리 발길에 차이다시피 구르고 있어 걷는 사람의 발길을 조심스럽도록 하고 사람의 마음을 송구스럽도록 하였으며 사람의 눈을 어리둥절하게 하였다. 섬돌 층대며 옥돌 난간에 걸어 둔 것은 모두 용봉무늬를 놓은 전과 모직들이며 담장을 둘러싸다시피 한 것은 모두가 법서와 명화들이다. 군데군데 장막을 치고 징과 북을 치는 데는 재주를 놀고 요술을 하여 돈벌이를 하는 데다.

지난 해에 이무관이 이 절을 유람할 때도 마침 장날이었는데, 내각학사 숭귀嵩貴를 만났다고 한다. 숭귀는 이녁 손으로 여우털 갖옷 한 벌을 골라서 깃을 헤쳐 보고 입으로 털을 불어 보기도 하다가, 몸에 대고 짧고 긴 것을 재어 보고 나서야 돈을 끄집어 내어 사는 것을 보고 무관은 깜짝 놀랐다고 했다. 숭귀란 자는 만주인으로 왕년에 조선에 칙사로 왔던 자이다. 관직은 예부시랑이요, 몽고부도통蒙古副都統이다.

우리 나라에서는 비록 부리는 하인 한 명 없는 집안의 가난한 선비들일지라도 아직 자기 발로 장터에 나가 막 굴러먹는 장사치들을 상대로 물건 값을 흥정하는 것은 좀스럽고 더러운 일로 치는 터이니, 이런 광경이 우리 나라 사람들을 깜짝 놀라게 할 것은 당연한 일일 것이다.

그런데 지금 내가 돌아다니면서 본 흥정꾼들은 모두 오중 명사들이요, 특별히 거간꾼들 따위 외에는 유람차로 온 자는 대체 한림원 서길사 같은 사람들이 많았다. 그들은 친구를 찾아 고향 소식을 묻기도 하고 겸하여 그릇 등속과 의복을 사기도 한다. 그들이 찾는 물건들이란 대개 골동 그릇이며 새로 발간된 서적이며 법서, 명화, 관복, 염주, 향낭, 안경 등으로서 함부로 남에게 시켜 군색스러운 일을 하느니 차라리 이녁 손으로 유쾌하게 선택하는 것이 낫기 때문이다. 자신들이 몸소 물건을 선택하면서 오가는 데 있어서도 역시 그들의 소박하고 솔직한 데를 볼 수 있었는바 이래서 중국 사람은 저마끔 물건을 감상할 줄 안다.

# 석조사夕照寺

유세기兪世琦를 찾아 석조사로 갔다. 절은 그리 크지는 못하나 정갈하고도 그윽하여 그야말로 티끌 한 점 움찍도 않는 선림禪林의 정계淨界로서 이런 데를 처음 보았다. 중은 한 명도 없고 거처하는 사람들은 모두 복건, 절강서 온 낙제한 수재들로 고향으로 돌아갈 노자가 없어 이곳에 많이들 유숙하고 있다. 함께 저작도 하고 각판도 하여 생활을 하고 있다. 지금 거처하는 사람들은 전부 서른한 사람으로 남의 글품팔이를 하기 위해 아침에 나가서 아직 돌아오지 않아 한 사람도 없어 절 안은 적적하였다. 거처하는 방들은 다들 정결하고 자리들이 잘 정돈되어 있어 사람으로 하여금 감회에 잠겨 거닐면서 발길을 못 돌리도록 하였다. 《석진일기析津日記》에, 연경 팔경 중에 금대석조金臺夕照가 있다고 했는데, 이 절 이름도 여기서 나왔다고 하였다. 유세기는 원래 복건 사람인데 섬서성陝西省 병비도兵備道 진정학陳庭學의 자형이 되었다가 금년 2월에 상처를 하였다. 아들은 없고 네 살 난 젖먹이 딸을 그의 처가에 두고 혼자 심부름하는 어린애 한 명을 데리고 이 절에 거처하고 있다.

# 관제묘關帝廟

관제묘는 천하에 어디고 비록 궁촌 벽지라도 사람 몇 호만 사는 데면 반드시 사치한 묘우를 떠받들어 지어 놓고 제사에 들이는 정성이 대단하다. 짐승 치는 목동이나 농가의 부녀자나 다 함께 남에게 뒤질세라 무섭게 달려든다. 책문을 들어선 이래 황성까지 2천여 리 어간에 새로 지은 묘당과 묵은 묘당이 크고 작고 서로 마주 바라다보고 있었다. 그중에도 요양遼陽과 중후소中後所에 있는 관제묘가 가장 영험이 있다고 한다. 북경에 있는 것을 '백마 관제묘'라 하여 사전祀典에 실렸는데, 정양문 오른쪽에 있는 관제묘가 이것이라고 한다.

매년 5월 13일이면 제사를 지내는데 제삿날 열흘 전에 태상시太常寺가 이 절로 제물을 보내고 당상관이 예식을 집행한다. 이날은 특히 민간의 참배가 더욱이 극성스럽다. 대체로 나라에 큰 재난이 있으면 제사를 모셔 고해 바친다. 명나라 만력 시대는 특히 '삼계복마대제 신위진원천존三界伏魔大帝神威鎭遠天尊'으로 봉했으니, 이 지시는 궁중으로부터 나왔다. 우리 나라 남관왕묘 벽 위에 걸린 그림도 대체 이곳 그림을 모방한 그림이다. 명나라 초굉焦竑이 지은 묘비문과 명나라 동기창董基昌의 글씨도 세상에서는 다시없는 두 가지 명물이라 한다.

# 명인사明因寺

명인사에는 위촉僞蜀[3] 왕연王衍[4] 시대에 관휴貫休가 그린 십육나한상의 기기괴괴한 그림이 있는데, 세상에 전하고 있는 그림과 다르다는 말을 듣고 나는 한번 보려고 생각했다. 좌중에는 한림 초팽령初彭齡도 역시 나와 같은 생각을 가지고 있어서 드디어 날짜를 약속하고 함께 수레를 몰아 절에 닿았다.

절은 정양문 밖 삼리하三里河 동쪽 언덕에 있는데 그리 크고 화려하지는 못하고 단지 해소병 걸린 중 한 명이 있었는데, 위인이 더럽게 무뚝뚝하여 굳이 이 그림이 없다고 속이면서 절 구경도 못하도록 했다.

초 태사는 중을 향하여 재삼 간청하였으나 중은 완미하게도 점점 더 뻣뻣하여 머리를 쳐들고 대답하더니 조금 있다가는 고함을 치면서 큰 소리로 욕을 해 왔다. 초 한림은 얼굴을 붉히고 물러나와 나를 끌고 함께 돌아오는 길에 호국사護國寺를 거쳐 왔다.

---

3) 오대 시대 왕건王建이 세운 전촉前蜀.

4) 전촉의 후주.

# 대륭선호국사大隆善護國寺

호국사는 도성 사람들이 천불사千佛寺라고도 하는데, 부처 천 개가 있기 때문이다. 또 숭국사崇國寺라고도 한다. 크고 작은 불전이 열한 군데나 있어 크기는 굉장하나 역시 많이 헐었다.

명나라 정덕(正德, 1506~1521) 연간에 황제의 명령으로 서번의 법왕 영점반단領占班丹과 저초장복著肖藏卜 들이 거주하였다. 소위 반단이니 장복이니 하는 것은 지금 열하에 있는 반선과 같다. 절은 언제 창건했는지 모르겠으나 원나라 승상 탈탈脫脫의 소상이 있는데, 머리에는 두건을 쓰고 붉은 옷에 수염은 길고 눈썹도 길어 기품이 끼끗해 보였다. 의관은 모두 중국 제도와 비슷했다. 원나라 재상도 혹시 머리를 깎지 않았는지 좀 이상해 보였다. 곁에 서 있는 봉관을 쓰고 붉은 치마를 입은 노파가 곧 탈탈의 처다.

또 요광효姚廣孝[5]의 화상이 있는데 용모가 맑고 점잖게 생겼고 중머리 바람으로 가부좌를 하고 앉았는데, 티끌 세상 인연을 멀리

5) 명나라 홍무 시대 중이요, 도사요, 학자로 저명했던 인물.

끊은 것 같아 보여 서호西湖에서 궁둥이를 치면서 혼자 시를 읊던 때와는 달랐다. 옛날 사마천은 장자방張子房의 얼굴이 여자 같다고 했는데, 내가 이 그림을 보지 못했을 때는 필시 살기를 띠고 있으려니 생각했더니 지금 보니 그렇지도 않았다.

# 화신묘火神廟

화덕진군묘火德眞君廟는 북안문北安門 일중방日中坊에 있다. 원나라 지원(至元, 1335~1340) 연간에 지었는데, 명나라 만력(1573~1615) 시대에 고쳐 중축을 하고 천계 원년(1621)에 명령을 발표하여 매년 6월 22일은 태상시 관원이 화덕신을 제사하게 되었다.

앞의 전각을 융은전隆恩殿이라 하고, 뒤에는 만세전, 경령전景靈殿, 보성전輔聖殿, 필령전弼靈殿, 소녕전昭寧殿 등 여섯 개 전각이 있어 모두 푸른 유리 기와를 이었다. 섬돌 층층대는 죄다 초록빛 유리 벽돌을 깔았다. 전각 뒤에는 못둑에 정자가 섰는데, 금벽 단청이 물결 위에 비쳐서 번쩍였다.

장하고 화려하기는 약왕묘와 마주 비길 만하고, 경치는 그보다 나은 것 같다. 빗돌 한 개는 주지번朱之蕃의 글이요, 한 개는 옹정춘翁正春의 글이다.

## 북약왕묘北藥王廟

북약왕묘는 전각집과 모셔 둔 위패 같은 것이 남묘와 꼭 같고, 동쪽은 호수에 닿아 물가에 수없는 버들은 그늘이 짙은데 물가에 노는 손들은 언제나 가득했다.

천계 연간에 위충현이 세운 것이라 한다.

## 숭복사崇福寺

숭복사는 본래 민충사憫忠寺다. 당 태종이 친히 요동을 정벌하고 돌아와 전쟁에서 죽은 장사들을 불쌍히 여겨 이 절을 짓고 명복을 빌었다고 한다. 두 개 탑이 마주 보고 섰는데, 더러는 안녹산이 세운 것이라고도 하고 혹은 사사명史思明이 세운 것이라고도 한다. 높이는 각각 열 길씩은 된다. 이렇게 두 역적이 세웠음에도 중국 사람들은 오히려 천년 고적으로 삼아 그대로 남아 있다. 《송사宋史》에는,

"사첩산謝疊山[6]이 원나라 지원 26년(1366) 4월에 연경에 이르러 사謝 태후[7]의 빈소와 영국공瀛國公이 있는 곳을 찾아 절을 하면서 통곡하였다. 원나라 사람들이 그를 민충사에 보내 두었더니 벽 사이에 섰는 조아비曹娥碑[8]를 보고 울면서, '여자라도 본받을 만하다.' 하고, 이어 먹지 않고 굶어 죽었다."

---

6) 송나라 말기 충신 사방득謝枋得.

7) 송나라 이종理宗의 황후로 후일 원나라에 붙들려 와 죽었다.

8) 후한 시대 이름난 효녀로 아버지의 시체를 찾다가 물에 빠져 죽었다. 왕희지의 글씨로 쓴 비석이 전한다.

하였다.

또 장불긍張不肯이 사사명을 위하여 당나라 숙종을 찬송한 글로 소령지蘇靈之가 쓴 비석을 찾았으나 지금은 없어졌다. 그러나 주이준의 변증이 옳을 것이다.

《고려사》에는 충선왕이 연경에 이르니 황제가 그 머리털을 베어 석불사石佛寺에 두었다고 하였는데, 더러는 이 절이라 하지마는 자세히 알 수가 없다.

# 진각사眞覺寺

진각사는 속명으로 오탑사五塔寺다. 다른 이름으로는 정각사正覺寺라고도 한다.

탑 높이는 열 길이나 되는데, 금강보좌金剛寶座라고 한다. 그 안으로 들어가 캄캄한 속에 나선형 사다리를 따라 꼭대기까지 올라가니 위에는 편편한 대가 되고, 그 위에 또 다섯 모 난 작은 탑을 두었다.

세상에 전하기는, 명나라 헌종憲宗 황제가 살았을 때 의관을 보관해 두었던 절이라고 한다. 더러는 몽고인이 지은 절이라고도 하고, 더러는 명나라 성조成祖 황제 때에 서번의 판적달板的達이 금부처 다섯 개를 바치기에 이 절을 지어 그 금부처를 모셔 놓았다고도 한다.

지금 우리 나라 사람들은 처음으로 금지붕과 서번 중들을 보고 마음속으로 크게 놀랐다. 하지만 중국은 역대로 반드시 이같이 떠받들었은즉 세상 사람들은 모두 천자가 소일 삼아 쉬는 곳이라고 하나 실상인즉 명복을 겸하여 비는 것이다. 그러므로 황제가 아무리 사치한 노릇을 하더라도 여러 신하들은 감히 지적을 못 하는 것이니, 요는 서로 구실을 삼아 이용하는 것이다.

# 이마두의 무덤 [利瑪竇塚]

부성문을 나서서 몇 리를 가면 길 왼쪽으로는 돌기둥 4, 50개를 쭉 늘어 세우고 위로는 포도 시렁을 올렸는데 포도가 한창 익었다. 돌로 만든 패루 세 칸이 있고 좌우에는 돌로 깎은 사자가 마주 쭈그리고 앉았다. 그 안에는 높은 전각이 있었는데, 수직군에게 물어 이마두의 무덤인 것을 알았다. 서양 선교사들의 무덤으로서 동서 양쪽에 쭉 묻어 둔 무덤이 전부 70여 분이다. 무덤 둘레는 네모로 담을 쌓아 바둑판처럼 되었는데, 거의 3리 어란이 모두 서양 선교사들의 무덤이라고 한다.

명나라 만력 경술년(1610)에 황제가 이마두의 산소 자리를 하사하였다. 무덤의 높이는 두어 길이나 되고 벽돌로 쌓고 회를 발랐다. 무덤의 형상은 시루같이 생겼는데 기왓장이 사방으로 나와 멀리서 바라다보면 흡사 다 피지 못한 버섯처럼 생겼다. 무덤 뒤에는 벽돌로 높다랗게 쌓은 육모 난 집이 섰는데 종 같아 보였다. 삼면으로는 홍예문을 내었고, 속은 텅 비어 아무것도 없었다. 빗돌을 세워 글을 새겼는데 '야소회사이공지묘耶蘇會士利公之墓' 라 하였고, 왼쪽 옆

에는 잔글씨로,

"이 선생의 휘諱는 마두다. 서진西秦 대서양 의대리아意大利亞 사람으로서 어릴 때부터 참다운 수양을 하였다. 명나라 만력 신사년(1581)에 배를 타고 중국에 들어와 포교를 하였다. 만력 경자년(1600)에 북경에 와서 만력 경술년(1610)에 별세하였다. 향년은 59세요, 교회에 있은 지 42년이다."

하고 오른쪽에는 또 서양 글자로 새겼다. 빗돌 좌우에는 화표華表를 세우고 화표면에는 양각으로 구름과 용무늬를 새겼다. 빗돌 앞에는 또 벽돌집이 있는데 지붕은 편편하였다. 구름과 용무늬를 새긴 돌기둥을 쭉 늘어세워 석물로 삼았다. 제사 지내는 제각이 있고 제각 앞에는 또 돌로 만든 패루와 돌사자가 있었으니, 이는 탕약망湯若望[9]의 기념비다.

9) 명나라 천계 연간에 중국에 온 독일 선교사 아담샬로, 흠천감정欽天監正으로 있었다.

# 동란섭필銅蘭涉筆

▪ 본편은 박지원이 열하에 내왕하는 동안 장성 밖 지역에서 들은 기이한 이야기들을 별반 정리를 하지 않고 그대로 수록한 잡록이다.

# 머리말

황포 유세기를 찾아갔더니, 책상머리에는 무늬 있는 돌로 만든 연병이 놓이고 연병 앞에는 난초가 한 포기 있었다. 자세히 들여다 본즉 구리를 부어 만들었다. 봉황의 눈매 같은 잎사귀는 바람을 맞으며 자줏빛 이삭은 이슬을 머금었는데, 참말 용한 솜씨다.

나는 이것을 며칠 빌려 내가 거처하는 방 동쪽 바람벽 아래 두고 편액을 한 장 써서 붙여 '동란재銅蘭齋'라 하였다.

건륭 41년 병신년(1776)에 유구 사신이 예부에 글을 올려 빨리 돌아가도록 해 달라고 청했다. 유구국 정사 이목관耳目官[1] 상숭유向崇猷와 도통사都通使 모경창毛景昌 들은 '저들의 사정에 따라 빨리 귀국할 것을 승낙해 주실 데 대하여' 라는 글에,

"숭유 등은 왕명을 받들고 건륭 39년(1774) 조공을 하고저 복건福建, 무창撫昌에서 병패兵牌를 발급받고 연로에서 호송까지 받아가면서 작년 12월 1일 북경에 도착하였습니다. 은혜로운 처분을 내리사 반열을 따라 예를 행하고 설과 명절에 황제께 하례를 올리게 되어 작은 나라의 하찮은 관원으로서 황제의 얼굴을 지척에서 뵈었는데, 그 위에도 상급과 매일 식사까지 돌보아 주셔서 숭유 등은 감격스러운 마음 비할 데 없나이다. 이에 공무는 이미 끝마쳤으나 하는 일도 없이 한가히 있습니다. 유구는 땅이 멀리 해외에 떨어져 있어 내왕할 때는 오로지 바람편만 믿고 있습니다. 이 시기가 복건으로 돌아가 귀국하기에는 꼭 기후가 알맞습니다.

숭유 들이 북경에 올 때는 바로 한겨울철이라 강물은 얼음이 얼어붙어 부득이 왕가영王家營을 거쳐 곧추 육로로 왔습니다. 시방 돌아간다면 때는 바로 봄철이라 바람은 화창하고 땅은 따뜻하여 길 떠나기 알맞은 시기입니다. 있는 정성을 다하여 간절히 청하오니, 귀하께서는 황제님의 지극한 뜻을 받들어 멀리서 온 자의 사정을 보살펴 전례에 비추어 육로로 산동성 제녕濟寧까지 가서 배를 타고 돌아가도록 비준해 주시기 바랍니다. 사리로서는 마땅히 귀하께 글로 아뢰어야 할 일입니다.

1) 간관諫官 직위의 별칭이다.

바라옵건대 빨리 칙서와 병부 관계의 여행 절차 문건을 2월 초순 안으로 내리도록 주청해 주시면, 숭유 등은 소식을 듣는 대로 출발하겠사온바 실로 이 은혜는 천추에 잊지 못할 것입니다.

건륭 41년 정월 24일 갖추어 올립니다."

하였다. 이 글은 서술이 솔직하고 사정 설명이 간곡하였다. 이 글이 묵은 당보塘報[2]에 났는바, 금번에 우리 나라 사신이 몇 차례 올린 문건도 응당 당보에 나서 천하에 퍼졌을 것이다.

유구국이 조공을 하는 규례는 유황 1만 근, 구리쇠 1천 근, 주석 납 3천 근이라 한다.

《태평어람太平御覽》[3]에 쓰였으되, 한나라 때 곽리자고霍里子高란 사람은 조선 사람이다. 새벽에 일어나 배를 타고 노질을 하다가 어떤 정신 잃은 사람 같아 보이는 머리가 허옇게 센 노인을 보았다. 노인은 머리칼을 풀어 흩트리고 술병을 든 채 허둥지둥 물에 뛰어들어 건너려고 하는데, 그의 처가 뒤따라와 말리다가 끝내 말리지 못하고 필경 물에 빠져 죽었다. 그 처는 공후를 타면서 노래를 불렀다.

그대! 그 강물 건너지 맙시사고
그토록 애태워 당부를 했건만
그대! 필경은 그 강물에 사라졌구나.

---

2) 일종의 관보.

3) 송나라 태조의 칙명으로 이방李昉 등이 편찬한 각종 유서類書의 발췌본 1천 권.

그대는 어디로! 이 몸은 어쩔꼬.

公無渡河, 公終渡河.

公淹而死, 當奈公何.

노랫소리는 몹시 처량했다. 곡조가 끝나자 그 역시 물에 빠져 죽었다. 자고는 집에 돌아와서 노랫소리를 시늉하여 그의 처 여옥에게 이야기를 하였더니, 여옥은 매우 슬퍼하면서 공후를 끄집어내 그 노랫소리를 본떠서 불렀으니, 이것을 '공후인箜篌引' 이라고 하였다.

내가 열하 태학에 있으면서 악기들을 구경했으나 공후라는 악기는 보지 못했다. 여러 번 사람을 시켜 북경 유리창에 보내어 이 악기를 구해도 보았으나 필경 얻지를 못하였는바, 이 악기 모양이 어떤지 알 수 없다.

천비天妃는 세속에 전하기를 '황하의 신' 이라고 한다. 지금의 청나라는 칙령으로 황하의 물귀신을 '천후天后' 에 봉하였다고 한다. 회회 사람들이 이 교에 많이 든다고 한다. 천비란 귀신을 열두 글자로 된 존칭해 부르는 이름이 청나라 사전祀典에 실려 있다.

우리 나라 도포나 갓은 중국의 중 복색과 흡사하다. 그들이 여름철에 쓰는 갓을 더러는 등으로 만들기도 하고, 더러는 종려로 만들기도 한다. 도포는 특히 깃이 모가 난 것이 좀 다를 뿐이다. 그러나 그들의 도포는 모두 흑공단이거나 문사를 쓰고, 가난한 자는 오히려 수화주나 산동주 도포를 해 입는다.

의원 변관해와 함께 옥전 어느 점방에 들어간즉 수십 명 사람들이 둘러싸고 우리가 입은 베 도포 만든 법식을 자세히 구경하고는 매우 의아스럽게 생각하면서 자기네끼리 서로 숙덕거리기를,

"저 거지 중은 어디로부터 왔을까?"

하니, 장난으로 대답하는 자가 있어,

"석가여래가 설법하던 사위국舍衛國 급고원給孤園에서 온 게지!"

하였다. 우리들이 조선 사람인 것을 모르는 것이 아니지마는 우리들의 입성과 갓을 보고는 동냥중으로 조롱하는 것이었다. 대체로 중국의 여자와 중들과 도사패들은 옛날 제도가 변하지 않고 있다. 우리나라 의관은 많이들 신라의 옛 제도를 그대로 밟아 왔는데, 신라는 처음으로 중국 제도를 본뜬 것이다. 그리하여 세간에서는 불교를 숭상하였으므로 일반 민간에서는 중국의 중 복색을 많이 본떠 천여 년이 지난 오늘에 이르기까지 변할 줄을 몰랐다. 그리고 도리어 중국의 중들이 우리네 의관을 즐겨 본떴다고 말하고 있다. 어찌 그렇다고 할 것인가?

중의 갓으로서 등나무 심으로 짠 놈은 그 빛이 우리 나라 초립과 같고, 종려나무 심으로 짠 놈은 우리 나라 붉은 갓과 비슷하다. 등갓에는 종려나무 심으로 무늬를 놓고, 종려나무 심으로 만든 갓에는 등나무 심으로 무늬를 놓는다.

몽고 사람들도 역시 여름철에 갓을 쓰는데, 가죽으로 만들어 도금칠을 하고 거죽에는 구름무늬를 그린 것이 많다.

우리 나라 풍속에는 겨울에도 갓을 쓰고 눈 속에도 부채를 놓지 않아 다른 나라 사람의 웃음거리가 되고 있다.

중국의 향시鄕試 규정은, 첫째 시험이 사서四書인데 산문 세 편과 성리론[4] 한 편을 하루 동안에 마치고, 둘째 시험은 경문經文[5] 네 편과 배율排律[6] 한 편을 하루 동안에 마치고, 셋째 시험이 책策[7] 다섯 편을 역시 하루에 치르는데, 모두 천여 자씩은 된다.

회시會試 규정도 역시 향시와 같다. 전시殿試는 단 한 번 시험에 책 한 편을 역시 일주야 동안에 짓는데, 반드시 글은 만여 자가 되어야 한다. 그래야만 격식에 맞는다고 한다. 또 이 격식에 하나도 틀리지 않아야 한림에 들어갈 수 있다. 전시 뒤에는 또 조고시朝考試란 것이 있어 조詔,[8] 고誥,[9] 논문, 시를 시험 보는데 시간은 하루로 제한하여 마친다.

향시나 회시의 다섯 편 책문에서 세 편은 옛날 역사에서 제목을 정하고 두 편은 시사로 제목을 설정한다. 전시는 시사 문제 뿐이다.

한 번 향시에 합격하면 즉시 거인이 되고 회시 때마다 직접 응시할 수 있다. 비록 회시에 합격을 못 하더라도 10여 년 뒤에는 고을 한 자리는 얻을 수 있다.

이탁오李卓吾[10]는 머리가 근지러워서 견디다 못하여 아주 드러내놓고 머리를 깎았더니, 중국 사람들은 역시 흉한 성품이라고 말하였

4) 유교의 기본 철학에 관한 논문.
5) 아홉 가지 유교 경전에 관한 글.
6) 장시로 된 시詩.
7) 문제에 따라 자기 정견을 서술한 논문.
8) 황제의 지시문.
9) 황제의 훈시적 교서.
10) 명나라 때 인물. 청나라가 중국을 정복할 때에 제일 먼저 머리를 깎았다고 말썽이 많았다.

다. 대체 중국 사람들이 머리를 깎을 징조였던 것이다.

지금 중국 사람이 머리 깎는 풍속은 금나라, 원나라 때는 없었던 풍속 같다. 만일 중국이 낳은 명군으로 명 태조 같은 이가 나서서 천하를 맑게 숙청하고 백성들이 이런 습속에 굳은 지도 벌써 백여 년이 지난 오늘에, 다시 머리를 묶고 모자를 덮어 쓰자 하면 도리어 근지럽고 불편하다고 할 자가 있을는지도 모를 일이다.

내가 중국에 들어와 연도 2천 리 어간을 올 때는 때마침 여름과 가을철의 환절기인지라 한낮은 언제나 지독한 더위로 하루 네댓 번씩은 말에서 내려 인가에 들러서는 쉬어 가곤 했다. 이럴 때마다 두 길이나 되는 파초며 태호석이며, 덩굴을 올리는 시렁이며, 반죽班竹 난간들을 종종 보았고, 섬돌을 덮은 푸른 대와 주렴에 가득 찬 푸른 오동나무들을 도처에서 많이 보았다.

고려 때는 송나라 장삿배들이 해마다 자주 예성강禮成江[11]에 닿았으며 백화가 몰려들었다. 고려왕은 예절을 차려 대우했으므로 당시에 서적들은 훌륭히 갖추어졌고 중국의 기물로서 안 들어오는 것이 없었다.

오늘 우리 나라는 뱃길로 중국 남방과 통상을 하지 못하므로 문헌에는 더구나 캄캄하며 삼왕[12]의 사적을 몰랐던 것도 전부 이 까닭

11) 황해도 배천군에 있는 강 이름.

12) 명나라가 망한 후 남방으로 도피한 세 왕족으로, 임시 정부를 조직한 복왕福王, 계왕桂王, 당왕唐王을 말한다.

이다. 그러나 일본은 강남 지방과 통하고 있었으므로 명나라 말년에 골동 기물과 서화와 서적과 약재가 장기長崎 지방에 폭주하여, 지금의 겸가당蒹葭堂 주인인 목홍공木弘恭은 자가 세숙世肅인데, 3만 권의 책을 가지고서 중국 명사와도 많은 친교가 있다고 한다.

반선이 앉은 자리는 앞은 평상이요, 뒤는 거울이요, 왼편은 종을 달았고, 오른편은 옥을 두었고, 위로는 물을 소반에 떠 두었고, 아래는 보배로운 칼을 두었다. 밤낮 없이 분향을 하고 있다 하니, 허허 웃을 일이다.

지금의 호부상서 화신和珅은 황제가 가장 사랑하는 신하다. 구문제독까지 겸하여 조정에서도 이름을 떨치고 있다. 내가 황제 탄일에 산장 문 밖까지 왔더니 황제에게 진상하는 물품들은 대문 앞에 처밀리고 있었다. 죄다 누런 보자기로 덮었는데 모두 금부처가 아니면 옥기명이라고 하였다. 화신이 실어 온 물건 중에 진주로 만든 포도 한 시렁이 그 속에 들었다고 하였다. 금과 은과 오동으로 야단스럽게 덩굴과 잎사귀를 만들고 화제와 실실[13]로써 포도 알을 만들었다는데 이야말로 더 할 수 없는 호사이다.

강희 황제의 만수절은 3월인데, 강희 계미년(1703) 이날은 아홉 명 대신이 모두 고물 옥그릇과 서화들을 진상하여 축하하였다. 진상품을 모두 내부內府로 받아들이는데 당시 형부상서로 있던 왕사정 역시 자기 집에서 옛날부터 전해 내려오던 송나라 때 왕진경王晉卿

13) 화제火齊와 실실瑟瑟은 보석의 명칭.

의 '연강첩장도烟江疊嶂圖' 장권長卷 뒷등에 미원장의 글씨와 소동파의 긴 시구가 쓰인 것을 헌납하였더니, 강희는 분부하되 얼마 전에 가져다 바친 그림들은 대체 옛 물건들이 없고 왕진경의 그림 뒷등에 있는 미원장의 글씨는 매우 좋으니 특히 이를 받아들이라 하고 이 사정을 알리라 하였다. 이로써 골동 기물이나 서화를 헌납하는 강희 시대의 절차가 미상불 겉치레에 불과한 아취雅趣였다는 것을 알 수 있는바, 이것이 다시 바뀌어 금부처와 진주 포도가 되고 말았은즉 신하로서 사사로이 황제에게 물건을 선사하는 버릇은 강희가 처음 열어 놓았던 것이다. 화신은 방금 황제의 총애를 받고 있으므로 황제는 역시 말하기를,

"화신은 나를 사랑하는구나. 제 집 일은 잊어버리고 내게만 끌어다 바치는구나."

했다는 것으로 보아 황제는 장차 반드시 이렇게 말할 수 있을 것이다.

"내가 온 천하를 가지고 있어도 이런 진주 포도가 없었는데 화신은 대체 어디서 이것을 얻었을까?"

화신도 아슬아슬할 일이다.

《경직도》는 송나라 때 처음 발간되었다. 이 책은 오잠於潛땅에 장관으로 있던 사명四明 누도樓璹[14]가 그려 사릉思陵[15]에 헌납하였다. 단마다 헌성황후憲成皇后가 쓴 제자題字가 있다. 강희 때에 와서 다시 명령하여 베꼈으니, 단마다 강희의 시가 친필로 쓰여 있다. 건륭

14) 송나라 소흥紹興 연간의 관리.

15) 고종의 능.

때는 휘주徽州의 지방관이 각 단대로 먹 거죽에다가 본떠 정교하게 새겼다. 먹은 모두 네 갑인데 한 갑에 먹 열두 개씩 넣어 값이 은 130냥이나 되었다고 한다. 건륭 신묘년(1771) 연간에 그 값이 이렇다고 하였는데 병신년(1776)에는 값이 떨어져 80냥이 되었다고 한다. 이번에 나는 직접 유리창에 와서 두 함을 찾아 냈는데 사람의 솜씨로는 만들지 않은 것만 같았다. 문포文圃 서황徐璜에게 값을 물었더니, 그는 대답하기를 그리 뛰어나게 좋은 먹이 아니고 또 순서대로 보아 먹 두 자루가 빠졌으므로 오랫동안 팔리지 않았지마는 그래도 값은 60냥을 밑돌지는 않는다고 했다.

서황이 내게 말했다. 책 종이를 좀먹지 않게 하려면 한식날 밀가루에다가 납일臘日날 받은 눈 녹인 물을 섞어 풀을 쑤어 장정을 하면 된다고 했다. 검정콩 깍지가루를 내어 책 속에 넣어 두어도 역시 좀먹지 않는다고 하였다. 이 방법은 송나라 왕문헌王文憲에게서 나왔다고 한다.

붓을 잘 보관하려면, 붓을 보관하기 전에 유황을 끓여 붓촉을 펴서 담근다. 소동파는 황련黃蓮[16]을 끓인 물에 경분輕粉[17]을 섞고 붓촉을 적셨다가 마르기를 기다려 건사했다고 하며, 황산곡黃山谷[18]은 천초川椒와 황벽黃蘗[19]을 달인 물에 붓을 적셔 건사하면 더욱 좋다고 했다.

---

16) 약재의 일종.
17) 승홍(昇汞, 염화제이수은) 가루.
18) 송나라 시기 명필이요, 시인인 황정견黃庭堅의 호.
19) 황경피나무인데 염색에 사용한다.

방사方士[20]의 말로는 삼신산은 봉래蓬萊, 방장方丈, 영주瀛州인데, 바다 가운데 있어서 언제나 여기는 신선이 와서 노는 데라고 한다. 일본 사람들은 저대로 자기 나라에 이 산이 있다고 인정하고 우리 나라는 역시 금강산을 봉래라 하고, 제주 한라산을 영주라 하고, 지리산을 방장이라 하고 있다.

《황여고皇輿考》에, "천하에 명산이 여덟 곳이 있는데, 그중에 다섯 곳은 중국에 있어 태산泰山, 화산華山, 소실少室, 태실太室, 수양首陽이요, 그 외 셋은 외지에 있다."고 하였으니, 이것은 잘못된 말이다. 《황여고》는 방사의 말을 따라 세 산이 외지에 있다고 하였는데, 그 때문에 우리 나라와 일본이 부산하게 저마끔 산이 있고 없음을 겨루고 있는 것은 잘못된 생각이다.

천하의 명산이 어찌 여덟에 그칠 것이며, 중국의 명산이 어찌 다섯에 그칠 것이며, 외지의 명산이 어찌 셋에만 그치랴.

《황여고》에, "천하에 큰 물이 셋이 있다. 황하, 장강, 압록강인데, 압록강은 역시 외국에 있다." 하였다.

진정陣霆의 《양산묵담兩山墨談》에는,

"회수는 남북의 큰 한계선이 되어 회수 이북은 북쪽 가닥 물이 되어 모든 물은 황하를 조종으로 삼고 있으므로, 강으로 이름을 붙인 물이 없다. 회수 남쪽은 남쪽 가닥 물이 되어 모든 물은 양자강을 조종으로 삼고 있으므로 '하'라고 이름을 붙인 물이 없다. 두 가닥 물 외에 북으로 고려에 있는 물을 일러서 혼동강混同江,

20) 도술로 신선이 된다고 하는 중국의 술객.

압록강이라고 한다. 남쪽으로 만조에 있는 물은 대도하大渡河라 고 하는데, 그것은 우 임금의 치수 사업 중에 들지 않았다."

하였다. 나는 이 말이 옳지 않다고 생각한다. '강'과 '하'는 맑고 탁한 것으로 구분할 것이다. 내가 압록강을 건널 때 강 넓이는 한강보다 넓을 것이 없으나 물이 맑기는 한강에 비할 만하다. 북경에 이르기까지 무릇 물을 십여 차례나 건너면서 때로는 배로 건너고 때로는 말을 타고 건넜다. 건넜던 물 이름들은 혼하混河, 요하遼河, 난하灤河, 태자하太子河 등 물은 어디고 누런 흙탕물이었다. 대체로 들녘 물은 탁하고 산협 물은 맑다.

압록강의 발원지는 장백산으로서 국경의 여러 산속을 흘러내리므로 언제든지 물이 맑다. 동팔참의 여러 물들은 모두 맑으니, 그 이유는 같다. 나는 비록 장강을 보지는 못했지마는 그 수원이 민아산岷峨山 등 첩첩산중에서 발원하여 삼협三峽을 뚫고 내려온 것이고 본즉 물이 맑을 것을 짐작할 수 있다. 소위 남쪽 가닥 여러 물들이 하수로 이름 붙인 데가 없는 것은 초땅 지방 남쪽은 산도 많고 돌도 많으므로 물이 다 맑은 까닭이다. 그러매 남쪽 만조蠻詔의 대도하도 필시 평야에서 발원을 하여 물이 탁하므로 하수라 할 뿐일 것이다.

양순길楊循吉의 《지이志異》에,

"명나라의 문관 신하로서 최고 품작을 받은 자가 몇 명 되지 않는 중에 위녕백威寧伯 왕공王公이 그 한 사람이다. 왕공이 궁중 과거 보는 날에 시험지를 막 쓰고 나자 갑자기 겨드랑이 밑에서 회오리바람이 일어 시험지를 불어 올려 구름 속으로 들어가 버렸다. 조정 신하들과 함께 과거 보던 자들은 일제히 하늘을 우러러 쳐다보니 점점 까마득하게 올라가 필경은 보이지 않았다.

중관中官이 황제께 아뢰어 황제의 명령으로 종이를 다시 주어 응시케 하였다. 뒷날 왕공은 중집법中執法을 거쳐 대사마大司馬를 지내고 백작伯爵까지 되었다."

하였는데, 이는 왕월王越의 사적이다.

우리 나라 성종조 때 경복궁 간의대簡儀臺 옆에 중국 조정에서 쓰는 시권이 떨어졌는데 봉함에 왕월의 이름이 붙어 있었다. 중국 사절편에 이 시권을 보냈더니 천자는 이를 가상히 여기고 왕월에게 사람들을 감복시킬 수 있는 힘이 있다고 하여 즉시로 사법관의 직책을 맡겼다.

양순길의 기록에는 다만 회오리바람이 시권을 날렸다는 말만 있고 그 시권이 어디 떨어진 줄은 몰랐으며 그가 사법관을 거쳐 승진을 한 일은 죄다 말하면서 실상 우리 나라를 거쳐 천자에게 아뢰게 된 사연은 알지 못했던 것이다.

《원시비서原始秘書》란 책에,

"고려의 학문은 기자로부터 시작되었고, 일본의 학문은 서복徐福[21] 으로부터 시작되고, 안남安南의 학문은 한나라가 군현郡縣 제도를 세우고 자사刺史를 두어 중국의 문화를 편 데서 시작하였는데, 뒷날 오대 말기에 절도사 오창문吳昌文의 시기에 와서야 성황을 이루었다. 중국으로부터의 문화가 외지로 퍼져 나간 지 수천 년 사이에 그들의 학문이란 모두 외국 티를 면치 못하며 어디고

21) 진 시황이 신선을 찾기 위하여 바다로 보냈다는 방사의 이름.

군색하고 고루하여 성인의 교리를 계승하기에 부족하다. 그 이유는 대체로 그 소리와 발음이 같지 않기 때문이다. 이 학문의 현묘한 이치는 붓끝이나 혀끝으로는 전할 수 없으므로 서로 맞지를 않는 것이다."

하였다. 이 말이 절실한 말이라고 할 수 있다.

우리 나라에서는 협음叶音[22]의 묘미를 모르므로 유미암柳眉庵[23]이 지음을 잘한다고 쳐주었지마는 그가 지은《언해모시諺解毛詩》[24]는 협음을 따르지 못하고 운이 틀린 데가 많다. 예를 들면 '왕희지거王姬之車'에서 '차' 자를 '마麻' 자 운을 따라 '차'로 하지 않고 '어魚' 자 운을 따라 '거'로 한 것과 같은 따위가 이것이다.

《유양잡조酉陽雜俎》에,

"어떤 뱃사람이 신라로 가는 길에 바람에 날려 어느 섬에 이르러 올라가 보니 온 산이 새까만 칠 젓가락인데, 큰 나무들이 많았다. 뱃사람이 자세히 쳐다보니 이 젓가락들은 모두 나무의 꽃과 수염들이었다.

뱃사람이 이것을 백여 벌 주워 가지고 돌아와서 사용해 보니, 굵어서 쓸 수가 없었다. 훗날 우연히 이 젓가락을 가지고 찻물을 젓다가 보니 그 자리에서 녹아 버리고 말았다."

했다. 이 이야기는 허튼소리만 같다. 우리 나라 남해안 섬 속에 만약

22) 시를 지을 때 어떤 음운에 속하는 운들인데, 예를 들면 한문의 평성에 속한 운자는 모두 29종이다.

23) 이조 중종 시대 학자 유희춘柳希春.

24) 국문으로 해석한《시경》.

이런 나무가 있었다면 어찌 듣지 못했을 리가 있을 것이랴.

허항종許亢宗의 《행정록行程錄》에는,

"동주同州에서 40리를 가서 숙주肅州에 이르러 동쪽을 바라다보면 큰 산이 보이는데, 금나라 사람들은 이 산을 '신라산'이라고 한다. 이 산중에는 인삼과 백부자 같은 약재가 많이 나며 고구려와 접경해 있다."

하였다.

이는 허튼소리다. 동주와 숙주가 어디 있는지는 모르겠지마는 금나라 사람들이 '신라산'이라고 가리킨 데가 어째서 고구려와 접경이 될 수 있겠는가? 이야말로 가위 남북이 옮겨 뒤바뀐 셈이다.

고려 인삼을 찬미하는 글에, "세 가지에 다섯 잎, 양지 볕을 등지고 응달로 향한다. 그를 구하려면 자작나무 밑을 찾으라."는 말이 있다. 또 중국의 문헌에는 많이들 이 글이 실리고 있다.

자작나무 잎은 오동나무 잎 같아서 매우 크고 그늘이 많이 지므로 인삼이 이런 응달에서 자란다고 했다. 자작나무는 우리 나라에서 책 판각에 쓰는 나무로서 우리 나라에는 매우 흔한 나무다. 중국에서는 산소에 이 나무를 많이 심는데, 청석령靑石嶺[25] 같은 데는 숲을 이루고 있는 것을 보았다.

《대당신어大唐新語》에,

---

25) 심양과 산해관의 중간에 있는 산 이름.

"당나라 이습예李襲譽는 성품이 검소하고 독서를 좋아하여 베낀 책이 수만 권이나 되었다. 그는 자제들에게 말하기를, '내가 재물을 좋아하지 않으므로 이토록 가난하다. 그러나 서울에는 황제가 주신 열흘갈이 밭이 있어 밥은 먹을 만하고, 하남 지방에는 뽕나무 천 주를 심어 두어 옷을 입을 수 있고, 책 만 권을 베껴 두었으니 넉넉히 벼슬자리를 구할 만하다. 너희들이 함께 이 세 가지 일에 근면하다면 어찌 다른 이들에게 아쉬운 소리를 할 것인가?' 하였다."

했는데, 나 역시 성질이 재물을 좋아하지 않으므로 이렇게 가난하게 되었다. 그러나 평생에 베낀 책을 점검해 보면 불과 열 권도 되지 못하고, 연암 골짝에 손수 심어 둔 뽕나무가 겨우 열두 포기로서 긴 가지라 해도 겨우 어깨노리에나 닿을까. 나는 서글픈 한숨을 금할 수 없었다. 이번에 요동벌을 지나오면서 끝없는 뽕밭이 무연히 펼쳐졌음을 보고는 또다시 정신만 얼떨떨해졌다.

중국 사람들은 《시경》의 소서小序[26]는 반드시 없앨 수 없다고 하고 있다. 이에 대한 완정(阮亭, 왕사정)의 말은 아주 공정한 말이다. 그는 말하기를,

"정자程子가 소서를 말하여, '이는 필시 그 시대 사람들이 자기 나라 역사에서 성공과 실패의 자취를 전했다.'는 것은 옳은 말이다. 이것이 없었다면 이 시편들의 뜻이 무엇인지를 어떻게 알 수 있을 것인가? 대서大序인즉 공자의 저작으로서 요컨대 모두 대의

26) 후한 시대 위굉衛宏의 저작이라고 하는 《시전》 각 편의 서문.

를 풀어 놓은 것이다. 주자는 두 분의 정자를 학문의 종가로 삼으면서 소서에 이르러는 의견을 달리하여 소서를 버린 이유는 무엇일까? 명나라 초망楚望 학경郝敬이 시 한 편마다 반드시 주자의 주석을 반박한 것도 역시 옳지 못하다.

상숙常熟의 고대소顧大韶 중공仲恭은 책 한 권을 저술하는 데 《모전毛傳》[27]을 주장으로 삼았고, 《모전》이 꼭 잘 통하지 않을 때에만 정주鄭註[28]를 참고하고, 정주와 《모전》의 주를 참고하며 꼭 잘 통하지 않는 데가 있어야만 주자의 주석을 참고로 하였고, 《모전》의 주석이나 정현의 주석, 주자의 주석이 다 통하지 않을 때는 여러 학자들의 학설을 종합하고 자기의 의견과 절충하였다. 송나라 때 엄찬嚴粲의 《시집詩輯》은 주자의 주석이 나온 이후 특별히 다른 주석들보다 우수하다. 그 밖에 소위 대전大全이란 것들은 주자의 주석을 부연한 것이므로 아무런 새 발견도 없어 있어도 그만, 없어도 그만일 책들이다."

하였다. 대체 중국인들이 주자가 소서를 다 집어치운 것을 배척함은 한 개 여론으로 되어 있다. 주죽타의 《경의고》(經義考, 200권)에는 주자를 배척하여 《시경》 목과木瓜 편에서 제 환공齊桓公을 찬미한 것이라든가, 자금子衿 편에서 학교를 폐지한 것을 풍자한 것이라든가, 야유만초野有蔓草 편이라든가 유왕幽王을 풍자하고 정홀鄭忽을 풍자한 시들은 《시전》에서는 소홀히 했지마는 경전을 깊이 상고해 보면 모두 근거가 있는 것인데 주자는 도리어 자기의 의사대로 소서를

27) 한나라 모형毛亨이 전한 《시경》으로, 《모시毛詩》라고도 한다.
28) 후한 시대 학자 정현鄭玄이 주석한 《모시》 주석.

없애 버렸다. 그러나 그는 실상 소서를 많이 이용하면서 유독히 정鄭, 위衛의 시만은 '정성鄭聲을 버리라.'는 한 마디 말에 근거하여 모두 음탕한 시 부류에 남겨 두었다. 소리는 음탕하지마는 시는 음탕하지 않다고 한 말은 서하西河 모씨毛氏[29]의 학설로서 대체로 소서를 찬성하는 자의 학설은 다 이와 같다. 말로는 이 주석이 주자의 친필이 아니요, 반드시 그 문인의 손에서 되었으리라고 하는 자도 있지마는, 이는 문인이라는 명색을 붙여 마음 놓고 공격하자는 심산인 것이다.

《송사》 유림전儒林傳에는 왕백王柏이 말하기를,

"시 삼백 편이 어째서 모두 공자의 손으로만 추린 것들이랴? 편찬한 시 중에 더러는 민간에서 값 없이 떠돌아다니는 시들을 한나라 선비들이 주워 모아 보태어 편찬한 것도 있을 것이다."

하였으니, 이 말이 매우 이치에 닿는 말이다. 그러매 중국에서 찬동하고 있는 소서도 어찌 한나라 선비들이 꿰어 맞춘 것이 아니라 할 수 있으랴.

나는 한림 초팽령과 태사 고역생과 함께 단가루段家樓에서 술을 먹으며 이러니저러니 소서에 대해 토론하였다. 나는 자신 있는 말로,

"시 삼백 편은 당시 민간에 떠돌아다니는 노래에 불과할 것입니다. 즐겁고 병들거나 희로애락이 있을 때에는 이런 소리가 없을 수 없는 것이니, 시절과 기후에 따라 벌레와 새가 절로 울고 노래하는 것이나 다름없는 것이지요. 당시 풍속을 연구하는 자는 이런 노래를 채집하여 글자와 구절을 맞추어 학교에다 늘어놓고 악

---

29) 청나라 초기 학자 모기령毛奇齡.

기에 맞춘 것이 소위 여러 나라의 풍악으로서, 시라는 이름도 여기에서 생긴 것입니다. 어떻게 작자의 성명을 알 수 있겠습니까? 소서에는 시를 해설하면서 반드시 시를 지은 작자가 있다고 하여 일러서, 이는 아무 아무가 지은 것이라고 하여 흡사 뒷날 세상의 《전당시全唐詩》나 다름없이 말하고 있는데, 이는 틀림없는 억측입니다. 초중경焦仲景의 처가 지었다는 시나 옛날 시 열아홉 수만 하더라도 언제 작자의 성명이 있었겠습니까?"

했더니, 여러 사람들은 다 잠잠하였고 기색들로 보아서는 그렇게 생각지 않는 것 같았다. 대체 소서를 떠받들기는 소동파에서 시작하였고, 소서를 공격하기는 정협제鄭夾漈[30]에서 시작하였으며, 주자의 주석을 극심하게 공박하기로는 마단림馬端臨, 모기령, 주이준 등으로서 근세에 와서는 아주 유행이 되었다.

오군吳郡의 풍시가馮時可[31]가 지은 《봉창속록蓬牕續錄》에,

"취두선聚頭扇은 즉 겹쳐 개는 부채〔摺疊扇〕로 영락 연간에 중국에 공물로 들어가 국내에 많이 유행되었다. 소동파는 말하기를, '고려의 백송선白松扇은 펴면 넓이가 자 나마 되고, 접으면 불과 두 손가락밖에 안 된다고 하였다. 왜인들이 만든 검정대 뼈에 금색으로 부채 면을 칠한 것이 즉 이것이다.' 하였다. 내가 서울에 닿으니 외국 도인 이마두가 나에게 왜선倭扇 네 자루를 보내었는데 합하면 한 손가락 폭도 못 되었다. 매우 가볍고 바람이 잘 나

---

30) 송나라 학자 정초鄭樵.

31) 명나라 만력 시대 학자.

고 또 탄탄하였다."

라고 하였다. 이로써 본다면 중국에는 원래 접고 펴고 하는 부채가 없었고 모두 단선團扇 종류로서 우리 나라에서 말하는 미선尾扇과 같은 것이었던 모양이다. 옛날 그림에 보이는 파초잎, 오동잎, 흰 깃 같은 것으로 만든 것이 이것일 것이다. 우리 나라 기물들 중에는 일본 것을 본뜬 것이 많이 있으니 쥘부채도 고려는 일본에서 배웠고 중국은 고려에서 배워 갔는지? 중국에서 큰 부채를 '고려 부채'라 하여 만든 솜씨가 몹시 투박하고 조선 종이에다가 기름을 올리고 가는 서화를 그린 것을 매우 귀중하게들 여긴다고 한다.

구라파 쇠줄 현금은 우리 나라에서는 '서양금'이라 하고, 서양인들은 '천금天琴'이라 하고, 중국인들은 '번금番琴' 또는 '천금'이라고 한다. 이 악기가 언제 우리 나라에 들어왔는지 알 수 없으나, 향토 곡조를 이 악기에 맞추어 풀어 내기는 홍덕보로부터 시작하였다. 건륭 임진년(1772) 6월 18일 내가 홍덕보의 집에 있을 때 유시酉時[32] 경에 그가 이 악기를 해득함을 나는 그 자리에서 보았다. 대체 홍군은 음악 감식에 예민하였는데, 또 이것이 비록 작은 재주나마 벌써 그것이 맨 처음 시작된 일이므로 나는 그 날짜, 시각까지 자세히 기록해 두었던 것이다. 그 후 이 법은 널리 전파되어 지금까지 9년 동안 연주할 줄 모르는 악사가 없게 되었다.

오군땅 사람 풍시가가 처음 북경 와서 이마두에게 이것을 얻어 가졌는데 구리쇠 철사로 줄을 만들어 손으로 타지 않고 그저 작은

32) 오후 6시.

판자로 슬금 다치기만 하면 그 소리는 한결 더 맑았다고 하였다. 또 자명종은 작은 향합만 한데 정미로운 쇠로 만들어 하루 열두 시간을 가리켜 열두 번을 치는바, 역시 이상하다고 운운하였는데, 이 말은 모두 《봉창속록》에 나온다.

대체 이 두 가지 기계는 명나라 만력(1573~1620) 연간에 처음으로 중국에 왔다고 한다. 우리 산중 집에 있는 양금 뒷등에는 '오음서기五音舒記'라는 낙인이 있었는데 매우 정교하게 만들어졌다. 이번에 중국에 올 때 어떤 사람의 부탁이 있어 이것을 구해 보고저 두루 돌아다니면서 구경했으나 '오음서기'라고 한 것은 종내 얻지 못했다.

'단청기丹青記'에,

"왕유가 기왕岐王을 위하여 큰 돌을 한 개 그렸는데, 붓끝 돌아가는 대로 휘두르고 보니 아주 천연스러운 돌이라 왕유는 이것을 아주 보물로 생각하였다. 때로 처마 밑에 혼자 앉아 익히 들여다보면서 산중을 생각하다 보면 한가로이도 감흥이 진진하였다. 몇 해를 지내고 보니 그림은 더욱 정채가 돌았다.

하루 아침은 폭풍우가 몰아치고 뇌성벽력이 치면서 갑자기 돌이 뽑히고 집이 한쪽 무너졌다. 무슨 영문인지 몰랐다가 뒤에 본즉 그림 축은 빈 종이만 남았으므로 이내 그림에 있던 돌이 날아간 것을 알았다.

헌종憲宗 때 고려에서 사신을 보내 말하기를, '아무 해 아무 달 아무 날, 큰바람이 불고 비가 내리면서 신숭산神嵩山 위에 웬 이상한 돌덩이가 하나 날아와 떨어졌는데 왕유라는 글자가 박혀 있으므로 중국서 날아온 돌인 줄 알고, 왕께서 그대로 둘 수 없다 하시어 사신을 보내어 바칩니다.' 하였다. 황제가 여러 신하들에게 명령하여 왕유의 글씨를 가져다 비교해 보라고 했더니 터럭끝만치도 다른 데가 없었다.

황제는 비로소 왕유의 그림이 신통한 줄 알고 국내에 두루 그의 그림을 찾아 궁중에 간직하고 땅바닥은 닭피, 개피로 씻어 예방을 하여 돌이 다시 못 날아가도록 했다."

하였다. 이로써 미루어 보아 중국 제해齊諧[33]의 기록들이 허탄하고 틀린 것을 넉넉히 알 수 있을 것이다. 중국이 고구려를 고려로 부르는 것은 좋은 의미라고 하겠지마는 고구려는 당나라 고종 영휘(永徽, 650~655) 연간에 망했은즉 헌종 때에 어떻게 사신을 보낼 수 있었겠는가? 왕씨의 고려는 송악산 밑에 도읍을 했고 송악은 신숭이라고 불렀고 보니, 만약에 이것이 왕씨의 고려였다면 고려 태조의 나라 창건은 주량朱梁[34] 우정友貞의 정명貞明 4년(918)이니 헌종 때부터 백여 년 뒤요, 왕유는 또 당나라 명황 때 인물인즉 헌종을 앞서기도 백여 년 전이다.

이처럼 돌이 날았다는 이야기는 본래 황당하고, 기록도 또 심하게 틀렸으니 이는 필시 왕월의 시권 이야기를 비슷하게 본떠 만들었을 뿐이다.

우리 나라는 소동파에게 아주 잘못 보였던 것 같다. 고려가 송나

33) 괴담을 수록한 책.

34) 당나라가 망한 후 창건된 주전충朱全忠의 양나라. 우정은 양나라의 마지막 임금이다.

라에 서적을 구하면 소동파는 한나라 동평왕東平王[35]의 고사를 끌어 대어 황제에게 상소를 하여 준열하게 배척하였다. 그가 항주통판으로 있을 때, 고려에서 조공 온 사신이 지방 관리를 멸시하고, 사신을 인도하는 관리들은 모두 본도의 창고를 관리하는 관고管庫들로서 세도를 등지고 날뛰어 수레 소리를 야단스럽게 냄과 함께 예절을 지키지 않았다 하여 소동파가 사람을 시켜 이르기를,

"먼 지방 외인들이 중국을 사모하여 오는 이상 반드시 태도가 공손해야 할 터인데 지금 이렇게도 방자스러우니 이는 너희들이 잘못 지도한 탓이다. 만약에 이런 버릇을 고치지 않으면 마땅히 황제께 고해 바치리라."

하였다. 길 인도하던 관리들이 두려워서 좀 수그러졌다. 고려 사신은 폐백을 관부에 보내면서 글 끝에 날짜를 갑자甲子만 썼더니 소동파는 이를 물리치면서,

"고려가 우리 조정에 신하로 자칭하면서 연호를 쓰지 않는다면 내가 어찌 이 글을 받겠느냐?"

하였다. 사신이 글을 바꾸어 희녕熙寧[36]이라고 쓰자 이때야 격식에 맞았다 하고는 문서를 접수하였다. 이 이야기가 소동파의 '묘지墓誌'에 쓰여 있다.

원우元祐 5년(1090) 2월 17일에 백호伯虎 왕병王炳이,

"예전에 추밀원樞密院 예방禮房의 검상문자檢詳文字로 있을 때 처음으로 고려 공안 문서를 보았는데, 처음에 장성일張誠一이 거

35) 후한 광무제의 아들.

36) 송나라 신종 연호.

란 이야기를 하면서 거란의 군막 속에 고려 사람이 있어 자기 나라 임금이 중국을 사모하고 있다는 뜻을 말하더라고 하는 말을 듣고 돌아와서 이를 황제에게 아뢰었다.

전 황제는 이 말을 듣고 비로소 고려 사신을 불러 볼 뜻을 갖게 되었다. 추밀사 이공필李公弼이 이 뜻에 맞추어 친필로 문서를 황제에게 올려 고려 사신을 부를 것을 청하여 드디어 발운사發運使 최극崔極에게 명령하여 상인을 보내어 부르도록 하였다. 그리하여 세상에서는 최극이 그름을 알면서도 이공필의 잘못은 모르고 있다. 장성일 따위는 이야기할 만한 위인도 못 된다."

하였다. 또 회동淮東땅 제거提擧 황실黃實은,

"고려에 사신으로 갔던 사람의 말에 따르면, 보낸 선물 중에는 가짜 금과 은의 낟알이 있었는데, 고려인들은 모조리 깨뜨려 알맹이가 드러나도록 헤쳐서 사신으로 갔던 자가 매우 불쾌하게 생각하니까, 고려 사람들이 말하기를, '어찌 감히 불경을 행하겠습니까? 혹시 거란 사람들이 보고 진짜로 여길까 봐 걱정스러워서 그리 한 것입니다.' 라 발명하였다.

이로써 본다면 고려 사람들은 우리 나라가 보낸 선물을 거란 사람들과 나누어 가지는지도 모를 일이다. 더러는 말하기를 거란이 고려가 우리에게 내통하는 것을 자세히 알지 못하는 모양이니 다른 기회에 고려로써 거란을 견제하게 할 수 있을 것이라고 하는 자도 있다. 이 어찌 잘못된 노릇이 아니랴."

하였다. 이상의 두 가지 이야기는 모두 《동파지림東坡志林》에 실려 있다. 소동파는 당시에 고려를 불러 친교를 맺는 것을 잘못된 계책으로 보았던 것이다. 그가 여러 군데 기록한 것을 보면 모두가 국가를 위한 원대하고 깊은 정책이기는 하나 당시의 송나라 사대부들은 중국을 향한 고려의 정성이 진정에서 나온 것임을 몰라 주었다. 요나라와 금나라의 견제 때문에 한 곬으로 송나라를 대하지 못한 것이 고려의 역대 조정으로서는 지극히 유감스러웠던 일이다. 송나라 학자들의 서적을 얻으면 분향을 하면서 조심조심 이를 읽기까지 하는, 지극한 정성은 드러내지 못한 채 공연히 중국의 사대부들에게 괄시를 받은 일은 참말 한심한 일이었다. 나는 이 일에 대하여 왕곡정에게 극력 변명한바 있었다.

《명산기名山記》에는 쓰기를, 강원도 금강산에 소가 한 군데 있어, 이름을 '관음담觀音潭' 이라고 하였다. 소의 언덕 이름을 수건 바위라 하고, 반석 복판에는 오목하게 둘러 꺼진 데가 있어 방아 확처럼 생겼는데, 세상에 전하기는 관음보살이 빨래질한 데라고 했다.

숭정 정축년(1637) 11월 22일(건주建州와 화해를 한 뒤다.) 정조사正朝使 한형길韓亨吉, 서장관 이후양李後陽 일행이 정례의 진상품 외에 별공으로 홍시 30바리를 가져다 바쳤더니 칙사는 또다시 2만 개를 더 바치라고 하였다. 당시의 칙사는 영아아대英俄兒代, 마복탑馬福塔, 대운증戴雲會 등으로 연도에서 말을 달려 사냥을 하면서 고을 기생들의 수청을 강박하여 조금이라도 여의치 못할 때는 매질을 하고 야료를 부렸다. 이때에 왜놈들 역시 말 3백 마리, 매 3백 마리, 황새 3백 마리를 청해 왔다.

이번 사행에서 가지고 온 방물이란 불과 종잇장과 자릿닢에 불과하였으나, 중국은 우리가 유숙하는 비용을 치르는 비용만 하더라도 언제나 10여 만 냥은 든다고 하니, 청나라 초기에 비한다면 가위 도리어 중국에 폐를 끼치는 셈이다.

서위徐渭의 《노사路史》에는,

"당나라 시대에 고려는 소나무 그을음으로 만든 송연묵松烟墨을 진상하였는데, 이것은 송연에다가 사슴의 아교를 섞어 만든 먹으로서 '유미隃麋'라고 했다."

하였다. 왕완정이 한나라 고을 이름을 푼 글에는, 유미에서 돌먹이 난다고 하여 고려와는 아무런 상관이 없다고 했을 뿐, 당나라 시절에는 근본 고려가 없었다는 것을 설명하지 않았음은 무슨 까닭일까? 유미에서 난다는 돌먹은 필시 요즘에 쓰고 있는 석탄일 것이다. 한나라 때는 석탄을 땔 줄 몰랐으니 '돌먹'이라고 했던가?

명나라 만력 9년(1581)에 서양 사람 이마두가 중국에 들어와 북경에 머문 지 29년이나 되었다. 그러나 중국 사람으로서는 한 사람도 그를 믿는 자가 없었고, 다만 그의 역법曆法을 주장한 자는 서광계徐光啓[37] 한 사람뿐이다. 드디어 그는 만세력萬世曆의 조종이 되었은즉, 만력이란 연호는 이마두가 중국에 들어올 조짐이었던가.

만력 임진년(1592)에 신종 황제는 군대를 크게 동원하여 우리 나라 국난을 구원하였는바, 이 당시 지출한 은이 8백만 냥이라 한다.

37) 숭정 초년의 예부상서. 이마두에게 역법을 배운 천주교 독신자.

신라 시대 토산물로 대소 화어아금, 조하금,[38] 백첩포白氎布[39]가 있었다.

왕원미王元美[40]는 조선 종이를 쳐주었고, 서문장徐文長[41]은 조선 종이로서 두터운 놈을 몹시 좋아하였다.

종백경鍾伯敬[42]은 일찍이 조선 종이에 당나라 유신허劉愼虛의 시 열네 수를 썼다.

중국에서는 진사에 급제한 출신으로 일갑一甲이 세 사람인데, 그 중 첫째를 장원이라 하고, 다음을 방안榜眼이라 하고, 다음을 탐화探花라고 한다. 장원은 즉시로 한림원에서 서적을 편찬하는 한림수찬 벼슬을 주고, 방안과 탐화는 한림편수 벼슬을 준다.

이갑二甲은 8, 90명이 되는데 그중에 첫째를 전려傳臚라 하여 역시 한림 벼슬을 주고, 삼갑三甲은 백여 명 되는데 이갑들과 함께 모두 조고에 응시할 수 있는바 더러는 한림에 낙점되고 더러는 육부의 주사主事[43]로도 임명하고 더러는 고을 수령 벼슬도 주는데 여기에 끼지 못하면 진사로 돌아간다. 우리 나라에서 지벌을 비교하여 삼관三館[44]에 벼슬을 나누어 붙이는 규정에는 비할 바 아니다.

38) 대소 화어아금大小花魚牙錦과 조하금朝霞錦은 비단 명칭이다.
39) 모직물의 명칭.
40) 명나라 시대 관리요, 문인으로 이름은 세정世貞.
41) 명나라 시대 서화가로 이름은 위渭.
42) 명나라 만력 시대 시인 종성鍾惺.
43) 각 성의 지도원급 관리.
44) 예문관藝文館, 교서관校書館, 성균관成均館을 말한다.

옹정雍正 임자년(1732)에 역관 최수성崔壽城이 고교보를 지나다가 오광빈吳光霦을 만났다고 한다. 오광빈은 일찍이 오삼계의 가짜 사령서를 받았는데, 이 때문에 귀양살이를 하게 되어 그대로 이곳에서 눌러 살고 있었다. 당시 나이 87세로 귀는 먹고 정신이 혼몽하여 아무런 이야기도 못하고 그때의 문서 한쪽을 내보였다고 한다. 그 문서에는,

"천하도초토병마대원수天下都招討兵馬大元帥 주왕周王은 관직을 올려 임명한다.

천지가 혼몽하여 한밤중인 것만 같은 이때에 나는 하늘의 뜻을 받들어 의병을 일으켜 백성을 구해 내고자 할새, 반드시 슬기롭고 용맹 있는 인재를 얻어 함께 살기 좋은 세상을 만들고저 한다. 여기서 오광빈을 얻게 되어 이제 금오시위유격金吾侍衛遊擊으로 임명함으로써 우수한 자를 임용하는 본을 보인다. 이 때문에 문건을 발급하는바 해당관에게 알리니 여기에 따라 일을 맡을 것이다. 그대는 이 임무를 맡고 반드시 더욱 분발하고 노력할 것이요, 그 반열에 처하여 공훈을 많이 세워 높은 직위에 등용한 것에 부응하라. 만약 특별한 공로를 세울 때는 자연 특별한 관직과 포상이 있을 것이니, 너는 부디 배가 노력할 것이다. 이상 문건을 유격 오광빈에게 붙여 시행할 것이다. 주나라 4년 5월 27일."

하였다. 또 한 문서는 병부가 관리를 승임시키는 일에 관한 것으로, 홍화洪化 원년(1678) 7월 16일 병과에서 뽑은 이소보李少保와 금오위좌장군 호제胡題 들을 등용하는 데 관한 문건을 발급해 주기를 청한 것이었다. 그 문서에,

"이번에 얻게 된 시위유격 오광빈은 위인이 노련하여 응당 참장

參將 직함을 주고 내부內府의 일을 맡기겠다고 했는바, '협의에 의하여 오광빈을 임용키로 하였으니 병부는 그리 알고 준행하라.' 는 비준 문서를 갖추어 보내니, 해당 관리는 해당 부서의 지시에 따라 직무를 맡길 것이다. 이상 임명을 받은 오광빈은 이대로 시행하라. 홍화 원년 7월 21일."

했다. 또 한 문건은 호부에서 관원을 증원하기 위하여 신청한 것이었는데, 이것은 오광빈을 호부원외랑으로 임명한 문건이다. 여기에도 '홍화 2년 7월 26일' 이라 하였고 인장과 수결이 갖추어졌다.

대체로 오삼계는 군대를 일으킨 지 4년 만에 연호를 고쳐서 '홍화황제' 라 자칭하였다. 제 자신이 구석선문九錫禪文을 지은 것은 이극용李克用[45]도 못한 노릇이다. 이극용은 그래도 죽음을 맹세하고 다른 날 당나라의 사직을 회복하기로 맹세했던 것이다. 명나라의 남은 백성들이 날마다 설치의 깃발을 고대하고 있는 이때에 누가 오삼계의 주나라 홍화 연호를 알 것이랴.

오광빈 같은 인물이 아직도 이 문건을 묵은 자취로서 집안에 보관하고 있다는 것은 그의 뜻을 짐작할 수 있을 것이요, 또한 당시의 정치가 관대하였음을 알 수 있을 것이다.

흡독석吸毒石은 크기가 대추만 하고 검푸른 빛깔이다. 소서양小西洋에 있는 일종의 독사머리 속에 든 돌멩이인데, 이 돌멩이는 능히 뱀과 전갈과 지네 등 여러 가지 독충들에게 물린 상처를 낫게 하고 발찌와 일체 독종 악창을 낫게 한다. 즉 이 돌멩이를 상처 위에

45) 당나라가 망한 후 후당後唐의 창건자.

놓으면 돌멩이는 절로 상처에 바짝 들러붙어 떨어지들 않다가 독기를 다 빨아 내고는 절로 떨어지는데 상처는 당장에 낫는다고 한다. 그러나 반드시 사람의 젖 한 종지를 준비했다가 떨어진 돌을 빨리 집어넣어 젖 빛깔이 약간 푸른빛이 될 때까지 담가 두었다가 즉시 맑은 물에 잘 씻고 닦아서 다음 번에 쓸 수 있도록 건사해야 한다. 만약에 너무 오랫동안 젖에 담가 두면 돌멩이 독이 너무 빠져서 오랜 뒤에는 영험이 없어진다고 한다.

산해관을 10여 리 못미처 강녀묘姜女廟가 있다. 새로 행궁을 지었고 망부석 옆에는 작은 정자가 있어 진의정振衣亭이라고 한다. 진秦나라 시대에 범칠랑范七郞이란 사람이 만리장성 쌓는 데 부역을 나왔다가 육라산六螺山 아래서 죽었다.

그의 안해는 허씨요, 이름은 맹강孟姜인데, 섬서 동관 사람이다. 꿈에 현몽을 받고 혼자 몸으로 수천 리를 걸어와 범칠랑의 해골을 건사해 가지고는 이곳을 지나면서 쉬었다고 하여 뒷날 사람들이 이곳에 사당을 세웠다고 한다. 강녀는 필경 해골을 지고 바다로 들어가 죽었는데 며칠이 못 되어 바다 가운데는 바윗돌 하나가 솟아나 조수가 밀려와도 물에 잠기들 않았다고 한다.

망부석이란 세 글자는 태원太原 사람 백휘白暉의 글씨요, '작여시관作如是觀' 넉 자는 내각수찬 하정좌賀廷佐의 글씨요, 이반李蟠이 지은 '사기祠記'는 고병高昺의 글씨다.

사당 뒤에는 빗돌 네 개가 서 있다. 한 개는 장간張揀의 글인데 명나라 만력 갑오년(1594)에 세웠고, 한 개는 장시현張時顯의 글인데 만력 병신년(1596)에 세웠고, 한 개는 정관이程觀頤의 글인데 강희 기유년(1669)에 세웠고, 하나는 고제대高齊垈의 글인데 강희 무진년(1688)에 세웠다.

당나라 때 사람 왕건王建이 읊은 망부석은 무창에 있다. 더러는 말하기를 진나라 시대는 '섬陝'이라 한 땅이 없고, 또 '낭郎'이란 이름자도 없고 보니, 맹강이란 제나라땅 여자라고도 한다.

왕민호는 청나라가 건국할 때 한 임금 제도를 찬미하여 밖으로는 삼왕三王이요, 안으로는 이교二敎라고 하였으니, 이교란 말은 대체 석가와 노자의 학술에 유교를 섞어서 한 말이다.

옹정 시대에 황제에게 은밀히 청하는 자가 있어, 중들에게 모두 배필을 장만해 주어 속인이 되도록 하면 직속 군대 백만은 얻을 것이라고 하였다. 옹정 황제는 조서를 내려 타일렀다.

"불교나 노자의 교지는 심성의 근원과, 선악의 감응과, 이기理氣의 근본에 두고 있다. 예로부터 천하를 다스리는 자는 삼강오륜에 근본을 두었다. 사업상에서 표준한다면 이 두 교리는 예악과 법률 정치에는 관여하지 않았다. 그것들이 혹 도리와 교화에 방해가 될까 봐 현철한 임금들은 이 교들을 멀리 한 적은 있었다. 그러나 나는 아직 이 두 교가 사람의 본성에 어긋난다고 하여 이를 없앴다는 사실을 듣지 못했다.

근자에 나에게 은밀히 불교를 독설로 비방하면서 중들을 전부 속인이 되도록 조치하라고 청원하는 자가 있으나, 내가 걱정하는 것은 비록 한 지아비, 한 지어미라도 저들이 생활할 자리를 얻지 못할까 하는 점이다. 지금 그들의 사정도 들어보지 않고 속인으로 만든다면 생활할 자리를 얻지 못하는 자가 수백만 명이 될 뿐만 아니라 대체 중들이란 홀아비, 과부 같은 고독한 자들로서 모두가 불쌍한 자들이다.

소위 이학理學을 한다는 자들은 석가와 노자를 욕질하는 것으로써 스스로 이학자로 자처하고 있으나 이 버릇은 대체 어떤 경전에서 시작되었는지 모를 일이다. 무릇 이학이란 실천궁행을 귀중히 여기는 데 있다. 만약에 허투루 석가와 노자를 비방하는 것으로써 이학을 삼는다면 이는 천박한 생각이다. 국가가 이학을 떠받드는 뜻은 본래 이 같은 뜻이 아니다. 만약에 요망한 말로 사람들을 미혹시키고 간사한 짓을 하여 죄를 범하는 자가 모두 중들이라 한다면 그들이 자기 교리에 실천궁행이 없는 이상 기율을 범하고 법을 무시하는 행동이 어찌 이 교의 책임이라고 할 것이랴. 또 근래 중죄를 범하고 극형을 받은 자가 하필 승려와 도사들뿐이랴.

법이 공평하지 못하면 천하를 다스릴 수 없고 주장하는 이론이 공평하지 못하면 사람의 마음을 감복시킬 수 없다. 그러므로 여기에 타이르는 바이다."

이 글은 민응수閔應洙 정승의 《계축연행록》에 실려 있는데, 왕씨의 말과 부합하고 있다.

건륭 40년 을미년(1775) 11월 20일 내각은 아래와 같은 황제의 유시를 받들었다.

"충성과 정절을 숭상하는 까닭은 풍속과 교화를 바로잡고 신하의 절개를 고무하기 위함이다. 그러나 예로부터 조정이 한번 바뀌면 전조前朝의 충신으로 나라를 위하여 죽은 신하들의 기록이 드물 뿐만 아니라 이름마저 바뀐 것도 있다. 오직 우리 세조 장章 황제는 나라를 창건하면서 숭정 말년에 순국한 신하로서 태학사 범경문范景文 등 스무 명에게 특별히 시호를 내렸다. 전조의 충신들을 생각하는 그의 하늘 같은 도량을 우러러볼 때는 실로 만대에 뻗을 만한 조치라고 할 것이다.

당시 겨우 전해 들리는 소문에 근거하고 고해바치는 사건마저 두루 알아볼 겨를도 없었으므로 이런 표창을 받을 자의 수효가 이에 불과하였으나 조금 더 지나서 남은 행적들이 차차 드러나고 또다시 판정들을 거쳐야 할 것은 지금의 《명사》에 실린 것을 보더라도 넉넉히 짐작할 수 있을 것이다.

예로 사가법史可法 같은 자가 외로운 충성을 맹세하고 망해 가는 판국을 붙들다가 필경은 생명을 바친 일이라든가, 또 유종주劉宗周, 황도주黃道周 등과 같은 사람은 조정에 서면 기탄없는 바른 말로 뭇 아첨쟁이와 마주 부딪치고 간고한 시국과 위험한 시기를 만나면 임금의 마지막 부탁을 받아서 넉넉히 일대의 훌륭한 인물이 될 만하므로 이런 인물들은 응당 표창과 찬양을 받아야 할 것이다. 이 밖에도 더러는 고성을 사수하기도 하고, 싸움터에서 목숨을 바치기도 했으며, 포로로 붙들려 참살도 당하여 죽음을 초개처럼 여긴 자도 있었다.

당시는 임금이 직접 군대를 이끌고 진격함에 따라 절로 법령을 엄하게 펴서 귀순자와 반역자를 밝히지 않을 수 없었다. 그러나 일이 다 지난 후 가라앉은 심정으로 이런 인물들을 평정한다면 불굴의 충의는 모두 부끄러울 바 없는 인물들로서 제 몸을 희생하여 절개를 고수하였으니 그 심정인즉 역시 동정할 만하다.

복왕福王[46]은 갑자기 한쪽 구석에서 조정을 꾸몄고, 당왕唐王과 계왕桂王이 명나라 끝을 이어 함께 변방으로 숨어 다니다시피 유랑하며 나라를 위하여 다시 성공은 못 했지만, 당시 여러 사람들은 갖은 고생을 겪어 가면서 함께 목숨을 버리면서도 의리를 취하여 저마끔 충성을 다하였으니, 어찌 이런 일을 그냥 사라지도록 버려 둘 것인가? 마땅히 역사를 상고하여 한목으로 시호를 내 표창해야 할 것이다. 그중에 혹 포의 출신으로서 성명도 잘 알 수 없는 자들 중에도 강개한 지사들이 없지 않겠지마는, 이들에게 일일이 시호를 주기는 어려울 것이므로 그 역시 저마끔 그 고향에서라도 제사를 받들어 위로해 주어야 할 것이다.

일찍이 우리 태조의 실록을 읽어 보니, 살이호薩爾滸 전쟁에서 명나라 양호揚鎬 등이 20만 군대를 끌어 모아 네 방면으로 흥경興京을 침범하자 우리 태조와 태종과 왕족 대신들은 정병 수천을 인솔하고 그들을 절반 나마 도륙하였다. 당시 명나라의 한때 명장들인 유정劉綎, 두송杜松, 양호 같은 인물들은 죄다 전장에서 죽었다. 요즘 나는 이 사적을 들어 글 한 편을 지어 그들의 충렬을 찬양하여 역사에 전하도록 하였다.

오직 이같이 국가를 창건하는 시기에 있어서 우리 편에 항거하여 선봉으로 오는 자는 응당 용서 없이 무찔러 죽임이 당연했지마는 칼날과 창끝을 무서워하지 않고 충성을 다하여 싸우는 태도는 적군이라도 가상하지 않을 수 없었던 것이다. 또 명나라가 망할 무렵 손승종, 노상승盧象昇 등은 우리의 군대에 저항하다가

46) 명나라가 망한 후 마사영馬士英 등이 남경에서 책립한 주유숭朱由崧.

몸뚱이는 들바닥의 거름이 되고 말았고, 주우길周遇吉, 채무덕蔡懋德, 손전정孫傳廷 등은 목을 내놓고 몸을 짓밟혀 가면서 적을 막다가 죽었어도, 그들의 늠름한 태도는 오히려 생기가 있었다. 오로지 명나라 정치가 해이했던 까닭으로 만력 시대로부터 숭정 시대에 이르기까지 권신과 간신이 꼬리를 물고 환관들이 횡행을 하여 흑백이 뒤섞이고 충신과 양신은 흔적이 없어져 언제나 이를 갈면서 불평을 하게 되었다. 복왕 때에 더러는 시호를 추증한 자가 있으나 이것도 처리가 불공평하여 종잡을 수 없었다.

나는 다만 공평무사하게 그들을 심사하여 무릇 명나라 말년에 절개를 완전히 지킨 신하들로 이미 나라를 위하여 충성을 다한 자는 한목으로 같이 우대하고 표창할 것이다. 그러나 전겸익錢謙益과 같이 스스로 깨끗한 듯이 큰소리를 치다가 부끄러운 빛도 없이 항복을 해 왔거나 김보金堡, 굴대균屈大均 등과 같이 죽음을 무서워하여 요행히 살아 보고저 거짓 중노릇을 한 자들은 모두 창자도 없고 수치도 모르는 자들이다. 이 따위들이 과연 절개를 지켰다면, 그들의 이름은 오늘 내가 표창할 명단 중에 마땅히 올라 있을 것이다. 그러므로 이미 목숨을 버리지 못하고 오히려 말과 문자를 빌어 저마끔 살 구멍을 찾는 시늉을 엄폐하는 자들에 대하여는 반드시 그들이 진퇴한 절차가 모호한 것이었음을 폭로하여 명백히 배척함으로써, 옳지도 못한 것들이 캄캄한 어둠 속에 표창을 받고 있는 것들을 삭탈하여 상과 벌을 추상같이 밝혀 천하 만대로 하여금 사리에 비추어 선악을 밝힘으로써 삼강오륜을 세우고 또 이로써 선악을 밝힐 것이다.

시호를 받을 여러 사람들은 《명사》와 《집람輯覽》에 실린 바를 두루 조사하고 세조 때의 전례에 두루 비추어 본래의 관직에 따라 시호를 줄 것이다. 시호의 결정을 어떻게 분별하여 처리할지는 태학사, 구경, 경당, 한림, 첨사, 과도 들을 모아 협의하여 보고하라. 아울러 여기서 중외에 이를 알리노니 그대로 실행하라."

이 조서를 본다면 우리 나라 삼학사와 청음淸陰 김상헌金尙憲의 사적이 응당 청 태종의 실록에 실렸을 터인데 아무런 기록도 없음은 무슨 까닭일까? 대체 외국의 신하로서 중국을 위하여 절개를 지킨 일은 천고에 없었던 일이다. 건륭은 천하와 만대를 위하여 스스로 공정을 표방하면서도 다만 우리 나라의 여러 지사들에 대해서는 소홀히 본 바가 많다. 외국에 관계된 사실이라 하여 미처 정리를 못했음인지, 중국 인사들이 때로 청음에 관한 언급을 했다는 것도 다만 몇 편의 시편을 기록하는 데 그치고 말았을 뿐이며, 해와 달과 더불어 빛을 다툴 만한 그의 놀라운 절개가 일찍이 볼 수 없었던 일임은 하나도 말하지 않았다.

우리 나라와 청나라의 강화가 청나라가 아직 관외에 있을 적 일이고 보니 중국 사람들로서는 아직 이 사적을 알지 못한 까닭일까, 그렇지 않으면 이야기를 내기가 혐의쩍어서 짐짓 모르는 체 함인가? 안 그렇다면 일부러 《감구집感舊集》(어양漁洋 왕사정이 지은 《감구집》에는 청음 선생의 시가 실렸고, 그 서문에는 그의 관직과 이름과 자를 기록했다.) 같은 데에 말 못 할 뜻을 잠깐 표시한 것일까?

나는 매양 청음 두 글자를 들을 때마다 머리털이 절로 움직이고 혈맥이 절로 뛰어 비록 아무도 모르게 목구멍 속에 배회하는 말로서 입 밖으로는 감히 내지를 못하지마는 거의 왕곡정이 말한 체증이 되려 하고 있다. 어쩔거나! 어쩔거나!

요동 못 미쳐서 동쪽으로 왕상령王祥嶺이란 고개가 있고, 고개를 넘어 10여 리를 가면 찬물샘이 있는데 사신 행차가 있을 때는 장막을 치고 조반을 치르는 곳이다. 돌로 쌓은 우물이 아니요, 길가에 솟는 샘으로 물줄기는 확을 넘치고 있었다. 물맛은 달고 맑은데, 겨울에는 따뜻하고 여름에는 차다.

우리 나라 사신이 올 때마다 흘러넘치게 솟다가도 조선 사람들이 떠나면 즉시 말라 버린다고 한다. 요동은 본래 조선땅이므로 기운이 맞먹는 무엇이 있어 그렇다고들 말했다.

우리 나라에서 난리를 피할 복지로 전부 열 군데를 꼽는데 이것은 다 우리 나라의 이름난 중인 무학無學과 방사 남사고南師古가 지정한 곳이라고 한다.

내가 말한다면 복지로서는 임금이 있는 자리 같은 데가 없을 것이다. 비록 미천한 선비에게도 틀림없이 피난처가 될 것이다. 즉 임금의 말고삐를 잡다시피 하고 그 곁을 떨어지지 않는 것이 가장 좋을 것이다. 갑자기 난리를 만나면 남녀 없이 낭패를 하여 찾는 곳이란 심산궁곡의 바위 굴속 같은 데를 찾기가 일쑤다. 이야말로 어리석기 짝이 없다. 양식을 운반할 수 없어 반드시 먼저 굶어 죽을 터이니 이것이 첫째 어리석음이요, 군사도 못 보고 범이나 산짐승에게 욕을 볼 것이니 이것이 둘째 어리석음이요, 바깥 세상 소문이 끊어지고 보매 갈 곳을 알지 못하게 될 것이니 이것이 셋째 어리석음이요, 나무 수풀과 안개 이슬 틈에서 먼저 병이 들 터이니 이것이 넷째 어리석음이요, 만일에 도적 떼라도 만나면 속절없이 약한 자가 털릴 터이니 이것이 다섯째 어리석음이다.

세상이 불행하여 임진왜란과 병자호란을 당하고 본즉 의주와 남한산성은 복지가 되었다. 당시에 피난 간 사람들은 이 두 곳이 아무데도 닿을 길 없는 외딴 성으로 아주 죽을 땅이라고 생각했다. 그러나 나의 생각으로는 나라의 어른이 있는 곳에는 천지가 힘을 보태고 뭇 귀신이 보호할 터이매 나라가 보전되면 제 몸은 보전할 터이요, 나라가 망하면 제 몸도 죽을 따름일 것이다. 몸을 멀리 풀숲 속에 숨기고 개굴창 속에서 산다는 것은, 차라리 살아서 충신이 되고 죽어서 외로운 귀신이 되는 것만 같지 못할 것이다.

일찍이 인평대군이 지은 《송계기행松溪記行》을 보니, 청나라 군사가 송산松山을 진격하여 둘러쌀 때에 우리 나라 효종대왕은 당시 봉림대군으로서 소현세자를 모시고 함께 청나라 군사 진중에 있었다. 군막 자리가 지세로 말미암아 불편하여 바로 딴 곳으로 옮겼던 바, 이날 밤 영원총병寧遠摠兵 오삼계가 기병 만여 명을 거느리고 포위망을 뚫고 도망하였는데, 바로 처음에 군막을 쳤던 곳이라고 하였다.

그러고 보매 당시에 군막을 옮긴 것은 하늘이 돌보아 준 것이다. 백 명 넘는 우리 나라 사람들이 만일 나라 운수에 의탁을 아니하였더라면 어떻게 그들의 습격에 유린을 면했을 것이랴. 그러므로 나는 말한다. 불행히 만 번 죽을 어려운 고비를 당할지라도 임금 있는 자리를 모시고 있는 자리가 즉 다시 없는 복지일 것이라고.

열하에 있을 때에 반선이 거처하는 금지붕 전각 용마루 위에 한 쌍 금으로 몸뚱이를 만든 누런 용이 말처럼 일어서 있었다. 길이는 두 발 남짓한데 땅에서 본 것이 이렇고 본즉 참말 그 길이와 높이는 넉넉히 짐작할 수 있을 것이다. 그 모양이 보통 그림에 보는 신룡과는 어림없이 달랐다.

양용수楊用修의 《단연록丹鉛錄》에는, '용은 새끼 아홉 마리를 낳는다. 그중에서 용으로 못 되는 놈이 첫째로 비희인데, 모양이 거북같이 생겨 무거운 짐을 잘 진다. 지금 빗돌, 바탕돌로 거북 모양을 만든 것이 이것이다. 둘째는 치문인데 바라보기를 좋아하는 성질이므로 지금 지붕머리에 앉히는 짐승이 되었고, 셋째는 포뢰이니, 울기를 잘하므로 지금 종 머리에 매는 끈의 형상이 되었고, 넷째는 폐간인데 모양이 범과 비슷하므로 감옥 철문 앞에 세우고, 다섯째는 도철인데 먹기를 잘하는 성질이므로 음식 그릇과 솥뚜껑에 붙이고, 여섯째는 팔하인데 물을 좋아는 성질이므로 다리 기둥 위에 세우고, 일곱째는 애자인데 죽이기를 좋아하므로 환도 자루에 새기고, 여덟째는 금세라고 하는데 모양이 사자 같고 연기와 불을 좋아하므로 향로에 세우고, 아홉째는 초도인데 모양이 소라같이 생기고 문을 닫고 잘 숨는 성질이므로 문간에 세운다.' 고 했다.

또 금지붕 전각 네 모서리에 있는 금으로 만든 황룡은 용마루 위에 있는 것과 모양이 또 달랐다. 치미니 치문이니 하는 이야기도 전하는 기록이 다들 다르다. 대체로 중국에서는 궁전을 이룩할 때 반드시 치미와 치문을 먼저 만들어 그 집이 성하고 망할 것을 점치므로, 매우 소중하게 여긴다.

《대류총귀對類總龜》에는 일렀으되, '용이 새끼 아홉 마리를 낳는데, 하나는 조풍이니 모험을 좋아하므로 전각 모서리에 세우고, 하나는 치문인데 삼키기를 좋아하므로 전각 용마루에 세운다.' 하였다. 《박물지博物志》 '일편逸篇' 에는 일렀으되, '이문螭吻은 모양이 짐승 같은데 바라보기를 좋아하므로 전각 모서리에 세우고, 만전은 형상이 용과 비슷하고 성질이 바람과 비를 좋아하므로 지붕 용마루에 쓴다.' 하였으니, 《단연록》 이야기와는 모두 다르다.

한나라 무제의 백량전柏梁殿에 불이 났는데, 월땅의 무당이 말하기를, '바다 고기 가운데 이름이 규虯라 하는 것이 있어 그 꼬리가 치鴟와 비슷한데 물결을 치면 비가 내리므로 그 형상을 따서 만들어 전각 용마루에 얹어 놓으면 화재를 막을 수 있다.' 고 하였다. 또 건장궁을 세울 때 무당은 화재 예방으로 치미 형상을 전각 용마루에 설치할 것을 아뢰었다고 했다. 우리 나라에서는 뱃고물을 '치' 라고 하는바, 치미의 '치' 인 것 같기도 하다.

《박물지》 '일편' 에는 또, '비희는 성질이 무거운 것을 지기 좋아하므로 빗돌을 진다.' 하였고 '이호는 모양이 용같이 생기고 성질이 문채를 좋아하므로 비문 위에다가 세운다.' 하였다.

또 《대류총귀》에는 이르기를, '용의 아홉 마리 새끼 중에 하나는 패하라고 하는데, 무거운 것을 좋아하므로 빗돌 바탕으로 하고 비희는 글을 좋아하므로 비문의 양쪽에 새긴다.' 하였다.

이와 같은 여러 가지 이야기는 역시 다 각각 다르니 용 새끼의 이름과 성질을 무엇으로 알 것인가? 옛날 이야기의 억측들이란 다 이와 같다.

복희씨로부터 지금의 건륭 황제까지 정통을 이은 천자가 모두 250명이다. 모두 계산해 보면 여후, 무후[47]와 같은 정통이 아닌 천자

47) 여후呂后는 한 고조의 황후이고, 무후武后는 당나라 고종의 황후.

로서 조조의 위나라와 손권의 오나라와 남북조로부터 오대까지 친다면 85명이 될 것이요, 참칭한 가짜 천자로서 하夏나라 때 후예后羿로부터 시작하여 주周나라 홍화弘化 황제인 오삼계까지 합한다면 총계 270명이요, 춘추 때 '군君'이라 한 임금이 491명이다.

"산동 등지를 순행하면서 농사를 관리 감독하고 겸하여 군무를 정리하던 도찰원우부도어사〔巡撫山東等處督理營田兼理軍務都察院右副都御史〕 악岳이 황제님의 거룩한 덕이 하늘 높이 더더욱 융창하고 있는 이때를 당하여 삼가 상서로운 기린이 나서 아름다운 응보가 밝게 비추고 있는 사항을 보고합니다.

옹정 10년 임자년(1732) 6월 13일 포정사布政使 정선보鄭禪寶가 조주曹州 거야현鉅野縣 지방관 요개춘寥開春의 보고에 근거하여 전하는 말에 의하면, 옹정 10년 6월 5일 신성보新城保 지보地保 축만년祝萬年 등이, '이 보에 속한 이가장李家庄 이은李恩의 집에서는 본년 6월 5일 진시에 소가 기린을 낳았는데, 진시부터 사시까지 금빛이 싸고 돌아 원근의 구경꾼들이 모여들어 다들 기이하다고 말하면서 반드시 상부에 보고를 해야 한다고 하였다. 그래서 즉시 기린이 난 곳까지 직접 가서 삼가 자세히 검사해 보니 노루 몸뚱이에 소꼬리였다. 몸뚱이에는 온통 갑옷 같은 것을 뒤집어썼는데 모두 붉은 털로 기운 것 같았다. 알록달록 광채가 찬연하여 실로 성대의 상서로운 징조로 보이기에 상부에 보고한다.' 하였습니다.

그리하여 본직이 즉시 사람을 거야로 보내 더 자세히 조사하였는바, 그들의 말에 의하면 '기린의 몸뚱이는 길이가 1척 8촌이요,

높이가 1척 6촌이요, 노루 몸뚱이에 소꼬리로 머리에는 고깃덩이로 된 뿔이 났고 정수리에는 곱슬 털을 이고 눈은 수정 같고 이마는 백옥 같고 온 몸에는 비늘 갑옷이 덮여 모두가 푸른빛을 띠고 있다. 비늘은 자줏빛 털로 기운 것 같고, 등은 검정빛으로서 세 마디인데, 가운뎃마디는 털이 모두 꼿꼿이 섰고, 앞마디는 털이 앞으로 향했고, 뒷마디는 털이 모두 뒤로 향하였다. 가랑이와 배와 발굽과 다리에는 흰 털이 났고 꼬리 길이는 5촌 5푼인데, 꼬리 끝에는 검정 털 네 개가 났다.' 했습니다. 본직에게 그림을 보내왔으므로, 본직이 삼가 열람해 보니 실로 즐겁기 짝이 없었습니다. 즉시 향불 탁자를 조심스레 차리고 대궐을 향하여 머리를 조아려 경축하였습니다." 48)

이를 보고한 자는 산동독무로 '악' 이란 그의 성이다. 이 공문서는 우리 나라 과거 문체에 비하면 좀 거치나 화려하며 푸근한 맛이 있어 절로 옛날 티가 났다.

지난날 윤형산은 말하기를, 산동에는 단골로 기린이 난다고 하면서 강희 때는 모두 네 마리 소가 기린을 낳았고, 옹정 때는 다섯 마리를 낳았는데 소가 두 마리를 낳았고 돼지가 세 마리를 낳았고, 지금 황제 때 들어서서는 다섯 마리를 낳았는데 사천, 복건, 절강, 하남성에서 두 해 동안에 모두 소가 낳았고 한 마리는 직례 양향에서 돼지가 낳았다고 한다.

순치 병신년(1656) 10월 16일 공주 네 명은 각각 막북으로 돌아갔

48) 이하 원문 14행 번역 생략.

는데, 다들 몽고왕의 처인 까닭이다. 길은 옥하관 앞을 거쳐 갔다.

몽고왕은 부하들을 데리고 약대와 말을 장하게 차리고 달리는데, 공주도 역시 말을 타고 갔다. 몽고인들과 한인들이 뒤를 따라가는데, 이것은 다들 멀리 전송하기 위해서였다.

이것은 인평대군이 본 일이라 한다.

건륭 41년 병신년(1776) 정월 25일, 내각은 황제 유시를 받들었다.

"전일 명나라 말년에 순절한 여러 신하들이 저마끔 그 임금을 위하여 바친 의리와 충렬은 가상할 만하니, 시호를 내리기 위하여 이를 조사해 밝힘이 좋겠다. 즉시 태학사와 구경과 서울에 있는 고관들에게 협의하여 아뢰도록 하여 충성되고 어진 자를 표창함으로써 뒷날 자손들로 하여금 본보게 할 것이다.

다시 생각해 보면 명나라 혜제惠帝가 쫓겨나갈 때 그 신하들 가운데 절개를 지켜 죽은 자로 역사에 실린 자는 매우 많았다. 말하자면 당시 영락永樂[49]은, 지위는 번방의 신하로서 모반을 하여 음모로 나라를 빼앗았으니 여러 신하들은 저마끔 당연히 의리로 보아 하늘을 이고 살 수 없었을 것이다. 제태齊泰나 황자징黃子澄 같은 인물들은 경솔할 뿐만 아니라 꾀가 적었고, 방효유方孝孺 같은 인물은 식견이 미련하여 어린 임금을 돕기에 부족하였다. 그러나 그들이 자기 임금을 떠받들고 역적을 베어 없애고저 하는 심정은 모두 이해할 수 있는 일이다. 대세는 이미 기울어졌으되 오히려 군사를 모집하여 끝내 저항하면서 목숨을 바치고 일족이

49) 성조成祖의 연호인데, 연왕燕王으로서 조카인 황제 혜제를 축출하였다.

희생되었으나 백절불굴한 그들의 정성은 세상에 교훈 자료로 내놓아도 부끄러울 데가 없을 것이다.

이 밖에 경청景淸이나 철현鐵鉉 같은 인물들도 더러는 비분강개하게 자기 몸을 바쳤고, 더러는 군말 없이 의리를 지켰다. 비록 죽는 방법들은 달랐으나 지조와 절개들은 늠름하여 모두 다 대의를 밝혔다고 할 수 있는 인물들이다. 심지어 '동호東湖의 나무꾼'이나 '가마솥 땜질꾼'까지도 이름은 사라져 드러나지 못했건만 그 심정들은 한결같이 다 가상하다 할 수 있다. 특히 영락 임금은 성질이 잔학하여 자기 임의대로 무고한 형벌을 써서 참혹하게 도륙할 때 흡사 오이 넝쿨을 끌어 일으키듯 한 줄에 잇달아 베어 죽였으니 사람의 정리라고는 볼 수 없었다.

나는 역사를 읽을 때 여기까지 와서는 미상불 의분을 참지 못했다. 명나라 중엽에 와서는 조금 군법을 늦추었으나 사정에 따르고 숨겨 끝내 드러내어 표창하지 못했으므로 충신과 의사들의 옳은 행실은 오랫동안 신원을 못하였으니, 실로 불쌍하고 답답한 일이다. 대체 전조를 혁명할 때 우리에게 항거한 자까지도 그들의 충성을 생각하여 특히 표창해 주었는데, 더구나 건문 시대 여러 신하들은 불행히 내란을 당하여 나라를 위해 몸을 바치고 자기를 희생하여 의리를 지켰거늘, 어찌 이를 그대로 사라지도록 묻어 둘 것인가?

이들에게도 마땅히 한목으로 시호를 하사하여 어둠을 헤치고 광명한 길을 밝혀야 할 것이다. 정도를 구별하여 시호를 내리는 일은 앞서 지시한 대로 태학사 등에게 맡겨 한목으로 자세히 조사하고 협의를 거쳐 나에게 보고하도록 함으로써 충성을 장려하고 절개를 숭상하는 나의 지극한 뜻에 맞도록 할 것이다. 그리 알아 실행하라."

명나라 숭정 11년(1638) 우리 나라 장수 이시영李時英이 군사 5천 명을 거느리고 건주建州로 들어갔는데, 청인이 이시영을 협박하여 앞장을 세우고 명나라 도독 조대수祖大壽와 송산에서 싸우게 되었다. 우리 나라 군사들은 다들 총을 잘 쏘아 조대수의 군사를 많이 죽였다. 조대수는 군중에 포고를 하여 청국 병정 머리 한 개에는 은 오십 냥을 주고 조선 사람 머리 한 개에는 은 백 냥을 준다고 하였다.

조선 군사 중에 이사룡李士龍은 성주 사람으로서 혼자 차마 총에 탄환을 재지 못하여 무릇 세 번을 쏘아도 아무도 상하지 않았는바, 이는 조선이 명나라와 적대하지 않는다는 속 심정을 밝혔던 것이다. 청인이 이것을 알고 즉시로 이사룡의 머리를 베어 조리돌렸다. 조대수 군사는 이것을 바라다보고 모두 통곡을 했다고 한다. 조대수는 즉시로 깃발 위에 큰 글씨로 '조선의 의사 이사룡'이라 써서 이시영의 군대를 풍자하였다.

지금 성주 옥천玉川에는 충렬사가 있으니 즉 이사룡을 제사 지내는 사당이다. 만약에 건륭 황제가 이사룡의 이름을 들었다면 특별히 좋은 시호를 주는 것이 당연할 것이다. 나는 송산을 지나면서 글을 지어 이사룡의 혼령을 조상하였다.

목재牧齋 전겸익錢謙益의 자는 수지受之다. 그의 신세는 절반은 중국이요 절반은 오랑캐요, 그의 문장은 절반은 유교라면 절반은 불교였다. 그의 이름과 절개는 눈 닦고 보려고 해도 볼 수 없어 필경은 건달의 칭호를 면치 못했다. 위로는 그의 스승 고양高陽 손승종에게 부끄러울 일이요, 아래로는 그의 제자 유수留守 구식사瞿式耜에게 부끄러울 일이요; 중간으로는 그의 안해 하동군河東君 유여시柳如是에게 부끄러울 일이다. 수지가 늙어 죽을 때는 하동군이 아직도 젊었는데 여러 소년들이 수지를 미워하여 유씨를 욕보이고저 하여 유씨는 자살을 하고 말았다.

지금 건륭의 조서를 보면 수지를 배척하여 말하기를, '스스로 깨끗한 듯이 큰소리를 치다가 뻔뻔한 얼굴로 항복을 하고는 거짓 중노릇을 하여 창자도 없었고 수치도 몰랐다.' 하였으니, 가위 전겸익으로서는 부끄러워 죽을 만한 일이다.

우리 나라 선비들은 수지의 이 같은 실행失行을 모르고 《유학집有學集》과 《초학집初學集》만을 보고는 그를 애석히 여길 뿐 아니라, 그의 시문을 뽑아서 만고 충신 문 승상文丞相이나 사첩산謝疊山의 글 아래 많이 늘어놓기도 한다. 근년에 와서는 그의 책판을 없애고 장서를 금하는 금령이 있다는 말도 또한 많이 들었다. 그러나 과거 공부를 하는 일반 서생으로서는 다 알지는 못할 것이므로 여기서 자세히 기록해 둔다.

소동파가 고려를 미워하는 것에는 까닭이 있다. 당시에 고려는 외곬으로 거란과 친하고 있었으면서도, 특별히 중국을 사모한다는 뜻으로 가끔 송나라 조정을 찾아갔다. 중국 인사들이 고려의 충정을 알뜰하게 보아 주지 않고 혹시 조정 형편을 엿보지나 않을까 하고 의심한 것은 괴이쩍은 일이 아니다. 또 고려가 조공하러 오는 길이 명주明州[50]에 상륙하여 반드시 유신儒臣으로 접대관을 삼으므로,

그 막대한 비용은 요나라 사신에 버금가고 있었다. 평등한 국교도 아니요, 그렇다고 속국도 아닌데 뻣뻣한 하국夏國을 접대하는 비용보다 더 많았으니 당시 사대부들이 무익하다고 하는 것도 무리가 아니다.

시방 우리 조정이 명나라에 충실히 순종한 지도 3백 년 가까이 되어 한결같은 마음으로 중국을 친애하기는 고려보다도 훨씬 더했건마는 동림당東林黨[51] 떨거지는 걸핏하면 조선을 좋아하지 않았다. 전목재는 동림당의 괴수이고 본즉 우리 나라를 더러운 오랑캐로 배척하는 것을 아주 정당한 이론으로 삼았다. 분하고 원통함을 어찌 참을 수 있으랴. 더구나 우리 나라 시문에 이르러는 이를 말살하기가 일쑤다. 그의《황화집皇華集》[52] 발문에 보면,

"본국의 시종으로 있던 신하가 칙사가 되어 고려를 갈 때는 으레 황화집을 편찬한다. 이 책은 가정 18년 기해년(1539)에 황천 상제에게 태호泰號를 올리고 황조皇祖와 황고皇考의 성호聖號를 올릴 때 석산錫山 사람 수찬修撰 화찰華察이 황제의 조서를 지어 반포한 것이다. 조선의 문체는 펀펀하게 늘어놓는다. 그러나 시를 짓는 여러 선비들이 그것들을 깎아 주고 고쳐 주는 것을 싫어하지 않았다.

그렇게 한 것은 먼 곳 사람들을 회유하려는 정신에 뜻을 두었으므로, 똑똑한 시구는 극히 적다. 예로 배신陪臣의 시구를 보면 두 자가 거의 일곱 자 뜻을 포함하고 있으니, '나라 안에 창이 없

50) 지금 절강성 지방.

51) 명나라 말기에 생긴 일부 학자들을 중심한 정계의 파벌로 명나라의 멸망에 영향이 컸다.

52) 조선에 칙사로 나오는 중국 사신들의 시문을 편찬한 문집.

고, 한 사람 앉아 있네.〔國內無戈坐一人〕'[53] 같은 글귀는 그 나라의 소위 소동파체일 것이다. 여러분들은 부디 마주 화답하지 않는 것이 좋겠다."

하였다. 우리 나라 문체가 그의 말과 같이 편편하게 늘어놓는 것은 사실이나 어찌 비속하고 천박하기가 이 같을 수 있을까? 나는 일부러 이것을 자세히 기록하여 목재가 우리 나라를 훼방하는 것이 동파와는 또 다르다는 것을 보여 주고자 한다.

전증錢曾의 자는 준왕遵王이요, 목재의 족손이다. 서건학徐乾學과 함께 경전 해석 서적〔經解〕을 편집하였고, 오매촌吳梅村, 공지록龔芝麓과 함께 삼대가라 한다. 모두들 명나라 조정의 현달한 관리들로서 역시 지금의 청나라에 벼슬을 한 인물들이다. 그가 조선에 칙사로 나가는 유홍훈劉鴻訓에게 준 목재의 글을 주석하였는데, 거기에는 거짓말이 많고 또 제독 이여송이 조선을 돕기 위해 왔던 일에 대해서는 더욱이 엉터리 기록이 많아 개탄할 만하다.

지금 황제가 전겸익을 배척한 조서에,

"그래도 문자를 빌려 자기가 살 구멍을 찾아 거짓으로 꾸미고 엄폐하였다."

하였는데, 이야말로 그의 간특한 정상을 꿰뚫어본 말이다. 그의 문자란 것은 고려판 유종원柳宗元의 글에 붙인 발문 같은 것을 이른

53) '나라 国國' 자 속에 있는 '혹或' 자에서 '과戈' 자를 없애면, '구口'가 남는 것을 글자 풀이로 한 것.

다. 발문에는,

"고려판 당나라 《유선생집柳先生集》은 탄탄한 조선 종이에 자획이 가늘고도 힘차서 중국에서도 역시 우수한 책이라고 할 수 있다. 외국의 신하인 남수문南秀文[54]의 발문 앞뒤에는 조심스레 쓰기를, 정통正統 무오년(1438) 여름과 정통 4년(1439) 겨울 11월이라고 하였으니, 연호를 통해 천하가 통일되어 있음을 높이는 뜻이 내왕하는 편지에도 나타나 있어 숙연하였다.

대체로 기자箕子의 교화가 그대로 남아 있고, 명나라 문화가 외국에까지 보급된 것은 진실로 당나라 시대에서도 견줄 바가 아니란 것을 엿볼 수 있다. 하늘이 무너지고 땅이 기울어지다시피 명나라가 망한 후 조선은 같은 문자를 가진 꿈을 저버린 지 오래되었으니, 나는 이 책을 어루만지면서 남모르게 눈물을 지었다.

신하로서 지시를 받들어 이 책을 편찬한 자는 집현전부제학 최만리崔萬里, 직제학 김빈金鑌, 박사 이영서李永瑞, 성균관사예成均館司藝 조수趙須 들이요, 응교應敎 남수문南秀文이 관함을 서명하였는데, 그의 관직은 '조산대부朝散大夫 집현전응교 예문관응교 지제교경연검토관 겸 춘추관기주관集賢殿應敎藝文館應敎知製敎經筵檢討官兼春秋館記注官'이라 하였다. 여기 함께 써서 이로써 조선의 고사를 삼아 보존하고자 한다."

하였다. 조선 사람들이 매양 '같은 문자를 가진 꿈'이라는 한 마디 말을 전고로 삼아 과거의 시 제목으로 쓰고 있으니 정말 비루한 일이다. 진립재陳立齋의 집에는 《고문백선古文百選》과 《유문초柳文抄》

54) 조선 세종 때 집현전 학자.

가 있었는데, 모두 한구자韓構字[55]로서 고려판이라 하여 매우 귀중히 여기고들 있었다. 대체 이 발문에서 나온 말이다.

우리 나라 합천 해인사 홍류동紅流洞에 있는 전각 원융각元戎閣에는, 명나라 중군도독 태자태보 이여송이 쓰던 갓과 두루마기와 당시에 지었다는 시 한 편을 보관해 두었다. 내가 일찍이 해인사를 유람할 때에 갓과 두루마기를 내어 구경하니 갓모자 둘레는 세 뼘이나 되어 그 머리가 얼마나 큰지 알 수 있었다. 절에 있는 중 가운데 키가 제일 큰 자를 택하여 두루마기를 입혀 보았더니 땅에 한 자 나마 끌렸다.

만력 임진년(1592)에 우리 나라가 왜적에게 침략당했을 때 공은 요계보정 산동군무제독遼薊保定山東軍務提督으로 군사를 거느리고 우리 나라를 도와 평양으로 달려와서 왜장 평행장平行長을 모란봉 아래서 격파하였다. 장사 누국안婁國安을 행장의 군영에 보내어 포로가 되었던 왕자 순화군順和君과 대신 김귀영金貴榮, 황정욱黃廷彧 등을 구출해 왔다. 고국으로 돌아간 지 6년 후 요동에서 전사하였는바, 의관을 갖추어 장사를 지내도록 조서를 내리고 소보少保 벼슬을 추증하고 시호를 충렬忠烈이라 했다. 공은 우리 나라로 올 때에 군사를 몰아 조령을 넘어 문경에서 충주로 돌아왔으므로 그의 갓과 두루마기가 합천에 남아 있다.

공은 본래 조선 사람으로 그의 먼 조상은 이름이 영英인데, 홍무(洪武, 1368~1398) 연간에 처음으로 중국에 들어가 양평襄平에 거주

55) 숙종 시대에 만든 활자 명칭으로 한구가 쓴 자체.

하였다. 우리 나라 사람은 그의 근본을 아는 자가 드물었다. 나는 일찍이 왕이상王貽上의 《대경당집帶經堂集》을 보았는데, 청나라 병부시랑 이휘조李輝祖의 신도비가 실려 있었다.

"철령 이씨는 영원백寧遠伯 성량成樑에서 시작하여 문벌이 명나라 때부터 드러나기 시작하여 청조에 들어와서는 가문은 더욱 커져, 안으로는 황제 앞에서 경서를 강의하는 자리에 출입하게 되고 밖으로는 장수의 지위에 나아가게 되었다. 이씨의 선조는 조선 사람으로서 제일 먼저 양평에 이사한 사람은 영이었다. 영은 처음에 군공軍功으로 철령위도지휘사鐵嶺衛都指揮使에 임명되었다. 그 아들 문빈文彬은 아들이 오형제인데 맏이가 춘미春美요, 춘미의 아들이 경涇이요, 경의 아들이 영원백이요, 영원백의 맏아들이 곧 공이다."

휘조輝祖는 춘미의 아우 춘무春茂의 후손이다. 이로써 공이 우리 나라 출신인 것을 더욱 분명히 알 수 있다. 숭정 말년에 공의 아들과 여백如柏, 여매如梅의 아들들이 조선으로 탈출해 온 것은 그 부형들이 조선에서 큰 공로를 세웠고 본즉, 비단 묵은 은혜를 판 것만이 아니라 역시 여우는 죽을 때 머리를 제 고장으로 향하고 죽는다는 뜻일 것이다. 그러나 중국의 판국이 뒤바뀌면서 우리 나라 역시 조심하지 않을 수 없었은즉 여러 이씨네 자손들로서 조선으로 돌아온 자들도 역시 감히 그 소자출을 밝혀 말할 수 없었다.

내가 선무문 안 첨운 패루 앞에서 웬 얼굴이 잘난 젊은이를 만났는데, 그는 영원백의 후손으로 이름은 홍문鴻文이라 하였다. 이튿날 비단 점방으로 나를 찾아와 품속에서 인쇄한 족보 두 권을 내놓았다. 그것은 철령 이씨의 세보世譜로서 영으로부터 족보의 첫머리로 삼아 자기는 조선 사람이라고 하였다. 내가 전에 알던 것과 더욱 들어맞아 의심할 것이 없었다. 홍문의 할아버지 편덕偏德은 나이가 금년에 여든둘인데, 풍증으로 기동을 하지 못하고 그 손자에게 두루 조선 사신의 관소를 찾아 뜻 있는 사람을 만나면 세보를 전하게 해서 우리 나라 사람들로 하여금 자기 마음을 알도록 하라고 했다 한다. 더구나 이훤李萱 같은 이가 지금 우리 나라에 벼슬을 하고 있는 줄 모르는 모양이다. 나 역시 감히 영원백의 후손으로 아무개가 조선에 있다고 말을 하지 못했다.

저녁이 되어 사관으로 돌아와 서둘러 촛불을 켜고 내원이 패와 함께 이것을 보니, 영원백의 장손이 여송이요, 여송의 맏아들이 성충性忠이요, 성충의 아래로 뒤가 없다고 하였는데 성충이 달아나 조선으로 도망해 온 까닭이다. 나는 비록 이훤과 만난 적은 없으나 꼭 조선으로 나가면 이를 전할 터이다.

만력 연간에 형문荊門[56] 사람 강국태康國泰가 법에 걸려 요양에서 귀양살이를 하였다. 도독 유정劉綎이 건주를 칠 때 국태는 종군했다가 전사하고, 그의 아들 세작은 나이 열일곱에 바로 청군 속에 들어가 아비의 시체를 찾았다. 병부의 웅정필이 그를 휘하에 두었다. 요양이 함락하자 세작은 마등산馬登山으로 도망해 들어갔다가 밤중에 성 못을 헤엄쳐 성을 빠져 나와 봉황성을 지켰다. 성이 또 함락되자 금석산으로 들어가 날마다 나무 잎사귀를 먹으면서 죽음을 면하고 의주로 빠져나와 드디어 난리를 피해 회령부會寧府에 와서 살았다.

56) 지금 호북성의 지명이니, 옛날 초나라의 땅.

그는 언제나 초나라 풍의 관을 쓰고 자기 있는 집을 '초책楚幘' 이라고 하였다.

금석산을 지나갈 때 의주 말꾼들은 손가락질을 하면서 세작이 숨었던 곳 이야기를 하는데 이상한 이야기들이 많이 있었다.

고려 충선왕(忠宣王, 휘는 장璋이다.)은 원나라에 가서 연경 저택에다가 만권당萬卷堂을 꾸미고 염복閻復, 요수姚燧, 조맹부趙孟頫, 우집虞集 등과 교유하면서 글공부를 하였다. 원나라는 그를 심양왕瀋陽王으로 봉하고 승상으로 삼았다.

박사 유연柳衍 등을 강남으로 보내어 서적을 사들이다가 배가 파선을 하여 당시 판전교判典校 홍약洪瀹이 남경에 있으면서 보초寶鈔 150정錠을 유연에게 주어 서적 10,800권을 사 가지고 돌아왔다. 또 황제에게 아뢰어 책 4,070권을 왕에게 하사받았다. 이 서적들은 모두 송나라 때 귀중하게 보관하였던 것들이다. 심양왕은 원나라 영종英宗에게 강남 지방에 강향降香을 하게 해 달라고 하여 강소, 절강 지방을 유람하고 보타산寶陀山에까지 닿았다.

그 이듬해에 또다시 강향을 청하여 금산사金山寺까지 왔는데, 황제가 사신을 보내 급하게 불러 군사를 시켜 호위해 가지고 빨리 본국으로 호송하라고 하였다. 왕은 머뭇머뭇하면서 당장 떠나지 않았으므로 황제는 명령하여 머리를 깎고 불경을 공부하라는 구실로 토번土蕃 살사길撒思吉땅으로 귀양살이를 보냈다. 박인간朴仁幹 등 열여덟 사람이 그를 따라갔다. 이곳은 연경에서 1만 5천 리 떨어진 곳이다.

충선왕이 어찌 공연히 왕의 지위를 버리고 서적에만 혹해 빠졌더라고 말할 수 있으랴. 옛날 남월왕南越王 울타尉陀는 육가陸賈[57]를 만나고 매우 기뻐 며칠 동안이나 머물러 그와 함께 술을 마시면서,

"월나라에서는 상대해 이야기할 자리가 없었더니 선생을 뵌 뒤에 내가 날마다 전에 듣지 못했던 이야기를 이토록 듣게 되었소."

했다 하니, 귀로 들은 것도 이와 같은데, 더구나 정말 눈으로 본 왕은 어떠했겠는가? 이야말로 하백河伯이 바다를 보고 하는 탄식이나 다름없었을 것이다.

당시에 충선왕을 따라간 신하로서 이제현 같은 이는 문학과 재능으로 우리 나라에서는 거장으로 꼽는 이로되, 당시 송나라 학자들인 염복, 요수, 조맹부, 우집 같은 이들 틈에 끼었다면 응당 하백이 바다 구경한 격이 되었을 것이다.

하여튼 옥동교 다리 옆에서 멀리 오룡정을 바라다볼 때는 정말 인간 세상 같아 보이지는 않았으니까.

육비는 자가 기잠起潛이요, 호는 조음篠飮이니 항주땅 인화仁和 사람이다. 건륭 병술년(1766) 봄에 엄성嚴誠, 반정균과 함께 북경까지 와서 홍덕보와 건정호동乾淨衕衕에서 교유를 하여 《회우록會友錄》까지 만들었는데, 나는 일찍이 이 책에 서문을 쓴 적이 있었다. 조음의 집은 서호西湖인데, 호서대관胡墅大關이란 동리 안에 있는 주아담珠兒潭이라 한다.

조음은 언젠가 말하기를, 육계肉桂는 월남에서 나는 한약재인데 근세에 와서는 구하기가 매우 어렵다고 하면서, 육계는 성질이 화기

57) 한나라 초기에 《신서新書》란 책을 지은 학자.

火氣를 끌어서는 본래의 근본으로 돌아가게 하는 것이요, 계피는 숨은 화기를 피어나도록 일으키는 것이므로 그 용법이 아주 상반된다고 말하였다.

우리 나라에서는 허투루 계피로서 좀 두터운 놈을 육계로 쓰고 있으니 얼마나 위험한 일인가? 나는 일찍이 이 이야기를 의원들이나 약국에 두루 말해 준 적이 있었다. 우연히 통주通州 어느 약포에서 육계를 찾아 보았더니 주먹만 한 놈을 내보이면서 값은 은 50냥이라고 하였다. 범생范生이란 사람이 나를 따라오면서 가만히 내게,

"이것도 진품이 아닙니다. 중국에서도 진품이 없어진 지가 벌써 20년이 되었습니다."

하였다.

《진택장어震澤長語》에, 명나라 초기에 국가 지출은 황밀 한 가지로만 말하더라도 1년에 불과 2천 근이던 것이 경태(景泰, 1450~1456), 천순(天順, 1457~1464) 사이는 8만 5천 근이 되었고, 성화(成化, 1465~1487) 이후부터는 12만 근으로 불었으니 그 나머지 다른 물건들도 또 넉넉히 미루어 알 수 있다고 했다.

또 정덕正德 16년(1521) 공부工部의 보고를 보면 건모국巾帽局에서 소비한 내시들의 신발에 드는 삼실, 무명실과 사모紗帽, 가죽 등이, 성화 연간에는 20여만 근이요, 정덕 8년(1513), 9년(1514)에는 46만 근에 이르고 말년에는 72만 근이나 되었다고 한다. 이것으로도 다른 나머지 일은 알 수 있을 것이라고 하였다.

우리 나라에서는 돈을 셀 때 10푼이 1전이요, 10전이 1냥이다. 그

런데 지금 중국에서는 160푼이 1초요, 16문이 1맥이다. 우리 나라 시속에는 돈 1문을 한 푼이라 하고, 돈 열 푼을 한 돈이라고 한다. 형암 이덕무는 이것을 저울과 자에서 나온 것이라고 설명하면서,

"자로 치면 10리氂가 1분分이요, 10분이 1촌이요, 10촌이 1척이다. 돈 1문의 두께는 10리를 쌓은 두께로 한 푼이 되고, 10문을 쌓은 두께는 10분의 두께로 1촌이 된다. 이 대중으로 100문의 두께는 한 자이다. 저울로 치면 10리가 1분이요, 10분이 한 돈이요, 열 돈이 1냥이다. 지금 돈 세는 명칭은 저울에서 따왔다."

하였다. 그러나 우리 나라 돈은 크고 작은 것과 두텁고 얇은 것이 고르지 못하므로 이를 표준으로 삼기 어렵다.

《해외기사 海外記事》 한 권에는 관동 사는 행각승 산엄汕广이 강희 갑술년(1694)에 대월국大越國[58]을 여행할 때 본 여러 가지 기록이 실려 있다.

대월국은 경주瓊州 남쪽 바닷길로 만여 리다. 매일 아침이면 전조箭鳥란 새가 바다 복판에서 날아와 배를 한 바퀴 돌고는 앞을 향해 날아갔다. 뱃사람들은 이 새를 귀신새라고 하였다. 바다 복판에는 별별 괴이한 것이 다 물결 위에 보였다. 더러는 붉고 더러는 검은 작은 깃대가 잠겼다 떠올랐다 한다. 한 개비를 지나 보내면 한 개비가 또 닥쳐 계속하여 10여 개비가 닥치는데 뱃사람들이 이것을 귀신 화살이라고 하여 보기만 해도 이롭지 못하다고 한다.

풍랑이 갑자기 일고 구름 안개가 자욱이 끼면 또 검정 용이 굼틀

58) 남양군도로 추정된다.

굼틀 뱃전 왼쪽에 나타나는데 뱃사람들이 재빨리 유황과 닭털을 태우고 더러운 물건들을 물에 뿌리면 가까이 오지 못한다고 했다. 하루 저녁은 구름이 컴컴하게 끼고 달과 별빛도 없는데 갑자기 뒤에서 화산 같은 게 일어나 불빛이 퍼져 돛에 비치면서 차차 배로 가까이 왔다. 뱃사람들은 나무로 뱃전을 두드려 연송 소리를 내어 서너 시간이나 지난 뒤에 배의 키가 그 몸뚱이에 걸린 것을 알게 되었다. 배를 조금 옆으로 돌리자 불은 사라져 보이지 않았는데 대체로 이것은 '해추海鰍' 란 고기의 눈에서 나는 번갯불이라고 하였다.

배가 본토에 닿으니 사는 사람들은 죄다 벌거숭이로 머리를 풀어 헤치고 베 오라기로 앞을 가렸을 뿐이다. 북상투를 틀고 이빨에는 옻칠을 하였다. 물 위에는 연꽃이 떠도는데 푸른 잎이 늠실늠실, 뿌리도 줄기도 없었다. 이 나라에서 전쟁을 할 때는 모두 코끼리를 사용하고, 국왕이 군사 조련을 할 때는 매번 코끼리 열 마리를 짝을 지어 등에는 붉게 칠한 안장을 올려놓고 세 사람이 코끼리 한 마리에 함께 타는데, 모두 금투구와 초록빛 웃옷에 창을 들고 코끼리 등 위에 선다. 풀로 사람을 만들어 축대 위에 진형을 지어 죽 늘여 세우고 구리쇠 북을 연방 울리며 총을 쏘면 여러 군사들은 앞으로 돌격하여 코끼리 떼에 부딪친다. 그러면 코끼리 떼는 역시 축대를 밟고 올라 뛰어 앞으로 달린다. 이때 여러 군사들은 물러나서 피하고 코끼리들은 저마끔 풀로 만든 등신들을 코로 말아 들고 돌아온다. 나라에서 죄인을 사형할 때는 코끼리를 풀어 놓아 사람을 허공에 몇 길 던져 코끼리가 어금니를 쳐들고 받도록 하여, 가슴과 배를 꿰뚫어서 시체는 빨리 썩어 버린다고 한다. 산엄은 이런 형벌을 없애도록 권고하였다.

국왕은 이 나라 산중에는 코뿔소와 코끼리가 떼를 지어 산다고 이야기했다. 산 코끼리를 붙잡는 데는 길들인 암코끼리 두 놈을 사용하여 수놈을 꾀어 사이에 끼우고 굵은 밧줄로 발을 묶어 나무 사이에 비끄러매어 움직이지 못하도록 하여 며칠 동안 굶겼다가, 코끼리 부리는 사람을 시켜 차차 가까이 가서 먹을 것을 주어 조금씩 길을 들인 후 두 암놈이 끼고 돌아온다고 한다.

때는 마침 이른 봄인데 들에는 곡식이 푸르게 자라 벌써 이삭이 패었고, 거름도 주지 않고 한 해에 세 번 추수를 한다고 하였다. 풍토 기후는 언제나 따뜻하여 습기가 많고 볕이 뜨거워 쇠를 녹일 것 같으므로 만물은 가을과 겨울에 피어난다고 한다.

이곳 사람들은 일을 보통 밤에 하며 여자가 남자보다 슬기롭다고 한다. 나무는 파라밀, 야자, 빈랑, 산석류, 정향, 목란, 번말리가 많고 동네와 고을들은 모두 초가에 대나무 울타리라고 한다.

강희 을미년(1679)에 우리 나라 사람들이 산해관 밖에서 여자 한 사람과 동행하는 흑진국黑眞國 사람을 만났다. 영고탑 동북으로 수천 리를 가면 얼음 바다가 있는데, 5년에 한 번씩 육지까지 얼어붙는 곳에 나라가 있어 '흑진국'이라 한다. 한 번도 육지와 통해 보지 못했는데 십여 년 전에 어떤 흑진국 사람 한 명이 어쩌다가 갑자기 얼음을 건너 서쪽 해안에 닿았다. 처음에는 대체 무엇인지 알아볼 수가 없다가 자세히 살펴본즉 사람이었다. 온 몸뚱이를 짐승 가죽으로 둘렀고 다만 얼굴만 드러냈는데 머리털은 양털처럼 곱실곱실했다고 한다. 변방 사람들이 산 채로 붙들어 황성으로 보냈다.

강희 황제는 그를 불러 보고 밥을 준즉 밥은 먹을 줄 모르고 먹는다는 것이 생선과 날고기뿐이었다고 한다. 온갖 물건을 그 앞에 벌여 두고 무엇을 가지려고 하는지 보았더니, 필경은 본 척도 하지 않다가 여자를 데려다 보였더니 즉시로 흔연히 두 손으로 끌어안았다. 그래서 황제는 총명한 여자로 배필을 택하여 주고 영리한 시위 다섯 사람을 여자와 함께 보호하게 하여 본국으로 돌려보냈다. 오곡 종자와 농사하는 법까지 가르쳐 보냈더니 5년 후에 그는 여자와 함께 다시 얼음 바다를 건너와서 은혜를 사례하였는데 주먹만 한 큰 진주 몇 개와 길이가 발 나마 되는 초피를 가져다 바쳤다고 한다.

여자의 말을 들으면, 나라는 큰 바다 복판에 있는데 임금도 추장도 없고 키가 큰 사람은 세 길이나 되고 작은 사람도 한 길 나마 되었다고 한다. 안다는 것은 날짐승이나 길짐승을 사냥하는 것과 물고기와 자라를 날로 먹는 것뿐이더라고 한다. 바다 속에는 진주가 꽉 차다시피 많고 환한 빛이 괴상망측하다고 한다.

이 이야기는 일암一菴의 《연행기》에 실려 있었다. 이야기를 하다가 학지정에게 이 일을 두고 물었더니 그의 대답도 대동소이했다. 이로써 천하가 크다는 것과 세상에는 없는 것이 없다는 것을 또 한 번 알게 되었다.

소위 군기대신은 다 만인들이다. 전에 들은 바로는 나라의 기밀에 관한 큰일이 생길 때는 황제가 은밀히 군기대신을 불러 함께 높은 다락에 올라가 밑에서 사닥다리를 치워 버렸다가, 누각 위에서 방울 소리가 난 뒤라야만 도로 그 사닥다리를 가져다 둔다. 비록 며칠이라도 방울 소리가 들리지 않으면 주위에서 누구도 감히 누각 가까이 가지를 못한다고 한다.

옹정 때 군기대신은 망곡립莽鵠立이었는데, 몽고 사람으로 그림을 잘 그려 일찍이 강희 황제와 옹정 황제의 초상을 그렸다. 이 외에 악이태鄂爾泰, 팽공야彭公冶는 다 문무가 겸전한 자들이었으며 김상명金常明은 우리 나라 의주 사람으로서 역시 군기대신 칭호를 띠고 있었다. 지금의 복차산福次山은 이번에 밀운점密雲店까지 쫓아왔는데 나이는 스물대여섯 살로 역시 군기대신이라고 했다.

옹정 2년(1724) 정월 경자일에 흠천감이 아뢰기를,

> "해와 달이 벽성壁星에서 마주 만나 함께 밝을 것이요, 다섯 별이 구슬 꿰듯 연달아 영실성營室星[59] 다음으로 돌아드니 그 위치는 취자娵訾[60]의 자리에 해당합니다."

하여 황제는 칙명을 사관에 붙여 천하에 알리라 하였다.

옹정 4년(1726)에는 황제가 적전籍田[61]에 나가 밭을 가는데, 잘된 벼이삭은 한 줄거리에 두 이삭부터 여덟아홉 이삭까지 달렸다. 이때 절강 지방에서 상서로운 고치〔繭〕를 진상했는데, 크기가 모자만 했다고 하며 이 밖에도 기린이 나타나고, 봉황이 울고 황하수가 맑아지고 오색구름이 뜨고 맑은 이슬과 영검스러운 풀이 났다는 등 상서가 없는 해가 없었다. 그런데 사사정查嗣庭의 《일록日錄》에는 이런 상서를 도리어 재앙이 있을 이변으로 삼고 더러는 중국에는 꼭 진인이 나올 조짐이라고 하였다. 이래서 사사정을 옥에 내리고 옹정 황

59) 28개 성좌의 이름 중의 하나인 실성室星.
60) 성좌의 명칭인데 미성尾星의 16도와 규성奎星의 4도에 있다 한다.
61) 황제가 종묘에 바칠 곡식을 친히 경작하는 밭.

제는 국내외에 조서를 반포하여,

"너희 한인들이 태평을 같이 누리면서도 그 복을 국가에 돌릴 줄 모르고 걸핏하면 진인이 꼭 나온다고 떠드니 이것이 무슨 심보들이냐? 이야말로 반역을 꾀하는 백성들이다."

하였다. 이 옥사에 걸려든 수가 수만 호에 달하였다. 요즘 열일곱 성에서 나타난 상서는 옹정 때보다 더욱 많은 터인데, 상서가 있을 때마다 한인들은 제깍 자기 민족 부흥을 동경하다가 옥사를 당하고 본즉, 길한 징조가 아니라 과연 재앙의 징조인가 보다.

청나라 경릉景陵은 성조 인 황제의 능호다. 그 아들들은 무비 명사로서 과친왕 윤례의 글씨는 축지산祝枝山[62]에 비할 바가 아니다. 강녀묘와 북진묘에는 다들 과친왕의 주련이 있었고 무녕현 서소분徐茗芬의 집에도 역시 과친왕의 글씨가 있기에 나는 베껴 오려고 했으나 길이 바빠서 그러지 못했다.

희는 아들 20명을 두었는데 이친왕怡親王 윤상允祥, 장친왕莊親王 윤록允祿, 과친왕 윤례, 옹정 황제는 윤진允禛인데 넷째 아들이다. 여덟 번째는 윤아允禩 , 아홉 번째는 윤당允禟 , 열세번 째는 윤지允禔, 열다섯 째는 윤우允祐, 염친왕廉親王 윤기允禨 다.

열네번 째는 윤제允禵인데 본명은 윤정允禎으로 누차 큰 공을 세워 인망이 모여들었다. 그런데 강희 황제가 위독할 때 한족의 각로 왕담王惔과 함께 고명을 받으면서, 진禛 자인 것을 정禎 자로 잘못

62) 명나라 시대 문인 축윤명祝允明.

알아 넷째 아들인 것을 열넷째 아들로 하여 왕담은 죄를 입고 윤정은 역적 괴수로 몰려 정禎 자를 제禵 자로 고쳤다 한다.

우리 나라 서해안 장연, 풍천 해변은 고기잡이를 하는 중국 배들이 휩쓸고 있다. 이 배들은 모두 각화도覺華島 사람들로서 매년 5월 초에 와서는 7월 초에는 돌아가곤 한다. 잡아가는 것은 해변에서 나는 약초 방풍防風과 해삼뿐으로 때로는 육지에 내려 양식을 청한다. 우리 나라에서는 중국 황제께 아뢰어 금지할 것을 청했다. 강희 54년(1715) 2월에는 예부에서 아뢰어, 봉천장군, 봉천부윤, 산동, 강남, 절강, 복건, 광동 등지 지방관에게 문서를 돌려 신칙하기를 청하였다. 연해 수사영水師營에서는 조선의 바다에서 고기잡이를 엄금하도록 하고 밀항한 자로서 조선에서 붙들어 보낸 자는 엄중하게 치죄할 것과 해당 지방관과 해당 부서는 협의하여 역시 엄격히 신칙하고, 조선 연안을 지키는 관리나 군사들이 불시에 순찰하여 만일에 이런 자들을 발견할 때는 즉시 붙들어 압송할 것이라고 운운하였다.

지금도 중국 배들이 서해안에 오면 지방 하급 이교吏校들이 즉시 해당 지방관에게 보고를 하지마는 실상은 말릴 재주가 없다. 그러다 보니 알고도 모른 체하고 있다가 돌아갈 시기를 기다려 멀리서 배 떠나는 일자를 묻고서 그제사 수영에 아뢰기를, 그날로 배가 온 듯이 한다. 수영은 조정에 보고하는 한편 그 지방 관리에게 그날로 쫓아내라고 명령을 내리나, 기실은 모두가 귀 막고 방울 도적질하는 격이니 우리 나라 국경 수비가 실로 한심한 일이다.

한나라 제도에 삼공[63]의 월봉月俸은 350곡斛[64]이다. 이 밖에 중이

천석中二千石[65]으로부터 백석에 이르기까지 무릇 14등급으로 나누었으니 중이천석의 월봉은 180곡이요, 백석의 월봉은 16곡이다.

후한 시대 대장군과 삼공의 월봉은 350곡이요, 중이천석은 72곡에 돈이 9,000천 냥이요, 백석의 월봉은 4곡 8두에 돈 800냥이다.

진晉나라 제도로 품계에 있어 제1등이 1,800곡이요, 후주後周에서는 구명九命[66]과 삼공은 1만 석이요, 제일 낮은 일명一命에 이르러는 125석이다.

당나라 제도에는 정1품이 매년 700석에 돈이 31,000냥이요, 종9품에 이르러서는 52석에 돈이 1,970냥이다.

송나라 제도는 41등급인데 재상과 추밀사樞密使가 매월 돈 30만 냥이요, 보장정保章正에 이르러는 2,000냥이다.

명나라에서는 정1품에게 매달 쌀 87석을 주고 종9품에게 5석을 준다. 대체로 비교해서 춘추 전국 시대는 대신의 녹봉이 만 종鍾[67]이라 하였은즉 한나라 제도에서 삼공의 월봉쯤은 매우 약소한 편이다. 지금 청나라의 녹봉 제도와 지방관들의 보수를 알아보니 명나라 제도보다도 박한 모양이다.

고려의 중서中書, 상서령尙書令과 문하시중門下侍中은 연봉이 쌀

63) 한나라 때는 승상丞相, 태위太尉, 어사대부御史大夫요, 명나라와 청나라에서는 태사太史, 태부太傅, 태보太保이다.

64) 10두斗가 1곡이다.

65) 한나라 시대 관제로, 관리의 등급을 연봉 곡식의 석수로 표시한 것.

66) 주나라 9품 관제에서 최고급 관등.

67) 10부釜가 1종인데, 한나라의 1석이다.

4백 석이요, 조교助敎[68]에 이르러는 쌀 10석이다. 조선에서는 정1품이 연봉 98석에 명주 6필, 정포 15필, 저화楮貨 10장이요, 종9품은 12석, 정포 2필, 저화 1장이요, 임진왜란 뒤에는 1품 연봉 60여 석에 명주, 정포, 저화는 없어졌다. 대체로 녹봉제가 이전 시대보다 검약해진 것이 아니라 쓸데없는 관리가 많아졌음이다.

중국에서는 겨울철 창문살에 종이를 붙일 때 유리 조각을 사용하여 인물과 화초 그림 그린 것을 물린다. 안에서 밖을 볼 때는 아무리 작은 것이라도 죄다 보이게 되고, 밖에서 안을 볼 때는 아무것도 보이지 않는다. 이는 원래 송나라 때 구양초歐陽楚의 '어가사漁家詞'라는 시에 나오는 꽃 창문이다. 연로의 저자에서 채색 그림을 그린 유리를 파는 자가 매우 많은데, 이것이 모두 창문살에 물리는 것이다.

염주를 목에 걸 수 있는 자는 반드시 5품 이상이라야 하는데, 한림들은 7품이라도 역시 거는 것을 허락한다. 만일에 지방관으로 나가면 걸지 못한다. 통관 오림포와 서종현 따위들도 함께 염주를 걸 수 있는 것은 외국 사람들에게 뽐내기 위하여 임시로 건 것이다.

명나라는 270년 동안 세 가지 기이한 일이 있었는데, 태조 고 황제는 중으로 몸을 일으켰고, 건문 황제는 중으로 늙었고, 숭정 황제는 머리를 풀고 나라를 위해 죽었다는 것이다.

68) 국자감 같은 태학의 교수 후보.

왕양명은 도학, 척남궁은 무략, 왕남명汪南溟은 문장을 지녔으면서도 거센 안해들 때문에 평생에 큰소리 한번 못 치고 지냈다 하니, 이 역시 명나라의 세 가지 기이한 일에 꼽힐 것이다.

강희(1662~1722) 연간에 왕사정은 형부에 있으면서 매일 죄인들의 심문 조서를 열람하였는데, 성씨로 묘妙, 도島, 반盤, 민民, 전纏, 저杵, 유釗, 율律, 다茶, 연烟, 양穰, 수首, 비卑, 위威, 빙氷, 감坎, 탑榻, 남欖, 자慈 같은 성은 중국에서 드문 성들이라 하였다.

내가 심양까지 오니 빈희안貧希顔, 빈희헌貧希憲 형제가 있었는데 다 강남의 큰 상인들이라 하고, 산해관에서 만난 구승臼勝이란 자는 거인이라고 했다. 우리 나라에서도 역시 부夫씨, 양良씨 들은 모두 제주도 출신이요, 또 乀 자, 鳶 자 성도 있었다. 이것들은 성으로만 드물 뿐 아니라 글자도 상고할 수 없으니 괴상한 일이다.

세속에 전하는 말로 옹백雍伯이 옥을 심었다고 하는 데가 지금 바로 내가 거쳐 온 옥전현이다. 《오후청五侯鯖》에 있는 이야기로, 설경薛瓊은 지극한 효자로서 집이 가난하여 나무를 하러 갔다가 우연히 늙은 농부를 만났는데, 그가 무슨 물건을 주면서 하는 말이, 이는 은 열매로서 서쪽 벽토를 써서 구리쇠 항아리 속에 심으면 꼭 은을 얻을 것이라고 하였다. 그의 말대로 이것을 심었더니 열흘쯤 되어 모종이 나오고 또 한 열흘 지나니 꽃이 피더라 했다. 꽃은 은빛깔로 자개와 같았으며, 필경 열매를 맺는데 모두가 은이었다고 한다.

태사 고역생이 나에게 말하기를, 서역에서는 양의 배꼽을 심는데 양을 잡을 때에 먼저 배꼽을 따서 이를 흙으로 두텁게 묻어 심으면 일년 만에 양이 생겨난다고 했다. 그것이 땅 위에 엎드려 꼭 짐승 모양으로 되나 우렛소리를 들으면 배꼽이 떨어진다고 한다. 이 이야기가《원사》에 실렸다고 한다. 양 배꼽을 심을 수 있다면 은과 옥도 역시 심을 수 있을 것이다.

옹정 원년(1723)의 황제 조서에,

"돌아가신 전 황제 서함 속에서 아직 반포하지 않은 유지諭旨를 찾아 냈다. 그 유지에, '명 태조는 빈한한 평민으로부터 일어나 중국을 통일하였다. 문무를 겸전하기는 한나라나 송나라의 여러 임금이 따르지 못할 바요, 그 뒤를 이은 임금들도 역시 전시대에 볼 수 있었던 것처럼 포학하고 음탕하여 나라를 망치던 그런 임금들은 없었다. 명 태조의 갈래 자손이 한 사람이라도 있다면 찾아서 관직을 주고 춘추 제사라도 모셨으면 좋겠다.' 고 하셨다.

내가 생각해 보니《사기》의 동루東樓[69]와《시경》백마白馬 편의 사실이 역사에 있었다. 그러나 후세에 많이들 이를 기피하여 역대 임금의 종사가 아주 끊어지고 말았다. 나는 아버지 강희 황제의 하늘 같은 뜻을 받들어 삼가 돌아가신 아버지 성조 인 황제의 유지를 반포하여 명 태조의 갈래 자손을 찾아 내어 적당한 직함을 주고 그로 하여금 춘추 제사를 모시도록 할 것이다."

하였다. 이 당시 주朱씨 한 사람이 성명을 바꾸고 외읍에 관리가 되었더니 그의 원수 되는 사람이 고발을 하였다. 황제는 그를 불러 그의 출신 내력을 따지고는 국공國公으로 봉하여 명나라 제사를 받들도록 했다고 한다.

69) 무왕이 중국을 통일한 뒤 우왕禹王의 자손을 동루에 봉한 고사.

'파극습巴克什'은 만주말로 큰 선비란 말이다. 청 태종 때에 파극습 달해達海란 자가 있었는데, 만주 사람이다. 나이 스물하나에 죽자 복상을 한 제자가 3천 명이나 되어 신인神人이라 했다고 한다.

신라의 사다함斯多含은 나이 열다섯에 외모가 청수하게 생기고 의지와 기개가 놀라워 당시 사람들이 화랑으로 받들었는데 따르는 자가 천여 명이나 되었다. 나는 사다함 이야기를 들어서 달해가 숙성한 데 비했더니 풍병건馮秉健은 웃으면서 말하기를,

"신라의 화랑이란 칭호는 케케묵고 흔해 빠진 이학 선생보다는 훨씬 났습니다. 명나라 육경대陸瓊臺는 천품이 고매하여 나이 불과 스물에 선비들을 동림東林에 모아 강의를 하는데 옷을 걷어잡고 허리를 구부리면서 방구석에 늘어서는 제자들이 하루아침에 팔백 명이나 되었답니다."

했다.

명나라 특진特進 광록대부光錄大夫 전 군도독부 좌도독前軍都督府左都督 남창南昌 유정劉綎의 자는 자신子紳이다. 언제나 무게가 120근이나 되는 큰 칼 쓰기를 좋아해서 '유대도劉大刀'라고도 했다. 전라도 순천부에 있는 열무관烈武觀은 그가 임진년 조선을 도우러 왔을 때 군사를 사열하던 데다. 유정은 이여송 제독을 따라 진격하여 왜군의 두목 소서행장小西行長을 문경에서 소탕하였다. 제독은 돌아가고 유정은 혼자 성주에 주둔하면서 거성莒城에 들어가 도독 진린陳璘과 함께 소서행장을 순천 앞바다에서 격파하고 예교曳橋를 포위한 지 십여 일 만에 소서행장이 도주하였다. 그는 조선에 출전한 지 전후 7년 동안 공로가 가장 크다. 그 후 20년 만에 심하深河

의 전투에서 죽었다.

처음 명나라가 출병할 때에 유정이 보병 5천 명을 가지고 왜병을 공격하겠다 하므로 신종 황제가 이를 장하게 생각하여 허락했다. 《명사》에 소서행장이 몰래 군사 천여 명을 출전시켰으므로 유정이 퇴각하였다고 한 것은 다 거짓말이다. 또 쓰기를, 청나라와 싸울 때 두송杜松의 군사가 패하자 양호楊鎬가 기병을 보내 유정을 불렀으나 기별이 가기 전에 유정이 죽었다고 하였다.

청나라 천자는 정월 초하룻날 아침에는 반드시 종묘에 먼저 제사를 지내고 친히 사당에 참배를 하는데, 이 사당을 등鄧 장군의 사당이라고도 하고 더러는 유대도의 사당이라고 하여 중국 사람들은 몹시 비밀로 숨기려고 한다.

더러는 말하기를, 유정이 갑자기 죽자 그의 귀신은 매우 영험이 있어 천자가 친히 제사를 모시지 않으면 천하에 큰 역병이 돌고 흉년이 들고 종묘에도 걸핏하면 재앙이 생겨 편안치 못하다고 했다.

송당松堂 박영朴英은 양녕대군의 외손자다. 타고난 성품이 호탕하고 또 집안이 부유했다. 나이 열일곱에 요동에 들어가 집비둘기를 사 가지고 왔다. 내가 요동에서 본 한 점방에서는, 저녁이 되면 먹이는 집비둘기가 수천 마리로 떼를 지어 날아 돌아와 저마끔 집을 찾아들었다. 점방 중에는 큰 돌구유에 미리 재를 물에 풀어 두었다가 집비둘기가 요동벌에 나가 콩을 배불리 주워 먹고 돌아오면 먹게 한다. 비둘기가 다투어 가면서 잿물을 먹으면 먹었던 콩을 죄다 토하게 되어 이것으로 말을 먹인다.

왕원미王元美의 '완위여편宛委餘編'에는 여자로서 군관이 된 자를 실었다. 군사마軍司馬 공씨 같은 이는 공고침孔顧琛의 어머니요, 정렬장군貞烈將軍 왕씨는 왕흠王歆의 딸이다. 당나라 행영절도行營節度 허숙기許叔冀의 부하 왕씨, 당唐씨, 후侯씨는 모두 그 행영의 과의교위果毅校尉 출신 장교들이다. 진陳나라 여자 백경아白頸鵝가 거란의 회화장군懷化將軍이 되었다고 하였다. 그런데 당 태종이 신라의 선덕여왕을 광록대부光祿大夫로 추증하고, 또 진덕여왕을 주국柱國으로 삼아 낙랑군왕으로 봉하였으며 또 왕이 죽자 고종은 개부의동삼사開府儀同三事를 추증하였던 것들은 알지 못하였다.

나는 일찍이 이덕무의 《이목구심서耳目口心書》에서 이 글을 보았다. 유리창에 있는 양매서가 책방에서 능야와 고역생과 술을 마시며 이야기하던 차에 이 말을 했더니, 능야와 고역생은 내가 아는 것이 매우 많다고 찬양하였다.

나는 가는 곳마다 낙화생, 귤병, 매당, 국차 등으로 대접을 많이 받았다. 모두가 복건, 절강 지방 소산이다. 양매는 5월에 익는데 그 빛이 새빨갛고 크기는 한 치 직경은 된다. 성질이 더워 많이 먹으면 이가 상한다고 한다.

정효鄭曉의 《고언古言》에 이르기를, 구양영숙歐陽永叔이 계사繫辭를 비방하고, 사마군실司馬君實이 《맹자》를 비방하고, 왕개보王介甫가 《춘추》를 잘못되었다 하고, 두 정자程子가 옛날 《대학》을 고치고 회암晦庵 선생이 자하子夏의 《시경》 서문을 쓰지 않았던 일들은 모두 알 수 없는 일이라고 하였다. 나 역시 여기 대한 소감이 약간 있다.

사람이란 너무 아는 척하여 함부로 책에 서술할 것은 못 된다. 강희 연간에 왕사정은 저서가 가장 많았는데 《향조필기香祖筆記》에,

"《풍속통風俗通》에, 한나라에는 뇌선담頙先井(그의 주석에는 '정井'의 음은 '담膽'이라 했다.)이란 자가 있어 그는 자기 이름 석 자 가운데 두 자는 통하지 않는 글자라고 하였다."

라고 썼다. 나는 일찍이 이 말을 이무관에게 했더니 무관의 말로는,

"이는 왕사정이 잘못 안 것입니다. 《풍속통》에는 교지태수交趾太守로 뇌선賴先이라는 자가 있는데 頙자는 '뇌賴'의 옛날 글자입니다. 또 《옥해玉海》[70]에는, 한나라에 뇌단賴丹이란 교위가 나오는데, 이것은 뇌선과 뇌단을 합하여 두 사람 이름을 한 사람 이름으로 한 것입니다. '단丹' 같은 글자는 '정井'의 본 글자이니 발음 주석을 붙일 필요도 없지요."

하였다. 단가루 술자리에서 누명재漏明齋에게 이 이야기를 했더니, 누명재는 무관의 해박한 지식은 어양 왕사정보다도 낫다고 하였다.

북평 손승택孫承澤이 쓴 《춘명몽여록春明夢餘錄》에,

"《고려사》를 상고해 보니, 원나라 전성 시대에 원효왕(元孝王, 고려의 고종高宗)이 강화도로 옮겨 천도를 하니 원나라도 어쩔 도리가 없어서 다만 본토로 돌아오지 않는 것만 책망하고 있었다. 그는 필경 원나라에 복종했지마는 죽을 때까지 본토에 오지 않았다.

70) 송나라 왕응린이 지은 2백 권의 유서類書.

그의 아들 순효왕(順孝王, 원종元宗)은 원나라 공주에게 장가를 들어 원나라 복색으로 함께 가마를 타고 본국으로 들어왔다. 구경하던 자들은 다들 깜짝 놀랐으나, 당시 따르는 임금의 친척들과 재상들은 머리를 깎지 않아 왕은 이를 책망하였다.

그 아들 충렬왕忠烈王 때에 이르러서는 재상으로부터 하급 관속에 이르기까지 머리를 깎지 않은 자가 없었는데, 다만 궁중에 있는 학관에서만 머리를 깎지 않아 좌승지 박환朴桓이 집사를 불러 타일렀더니 이때야 학관 학생들도 모두 머리를 깎았다고 한다."

하였다.

청나라가 처음 창건되면서 한인들을 붙잡는 대로 반드시 머리를 깎아 버렸는데 정축년(1637)에 우리 나라와 강화 맹약을 할 때에는 우리 나라 사람들의 머리는 깎지 않았다. 여기는 까닭이 있다. 세상에 전하는 말로는 청인들이 여러 번 청 태종에게 우리 나라 사람들의 머리를 깎는 명령을 내리도록 권고했으나, 태종은 이를 응낙하지 않고 가만히 패륵들에게 말하기를,

"조선은 본디부터 예의를 숭상하여 머리털을 머리보다도 소중히 여기는데 이제 만일 억지로 사정없이 서두른다면 우리 군사가 돌아온 뒤에는 반드시 본래대로 되돌아설 것이다. 그럴 바에야 그들의 풍속에 따라 예의로 구속해 두는 것이 좋을 것이다. 저들이 만일 우리 나라 풍속에 따른다면 말 타고 활쏘기가 편리할 터인즉, 이는 우리의 이익이 아니다."

하여, 이를 중지하였다고 한다. 우리 편으로서 생각한다면 이런 다행이 없을 일이라 하지마는, 저들의 계책으로는 우리들이 문약한 습성을 그대로 두려는 것이었다.

보유補遺

# 금료소초金蓼小抄

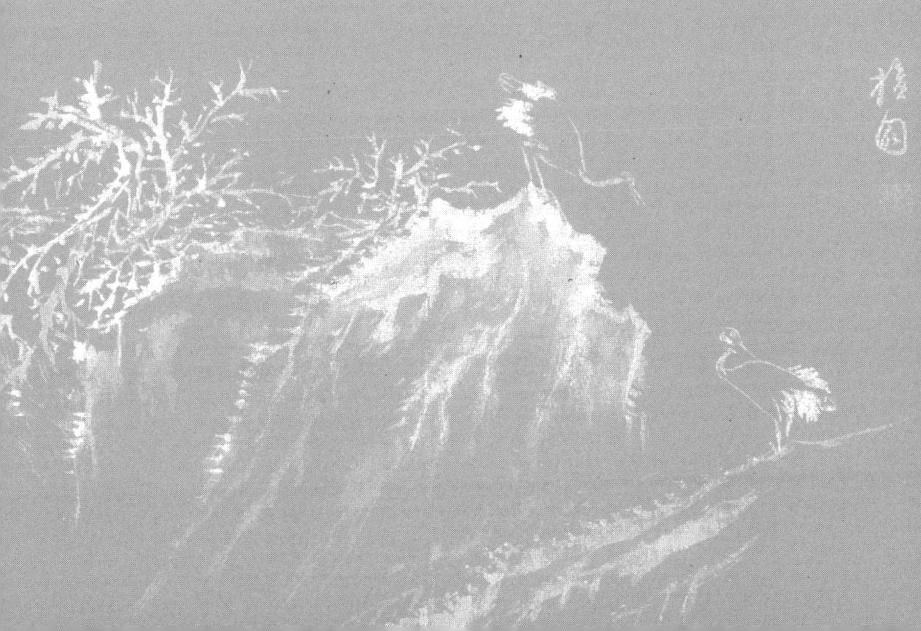

# 머리말

우리 나라 의학 지식은 그리 넓지 못하고 약재료도 그리 많지 않다. 그러므로 모두 중국의 약재를 수입해다 쓰면서 항시 그것이 진품이 아닌 것을 걱정하였다. 이와 같은 넓지 못한 의학 지식을 가지고 또 진품이 아닌 약재를 쓰고 있으니 병은 물론 낫지 않을 것이다. 내가 막북에 있을 때 대리시경 윤가전에게 요즘 의서들 중에 경험방經驗方으로 사 가지고 갈 만한 책을 물었더니,

"근세의 일본에서 판각한《소아경험방小兒經驗方》이 제일 좋습니다. 이 책은 서쪽 바다에 있는 하란원荷蘭院[1]에서 나온 것입니다. 또《서양수로방西洋收露方》이란 책도 극히 정미로우나 시험해 보니 그리 효력이 없었는데, 이는 대체로 사방의 기후 풍토가 다르고 옛날과 지금 사람들의 기품과 성질이 다른 까닭이니, 방문만 따라서 약을 준다는 것은 조괄趙括[2]의 병법 이야기나 다를 것이

1) 화란 교회를 의미한다.

2) 전국 시대 조나라 장수로서 병법을 잘 외우면서도 변통할 줄 모르던 자.

무엇이겠습니까?

《금릉쇄사金陵瑣事》에는 역시 근세의 경험들을 많이 수록하였고 《요주만록蓼洲漫錄》, 《초비초목주苕翡草木注》, 《귤옹초사략橘翁草史略》, 《한계태교寒溪胎敎》, 《영추외경靈樞外經》, 《금석동이고金石同異考》, 《기백후청岐伯侯鯖》, 《의학감주醫學紺珠》, 《백화정영百華精英》, 《소아진치방小兒診治方》 같은 책들은 모두 근세의 저명한 학자들의 저작인데 북경 책사에서는 무엇이나 구할 수 있을 것입니다."

하였다. 나는 연경으로 돌아와 《소아경험방》과 《서양수로방》을 구해 보았으나 모두 구하지 못하였다. 그 밖에 여러 가지 책들은 더러는 광동 지방 판각본들이라는 것만 있을 뿐 책사에서는 다들 이름조차 몰랐다. 우연히 《향조필기》를 들추다가 《금릉쇄사》와 《요주만록》이 기록된 것을 보았는데, 원서가 모두 의학 관계 내용은 아니었다. 이상貽上의 기록은 전부가 경험에 관계된 기록이므로 나는 몇십 가지 법을 베끼고 이 밖에 잡록과 필기 중에 실린 옛날 방문을 아울러 초록하여 '금료소초'라고 한다.

내가 사는 산중에는 의서도 없고 약재도 없으므로 혹 이질이나 학질에 걸리면 무엇이고 가늠 대중으로 치료를 하는데, 때로는 맞는 것도 있기에 역시 아래에 붙여 산골에서 쓰는 경험 방문으로 삼았다.

연암씨는 씀.

산길을 여행하다가 길을 잃을 염려가 있을 때는 향충嚮蟲[3] 한 마리를 잡아서 손에 쥐고 가면 길이 분명해진다고 《물류상감지物類相感志》에 적혀 있다.

《유환기문游宦紀聞》에, 신경이 허하여 허리가 아픈 병을 치료하는 데 정사수程沙隨의 방문을 기재하였다. 두충을 술에 담갔다가 불에 구워서 말린 후에 가루로 만들 때에 재를 없이 하여 술에 타서 마신다. 또 생것이나 찬 것을 먹고 앙가슴이 아픈 데는 진수유 오륙십 개를 물 한 잔에 달여 찌끼를 버리고 평위산 서 돈쭝을 넣어 다시 달여 먹는다. 또 정사수가 항시 임질을 앓았는데 날마다 백동과白東苽 큰 것 세 개씩을 먹고 나았다고 한다.

《강린기잡지江隣幾雜誌》와 《후청록候鯖錄》에, 옛날 약방문에 쓰는 한 냥쭝은 지금의 석 냥쭝이라고 하였다. 수나라 때 석 냥쭝을 합쳐서 한 냥쭝으로 만들었다 하였다.

《풍창소독기楓窓小牘記》에, 동파東坡의 '일첩록一帖錄'을 기록하였는데, 발이 아픈 데는 위령선과 우슬 두 가지 약을 가루로 내어 꿀에 버무려 환을 만들어 식전에 공복에 먹으면 신효를 본다고 한다.

수종을 치료하는 데는 논에서 나는 우렁이와 큰 마늘과 차전초를 한목으로 갈아 큼직한 지짐떡만큼씩 고약으로 만들어 배꼽 위에 붙

3) 여치인 듯.

여 두면 물이 대소변에 따라 나와 즉시 낫는다고 한다.

해소를 낫게 하는 경험방으로는 향연香櫞[4]의 씨를 발라 내고 얇게 썰어 가늘게 조각을 내어 청주와 함께 연하게 간 후 사기 탕관에 넣고는 저녁 때부터 새벽 오경까지 흠뻑 익혀 가지고 다시 꿀에 타서 잘 버무려 두고는, 자다가 일어나서 숟가락으로 떠서 복용하면 매우 효험이 있다고 하였다. 또 남쪽으로 향한 부드러운 뽕나무 가지 한 묶음을 한 마디씩 잘게 잘라 가마에 넣고 물 다섯 보시기를 부은 후 한 보시기쯤 되도록 달여서 목이 마를 때마다 마신다.

송나라 효종孝宗은 게를 많이 먹고 이질을 앓았다. 이질을 막는 단별 방문으로 새로 캔 연뿌리를 잘게 갈아서 더운 술에 섞어 먹으니 과연 나았다.

붉은 막이 덮인 눈병을 치료하는 데는, 흰 소라 한 마리를 껍질을 벗기고 황련 가루에 버무려서 하룻밤 이슬을 맞히면 소라의 살은 녹아서 물이 된다. 이 물을 눈에 떨어뜨린즉 붉은 막이 절로 사라진다.

고기 가시가 목에 걸렸을 때는 개의 침을 먹고, 곡식 가시랭이가 목에 걸렸을 때는 거위의 침을 넘기면 즉시 낫는다.

무릇 물에 빠졌거나 쇠 부스러기를 먹었을 때는 오리 피를 먹으

4) 유자나무와 같은 것.

면 곧 낫는다.

갑자기 귀머거리가 된 자는 전갈 통마리를 독을 없애고 가루로 장만하여 술에 타서 귓구멍에 방울로 떨어뜨리면 소리가 들리며 곧 낫는다.

구기자로 기름을 짜서 등불을 켜고 책을 읽으면 시력을 더 좋게 할 수 있다.

쇠 연장에 베었거나 다쳤을 때는, 외톨이 밤을 말려 갈아 가루를 내어 붙이면 곧 낫는다.

후비와 유아[5]에는 두꺼비 껍질과 봉미초를 잘게 갈아서 상매육霜梅肉과 함께 술에 삶아 각각 조금씩 섞어서는 다시 갈아 가지고 가는 베로 짜서 즙을 내어 거위 깃으로 찍어 환부에 바르면 담을 토하고는 즉시 멍울이 사라진다.

악창이나 나쁜 종기가 처음 돋을 때 당귀, 황벽피, 강활을 가늘게 가루를 만들어 금은화를 생채로 찧어 즙을 내어 섞어 종기 자리의 네 변두리에 붙이면 자연히 독기를 빨아 내거나 한데 모여 작게 도드라지게 되어 터지기도 한다. 그러나 종기의 머리, 즉 테두리 자체에 붙여서는 안 된다.

5) 후비喉痺는 목구멍에 종기가 나거나 막히고 좁아지는 병이고, 유아乳蛾는 편도선 염증.

《향조필기》에,

"송나라 때 경산徑山의 중이 뒤원에 들어갔다가 뱀에게 발을 물려 손으로 왔던 어떤 중이 치료를 하는데, 먼저 맑은 물을 길어 씻고 또 계속 물 몇 섬이 들도록 바꾸어 씻어서 곪아 썩은 살을 다 없애 버리고 상처에 흰 힘줄이 보일 때 부드러운 베에다가 약 가루를 묻혀 상처 속에 집어넣으니 더러운 진물이 샘솟듯 솟아났다. 이튿날 맑게 씻고는 처음 모양으로 약을 발라 두니 한 달 만에 독은 다 뽑히고 새 살이 나와 예전처럼 회복되었다."

하였다. 그 약방문인즉 향백지를 가루로 내어 오리 주둥이, 담반, 사향 조금씩을 넣은 것이라고 한다. 《담수談藪》에 이런 방문이 실려 있다고 한다.

여자들이 경도로 출혈이 심할 때는 당귀 한 냥쭝, 형개荊芥 한 냥쭝을 술 한 종지와 물 한 종지에 달여 마시면 당장에 그친다.

무주撫州땅 상인이 이질을 앓아 매우 위급하매 태학생 예倪 아무개가 당귀 가루를 아위로 환을 지어, 끓인 물에 세 번 복용시켜 곧 낫게 하였다고 한다.

또 이질을 치료하는 방법으로는 황화지정黃花地丁을 찧어 즙을 내어 술 한 잔 분량에다가 꿀을 조금 타서 먹으면 신효를 본다.

습담으로 종통이 나서 걸을 수 없을 때는 희렴초, 목홍화, 나복영, 백금봉화, 수룡골, 화초, 괴조, 창출, 금은화, 감초 등 이상 열 가지 약재를 달여 환부에 김을 쐬도록 하고 물이 조금 따뜻할 때를 기다려 환부를 곧 씻는다.

소장小腸의 산기疝氣에는 오약 여섯 돈쭝, 천문동 닷 돈쭝을 맹물에 끓여 먹으면 신효를 본다.

소변이 잘 통하지 않는 데는 망초 한 돈쭝을 보드랍게 갈아서 용안육으로 싸서 잘 씹어 넘기면 당장에 효력을 본다.

혹을 치료하는 방법은 댓가지를 써서 혹의 웃대가리를 피가 나지 않을 정도로 조금씩 살갗을 긁어 헤치고 구리쇠에 난 푸른 녹을 헤친 곳에 넣고 고약으로 붙여 둔다.

절골된 뼈를 잇는 방법으로는 새 기왓장을 불로 달구어 잘 말린 자라 반 냥쭝을 뜨거운 대로 물에 적셔 자연동과 유향, 몰약, 채과자인을 꼭 같이 등분하여 가늘게 가루를 내어 한 푼 반씩 술에 타서 복용하되 상체가 상했을 때는 밥 먹은 뒤에 먹고 하체가 상했을 때는 식전 공복으로 먹는다.

온역瘟疫으로 머리와 얼굴이 부었을 때 치료하는 방법은 금은화 두 냥쭝을 걸게 달여 한 잔 마시면 당장에 없어진다.

바늘이 뱃속에 들어갔을 때는 참나무 숯가루 서 돈쭝을 우물물에 타서 먹어도 좋고 또 지남석을 항문에 대 두면 끌어당겨 나온다.

형개 이삭을 가루를 내어 서 돈쭝을 술에 타서 먹으면 중풍증이 당장에 낫는다.

주마감을 치료하는 데는 홍합보다 조금 작은 와룡자란 조개를 장이나 소금에 절이지 말고 불에 태워 남은 재 덩어리를 찬 데 두고 잔으로 덮어 씌워 다 식기를 기다려 끄집어 내어 갈아 가루를 만들어 환부에 발라 스며들도록 한다. 또다른 방법으로는 말발굽을 태운 재에 소금을 조금 뿌려 환부에 바르기도 한다.

천연두가 내뿜다가 검게 잦아들 때 침향, 유향, 단향을 얼마간 화롯불에 태우고 아이를 안아 그 연기 위에 쪼이면 즉시 내뿜는다.

심한 종기를 치료하는 데는 동과冬瓜 한 개를 복판을 쪼개어 먼저 한쪽을 헌데에 얹어 붙인다. 동과가 뜨뜻해지면 베어 버리고 다시 가져다 붙여 열이 식으면 그만둔다. 또다른 방문으로는 마늘을 짓이겨서 떡같이 만들어 헌데에 얹고 불을 당겨 뜬다. 뜨면 아프지 않기도 하고 떠서 아프기도 하는데, 아픈 데는 뜨고 아프지 않으면 그만둔다.

어린애들 귀 뒤에 나는 부스럼을 '신감腎疳'이라 하는데 지골피地骨皮를 가루를 내어 굵은 놈은 뜨거운 물에 타서 씻고, 가는 놈은 참기름에 섞어 문지른다.

광동, 광서 지방과 운남, 귀주 지방은 벌레 독이 많은데 음식을 먹은 후에 당귀를 씹으면 곧 독이 풀어진다.

섭포주葉蒲州의 '남암전南巖傳'에는 칼에 다친 상처를 치료하는 방문이 있는데 단옷날 벤 부추를 찧어 즙을 낸 후에 여기다가 석회를 섞고 다시 찧어 익혀 떡을 만들어 상처에 붙이면 피는 곧 멈추고 뼈까지 상했더라도 아물게 되어 신효를 본다고 했다.

의이薏苡[6]는 다른 이름으로 '간주簳珠'라고 한다.

《계신잡지癸辛雜志》에는 일렀으되, 목이 메인 데는 장대산을 쓴다. 백반 한 가지만을 쓰면 낫지 않기도 한다. 남포南浦땅의 늙은 의원이 가르치기를, 압취와 담반을 부드럽게 갈아 아주 독한 초에 섞어 마시라고 했다. 어떤 늙은 호위병의 처가 이 병을 앓아 이 방문으로 약을 썼더니 약을 목구멍으로 넘기자마자 빽빽한 담을 두어 되나 토하고는 당장에 효험을 보았다고 한다.

눈에 티가 끼었을 때는 곰의 쓸개를 깨끗한 물에 조금 풀어 타서 눈곱 먼지와 눈알을 죄다 씻고, 빙뇌 한두 쪽을 쓰되 근지러울 때는 생강 가루를 좀 넣어 때때로 은젓가락으로 찍어 눈에 떨어뜨리면 신효를 본다. 붉은 티가 끼었을 때도 역시 쓸 수 있다.

《민소기閩小記》에, 연와燕窩에는 검정이, 빨간 것, 흰 것 세 가지

6) 율무.

가 있는데 붉은 것을 제일 구하기가 어렵다고 했다. 흰 것은 능히 담질을 고칠 수 있고 붉은 것은 어린애들 두질에 좋다고 하였다.

당 태종이 이질을 앓는데 여러 의원들이 약을 써도 약효를 보지 못하다가, 금오장사金吾長史 장보장張寶藏이 올린 방문에 의하여 필발蓽茇을 젖에 달여 먹었더니 당장에 효험이 있었다.

주공근周公謹이 지은 《괄창括蒼》에, 진피는 두창을 치료하는 데 쓴다고 하였는데, 환자의 얼굴빛이 거매지고 죽어 가고 입술이 열음장같이 찰 때, 개파리 일곱 마리를 찧어 거르지 않은 술에 타서 조금씩 먹이면 얼마 못 되어 붉은 윤기가 전처럼 돌게 된다고 하였다.

개파리는 겨울철에 개 귓속에 있다.

천연두 독이 밖으로는 조여들고 안으로는 막히고 할 때는 뱀 허물 한 벌을 정하게 씻어 불에 쪼여 말리고는 다시 천화분을 같은 분량으로 부드럽게 가루를 내어 양의 간을 따서 속을 쪼개 약 가루를 집어넣고 삼 껍질로 동여매고는 뜨물에 삶아 익혀 썰어서 먹으면 열흘 못 가서 곧 낫는다.

졸지에 더위를 먹어 숨이 막혔을 때는 큰 마늘 한 줌과 길바닥의 뜨거운 흙을 섞어 갈아서 이긴 후 다시 새로 길어 온 물을 부어 걸러서 찌끼를 버리고 마시면 낫는다. '피서록'에 이 방문을 실었다.

단풍나무 버섯을 먹으면 웃음을 참을 수 없게 된다. 도은거陶隱居

의 《본초강목本草綱目》 주석에는 땅을 좀 파고 냉수를 부어 휘저어 흐리도록 만들었다가 조금 지난 후 이 물을 떠 마신다. 이것을 '지장地醬'이라고 하는바, 여러 가지 버섯 독을 낫게 할 수 있다고 한다.

《향조필기》에는, 황黃 아무개는 여주廬州 사람인데 우리 고을로 유람을 와서 단방으로 병을 치료하는 데 모두 효험이 있었다고 했다. 그 서너 가지를 적으면, 속 결리는 병을 치료하는 방법으로 깍지 벗긴 대비마大萆麻 150낱과 괴화나무 일곱 촌寸을 향유 반 근에 넣어 사흘 밤낮을 담가 두었다가 타도록 볶은 후 찌끼를 버리고서 비단飛丹 넉 냥쭝을 넣고 고약을 만들어 우물 속에 사흘 동안 잠가 두었다가 밤에 끄집어 내어 먼저 피초 녹인 물로 환부를 씻고 이 고약을 붙인다.

치질을 치료하는 방법으로는 변을 본 후 감초 끓인 물로 뒷물을 하고 오배자와 여지초 두 가지 약을 사기 남비에 달인 물로 씻는다. 여지초의 다른 이름은 나하막초로 사철 언제나 있다. 면은 푸르고 안쪽은 희고 얽은 구멍이 더덕더덕 있으면서 괴상한 냄새를 피우는 것이 이 풀이다. 또 혈붕血崩[7]에는 저종초 넉 냥쭝을 동변과 청주 각 한 종지씩 섞어 넣어 한 종지가 되도록 달여 따뜻하게 먹는다. 저종초는 사초와 같고 잎은 둥글다. 정하게 잘 씻어서 써야 한다.

왕개보王介甫는 언제나 편두통을 앓아서 송나라 신종이 궁중에서 쓰는 방문을 하사하였는데, 햇무의 즙을 내어 생룡뇌生龍腦를 조

7) 여자들의 월경의 양이 과다하고 계속되는 부인병.

금 넣어 고루고루 잘 섞은 후 고개를 뒤로 젖히고 약 방울을 콧구멍에 떨어뜨린다. 왼쪽 머리가 아플 때는 오른편 콧구멍에 넣고 오른쪽 머리가 아플 때는 왼쪽에 넣는다.

원앙초는 덩굴로 자라서 누런 꽃과 흰 꽃이 마주 쌍으로 핀다. 이 약은 옹저癰疽[8] 같은 독한 종기를 치료하는 데 더욱 신효하다. 먹기도 하고 붙이기도 할 수 있다. 심존중沈存中의 《양방良方》에 실린 금은화가 이것이다. 다른 이름으로는 노옹수老翁鬚라고도 하는데, 《본초강목》 주석에는 인동이라 하였고, 《군방보群芳譜》에는 노사등이라고도 하고, 금차골이라고도 했다.

사재항謝在杭의 《문해피사文海披沙》에 쓰기를, 슬가蝨瘕는 황룡연수黃龍沿水로 치료하고, 응성충 병에는 뇌환과 쪽으로 치료하고 식폐계충食肺系蟲에는 달조로 치료하고, 격식충膈食蟲은 남쪽의 즙으로 치료하고, 인면창人面瘡에는 패모로 치료한다.

무창武昌 소남문小南門의 헌화사獻花寺에 있는 늙은 중 자구自究란 자는 음식으로 목이 막히는 병에 걸려 죽으면서 그 제자들을 불러 놓고 말하기를,

"내가 불행히 이 병에 걸려 죽기는 하나 가슴속에는 필시 무슨 물건이 있기 때문일 터이니, 죽은 뒤에는 가슴을 갈라 보고 입관을 해 달라."

---

8) 등창과 같은 악종.

하였다. 그 제자들이 그가 시킨 대로 하여 비녀같이 생긴 뼈 한 개를 끄집어 내어 이 뼈를 불경 공부하는 책상 위에 두었다. 오랜 뒷날에 군사를 거느리고 가던 어떤 장수가 이 방을 빌려 쓰면서, 어느 날 부하들이 거위를 잡을 때 얼른 죽이지 못하여 이 뼈로 거위의 목을 찌르자 거위 피가 뼈에 묻은즉 뼈는 당장에 사라져 없어졌다.

후일 그 제자가 역시 목 막히는 병에 걸렸을 때 전날 일이 생각나서 거위 피로 나을 수 있을 것을 깨닫고 여러 차례 먹었더니 드디어 나았다고 한다. 따라서 이 방문이 사람들에게 널리 퍼져 누구나 낫게 되었다고 한다.

난산을 치료하는 방법으로는 행인 한 알을 껍데기를 벗기고 '일日' 자와 '월月' 자를 써서 꿀을 묻혀 양쪽에 갈라 붙이고 볶은 꿀로 환을 만들어 맹물탕이나 혹은 술을 마셔 넘긴다.

이 방문은 방술하는 중이 전한 방문이라고 한다.

손사막孫思邈의 《천금방千金方》에는, 인삼탕은 반드시 흐르는 물을 써서 달일 것이요, 개핀 물을 쓰면 효험이 없다고 한다. 《인삼보人蔘譜》에도 쓰여 있다.

《담포기談圃記》에는 증로공曾魯公이 나이 70여 세에 이질에 걸렸던바, 고향 사람 진응지陳應之가 수매화를 납차臘茶에 복용토록 하여 드디어 나았다고 했다. 그러나 대체 수매화가 무엇인지 알 수 없다.

첨사 장택張鐸이, 비둘기를 기르면 어린아이의 감질을 치료할 수 있다고 했다. 즉 비둘기를 많이 기르고 매일 새벽마다 어린아이에게 문을 열고 비둘기를 날리게 하면 비둘기의 기운이 낯에 부딪쳐서 감질이 없어진다는 것이다.

《권유록倦遊錄》에, 신가헌辛稼軒이 산질疝疾을 치료한 방문이 실렸다. 어떤 술객이 가르치기를 율무 알과 황토로 바른 동쪽 벽토를 함께 볶아서 다시 물에 달여 고약을 만들어 자주 먹으면 산질이 없어진다 하였다. 사수沙隨가 이 병을 앓고 있을 때에 가헌이 이 방문을 가르쳐 주었는데, 역시 나았다.

《문창잡록文昌雜錄》에 정주통판鼎州通判 유응진柳應辰의 생선 뼈에 걸린 병을 치료하는 방법을 기재했는데, 역수로 흐르는 물 반 잔을 떠다 놓고 먼저 환자에게 병의 정형을 묻고 그로 하여금 입으로 그 기운을 빨아들인 다음에 동쪽을 향하여 원형이정 넉 자를 일곱 번 외고 공기를 들이쉰 다음에 숨을 내쉬지 않은 채 물을 조금 마시면 즉시 낫는다고 한다.

수질을 치료하는 법은, 배를 젓는 노와 노가 마찰하는 데를 조금 긁고, 또 배 밑에 묻은 흙과 뱃사공의 손바닥에 묻은 때를 조금 긁어서 환약을 만든 다음에 소금물로 서너 알을 넘기면 신효가 있다 하였다.

얼굴에 난 수지는 속칭 무사마귀라고 하는데, 가을 바닷물로 씻으면 곧 없어진다. 나의 사촌 아우 수원綏源 이중履仲이 여덟아홉 살 났을 때에 얼굴에 무사마귀가 함빡 덮어 쓰다시피 되어 백약이 무효였는데 어魚가 성 가진 늙은 의원이 8, 9월 바닷물로 자주 씻으면 낫는다고 가르쳐 주어 당장에 효험을 보았다.

내가 열한두 살 났을 때 얼굴에 함빡 쥐젖을 뒤집어쓰게 되어 눈시울과 귓가에 더욱 심하였다. 더덕더덕 밥티가 붙은 것 같아서 언제나 거울만 들여다보면 울면서 화를 냈지마는 백약이 효험이 없었다. 때가 바로 봄, 여름철이라 가을철까지 바닷물을 기다릴 수 없어 소금 가마의 물거품을 물에 타서 몇 차례 씻고는 그대로 말렸더니 아주 신효를 보았다. 이 방법을 널리 전했더니 효험을 안 본 자가 없었다.

왕곡정의 종인 악가鄂哥는 나이 스물한 살인데 얼굴이 깨끗하게 생겼다. 마침 이질에 걸려 되게 앓던 판이라 곡정은 나에게 우리 나라 태의를 좀 청해 달라고 부탁했다. 나는 의사를 청할 필요가 없다고 하면서 축축한 땅을 파고 지렁이 몇십 마리를 잡아 백비탕에 넣어 끓여 짜서는 목이 마를 때 이 물을 많이 마시면 효험을 볼 것이라고 했더니, 곡정이 당장에 시험을 하여 즉효를 보았다고 했다.

목穆이란 자가 마침 학질을 앓아 곡정은 나에게 데려와 보이면서 방문을 청했다. 내가 생강즙을 가르쳐 주었더니 목가는 사례를 하면서 가 버렸는데 이튿날 그곳을 떠났으므로 이것을 먹고 효험을 보았는지 모르겠다. 대체 생강즙은 학질 고치는 데 좋은 방문으로, 생강한 뿌리를 즙을 내어 하룻밤 한데 내어 두었다가 해 뜨기 전에 동쪽을 향하고 앉아 마신다. 여러 번 시험해 보았는데, 다 나았다.

장성 밖 사람들은 목에 혹이 많이 달렸는데 여자가 유달리 더 심했다. 나는 곡정에게 방문을 가르쳐 주었다. 혹이 만일 담핵이라면 끼니마다 밥을 먹을 때 먼저 한 술을 떠서 손바닥 위에 놓고 밥을 동글동글하게 비벼 쥐고 있다가 밥을 다 먹고 나서 소금을 밥에 조금 넣어 엄지손가락으로 섞어 이겨 상처에 오랫동안 붙이면 절로 없어진다고 했다. 밥은 멥쌀밥을 쓴다.

순산을 돕는 데는 피마자 한 개를 찧어 발바닥 한복판에 붙이면 된다. 순산한 뒤는 즉시 떼 버릴 것이다. 만일에 잊어버리고 떼지 않으면 대하증이 생기기 쉽다.

양기를 돕는 데는 가을 잠자리를 머리와 날개와 다리를 떼어 버리고 아주 곱게 갈아서 쌀뜨물에 반죽을 하여 환을 만들어 먹는 것이 좋다. 세 홉을 먹으면 아이를 낳을 수 있고, 한 되를 먹으면 노인이 젊은 여자와 장난을 할 수 있다.

이상을 기록하여 왕곡정에게 주었다.

# 부록

# 中國圖

이 지도는 18세기 후반에 그려진 천하도天下圖의 부분입니다.
지금의 중국 지도와 차이가 있지만, 연암이 여행하던 때와 비슷한
시기에 그려진 지도입니다.

# 열하 여행 지도

막북행정록
8월 5일 ~ 8월 9일
태학유관록
8월 9일 ~ 8월 14일
환연도중록
8월 15일 ~ 8월 20일
열하
관내정사
7월 24일 ~ 8월 4일
북경
산해관
성경잡지
7월 10일 ~ 7월 14일
광녕
심양
일신수필
7월 15일 ~ 7월 23일
압록강
도강록
1780년 6월 24일 ~ 7월 9일
徐州
揚州
南京

# 여행 일정

## 압록강을 건너서

### 6월 24일

오후에 다섯 척 배에 나눠 타고 압록강을 건넜다. 강 기슭인 줄 알고, 섬에 내렸다가 다시 떠나는 우여곡절을 겪으면서 10리를 가서 애자하에 도착했다. 되사람에게 업혀서 애자하를 건넜다. 20리를 더 가 구련성에 도착했다. 장막을 치고 풀밭에서 노숙했다. 병이 중한 역관 김진하는 함께 가지 못하고 뒤떨어졌다.

### 6월 25일

간밤 비에 젖은 옷과 이불을 내다 말리고 낚시를 했다. 방물이 도착하지 않아 구련성에서 또 노숙했다.

### 6월 26일

구련성을 출발하여 금석산에서 점심을 먹고 30리 더 가 총수에서 노숙했다. 상판사 마두 득룡이가 강세작 이야기를 한참 했다.

### 6월 27일

날이 새기 전에 길을 떠나 30리를 더 가 책문에 이르렀다. 장복이가 부담 주머니의 왼쪽 자물쇠를 잃어버렸다. 중국 동쪽 끝 벽지인 책문의 문물들을 보고, 선진 문물에 대한 질투심에 몸이 후끈해졌다. 악가 성 가진 사람 집에서 묵었다.

압록강에서 책문까지 모두 120리였다.

6월 28일

봉황성까지 가서 강영태 집에서 점심을 먹었다. 벽돌 쌓는 법, 기와 이는 법을 유심히 살펴보았다. 봉황성 새로 쌓는 것을 보면서, 평양과 패수의 자리를 놓고 설명한 뒤, 세간에서 이 성을 안시성이라 하는 것에 동의할 수 없다고 했다. 정 진사와 성 쌓는 법을 두고 얘기하다가 벽돌이 나으니, 돌이 나으니 논쟁을 하다 보니 정 진사는 말 탄 채 졸고 있었다.

모두 70리를 가서 송점에서 묵었다.

6월 29일

배를 타고 삼가하를 건넜다. 말은 모두 헤엄쳐 건넜다. 또다시 배로 유가하를 건너 황하장에서 점심을 먹었다. 전당포에서 차 한 잔을 마셨다. 이날 50리를 가 통원보에서 묵었다.

7월 1일

비가 많이 와서 통원보에서 또 묵었다. 정 진사, 주 주부, 변군, 내원, 조학동 들이 술내기 투전을 하는데 끼지 못하고 있다가 우연히 만족 여자를 살펴볼 기회를 얻었다.

7월 2일

냇물이 불어서 건너지 못하고 또 머물렀다. 뗏목 엮을 이야기로 이러쿵저러쿵하다가 낮에는 가마 제도를 구경했다. 저녁에는 투전에 끼어들어 백여 닢을 따서 술을 사 먹었다.

7월 3일

비가 많이 내려 또 머물렀다. 결혼 행렬을 구경하고, 서당에서 아이들을 가르친다는 부 선생에게 보잘것없는 책 목록을 빌려 베끼고 청심환을 주었다.

7월 4일

역시 비 때문에 발이 묶였다. 《양승암집》을 읽거나 투전을 하면서 소일했다.

7월 5일

날은 개었으나 물이 불어서 여전히 건너지 못했다. 중국의 '캉' 제도를 유심히 살펴보고, 변계함과 우리 나라 온돌의 여섯 가지 단점을 이야기했다.

### 7월 6일

냇물이 줄어서 정사의 가마를 같이 타고 건넜다. 초하구에서 점심을 먹고 분수령, 고가령, 유가령을 넘어 연산관에 와서 잤다. 꿈에 형님 댁까지 다녀왔다.

이날 모두 60리를 왔다.

### 7월 7일

말을 탄 채로 물을 건너는데, 물살이 급해서 떨어질 뻔했다. 마운령을 넘어 천수참에 와 점심을 먹고, 청석령을 넘었다. 우대령을 넘어 전부 80리를 갔다. 낭자산에서 잤다.

### 7월 8일

정사와 한 가마를 타고 삼류하를 건너 냉정에서 아침을 먹고, 요동벌에 이르러 '한바탕 울 만한 자리' 라고 감탄을 하였다. 고려총, 아미장을 지나 구요양에 들었다. 구요양을 보고 감탄한 내용은 '구요동 견문기' 에 자세히 썼다. 태자하를 지나 신요양 영수사에서 묵었다.

이날 전부 70리를 왔다.

### 7월 9일

새벽같이 길을 떠났다. 장가대, 삼도파를 지나 난니보에서 점심을 먹었다. 처음으로 한족 여자들을 보았다. 만보교, 연대하, 산요포를 지나 십리하에서 묵었다.

이날 50리를 왔다.

## 성경의 이모저모

### 7월 10일

십리하에서 일찌감치 떠나 판교보, 장성점, 사하보, 포교와자, 전장포, 화소교를 지나 백탑보까지 40리를 와서 점심을 먹었다. 일소대, 홍화포를 지나 배로 혼하를 건너 심양에 들어갔다. 이날 모두 합해 60리를 와서 심양에서 묵었다.

심양 행궁을 둘러보고, 술집에서 술 한잔 걸치고는 골동품 가게 예속재와 비단 가게 가상루에 들렀다. 저녁을 먹고 달밤에 가상루에 가서 여러 사람들과 머물다 예속재에 와서 날이 밝도록 놀았다. 사람들과 나눈 이야기는 '속재필담' 에 담았다.

7월 11일

일어나자마자 다시 예속재로 갔다. 도중에 내원이 일행을 만나 돌아왔다가 밤이 되어 다시 가상루에 가려는데 수역이 펄펄 뛰어 함께 가지는 못하고, 장복이에게 "혹시나 누가 나를 찾거든 뒷간에 갔다고 대답을 해라." 하고 당부해 놓고 몰래 나갔다. 가상루에서 밤을 새고, 새벽에 들어갔다. 가상루에서 나눈 이야기는 '상루필담' 에 담았다.

7월 12일

아침 일찍 전사가에게 골동 목록을 받아 들고 심양을 떠났다. 심양에서 원당, 탑원, 방사촌, 장원교, 영안교, 쌍가자를 거쳐 대방신까지 45리를 갔다. 대방신에서 점심을 먹고 마도교, 변성, 홍륭점, 고가자까지 또 40리를 가 모두 85리를 갔다. 고가자에서 묵었다.

이틀 동안 제대로 잠을 못 자서 가는 내내 말 위에서 잠을 잤다. 자느라 약대를 보지 못해서 아주 아쉬웠다.

7월 13일

꼭두새벽에 일어나 출발했다. 세수하고 머리 빗는 것이 말할 수 없이 귀찮아졌다.

고가자에서 새벽에 출발하여 거류하, 거류하보, 비점자, 오도하, 사방대, 곽가둔, 신민둔을 지나 소황기보에서 점심을 먹었다. 대황기보, 유하구, 석사자, 영방을 거쳐 백기보까지 왔다. 이날은 모두 82리를 갔다.

신민둔의 전당포 주인에게 '기상새설' 을 써 주어 망신살이 뻗쳤다.

늙다리 참외 장수가 일행이 훔치지도 않은 참외 값을 달라 하여 백 푼 돈을 빼앗겼다.

7월 14일

소백기보, 평방, 일판문, 고산둔을 지나 이도정에서 점심을 먹었다. 은적사, 고가포, 고정자, 십강자, 연대를 지나 소흑산까지 모두 100리를 갔다.

십강자에서 잠시 쉴 때 상갓집 구경을 갔다가 난데없이 문상객 대접을 받아 당황했다.

소흑산에서 부인네 머리꽂이 파는 집에 들어가 다시 '기상새설' 넉 자를 썼다가, 그제서야 밀가루 파는 집에서나 쓰는 말임을 알았다.

## 일신수필

7월 15일

신새벽에 떠나 중안포에서 점심을 먹고, 일행보다 앞서 떠나 구광녕을 거쳐서 북진묘를 구경했다. 달밤에 길을 가서 신광녕에 도착했다. 북진묘까지 왕복 20리 다녀온 것까지 합해 이날 여정은 모두 90리였다.

중국에 와서 본 것 가운데 깨진 기와 조각과 냄새나는 똥거름이 최고 장관이었다.

7월 16일

변 주부, 내원과 함께 새벽에 먼저 떠났다. 길에서 해돋이를 보았다. 신광녕, 흥륭점, 쌍하보, 장진보, 상흥점, 삼대자를 지나 여양역에서 장 구경을 하고 점심을 먹었다. 여기서부터 용마루 없는 집들이 보이기 시작했다. 두대자, 이대자, 삼대자, 사대자, 왕삼포를 지나 십삼산에 이르니 이날은 모두 80리를 왔다.

아홉 살 된 사효수를 보았으나 길이 바빠 그 집에 못 가 본 것이 애석했다.

7월 17일

아침에 십삼산을 떠나 독로포에서 배로 대릉하를 건넜다. 대릉하에서 묵었다. 이날은 30리밖에 못 왔다.

호행통관 쌍림이 여러 번 말을 걸었으나 상대를 하지 않다가 역관들이 좋은 꾀가 아니라 하여 쌍림의 수레를 함께 탔다. 대릉하까지 오는 동안 쌍림은 되지 않는 조선말로, 장복이는 어수룩한 중국말로 서로 이야기하는 소리를 들으며 갔다.

7월 18일

새벽녘에 대릉하점을 떠나 사동비, 쌍양점, 소릉하를 거쳐 송산보에서 점심을 먹고, 다시 행산보, 십리하점, 고교보까지 모두 86리를 왔다.

먼지 때문에 잠시 피해 있는 사이 수백 마리 약대가 쌀을 지고 가는 광경을 또 놓치고 말았다. 명나라와 청나라 군사들이 격렬하게 싸웠던 송행에서 당시를 회고해 보며 슬퍼했다. 고교보에서 잤는데, 전에 조선 사신 일행이 잃은 돈 천 냥 때문에 여럿이 죽은 사건이 있어서 대접이 좋지 않았다.

## 7월 19일

새벽에 고교보를 떠나 탑산에 해돋이 구경을 갔으나 조금 늦어서 해가 떠 버린 뒤에야 도착했다. 주사하, 조라산점, 이대자를 지나 연산역에서 점심을 치르고, 오리하자, 노화상대, 쌍수포, 건시령, 다팽암을 거쳐 영원위에 도착했다. 이날 모두 62리를 왔다. 영원성 밖에서 묵었다.

조대수 패루와 조대락 패루를 구경했다.

## 7월 20일

새벽에 영원을 출발하여 청돈대, 조장역, 칠리파, 오리교를 지나 사하소에서 점심을 먹었다. 점심을 먹은 뒤에 갑자기 큰비가 쏟아져 비를 맞으면서 길을 갔다. 건구대, 연대하, 반납점, 망하점, 곡척하, 삼리교를 지나 동관역까지, 모두 60리를 왔다.

부사와 서장관이 해돋이를 보러 청돈대로 가는 것을 보고, 총석정에서 해돋이 구경할 때를 새삼 떠올렸다.

## 7월 21일

냇물이 불어 건너지 못하고 동관역에서 묵었다. 바로 이웃집에 있는 점술이 용하다는 이 선생이란 자가  조선 사람을 만나고 싶다고 사람을 보내 왔으므로 저녁 식사를 마친 후 찾아갔다. 점은 보지 않고 목화 무역하는 축가 노인과 여인들의 의복과 머리 꾸미는 제도 이야기를 나눴다. 옛날 사람들의 생년월일을 적어 놓은 책을 베끼다가 이 선생이 천기누설이라고 노발대발하기에 웃고 일어났다.

## 7월 22일

이정자, 육도하교를 지나 중후소에서 점심을 먹고 일대자, 이대자, 삼대자, 사하점, 섭가분, 구어하둔, 어하교를 지나 정사의 가마를 타고 석교하를 건너 전둔위에 이르렀다.

이날은 모두 64리를 왔다.

배로 중후소 물을 건너서 털모자점을 둘러보았다. 우리는 양을 치지 않으니 우리 나라의 은을 털모자점에 다 갖다 바치는 것 같아 안타까웠다.

7월 23일

왕가대, 왕제구, 고령역, 송령구, 소송령을 지나 중전소에서 점심을 먹었다. 대석교, 양수호, 노군점, 왕가점, 망부석, 이리점을 거쳐 산해관에 도착했다. 심하를 지나 배로 홍화포를 건너 이날은 홍화포에서 묵었다. 이날 모두 84리를 왔다.

장대와 강녀묘를 구경하고, 명나라 대장군 서달이 다섯 겹으로 쌓은 산해관을 둘러보았다. 지금껏 오는 동안 보고 놀랐던 장관들이 다 산해관을 본뜬 것임을 알았다.

## 관내에서 본 이야기

7월 24일

범가장에서 점심을 치르고 양하제, 대리영, 왕가령, 봉황점, 망해점, 심하역, 고포대, 왕가포, 마팽포를 거쳐 유관에 이르렀다. 이날 모두 68리를 왔다.

7월 25일

영가장, 상백석포, 하백석포, 오가장, 무녕현, 양장하, 오리포, 노가장, 시리포, 노봉구, 다팽암, 음마하를 거쳐 배음보에서 점심을 먹었다. 쌍망점, 요참, 달자영, 부락령, 노룡새, 여조, 누택원을 지나 영평부에서 묵었다. 이날 모두 89리를 왔다.

진사 서학년의 집에서 골동들을 구경했다. 평생 꿈꿨던 한 문공의 사당에는 함께 갈 이가 없어 가 보지 못해 애석하였다. 동악묘를 둘러보았다. 저녁을 먹고 이리저리 거닐다가 우연히 만난 호응권이 화첩을 보여 주기에 그림 목록을 '열상화보'에 정리했다.

7월 26일

배로 청룡하를 건너고 남허장, 압자하, 범가점을 지나 다시 배로 난하를 건넜다. 이제묘에서 점심을 먹고, 망부대, 안하점, 적홍포, 야계타, 사하보, 조장, 사하역까지 이르렀다. 이날은 모두 61리를 왔다. 사하역 성 밖에서 묵었다. 아침에 영평부에서는 장 구경을 했다. 야계타 가는 길에 큰비를 만나 놀랐다.

이날 이야기는 '이제묘 견문기'와 '난하에 배 띄우고'에 썼다.

### 7월 27일

홍묘, 마포영, 칠가령, 신점포, 건초하, 왕가점, 장가장, 연화지를 지나 진자점에서 점심을 먹었다. 아침 나절에는 어제 이제묘에서 먹은 고비 나물 때문에 속이 불편해 고생을 했다. 점심을 먹고는 재봉이와 상삼이를 따라 기녀 셋과 어울렸다. 술집에서 만난 왕용표가 여러 노래를 가르쳐 주었다.

연돈산, 백초와, 철성감, 우란산포, 판교를 거쳐 풍윤현에 도착했다. 이날은 모두 100리를 와서 풍윤성 밖에서 묵었다. 호형항의 집에서 박제가가 써 놓은 이덕무의 시를 보았다.

### 7월 28일

새벽에 길을 떠나 조선 사람들이 사는 고려보에 도착했다. 그곳 조선 사람들과 조선서 온 사신 행차는 서로 원수 보듯이 하였다. 사하포, 조가장, 장가장, 환향하, 민가포, 노고장, 이가장을 지나 사류하에서 점심을 먹고, 양수교, 양가장, 이십리포, 십오리둔, 동팔리포, 용읍암을 거쳐 옥전현에 이르렀다. 이날 모두 80리를 와서 옥전성 밖에서 묵었다.

소나기를 피해 들어간 점방 주인이 자기 딸의 수양아버지가 되어 달라 떼를 써서 사양하느라 애를 먹었다.

옥전현 심유붕의 집에 걸려 있던 '범의 꾸중'을 정 진사와 나누어 베껴 썼다.

### 7월 29일

서팔리보, 오리둔, 채정교, 대고수점, 소고수점, 봉산점, 별산점을 지나 송가장에서 점심을 먹었다. 이리점, 현교, 삼가방, 동오리교, 용지하, 계주성, 서오리교를 거쳐 방균점까지, 이날은 모두 97리를 왔다.

### 7월 30일

별산장, 곡가장, 용만자, 일류하, 현곡자, 호리장, 백간점, 단가점, 호타하, 삼하현을 지나 조림까지 와서 점심을 먹었다. 삼하현을 지날 때 홍대용에게 부탁받은 편지와 선물을 전해 주려고 손유의의 집을 찾았으나, 마침 산서에 가 있어서 보지 못했다.

백부도장, 신점, 황친점, 하점, 유하점, 마이핍을 거쳐 연교보까지 와서 묵었다. 이날 모두 83리를 왔다.

8월 1일

드디어 북경에 도착한 날이다. 사고장, 등가장, 호가장, 습가장, 노하, 통주, 영통교, 양가갑을 지나 관가장에서 점심을 먹고, 삼간방, 정부장, 대왕장, 태평장, 홍문, 시리보, 파리보, 신교, 동악묘, 조양문을 거쳐 서관에 들어갔다. 모두 63리를 왔다.

압록강에서 북경까지, 모두 33참에 2,030리였다.

8월 2일

북경에서 맞는 첫날.

예부, 호부의 낭중들과 광록시 관원들이 먹을거리를 나누어 주었다.

8월 3일

북경에서 맞는 둘째 날. 도옥 책방에도 가고, 이덕무가 중국에 있을 때 만났다는 당원항네 집에도 갔다. 새벽에 관가에 가고 없어서 만나지는 못했다.

옥동에 이르러 월중 사람 능야를 만나 함께 오룡정에 갔다.

8월 4일

북경에서 맞는 셋째 날. 유리창을 구경하고, 한 사람이라도 자기를 알아주는 사람을 얻는다면 여한이 없을 것이라는 생각을 했다.

## 북방여행기

8월 5일

열하로 와서 황제의 만수절 행사에 참여하라는 명을 새벽에 받고, 삼사를 위시한 사행의 일부가 열하를 향해 떠나게 되었다. 마두들을 다 남겨 두고 견마잡이 한 명씩만 데려

가기로 하여 장복이는 북경에 남았다. 장복이와 헤어지면서, 이별 중에 가장 괴로운 이별은 생이별일 것이라 생각했다. 이별하는 '곳' 과 '때' 에 대해 여러 가지로 썼다.

자금성을 끼고 열하로 출발해 손가장에 와서 묵었다. 동직문으로 잘못 들어서 수십 리를 돌았다.

### 8월 6일

열하로 향한 지 이틀째. 동틀 무렵에 길을 나서서 순의현계를 지나 회유현계까지 왔다. 조공 드리러 가는 회회 사람들과 함께 백하를 건넜는데, 이때 창대가 말발굽에 밟혀 제대로 걷지 못하게 되었다.

밀운성을 지나 계속 달리는데 골짝 물이 불어 넘쳐서 지현의 배웅을 받으며 밀운성으로 되돌아가 소씨네 집에 들었다. 밀운 지현이 준 밥이며 고기들은 되돌려보냈다. 황제가 보낸 군기대신 복차산이 와서 9일 아침 전까지는 열하에 꼭 와야 한다고 말했다.

수숫대 한 줌을 얻어 밥을 했으나, 쌀알이 물에 붇지도 않았기에 술 한 잔만 마셨는데 벌써 새벽이었다.

### 8월 7일

열하를 향해 달린 지 사흘째. 목가곡에서 아침을 지어 먹고 남천문을 나섰다. 광형하를 건너 석갑성에서 저녁을 지어 먹었다. 어스름할 녘에 다시 길을 떠나 고북구에서 술 한 잔을 사 먹고, 새벽 술참으로 샀던 술로 먹을 갈아서는 별빛 아래서 만리장성 벽에다 이름을 새겼다. 이때 이야기는 '밤중에 고북구를 빠져서' 에 자세히 썼다.

다시 재를 넘고, 아슬아슬하게 물줄기를 아홉 번이나 건넜다. 이때 이야기는 '하룻밤에 아홉 번 강을 건너' 에 자세히 썼다.

### 8월 8일

열하를 향해 달린 지 나흘째. 눈 한번 못 붙인 채 쉬지 못하고 말을 달렸다. 발에 부상을 입었던 창대가 제독의 호의로 노새를 얻어 타고 와서 일행과 합류했다.

삼도량에서 잠시 쉬었다가 합라하를 건넜다. 밤에는 역참 화유구에서 머물렀다.

8월 9일 오전

난하를 건너 10여 리 가니, 내시들이 와서 사신 일행이 어디쯤 왔나를 보고 돌아갔다. 드디어 열하에 도착했다.

## 태학관에 머물면서

8월 9일 오후

열하에 들어, 태학에 머물렀다.

대리시경 윤가전, 귀주안찰사 기풍액, 거인 왕민호를 처음 만났다. 윤가전이 정사 박명원을 보겠다 하여 모시고 갔으나 만나지 않겠다는 답을 들었다. 군기장경 소림이 와서 2품 끝자리에 서라는 황제의 조서를 읽었다. 예부가 정사에게 감사의 글을 올리라 독촉하였다.

닷새 만에 처음으로 제대로 자리에 누워 잠이 들었다.

8월 10일

날이 새기 전에 피서산장에 들어갔다. 황제가 내리는 음식을 먹고, 먼저 밖으로 나와 황제의 여섯째 아들과 몽고 왕을 보고 숙소로 돌아왔다. 산동도사 학성과 이야기를 나누었다.

황제가 초청해 찰십륜포에 머무르던 반선 라마를 예방하라는 황명을 받고 논란이 벌어졌다. 가야 하나 말아야 하나 의논하다가 날이 늦어 다음으로 미루었다.

8월 11일

술집에서 몽고 사람, 회회교 사람들과 찬 술을 호기롭게 들이켰다.

피서산장에서 황제를 알현한 뒤, 찰십륜포에서 반선 라마를 예방하고, 금불을 하사받았다.

8월 12일

황제가 피서산장의 권아승경전에서 반선 라마를 위해 베푼 연회를 담 너머로 구경하였다.

8월 13일

만수절 당일이다. 피서산장의 담박경성전에서 하례식에 참석한 후, 황제가 내린 여지즙을 술인 줄 알고 먹었다. 기풍액과 달을 보면서 지구가 둥글다는 것에 관한 이야기를 나누다가 기풍액의 처소에서 늦게까지 황교 이야기를 나누었다. 나눈 이야기는 '황교문답'과 '반선시말', '망양록'에 자세히 썼다.

8월 14일

왕곡정과 시습재에서 악기 구경을 하고 나오다가 수백 필 말 떼를 만났다. 광동안찰사가 보낸 사람이 다녀갔고, 이제 그만 북경으로 돌아가라는 황제의 명령이 떨어졌다. 기풍액, 왕곡정, 학지정 들과 눈물로 이별하였다.

## 북경으로 돌아오는 도중에

8월 15일

열하를 떠났다.

광인점, 삼분구를 지나 쌍탑산에 이르렀다. 난하를 건너 하둔에서 묵었다. 이날 40리를 왔다.

8월 16일

왕가영에서 점심을 먹고 황포령을 지나다가 황제의 친조카 예왕을 만났다.

마권자에서 묵었다. 이날 80리를 왔다.

8월 17일

청석령을 지나 삼간방에서 아침을 먹었다. 아침 먹던 여관에서 술 취한 예왕을 만났다. 예왕과 황제의 손자들이 사냥하는 모습을 보았다. 고북구에 도착하여 관내 여관에서 점심을 먹었다. 세 번째 관에서 절에 들렀는데, 오미자 때문에 봉변을 당했다.

열하로 갈 때에는 조느라 보지 못했던 약대 여러 마리를 보았다. 이날 80리를 왔다.

8월 18일

동틀 녘에 떠나 거화장과 사자교를 지나 목가곡에서 점심을 먹었다. 석자령을 지나 백하 나루터에서 강을 건넜다. 반선 라마를 곱게 보지 않았다 하여 군기대신의 배웅도 없고, 낭중의 호송도 없고, 황제의 인사말도 없었다.

부마장에 이르러 성 밑 관에서 묵었다. 이날 65리를 왔다.

8월 19일

새벽에 회유현을 지나 남석교에서 점심을 먹었다.

임구를 지나 청하에서 묵었다.

8월 20일

북경으로 돌아온 날이다. 덕승문을 지나 남아 있던 일행들과 다시 만났다. 먼저 마중 나간 내원이만 바로 만나지 못했고, 창대와 장복이와 더불어 반가움을 나누었다. 황제를 보았다거니, 상금을 천 냥이나 받았다거니 하는 창대의 허풍에 장복이는 홀랑 속아넘어갔다.

저녁을 먹고 주부 조명회의 골동을 구경했다.

*박지원은 1780년 5월 25일에 임금에게 하직 인사를 올리고 길을 떠났다. 《열하일기》는 압록강을 건너는 6월 24일부터 시작해서 열하에서 북경으로 돌아온 8월 20일까지 여정에 집중해서 쓴 글이다. 박지원은 그 뒤 9월 17일까지 북경에서 머물렀고, 10월 27일에 한양에 도착했다. 한양에서 압록강까지와, 북경에서 한양까지 돌아오는 여정은 적지 않았다.

# 박지원 연보

1737년 음력 2월 5일

반남 박씨 박사유와 함평 이씨 사이 2남 2녀 중 막내로 태어났다.

휘는 지원, 자는 중미, 호는 연암이었다.

1752년(16세)

관례를 올리고 유안재 이보천의 딸과 혼인했다. 장인 유안재에게 《맹자》를 배우고, 처숙인 홍문관 교리 이양천에게 문장 짓는 법을 배웠다. 연암이 '항우본기'를 모방하여 '이충무전'을 지었는데, 반고와 사마천과 같은 글 솜씨가 있다고 크게 칭찬받았다.

1754년(18세)

우울증으로 고생했다. 사람들을 청해 재미있는 이야기를 들으면서 우울증을 고쳐 보고자 했다. '민옹전'에 나오는 민유신을 만난 것도 이 무렵이다.

거지 광문의 이야기로 '광문자전'을 썼다.

1755년(19세)

연암의 학문을 지도했던 영목당 이양천이 40세로 별세했다. 연암은 그이의 죽음을 애도하여 '제영목당이공문祭榮木堂李公文'을 지었다.

1756년(20세)

김이소, 황승원, 홍문영, 이희천, 한문홍 들과 북한산 봉원사 등을 찾아다니며 공부했다. 봉원사에서 윤영을 만나서 허생의 이야기를 전해 들었다.

1757년(21세)

시정의 기이한 인물이나 사건을 듣고 '방경각외전'을 썼다. 떠돌이 거지, 몰락한 무반, 농부 따위 이름 없는 하층민을 주요 대상으로 삼았다. 아홉 편 가운데, '봉산학자전'과 '역학대도전' 두 편은 스스로 없애 버렸고 '양반전', '광문자전', '예덕 선생전', '김 신선전', '우상전', '말거간전', '민 노인전' 일곱 편만 남아 전한다.

1759년(23세)

어머니 함평 이씨가 59세로 돌아가셨다.

큰딸이 태어났다.

1760년(24세)

할아버지 박필균이 76세로 돌아가셨다. 조부는 노론을 지지했던 선비로, 사간원정언, 경기관찰사, 예조참판, 공조참판 들을 지내고 지돈녕부사에까지 이르렀다. 조부의 신중한 처신과 청렴한 생활은 연암에게도 큰 영향을 끼쳤다.

1764년(28세)

효종이 북벌 때 쓰라고 송시열에게 하사했다는 초구를 구경하고, '초구기貂裘記'를 썼다.

1765년(29세)

가을에는 유언호, 신광온 들과 금강산을 유람하였다. 삼일포, 사선정 등 금강산 일대를 두루 돌아보고, '총석정 해돋이〔叢石亭觀日出〕'를 썼다. 판서 홍상한이 이 작품을 격찬했고, 《열하일기》에도 되풀이 수록했다.

1766년(30세)

장남 종의가 태어났다.

홍대용이 중국 문인들과 나눈 필담을 정리해 '건정동회우록乾淨衕會友錄'을 냈는데, 박지원이 거기에 서문을 썼다. 홍대용과 중국 사람들의 우정을 예찬하고, 청을 무조건 배격하는 사람들을 비판하는 글이었다. 보리가 펴낸 박지원 작품집 《나는 껄껄 선생이라오》에 '중국에서 마음 맞는 벗을 사귀다〔會友錄序〕'라는 제목으로 실려 있다.

1767년(31세)

아버지 박사유가 65세로 돌아가셨다. 부친상을 당하고, 장지 문제로 녹천 이유 집안과 시비가 벌어졌다. 이 일로 상대방의 편을 들어 상소를 올렸던 이상지가 스스로 관직에서 물러난 것을 보고 이때부터 연암도 스스로 벼슬길을 단념하였다.

삼청동에 있는 무신 이장오의 별장에 세를 얻어 살기 시작했다.

1768년(32세)

백탑 근처로 이사해 이덕무, 이서구, 서상수, 유금, 유득공 들과 가까이 지냈다.

1769년(33세)

이서구가 쓴 문집의 서문 '옛 사람을 모방해서야〔綠天館集序〕'를 썼다.

1770년(34세)

감시의 양장에서 모두 일등으로 뽑혔다. 입궐하여 영조에게 극찬을 받았다. 많은 이들이 박지원을 급제시켜 공을 세우려 했으나 회시에 응하지 않거나, 응시한다 하더라도 시권을 제출하지 않거나, 제출하더라고 노송과 괴석을 그린 그림을 제출하여 벼슬할 뜻이 없음을 밝혔다.

벗들과 북한산의 대은암에 놀러가 시와 문장을 주고받은 것을 기록한 '의인과 소인배〔大隱菴唱酬詩序〕'를 썼다.

1771년(35세)

큰누님 박씨가 43세로 돌아가셨다. 누님의 죽음을 슬퍼하면서 '백자증정부인박

씨묘지명伯姊贈貞夫人朴氏墓誌銘'을 썼다.

이덕무, 백동수 들과 송도, 평양을 거쳐 천마산, 묘향산, 속리산, 가야산, 단양 등 명승지를 두루 유람했고, 황해도 금천 연암골을 보고는 몹시 좋아했다.

1772년(36세)

식솔들을 처가로 보내고 서울 전의감동에 혼자 살기 시작했다. 가까이 지내던 홍대용, 정철조, 이서구, 이덕무, 박제가, 유득공 등 여러 벗들과 더욱 친하게 사귀었다.

이서구가 '하야방우기夏夜訪友記'를 쓰자 '사흘째 끼니를 거르고[酬素玩亭夏夜訪友記]'를 써서, 소탈하게 지내던 자신의 생활을 그려 보였다.

삼종질 박종덕의 아들 수수가 29세로 죽자, '족손증홍문정자박군묘지명族孫贈弘文正字朴君墓誌銘'을 썼다.

벗들에게 보낸 편지를 모아 '영대정잉묵映帶亭賸墨'을 펴고, 스스로 서문을 썼다.

박제가가 문집《초정집楚亭集》을 펴내자, 법고창신의 문학론을 담아 서문을 썼다. 보리의《나는 껄껄 선생이라오》에 '옛것을 배우랴 새것을 만들랴[楚亭集序]'라는 제목으로 실려 있다.

1773년(37세)

유득공, 이덕무와 서도를 유람했다. 허생의 이야기를 해 주었던 윤영을 또 만났다.

1774년(38세)

송나라 이당李唐의 그림 '장하강사長夏江寺'가 우리 나라에 들어온 내력을 기록한 '제이당화題李唐畵'를 썼다.

1777년(41세)

장인 이보천이 64세로 돌아가셨다. 장인을 추모하는 글 '제외구처사유안재이공문祭外舅處士遺安齋李公文'을 썼다.

1778년(42세)

사은진주사 일원으로 북경으로 떠나는 이덕무와 박제가를 전송했다.

가난한 집안 살림을 도맡아 왔던 형수 이씨가 55세로 돌아가셨다.

서울 생활을 청산하고 홍국영의 견제를 피해 연암골에 은둔하였다. 초가삼간을 장만하고 손수 뽕나무도 심었다. 형수의 유해를 연암으로 옮기고 '백수공인이씨묘지명伯嫂恭人李氏墓誌銘'을 썼다.

유언호가 연암에 왔다가 만나지 못하고 그냥 돌아간 뒤 유언호에게 편지 '웃음의 말〔答兪士京書〕'을 썼고, 왕이 내린 귤첩을 보내준 데 대한 감사로 '사유수송혜내선이귤첩謝留守送惠內宣二橘帖'을 써서 보냈다.

유언호의 도움으로 개성 금학동에 있는 양호맹의 별장에 머물면서 이행작, 이현겸, 양상회, 한석호 들을 가르쳤다. 이 무렵 연암을 찾아온 유언호와 젊은 날 금강산을 유람한 일을 두고 나눈 이야기를 기록하여 '내가 하나 더 있어서〔琴鶴洞別墅小集記〕'를 썼다. 금학동 별장 안에 있는 만휴당에 붙인 글 '늘그막에 휴식하는 즐거움〔晩休堂記〕'을 썼다.

다시 연암골로 돌아왔다. 개성에서 만난 유생들이 따라와서 글을 배웠다. 이 무렵의 생활은 '산중지일서시이생山中至日書示李生'에 잘 담겨 있다.

1779년(43세)

이덕무, 박제가, 유득공이 규장각 검서로 발탁되었다. 이 무렵에 쓴 '답홍덕보서答洪德保書' 세 통은 홍대용에게 연암골 생활을 전하고, 세 사람이 기용된 것을 축하한 편지들이다.(보리의 《나는 껄껄 선생이라오》에 '평생 객기를 못 다스리더니', '돼지 치는 이도 내 벗이라', '출세한 벗에게 이르노니'라는 제목으로 실려 있다.)

1780년(44세)

홍국영이 실각하자 서울로 돌아와 처남 이재성의 집에 머물렀다. 삼종형인 금성도위 박명원을 따라 북경으로 갔다. 5월에 떠나 6월에 압록강을 건넜고, 8월에 북경에 들어갔다가 열하에 들러 다시 북경으로 돌아와 10월에 귀국하였다. 돌아오자마자 《열하일기》를 쓰기 시작했다.

둘째 아들 종채가 태어났다.

1781년(45세)

박제가가 쓴 《북학의北學議》에 서문을 썼다.(보리의 《나는 껄껄 선생이라오》에

'사흘 읽어도 지루하지 않은 북학의〔北學議序〕' 라는 제목으로 실려 있다.)

1783년(47세)

연암에게 글을 배우던 박경유의 처가 남편을 따라 죽자, '열부이씨정려음기烈婦李氏旌閭陰記' 를 썼다.

벗이었던 담헌 홍대용이 53세로 죽었다. 손수 염을 하고, 담헌이 중국에서 만난 벗 손유의에게 부고를 전했다. '나의 벗 홍대용〔洪德保墓誌銘〕' 을 썼다.

《열하일기》의 첫 편 '압록강을 건너서〔渡江錄〕' 의 머리말을 썼다.

1786년(50세)

7월 유언호가 천거하여 선공감역에 임명되었다.

1787년(51세)

부인 전주 이씨가 51세로 죽었다. 박지원은 그 뒤로 죽 혼자 지냈다.

큰형 희원이 58세로 죽었다. 연암골에 있는 형수의 무덤에 합장했다. 형을 보내면서 쓴 시 '연암에서 돌아간 형님을 생각하고〔燕巖憶先兄〕' 를 보고, 이덕무가 눈물을 흘렸다 한다.

1788년(52세)

부인이 죽은 지 1년 만에 맏며느리 덕수 이씨가 죽었다. 끼니를 끓여 줄 사람이 없어 주위에서 다시 처를 얻으라고 했으나, 듣지 않았다.

종제 박수원이 선산부사로 나가 있는 동안 계산동 집을 빌렸다.

선공감 제조인 서유린이 자문감 일을 함께 하면서 대궐의 춘장대를 보수해야 했는데, 연암이 벽돌을 구워 쓰는 것이 견고하고 비용도 줄일 수 있다고 제안하여 중국 제도에 따라 가마를 제작하고, 벽돌 크기도 중국의 제도를 따랐다. 《열하일기》에 쓴 그대로 하여 비용을 절감했으나 그때는 쓰지 못했고, 후에 수원성을 축조할 때 이 방법을 사용해 성을 쌓았다.

1789년(53세)

평시서주부로 승진했다.

문하생 최진관의 아버지가 돌아가시자 '치암최옹묘갈명癡菴崔翁墓碣銘' 을 지어 주었고, 개성의 선비 김형백이 죽자 '취묵와김군묘갈명醉默窩金君墓碣銘' 을 써서 죽음을 애도하였다.

1790년(54세)

삼종형 박명원이 66세로 돌아가셨다. 누구보다 연암의 뛰어난 재질을 아끼고 사랑했던 형이었다. 박지원은 '삼종형금성위증시충희공묘지명三從兄錦城尉贈諡忠僖公墓誌銘' 을 썼다.

제릉령에 임명되자 한가로운 곳에서 마음대로 독서하고 저술할 수 있게 된 것을 기뻐했다. 연암골 가까이에서 일하게 되어 일에서 벗어나면 연암골에서 하루 이틀 소요하였다. 말단 벼슬아치로 유유자적 지내는 모습을 '재거齋居' 란 시로 썼다.

사복시주부로 전보되었으나, 사퇴하였다.

사헌부감찰로 전보되었으나, 사퇴하였다.

1791년(55세)

한성부판관에 임명되었다.

겨울에는 안의현감으로 부임했다.

1792년(56세)

함양군 둑 공사에 장정들을 징발할 때, 관아에서 식량을 대고 고을별로 장정을 나누게 해서 대엿새 걸리던 일을 하루 만에 끝내게 했고, 그 뒤 5년 동안 둑 공사 부역으로 힘든 일이 없었다.

현감으로 있는 동안 현풍 사람 유복재를 죽인 범인에 대해 논한 '답순사논현풍현살옥원범오록서答巡使論玄風縣殺獄元犯誤錄書' 와 밀양 사람 김귀삼 살인 사건을 논한 '김귀삼의 살인 사건〔答巡使論密陽金貴三疑獄書〕' 과 함양 사람 장수원의 살인 사건을 논한 '장수원의 강간 미수 사건〔答巡使論咸陽張水元疑獄書〕' 과 밀양 사람 윤양준의 살인 사건을 논한 '답순사논밀양의옥서答巡使論密陽疑獄書' 와 함양 사람 조판열의 죽음을 논한 '답순사논함양옥서答巡使論咸陽獄書' 들을 썼다.

삼종질 박종악이 우의정에 임명되자 취임을 축하하면서 '천하 사람의 근심을 앞질러 근심하시오〔賀三從姪宗岳拜相因論寺奴書〕' 를 썼고, 벗 김이소가 우의정에 임명되자 '화폐가 흔한가 귀한가〔賀金右相履素書〕'를 써서 축하했다. 이 편지에는 화폐 유통을 바로잡고 은이 나라 밖으로 나가는 것을 막는 것에 대한 의견을 썼다.

1793년(57세)

《열하일기》로 잘못된 문체를 퍼뜨린 잘못을 속죄하라는 정조의 하교를 받고, '답남직각공철서答南直閣公轍書'를 썼다. 임금의 문책을 받은 처지로 새로 글을 지어 잘못을 덮으려 하는 것은 오히려 누가 되는 일이라는 내용이었다.

벗 이덕무가 53세로 죽었다. 정조가 이덕무의 행장을 짓도록 하여 '형암 행장炯菴行狀'을 썼다.

흉년이 들자 자기 녹봉을 덜어 백성을 구했다. 공진 설치를 거절하는 '답순사론진정서答巡使論賑政書'와 다른 고을 수령들과 굶주린 백성을 구하는 길에 대해 의논한 '굶주린 백성이 살 길〔答丹城縣監李侯論賑政書〕'와 '나는 껄껄 선생이라오〔答大邱判官李侯論賑政書〕'를 썼다.

벽돌을 구워 관아에 새로 정각들을 지었다. 이때 '백척오동각을 지어 놓고〔百尺梧桐閣記〕', '연암의 제비가 중국에서 공작새를 보았다〔孔雀館記〕', '아침 연꽃, 새벽 댓잎〔荷風竹露堂記〕' 들을 지었다. 고을 아전들이 전에 있던 현감 곽준의 제사를 지내는 일을 칭찬한 '곽공을 제사 지내며〔安義縣縣司祀郭侯記〕', 거창읍 이술원에게 정려가 내린 일을 기록한 '충신증대사헌이공술원정려음기忠臣贈大司憲李公述原旌閭陰記' 들도 이 무렵에 썼다.

지나친 수절 풍습을 비판한 '열녀 함양 박씨전 병서烈女咸陽朴氏傳幷序'를 썼다.

1794년(58세)

아전들이 포탈한 곡식을 원래대로 채워, 창고에 곡식을 10만 휘나 쌓아 두게 되었는데, 호조판서가 그것을 팔 것을 제안하나 수입이 생길 것을 꺼려 곡식을 다른 고을로 옮겨 버렸다.

함양군수의 부탁으로 학사루를 수축한 전말을 기록한 '천년 전의 최치원을 기리며〔咸陽郡學士樓記〕'를 썼고, 함양군에 새로 지은 학교 흥학재에 부치는 '흥학재를 지은 뜻〔咸陽郡興學齋記〕'도 썼다.

1795년(59세)

'보름날 해인사에서 기다릴 것이니〔海印寺唱酬詩序〕'를 썼고, 장편시 '해인사海印寺'도 썼다.

전라감사 이서구가 천주교를 비호한다고 유배를 가자 '답이감사적중서答李監司謫中書'를 보내 위로했다.

1796년(60세)

안의현 백성들이 송덕비를 세우려 하자 자기 뜻을 몰라서 하는 일이라며 크게 꾸짖고, 세우지 못하게 했다.

안의현감 임기가 끝나 서울로 돌아왔다. 종로구 계동에 벽돌을 사용하여 계산초당을 지었다. 아들 박종채가 머물렀고, 손자 박규수가 이곳에서 태어났다.

제용감주부에 임명되었다가 의금부도사로 전보되었다.

벗 유언호가 67세로 죽었다.

1797년(61세)

7월, 면천군수에 임명되자 임금을 알현하게 되었고, 이때 문체에 대한 이야기를 다시 나누었다. 정조의 명령으로 '서이방익사書李邦翼事'라는 글을 쓰게 됐다.

충청감사와 불화를 겪고 있을 때 '답공주판관김응지서答公州判官金應之書'(보리의 《나는 껄껄 선생이라오》에 '혼자 억측하지 마십시오'와 '머무르고 떠나는 일' 두 편이 실려 있다.)를 썼다.

1798년(62세)

연암이 있던 면천군에 천주교가 성행했으나, 천주교도들을 크게 벌하지 않고 기회를 주어 방면했다.

1799년(63세)

봄에 흉년이 들자, 안의에서 했던 것처럼 봉록을 덜어 백성을 구휼했다.

농서 《과농소초課農小抄》를 썼다. '부자들의 토지를 나누어 주어라〔限民名田議〕'가 부록으로 붙어 있는데, 중국에 갔을 때 본 것들과 우리 나라에 시행할 수 있는 것들을 묶어 14권의 책으로 엮었다. 정조가 이 책을 보고 농서대전을 박지원에게 편찬케 해야겠다는 말을 하였다.

1800년(64세)
6월에 정조가 승하했다.
8월에 양양부사로 승진했다.

1801년(65세)
봄에 양양부사를 그만두고 서울로 왔다.

1802년(66세)
겨울, 아버지의 묘를 포천으로 이장하려다가 유한준이 방해하여 좌절되었다. 유한준은 평소 연암에게 유감을 갖고 있어 《열하일기》에 대해 '오랑캐의 연호를 쓴 책'이라며 비방을 일삼았던 사람이다.(《나는 껄껄 선생이라오》에 이 사람에게 쓴 '이름을 숨기지 말고〔答蒼厓 之一〕'와 '도로 네 눈을 감아라〔答蒼厓 之二〕'가 있다.

1805년(69세)
박지원은 10월 20일, 가회방 재동 집의 사랑에서 69세 나이에 죽었다. 홍대용이 그랬던 것처럼 반함하지 말고, 다만 깨끗하게 씻어 달라고만 유언을 남겼다.

1826년
둘째 아들 박종채가 부친의 언행을 기록한 《과정록》을 완성했다.
(1831년에는 《과정록》을 보완하였다.)

1900년
김택영이 편찬한 〈연암집〉이 간행되었다.

1901년
김택영이 편찬한 〈연암속집〉이 간행되었다.

1911년

조선광문회에서 편찬한 〈연암외집 열하일기 전全〉이 간행되었다. 《열하일기》가 따로 출판된 것은 이것이 처음이었다.

1917년

김택영이 망명지 중국에서 〈연암집〉과 〈연암속집〉을 합해서 〈중편 박연암 선생 문집〉을 간행했다.

1921년

김택영이 조선 시대 한문학자들의 좋은 글을 묶어서 《여한십가문초》를 냈는데, 그 안에 박지원의 글이 많이 들어 있었다.

1932년

박영철이 돈을 대어 〈연암집〉이 간행되었다. 전부 17권 6책을 대동 인쇄소에서 인간하였다.

1955년

북의 국립출판사에서 《열하일기 상》을 출판했다. 중권은 1956년, 하권은 1957년에 간행했다.

1959년

북의 국립문학예술서적출판사에서 《열하일기 상》을 출판했다. 하권은 1960년에 간행했다.

1967년

남의 민족문화추진회가 이가원이 옮긴 《열하일기》를 펴냈다. 1987년에 한 번 더 인쇄했다.

1983년

남의 박영사가 윤재영이 옮긴 《열하일기》를 펴냈다.

1991년

북의 문예출판사에서 《박지원 작품집 1》을 〈조선고전문학선집〉 제66권으로 간행했다. 이 책은 보리 출판사가 《나는 껄껄 선생이라오》(겨레고전문학선집 4)라는 제목으로 펴낸다.

1995년

북의 문예출판사에서 《박지원 작품집 2》가 〈조선고전문학선집〉 제67권으로 나왔다. 이 책은 보리 출판사가 《열하일기 상》(겨레고전문학선집 1)으로 펴낸다.

* 이 연보는 박지원의 작품을 오랫동안 연구해 온 성균관대학교 한문학과 김명호 선생님의 도움을 받아서 정리한 것입니다. 김명호 선생님이 쓰신 《열하일기 연구》(창비)를 참조했습니다.

# 여명기의 거인, 박지원

연암의 저작들은 조선 인민들이 자기 선조들로부터 물려받은 고귀한 문화 유산 중에서 가장 중요한 부분을 차지하고 있다. 연암의 작품들 중에도 이《열하일기》는 벌써 그 양에 있어서 오늘 남아 있는 연암의 저작 전집 중 거의 절반 가까이 차지하는 분량이요, 그 내용에 있어서 연암의 사상과 예술을 가장 집중적으로 또 다각적으로 표현한 작품이다.《열하일기》는 이미 표제가 보여 주는 바와 같이 저자가 중국 여행 중에 집필한 기행을 중심으로 편집한 작품이다.

1780년(조선 21대 정조 4년 경자년) 여름에 연암은 자기의 팔촌형이요, 영조 임금의 셋째 사위였던 금성위 박명원이 당시 청국의 황제인 건륭의 70세 탄생일을 축하하기 위하여 사절단의 수석 지위인 정사로 임명되어 북경까지 가게 되자, 아무런 공직도 없이 정사의 사설 수원으로 동행하게 되었다. 이 일행의 구성은 차석 사절인 부사가 이조판서 정원시요, 3석인 서장관 겸 장령인 조정진이다. 이 외에 역관, 비장 들과 하급 수종자들로서 마두, 마부 들까지 합하면 실로 280여 명이나 되는 대부대의 일행이었다.

그들은 육로로 이 해 6월 24일 압록강을 건너 8월 1일 북경에 도착하였으나 당시 청나라 건륭 황제는 열하 행궁에 피서하고 없었기 때문에 다시 열하로 쫓아가서 그곳에서 6일 간 체류하다가 이내 북경을 거쳐 귀국했다. 연암은 왕복 만 리에 가까운 긴 행정과 4개월 기간의 여행을 이용하여《열하일기》26권을 저술하였다.

《열하일기》는 표제만 얼핏 보아 일종의 여행 일기로 간주되기 쉬우나 이는 잘못이다. 본서는 결코 항용 개념으로서의 일기나 기행문이 아니다. 작자는 이 기행문체를 이용하여 자기 작품을 종합하는 편성의 체계를 삼았을 뿐, 여기 포괄된 작품들의 형식은 오늘로 보아 기행, 평론, 소설, 시, 오체르크, 펠레톤, 르포르타주, 스케치, 수필, 상화想華 등 동서고금의 문학 장르를 있는 대로 구사하였고, 그 내용에 있어서 정치, 경제, 천문, 지리, 철학, 역사, 과학, 기술, 종교, 미술, 음악, 연극, 언어, 의학, 서지학 등 거의 백과사전적으로 광범한 테마를 망라하였다.

연암이 취급한 다양한 형식과 광범한 내용은 결코 세속적인 박물군자의 호기적 지식 과장이거나 현학자의 문자 유희와는 정반대로 연암의 선진 세계관은 전편을 통하여 찬연히 빛나고 있다. 언제나 자기 조국을 문명하고 부강한 나라로 개조코저 하는 애국주의 정신에 불타는 연암의 일념은 전편을 통하여 맥맥이 흐르고 있다. 연암은 당시 봉건 양반 사회의 부패한 현상과 고루한 학풍을 타파하고 봉건 관료들의 갖은 악덕과 유학자들의 비굴한 사대주의와 그들의 위선과 허례를 극도로 증오한 나머지, 이를 다양한 수법으로 폭로하고 비판하였다. 연암의 머릿속에는 인민 대중의 경제적 빈궁과 정치적 고통이 항시 떠나지 않았다. 연암은 언제나 뜨거운 동정으로 이를 대하였고, 인도주의 정열로 문제를 제기하였다.

연암은 여행에서 견문한 선진 문화와 선진 산업 시설과 근대 과학 이론을 상세히 기술하면서 이를 적극적으로 도입하여 인민 대중의 생활에 이바지할 것을 극력 호소하였다. 연암은 자기가 소유한 해박한 지식과 탁월한 문학적 재능과 걸출한 예술을 헛되이 음풍영월이나 관능 만족의 도구로 삼지 않았으며, 지배계급에 무조건 봉사로 일삼은 당시의 유학자 조류로부터 멀리 벗어나 연암의 문학과 예술은 어디까지라도 사회의 발전을 저해하고 있는 반동 세력을 적대하여 사상 투쟁의 예리한 무기로 복무시켰으며 힘차게 이용하였다.

이상과 같은 연암의 면모는《열하일기》전편을 통하여 가장 구체적으로 영상되고 있다. 우리가《열하일기》를 옳게 평가하고 연암의 면모를 바로 인식하기 위해서는 이 책에 나타난 연암의 선진적 세계관부터 알 필요가 있다.

첫째로 연암은 철저한 무신론자이다. 연암의 무신론 입장에 대한 전문적 논평이 있었던 것은 아니다. 다만 연암에게 귀신이나 하늘이란 관념은 당초부터 문제되지도 않을 만큼 허탄하고 괴망스러운 대상으로 아주 무시되고 만 것은 연암의 일상적인 언동에서 나타나고 있었다. 연암은 여행 도중에 역관이나 비장들이나 하급 수종원들이 묘당이나 불전에 들러 공양이나 치성을 할 때는 언제나 가소로운 태도로 그들의 무지를 가벼운 풍자로 표현하였다. 연암은 안녹산이나 양귀비의 사당을 보고는,

"어떤 돈 가진 놈들의 할 일 없는 놀음인가?"

하고 분개를 하였고, 어느 곳에서 청인 점술자를 만난 후에는, '더럽고 아니꼬운 자' 라고 혹평을 하면서,

"나는 평생에 점술이고 관상 같은 허탄스러운 놀음에는 흥미를 두지 않았기 때문에 이 방면에는 아는 것이 없다."

고 단언하였다. 이 밖에도 연암은 자기의 다른 논문에서 소위 '하늘' 에 대한 신학적 관념을 배격하면서 하늘은 인간의 의사로부터 독립된 존재로서의 '자연' 에 불과한 것임을 역설하였다.

이 같은 연암의 무신론적 신념에서 연암의 탁월한 선진 세계관은 형성되었다. 우리는 연암의 유물론 기초 위에 입각한 탁월한 세계관을 연암이 주장한 천문학 이론에서 가장 뚜렷하게 찾아볼 수 있을 것이다. 연암은 본서 '곡정필담' 과 기타에서 우선 지구는 둥근 물체요, 지구가 한 번 굴러서 일주야가 된다고 창발적으로 주장했다. 연암은 계속하여 서양인들은 아직 지구가 둥근 줄만 알았지, 둥근 물체는 반드시 구른다는 이치를 알지 못하고 있다고 지적하면서 일체 만유는 움직이는 데서 생명을 가지는 것이요, 정지와 침체는 필연코 사멸을 초래한다고 딱 잘라 말하여 모든 사물을 운동하는 것으로서 관찰코저 한 유물론적 세계관을 주장하였다. 연암은 물레와 맷돌을 실험 삼아 천체의 운행과 주야의 반복을 실증하였고, 고양이의 눈동자가 하루 열두번 씩 변하는데 한 번 변하는 동안에 지구는 칠천 리를 달린다고 하여 지구의 자전 속도와 거리를 오늘

의 과학적 측정과 비슷하게 발표하였다. 월식 때에 달 속에 비치는 지구 그림자로 지구가 둥근 것을 증명하였고, 지구는 달보다 크고 해는 지구보다 크고 뭇별들은 해보다 더 크다 하여 거리감에서 착각되는 천체의 대소 개념을 정확히 밝히면서 달과 해와 지구는 가장 가깝게 있는 천체들이라 하여 '삼환부공설三丸浮空說'을 주장하였다. 달 속의 물질과 지구의 물질은 공통된 물질이라고 하여 연암의 우주관에 관한 인식은 근대 유물론의 기초가 되는 자연 과학 이론에 완전히 부합하고 있다. 연암은 달세계에도 생물이 존재할 수 있는 가설을 설정하고 달 속에 생물이 있어 지구를 바라볼 때는 지구도 달처럼 밝게 보일 터이요, '초생땅', '보름땅'으로 차고 기울 것이라 하여 태양의 반사에 의한 소위 '지광론地光論'을 설파하였다.

연암의 세계관에 있어서 가장 고귀한 골자를 이루고 있는 것은 물질의 구성과 생의 발생에 대한 연암의 과학 인식론이다. 연암은 유교 세계관의 '영원한 진리'로 되어 있는 음양오행설을 반박하면서 일체 물질에는 그의 질량을 구성하는 공통적인 최소 단위가 있음을 인식하였다. 연암은 미립자란 의미에서 이것을 '띠끌 진塵' 한 글자로 표현하였다. 연암은 말하기를, 이것이 쌓이고 엉켜 흙도 되고 돌도 되고 나무도 되고 쇠도 되고 물도 되고 바람도 된다고 하였다. 연암은 벌써 그 형태에 있어서 어림없이 차이가 있는 바람(공기)과 쇠라는 두 개 물질 속에는 현대 과학 용어로 표현한다면 원소와 원자 같은 질량상 공통될 수 있는 최소 단위가 있음을 인식하였다. 뿐만 아니라 일체 유기체는 최초는 무기물에서 생성되었고, 인류도 필경 이 유기체가 진화한 결과라고 단언하였다. 연암은 '띠끌 진' 자로 표현하는 무기물이 유기체로 전화하는 과정을 '진증기울塵蒸氣蔚'이라고 표현하고 이 미립자〔塵〕는 '진증기울' 과정을 거쳐 벌레들로 화한다고 하면서, '오늘 우리 사람도 이 벌레의 한 종족에 불과하다.'고 결론하였다.

연암의 이상 명제는 우주를 구성한 물질의 본질, 생의 기원, 인류의 진화에 대한 경이적이고 예리한 과학 견해를 명백하게 표명해 주고 있다. 이로 보아 연암은 실로 지동설로 구라파의 중세기적 종교 철학에 혁명적 충격을 주었던 코

페르니쿠스를 비롯한 케플러, 라이프니츠, 뉴턴, 로모노소프, 다윈 등 위대한 과학자들이 발견한 세계를 인식하였다.

둘째로, 《열하일기》를 통독할 때에 누구나 거기에 맥맥이 흐르고 있는 연암의 애국주의 사상을 감득할 수 있을 것이요, 거기는 인민 대중의 빈곤과 고통을 동정하는 인도주의적 정열을 느낄 수 있을 것이다. 연암은 자기의 여행에서 선진 문물과 산업 시설을 견문할 적마다 단순한 학구적 태도에서 탁상의 분석에만 그쳤던 것이 아니라 한 걸음 더 나아가 그 제도와 그 법식과 그 선진적 시설을 조국과 인민의 복리를 위하여 한시 바삐 도입하고 실천해야겠다는 결의와 호소를 정열적으로 부르짖었다.

연암은 중국의 건축 제도, 성 쌓는 법, 벽돌의 유용성, 구들 놓는 법, 수레 제도, 펌프의 기계학 구조, 가루 찧는 기계, 고치실 뽑는 기계 등등, 각양각색의 선진 문화를 알뜰하게 소개할 적마다 반드시 조국의 낙후성을 통탄하면서 당시의 관료와 학자배의 무위 무능을 규탄하고 그들의 책임을 추궁하여 마지않았다. 연암은 강희 황제의 저작인《농정전서》라는 기술 서적을 보고는, '뜻 있는 사람이 있어 이 책을 연구한다면 가난에 시달려 메말라 다 죽어 가는 우리 백성들에게 무슨 도리가 생길 것만 같다.' 고 애끓는 술회를 하였다. 연암이 새로운 기계 등속을 처음 볼 때마다, '나는 이것을 기록하여 우리 나라로 돌아가 꼭 그들을 일깨워 주겠다.' 하고 자기의 실천 결의를 표명했다. 연암의 머릿속에는 언제나 '우리 나라' 일념으로 가득 차 있었다. 이리하여 연암의 모든 견문과 모든 지식은 조국의 번영과 연결되고 있었다. 연암은 본서에서 평양과 패수의 위치를 중심한 고조선의 강역고와 한사군의 치적에 관한 명쾌한 고증 논문을 발표했다. 조국의 역사를 왜곡하고 전통을 말살코저 하는 곡학자들의 편견을 분쇄하였을 뿐만 아니라 그 후 한 세기 반 이상을 지나 일제 어용학자들이 조선 민족의 역사적 긍지를 말살하기 위하여 조작한 허구 날조적인 주장을 지레 분쇄 반박하였다. 연암은 이리하여 조국의 영광스러운 역사를 수호하기에 자기의 전지력을 경주하였다.

셋째로, 연암이 평소 열렬하게 주장한 이용후생에 관한 경제 사상과 실천궁행에 관한 학풍은《열하일기》를 통하여 가장 구체적이고 다각적으로 표명되고 있다. 연암은 첫째도 '이용', 둘째도 '이용'이라고 하여, 생산이 없는 곳에는 문화도 예술도 도덕도 예절도 존재할 수 없음을 강경히 주장하였다. 연암은 말하기를,

"중국을 구경하고 다른 사람들은 무엇이 장관, 무엇이 장관이라고 떠들지마는 나로서는 똥거름 무더기가 장관이고, 깨어진 기와쪽과 버리는 조약돌을 이용하는 법이 장관이더라."

하였다. 다른 사람들이 장관이라고 떠드는 웅대한 궁실과 성곽과 누대와 연못과 점포와 사찰들도 필경은 이 하찮은 똥거름을 매만지는 일정한 법식에서부터 생산과 이용을 왕성하게 하는 데서만 건설될 수 있고 유지될 수 있음을 역설하였다.

연암은 또 당시의 통치 계급과 유학자들이 소위 춘추대의라고 하여 맹목적이요, 굴종적으로 존화양이만 떠들고 있는 꼴을 규탄하여,

"국가에 유익하고 인민에게 유익한 일이면 비록 오랑캐에게라도 배울 것은 배워야 한다."

하였다. 연암은 계속하여,

"지금 사람들이 참으로 오랑캐를 배척하려거든 …… 자기 나라의 무딘 습속을 바꾸어 버리고 밭 갈고 누에 치고 질그릇 굽고 쇠 녹이는 야쟁이 일부터 비롯하여 공업을 고루 보급하고 장사의 혜택을 넓게 하는 데 이르기까지 모두가 배우지 않을 것이 없을 것이다."

하면서,

"남이 열 가지를 배우면 이편은 백 가지를 배워, 먼저 우리 나라 백성들에게 이익을 주어야 할 것이다."

하고 절규하였다. 이 얼마나 선진적이고 정당한 견해인가? 이것이 바로 연암이 가진 실학 사상의 전모를 압축해 놓은 구호적인 강령이라고 볼 수 있을 것이다.

이상은《열하일기》에 일관되어 있는 저자의 근본 사상과 중심 견해를 몇 가지 소개한 데 그쳤을 따름이요, 근세 조선이 낳은 위대한 문학자로서 연암의 면

모와 탁월한 작품으로서《열하일기》의 거대한 예술적 가치는 논급하지 못했다.

그러면 연암의 선진 세계관과 고상한 애국주의와 해박한 지식이 연암의 문학 작품에는 어떤 수법으로 재현되고 있을까? 우리는 먼저 걸출한 사상가로서 연암이 문학을 어떻게 보았던가 하는 문학관을 인식할 필요가 있을 것이다. 연암은 우선 읊기 위한 문학, 자기 도취를 위한 문학, 선과 악에 무관심한 문학, 생활과 진실을 배반하는 문학을 원수같이 배격하여 싸웠다. 위대한 고리키가 그랬던 것처럼 연암은 문학을 '고상한 이상을 위한 투쟁의 위력 있는 수단'으로 간주하였다. 연암은 문학이라는 수단을 자기가 지향하는 이상에 철저히 복종시켜 예리한 사상 무기로 활용하였다.

누구나 연암의 단편을 읽을 때는 형식을 바꾸어 놓은 일종의 격문으로 인상될 만큼 연암 문학의 사상성은 강렬하였다. 연암 문학이 지닌 강렬한 사상성은 평론이나 과학 이론의 비좁은 카테고리를 박차고 터져 나오는 예술의 불꽃처럼 보인다. 그렇기 때문에 연암의 문학 역량은 일정한 문학 장르를 통해서만 예술성을 발휘하는 것이 아니라, 정치 평론이나 경제 이론이나 철학 서술에 이르기까지 문학적 묘사와 예술적 형상성을 자유분방하게 구사하고 있는 데서도 잘 드러난다. 이것이 연암 문학의 특징이다. 심지어 연암은 고치실을 뽑는 기술과학의 해설에까지 강조와 역설의 효과를 노리기 위해 시적 감흥으로써 예술적 묘사를 하고 있다. 문학의 기능과 효과를 연암처럼 철저하게 자기의 목적 지향성에 복무시키고 있는 작가는 드물 것이다. 이것이 바로 연암의 문학과 예술에 대한 탁월한 인식인 동시에, 연암의 미학 사상이 오늘의 선진적 미학 이론과 부합하는 점이다.

연암의 창작 생활의 과정을, 연암의 미학 사상의 발전적 특징에 의하여 대개 세 시기로 나누어 볼 수 있으니《열하일기》는 연암 중기에 속하는 작품이다. '방경각외전'을 중심으로 한 일련의 작품들은 연암의 20대 작품들로서 이 초기 작품들에서 자기의 비판적 사실주의 방법을 이미 확립시켰다. 연암의 40대 중기 작품인《열하일기》는 벌써 원숙하고 풍부하고 다채로운 정도로 발전되었다고 볼 수 있으며 연암의《과농소초》, '부자들의 토지를 나누어 주어라〔限民名田

議〕', '서자는 부끄러운 자식입니까〔擬請疏通疏〕' 들을 중심으로 한 일련의 정론 문학은 연암의 50대 이후 말기 작품들로서 연암의 미학 사상은 현실 비판의 영역으로부터 현실 개조의 방향으로 힘차게 전진하고 있었다.

우리는 연암의 초기 작품인 '양반전' 에서 봉건 사회 지배 계급으로 양반 계급의 추악한 생활 이면과 사회적 기생충적 성격과 착취, 기만, 위선, 무능 등을 예리하게 비판적으로 폭로한 연암의 사실주의 수법을 발견했다. 연암의 후기 작품으로《열하일기》에 실린 '허생전' 에서 벌써 연암의 문학은 현실 비판으로부터 한 걸음 전진하여 어느 역사에서나 혁명적 계몽기의 선봉 역할을 한 무명 인텔리 허생이 사회 개혁의 실천적 인물로 등장함을 발견할 수 있을 것이다. 연암이 취급한 주인공은, '이상의 주인공이 아니라 투쟁의 주인공' 으로 비약하였다.

연암의 고상한 사실주의적 수법은 연암의 유물론적 세계관에서 흘러나오는 올바른 미학 사상에 기초하고 있다. 연암은 본서 '난하에 배 띄우고〔灤河泛舟記〕' 에서 여럿이 배를 타고 풍광을 유람하던 중 누가가,

"강산이 그림 같구먼!"

하고 경치를 칭찬하자,

"자네들은 강산도 모르고, 그림도 모르는 말일세. 강산이 그림에서 나왔겠는가, 그림이 강산에서 나왔겠는가?"

하였다. 연암이 무심코 한 말인 듯한 이 한마디 발언은 연암의 유물론적 미학 사상의 초점을 가장 절실하게 보여 준 철언이라고 할 수 있을 것이다. 연암의 시대에서는 물론, 연암 사후 150년을 경과한 오늘에도 '강산이 그림에서 나오는' 줄만 믿는 계급과 개인과 소위 학자와 예술가들이 역사의 발전을 가로막으려고 발버둥질치고 있음을 우리는 보고 있다. 일체의 관념론자, 유심론자, 신비론자, 순수 예술가, 어용 철학자 들은 오늘도 주관의 노예가 되어 '그림에서 강산을' 찾고 있는 가련한 무리들일 것이다. 우리의 탁월한 문학자요, 사상가인 연암은 지금으로부터 175년 전에 벌써 이 같은 도당들에 대하여 그들의 무지를 신랄하게 풍자하면서 과감한 투쟁을 전개한 것이다.

연암은 이와 같이 누구보다도 유물론적 미학에 대한 심오한 인식과 움직일

수 없는 확신을 가졌기 때문에 연암의 작품에서 구사되는 사실주의 수법은 자유자재로 어떤 문학적 산문에서고 광범한 영역에서 능숙하게 활용되고 있다.

> "진정한 예술은 과장할 권리를 가질 수 있다. …… 가설과 예견은 사회주의 리얼리즘의 요구이다."

라고 말한 고리키의 명제 그대로 연암은 자기의 창작에서는 물론이요, 심지어 견문록이나 기행이나 감상문에서까지 자기의 주장을 더 강하게 표현할 필요가 있을 경우에는 연암은 대담히 '과장의 권리'를 이용하였고, 가설을 주저하지 않았다. 우리는《열하일기》를 세심한 주의로 탐독할 때에 이 같은 흔적을 가끔 발견할 수 있을 것이다. 연암은 필요에 따라서는 임의의 장면을 설정하고 임의의 인물을 등장시켜 그 인물의 입을 통하여 자기의 주장을 강하게 외치는 고도의 사실주의 수법을 활용하고 있다. '사호석 이야기〔射虎石記〕' 편에서 글방 학동들의 입을 빌려 당시 고루한 유학자들의 비굴하고 무원칙한 사대주의 사상을 희극적 장면과 신랄하게 풍자한 시로써 공격한 것은 연암의 이 같은 수법의 대표적 실례가 될 것이다. 연암의 문학에서 사실주의 방법은 이토록 높은 수준을 걷고 있었다.

그리고 연암의 전 작품들은 언론의 자유가 보장된 조건에서 집필된 것이 아니다. 연암의 작품들에는 언제나 통치 계급의 감시와 탄압으로부터 합법성을 쟁취하려던 흔적이 역력히 나타나 있다. 연암의 정치 평론 같은 데는 우회적이요, 간접적인 표현과 그리 필요치 않은 전제가 기술적으로 이용되고 있다. 연암의 특장인 풍자적 표현이라든가 소설 형태의 채용도 주로 발표의 합법성을 확보하려는 연암의 고심인 동시에 연암의 투쟁 전술의 하나로 볼 수 있을 것이다.

이상으로 우리는《열하일기》를 통하여 발표된 연암의 사상과 연암의 위대한 예술의 개괄적 면모를 알았다. 그러나《열하일기》를 좀더 심오하게 입체적으로 이해하기 위해서는 연암의 문학이 출현한, 즉《열하일기》가 집필된 사회적 시대적 배경과 작자의 생애에 대한 지식이 필요할 것이다.

《열하일기》가 집필된 조선의 18세기는 영정조 시대에 해당한다. 장구한 침체 기간을 경과해 온 조선의 봉건 사회도 이 시기에 이르러 말기적 증상을 각

방면에서 드러내고 있었고 사회 모순으로 충만한 시기였다. 봉건 경제의 지주적 착취는 날로 심하여 각지에서는 탐관오리를 반대하는 농민 봉기가 끊이지 않았으니 본서에 수록된 '허생전'에 나오는 변산 도적 떼도 작가가 영조 3년(1727)에 전라도 변산 반도를 중심으로 궐기한 대규모의 농민 봉기를 모델로 취급한 것이다. 이 당시 농민 봉기는 각 지방에서 격렬해지고 있었다. 당시의 귀족 관료 계급은 자기들의 착취를 강화하기 위한 수단으로서 국내에서 금속 화폐인 상평통보를 전반적으로 사용하게 했는데, 그 결과는 상업 자본의 세력을 증대케 하여 봉건 농업 경제에 새로운 파문을 던지게 되었다.

이 밖에도 소위 당쟁을 중심한 극소수 세도 귀족의 전제에 대한 중소 지주층과 지방 토호들의 불평불만은 지배 계급 자체 내부의 모순을 격화시켰다. 조선 중기 이후 더욱 까다로워진 신분 제도에 의한 문벌과 적서와, 도시 및 농촌, 지방의 남북을 표준한 격심한 차별 제도는 광범한 대중적 불평의 원인이 되었다. 그리하여 삼중, 사중의 압박 아래 신음하던 인민 대중들 속에는 양반 제도에 반대하는 사상이 널리 침투했다. 양반과 관료 계급을 저주하고 조소하는 사회 의식은 이 시대의 민담, 소설, 이언, 창극 등 형태를 통하여 강렬히 표현되고 있었다. 이와 함께 지배 계급 전용의 무사상한 형식주의 어용 문학과 유교 경전의 교조를 중심한 해설의 테밖에 찾지 못하던 유학자들의 학풍에 대항하는 학풍도 생겼다. 당시 실학파를 중심한 선진적 분자들과 연암의 영향 아래, 자기 나라의 역사, 지리, 제도, 풍속, 언어에 대한 연구 발표와, 인민들 속에 널리 유행하는 설화, 속담, 가요 들을 수집 정리하는 것이나, 양반과 유학자들의 공리공담을 견결히 배격하고 인민 생활과 직접 연관되는 이용후생과 산업 진흥에 관한 학문이 찬연하게 두각을 드러내었다.

여기에 당시 국제 정세가 한층 더 박차를 가하였다. 당시 중국은 서양 문명의 형식을 통하여 구라파 자본주의의 선봉 촉수가 이미 뻗쳐 있었고 그들의 앞잡이로서 과학자의 탈을 쓰고 들어온 기독교 선교사들을 통하여 자연 과학 이론들이 상당한 수준에서 수입되었다. 당시 조선의 학계는 연중 행사로 중국을 출입하는 사절을 통하여 문헌으로 또는 견문으로 세기적 자극을 얻었다. 그러면서 이 시대의 선진적 학풍에 커다란 반작용을 일으켰다. 당시의 사회 조건과 이 같은 외부 자극은 18세기 조선으로 하여금 그의 문화면에 있어서 서구라파의 문예 부흥기를 방불케 하는 여명기적 양상을 보여 주었다. 이 여명기가 조선의 사회 발전사상 가지는 위치는 다른 연구 과제로 돌리더라도 이 시대는 조선에 있어서 분명히 엥겔스가 서구라파의 문예 부흥기를 가리켜 말한, '거인을 요구한 시대' 인 것만은 틀림없었다. 그리하여 시대적 '거인' 으로 힘차게 등장한 대표 인물로서 우리는 바로《열하일기》의 저자 연암 박지원을 꼽는 것이다.

연암은 1737년(영조 13년 정사년) 음력 2월 5일 서울 안국방에서 태어났다. 연암은 박지원의 별호요, 지원은 이름이요, 자는 중미였다. 연암의 가정은 당시 일류 양반이나 가세는 빈한하였다. 연암의 아버지는 박사유요, 연암의 조부는 지돈녕부사란 고관 벼슬까지 지낸 박필균이다. 연암은 어려서 아버지를 여의고 조부의 슬하에서 자라면서 몸이 병약하였기 때문에 학과의 독려를 받지 않고 지내다가 연암이 16세에 전주 이씨와 결혼한 후 연암의 처숙 영목당에게 수업을 하게 되었다. 연암은 이때부터 3년 동안을 문 밖을 모르고 학업에 열중하여 벌써 소년 시기에 연암의 문학적 재능은 천재적으로 빛났다. 연암은 이십대에 벌써 많은 집필을 하였는데, '방경각외전' 은 이 시기 작품이다. 연암은 44세에 중국 여행을 하여《열하일기》를 집필하였다. 연암의 중국 여행 전후 시기는 연암의 불우한 일생 중에도 가장 곤란한 시기였다. 연암은 중국 여행 전까지 당시 세도 귀족의 추적을 피하여 황해도 금천 연암이라는 산골에서 피신 생활을 하였다. 연암이란 별호도 이 시기에 지은 것이다. 연암의 문필은 양반 계급을 모욕한다 하여 연암은 언제나 권력 계급으로부터 백안시되고 주의 인물로 되다시피 생활하였다.

연암은 본래 벼슬에 뜻을 두지 않아 당시 양반 출신이면 으레 치르는 과거 응시를 하지 않고 백두로 지내다가 연암이 50세 되던 해에 처음으로 선공감역이라는 토목 기사격의 말단 관직에 취임하여 사복시주부, 의금부도사, 제릉령 등 벼슬을 치르고 한성부판관으로 있다가 54세에 경상도 안의현감이 되었고, 61세에 면천군수로 옮겼다. 63세에 국왕 정조의 명령에 의하여 연암의 명작 농업 기술 서적 《과농소초》에 '부자들의 토지를 나누어 주어라〔限民名田議〕'를 첨부하여 국왕에게 제출하여 절찬을 받았다. 연암은 64세에 양양부사로 부임했다가 65세에 이를 사임하고 1805년 69세를 일기로 이 해 10월 20일 서울 자택에서 서거하였다. 연암의 묘지는 경기도 장단 선영이다.

연암의 저작은 연암이 살아 있을 때부터 당시 통치 계급의 탄압 아래 발간을 보지 못하고 연암이 죽은 뒤에도 의연히 당국의 금서가 되어 연암의 손자 박규수가 우의정이라는 최고급 관직에 있었음에도 자기 조부의 문집을 감히 발간하지 못하였다. 연암의 사후 근 백 년 동안 연암의 저서들은 밝은 날을 보지 못한 채 자손들 서고 속에 잠자면서 유실되기까지 하다가 대한제국 말엽 개화 후인 1900년에 한학자 김택영의 발의로 연암 선집을 서울서 간행하고, 그 이듬해 그는 연암의 다른 유고들을 수집하여 속집을 발간하였다. 1911년 조선 광문회에서 《열하일기》만 단행본으로 출판하였고, 중국으로 망명한 김택영은 1917년 중국 상해에서 다시 연암집 3책을 추려 발간하였고, 1932년은 그의 후손이 보관하고 있던 유고 전부를 《열하일기》 6책으로 하여 서울 대동 인쇄소에서 인간하였다.

역자는 《열하일기》를 번역함에 있어서 단행본으로 발간된 광문회판과 연암 전집판 두 가지를 대본으로 삼았다. 두 가지 판의 내용의 상이는 극히 드물게 자구의 상이가 몇 군데 있을 따름이요, '압록강을 건너서〔渡江錄〕', '성경의 이모저모〔盛京雜識〕' 각 권에서 각 편의 편집 체계가 약간 달랐으나 전집판 편집 체계가 기행도정의 순차로 보아 합리적으로 인정되기에 편집 체계는 전집 판을 따랐다.

연암의 한문 문장은 희대의 명문장인 동시에 난문장으로 알려져 있다. 더구나 한문 문장은 일반적 외국문과는 달리 문장 자체에 있어서 언어 구조가 전연 결여되다시피 불완전한 한문 특유의 순수 문어체 구조로 된 문장인 만큼 이를 구어체 모국어로 번역한다는 것은 번역의 표준 체제의 설정부터 식자들의 구구한 이론을 환기시키고 있는 터이다. 아직도 우리 나라에서 한문의 모국어로의 번역 사업이 개척기라고 볼 수 있는 이 시기에 있어서 보통 문장도 아닌 연암 같은 대문학자의 작품을 구어체 모국어로 번역한다는 것은 실로 어려운 사업인 동시에 역자로서는 지중한 책임을 느끼지 않을 수 없었다. 따라서 역자의 미숙한 이 역문에 대한 독자들의 교훈적 비판을 널리 기대하면서 역자의 본서 번역 사업 중 친절한 지도를 부단히 주신 여러 선배들의 배려에 뜨거운 감사를 드린다.

연암 서거 150주년
1955년 4월 1일
리상호

■ 일러두기

1. 리상호 선생은 광문회본 열하일기(1911년)와 박영철본 연암집(1932년)을 대본으로 삼았다. 보리 편집부는 원문 판독에 어려움이 있을 때 충남대본 열하일기(연대 미상, 필사본)와 전남대본 열하일기(연대 미상, 필사본)를 참고했다.
2. 북에서 출판한《열하일기》원문에는 모두 띄어쓰기가 되어 있지 않아 독자들이 쉽게 이용할 수 있도록 띄어쓰기를 하였으며, 글 차례는 번역문 차례를 따랐다.

* 띄어쓰기와 교정은 연세대학교 대학원 국어국문학과에서《열하일기》를 연구하고 있는 서현경씨가 맡아 해 주었다.

# 避暑錄

避暑錄者 余遊避暑山莊所錄也 熱河有三十六景 康熙逐景置殿閣 一曰烟波致爽 一曰芝逕雲隄 一曰无暑淸涼 一曰延薰山館 一曰水芳巖秀 一曰萬壑松風 一曰松鶴淸越 一曰雲山勝地 一曰四面雲山 一曰北枕雙峯 一曰西嶺晨霞 一曰錘峯落照 一曰南山積雪 一曰梨花伴月 一曰曲水荷香 一曰風泉淸聽 一曰濠濮閒想 一曰天宇咸暢 一曰煖溜暄波 一曰泉源石壁 一曰靑楓綠嶼 一曰鶯囀喬木 一曰香遠益淸 一曰金蓮映日 一曰遠近泉聲 一曰雲帆月舫 一曰芳渚臨流 一曰雲容水態 一曰澄泉遶石 一曰澄波疊翠 一曰石磯觀魚 一曰鏡水雲岑 一曰雙湖夾鏡 一曰長虹飮練 一曰甫田叢樾 一曰水流雲在 統名所居曰避暑山莊

康熙自爲記曰 金山發脉 暖溜分泉 雲壑渟泓 石潭靑靄 境廣草肥 無傷田廬之害 風淸夏爽 宜人調養之方 朕數巡江干 深知南方之秀麗 兩幸秦隴 益明西土之殫陳 北過龍沙 東游長白 山川人物 亦不能盡述 皆吾之所不取 惟茲熱河道近神京 地闢荒野 度高平遠近之差 開自然峯嵐之勢 依松爲齋 引水在亭 皆非人力之所能 借芳甸而爲助 无刻桷丹楹之費 喜林泉抱素之懷 文禽戲綠水而不避 麋鹿映夕陽而成群 鳶飛魚躍 從天性之高下 遠色紫氛 開韶景之低仰 此居避暑山庄之槩也 康熙五十年六月下旬所書 則康熙晩節多在熱河也 時方仲秋而塞北暑氣猶蒸 常著白苧單衫 而向午揮汗 每游覽之暇 移椅齋外大槐樹下以淸暑 三官所得 輒爲錄之 名之曰避暑錄

奇麗川 滿人也 性驕傲 顯有藐視尹亨山之色 亨山佯若不知 容辭謙下 尹長奇二十餘歲 位亦差高 而漢人旣爲羈旅之蹤 則勢所使然 麗川所居與余所寓對戶 余欲往晤亨山 則必經奇戶 故必先歷奇 尹不解余意 必踵余而至 須臾起去告以他往 奇笑而背指曰 尹公之他 尹公亦嘗背評曰 鳩眼未化 滿漢仇疾類此

麗川嘗潛謂曰 有一山東布司 苦乏廉聲 嘗出一對 榜之衙門曰 視民若子 立法如山 夜有續其下曰 牛羊父母 倉廩父母 恭爲子職而已矣 寶藏興焉 貸財興焉

此豈山之性也哉 意似指尹 余偶一問尹曰 公會莅山東布司否 尹公曰 然 及還燕談次 問識奇 則皆掉頭 馮秉健奮然曰 士大夫安知靶子 問亨山何如人 皆欣然曰 樂天一流人

光被四表牌樓南 衚衕第二門首 董氏宅 有一門 雙淸扁額 康熙御筆 又有今皇帝御書門額兩世三孝 乃口外民家 而天子前後駐蹕者三云 康熙游浙時 召見山陰耆民王錫元等兄弟五人 黃髮兒齒相扶相將 賜宴于行宮 長次同胎 時年八十 其次七十八 次七十六 次七十五 五人年共計三百八十九 五人子若孫共計四十五人 各賜緞錦 御筆扁額 一門仁瑞 皇太子賜聯 五枝錦樹榮今代 百秩仙籌萃一門 可見近歲旌淑表異之典 務過前代

北鎭廟庭古松 皇帝自畫 刻烏石坎置巖腹 巖高僅丈餘 明時名翠雲屛 今皇帝又號補天石 題詩畫傍曰 鎭廟門西似蓋松 半存枯幹半蘢葱 凝神如見抱朴子 圖貌慙非陳少翁 立下忽疑晴與雨 現前可悟色兮空 何當六月其根坐 讀疏仡聽謖謖風 署乾隆宸翰 甲戌東巡 親祀北鎭 禮成 周覽廟中 有古松已枯其半 槎枒如鐵石 東幹鬱然蒼翠 奇致夭矯 因立樹下 寫爲是圖 九月廿四御筆 印天地爲師皇帝 書畫俱工 石傍又有三韓人金鼐詩 時登醫巫閭山頭 雲舍滄桑望裏收石髮巖衣嫌跡擾 烏鳴蟬噪帶人幽 凌空樹古龍飛去 傍地花新鳳壘留 北斗惟神天一柱 億年萬紀庇皇秋 署和公 筆力甚拙 或謂東人金鼐 而殊不識遼東人亦稱三韓也 顧亭林斥官銜地名借用古號 然亦多效之者 且其詩雖非工 亦非東人口氣

蘭雪軒許氏詩載列朝詩集及明詩綜 或名或號 俱以景樊載錄 余嘗著淸脾錄序 詳辨之 懋官之在燕 以示祝翰林德麟 唐郎中樂宇 潘舍人庭筠 三人者輪讀贊許云 及余在此 論詩綜闕謬 因及許氏 尹公曰 尤悔菴侗外國竹枝詞 首著貴國 其曰 楊花渡口杏花紅 八道歌謠東國風 最憶飛瓊女道士 上梁曾到廣寒宮 註云 閨秀許景樊 後爲女道士 嘗作廣寒宮白玉樓上梁文 余詳辨其景樊之誣尹奇兩人俱爲分錄收藏 中州名士當又以此事爲一番著書之資 太約閨中吟咏本非美事 而以外國一女子芳播中州 可謂顯矣 然吾東婦人 未嘗以名與字見於本國 則蘭雪之號 一猶過矣 況乃誤名景樊 在在見錄 千載難洗 可不爲有才思閨彦之炯鑑也哉

諸幻中酒石最要 若眞有是石 當爲天下絶寶 世博皇明天啓中 倭攻琉球 虜

其王　琉球太子　載其國中世寶　將以贖父　舟漂到濟州　牧使某問　舟中有何物　太子以酒泉石　漫山帳對　酒泉石形如瑪瑙　中窪容一盞　以淸水貯之　卽變爲美酒　漫山帳　以海蛛絲染藥結造　小張則可覆一屋　大張可覆一山　小而蚊蠅　大而蛇虺　莫能入　牧使請之　不許　則遂發卒圍舶　太子以石帳投之海中　牧使盡籍舶中所載　遂殺太子　太子臨死　詠詩曰　堯語難分桀服身　臨刑何暇訴蒼旻　三良臨穴誰能贖　二子乘舟賊不仁　骨暴沙場纏有草　魂歸古國弔无親　竹西樓下滔滔水　遺恨分明咽萬春　此載李重煥擇里志　牧使遭臺彖　減死長流云　余嘗疑此近齊東　使此果眞也　牧使之罪　雖肆市難贖　其子孫如何長享富貴　琉球中山王寧尙　屢以書幣遞付　年至使　甲申以後不復通問　惜今行未遇海外諸使　以昨所見幻戱酒石觀之　則琉球酒石亦似幻術　以閩人王三賓所言　海蛛網虎爲眞　則漫山帳理或无怪

熱河酒樓　繁華不減皇京　壁上多名人書畫　流霞亭題功名富貴兩忘羊　且盡生前酒一觴　多種好花三百本　短籬風雨四時香　又飮翠裘樓　壁間所題墨痕猶濕　類于敏中阿克敦筆　問諸酒傭　知此書主名否　對　俄有一客　寫揭纔去　不知書者姓名　其詩　致主初心陋漢唐　暮年身計落農桑　草烟牛跡西郊路　又臥旗亭送夕陽　兩詩不知何代誰作　而臨風一咏　令人感慨　俱書扇面　歸問尹亨山　則俱以名對　而余又忘之

尹卿問　高麗朴寅亮於君爲何　余曰　猶毛遂之於毛聃　僕是土姓　分爲八望　貫係各異　不相爲族　亦不敢慟哭汾陽　尹卿曰　康熙中　有朴雷　字鳴夏　朝鮮人　今大淸中外一家　俱無靑唇之嫌　余問　何謂靑唇之嫌也　尹卿曰　宋元豐中　高麗使至明州　象山尉張中以詩送之　朴寅亮答序有曰　花面艶吹　愧隣婦靑唇之動　桑間陋曲　續郢人白雪之音　有司劾中　小官不當私交外彝　神宗問左右　靑唇何事　皆莫能對　乃問趙元老　元老對曰　太平廣記有覩隣夫見婦吹火　爲詩云　吹火朱唇動　添薪玉腕斜　遙看烟裏面　恰似霧中花　其妻告其夫曰　君豈不能學耶　夫曰　君亦吹火　我當效之　夫乃爲詩云　吹火靑唇動　添薪墨腕斜　遙看朋裏面　恰似鳩槃茶　此出王闢之澠水燕談錄云

余謂郝志亭曰　將軍雖從弓馬出身　掌故甚嫺　筆翰流麗　雖宿學耆儒當鮮與儔　不審中州武將必須文雅學問優長否　抑亦將軍故是儒家淵源　乃效定遠勒銘否　志亭曰　家世農家　幸際聖代　然隨陸絳灌之恨　其來久矣　如成者　則所謂車載斗量

曷足道哉 如今太學士阿公(桂) 如近古太學士舒公(赫德) 皆能文致太平 武遏亂略 富貴壽福則汾陽西平 勤勞勳烈則裵晉文潞 不如是 未可以做文 未可以做武 如今四夷賓服 風塵淸謐 如成者 可謂一介腐武 三十年來學六韜 英名嘗得預時髦 會因國難披金甲 不爲家貧賣寶刀 臂健尙嫌弓力輭 眼明猶識陣雲高 堂前昨夜秋風起 羞見團花舊戰袍 此曹翰作 讀其詩 想見其據鞍顧眄 自古儒將如孫武 吳起 廉頗 樂毅 王翦 趙充國 班超 沈慶之 韓世忠 皆致大耋 余笑曰 沈慶之目不識字 何謂儒將 志亭亦笑日 沈公云 耕當問奴 織當問婢 當時已許其學問 戚南宮尤工於詩 晝角聲傳草木哀 雲頭起對石門開 朔風邊酒不成醉 落葉歸鴻无數來 但使元玄戈銷殺氣 未妨白髮老邊才 勒名峯上吾誰與 故李將軍舞劍臺 其將才可及 詩才不可及

夕登豐潤城 有一美髯長者前揖 自言姓名林皐 浙江人 求聞余姓名 且驚且喜曰 君豈非楚亭族親乎 余亦驚喜問 君何以知楚亭 林皐曰 前年朴楚亭與同國李炯菴共登文昌樓 因宿同郡胡迥恒 指城底一門曰 這是胡宅 壁上有楚亭筆 遂同卞季涵鄭進士珏入其中堂 日已昏黑 主人爲張四燈 照壁一讀 乃余家典洞時 炯菴在余作也 泬寥秋令樹先知 任忘喧涼做白癡 壁靜萬蟲勤自護 簾虛一鳥慣相窺 抛他錢癖如將浼 呼我書淫故不辭 好事中州空艶羨 堯峯文筆阮亭詩 聯白鷺紙二幅 筆態流動 一字恰如兩掌大 先是吾輩談說中原 空費艶羨 數年之間 取次一游 又況萬里異鄕 如逢故人一面哉

琉璃廠中六一齋 初遇兪黃圃世琦 字式韓 目淸肴秀 疑其爲潘庭筠 李調元祝德麟 郭執桓諸名士也 此諸人者 有先余交游者 故名芬牙頰 若數鬚肴 及與兪筆語之際 爲寫柳惠風送其叔父彈素詩 佳菊衰蘭映使車 澹雲做雨九秋餘 欲將片語傳中土 池北何人更著書 黃圃問 池北何人是誰 余曰 此用阮亭著池北偶談載敝邦金淸陰事也 黃圃曰 感舊集中有諱尙憲字叔度 余曰 是也 淡雲輕雨小姑祠 佳菊衰蘭八月時 是淸陰作 阮亭論詩絶句 淡雲微雨小姑祠 菊秀蘭衰八月時 記得朝鮮使臣語 果然東國解聲詩 惠風此作 倣阮亭也 黃圃曰 惠風詩未易得 果然東國解聲詩也 願聞其他作 余又寫 看書淚下染千秋 臨水騷人无限愁 碻士編詩嫌草草 豸靑全集若爲求 黃圃搖手 筆指豸靑全集 曰 有禁 鐵君祖系貴國人 余問 緣何有禁 黃圃不答 有箇詩人郭執桓 澹園聯唱遍東韓 至今三載无消息 汾水悠悠入夢寒 黃圃批之 問 郭是何地詩人 余曰 郭是太原人 問 師

東望 楊維棟何如人 對 皆不知 問 書肆中有新刻繪聲園集否 卷首有師楊兩序 亦有僕序 黃圃卽書繪聲園集四字 送人文粹堂(書肆扁額)求之 還言無有 余問 足下知潘庭筠學士乎 黃圃曰 未嘗證契 余問 潘宅在宗人府間壁 僕來時有言曰 尋宗人府 歷大門右轉 其閒壁乃潘宅云 宗人府距此多少路 黃圃問 足下當知禮部 有一客入座 卽曰 不必尋宗人府 潘宅離此不遠 楊梅書街段氏白膏藥鋪對門便是潘寓 黃圃與客云云 卽日 去歲秋間 潘移寓於此 先生緣誰識他 余曰 敝邦洪大容 乾隆丙戌隨貢使入都 遇潘 其後繼有相交者 僕雖未見 神情默契 潘工書畫 嘗自寫桃柳 題詩贈洪曰 吾家西子湖邊樹 淺碧深紅二月時 如此江南歸不得 軟塵如粉夢如絲 黃圃大加墨圈曰 願聞貴友洪秀才佳句 余曰 未曾有記 惠風送彈素詩 淺碧深紅二月時 軟塵如粉夢如絲 杭州擧子潘香祖 可憐佳句似南施 吾東艶慕中州名士如此 黃圃復圈之曰 潘誠名士 然惠風亦自大佳 黃圃卽收其紙納懷中 曰 僕方錄毬堂詩話 幸得一段佳話 同出門 分袂 黃圃指示曰 此去楊梅書街路也 段鋪牌畫大魚者是也

姜女廟在山海關外 所謂望夫石也 王建詩 望夫處 江悠悠 化爲石 不回頭 山頭日日風和雨 行人歸來石應語 世多望夫石 一在太平 一在武昌 王建所咏非此石也 今有行宮 壯麗不減北鎭廟 果親王金字柱聯 振古名蹟 乾隆八年十月 皇帝題詩刻石曰 涼風頹樹吼斜陽 尙作悲聲吊乃郎 千古无心誇節義 一身有死爲綱常 由來此日稱姜女 盡道當年哭杞梁 長見秉彛公懿好 訛傳是處也何妨 石傍有小亭 曰振衣亭 大抵今淸家世名筆 而果親王尤善 似勝於米元章

從使者入中國 須有稱號 譯官稱從事 軍官稱裨將 閒遊如余者稱伴當 國言蘇魚稱盤當 盤與伴音同 旣渡鴨綠江 則所謂伴當 銀頂翠羽 短袂輕裝 道傍觀者指點 輒稱蝦 不識爲何稱蝦 而蓋似是武夫之別號也 所過村坊 小兒群聚 齊呼哥吾里來 哥吾里來 或隨馬尾爭唱聒噪 哥吾里來者 高麗來也 余笑謂同行曰 乃變三魚 諸人問 何謂三魚 余曰 在道稱伴當 是蘇魚也 渡江以來稱蝦 蝦亦魚族也 胡兒群呼哥吾里 是洪魚也 人皆大笑 因於馬上口號曰 翠翎銀頂武夫如 千里遼陽逐使車 一入中州三變號 鯫生從古學蟲魚 高麗本從高句麗立號 去句省馬 爲山高水麗 曰高麗 則千字文中金生麗水之麗 當屬去聲 而中國人呼爲平聲 隋唐時 高句麗皆呼高麗 高麗之號 其來久矣 李懋官嘗言高句麗始見漢書地理志 而其先爲全蛙 東國方言稱蛙曰皆句麗 又曰王摩句麗 古人質直 直以君名

爲國號 而乃冒其姓爲高句麗 此雖一時詼語 而頗有理致 外國方言類多有聲无字 中國人譯其音而字之 如呼銀爲蒙古 以好金爲愛新覺羅 呼壯士爲曳落河者是也 山西人郭執桓 字封圭 又字勤庭 號曰半迂 又號東山 亦稱繪聲園 乾隆丙寅生 能詩 工書畫 家素封 宅枕虎山 門當蘆泉 其父泰峯 字靑嶺 號錦衲 誥授中憲大夫 例晉資政大夫 錦衲日與沈德潛賈洛澤諸名流倡酬其中 封圭嘗介其同郡鄧汶軒師閔要澹園八詠于東國名士 澹園 錦衲所居 蓋爲其父壽傳也 余爲題 紅蕉綠石出東墻 一樹梧桐窈窕堂 傲骨平生迎送懶 丈人惟拜暮山光(右來淸閣) 南陀竟日影婆娑 耐可呼吾亦喚他 乍綴微風梟鷺去 不禁撩亂百東坡(右鑒影池) 已觀微白鼻端依 欲辨臟神掩兩扉 獨有暗香侵夢冷 羅浮明月弄輝輝(右素心居) 松覆深深卍字欄 垂蘿皷石翠相攢 一任畫舫風吹去 盡夜寒聲瀉作灘(右松陰亭) 噀輕堪醒醉魂花 天裏行空翠鬣髿 採藥將尋劉阮去 路迷廉閃赤城霞(右飛霞樓) 花似將歸强挽賓 囑他風雨反逢嗔 自從洞裏修瓶史 三百六旬都是春(右留春洞) 玉塵淸宵獨上臺 杞棚霜落雁流哀 一聲劃裂秋雲盡 萬里瑤空皓月來(右嘯月臺) 花蘂夫人初入宮 含羞將語臉先紅 鸚哥舍利元非妙 誰識阿難悟道功(右語花軒) 封圭寄其所著繪聲園集刻本一卷 請余序之 觀其集淸虛灑脫 類不火食者 自弱冠時 藉父緖業 招延海內詞客 爲文酒之會 楊維棟盧秉純之徒皆爲序 其懷津門西亭曰 香散花殘小院秋 西亭簾角月如鉤 北來一雁橫空碧 影下東南入海流 其題表耀山水小幅曰 蟹舍漁灣水色明 烟條露葉半陰晴 雲間天際孤帆遠 寂寞斜陽一雁聲 其有感曰 壕梁月色照淸秋 夢繞淮南蘆荻洲 雨暗楚原連浦靜 風催古木雜江流 孤舟无依乾坤闊 隻影空持雲水浮 最是蕭條極目處 迢遙萬里使人愁 余嘗徜徉於金鰲玉蝀之間 而雨村(李調元)秋𢈢(潘庭筠)芷塘(祝德麟)諸名流庶幾可遇 然郭氏執桓沒已六年矣(聞執桓死於乾隆乙未八月云) 繪聲集當有更刻之本 而求之廠中竟未得 可恨可恨

尹卿出黑紙小箋 畫竹石 泥金書 綠竹瞻君子 卷阿矢德音 揮毫開便面 握手得同心 下方書 尹嘉銓題 時年七十

明詩綜載余五世祖錦陽君大同館題壁一絶 高句麗起漢鴻嘉 宮殿遺墟草樹遮 怊悵乙支文德死 國亡非爲後庭花 高句麗起非在鴻嘉 乃漢元帝建昭二年 成帝鴻嘉三年 百濟太祖高溫祚都稷山 先祖偶失點檢 而兪式韓毬堂錄引日知錄用東史所證書大傳 以辨此詩鴻嘉之誤 中州之士勤於考據辨析 以爲博雅 類多如是

長洲尤侗悔庵著外國竹枝詞 首以我國 其下百餘國民謠土産 著其大槪 而觀其所述朝鮮事 尙多舛謬 況四海外萬里之遠 而無文字可以通其土俗哉 其撰朝鮮曰 高句麗降下句麗 未若朝鮮古號宜 千里王京陳百戲 漢城猶見漢宮儀 注云古朝鮮並入高句麗 隋征之不服 貶爲下句麗 明洪武中入貢 奉詔更號朝鮮 以漢城爲王京 每詔使至 雜陳百戲 又曰 長衫廣袖折風巾 硾紙狼毫漢字眞 自序世家傳國遠 尙書篇內九疇人 又小兒八歲號黃昌 舞劍能誅百濟王 更唱嘉俳會蘇曲 朝來蚕績已盈筐 註云 新羅國黃昌郞八歲 爲王往百濟 舞劍于市 王召入宮令舞 因刺之 七月望日 王使王女率六部女子 績於廣庭 八月望日 乃考其功負者設酒 相與歌舞 謂之嘉俳 一女起舞 爲會蘇之曲 後朝鮮破新羅 擬爲黃昌會蘇二曲 奇麗川出昭代叢書 拈此相示 余謂尹亨山曰 降號下句麗 乃王莽事也 尹曰 然 余曰 自序世家句極謬 箕氏朝鮮爲衛滿所逐 尹卿曰 此錯綜言東方三國時 非專指貴國 其曰傳家遠者 槪論國號朝鮮肇自箕聖 所以贊美貴國之極致 大約此非佳作 如癡人說夢 隔靴爬癢 余曰 註云朝鮮破新羅 尤謬 敝邦承高麗 高麗承新羅 則安得破五百年前新羅 麗川大笑曰 所謂乙丑甲子

余問尹卿曰 當世詩人 海內稱首者 可得聞名歟 尹卿曰 以海內之大 固不乏鴻匠妙才 而敞年老 斷置人世事 年少才子未能相識 敝老友袁太史枚 字子才高蹈不羈之士也 不樂仕宦 放跡山水 最工懷古之作 因高咏數句 余未曉聽 請書示 其博浪城詩曰 眞人採藥走蓬萊 博浪沙連望海臺 九鼎尙沈三戶起 六王纔畢一椎來 虎龍有氣黃金盡 山鬼无聲白璧哀 大索十日還撒手 如君終古儘奇才 觀其詩 可占中原士大夫之心 而亨山之獨咏此篇 其意尤著 然不諱於奇麗川 何也 康熙戊午 江右女子季文蘭 爲胡人所掠 賣往瀋陽 到榛子店 題詩壁上曰 椎髻空憐昔日粧 征裙換盡越羅裳 爺孃生死知何處 痛哭春風上瀋陽 下題 奴江右虞尙卿秀才妻也 夫被戮 今爲王章京所買 將往瀋陽 戊午正月卄一日 麗淚拂壁書此 惟望天下有心人 見此憐而見拯 奴年今二十有一 後六年癸亥 淸城府院君金公錫胄使過此店 錄而歸 後三十餘年 老稼齋金公昌業又過此店 則壁間題墨猶有存者 今余後稼齋六十餘年 而又過此店 徘徊咏想 而壁上所題不可見矣 余偶擧此詩 語之奇豐額 奇潸然淚下 問 榛子店在於何處 余曰 在山海關外 奇卽題一絶曰 紅粧朝落鑲黃旗 笳拍傷心第五詞 天下男兒無孟德 千金誰贖蔡文姬

康熙山莊詩共三十六首 皆陋拙无致 蓋多勉强咏哦 以示素抱 而群下必蒐羅

群書 以廣箋註 如烟波致爽曰 山莊頻避暑 靜默少喧嘩 此何足多費訓釋 而爲註者引梁蕭統詩 命駕出山莊 劉禹錫詩 綠蘿陰下有山莊 戴叔倫詩 芝田棗逕往來頻 孫逖詩 地勝林亭好 時淸宴賞頻 魏徵九成宮醴泉銘 皇帝避暑乎九成之宮 梁簡文帝納涼詩 避暑高梧側 輕風時入襟 白居易詩 望春花景暖 避暑竹風涼 南史沈麟士傳 年過八十 耳目猶聰明 人以爲養身靜默所致 皇甫曾詩 草長光風裏 鶯啼靜默間 何遜詩 視聽絶喧嘩 此才兩句 无不可解者 安用許多箋註 帝庸作歌 亦安用許多出處 朱子曰 關關雎鳩 出在何處 此可爲詩學之大成

街頭喧誦河間傳 閨裡悲歌楊白花 此佔畢齋刺舍方知也 舍方知者 私賤也 自幼爲女服 傅粉脂 學剪製 及長 出入朝士家 天順七年春 憲府風聞 逮訊其素所私一尼 尼曰 陽道壯也 令女醫班德捫之 永順君溥 河城尉鄭顯祖雜驗之 皆吐舌曰 壯也 當時中朝亦先有此 吳郡楊循吉蓬軒別記 成化庚子 京師有寡婦善女紅 少而艾 履襪不盈四寸 諸富貴家相薦引 以教刺繡 見男子輒羞避 夜與從敎者寢處 謹鎖鑰 人益信其嚴於自防 庠生某慕之 乃以厥妻姶爲妹 延寡至家 潛戒其妻 夜啓戶佯如厠 生遽入滅燭 寡大呼 生扼其吭强犯之 則男子也 繫送于官 鞫之 姓桑名翀 年二十四 自幼纏足 法司上其獄 憲宗皇帝以爲人妖 置諸極典

望夫石 千山范光遠題 不見築城人 但見貞女迹 試問萬里城 何如一片石 康熙所刊全唐詩共一百二十卷 宜无所遺 而唐玄宗御製賜新羅景德王五言十韻詩不載集中 三國史 新羅景德王十五年春二月 王聞玄宗在蜀 遣使入唐浙江 至成都朝貢 詔曰 嘉新羅王歲修朝貢 克踐禮樂名義 賜詩一首 四維分景緯 萬象含中樞 玉帛遍天下 梯航歸上都 緬懷阻靑陸 歲月勤黃圖 漫漫窮地際 蒼蒼連海隅 興言名義國 豈謂山河殊 使去傳風敎 人來習典謨 衣冠知奉禮 忠信識尊儒 誠矣天其鑒 賢哉德不孤 擁旄同作牧 厚貺比生蒭 益重靑靑志 風霜恒不渝 宋宣和中 高麗使臣金富儀將刻本示館伴學士李邴 邴上之帝(徽宗皇帝) 因宣示兩府及諸學士訖 傳宣曰 進奉侍郎所上詩 眞明皇書 嘉嘆不已 此詩旣入中國 至經道君睿賞 而後世錄唐詩者並未見收 始知前代墜文非耳目所可窮 而海外偏邦之士反或有闡幽之功 豈非吾輩之厚幸也歟

吳中自古浮誕輕詭 然率能工文章 善書畫 類多名士 而中原人士皆惡之 目裨販駔儈則稱杭州風 蓋吳人多狡獪之術也 錢塘田汝成委巷叢談曰 杭俗浮誕 輕

譽而苟毁 道聽塗說 无復裁量 如某所有異物 某家有異事 一人唱之 百人和之 身質其疑 皎若曰覩 譬之風焉 起旡頭而過無影 不可踪蹟 故諺云 杭州風會撮空 好和歹立一宗 又云 杭州風 一把葱 花簇簇 裏頭空 又其俗喜作僞 以邀利目前而不如顧身後 如酒攙灰 鷄塞沙 鵝竿吹氣 魚肉貫水 織作刷油粉 自宋時已然 余語奇貴州陸飛書畫之工 奇曰 這是凡虫 蓋亦杭州風之謂也 北人之憎嫉南士類此

崔杜機(成大)梨花菴老僧歌云 吳王看戲泣椎結 錢叟爲僧托麟筆 我東先輩每於中州事 率因風聞而不詳實蹟 所謂吳王者 吳三桂也 錢叟者 錢謙益也 謙益三桂 俱以降虜 白頭旡聊 一則雖托義擧而號先僭 一則寓意著書而大節已虧 雖欲巧逃後世之誅貶 人孰信之 吾東諺 凡事物之黲昧者稱矇矓春秋 東人喜談春秋 而矇矓若是類者多 豈不爲滿人之所笑也

宋徽宗大觀中 葉夢得館伴高麗使臣 故事 使人到闕 不過月餘卽遣還 徽宗欲使觀殿試新榜及上池 遂留幾七十日 使者頗修謹詳雅 葉餞行 至占雲館而別 其副使韓皦如贈葉玉帶 云此唐古物 其家世傳爲寶 自於笏上書示一詩云 泣涕汍瀾欲別離 此生旡復再來期 謾將寶帶陳深意 莫忘思人見物時 葉以麗使故事無解挽例 力辭之 稱其詩雖朴拙而可見其意云

雍正初 勑使書山題浮碧樓曰 風物獨依舊 山河猶帶羞 書山 滿人也 忽作思漢語 何也

曩時商舶漂到甕津 舶中有能詩者 以一律呈水使曰 故國誰憐鍾簴變 殊方還愧姓名通 千秋周顗新亭淚 空洒滄溟水不窮 惜未得其全篇 而詩人姓名亦旡傳

石林詩話(葉夢得著)曰 高麗自太宗朝久不入貢 至元豐初始遣使來朝 神宗以張誠一館伴 問其復朝之意 云其國與契丹爲隣 不堪誅求 國主王徽(文宗諱)常誦華嚴經 祈生中國 一夕 忽夢至京師 備見城邑宮室之盛 覺而慕之 乃爲詩曰 惡業因緣近契丹 一年朝貢幾多般 移身忽到中華裏 可惜深宮滴漏殘

錢受之所云 國内旡戈坐一人 卽金慕齋作也 見本集 受之之跋皇華集 擧此以譏之 然其實華鴻山察 頒詔時所作俑也 如廣野無邊水 長天一點鴻 野字寫得廣 天字寫得長 水字去傍爲無邊 鴻字打批爲一點 此所謂二字含意也 故陪臣遠接龍灣 必妙選詞學之士爲從事 以備應卒 而詔使在道 必出此等 意在困迫接伴當時接伴諸人 亦必預習此等 遂以爲例 而非所樂爲也 受之爲鴻山跋此集也 沒

其實狀 而獨拈東人一句 以爲嗤笑 至戒其勿與酬唱 惡能服東士之心乎 余擧此談之兪式韓 式韓收納懷中 如獲異寶

崔簡易三日浦詩 晴峯六六斂螺蛾 白鳥雙雙弄鏡波 三日仙遊猶不再 十洲佳處始知多 余嘗登四仙亭 沈伯修書此詩刻揭亭上 而此殊非佳作耳 世傳簡易謁王弇州 公務堆積如山 數十吏迭奏文狀 弇州憑案揮麈 左酬右應 題判如流 衆筆齊擧 須臾雲空 更有十餘少年 各呈所課 或詩或文 或小品書種 弇州硏朱點閱 手不停筆 簡易大驚服 問侍者曰 老爺往常如此否 侍者云 今適坐閒小間耳 老爺往日已得詩萬首 著書千卷 簡易默然心死 袖出所著文請教 弇州曰 有意於作者 但讀書不多 聞見未廣 可歸讀昌黎文中獲麟解五百遍 當識作文蹊徑耳 簡易大慙恨 深諱見弇州一事 而爲文務爲僻澁奇崛者 學李于麟 于麟爲弇州所畏 故欲以此雄壓耳

許筠之儐朱太史之蕃也 問朱會見弇州否 朱曰 曾於癸巳春往太倉 請益於弇州 公時以南司寇致仕 貌不踰中人 眼光如星 築堂花園 聚門徒飮酒賦詩 弇州日飮五六斗 不醉 有求詩文者 令侍婢吹彈而磨墨 伸紙如有風雲鬼神 又問 弇州有畏憚否 朱曰 公平生所畏服 惟滄溟一人 每覓句 必先高咏于麟秦關詩曰 蒼龍遠掛秦天雨 石馬長嘶漢苑風 如何不畏

沈汾續神仙傳云 新羅賓貢進士金可紀爲仙云 而章孝標送金可紀歸新羅詩曰 登唐科第語唐音 望日初生憶故林 風高一葉飛魚背 湖淨三山出海心 可紀之歸本國明矣 續仙傳稱 可紀居終南子午谷 後三年 航海歸本國 復來 衣道服入終南 務行陰德 唐大中十一年十二月 忽上表言 臣奉玉皇詔 明年二月二十五日當上昇 宣宗異之 賜宮女四人 香藥金綵 又遣中使二人伏侍 至其日 果有五雲 鸞鶴笙簫 金石羽蓋 幡幢滿空 乘鶴而去 朝列士庶觀者塡溢山谷 莫不瞻禮嘆異 韓无畏傳道錄云 金可紀與崔承祐 僧惠慈從申元之學道 逢鍾離將軍地仙二百等語 似涉傅會

余友人羅杰仲輿 文章魁傑士也 邃於易 平生嗜鍾王書法 遇赫蹄片札 則輒背作瘞鶴銘數字 或紙不足而點畫拐勒无可施處 則運筆歷紙 坐席盡黑 故若戶外有仲輿履響 必先藏硯具 然後乃方出迎 仲輿入室 必先左右顧眄 苦覓紙筆 眼中無見 然後乃敍寒暄 其任眞如此 歲丙申仲冬 隨申書狀恩運入燕 其時正使卽錦城尉也 禮士殊深 奇羅跅弛 爲助扇丸 數論任譯 毋阻衙門 然仲輿天性眞率

所至多見搪塞 故不能恣意遊覽 亦未得遇一中州名士云 其行 余送之松京 而其還 倣華制造太平車 載其妻子入赤裳山中 于今四年不見 今余是行 檢篋中知舊書札詩文藏之 得仲與舊爲詩 行草爛然 遂入行橐 以示奇貴州 奇大加稱賞曰 蒼健沈鬱 其格力眞似老杜云 其偶成曰 山扉寥廓棄冠巾 老去漸能幽事親 階除留對日華靜 空外翻過雲片新 黃鳥忽來啼綠樹 斑花无數度青春 知无一物違吾意 不負皇天長育辰 又 天外錦西山復山 近來卜宅不離閒 孤峯晴石依空翠 側徑幽花點細斑 鳥避誤疑沾雨過 蜂窺爭占飫香還 興長日日扶黎杖 一望一吟開旅顔 又 戰經黑齒郡之東 久住殊方事盡通 峽曉雲移幽洞翠 澗曛日隱古城紅 晩興早寢從他好 短咏長吟不自窮 若道淹留无逸興 何時得豁旅愁空 其不寐曰 入夜喜看連峽雲 遙空漸改赤紛紛 對簷獨坐息喧雀 支枕乍眠還聚蚊 峯樹溪沙漫欲數 南箕北斗自成文 未憐愁劇添新病 剩得詩如刺繡紋 午枕曰 昏昏午睡困炎蒸 萬事疎慵著不能 未卷牀書窺紫燕 常餘硯墨飽青蠅 客過小徑虛相問 妻對荒畦久欲憎 忽得淸光看月出 錯疑赫日碾空昇 貴州曰 固多名句 而間不成律云 蓋吾東音韻或與華音相異 故間有不合於律者耳

朴充 金夷魚 皆新羅人也 入唐俱爲賓貢進士 唐張喬有送金夷魚奉使歸本國詩曰 渡海登仙籍 還家備漢儀 又張喬送朴充侍御歸海東詩云 天涯離二紀 闕下歷三朝 中州人士與余初過 必先問航海程途 下陸何方 余對直由旱路起程 自遼東入山海關抵皇京云爾 則或有不信者 誦渡海登仙籍爲證 眞比我東爲絶洋外國如琉球歐邏 中州人有時鹵莽如此

李懋官在墨莊座 徵詩潘秋樓(墨莊 翰林庶吉士李鼎元 蜀錦州人 秋樓 潘庭筠號也) 潘曰 吾前爲詩 頗費思索 苦困作 故詩苦未多 此覽惲鐵簫寒柳冊子 王秋史題四詩於後 柳爲明殷相國通樂園舊植 感而有作云 愁心都付畫工論 凄絶長條夢水邨 海右亭荒名士散 天涯木落廢園存 半規殘月春留別 一例斜陽暮歛魂 六十年來看粉本 墨香殘色又塵昏 其二 看遍東風窣地新 蘸波吹絮摠情塵 可憐碧葉吟蟬地 不見紅欄係馬人 衰影驛樓傷老杜 離悰門巷憶髯秦(自註 秦關詞 花下重門 柳邊深巷) 鵲華山麓凭枝外 只有明湖冷濯巾 其三 畫人吟子一時稀 減盡金城翠十圍 緣岸臥枝皴暮雪 入樓暝色帶冬暉 靜中黃葉无多響 遠處昏鴉數點歸 猶有沾泥閒恨在 逢春莫更作團飛 其四 七十泉聲亂石舂 兩株憔悴野霜濃 前朝臺榭沙痕在 晩歲關河樹影重 偶爲士流靑眼放 恰如女妓白頭逢

桐花零落山薑老 誰識王郎濯濯容 卽此可見漢人之觸處興感 以示亭山諸公 莫不感傷揮涕

南藥泉九萬以繡衣巡到星州 夜閱本牧先生案 得諸沫 萬曆癸巳正月某日到任 四月某日罷歸 公未聞我東有諸姓 頗怪之 問於尹衡聖 尹曰 中原江浙間有諸氏 沫之先當自中土東來 壬辰之亂 沫起義兵討倭 所向克捷 與郭再祐齊名 云云 此載藥泉集中 以藥泉之博識 猶不識百年內諸沫 則其出於微賤可知 雖立功如彼 而名遂湮沒 則安得不幽鬱而爲冤魂乎 星州鄭錫儒未第時 與本牧子弟同做工令 留衙 衙後梅竹堂 堂前又有支頤軒 一日 鄭獨步軒中 時月甚明 忽有烏帽茜袍者從篁竹間拂髥而來 曰 我本州舊牧使諸沫也 本固城縣民 當壬辰之亂 起兵討賊 朝廷特除星州牧使 其熊海斫營 鼎津迎敵 無不摧破 而文檄泯沒 史乘无傳 當時如鄭起龍諸人 皆我之偏裨耳 仍拔腰間寶釖曰 以此嘗斬倭數將 額上戎戎有火紅 疎髥張動 自吟曰 山長雲共去 天逈月同孤 又言其墓在於漆原 无子孫 頹蕪不治云 翛然長揖而逝 倏忽復入竹間 旣明 共話此事 平日雖知先生案有諸沫 嘗疑其不書姓 亦不識功烈之如此 一朝得之 莫不嗟異 監司鄭益河聞之 致鄭錫儒詳問之 方狀聞于朝 適罷官 未果 則遂關漆原 改封塋域 爲置守冢二戶 漆倅魚史迪晝寢 夢一官人來告 吾墓在治所幾里 某村某坐之兆 巡營當命修墓 君其留意 旣覺而異之 其夕關到 魚倅遂大爲修治云 諸沫固郇野 生前不能識字 故雖有殊蹟 无以自著 而其精魄鬱而不散 顯靈如此 又能詠詩 可異也

辛評事慶衍 年十二 自白川上京 路遇明詔使 驛子奪辛所騎 辛窘甚 步及天使 晝停訴之 天使異其姿貌玉潔 指路上長丞曰 爾能賦此 當畀汝騎 辛請韻 天使命韻云云 辛卽對曰 楚伯千秋尙有靈 渡江无面只存形 當年恨失陰陵道 長向行人指去程 天使大驚嗟賞 厚餉以文房諸珍 此作以無名氏載錄於明詩選 光海時登第 官平安兵馬評事 時西邊有事 九渡晴川江 仍卒于官 甚著靈蹟 其後數十年 辛之友人某遇辛于關西道中 辛字呼道故如平昔 遂托曰 子孫貧甚 吾有所遺物而不能傳之 寶刀及玉圈一雙 在屋樑上 家人無知者 君幸傳之 售此二物 當得善價 友人大異之 歸卽語其子孫 遂共檢其屋 果得刀及玉圈(吾東路上 每十里五里立木偶 類將軍形 以記地名及程距幾里 俗號長丞 如中國之長亭短亭 故吾東詩人借用長亭 或有誤認中國亭堠亦如我國長丞 或有誤認長亭爲亭長 陋甚 余入中國 道路立長亭 題之曰 某地左右列短亭 記東至某所幾里 西至某所幾里

今來熱 河口外長亭多書汛字 未知何稱也)

辛丈敦復氏嘗爲余言 中廟時 南趎年十九 登第 入文衡之薦而官至典籍 自幼多異蹟 每朝就學於塾師而多不至 家人密踵之 則路中逕入樹林中 有一精舍 主人淸雅絶塵 趎趨拜講質 必日昃而歸 家人詰之 輒詭對 後遂爲修鍊之術 及登第 遭己卯士禍 謫谷城縣 仍止家焉 一日 送奴持書入智異山靑鶴洞 有彩宇 極精麗 有二人焉 一雲冠紫衣 一老釋 終日對棊 奴留一日 受書而還 奴始以仲春入山 草樹方榮 及出山 乃見野中穫稻 怪問之 卽九月初也 及趎卒 年三十 擧柩甚輕 家人啓視之 空棺也 題其內云 滄海難尋舟去跡 靑山不見鶴飛痕 村前耘田者聞空裏樂聲 仰見南趎騎馬 冉冉在白雲中矣 忠州進士南大有 其旁孫云

韓詩 木石生妖變 唐季蘇州僧義師 見木刻佛軀 輒聚而焚之 吾東楊州檜巖寺昔有木像大佛 極著靈異 遠近僧俗奔走崇奉 香火甚盛 懶翁一朝以住持住居此寺 令衆僧曳出焚之 衆皆驚懼 苦諫 懶翁皆不聽 使僧百餘 用大絙呼邪推挽 不動一毫 懶翁怒 自以一手推之 卽仆 乃曳出寺外 積薪而爇之 臭穢不堪 蓋有大蛇盤繆佛腹 久而亦無災患 大約木舊接神 廢刹木像類多他妖憑附 所謂木石生妖變是也 今日班禪所贈佛軀幾一尺 似是刻木鍍金耳 安知無妖怪憑附耶 倉卒受此 一行上下如洗手蜜瓮 罔知攸措 余夜問區處善策於正使 則曰 已令首驛造小櫃子 余對曰 善矣 正使問 所善何意 曰 此欲浮之江耳 正使笑 余亦笑 蓋棄置沿道寺刹 則恐爲中國所怒 以此入國 當駭物情 彼此交界 順流而放海 莫如鴨綠江

鄭湖陰士龍 平生豪奢 方其年少 以禮曹佐郎詣朴平城元宗 平城時爲首相 坐別院深邃處 使侍婢數十引湖陰入 湖陰踰歷重門 處處彩閣 曲曲紅欄 平城地坐池上盤松陰下 左右叉鬟皆曳綾繡 迭進珍羞 又引女樂數隊 竟日歡宴 湖陰臨罷以公事進 平城不省 曰 老夫武人耳 幸遭際風雲 致身至此 惟自娛樂 以答盛世君所持公事 歸問本曹判書 湖陰茫然自失 平生所羨慕 故至老奢華 此載余六世祖錦溪君寄齋雜記 世傳湖陰慕平城 善爲竊狐白裘手段 嘗爲江原監司 巡遊入金剛山 夜宿正陽寺 偸金佛 遂大致富厚 及旣老 甚悔之 有詩云 正陽寺裡燒香夜 蘧瑗方知四十非 余嘗游正陽 壁間果有此題 今三使所受金佛共三軀 可得金數千兩 若使湖陰當之 不必正陽覺非 余語之副价如此 相與大笑 余又曰 今此佛像不幸木軀 故辭而闢之 廓如也 若果金身 闢異之論 合有商量 相與絶倒

莊子曰 絡馬首 穿牛鼻 牛之穿鼻 古也 東牛生七八朔已穿鼻 王荊公詩 牛若不穿鼻 豈肯推人磨 推磨猶然 況駕車耕田乎 自入柵至熱河 一戶所養牛不下七八頭 或多至三四十頭 耕田駕車皆羈角而使之 無一穿鼻者 牛皆絶大 而家家放牧 一小兒能驅數十牛 然不但不穿鼻 亦不羈角 中原馴御之術 雖非我國所及 而其不穿鼻者 亦有古今之異歟 晉杜預上疏 有典牧種牛 有四萬五千餘頭 不供駕 至有老不穿鼻者 以此觀之 中國古時 供役則皆穿鼻

姜女廟柱聯 文丞相所題悲壯 曰 姜女未亡也 千年片石猶貞 秦皇安在哉 萬里長城築怨 筆奇崛 果親王允禮所題典麗 曰 栢葉從來常自苦 梅花終古不爲姸 筆神化 乾隆乙亥仲冬 皇三子藤琴居士所題酸寒 曰 松老頹垣見古祠 崩城姜女事堪悲 藁砧望斷成奇節 環佩空餘識舊姿 石洒淚痕當日恨 水流鳴咽後人思 振衣亭畔凄涼甚 猶憶凝眸睩曼滋 筆敏妙 芳流遼水 乾隆皇帝御筆 勁節凄風 果親王所書 望夫石三字 太原白輝所書

中國因字入語 我東因語入字 故華夷之別在此 何則 因語入字 則語自語 書自書 如讀天字曰漢捺天 是字外更有一重難解之諺(說郛有鷄林類事 天曰漢捺也) 小兒旣不識漢捺爲何語 則又安能知天乎 鄭玄家婢總能說詩 爲千載佳話 然其實中國婦人孺子 皆以文字爲語 故雖目不識丁而口能吐鳳 經史子集乃其牙頰間恒談也 我人初見中國孺子隔溪呼母 水深渡不得 大驚 以爲中國五歲兒開口能詩 此殊不然 是乃語也 非有意成句也 老稼齋遊千山 有村媪賣酒 問路僻人稀 有誰沽飮 對曰 花香蝶自來 無許多轉折而辭明意暢 自成韻語 此無他 因字入語之妙證也 余家小婢嘗至迷 當得餠而獲他餌 喜謝曰 巴蜀亦關中 此本紙牌行語 婢本不識巴蜀關中 而但認是爲彼此無異則當矣 始知華語非難 而未必鄭婢擅雅千古也

清脾錄(李德懋著)云 三韓人遍踏中土者 無如李益齋(名齊賢) 其所遊歷 見於詩者 若井陘 豫讓橋 黃河 蜀道 峩嵋 孔明祠堂 函谷關 澠池 二陵 孟津 比干墓 金山寺 焦山 多景樓 姑蘇臺 道場山 虎口寺 漂母墓 涿郡 白溝 鄴城 覃懷 王祥碑 崤陵 長安 鄭莊公墓 許文貞公墓 關龍逢墓 望思臺 武則天陵 肅宗陵 邠州 涇州 寶陀窟 月支使者獻馬 其足迹所到皆偉壯 有非東人之所及 其詩當爲東方二千年來名家 華艶昭雅 快脫三韓僻滯之習 今世之人 甚至有不識益齋之爲李齊賢 顧君俠編元百家詩選 而高麗人詩無一首與焉 當時牧菴姚

公及閻子靜張養浩 擧皆推轂公詩 而亦無一首入選 是可怪也云云 益齋墓在金川只錦里桃李村 墓下卽益齋舊宅 因其舊宅建書院俎豆之 余燕巖別業 距書院不十里而近 余嘗一再至書院 讀其遺集 益信淸脾錄所評爲鐵論 其思歸曰 窮秋雨鎖靑神樹 落日雲橫白帝城 其二陵早發曰 雲迷杜史燒丹竈 雪壓文王避雨陵 其舟行峨嵋曰 雨催寒犢歸漁店 波送輕鷗近客舟 其多景樓曰 風鐸夜喧潮入浦 烟簑暝立雨侵樓 其函谷關曰 土囊約住黃河北 地軸句連白日西 我東詩人用事 率皆借用 而眞能目覩足踏者 惟益齋一人 今余一出古北口而自多前人其視益齋眞堪缺然

感舊集載淸陰先生詩 王貽上先室鄒平張氏 江南鎭江府推官萬鍾之女 都察院左都御史謚忠定公延登之孫 崇禎末 先生航海朝天 路出濟南 時張忠定罷官家食 先生因萬鍾得見忠定 一見傾倒 爲留六日 爲序先生朝天錄一卷 貽上所以熟習先生者 蓋因其妻家也 其鈔載先生詩 如三秋海岸初賓雁 五夜天文一客星 橋石已從秦帝斷 星槎猶許漢臣通 五更殘月水城頭 咏史何人獨艤舟 不向東溟覓歸路 還依北斗望神州 南商北客簇沙頭 畫鷁靑簾幾處舟 齊唱竹技聯袂過 滿城烟月似揚州 皆貽上所稱淸婉可誦者也 貽上爲海內詩宗 而士大夫於貽上隻字片言 如茶飯津津牙頰間 故无不識淸陰姓名者 然先生亙古大節莫能知焉 郝志亭成請得金叔度數篇佳作 余曰 僕原未有誦 此來有淸陰先生六代孫履度別章 志亭大喜曰 又是奇事 余出示之 志亭諷詠再三 其後入錄其所抄榕齋小史曰 華山金履度 朝鮮使臣金淸陰尙憲六世孫也 其奉別燕巖朝京(原稿赴燕 志亭改朝京)曰 四面燕山闊 萬里秦城高 中有垂鞭者 白髮行邁勞 其二 耿介湛軒子 倜儻燕巖叟 海內知姓名 高風屬前後 歲乾隆庚子五月二十三日 華山金履度題字季謹 筆摹鍾 王東國文章奇士也 與其友人朴燕巖 韓錫祜爲詩酒莫逆 今歲仲秋 朴燕巖隨貢使朝京 與余遊 甚相善也 於是得華山贈行詩三章 深得四牡皇華之遺意 余錄其二首云(原詩 殊方知姓名 高風繼前後 志亭改錄殊方爲四海繼字爲屬字)

志亭又錄 燕巖之族孫南壽 字山如 號錦城 美如冠玉云 其贈行曰 莫云頭已白 天地忽無窮 匹馬遼東野 一鞭萬里風(錦城 余貫籍也 南壽書 錦城朴南壽山如 則志亭認爲號)

又錄曰 其邦之高士李在誠仲存 號芝溪 燕巖之婦弟也 其贈行曰 鴨綠衣帶水

長城宿春之(原稿燕城　志亭改長城)　悠悠遠行客(原稿　古來經遊客)　歷歷知是誰又　十載巖栖客　晨裝告遠遊　半生方冊裏　今日帝王州　又宿昔桑蓬志　沈冥鹿豕群　猶被雙眼役　可忘白頭紛　又雨熱關河漲　雲蒸薊樹低　請君愼行李　去矣悽悽(原稿　勉旃愼行役)

又錄曰　韓錫祜惠堂　梁尙晦伯厚　李行綽裕齋　俱開城人　開城　麗氏舊都　其邦稱松京　古開州　舊號蜀莫郡也　有神嵩紫霞之勝　文人韻士猶有乙支生　鄭鱗趾之遺風焉　聖朝文敎覃被遐外云云　惠堂送燕巖朝京曰　偶爾無方住著身　一天之下海東濱　如將遠邇看平等　不出門時萬里人　曉月依山磵戶明　木蓮花下藹餘情　黃鸝不識中州好　啼作陽關惜別聲　靑天蓋野四周環　漸失東南點點山　行到遼陽何所見　日輪回指海雲間　常願風漂萬里舟　遍登天下有名樓(宗侃謹按　此二句乃原集中句　惠堂引用)　悠悠匹馬金臺路　何似孤帆碧海秋　長城自壞國隨之　朝市人烟遂不移　夫子廟庭周石鼓　人間幾度夕陽時　其春院細雨曰　露重梧先聞　雷輕鳥不疑　嫩草深疑夢　濃花恰欲痴　玄蟻緣階滑　靑蟲抱葉危　水立雙虹遠　烟穿獨鳥遲　悄悄孤客坐　湛湛美人思　伯厚送燕巖朝京曰　極目山河路一絲　心如相約未相隨　離筵更進一盃酒　楊柳靑靑斜日時　李行綽送別曰　濱海行人信一鞭　遼天六月雨長懸　計程從此三千里　借問幾時可到燕　中國人記載多此類　非但原詩之多爲點化　其稱乙支生　鄭鱗趾之遺風　尤爲絶倒　東方无乙支生　是乃乙支文德也　乙鄭遼絶數千年間　而今乃並稱者　似是乙見隋書　鄭撰麗史　故表而出之也　其錄李謹謂與韓錫祜爲詩酒莫逆　可勝捧腹　非但兩人不相識面　雖同時而亦不識名字　則安得爲詩酒莫逆　而況兩人平生不能飮酒乎　余明日行李猝發　未得證謬

李紱穆堂集庚寅元朝早朝詩　朝鮮內屬來王久　肯怪衣冠太俗生　紗帽版袍春入貢　海隅日出最昇平　朝日山莊門外　見千官退朝　茜帽蹄袖　使人大慚　而我使衣冠可謂燁如仙人　然街兒驚怪　反謂場戲的一樣　悲夫

李益齋字仲思　一號櫟翁　慶州人　十五登第　忠宣王在元邸　構萬卷堂　不肯東還　召益齋置府中　與中州趙子昂元復初諸名流唱酬　其奉使西蜀　降香江南　所至題咏　膾炙人口　及東歸　相五王四爲冢宰　忠宣王之被讒竄吐蕃也　萬里奔問　忠憤藹然　後封金海侯　八十一卒　謚文忠　其詩華艶昭雅　快祛東人僻滯之習　其路上曰　馬上行吟蜀道難　今朝始復入秦關　碧雲暮隔魚鳧水　紅樹朝連鳥鼠山　文字

剩添千古恨 利名誰博一身閒 令人最憶安和路 竹杖芒鞋自往還 余燕巖後麓 隔一嶺有安和寺舊基 每咏公此詩 想公竹杖芒鞋 往來是閒 而蜀道秦關 魚鳧烏鼠猶令人爽然自失 今余是行 又益齋之所未能到

宋元豐七年 詔京東淮南築高麗亭館 密海二州騷然有逃亡者 明年 蘇軾過之 嘆其壯麗 留一絶云 簷楹飛舞垣墻外 桑柘蕭條斤斧餘 盡賜昆耶作奴婢 不知償得此人無 東坡之憎疾高麗 到處如此 若使東坡見康熙所作三十三站察院 則當又如何也

黃山谷次韻穆父贈高麗松扇云 銀鉤玉唾明繭紙 松蓳輕涼幷送似 可憐遠度幘溝漊(高麗城名) 適堪今時褦襶子 又文人玉立氣高寒 三韓持節見神山 合得安期不死藥 使我蟬蛻塵埃間 今未知高麗松扇爲何樣製作

余於高太史棫生坐誦潘庭筠次王秋史寒柳詩 坐客皆稱善 余仍問 王秋史誰也 馮明齋秉健曰 此歷城王進士 名苹 字秋史 自號七十二泉主人 潘詩所謂 七十泉聲亂石春 是也 凌簑軒野曰 國朝詩人多推秋史 嘗有句云 亂泉聲裏誰通屐 黃葉林間自著書 又 黃葉下時牛背晚 青山缺處酒人行 時人目之爲王黃葉云

日下舊聞載東國史略及麗史列傳 高麗世子如元 謁帝便殿 問 讀何書 對曰 有儒士鄭可臣閔漬者從行 宿衛之暇時 從質問孝經論語 帝悅 命世子引與俱入賜坐 問本國世代相傳之序 理亂之跡 風俗之宜 聽之不倦 其後 命公卿議征交趾 召二人同議 對稱旨 於是授可臣翰林學士 漬直學士 列傳 帝召見世子于紫檀殿 可臣從 帝使之坐 仍命脫笠 曰 秀才不須編髮 宜著巾 御案前有物 大圓小銳 色潔而貞 高尺有五寸 內可受酒五斗云 摩訶鉢國所進駱駝鳥卵也 帝命世子觀之 仍賜世子及從臣酒 命可臣賦之 可臣獻詩曰 有卵大如甕 中藏不老春 願將千歲壽 醺及海東人 帝嘉之 輟賜御羹(朱昆田按 高麗世子卽忠宣王璋 嘗搆萬卷堂于京師者 可臣在東國 撰千秋金鏡錄 漬增修世代錄年節要七卷 又撰本國編年綱目四十二卷 惜其書不可得見也)

余撰姊氏墓誌銘及嫂氏李恭人墓誌銘 爲托中州人 要覓海內佳筆 戶部主事徐大榕 湖州人也 初不相識 爲寄詩曰 海外傳經名父子 閉門終日在山中 平生遠媿徐陵筆 不羨珊瑚作架紅 其二 二銘他日爲工書 遠寄天涯定不虛 野鶩家鷄休竊笑 不才年少亦相如 其自註曰 時因行期已促 不能爲作小楷 故暫浼舍表弟書之 底草今存 當更寄也 寄贈燕巖足下並粲 陽湖愓葊徐大榕草 觀此所草

蓋亦佳筆也 二銘錢塘楊廷桂所書 楊廷桂卽徐大榕表弟也

吳照 江西人也 字照南 號白菴 其遊石湖作皆佳 其一 茂苑烟銷曉日黃 數聲柔櫓出橫塘 靑山面面開圖障 一塔凌空見上方 其二 水縐微波漾細鱗 沙鷗白鷺立湖濱 風流想像鴟夷子 此地曾經載美人 其三 楞伽山下楞伽寺 水繞山門一曲斜 敲罷曉鍾鴉未散 空廊人靜落桐花 其四 短短秧針綠滿疇 水雲渺渺似涼秋 此間最是爲農樂 赤脚吳娃解飯牛 其五 菱葉浮波覆野鳧 分明佳景輞川圖 斜橋幾樹靑靑柳 憶煞詩人范石湖 其六 湖外有山山下田 湖光宜雨亦宜烟 他年我若移家住 耕罷西疇便刺船 照年方三十餘擧人

# 口外異聞

## 盤羊

盤羊 鹿身細尾 兩角盤背 上有蹙文 夜則懸角木上以防患 狀若騾 群行暑天塵露相團 角上生草 或曰麢羊 或曰羱羊 說文 麢 大羊而細角 陸佃埤雅 羱羊似吳羊而大 今萬壽節 蒙古來獻 皇帝以供班禪

## 彩鵪蝴蝶

康熙四十年 帝避暑口外 喇里達番頭人進彩鵪一架 青翅蝴蝶一雙 鵪能擒虎蝶能捕鳥 見王貽上香祖筆記

## 高麗珠

中國人寶東珠 以爲高麗珠 色淡白如硨磲 今帽前簷端嵌安一箇 以表南北 東珠八分已上爲寶 皇帝有東珠 七錢重 爲鎭夢魘寶 皇后東珠六錢四分重 形如白茄子 乾隆三十年 皇后失東珠 回后讒皇后 搜得東珠鑾儀衛卒家 后遂廢 幽之冷宮 貴州按察使奇豐額帽簷東珠色殊不佳 奇言珠六七釐 價銀四十兩 余言珠非土産 或有食蛤 得之牙頰間 謂之陸珠 瑣細不足珍 婦女簪珥所粧皆倭珠 有紅光可寶 奇按察笑曰 否也 這是蠣房磨圓 非珠也 所寶東珠者 無貝氣 自有天然寶光 此言殊有理 然吾未知東珠産於何處 而誰能採之 而遍於天下乎

## 崇禎相臣

崇禎十七年間 相臣拜罷五十人 邊帥少失廷旨 輒傳首九邊 當時師律之嚴 歷代所罕 而亦無補於勝敗存亡之數

## 伊桑阿舒赫德

康熙時 相業文章學問皆推伊桑阿 滿洲人 康熙戊辰 以禮部尙書大拜 在相位十五年卒 年八十六 謚文端 六十三 援歐陽乞休 章三十上 彌出彌懇 得請 近歲相業之盛 舒赫德爲首 舒亦滿洲人也 處相府四十餘年 去歲卒 年八十八 時人比之文潞公

## 王振墓

去年乃乾隆己亥 得王振墓於西山 剖其棺 數其罪而磔之 並掘其黨與二十餘塚 皆斬之 按明史 駕至土木 振輜重千餘兩 敵四面追之 一時從官及兵將皆沒 振安得獨脫 且當時族誅振家 毆殺馬順長 磔振侄王山於市 則其黨與安得有墓 天順旣復位 復振官爵 立祠祀之 然則振之有墓 亦無足怪也已

## 曹操水葬

乾隆戊辰 漁於漳河 泅水者腰斷浮水 帝發卒數萬 塹河傍別疏之 視河中 萬弩俱張 其下有塚 遂掘得其棺 銀海金鳧 具帝者冕服 乃曹操屍也 帝親至關廟昭烈像前 跽其屍而斬之 此擧非但雪千古神人之憤 快破七十塚之疑

## 魏忠賢

崇禎初 謫魏忠賢于鳳陽 籍其家 忠賢擁徒衆 上震怒 命逮 忠賢知不免 自經死 磔忠賢屍於河間 然則忠賢安得有墓 康熙中 江南道監察御史張瑗疏言 皇上前歲南巡 命修岳飛之墓 賜題于謙之碑 誠以此二臣者 忠貫日月 義壯山河 故表而揚之 風示天下 臣奉命巡視西城 前往西山一帶查閱 至香山碧雲寺 寺後峻宇繚墻 覆壓數里 鬱葱綿亘 金碧輝映 乃故明逆璫魏忠賢之墓也 墓上有二穹碑屹然並立 合書 欽差總督東廠官旗辦事掌惜薪司內府供用庫尙膳監印務司禮監秉筆總督南海子提督保和等殿完吾魏公忠賢之墓 畿輔近地 尙留此穢惡之迹 僭越之制 何以儆大慭昭公法哉 況當奉旨纂修明史 凡明季被禍忠良諸臣 無不立傳 光天化日之下 豈容奸孽餘黨膽大潑天 目無三尺 仰祈天威 勅地方有司 仆碑剗墓 奉旨交與該城官員 仆毁剗平 由是觀之 王振亦應有墓 余玆並錄之 以見明季尙法之嚴 而紀綱不立有如此者

## 楊貴妃祠

淸之立國 專以表賢癉惡之典服天下心 而薊州盤山有安祿山廟 董卓曹操吳元濟黃巢輩往往有廟 而何不所在毁撤 是未可曉也 口外路傍有楊貴妃祠 並塑祿山 馬頭輩入見之 貴妃像妖艶如生 而祿山像胖大 皤然露腹 備極醜態云 不毁此淫祠者 所以鑒戒後人歟

## 樵史

樵史一卷 不知何人所著 記明室亂亡之由 以寓悲憤 其載客氏及殺熊廷弼事頗多異聞 又咎萬曆自救朝鮮 府庫空虛 人民流離 而在朝之臣罔知所措手 有一妄人 言采礦于時相 遂欣然行之 民益大困 皆化爲盜賊 以至於亡 言多悲切 與

正使讀之 不覺涕零 第緣行忙 未之謄 此係禁書 只此謄本云

## 麈角解

惟天子可以議禮 今皇帝改月令可徵焉 余燕巖艸堂 嘗有蒼鹿來飮前澗 頭如紡車 欲詳觀其毛角 徐往臨觀 鹿大驚超去 竟不得詳 今出長城外 日閱貢獻鹿群 大者如騾 小者如驢 及還入塞 坐一藥鋪 見鹿角扶疎 長皆四五尺 充溢棟宇 皆稱鹿茸 余曰 此皆麋茸耳 願得鹿茸 鋪主大笑曰 豈不聞麋鹿之大者乎 鹿之大者爲麋 則麋之小者爲鹿爾 角豈有異哉 余曰 夏至鹿角解 在易爲姤 一陰生 爲補陰之劑 冬至麋角解 在易爲復 一陽生 爲補陽之劑 功用顯殊 鋪主曰 足下未見時憲書耶 已改月令矣 萬歲爺嘗有疑麋鹿之茸 令天下凡文字之持鹿傍而有角者 皆生致之 養之海子中 區而別之 不相亂倫 及夏至 麋與鹿皆同時解角 冬至解角者 麈爾 遂改十一月令麋角解曰麈角解 由此觀之 我國關北所出鹿茸 未必是鹿茸 而國中鹿茸日貴 可勝嘆哉 余曰 麈形何如 鋪主曰 未曾見 或曰 前鹿後馬 大約改月令 非天子之威勢 無以服信天下 故曰 唯天子可以議禮

## 荷蘭鹿

鋪主又道 鹿亦有至小 自視其拳曰 不過如許 曾見荷蘭貢鹿一雙 蒼質雪斑

## 硨答

余問 鋪中藥料希奇俱全否 鋪主曰 無論艸木金石 指名要看 輒敢奉正 余曰 稀奇珍品 偶未思名 鋪主指東壁下紅漆櫃子曰 這裡硨答一枚 眞是稀奇難得之料 余問 硨答何物 鋪主笑而起曰 第不妨觀看 開櫃出一團石 大如數升匏子 形

似鵞卵 余曰 此水磨石也 何相戲耶 鋪主曰 何敢故慢無禮 這是駝卵 能治難名奇疾

## 入定僧

長城外白雲塔石龕中 有遼時入定僧 肉身至今不壞 微溫柔澤 但瞑目無氣息

## 別單

北京卑流解字者甚鮮 所謂筆帖式序班 多是南方窶人子 顔貌憔悴尖削 無一厖厚者 雖有廩食 極爲涼薄 萬里羈旅 生理蕭條 艱難貧窶之色達於面目 使行時 書冊筆墨賣買 皆序班輩主張居間爲駔儈 以食剩利 且譯輩欲得此中秘事 則因序班求知 故此輩大爲譊說 其言務爲新奇 皆怪怪罔測 以賺譯輩剩銀 時政則隱沒善績 粧撰粃政 天災時變 人妖物怪 集歷代所無之事 至於荒徼侵叛 百性愁怨 極一時騷擾之狀 有若危亡之禍 迫在朝夕 張皇列錄 以授譯輩 譯輩以呈使臣 則書狀揀擇去就 作爲聞見事件 別單書啓 其不誠若此 告君之辭 何等謹嚴 而豈可浪費銀貨 買得虛荒孟浪之說 以爲反命之資耶 使价頻繁 百年如此所可慮者 此等文書不幸闖失 遺落彼中 其爲患害 當復如何 雖以今番熱河往來言之 事皆目擊 雖最爲實錄 然先來狀啓附奏一二事件 不無忌諱 則渡江之前無非飮氷之日也 愚意彼中消息 無論虛實 附奏先來者 皆以諺書狀啓 到政院翻謄 上達爲妙耳

## 籐汁膠石

王三賓言 滇黔中有續石籐 名羊桃籐 取汁膠石 山中架空造梁 雖數十丈 聯

續不斷 如糊紙膠板然 黔人呼黏石膠云 其言殊極荒唐 姑錄之 以資他考

## 照羅赤

蒙古譯言必闍赤者 書生也 八合識者 師傅也 我國內三廳下隷號照羅赤 此當因襲高麗之舊 麗世多習畏兀語 照羅赤者 必蒙語也

## 元史天子名

看元史 自天子號名殊不類 常恨艱讀 口外有一廢刹 元舊也 斷碑有歷敍元諸帝功德 有曰 成吉思者 太祖也 窩闊台者 太宗也 薛禪者 世祖也 完澤者成宗也 曲律者 武宗也 普顔篤者 仁宗也 格堅者 英宗也 忽都篤者 明宗也 亦憐眞班者 中宗也

## 蠻語

蠻語愛莫離者 華語有宿緣也 落勿渾者 華語沒廉恥也 曳落河者 滿語壯士也

## 麗音離東頭登切

驛卒刷驅輩所學漢語皆訛謷 渠輩語渠輩 不覺而恒用也 臭之甚穢曰高麗臭謂高麗人不沐浴 足臭可惡也 有失物則曰東夷 謂東夷偸去也 麗 音離 東 頭登切 我人殊不識此 聞臭之不善 則稱高麗臭 疑人偸物則稱某也東夷 東夷遂爲偸物之號 可勝嘆哉

## 丙午乙卯元朝日食

皇帝卽位之日 叩頭香案以謝天 夢上帝錫帝百齡 帝復詣香案前 叩頭謝天曰 願以來乙卯歲傳位 俾御極之年少皇祖一歲 至今年 欽天監奏 後六年丙午歲元朝當日食 後十年乙卯元朝當日食 皇帝變計言 乙卯年若禪位 則新天子元年適當日食 元朝朝賀因此當停 是若宋高宗 以禪位爲名 而其實不欲當金人也 若又挨過乙卯 則是御極之年 反多于皇祖二歲 以是不安云 此說極妖妄 必非皇帝之言也 自古帝王御宇旣久 則四方爭獻符瑞 群下希旨飾慶 不無矯誣之事 而豈若今日預占未來之日食 進退其禪傳之年歲耶 此必海內奸佞之徒 惜聖人九齡之夢 以文皇帝鍾漏之嫌耳

## 六廳

熱河太學大成門外東壁 坎置乾隆四十三年上諭曰 京畿東北四百里熱河地方 在古北口以北 卽禹貢冀州邊末 而虞及殷周幽州之境也 秦漢以來 未入版圖 元魏時 建安營二州 唐有營州都督府 然不過僑置治所於內地 遼金及元 始鄢其名 而古地旋荒 明棄大寧 視爲別域 向者曾設承德州 今宜陞爲府 卽以同知改設 而其餘六廳 如喀喇河屯廳改爲灤平縣 四旗改爲豐寧縣 八溝廳其地較廣改爲平泉州 烏蘭哈達廳改爲赤峯縣 塔子溝廳改爲建昌縣 三座塔廳改爲朝陽縣 並屬承德府統轄云云

## 三學士成仁之日

彌串僉使張超日記 吳學士達濟 尹學士集以丁丑四月十九日被害云 故兩家據日記 以十九日祭之 丁丑乃皇明崇禎十年 而兩學士遇害於淸人之在瀋陽時也 洪學士翼漢不載日記 則不詳其成仁之日的在何辰 故亦從兩學士 祭以十九日

今覽淸人所撰淸太宗文皇帝特書 崇德二年三月甲辰 殺朝鮮臣洪翼漢等 以正敗盟構兵 倡議𧦬明之罪 崇德乃淸太宗年號 而三月甲辰 考之日干爲初六日 以所謂等字觀之 吳尹兩學士之遇害亦當同是三月初六日也

## 當今名士

當今海內名士 梁國治 彭元瑞 紀勻號曉嵐 吳聖欽 戴衢亨 其兄心亨 俱吳人 祝德麟 李調元 並蜀綿竹人 余有戴心亨所書柱聯一對(開帙守其雅撫琴 群言六氣爲之淸)

## 明璉子封王

仁廟甲子 龜城府使韓明璉與平安兵使李适同叛 擧兵犯闕 兵敗走 皆擒誅 明璉二子潤瀾 雪上倒着芒鞋 亡入建州爲將 其後十三年 從淸太宗東來云 此出當時傳說 其眞僞未可知 今覽新刋太宗實錄 果言 朝鮮將韓明璉 爲其下所殺 其子潤義來降 封義怡親王 瀾似改名爲義 昭代叢書中謚號錄當載其名 後當考 吁我 朝立國四百年來 不無凶逆之誅殛 而未有如兩賊之擧兵犯闕者 其凶醜遺孽投虜爲將 借兵猖獗 至於此極 當時建州爲逋逃之淵藪 而足想平日邊門之不嚴 沿江守禦之疎虞 强隣憑陵 而其用事將率之姓名不識誰某 則何況其材勇謀猷之所出乎 如此而徒欲以空談摧大敵 隻手扶大義 嗚呼 難矣哉

## 古兒馬紅

古兒馬紅者 義州官奴鄭命壽也 姜功烈者 都元帥姜弘立也 皆改名投虜 命壽最凶惡 陵虐其父母之邦 無所不至 鄭弼善雷卿不勝忿 欲刺殺命壽 與其院吏姜

孝元謀 乃使人告命壽諸姦利事于清人 清人斬上書者 而鄭雷卿姜孝元坐死 使命壽監刑 極甚慘酷 後清人亦覺命壽稔惡於本國 遂斬之 姜弘立 光海時爲都元帥 深河之役降於虜 及仁朝改玉 聞其家誅夷 大怒 引虜兵至平山 朝廷不得已送弘立家屬于軍前 其叔父縉責弘立 弘立大慙 旣而滿洲知弘立詐 遂講和而去 留置弘立 聽本國調度 朝廷畏滿洲强 未敢顯誅 弘立出居其楊花渡江亭 無面目以見國人 不出房闥 但聞長吁聲 後五六年 其家人縊殺之

## 東醫寶鑑

我東書籍之入梓於中國者甚罕 獨東醫寶鑑二十五卷盛行 板本精妙 我國醫方未廣 鄕藥不眞 我宣祖大王命太醫許浚與儒醫鄭古玉碏及醫官楊禮壽金應澤李命源鄭禮男等 設局撰集 出內府醫方五百卷以資考據 書始於宣廟丙申而成於光海三年庚戌 實萬曆三十八年也 其所刊弁卷之文頗疎暢 東醫寶鑑者 乃明時朝鮮陽平君許浚所撰也 按朝鮮俗 素知文字 喜讀書 許又世族 萬曆間篈筬筠兄弟三人 俱以文鳴 女弟景樊 才名復出厥兄之右 九邊諸國最爲傑出者也 其言東醫者何 國在東 故醫言東也 昔李東垣著十書 以北醫而行於江浙 朱丹溪著心法以南醫而顯于關中 今陽平君僻介外蕃 乃能著書 行於華夏 言期足傳 不以地限也 言寶鑑者何 日光穿漏 宿陰解駮 分肌劈腠 使人開卷瞭然 光明似鑑也 昔羅益之著衛生寶鑑 龔信著古今醫鑑 皆以鑑名 不嫌夸也 竊嘗論之 人惟五藏 病止七情 其間稟受有偏全 漸染有淺深 證變有通塞 兩候脉動 有浮中沈三部 諦而察之 如畝斯劃 莫可越也 如燎斯晰 莫可蔽也 知大黃可以導滯 而不知其寒中 知附子可以補虛 而不知其遺毒 罔攸濟矣 是以至人治病於未起之前 不治於旣成之後 病旣成而始治 策斯下矣 而復委決於庸醫 豈有瘳哉 甚而懷私利者以無疾人爲功 初從事者 至於費人爲學 大易勿藥之占 南人無恒之戒 若早爲此輩發覆也 扁鵲有言 人之所病 病疾多 醫之所病 病道少 然自軒岐以後 代有名醫 迄今著述之繁 幾於汗牛充棟 不患其少矣 而術有驗有不驗 豈古人各以所見爲說歟 擇不精者語不詳 執於一者賊乎道 欲療人之病 而不療人之心 欲療人之心 而不通人之意故也 今觀是編 先之以內景 溯其源也 次之以外形 疏其委也

次之以雜病 辨其證也 終之以湯灸 定其方也 中所援引 自天元玉冊以曁醫方集略 計八十餘種 率吾中土之書 其東國所撰者 不過三種而已 循古人之成法 而能神而明之 補缺憾於兩間 播煕陽於四大 業已上獻闕廷 見推國手矣 顧書藏秘閣 世罕得窺 前鹾使山左王公建節臨粤 憫時醫多誤 專人赴都鈔錄 未及梓行 隨以事去 順德明經左君翰文 予總角交也 慨然思鋟版廣其傳 約費三百餘緡 略無吝色 蓋心則濟人利物之心 事則調陽燮陰之事 天下之寶 當與天下共之 左君之仁大矣 刻成 屬予爲序 遂喜而書其端 時乾隆三十一年 歲在丙戌蘭秋上浣 原任湖南邵陽醴陵興寧桂陽縣事 充庚午壬申癸酉丙子四科湖廣鄕試同考官 番禺凌魚撰 余家無善本 每有憂病 則四借鄰閈 今覽此本 甚欲買取 而難辦五兩紋銀 齎悵而歸 乃謄其凌魚所撰序文 以資後攷

## 深衣

我國深衣之必以痲布而不以綿布者 非也 織痲則當曰痲布 織苧則當曰苧布 織綿則當曰綿布 乃方言訓布爲保(補外翻) 讀布曰保 布獨織痲之家專名爲布 由是而痲布之市曰布廛 苧布之市曰苧布廛 至於綿布則無以區別 方言綿花曰木花 遂名織綿曰木 殊不識綿布者 乃大布也 不名綿布爲大布 而號其市曰白木廛 以至兩稅之賦大布 而曰田稅木 大同木 布之大者遂爲別件物事 以此號登於官府文簿 通國行之 何謂大布也 純素之物稱布帛之文 而綿乃織之大本也 不可以絺繡五采 其質儉而其色純 有無文之文 故曰大布之衣者是也 曰完且不費 善衣之次 完且不費者 綿布之謂也 大布之衣 卽深衣也 中國三升布 雜羊毛於綿 而同繅爲布者也 我國市人轉賣三升布者 獨名靑布廛 兼賣大布曰大保 亦曰門三升 以博倍價 而白木廛不得察糾者 不核名實之故也 中國衰服皆綿布 今行道路所逢衰服者 無一痲布 所着頭巾亦皆綿布 時方夏天 膏汗凝漬拉垂 余今所着綿布袂衣 中國人閱視之 頗珍其縷績精密 多求其深衣之資 余問 中國何獨無細織耶 皆歎曰 中國擧服綾緞綺縠 耻衣大布 則古聖人深遠不費之制 閣而不講者久矣 故雖爲槖爲囊 時入機杼 而粗莽不堪作善衣之次 余問 善衣何衣也 答曰 善衣者 好衣也 自天子達於庶人 皆有上件好衣 爲文章以表貴賤 大深衣者 貴賤

同服 男女同服 吉凶同服 縫以大布者 昭其儉也 豈不是善衣之次乎 我東儒家尤重深衣 而圖之說之 爭辨紛紜 袪袷之間 膠守分寸 麤絺之間 不識何布 豈非可笑之甚者乎

## 羅約國書

乾隆四十四年十二月 羅約國假㺚上書皇帝陛下 臣聞三皇首出 五帝繼作 臨御億兆 代天立極 豈特小華之有主 而抑亦夷狄之無君乎 乾坤浩蕩 非一人之獨主 宇宙曠大 非一人之能專 天下乃天下人之天下 非一人之天下也 臣居羅約之方 城池不過數百里 封疆不越三千里 而常有知足之心 陛下統據中原 爲萬乘之主 城池數千里 封疆數萬里 猶懷無厭之慾 每含並呑之意 天發殺氣 神號鬼哭 地發殺氣 龍虎遁藏 人發殺氣 天地翻覆 堯舜有道 四海入貢 禹湯施恩 萬方拱手 秦皇數伐匈奴 體化鮑魚 契丹大躪中土 身爲帝羓 積德則如彼 稔惡則若此 吉凶禍福 相根相絛 其信如春夏秋冬 其暴如雷霆霹靂 可不愼哉 順之者未必保其生 逆之者未必獲其殲 此人理之舛其常 而天道所以違其行也 臣獨何心 抑首跪膝於順天之府乎 雖陛下親率六師之輕銳 往來於水澤之間 而相逢於賀蘭山下 擧鞭問平安 馬上論天下 雲沙萬里 虎跳龍躍 一雄一雌之秋也 夫戰無兩勝 福不雙至 不如罷兵休戰 解生靈之疾苦 弭甲兵之艱難 臣謹當年年奉貢 世世稱臣 不然 則論文而有孔聖 孟賢之經術 語武而有太公 孫子之韜略 寧肯多讓於中國哉 願陛下熟察焉 斯遣大臣多里馬 祗謁丹墀 恭暴赤心 誠切戴天 感涕徹地 趙譯達東將修別單 得此於序班 夜以示余 書狀亦來語曰 俄見羅約國書乎 天下事大惶恐 余曰 天下事姑舍是 但恐天下元無羅約國 吾於二十年前 曾於別單中見似此文書 亦稱黃極㺚子慢書 先輩圍坐一讀 深以北方爲憂 或謂代淸者 極也今見此書 似無加減 序班輩皆江南窶人子 羈旅無賴 類作此等危妄語 以賺我譯公費銀兩 別單雖許聞見事件 皆是道聽塗說 奈何逐年買謊語 每行沽僞撰 以備莫重奏御之資乎 愚意則別單中合當商量去就 書狀大以爲然 趙譯頗分疏 余謂趙譯曰 君年少不解事 我國士大夫白地春秋 空談尊攘百有餘年 中州人士亦豈無此心乎 所以年羹堯 查嗣庭 曾靜輩 指祥瑞爲災咎 誣治績爲疵政 鼓扇四海

播騰文字 有若危亡之象迫在朝夕 我譯樂其誕而自愚 三使久處深館 鬱鬱無消遣之資 輒招君輩 問新所聞 則摭拾道途 博暢幽襟 使臣全不理會 掀髯拊箋曰 胡無百年之運 慨然有中流擊檝之想 其虛妄甚矣 又況先來軍官 晝夜疾馳 半是馬上睡夢 或致彼境遺落 其爲禍患 當復如何哉 書狀大笑 且大驚 戒趙譯云云 未知其後存拔之果如何耳

## 佛書

佛氏書初入中國者 不過四十二章 其後號佛經者 太半作于魏晉間文人之手 盛于姚秦 熾于蕭梁 大備于唐 幾與儒家典籍等 蓋自上世已有似此學問 黃帝 廣成子 南郭子綦 藐姑射山人 許由 巢父 卞隨 務光 長沮 桀溺 未曾號其人爲佛 而亦未嘗著有其書 故後世但知佛氏之出自夷狄 而殊不識中土先有此道也 孔子曰 吾道一以貫之 老子曰 聖人抱一 乃佛氏則曰 萬法歸一 所謂萬法歸一 與吾儒理一萬殊 其守約之旨未始不相似也 世間所有佛書都是南華經箋註 南華經乃道德經之傳疏 彼皆天資超絶 情量卓異 豈不知仁義禮樂俱爲治天下之大經哉 不幸生値衰季 蒿目傷心於質滅文勝 則慨然反有慕于結繩之治 其如絶聖棄智 剖斗折衡之類 皆憤世嫉俗之言也 三千年來 排之者亦不一人 而其書竟亦尙存 其書雖存 竟亦無關於天下之治亂 韓昌黎依俙見孟子之距楊墨乃以闢老佛爲家計 孟子本領非直距楊墨爲亞聖 乃韓昌黎直欲火其書以繼鄒聖未知果有火其書本領否也

## 皇明馬牌

尙瑞院所藏皇明馬牌 深黃無紋綾 烏木軸一卷 長二尺四寸 廣五尺有咫 沿邊刺繡螭龍 中繡鞍具赤馬一疋 制誥 皇帝聖旨 公差人員經過驛 分持此符驗 方許應付馬疋 如無此符 擅便給驛 各驛官吏不行執法 循情應付者 俱各治以重罪

宜令準此 洪武二十三年月日 字皆黑線刺繡 年號上安玉璽 其文曰 制誥之寶 左旁細書 通字七十號 下方聯幅安小璽之半 又赤馬一疋一軸 通字六十七號 又靑馬一疋一軸 通字六十八號 赤馬二疋一軸 達字三十號 蓋洪武庚午 由群山島發船朝金陵時所賜符驗四度也 又赤馬二疋一軸 萬曆二十七年月日 達字十六號 又赤馬二疋一軸 達字十三號 制誥及年號黑線刺繡 四沿螭龍 上安璽寶 皆同洪武制 左旁細書通 達幾字號 皆不刺繡 似是臨時寫 其第幾字號皆具書 印半璽出給也 洪武通字六十七號 靑馬以下八馬 皆無鞍勒 蓋萬曆己亥遼陽路梗 由椵島至登州下陸 以朝北京時所賜符驗二度也 每一軸貯朱漆皮筒 鍮錫粧飾 更貯鹿皮囊 未知當時使還 不爲還納何也 抑皇明舊例 外國使臣由水路朝天者 因爲頒給歟 今此熱河之行 亦有給馬之旨 則似當傳給符驗 而道次互違 未見其應付勘合之何樣制度也

## 哈密王

出東直門向熱河 行不數里 皇城脚夫三十餘人 扁擔接武而行 回子十餘人殿後 面貌獰猙 高鼻綠瞳 髮鬚强礫 其中兩人眉眼明秀 服着最華 戴猩猩氈笠 卷其左右兩簷 則前後簷尖銳如未敷荷葉 顧眄之際 輕佻可笑 馬頭輩臆稱回回國太子 與之後先作行看三四日 時於馬上換烟相吸 其動止頗爲恭順 一日停午極暑 下馬憩路中簞屋下 兩人後至 亦下馬對椅而坐 問我 滿洲話否 蒙古話否 我戲答曰 兩班安知蒙滿話 卽書問回回來歷 一人掉頭視他 似全塞矣 一人欣然操筆 沈思良久 纔下一字 備盡人間艱難辛苦之狀 自稱哈密王 指其伴來者亦稱蕃王十二部云云 所對全無文理 不可解矣 問擔來何物 則皆進貢玉器 而其中最大者自鳴鍾云 所稱蕃王解囊出茶 使其從人烹瀹相飮 亦勸余一椀 意其必異茶也 視其香色 乃皇城中尋常行賣之物也 爇爐鎗椀 皆以朱漆皮革爲外套 纍纍如帶銙 腰帶背負 極其簡便矣 茶後先起 一鞭跑去 明朝又相逢於河邊 以漢話問 哈密王年紀多少 亦以漢話對 三十六 蕃王尤善漢話 合掌二次 張其一手 稱二十五 按唐書 回紇一名回鶻 元史有畏兀兒部 畏兀卽回鶻也 回回者 卽回鶻之轉聲也 高麗史 元使高麗人敎習畏吾兒語 畏吾兒又畏兀之轉聲也 哈密 漢時伊吾

地 唐時伊州地 麗末偰遜者 回鶻人也 仕於元朝 從公主東來 因仕於麗朝 其仕於本朝者 偰長壽 卽遜之子也

## 徐花潭集

徐花潭先生(敬德)數學類康節 有詩若文若干篇 無可觀 而編入四庫全書中(今皇帝所著)

## 長興鏤板

今之烏絲欄 卽古之編竹也 古者文字 皆以漆書之竹片 以韋編之 所謂簡冊 其形如烏絲欄 孔子讀易 韋編三絶者是也 漢武帝渡河東 亡書五篋 幸賴張安世誦而錄之 其無鏤板可知 後世鏤板始於後唐明宗 明宗胡人 目不知書 然其九經鏤板乃在長興中 功不在鴻都石經之下 帝歎當時士大夫吉凶之禮 有冥昏起復之制 曰 儒者所以隆孝悌而敦風俗 且無金革之事而起復 可乎 婚姻 吉禮也 如之何其用於死者 乃詔劉岳 選文學通知古今之士共刪定之 太常博士段顒田敏等皆鄙俚 增損其書 不過當時家人所常傳習者 卽今聚珍板刻字 戶部侍郞金簡所監董

## 周翰朱昂

人於年少時前程甚遠 若無可老之日 言語間易觸侮老人 非但惡少輕薄 類不福祿延長 不可不愼 閔贊馨男 年踰七耋 手自接菓 里中諸少年名官笑之曰 公猶復百年計耶 公曰 政爲君輩留贈耳 其後公享年九十四 諸名官諱日 公輒手自摘菓以助祭 昔楊大年弱冠 周翰朱昂同在翰林 兩人時已皤然 每論事 楊侮之曰

兩老翁以爲如何 翰頗不堪 謂曰 君莫欺老 竟當留白贈君 昂曰 莫留贈他 免得他人還又欺他 後楊果不及五旬 熱河太學有老學究曰王鵠汀者 教授民家小兒胡三多 年十三 復有旗下王羅漢者 年方七十三 較三多爲先甲戊子生 講義於鵠汀每日淸晨 與三多挾書後先踵門朝鵠汀 鵠汀或談論無暇 則輒轉身屈首於胡童 㫼受一遍而去 鵠汀云 彼有五孫二曾孫 身自日來講義 歸而轉授衆孫 其勤實如此 然而老者不恥 稚者不侮 中州禮義之盛日有聞矣 而邊末風俗之淳詎可見耳 一日 胡童持一帖硃紙 二兩紋銀而來 以示余 其帖曰 敬托同學庚弟胡轉丐朝鮮朴公子淸心元一兩丸 謹具薄幣 以代羊鴈 物些情深 義重海內 余還其銀而覓給二丸 所謂同學庚弟胡者 胡三多也 尤爲絶倒 然殊自渾厚 頗異於朱昂之毒呪楊大年 並記之 以爲年少侮老之戒

## 武列河

酈道元水經註 濡水東南流 武列水入焉 濡水 今灤河 武列水 今熱河 熱河之號 不著於經 則似是武列之轉聲 其源有三 一出武郁利河 一出石巴伊臺 一出湯泉 同會爲熱河 抱山莊南行入灤河云

我使趲程行 旣入熱河 或有自此徑還之議 使臣使任譯預講東還路程 任譯探於通官 通官輩大驚曰 山後皆㺚子地方 抱醫巫閭而北東繞轉 道途間必遭㺚子所刦略 俺等中土人無有識此路者 雖蒙皇旨自此徑還 使臣呈文禮部 懇免此路可也 任譯更無向人探問處 方納悶 有一老章京曾經行者 能歷歷言之 而給紙筆使之開錄 則目不識漢字 仰視天 俯畫地 手扱沙作山形 復截芥爲舟渡狀 然後操筆疾書 乃滿字 無解見者 觀者皆大笑 余偶以此紙示王鵠汀 鵠汀亦不能解以示王羅漢 羅漢曰 吾雖知之 漢字翻謄則難 俺鄰舍有奉天人來客者 似當識此路 明日問諸此人 詳錄以來也 因納紙懷中而去 明日果爲詳錄而來 自熱河三十里至平臺子 三十里至紅石嶺 二十五里至黃土梁 十五里至西六溝 此是承德府交界處 有交界碑 自此二十里至祥雲嶺 三十里至七溝 三十里至鳳凰嶺 二十里至平泉州 三十五里至大廟站 平泉州界 自此四十里至楊樹溝 二十五里至雙廟三十里至宋家庄 三十里至建昌縣 三十里至長鬍子 二十五里至夜不收 二十里

至公營子 三十里至擔杖溝 此乃建昌縣界也 自此十里至杏湖子台 二十五里至喇嘛溝 二十里至蝴蝶溝 十五里至大營子 二十五里至朝陽縣 二十五里至大淩河 再渡二十五里至蟒牛營 三十里至張家營 二十五里至巒子嶺 二十五里至石人溝 朝陽縣界 自此三十里至六臺邊門 三十里至崔家口 二十里過義州城 渡大淩河 出錦州衛 由廣寧路云云

## 雍奴侯

童子時讀史 竊怪漢封寇恂爲雍奴侯 侯號何限 而何必曰雍奴侯 按雍奴 地名在漁陽右北平 余曩入燕薊 道出漁陽北平 今未知雍奴變作何名 而儻亦經行其地否也 雍奴又藪澤名 水經注 四面有水曰雍 不流曰奴

## 烞

漢書地理志 淸河郡有烞題縣 余行自漠北 還入古北口 夜宿淸河縣 今不知烞題何在 而要之淸河近境 顔師古注 烞古莎字

## 順濟廟

東西洋考 五代時 閩都巡檢林願之第六女 生于晉天福八年 以雍熙四年二月二十九日昇仙 常衣朱衣飛翻海上 里人祠之 宋宣和癸卯 給事中路允迪使高麗中流遇風 鄰舟俱溺 獨路舟神降于檣 無恙 使還 奏于朝 特賜廟號順濟 今天主堂所畫朱衣女像 飛翻海雲間 似爲其神也

## 海印寺

陜川伽倻山海印寺 刱自新羅哀藏王時 名籃巨刹多相沿襲號名 而此獨不然 中國順天府西海子上 舊有海印寺 皇明宣德間重建 改名大慈恩寺 廢爲廠 我國海印寺乃千餘年舊刹則燕中海印 想應在新羅所刱之後也

## 四月八日放燈

中原放燈在上元夜 自十四至十六 我國放燈必于四月八日 謂佛生辰 此似仍麗俗 釋迦如來 淨飯王之太子 生於周昭王二十四年甲寅四月八日 四十二年壬申 太子年十九 棄位出家修道 至穆王三年癸未 道成

## 五絃琵琶

楊廉夫元宮詞云 北幸和林幄殿寬 句麗女侍婕妤官 君王自賦明妃曲 勅賜琵琶馬上彈 按麗史樂志所載樂品 琵琶絃五 則婕妤所彈 斯五絃矣(韞光樓雜志)

## 獅子

輟耕錄言 國朝每宴諸王大臣 謂之大聚會 是日 盡出諸獸於萬歲山 若虎豹熊象之屬 一一別置 然後獅子至 身才短小 絶類人家所畜金毛猱狗 諸獸見之 畏懼俯伏 不敢仰視 氣之相壓也如此云 余嘗至萬歲山 不見所畜諸獸 則皆置之西山及圓明諸苑 而熱河所見奇禽獸不爲不多 然率不識其名 日見馴熊豢虎 類皆帖耳闔眼 常作可憐之態 尤以未見獅子爲可恨 然百年內 亦絶無來獻者云

## 降仙樓

我國成川降仙樓 米萬鍾仲詔所書 其筆法不下米元章 而石癖則過之 艮齋筆記 房山有石 長三尺 廣七尺 色靑而潤 仲詔思致之勺園中 車重 輪馬十駟 百夫曳之 七日始出山 又五日始達良鄕 道上工力竭 因臥之田間 繚垣衛之 葭屋覆之 有往復報答之書 一時傳爲佳話 余游燕中 有以閩人吳文仲所畫米太僕奇石一卷來賣者 一靈壁石 一方臺石 一英德石 一仇池石 一兗州石 又有號非非石 靑石 黃石 皆奇形怪狀 有自題湛園詩 主人心本湛 以湛名其園 有時成坐隱 爲客開靑罇 閒雲歸竹渚 落日映松門 登臺候山月 流輝如晤言 萬鍾宦遊四方 所積惟石而已 則蓋亦名士也 東人惟知米元章而不識米仲詔 故特記之 但未知樓額何緣得到 亦俟後攷

## 李榮賢

太學志 隆慶元年 駕幸國學 朝鮮陪臣李榮賢等六員 各具本等衣冠 赴彜倫堂外文臣班次之次 其時叅班當以使价留館 何至六員之多也 今莫識李榮賢爲誰家祖先 而隨叅諸員又無姓名可攷 先輩萬運 多識故事 姑錄之以待一訪

## 王越試券

王越試券爲風所漂 飛落我國 以其券付奏年使 而中國記載誤稱琉球 當時以越謂有風力 擢居憲職 嘗見琅琊漫抄 成化間 太監王高休沐 有兵部尙書某往謁之 會都御史王越 戶部尙書陳鉞亦至 高良久始出 揖諸公坐 謂曰 昔王振用事 六卿多通私謁 人以爲擅權 今諸公見訪 安知外人不議高耶 且諸公訪高 不識以高爲何如人 兵部曰 公聖人也 高作色曰 大而化之之謂聖 孔子尙曰 則吾豈敢 王高何人 敢謂聖人 衆惴不能出氣云 其時兵部 雖隱其姓名 公議難掩 則至於

王越所謂風力安在

## 天順七年會試貢院火

天順七年二月擧會試 値貢院火 監察御史焦顯因鏁其門 不容出入 擧子焚死者九十餘人

## 新羅戶

燕之東北郡縣 非但多高麗庄 唐總章中 以新羅戶置僑治良鄕之廣陽城

## 證高麗史

朱昆田 竹垞之子也 其按 元順帝北走 駐蹕應昌 太子愛猷識里臘達嗣立 徙和林 改元宣光 高麗稱爲北元 辛禑嘗奉其年號 時洪武十年也 明年 豆叱仇帖木兒立 北元遣使告高麗 繼又以改元天元告高麗 具見鄭麟趾高麗史 則繼順帝而建元者 非止宣光矣 蓋順帝之稱 中國所號 而惠宗廟號 殘元所謚 其後僅識宣光之謚昭宗 則天元之立 史家之所略 而所以據麗史爲證也歟

## 朝鮮牡丹

六街花事云 荷包牡丹 本草一名朝鮮牡丹 花似僧鞵菊而深紫色 其以牡丹名者 因其葉相類也 京師槐樹斜街慈仁寺藥王廟花市恒有之 所謂荷包者 中國人以繡圓囊相贈遺曰荷包 卽囊名也 僧鞵菊未知何狀 要之皆草花也 旣名朝鮮牡

丹 而我東獨不見 何也

## 艾虎

端午日 工曹進宮扇 艾虎 戒庵漫筆 端午賜京官宮扇 竹骨紙面 俱畫翎毛 五色線纏繞艾虎云 端午艾虎 卽亦中國舊俗

## 十可笑

戴斗夜談 京師相傳十可笑 光祿寺茶湯 太醫院藥方 神樂觀祈禳 武庫司刀鎗 營繕司作場 養濟院衣粮 敎坊司婆娘 都察院憲綱 國子監學堂 翰林院文章 猶漢世諺稱 擧秀才 不知書 察孝廉 父別居之謂也 我東諺有云 官猪腹痛 猶言越視秦瘠也 其名存實無 漢世孝廉猶然 何況後世乎

## 子規

元至正十九年 子規啼於居庸關 關距皇城七十里 燕都八景 居庸疊翠其一也 元王惲以爲始皇築長城時 居息庸徒於此地 遂稱居庸 慕容垂遣慕容農出蠮螉塞 卽居庸之訛音云 余嘗欲一至居庸 而往返爲一百四十里 則有難於一日中周旋 故止焉 至今爲恨

## 慶壽寺大藏經碑略

國家崇信佛法 建大佛寺必置經藏 叢天下之工書者 泥黃金繕寫 以示其嚴 選

天下之善者 刊美木傳刻 以致其廣 京師諸寺日飯僧 端坐群誦 撞鍾吹螺 晝夜不絶 歲又一再遣使乘驛奉香幣 徧天下亦如之 斯盡恒河沙界 並受其福 於虖至矣 高麗古稱詩書禮義之國 皇元之有天下也 世祖皇帝結之恩 待之禮亦最優異 父子繼王 並列貳館 今王(忠宣王)又以聰明忠孝爲皇帝皇太后所親幸 大德乙巳 乃施經一藏 入大慶壽寺 歸美以報于上 寺爲裕皇祝釐之所 於京城諸刹爲最古 皇慶元年夏六月 謂某爲文勒之石 王名(璋) 好賢樂善 有德有文 逮事世祖 以皇甥爲世子 入宿衛 被賞識 成宗朝 選尙公主 大德末年 從今上平內難 立武宗 有功 爲推忠揆義協謀佐運功臣 開府儀同三司 太子太師 上柱國 駙馬都尉 瀋王 征東行中書省右丞相 嗣高麗國王 今上卽位 策勳加太尉 碑程鉅夫所撰也 在雪樓集 辭多譏諷 蓋寓諸外國撰述 以微見其志 麗史未必見載 故截錄其略

## 謊糧臺

未及東岳廟五里 有荒涼臺 非也 長安客話 唐太宗征高勾麗 嘗屯兵于此 虛設囷倉 以疑敵人 故俗因呼其地曰謊糧臺 其說似是

## 胡元理學之盛

中國理學之盛 莫尙于胡元之世 而又有兩異事 元開國之初 道士之儒言 釋氏之儒行也 長春眞人邱處機 字通密 登州人 長春其號也 生于金皇統戊辰五月十九日 貞祐乙亥 金主召 不起 己卯 宋亦遣使召之 又不起 是年五月 蒙古太祖自柰蠻遣近侍持手詔致聘 遂赴召 踰鐵門關 經數十國 地萬餘里 見帝於雪山首以一天下者 在不嗜殺人爲對 諫止大獵 則曰 天道好生 問爲治之方 對以敬天愛民 問修身之道 則對以淸心寡欲 問長生之藥 則曰 有衛生之經 無長生之藥 每召就坐 勸帝者皆慈孝之說也 豈非道士而儒言者乎 是時蒙古踐蹂中原 河

南北尤甚 民罹俘戮 無所逃命 處機還燕 使其徒持牒招求於戰伐之餘 由是爲人奴者得復爲良 與瀕死而得更生者 毋慮二三萬人 此出元史 又 海雲國師名印簡山西之寧遠人也 年十一 能開衆講 義濟衆凶 金宣宗賜號通元廣惠大師 寧遠城陷 與其師中觀皆被執 元成吉思皇帝(元太祖)遣使語大師曰 老長老 小長老皆可好 自是天下皆稱小長老焉 海雲每言于大官人忽都護曰 孔子聖人 宜世封以祀 顔子孟子之後及習周公孔子之學者 宜皆免差役 以勤服其業 從之 此見王萬慶所撰九級塔碑文 豈非釋氏而儒行者歟 玆並錄之

## 拜荊

余嘗過豐潤縣 其東北有秦王山 惟荊叢生 相傳唐太宗爲秦王時 登此山 見荊 愕然曰 此里師授吾句讀時所用扑也 下馬拜之 荊皆垂首嚮地 如俯伏狀 至今猶然

## 還鄕河

豐潤玉田之間 有還鄕河 凡水皆東流 而獨此河西流 燕山叢錄 來徽宗過河橋駐馬四顧 悽然曰 過此 漸近大漠矣 吾安得似此水還鄕乎 不食而去云 或曰石少主所命之名 而人至今呼之石少主者 似是石晉少主重貴 而亦爲契丹所虜 當過此也

## 桂苑筆耕

唐書藝文志有新羅崔致遠桂苑筆耕四卷 而後來著書家引用書目無見焉 書亡當久

## 千佛寺

自密雲入德勝門 時路甚泥濘 群羊且塞路 不可行 遂下馬 與洪譯命福入路傍千佛寺少憩 佛座繞千蓮 蓮繞千佛 尊天諸佛二十四軀及十八羅漢 皆我國所進云 此據劉同人景物略爲說 而殊不識涤水雜識已據喬應春碑 爲太監楊用所鑄也

# 玉匣夜話

行還至玉匣 與諸裨連牀夜語 燕京舊時風俗淳厚 譯輩雖萬金能相假貸 今則彼以欺詐爲能事 而其曲未嘗不先自我人始也 三十年前 有一譯空手入燕 將還對其主顧而泣 主顧怪而問之 對曰 渡江時 潛挾他人銀 事發 倂已包沒于官今空手還 無以爲生 不如無還 拔刀欲自殺 主顧驚急抱持 奪刀問曰 所沒銀幾何 曰 三千兩 主顧慰曰 大丈夫獨患無身 何患無銀 今死不還 將如妻子何 吾貸君萬金 五年貨殖 可復得萬金 以本銀償我 譯旣得萬金 遂大貿而還 當時未有識之者 莫不神其才 五年中 遂致鉅富 乃自削籍譯院 不復入燕 久之 密囑其所親之入燕者曰 燕市若遇某主顧 當問安否 須道闔家遘癘死 所親以說謊頗難之 譯曰 第如此而還 當奉君百金 旣入燕 果遇某主顧 問譯安否 俱對如所受囑 主顧掩面大慟 泣如雨下 曰 天乎天乎 何降禍善人之家 若是之慘耶遂以百金托之曰 彼妻子俱亡無主者 幸君還國 爲我以五十金具幣設奠 以五十金追齋薦福 所親者殊錯愕然 業已謬言 遂受百金而還 其譯家已遘癘沒死無遺者 其人大驚且懼 悉以百金爲主顧薦齋 終身不復爲燕行 曰吾無面目復見主顧

有言李知事樞 近世名譯也 平居口未嘗言錢 出入燕京四十餘年 手未嘗執銀有愷悌君子之風

有言唐城君洪純彦 明萬曆時名譯也 入皇城 嘗遊娼館 女隨色第價 有千金者洪以千金求薦枕 女方二八 有殊色 對君泣曰 奴所以索高價者 誠謂天下皆慳男無肯捐千金者 祈以免斯須之辱 一日再日 本欲以愚館主 一以望天下有義氣人贖奴作箕帚妾 奴入娼館五日 無敢以千金來者 今日幸逢天下義氣人 然公外國人 法不當將奴還 此身一染 不可復浣 洪殊憐之 問其所以入娼館者 對曰 奴南京戶部侍郎某女也 家被籍追贓 自賣身娼館 以贖父死 洪大驚曰 吾實不識如此今當贖妹 償價幾何 女曰 二千金 洪立輸之 與訣別 女百拜稱恩父而去 其後洪復絶不置意 嘗又入中國 沿道數訪洪純彦來否 洪怪之 及近皇城 路左盛設供帳迎謂洪曰 本兵石老爺奉邀 及至石第 石尙書迎拜曰 恩丈也 公女待翁久 遂握手入內室 夫人盛粧拜堂下 洪惶恐不知所爲 尙書笑曰 丈人久忘乃女耶 洪始知

夫人乃娼館所贖女也 出娼館 卽歸石星爲繼室 此石貴 夫人猶手自織錦 皆刺報恩字 及洪歸 裝送報恩緞及他錦綺金銀 不可勝數 及壬辰倭寇 石在本兵 力主出兵者 以石本義朝鮮人故也

有言朝鮮商賈熟主顧鄭世泰之富 甲于皇城 及世泰死 一敗塗地 世泰只有一孫 男中絶色 幼賣場戲 世泰時夥計林哥 今鉅富 見場戲中一美男子呈戲 心慕之 聞其爲鄭家兒郞 相持泣 遂以千金贖之 與俱歸家 戒家人曰 善視之 此吾家舊主人 勿以戲子賤之 及長 中分其財而業之 世泰孫身肥白美麗 無所事 惟飛紙鷂遊戲皇城中

舊時買賣不開包檢驗 直以燕裝還 照帳無少差謬 有誤以白毳帽裝送者 及歸開視 皆白帽也 自悔未閱 丁丑兩恤 反獲倍直 然亦彼中不古之徵也 近歲則物貨自裝 不任主顧裝送云

有言卞承業之病也 欲閱視貨殖都數 聚諸夥計帳簿合籌之 共銀五十餘萬 其子曰 歛散煩 久且耗 請因而收之 承業大恚曰 此都城中萬戶命脉也 奈何一朝絶之 亟還之 承業旣老 戒其子孫曰 吾所事公卿 多獨秉國論爲家計者 鮮及三世矣 國中之爲財者 視吾家出入爲高下 是亦國論也 不散且及禍 故其子孫蓄而學貧窶者 承業旣老 多散之也

余亦言有尹映者 嘗道卞承業之富 其貨財有自來 富甲一國 至承業時少衰 方其初起時 莫不有命存焉 觀許生事 可異也 許生竟不言其名 故世無得而知者云 映之言曰

許生居墨積洞 直抵南山下 井上有古杏樹 柴扉向樹而開 草屋數間 不蔽風雨 然許生好讀書 妻爲人縫刺以糊口 一日 妻甚饑 泣曰 子平生不赴擧 讀書何爲 許生笑曰 吾讀書未熟 妻曰 不有工乎 生曰 工未素學 奈何 妻曰 不有商乎 生曰 商無本錢 奈何 其妻恚 且罵曰 晝夜讀書 只學奈何 不工不商 何不盜賊 許生掩卷起曰 惜乎 吾讀書本期十年 今七年矣 出門而去 無相識者 直之雲從街 問市中人曰 漢陽中誰最富 有道卞氏者 遂訪其家 許生長揖曰 吾家貧 欲有所小試 願從君借萬金 卞氏曰 諾 立與萬金 客竟不謝而去 子弟賓客視許生丐者也 絲條穗拔 革屨跟顚 笠挫袍煤 鼻流淸涕 客旣去 皆大驚曰 大人知客乎 曰 不知也 今一朝浪空擲萬金於生平所不知何人 而不問其姓名 何也 卞氏曰 此非爾所知 凡有求於人者 必廣張志意 先耀信義 然顔色媿屈 言辭重複

彼客衣屨雖弊 辭簡而視傲 容無怍色 不待物而自足者也 彼其所試術不小 吾亦有所試於客 不與則已 旣與之萬金 問姓名何爲 於是許生旣得萬金 不復還家 以爲安城畿湖之交 三南之綰口 遂止居焉 棗栗柹梨 柑榴橘柚之屬 皆以倍直居之 許生榷菓 而國中無以讌祀 居頃之 諸賈之獲倍直於許生者 反輸十倍 許生喟然嘆曰 以萬金傾之 知國淺深矣 以刀鎛布帛綿入濟州 悉收馬鬉鬣曰 居數年 國人不裹頭矣 居頃之 網巾價至十倍 許生問老篙師曰 海外豈有空島可以居者乎 篙師曰 有之 常漂風直西行三日夜 泊一空島 計在沙門 長崎之間 花木自開 菓蓏自熟 麋鹿成群 游魚不驚 許生大喜曰 爾能導我 富貴共之 篙師從之 遂御風東南入其島 許生登高而望 悵然曰 地不滿千里 惡能有爲 土肥泉甘 只可作富家翁 篙師曰 島空無人 尙誰與居 許生曰 德者 人所歸也 尙恐不德 何患無人 是時邊山群盜數千 州郡發卒逐捕 不能得 然群盜亦不敢出剽掠 方饑困 許生入賊中 說其魁帥曰 千人掠千金 所分幾何 曰 人一兩耳 許生曰 爾有妻乎 群盜曰 無 曰 爾有田乎 群盜笑曰 有田有妻 何苦爲盜 許生曰 審若是也 何不娶妻樹屋 買牛耕田 生無盜賊之名 而居有妻室之樂 行無逐捕之患 而長享衣食之饒乎 群盜曰 豈不願如此 但無錢耳 許生笑曰 爾爲盜 何患無錢 吾能爲汝辦之 明日視海上風旗紅者 皆錢船也 恣汝取去 許生約群盜旣去 群盜皆笑其狂 及明日至海上 許生載錢三十萬 皆大驚羅拜曰 唯將軍令 許生曰 惟力負去 於是群盜爭負錢 人不過百金 許生曰 爾等力不足以擧百金 何能爲盜 今爾等雖欲爲平民 名在賊簿 無可往矣 吾在此俟汝 各持百金而去 人一婦一牛來 群盜曰 諾 皆散去 許生自具二千人一歲之食以待之 及群盜至 無後者 遂俱載入其空島 許生榷盜 而國中無警矣 於是伐樹爲屋 編竹爲籬 地氣旣全 百種碩茂 不菑不畬 一莖九穗 留三年之儲 餘悉舟載往糶長崎島 長崎者 日本屬州 戶三十一萬 方大饑 遂賑之 獲銀百萬 許生歎曰 今吾已小試矣 於是悉召男女二千人 令之曰 吾始與汝等入此島 先富之 然後別造文字 刱製衣冠 地小德薄 吾今去矣 兒生執匙 敎以右手 一日之長 讓之先食 悉焚他船曰 莫往則莫來 投銀五十萬於海中 曰 海枯有得者 百萬無所容於國中 況小島乎 有知書者 載與俱出 曰 爲絶禍於此島 於是遍行國中 賑施與貧無告者 銀尙餘十萬 曰 此可以報卞氏 往見卞氏曰 君記我乎 卞氏驚曰 子之容色不少瘳 得無敗萬金乎 許生笑曰 以財粹面 君輩事耳 萬金何肥於道哉 於是以銀十萬

付卞氏 曰 吾不耐一朝之饑 未竟讀書 慙君萬金 卞氏大驚 起拜辭謝 願受什一之利 許生大怒曰 君何以賈豎視我 拂衣而去 卞氏潛踵之 望見客向南山下入小屋 有老媼井上澣 卞氏問曰 彼小屋誰家 媼曰 許生員宅 貧而好讀書 一朝出門 不返者已五年 獨有妻在 祭其去日 卞氏始知客乃姓許 歎息而歸 明日悉持其銀往遺之 許生辭曰 我欲富也 棄百萬而取十萬乎 吾從今得君而活矣 君數視我 計口送糧 度身授布 一生如此足矣 孰肯以財勞神 卞氏說許生百端 竟不可奈何 卞氏自是度許生匱乏 輒身自往遺之 許生欣然受之 或有加 則不悅曰 君奈何遺我災也 以酒往 則益大喜 相與酌 至醉 旣數歲 情好日篤 嘗從容言五歲中 何以致百萬 許生曰 此易知耳 朝鮮 舟不通外國 車不行域中 故百物生于其中 消于其中 夫千金 小財也 未足以盡物 然析而十之 百金十亦足以致十物 物輕則易轉 故一貨雖絀 九貨伸之 此常利之道 小人之賈也 夫萬金足以盡物 故在車專車 在船專船 在邑專邑 如網之有罟 括物而數之 陸之産萬潛停其一 水之族萬 潛停其一 醫之材萬 潛停其一 一貨潛藏百賈涸 此賊民之道也 後世有司者 如有用我道 必病其國 卞氏曰 初子何以知吾出萬金 而來吾求也 許生曰 不必君與我也 能有萬金者莫不與也 吾自料吾才足以致百萬 然命則在天 吾何能知之 故能用我者 有福者也 必富益富 天所命也 安得不與 旣得萬金 憑其福而行 故動輒有成 若吾私自與 則成敗亦未可知也 卞氏曰 方今士大夫 欲雪南漢之恥 此志士扼腕奮智之秋也 以子之才 何自苦沈冥以沒世耶 許生曰 古來沈冥者何限 趙聖期(拙修齋) 可使敵國 而老死布褐 柳馨遠(磻溪居士) 足繼軍食 而逍遙海曲 今之謀國政者可知已 吾善賈者也 其銀足以市九王之頭 然投之海中而來者 無所可用故耳 卞氏喟然太息而去 卞氏本與李政丞浣善 李公時爲御營大將 嘗與言 委巷閭閻之中 亦有奇才可與共大事者乎 卞氏爲言許生 李公大驚曰 奇哉 眞有是否 其名云何 卞氏曰 小人與居三年 竟不識其名 李公曰 此異人 與君俱往 夜 公屛騶徒 獨與卞氏俱步至許生 卞氏止公立門外 獨先入見許生 具道李公有所以來者 許生若不聞者 曰 輒解君所佩壺 相與歡飮 卞氏閔公久露立 數言之 許生不應 旣夜深 許生曰 可召客李公入 許生安坐不起 李公無所措躬 乃敍述國家所以求賢之意 許生揮手曰 夜短語長 聽之太遲 汝今何官 曰 大將 許生曰 然則汝乃國之信臣 我當薦臥龍先生 汝能請于朝 三顧草廬乎 公低頭良久曰 難矣 願得其次 許生曰 我未

學第二義 固問之 許生曰 明將士以朝鮮有舊恩 其子孫多脫身東來 流離惸鰥 汝能請于朝 出宗室女遍嫁之 奪勳戚權貴家以處之乎 公低頭良久 曰 難矣 許生曰 此亦難 彼亦難 何事可能 有最易者 汝能之乎 李公曰 願聞之 許生曰 夫欲聲大義於天下 而不先交結天下之豪傑者 未之有也 欲伐人之國 而不先用諜 未有能成者也 今滿洲遽而主天下 自以不親於中國 而朝鮮率先他國而服 彼所信也 誠能請遣子弟入學遊宦 如唐元故事 商賈出入不禁 彼必喜其見親而許之 妙選國中之子弟 薙髮胡服 其君子往赴賓擧 其小人遠商江南 覘其虛實 結其豪傑 天下可圖而國恥可雪 若求朱氏而不得 率天下諸侯 薦人於天 進可爲大國師 退不失伯舅之國矣 李公憮然曰 士大夫皆謹守禮法 誰肯薙髮胡服乎 許生大叱曰 所謂士大夫 是何等也 產於彝貊之地 自稱曰士大夫 豈非騃乎 衣袴純素 是有喪之服 會撮如錐 是南蠻之椎結也 何謂禮法 樊於期欲報私怨 而不惜其頭 武靈王欲强其國 而不恥胡服 乃今欲爲大明復讎 而猶惜其一髮 乃今將馳馬 擊釖刺鎗 弭弓飛石 而不變其廣袖 自以爲禮法乎 吾始三言 汝無一可得而能者 自謂信臣 信臣固如是乎 是可斬也 左右顧索釖欲刺之 公大驚而起 躍出後牖 疾走歸 明日復往 已空室而去矣

或曰 此皇明遺民也 崇禎甲申後 多來居者 生或者其人 則亦未必其姓許也 世傳趙判書啓遠爲慶尙監司 巡到青松 路左有二僧相枕而臥 前騶至 呵之不避 鞭之不起 衆捽曳之 莫能動 趙公至 停轎問 僧何居 二僧起坐 益偃蹇睥睨 良久曰 汝以虛聲趨勢 得方伯乃復爾耶 趙公視僧 一赤面而圓 一黑面而長 語殊不凡 乃下轎欲與語 僧曰 屛徒衛 隨我來 趙公行數里 喘息汗流不止 願小憩 僧罵曰 汝平居衆中 常大言身被堅執銳 當先鋒 爲大明復讐雪恥 今行數里 一步十喘 五步三憩 尙能馳遼薊之野乎 至一巖下 因樹爲屋 積薪而寢處其上 趙公渴求水 僧曰 此貴人又當饑也 出黃精餠以饋之 屑松葉和澗水以進 趙公嚬蹙不能飮 僧復大罵曰 遼野水遠 渴當飮馬溲 兩僧相持痛哭曰 孫老爺 孫老爺 問趙公曰 吳三桂起兵滇中 江浙騷然 汝知之乎 曰 未之聞也 兩僧歎曰 身爲方伯 天下有如此大事而不聞不知

徒大言得官耳 趙公問僧是何人 曰 不必問 世間亦應有知我者 汝且少坐待我 我當與吾師俱來 與汝有言 兩僧俱起 入深山 少焉日沒 僧久不返 趙公待

僧至夜深　草動風鳴　有虎鬪聲　趙公大恐幾絶　已而衆明燎炬　尋監司而至　趙公狼狽出谷中　久之　居常悒悒　恨于中也　後趙公問于尤庵宋先生　先生曰　此似是明末總兵官也　常斥我以爾汝者何　先生曰　自明其非東國緇徒也　積薪者　臥薪之義也　哭必呼孫老爺何　先生曰　似是太學士孫承宗也　承宗嘗視師山海關　兩僧似是孫之麾下士也

次修曰　大略以虯髥配貨殖　而中有重峰封事　柳氏隨錄　李氏僿說　旣不能道者　行文尤疏悲憤　鴨水東有數文字　朴齊家識

# 黃圖紀略

## 皇城九門

皇城周四十里 若棊局然 九門 正南曰正陽 東南曰崇文 西南曰宣武 正東曰朝陽 東北曰東直 正西曰阜成 西北曰西直 北西曰德勝 北東曰定安 皇城之內爲紫禁城 周十七里 紅墻覆黃琉璃瓦 門西北曰地安 南曰天安 東曰東安 西曰西安 紫禁城之內爲宮城 正南曰太淸門 第二卽紫禁城之天安門 第三曰端門 第四曰午門 第五曰太和門 後門曰乾淸 乾淸之北曰神武 東曰東華 西曰西華 皇城九門 樓皆三檐 皆有瓮城 瓮城皆有二層 敵樓鐵裹門關與城門相直 而左右皆有便門 正南一面爲外城 有七門 制同九門 正南曰永定 南左曰左安 南右曰右安 東曰廣渠 西曰廣寧 廣渠之東隅曰東便 廣寧之西隅曰西便 地安門外爲鼓樓 鼓樓之北爲鍾樓 角樓六 水關三 城壕發源玉泉山 經高梁橋 河分兩支 一循城北轉東 折而南 一循城西轉南 折而東 入紫禁城爲太液池 繞出九門經九牐滙至大通橋 而東西岸皆甎築石甃 九門壕梁皆置大石橋 外城壕河亦自玉泉分流至西角樓 遶城南流 折而東 行至東角樓 歷七門 東入運河 各跨一橋 內城十六街 有二十四坊 太淸門之東曰敷文 西曰振武 崇文門內之對坊曰就日 宣武門內之對坊曰瞻雲 東大衢四牌樓曰履仁 西大衢四牌樓曰行義 太學東西對坊曰成賢 府學東西對坊曰育賢 帝王廟東西對坊曰景德 直正陽門十里爲南郊 圓邱在焉 直安定門十里爲北郊 方澤在焉 直朝陽門十里爲東郊 朝日於此 直阜成門十里爲西郊 夕月於此 太廟在闕之左 社稷在闕之右 六科在端門左右 六部及百司在太淸門外左右 余旣自中國還 每思過境 惝惝如朝霞纈眼 窅窅如曉夢歛魂 朔南易方 名實爽眞 一日 俾鄭石癡就八旗通志圖出皇城 一披圖而城池宮闕街坊府署如覩掌紋 紙上如聞履履聲 遂撮其要 書之卷首 爲黃圖紀略 大約皇都之制前朝而後市 左廟而右社 九門正而九衢直 一正都而天下正矣

## 西館

西館在瞻雲牌樓內 大街之西 白廟之左 在正陽門之右者稱南館 皆我國使館也 年至使先在南館 而別使踵至 則分處此館 或云被籍之家也 前墻十餘間 甎刻牡丹而築之 嵌空玲瓏 正使處正堂 中庭有東西堂 副使書狀分處 余處前堂

## 金鰲橋

跨太液池 架石橋 東西二百餘步 兩沿爲白玉闌干 中爲馳道 增高二尺 夾道爲複闌 闌頭蚣蝮 總爲四百八十餘坐 各具情態 不一其形 橋之兩端 對樹二坊 西曰金鰲 東曰玉蝀 車馬闐咽 遊人雜沓 而湖波漾日 一塵不動 北望五龍亭 西望紫禁城 林樹葱蒨 層樓複殿 相掩相映 而五色琉璃瓦甍 隨日作陰陽 白塔寺浮圖及亭閣黃金葫蘆頂 時湧樹外 樹外天光深靑 而澄烟澹霞 令人駘蕩 又似暮春天氣

## 瓊華島

太液池中 有島曰瓊華 世傳遼太后粧梳臺 元順帝爲英英起采芳館于此 跨島有大石橋 制如金鰲 兩端亦樹二坊 曰堆雲 曰積翠 或曰 此名金海橋也 湖上有臺 如甕城 臺上有殿 如翠蓋 立橋上 回看金鰲行人車馬 又不類人間世矣 臺下有金時古松 皇明嘉靖間給俸 號爲都督松 或云柏 或云栝 明淸間多記述詩 今摧殘只存兩朽幹 色白如骨 不可辨矣

## 兎園山

兎園山一名吐兒山 高不過五六丈 周勤百餘步 砌礎縱橫 似是舊臺殿基也 內築土爲山 外環立太湖石 嵌空玲瓏 蒼翠綠碧 不雜他色 高皆丈餘 石之至巧者也 纍石爲小洞府 兩頭皆爲假虹門 旣出洞府 又以奇右夾道螺旋 作峰回路轉之勢 上置數楹虛閣 俯瞰城闕 又行數十步 石龍昂首 其下爲方池 甃石爲溝 屈曲蜿蜒 似是流觴之所 而轉機汲水之物無一存者 山前有石牀玉枰 又行數十步 有三層圓臺 其制如旋磨 其下又有新蹈殿閣 山中萬石崢嶸 無一傾側 而壞墻敗瓦在在愁亂 吾聞皇帝於西山窮極土木 而獨於禁苑咫尺之地不加理葺 有若荒山墟落 何也

## 萬壽山

鑿太液池爲山 曰萬壽 又曰煤山 山上有三簷殿閣 立四法輪竿 皇明毅宗烈皇帝殉社之地也 余與杭州人陸可樵李晃相遇於五龍亭 兩生俱初至京師 其迷方昧向 無異於我 只憑古人記籍 時自衣帶間頻頻出視 或相視而笑 或兩相愕然 蓋驗之古記 有中有不中 則自不覺其喜且驚也 彼以中州人 聞見之相爲乖左 紀述之時有訛謬猶尙如此 況余外國人乎 余且因此有大自省悟者 余初以萬歲山爲萬壽山 蓋華音萬是宛 歲音秀灑翻 萬壽萬歲音義俱似 則意一山而兩號也 今攷兩生所持古記 則果非一山 曩者所遊兎園瓊島 乃萬歲山也 譬如對席證交 名面各知 萬歲山 金人輦運宋之艮嶽以成之 當時謂之折糧石 元世祖置廣寒殿于其上 皇明宣宗皇帝御製廣寒殿記是也 高麗恭愍王時 元太子召見高麗贊成事李公遂於廣寒殿 卽萬歲山也 又高麗元宗五年九月 王至燕都 十月 辭帝於萬壽山玉殿 又申思佺遍觀萬壽山玉殿 但云玉殿而不言殿名 然旣稱萬壽山 則所謂玉殿非廣寒亦明矣 欲觀壽皇亭 而守者不納焉 未知亭今尙在否也 嗚呼痛哉

## 太和殿

太和殿 皇明時舊名皇極殿 三檐九陛 覆以琉璃黃瓦 月臺三層 各高一丈 每層爲白玉護闌 悉雕龍鳳 闌頭皆爲螭首外向 臺上立鐵鶴 翩然欲舞 第一臺闌中列置八鼎 第二臺闌角對峙兩鼎 第三臺闌中夾闌各峙一鼎 鼎高皆丈餘 庭中亦列三十餘鼎 其出色神巧 古之九鼎亦或在此也 自太淸門爲白玉闌 連延曲折至太和殿 又周匝至中和殿 又至保和殿 如亞字 殿前東曰體仁 西曰弘義 臺高幾與太和殿陛齊 而但一層一闌耳 大抵太和殿乃天子出治之所 而不甚高大 問諸他人 則所見略同 初頗訝之 首譯笑之曰 此無他 所經數千里之間 城邑民居 如彼壯麗 寺刹宮觀 所在宏侈 則眼目日奢 心意漸闊 未見太和殿 而先有靑陽玉葉 許大明堂 爲天子垂衣之所 今自左右廊廡驟看太和殿 不甚有異 故乃反憮然而失圖耳 譬之人 堯舜亦與人同 若使左右承弼無元凱諸公 而苟然充位者 無非屠沽蓊蕘 獨堯舜衣日月星辰山龍華蟲粉米藻火宗彝黼芾絺繡之服 揚八彩而瞬重瞳 兀然孤立 惡能成巍巍蕩蕩之治化哉 故寺刹宮觀譬之唐虞之岳牧 則皆足以朝諸侯 有天下 閭閻市廛譬之康衢之民萌 則無非比屋可封 然後始見帝居之壯也 今此三檐九陛 琉璃黃瓦 有非齊民所得而僭者 而外此制度莫不肖太和殿乃所以侈太和殿也 不如此 則太和殿亦何異草舍寒乞哉 余曰 如君言 則堯舜兼桀紂 然後始做得意天子也 聞者皆大笑

## 體仁閣

內務府官與通官眼同我譚攷納我幣之紫綢黃紵於體仁閣　時方籍入閣老李侍堯家産 侍堯納雲貴總督海明金二百兩 贓發被籍 中國內外無論大小貴賤 皆有養廉恒廩 外官則分煩衝疲難爲之制祿 若額外私賦 或關節納賂 事發追贓 雖纖毫犯科 盡沒私贓 惟不奪官爵 故赤身帶職 妻子流離 此法蓋沿皇明之舊而更嚴也 內務官對坐收納 而所籍無他物 皆婦人所著貂裘二百餘領 一裘頗長 而毫端金畫蟒龍

## 文華殿

出雍和門有殿曰文華 覆以黃琉璃瓦 皇明故事 文華殿東室爲九龕 供奉伏羲神農黃帝堯舜禹湯文武 左一龕周公 右一龕孔子 每日天子至文華殿開講 先行一拜三叩禮 閣老及講官立候月臺上石闌之左 承旨唱先生來 閣老及講官魚貫而進 分班入席 于時略堂陛之嚴以便講臣憑几 今未知近世開講 亦用是禮否也

## 文淵閣

文華殿前有閣曰文淵 天子藏書之所也 皇明正統六年 合宋金元所儲而編定目錄 凡四萬三千二百餘卷 增以永樂大全 多至二萬三千九百三十七卷 若復益以近世所刊圖書集成 今皇帝所輯四庫全書 則想應充溢露積於外耳 門鎖 只從簾隙略望殿閣之雄深 而未窺天子縹箱之富 甚可恨也 曾聞昔我昭顯世子從九王宿留此閣云 九王者 淸初睿親王多爾袞也

## 武英殿

協和門外有武英殿 制如文華殿 雍和門與西華門相直 協和門與東華門相直 武英殿前有武淵閣 大約殿閣門墻莫不對對相直 中庭步數亦必相當 無小差殊矣 黃江漢景源陪臣傳 崇禎甲申 薩哈廉入京師 受明文武朝賀于武英殿 此傳聞之誤也 薩哈廉者 貝勒 曾見謚號錄 薩哈廉謚武毅 受文武朝賀于此殿者乃多爾袞非薩哈廉也 甲申三月 流寇破皇城 是年五月 多爾袞入皇城 是時明亡僅閱月而我國從人見武英殿龍墀只有蝙蝠矢 相視流涕 今騶卒刷驅充斥殿庭 恣意遊觀雖不識當時光景 亦莫不侮紅帽而羞蹄袖 自視衣袴鶉結 而猶與錦繡者排突 小無愧沮 豈非吾東尊攘之義 亦根於皂隷之賤 而秉彝之所同得有不可誣也耶

## 擎天柱

午門外左右 立數丈石獅 端門內左右 坐石贔屓 建六稜石柱于其上 柱高六七丈 柱身遍刻龍螭 柱頭所坐之物 莫辨何像 而皆作攫拏之狀 天安門外亦有一對 此似是石闕

## 御廐

御廐在前星門外 東西樹柵爲門 馬不過三百餘疋 皆脫羈自在 方午 圉人開柵擧鞭指揮 若招呼之狀 東西廐馬皆出 齊首分左右立 北墻下有大井 井邊有大石槽 兩人轉機斢水 連注槽中 圉人以鞭分十馬爲一隊 次第入飮 前隊齊飮齊退則後隊方進 無敢爭先亂次者 入者從右 出者從左 自入于廐 問 天子馬止此否圉人笑曰 天子稱萬乘 京外富室尙多是數 況萬乘天子耶 暢春苑 圓明園 西山俱有萬馬皇莊 南海子亦有千里馬 今天閑上駟盡徃遵化州 今此所留皆老孱不堪騎乘 只備端門立仗 然俱壽六七十 就中指黃馬曰 此壽一百有三歲 披示其唇只有兩齒 不食蒭荳已三十餘年 日中醇醪二甌 朝暮糖餌麥屑二升 調燒酒 臨槽舐吃 月受三品廩 皇帝時賜御饌 必雙跪叩頭 雍正時 尙行千里云 馬之毛色潔澤 未見其甚老 但眼小眵流 而雙瞳瑩碧如靺鞨 兩眉五六根 裊裊下垂 耳中白毫出外如鬣 但脛大異他馬 想其少壯時多力者也 圉人要索厚幣 貌且頑鄙 未知其言爲信然否也 每歲三伏日 中貴人用鹵簿鼓吹 導迎御馬監所領 洗刷子德勝門外積水潭

## 午門

午門三虹門 幽深如行洞窟中 衆轟雄響 噌吰鏜鎝 橋五 皆白玉闌干

## 廟社

六科在端門之內 六部百司分置太淸門外 是爲前朝 太液池北 神武門內 是爲後市 宗廟在闕之左 社稷在闕之右 前後左右 鋪置排設無不勻敵 於是乎王者之制度大備矣 曾見綏寇紀略 崇禎十六年五月 京師雨血 通夕雷霆 太室神主顚倒 寶鼎彝器皆融 又六月二十三日夜 霹靂起奉先殿 廟門金鋪皆爲龍爪所鎔化 廟前石上有龍臥痕 嗚呼 甲申流寇之變 千古所未有也 天崩地坼 九廟震蕩 而因爲覺羅氏觀德之所 則惡能無似此大變怪哉

## 前星門

自體仁閣出協和門 與東華門相直 有殿曰文華 其東有門 曰前星 覆靑琉璃瓦 門內又有重門 而皆鎖 重門之內 皆靑琉璃瓦甍 可知爲太子宮也 或云太子所居曰傳心殿 殿後有箭亭 鑄鐵爲碑 刻淸家祖訓以埋之 人無敢至者 世傳康熙在位久 太子對宮僚言 世間寧有頭白太子乎 語泄坐廢 自是不復豫建 雍正元年八月十七日詔曰 我聖祖仁皇帝爲宗社愼擇 命朕纘承丕緖 於去年十一月十三日 一言而定大計 薄海內外 罔不欣戴 當日聖祖因二阿哥之事 身甚憂悴 天下共聞 今朕諸子尙幼 必須詳愼 特將此事親寫密封 藏于乾淸宮正中世祖章皇帝御書正大光明 扁額之後 乃宮中最高之處 以備不虞 故玆論告 諸王大臣咸宜知之云云 禮部主事陸生楠疏請豫建 雍正下詔切責 以爲不豫建太子 卽我朝家法 俾皇子人人各務孝友恭儉 一聽天命 絶兄弟猜疑讒慝之心 此萬世久長之美法也 明朝奸臣王錫爵請建太子 不擇賢以立天啓 遂亡天下 爾欲效王錫爵耶 自是天下莫敢復言豫建事 而前星之門閉將百年矣

## 五鳳樓

太和殿前庭面可數百步 臺高丈餘 護以白玉欄 上有太和門 門上爲三簷黃瓦是謂五鳳樓也 皇帝大朝會 駕坐太和殿 則欽天監設定時鼓于樓上 教坊司設中和韶樂于樓之東西 通官徐宗顯言 朝會時 錦衣衛陳鹵簿儀仗于太和殿庭東 西北向 立馴象于五鳳樓下 東西相向 陳大車玉輅于太和門丹墀中道 北向 御馬監設仗馬 金吾衛 雲麾司陳甲士 儀仗 金鼓于太和門外午門內丹墀 京營將校凡七萬 夾道樹幟 護衛警嚴于碁盤街 百官候時于端門之內擎天柱下 五鳳樓中鼓初嚴 則百官整班 鼓二嚴 則分班 由太和左右掖門魚貫而入 皇帝駕自保和殿 由中和殿入太和殿 導駕侍衛奉九璽印符前行 樂奏飛龍引之曲 大樂奏風雲會之曲于時洞開諸門 直至正陽門 豁達洞見 外內正直 無有隱曲 五鳳樓中 慶皇都喜昇平之樂 如出天上云 舊聞崇禎初載 於五鳳樓上獲天書 黃袱十襲 外題曰天啓七 崇禎十七 福王一 此雖妖言 如此大基業 亦豈無天定之數耶

## 天壇

天壇在外城永定門內 墻周幾十里 墻脚三級 其上可以走馬 內爲圜邱 第一層壇闊百餘步 高可丈餘 壇面皆鋪用碧琉璃甎 闌干四周皆以綠琉璃爲欞檻 四出陛俱九級 陛闊幾二丈 亦鋪碧琉璃甎 護闌亦皆綠琉璃欞檻 第二層壇面二丈餘四出陛九級 壇面鋪碧琉璃甎 壇脚及四周闌干亦皆綠琉璃欞檻 圜邱外又繚以周垣 覆黃琉璃瓦 四面爲欞星門 分元亨利貞 以配東西南北而爲號 東一壇祀日西壇祀月 東第二壇祀二十八宿 西第二壇祀風雲雷雨 皇穹宇及神樂觀 太和殿齋宮 天庫 神廚 皆覆以琉璃黃瓦 神樂觀 平日敎習樂舞生之所 每値大享 則先期演儀于太和殿 羊豕鹿兎俱有房舍圈柙 北墻下方池二十餘區 冬月鑿氷以藏凌室 可見昭事之物潔淨備具 無不取用於其中也 正陽門敵樓下正南一門 怪其常閉 或云皇帝親祀天壇 駕出方啓正南甕城門 而灌脂百斛 然後始開云

## 虎圈

御廐後爲虎圈 築城如烟臺 上架井字樑 覆以腕大鐵網 傅墻爲小穽 樹鐵爲柵 舊有二虎 一近斃 一往圓明園 今空圈 皇帝幸行 必檻虎前驅 心有不懌 則臨圈親射云

## 風琴

余友洪德保嘗論西洋人之巧曰 我東先輩 若金稼齋李一菴 皆見識卓越 後人之所不可及 尤在於善觀中原 然其記天主堂 則猶有憾焉 此無他 非人思慮所到 亦非驟看所可領略 至若後人之繼至者 亦無不先觀天主堂 然恍忽難測 反斥幽怪 是眼中都無所見者也 稼齋詳于堂屋畫圖 而一菴尤詳于畫圖儀器 然不及風琴 蓋二公之于音律不甚曉解 故莫能彷彿也 余雖耳審其聲 目察其制 然又文不能盡其妙 是爲大恨也 因出稼齋所記共觀焉 堂之東壁 有二層朱門 而上二扉下四扉 次第開之 其中有筒如柱如椽者簇立 大小不一 而皆金銀雜塗之 其上横置鐵板 其一邊鑽穴無數 一邊如扇形 刻方位及十二時 俄見日影到其方位 則臺上大小鍾各撾四聲 中央大鍾撾六聲 鍾聲纔止 東邊虹門內 忽有一陣風聲 如轉衆輪 繼以樂作 絲竹管絃之聲不識從何而來 通官言 此中華之樂 良久而止 又出他聲 如朝賀時所聽 曰 此滿州之樂也 良久而止 又出他曲 音節急促 曰 此蒙古之樂也 樂聲旣止 六扉自掩 西洋使臣徐日昇所造云(稼齋記止此) 德保讀已 大笑曰 是所謂語焉而不詳也 中有筒如柱如椽者 鍮鑞爲管 其最大之管如柱椽 簇立參差 此演笙簧而大之也 小大不一者 取次律而加倍之 隔八相生 如八卦之變而爲六十四卦也 金銀雜塗者 侈其外也 忽有一陣風聲 如轉衆輪者爲地道宛轉相通 而皷槖以達氣 如口吹也 繼以樂作者 風入城道 輪囷輥輾 而簧葉自開 衆竅嗷噪也 其皷槖之法 聯五牛之皮 柔滑如錦袋 以大絨索懸之樑上 如大鐘 兩人握索 奮躍懸身 若掛帆狀 以足蹋槖 槖漸蹲伏 而其腹澎漲 虛氣充滿 驅納地道 於是按律掩竅 則無所發洩 乃激金舌 次第振開 所以成衆樂

也 今吾略能言之 而亦不能盡其妙 如蒙國家發帑命造 則庶幾能之云(德保所談止此)

今吾入中國 每思風琴之制 日常憧憧于中也 旣自熱河還入燕京 卽尋天主堂宣武門內東面而望 有屋頭圓如鐵鐘 聳出閭閻者 乃天主堂也 城內四方皆有一堂 此堂乃西天主也 天主者 猶言天皇氏盤古氏之稱也 但其人善治曆 以其國之制造屋以居 其術絶浮僞 貴誠信 昭事上帝爲宗地 忠孝慈愛爲工務 遷善改過爲入門 生死大事有備無患爲究竟 自謂窮原溯本之學 然立志過高 爲說偏巧 不知返歸於矯天誣人之科 而自陷于悖義傷倫之臼也 堂高七仞 無慮數百間 而有似鐵鑄土陶　皇明萬曆二十九年二月 天津監稅馬堂進西洋人利瑪竇 方物及天主女像 禮部言 大西洋不載會典 其眞僞不可知 宜量給衣冠 令還本土 勿得潛住京師不報 西洋之通中國 蓋自利瑪竇始也 堂燬于乾隆己丑 所謂風琴無存者 樓上遠鏡及諸儀器 非倉卒可究 故不錄 追思德保所論風琴之制 悵然爲記

## 洋畫

凡爲畫圖者 畫外而不能畫裡者 勢也 物有㙮坎細大遠近之勢 而工畫者不過略用數筆於其間 山或無皴 水或無波 樹或無枝 是所謂寫意之法也 子美詩 堂上不合生楓樹 怪底江山起烟霧 堂上非生樹之地 不合者 理外之事也 烟霧當起於江山 而若於障子 則訝之甚者也 今天主堂中 墻壁藻井之間 所畫雲氣人物有非心智思慮所可測度 亦非言語文字所可形容 吾目將視之 而有赫赫如電 先奪五目者 吾惡其將洞吾之胸臆也 吾耳將聽之 而有俯仰轉眄 先屬吾耳者 吾慚其將貫吾之隱蔽也 吾口將言之 則彼亦將淵默而雷聲 逼而視之 筆墨麤疎 但其耳目口鼻之際 毛髮腠理之間暈而界之 較其毫分 有若呼吸轉動 蓋陰陽向背而自生顯晦耳 有婦人 膝置五六歲孺子 孺子病羸白眼 直視 則婦人側首不忍見者傍側侍御五六人 俯視病兒 有慘然回首者 鬼車鳥翅如蝙蝠 墜地宛轉 有一神將脚踏鳥腹 手擧鐵杵 撞鳥首者 有人首人身而鳥翼飛者 百種怪奇 不可方物 左右壁上 雲氣堆積 如盛夏午天 如海上新霽 如洞壑將曙 蓬滃勃鬱 千葩萬朶 映日生暈 遠而望之 則綿邈深邃 杳無窮際 而群神出沒 百鬼呈露 披襟拂袂 挨肩

疊跡 而忽令近者遠而淺者深 隱者顯而蔽者露 各各離立 皆有憑空御風之勢 蓋雲氣相隔而使之也 仰視藻井 則無數嬰兒跳蕩彩雲間 纍纍懸空而下 肌膚溫然手腕脛節肥若緣絞 驟令觀者莫不驚號錯愕 仰首張手以承其墮落也

## 象房

象房在宣武門內西城北墻下 有象八十餘頭 凡大朝會 午門立仗及乘輿鹵簿皆用象 受幾品祿 朝會時 百官入午門畢 則象乃交鼻而立 無敢妄出入者 象或病不能立仗 則强牽他象以代之 莫能屈也 象奴以病象詣示之 然後乃肯替行 象有罪 則宣勅杖之(觸物傷人之類) 伏受杖如人 杖畢 起 叩頭謝 貶秩則退居所貶之伍 余畀象奴一扇一丸 令象呈伎 象奴少之 加徵一扇 余以時無所携 當追給 第先使效伎 則象奴往諭象 象目笑之 若落然不可者 使從者增畀象奴錢 象睥睨久 象奴數錢納囊中 然後象乃肯 不令而效諸伎 叩頭雙跪 又掀鼻出歔 如管簫聲 又塡塡作鼓鼙響 大約象之巧藝 在鼻與牙 曾見畫象 象皆雙牙直指 若將觸物者 謂其鼻垂而牙指 今視象 不然耳 牙皆下垂若植杖 忽向前若握刀 忽互交若叉字 不一其用 唐明皇時有舞象 觀史 心常疑之 今果見善諭人意者 莫象若也 崇禎末 流寇破京城 過象房 群象皆垂淚不食云 蓋形則蠢而性則慧 眼則詐而容則德 或云象孕子五歲而產 或云孕十有二載乃產 每歲三伏日 錦衣衛官校列旗仗鹵簿金鼓 迎象出宣武門外壕中洗濯 觀者常數萬(又有象記)

## 黃金臺

盧君以漸 在國以經行稱 素嚴於春秋尊攘之義 在道逢人 無論滿漢 一例稱胡所過山川樓臺 以其爲腥膻之鄕而不視也 古跡之如黃金臺 射虎石 太子河 則不計道里之迂曲 號名之繆訛 必窮搜乃已 日約余同尋黃金臺 余乃博訪于人 而無知者 求之古記 其說不一 述異記以爲 燕昭王爲郭隗築臺 今在幽州燕王故城中

土人呼爲賢士臺 亦謂之招賢臺 今皇都乃冀州之地 則燕王故城 吾不知在於何處 況所謂黃金臺乎 太平御覽云 燕昭王置千金于臺上 以延天下士 謂之黃金臺 則後世徒傳其名而無其臺可知也 而盧君一日得之於蒙古人博明 其所錄示曰 長安客話 出朝陽門 循壕而南 至東南角 巋然一土阜是也 日迫崦嵫 茫茫落落 吊古之士登斯臺者 輒低回睠顧 有千古之思云 盧君由是憮然罷行 不復言黃金臺 暇日與盧爲觀東嶽廟廠戲 同車出朝陽門 將歸 逢高太史棫生 高與凌簑軒野同載 謂將尋黃金臺 凌是越中人 且奇士 初至燕 爲訪古迹 要余偕行 盧大喜 謂有天緣 旣至 不過數丈頹阜 如無主荒墳 强爲名之曰黃金臺 別爲之記

## 黃金臺記

出朝陽門 循壕而南 有數丈頹阜 曰此古之黃金臺也 世傳燕昭王築宮 置千金于臺上 招延天下之士 以報强齊 故吊古之士至此 莫不悲懷 感慨彷徨而不能去 嗟乎 臺上之黃金盡 而國士不來 然天下之人本無讐怨 而報仇者無窮已時 則未必非此臺之金 相仍於天下也 請爲歷數報仇之大者 以告海內之積金多者 秦之時 以金啗諸侯之將而盡滅其國 則蒙氏有力焉 李斯本以諸侯之客 爲諸侯報仇蒙恬 天下之報仇者 玆可以少息矣 旣而趙高殺李斯 子嬰殺趙高 項羽殺子嬰沛公殺項羽 其金四萬斤 石崇之富有自來 而乃反罵曰 奴利吾財 何其愚也 然轉傳相報 千載至今 而其金尙在也 何以知其然也 元魏爾朱兆之亂 城陽王徽齎金百斤 以洛陽令寇祖仁一門三刺史皆已所拔 往投之 祖仁謂其家人曰 今日富貴至矣 乃怖徽云 捕將至 令徽逃於他所 邀於路而殺之 送其首於兆 兆夢徽告云 我有金二百斤 在祖仁家 卿可取之 兆捕祖仁 依夢徵之 不得 乃殺之 此不乃其報仇者尙在乎 五代時 成德節度使董溫箕金鉅萬 溫箕爲契丹所虜 則衙內指揮使秘瓊盡殺溫箕家族 瘞之一穴 而取其金 晉高祖立 徒瓊爲齊州防禦使 槖其金 道出魏州 范延光伏兵境上 殺瓊 悉取之 延光終以金爲楊光遠所殺 光遠爲晉出帝所誅 而其故吏宋顔悉取其金獻之李守貞 後守貞爲周高祖所破 與妻子自焚 然其金當尙留人間也 何以知其然也 昔有三盜 共發一塚 相謂曰 今日憊矣 得金多 盍沽酒食來 一人欣然而去 沿道自賀曰 天假之便也 與其三分 寧專

之 鴆其食而還 二盜突起格殺之 先飽酒食 將兩分之 旣而俱死塚旁 嗟乎 是金也 必將宛轉于道左 而必將有人拾而得之也 其拾而得之者 亦必將默謝于天 而殊不識是金者 乃塚中之發而鴆毒之餘 而由前由後又未知毒殺幾千百人 然而天下之人無有不愛金者 何也 易曰 二人同心 其利斷金 此必盜賊之繇也 何以知其然也 斷者 分也 所分者金 則其同心之利可知矣 不言義而曰利 則其不義之財可知矣 此非盜賊而何 我願天下之人 有之不必喜 無之不必悲 無故而忽然至前 驚若雷霆 嚴若鬼神 行遇草蛇 未有不髮竦而卻立者也

## 雍和宮

雍和宮 雍正皇帝願堂也 有三檐大殿 殿中塑金身 踏十二級胡梯 如入鬼窟 梯盡得樓 始見天日 樓之中央 四圍闌干 窔虛如井 僅及金身下半截 又自此踏梯 如行漆夜 良久乃得八牕洞然 樓中井窔如下層 而金身要膂纔見其半 又暗摸拾級 信足冥升 乃出上層 始與佛頂平 據闌俯視 風氣凛冽 如萬松送濤 所居僧皆喇嘛 三千人 頑醜無比 而俱曳織金禪衣 時方禺中 群僧魚貫入一大殿 中列短脚牀 牀大如碁枰 一人一牀 跏趺而坐 一僧響鍾 衆喇嘛一時誦梵 更與李譯惠廸登大士殿 意謂通望九門 閭閻撲地 皇都全局當在眼底 及開牕 出臨闌干 處處樓臺 周遭重遮 巡闌一匝 反覺悶塞 而下視股栗 不可久居矣

## 大光明殿

西安門內南小衚衕行數百步 有三檐十二面圓殿 覆紫琉璃瓦 黃金胡盧頂 題曰大光明殿 殿中四柱 金龍一升一降 上承屋霤 中安上帝像 環衛三十三像 皆袞冕擁圭 四面瑣牕墻壁 皆青琉璃甎 九陛 三重闌干 此號大玄都 明世宗皇帝迎陶眞人 講內丹于大光明殿 卽此也 清順治辛丑 滿州大臣索尼鰲拜蘇克薩哈遏必隆受世祖顧命 輔幼主康熙立 纔六歲 四臣者共詣此殿 焚香刺臂血 設誓上帝 後殿曰太極殿 供三清神塑 又後殿曰天元閣 養道士數十人 有典守太監 天

元閣及大光明殿東廊重修時 金稼齋昌業見其設梯撤瓦 甚壯之 按其日記 時康熙癸巳二月初九日也 今太極殿及天元閣皆黃瓦 金碧璀璨 今距癸巳爲六十八年而煥然如新 高士奇金鰲退食筆記言其賜第在殿之左 時於秋雨初霽 碧天如洗披襟露坐 覺巍巍瓊構 與明月流光相照 恍若置身于廣寒宮云 蓋其處地稍占敞豁 儻値月宵霽景則尤勝也

## 狗房

獵狗數百餘頭 大小不一 形貌各殊 皆甚羸瘠 或臥或蹲 動止閒逸 有不勝懶眠者 有喜而搖尾者 有起迎嗅衣者 有張口長欠 而上下齗齶之間幾一尺有咫 我人數十突至鬧攘 而服着聲音想應眼生 然無一驚怪狺吠者 從隷出脯與狗人 使逞伎 狗人繫脯數丈長竿 若垂餌 招一狗 就中一黃狗颯然跳出 衆狗翹立不競也 點竿高下 則狗左右跳躑 以一蹄仰挐 狗人拂竿若挑魚 飛空三四丈 狗亦竟高超騰 反踰長竿 捷若疾風 狗人叱令退去 更招他狗 次第試之 其飼狗之法 皆擲物空中 狗仰首騰挐而取之 落地則不食也 別有矢溺之所 所居皆潔淨不穢

## 孔雀圃

翠鳥二 朱鳥一 羽毛尾端金錢皆同 朱鳥轉身 還作深綠 翠鳥轉身 又作殷紅金錢俄變鴉靑 聞人咳聲 遍體羽毛忽失光色 霎頃閃嫩 復還初魂 軆比鷺鷥差小而尾長過三尺 脛足麤鹵 錦衣菅屨 令人慚赧 惟食蛇虺 又與蛇交 遍地遺白 處止至穢 圃人見我隷跣足行走 戒勿踐 曰 恐蛇鰓入膚卽爛也

## 五龍亭

太液地上 西南向臨水列彩亭者五 曰澄祥 曰滋香 曰龍澤 曰涌瑞 曰浮翠 總名五龍亭 澄波萬頃 金碧蘸影 遙望金鰲橋上 車馬行人 渺若仙界 後與吳中人遊 問西湖勝景 對不見西湖 則五龍亭一面是也 不識亭剏何時 而皇明天順間太素殿後有草亭 今無 此其舊基也 紫光閣及承光殿紫瓦金殿 隱約林樹間 紅墻內 彩瓦亭閣高下襞疊 與副三价俱至 時值夕陽 微靄澹蕩 光景尤奇 嘗又淸朝一至 新旭鮮麗 恨未見亭下萬柄芙蕖也 譯輩言 五龍亭光景雖朝暮變態 猶不若盛夏蓮花時 蓮花時猶不若深冬氷戲云

## 九龍壁

由五龍亭轉一小阜 入一門 門前有響墻 高五六丈 廣十餘丈 以白瓷甎築 錯以九龍 龍身皆數丈 五色之外 別有紫綠紺色 陽起蜿蜒 細察之 龍之肢體頭角段段燔造以合之 升降飛翥 各具體勢 變化不測 無絲髮縫痕 非細心審視莫能覺也 響墻者 猶古之塞門也 宮闕官府寺觀皆有之 閭閻皆樹之大門之內

## 太液池

太液池在西安門內 周未知凡幾里 余嘗東遊海上 高城三日浦周十餘里 今此池似不及也 舊稱西海子 池中跨起虹橋 長數百步 鐫白石爲欄 欄外又爲白石欄 欄頭狻猊數百 大小雖同 形態各異 橋兩頭各樹牌樓 東頭題玉蝀 西頭題金鰲 又北望 一橋起瓊華島 接承光殿 其南北亦樹牌樓 曰積翠 曰堆雲 環池殿閣樓臺疊甍互檐 古木多槐柳 八月初三日 余至玉蝀 逢越中人凌野 俱至五龍亭 凌野亦初至京師纔數日 詢余池上氷戲及皇都八景 其疎野類此 蓋遠京都萬里 北學者鮮 余行差前五六日 足見一池晩荷也 有小艇數十 蕩泳荇藻間採蘋藕 船上

人皆赤身 殊不雅也 多五色魚 有大魚三 長皆二尺餘 遍體斑爛 方來食蒲萑下 拍手驚之 悠然自適 每歲盛暑 賜滿漢大臣 翰林臺省泛舟宴飮瓊島瀛臺之間 內賜藕芡鮮魚 凍氷積雪 分隊八旗 爲蹴毬拖床之戲 履底皆着鐵齒 以習馳逐便捷 天子臨觀之

## 紫光閣

循太液池有圓頂小殿 上覆黃瓦 檐用碧瓦 名紫光閣 傍有百鳥房 畜奇禽獸 閣甚高敞 其下爲馳射之場 舊號平臺 崇禎庚辰 薊撫袁崇煥入援 帝臨平臺磔崇煥 此似其地也

## 萬佛樓

由九龍壁行幾步有大殿 遶壁龕置小佛 一龕一佛 合爲萬軀 又有丈六觀音變相 頭上遶坐萬佛 千手千目 足踏神姦奇鬼 惡獸毒蛇變化成精而未得佛性者 前置大香爐 三足高丈餘 千妖百怪來擧鼎足 撑臂支脚 努目張口 許邪誰何 若鬼子母揭琉璃鉢

## 極樂世界

有新刱大殿 屋數百楹 覆靑瓦 屋中以沈香旃檀爲五岳名山 巖巒洞壑幽深巉峭 寺刹樓觀羅絡其上 剪綵爲花 松栢皆以銅鐵爲葉 靑翠出色 數仞飛瀑漚騰沫跳 雪飜鷺滾 令人滋惑 哄言鏤氷也 又哄言激水也 蓋鎔琉璃爲之也

## 瀛臺

瀛臺臨太液池 有殿曰昭和 有亭曰迎薰 皆黃瓦 岸際樹木皆合抱 幽深掩映虹橋複道 宛轉相通 林樹間 靑瓦紫甍 倒影湖心 時方芙蕖初落 蘆渚藻荇之間時有小航收蓮房

## 南海子

出崇文門南行二十里 有囿曰南海子 方一百六十里 自元時 爲天子蒐獵之所皇明時 繚以周垣 設海戶以守視 皇城外內 絶罕鳥雀 蓋無林藪故也 未及海子數里 一望蒼蔚 而鳥鳶鷺鵞已蔽天矣 趙譯達東追至 爲言時方海戶癘疫大熾 不可投足 且日力短 此距大紅橋二十里 自大紅橋至按鷹臺十餘里 其內有三大澤積水空明 有七十二橋 而行殿樓臺不過沿道所見 所養奇禽異獸非走馬可竟 今自此疾還 猶難及門限也 挽之甚力 遂悵然回轅 歷天寧寺白雲觀 疾驅入正陽門已踰黃昏矣

## 回子館

回子館外門甎築 制樣絶奇 非天主堂所見 入門僅移數武 雙犬突至 張口狺狺大驚卻立 回童數十 拍掌齊笑 門內左右對値大柱 以數丈鐵連鎖鎖狗頸 系繫之柱下以守門 狗見人雖突起 限鎖長而止 常不及人數步 而其勢則甚怖凜也 回女十餘人出視 皆壯健如男子 頰紅顴闊 眉靑眼赤 其中一少婦 抱數歲嬰兒而立頗有艶姿 皆白衣裳 總總綰髮 爲十餘辮鬖垂背後 上加白帽 如優人突帽 衣如我國帖裏而袖窄

## 琉璃廠

琉璃廠在正陽門外南城下 橫亘至宣武門外 卽延壽寺舊址 來徽宗北轅 與鄭后同駐延壽寺 今爲廠 造諸色琉璃瓦甎 廠禁人出入 燔造時尤多忌諱 雖匠手皆持四月糧 一入毋敢妄出云 廠外皆廛鋪 貨寶沸溢 書冊鋪最大者曰文粹堂 五柳居 先月樓 鳴盛堂 天下擧人海內知名之士多寓是中

## 綵鳥鋪

鋪中百鳥啾喧 如山牕春曉 皆銕絲小籠 一籠一鳥 或兩鳥則雌雄也 鳥皆我東所有 然不識其名 籠中皆置小盒貯水 懸數莖粟穗 以資飮啄 持空籠至者 肩相摩也 初翰林彭齡與周擧人各提空籠至鋪中 易雙鳥籠 鳥卽我俗所名뱝새 無甚奇稀 而値錢五十 錦鷄形類家鷄 而無冠胡 亦無雙珥 咮頸俱丹 白尾雙長 其端小彎 有翠錢一點 置大槽貯水 外周柵上 覆網養錦鷄 其中大鐵籠置白鷳 大如鵲 雙尾如錦鷄

## 花草鋪

皆艸花 最多繡毬 秋海棠石竹 諸色膽甁排揷者 皆四季花 翠觚揷一朶紅蓮 大僅匏花 葉如掌 時方秋菊盛開 皆我東所有 而最多鶴翎 而莖不特長 獨金菊最異 花朶僅如錢大 而如新鍍金箔 水仙未及開花 蘭似萱艸而深翠 無香可嗅

# 謁聖退述

## 順天府學

皇城東北隅柴市 對樹兩坊曰育賢 兩坊之中爲順天府學 入欞星門 門內鑿池如半月 是爲泮水 爲三空橋 欄以白石 橋之北有三門 中曰大成 左金聲 右玉振 聖殿外扁曰先師廟 內題曰萬世師表 康熙皇帝書也 位牌題至聖先師孔子之位 四配曰復聖顔子 述聖子思之位 在東 宗聖曾子 亞聖孟子之位 在西 兩廡之間多古栢樹 世傳許魯齋衡手植 或云耶律楚材所植 明倫堂在聖殿之東 啓聖祠在明倫堂之北 奎文閣在明倫堂之東北 文丞相祠在明倫堂之東南 中門之外 左爲名宦祠 右爲鄕賢祠 府學 故報恩寺也 元至正末 有遊僧募緣湘潭以造寺 未及安像 而明師下燕 戒士卒毋得入孔子廟 僧蒼黃借宣聖木主置殿中 後不敢去 遂爲北平府學 遷都北京 則爲順天府學云

## 太學

皇城東北隅 坊曰崇敎 四牌樓 街曰成賢 牌樓內皆書國子監 永樂二年 成左廟右學 宣德四年八月 修大成殿前兩廡 先是 大學因元之陋 吏部主事李賢奏請修學 從之正統九年正月 太學成 天子臨視 祗謁先聖 行釋奠禮 退御彝倫堂 命祭酒李時勉進講 弘治改元 駕臨太學 有聖駕臨雍錄 具載敕旨章奏 禮儀文移講議官職等事 太學儀制于時大備 萬曆庚子 聖殿易琉璃瓦 從司業傅新德請也 崇禎十四年 重修太學成 八月 車駕臨雍 祭酒南居仁坐講皐陶謨 司業羅大任講易咸卦 文武三品以上俱坐聽 賜茶 講畢 天子入敬一亭 觀世宗所立程子四箴碑石鼓殘闕 亦令察補進呈 長安客話云 國初 高麗遣金濤等四人入太學 洪武四年濤登進士 歸國 按太學志 隆慶元年 駕幸國子監 朝鮮陪臣李榮賢等六員 各具本等衣冠 赴彝倫堂 立文臣班次之次 余從副使書狀庭行再拜 余曩謁熱河太學

制視京學　今周瞻廟貌　想因明舊　而較之太和殿則雖似少巽　然制度之整齊則大同焉　庭除之遼闊　廂廡之周匝　亦非東岳廟之比矣　位板皆覆櫝龕　垂黃帳　康熙中　陞享朱子于十哲之次　琴瑟鍾鼓皆陳設于殿中　兩廡從享凡百　位設一如聖殿　太學堂有七彝倫　所以會講　率性修道誠心正義崇志廣業　皆諸生肄業之所云　彝倫堂前松柏　世傳元儒許衡手植　廟門列置石鼓共十枚　周宣王獵碣也　或言顏魯公爭座位帖　張平叔金丹四百字　趙文敏臨右軍樂毅論黃庭經蘭亭定武本　五碑俱在太學中　而莫適所向嚮　不得見而歸

## 學舍

昨有歐陽助教者　錄示國子監內外學舍之制　內號之在廣居門右　門一座曰退省號舍四連　共四十九間　其南湢室與厠　自退省門漸北折而西　爲天地人知仁勇文行忠信規矩準繩紀綱法度共十八號　每號計二十一間　度字號北　有保安堂五間以處監生之有疾者　彝倫堂後　有格致誠正四號　計九十八間　嘉靖七年　改建敬一亭　外東號在廟左　共三十四間　大東號在居賢坊賽萬百倉西門街　門二　一曰登俊號舍東西二連　共四十間　一曰集英　號舍二十七間　新南號在北城二條衚衕東口門一座　東西房二連　共三十四間　南北四間　小北號在居賢坊衚衕　門一座　南北房二連　共八十間　交趾號在監之南　門一座　南北房二連　共二十八間　西號在成賢街之西北　去監五十步　舊雲閒寺址也　小房十間　又房二層　計九間　本監屬官遞居之　北小房四間　南一間　近西小房十六間　此只監生棲息之所　夜與來源籌之通計五百八十餘間　自彝倫以下　東西講堂　典籍之庫　餼廩之倉　會饌之所　醫藥之房　鍾皷之樓　庖浴之室　繩愆之堂　博士之廳　啓聖土地之祠　又莫知爲幾楹　則歐之此錄　意似誇示外國　然較之漢唐已自落莫矣　宋慶曆中　王拱辰判國子　言漢太學千八百間　生徒三萬人　唐六千二百間　當時學舍之廣　生徒之盛　非後代可比　又按　皇明洪武四年　詔選州府縣諸生秀俊者入國子監　當時干戈甫畢　流離未還而猶得陳如奎等二千七百八十二人　二十六年　則已得監生倪慈等八千一百二十四人　而至永樂十九年　監生方瑛等多至九千八百八十四人　猶不滿萬　其視前代養士之盛　不啻巽下　今淸御宇旣久　海內昇平　文敎烜爀　自謂誇迭漢唐　而今余

歷視諸舍 十空八九 又況日前纔過釋奠 大成門左戟門左壁列錄叅恭享諸生 纔四百餘人 皆滿洲蒙古 無一漢人者 何也 漢人雖仕宦至公卿 不得家城內 則首善之地 遊學之士亦不敢居歟 抑亦中華之族恥與胡虜種落齒學而然歟 雖然 亦有足法而可喜者 今此齋舍虛閴 想應塵埋草鞠 而莫不汎治肅淸 架卓齊整 牕戶明淨 紙塗雖舊而無一綻缺 此雖一事 足見中國法度之槪焉

## 歷代碑

潘廸石鼓音訓碑 在大成門左戟門 元大德十一年加封聖號詔碑一通 在外持敬門 至順二年加封先聖父母妻並四配制詞碑一通 在門西 皇明洪武三年申明學制碑一通 十五年勅諭太學碑一通 十六年定學規碑一通 三十年欽定廟學圖碑一通 嘉靖七年作敬一亭御製聖諭碑一通 正統九年御製重修太學碑一通 洪武四碑 想應南太學所樹 而後世追刻 更立之此中也 今淸仁皇帝所撰先聖贊一通 顔曾思孟贊一通 俱康熙二十八年閏三月立 平阿魯德猷御製獻馘碑一通 康熙四十三年立 使趙譯達東分錄諸碑而不能盡錄 文多可觀而未得遍閱 可歎也已

## 明朝進士題名碑

國子監進士題名碑 始自皇明宣德五年林震榜 訖崇禎十三年庚辰魏德藻榜 凡七十一通 其下尙可容兩碑 而帝厭薄進士 將下第擧人史惇吳康侯等盡留特用 惇等請援進士例 謁聖釋菜 樹碑題名 帝可之 太學士周延儒奉勅撰文 立于庚辰碑次 而十六年癸未楊廷鑑榜後 遂無隙地可以樹碑 則明之進士題名碑止此云 今淸省闈之制悉遵明舊 而題名之碑密若葱畦 不可殫記 苟使淸德馨香 曆祚遐延 或函夏迭興 恒爲帝都 而太學樹碑不廢故事 則吾未知螭首龜趺更設何地也

## 石鼓

石鼓十枚 以十干爲第次 列置大成門左右戟門之內 各五 周宣王大蒐岐山之陽 斲石爲鼓 以記其事 高二尺餘 徑一尺有奇 其文史籒之迹 其辭類風雅 所以頌美天子之田也 初在陳倉野中 唐韓愈爲博士時 請於祭酒 欲轝置太學而未果 宰相鄭餘慶帥鳳翔 取鼓置鳳翔夫子廟 後値五代之亂 鼓皆散失 及宋司馬池知鳳翔 搜得鼓 復置府學 而亡其一 皇祐四年 向傳師得亡鼓 遂足十數 大觀二年自京兆移之汴京 詔以金塡其字陰 初置辟雍 後移寶和殿 靖康二年 金人陷汴重氈輦至燕 剔其金 置鼓王宣撫家 復移大興府學 元大德十一年 虞集爲大都敎授 得之草泥中 始置國學 其已鼓 因民間窪其頂爲臼 文字尤益漫漶 然蓋古蹟之最奇者 無如石鼓 余年十八 始讀昌黎東坡石鼓歌 奇其文辭 獨未見石鼓全文爲恨 今手撫石鼓 口讀潘廸音訓碑 豈非外國人厚幸也歟

## 文丞相祠

文丞相祠在柴市 坊曰敎忠 祠三楹 前爲門 又前大門 祠之西爲懷忠會館 江右士大夫歲時集此祭公 皇明洪武九年 北平按察副使劉菘始請建祠 永樂六年太常博士劉履節奉命正祀典 謂天祥忠于宋室 而燕京乃其死節之所 請祠祀 從之 按劉岳申信公傳 公至燕館 供帳如上賓 公義不寢處 坐達朝 張洪範至 具言不屈狀 送兵馬司 械繫空宅中十餘日 解縛去械 囚四年 爲詩 有指南錄三卷 後錄五卷 集杜二百首 皆有自序 趙弼信公傳言 公至柴市 觀者且萬人 公南向再拜 是日大風揚沙 天地晝晦 宮中秉燭行 世祖問張眞人 對曰 此殆殺文丞相所致也 乃贈公特進 金紫光祿大夫 開府儀同檢校 太保中書平章政事 廬陵郡公諡忠武 令樞密王積翁書神主 灑掃柴市 設壇祀之 丞相孛羅行初奠禮 狂飇旋地卷主入雲中 改書前宋右丞相 天始開霽 初 江南十義士舁公槀葬南門外道旁 大德二年 繼子陞見織綾戶婦 公舊婢綠荷也 爲陞語 遂以歸葬廬陵 宣德四年 府尹李庸重拓其祠 歲春秋仲朔 有司陳設行祀 別有一記

## 文丞相祠堂記

祗謁文丞相祠 祠在柴市 卽先生成仁之地也 坊曰敎忠 元時塑以儒服 明正統十三年 順天府尹王賢奏改塑宋時丞相冠服 其登祀典在永樂六年 每歲春秋仲朔 天子遣順天府尹設爵三 果五 帛一 羊一 豕一 余再拜而退 喟然嘆曰 千古興亡之際 天意斷可知矣 其見于妖孽禎祥 而爲之驅除 爲之扶植 必於其所篤而力焉 雖婦人孺子 灼見其天意之有在 而乃忠臣義士者 徒欲以隻手與天抗 豈不悖且難歟 威武足以得天下 而不能屈一介之士 是一士之抗節 强於百萬之衆 而萬世之綱常 重於一代之得國 則是亦天道之攸寄也 若與王者自知克審 而其得此大器也 天命之耶 抑且吾以力取之也 天旣命此大器 而不容吾力焉 則亦將使吾任天下之責耶 抑且以天下利吾身也 天旣欲以吾身利天下 則其利天下之術 固亦將有其道矣 吾受天之命 拯救斯民于塗炭之中而已矣 故武王之伐紂也 非武王伐之也 以有道伐無道也 堂堂乎其有天下 而武王不與焉 是故 在天無疑 在人無忌 在敵國無讐 在天下無我 隨道之所在而就焉 故武王之訪于箕子 訪其道也 訪其道所以利天下也 若武王逼箕子而强臣之 則爲箕子者 亦將抱九疇而赴柴市而已矣 道之不傳也 於我何有哉 後世之有天下者 亦莫不受命于天 而惟其自知也不審 故不信乎天 惟其不信乎天 故不能不忌人 凡吾力之所不得以屈者 皆吾之强敵 而常恐其糾合義旅 興復舊物 則莫如殺斯人以除後患 斯人者 亦以得一死 爲明暴大義於天下也 斯人者 天下之父兄也 殺天下之父兄 而寧能止子弟之爲讐乎 嗚呼 天下之廢興有常數 而遺民之如文丞相者 未嘗不輩出也 當時受命之君 當如何處斯人也 曰民焉而不臣 尊之而無位 置之不封不朝之列已矣 爲元世祖計 親造館而手破其械 東向而拜之 問用夏變夷之道 率天下而師之 則是亦先王之道也 伯夷之隘 伊尹之任 惟先王所擇也 區廬陵百畝之田而不稅 則不祿而有其食矣 噫 黃冠故里之願 卽白馬東出之志歟 彝倫之所以敍 禮樂之所由興 而安知先生之志不出於此也

## 觀象臺

附城有高臺 出堞丈餘 曰觀象臺 臺上諸儀器 遠望有似大紡車 以攷中星辰夜昏明之候 凡日月星辰 風雲氣色之變異 登此臺占焉 其下爲府 曰欽天監 正堂扁書觀察惟勤 庭中雜置儀器 皆銅造 非但不識其名 形製詭奇 駭入心目 上臺則可以俯瞰一城 而守者牢拒 不得上而歸 蓋臺上諸器 似是渾天儀璿璣玉衡之類 而庭中所置 亦有似吾友鄭石痴家所見者 石痴嘗削竹 手造諸器 明日索之已毁矣 嘗與洪德保共詣鄭 兩相論黃赤道 南北極 或擺頭 或頤可 其說皆渺茫難稽 余睡不聽 及曉 兩人猶暗燈相對也 記鄭有言 我國康津縣北極出地幾度與黃河入淮口相直 故耽羅橘渡海只康津爲枳云 其說不爲無據

## 試院

試院墻周幾五里 甎築如城 滑如斤削 高二丈餘 上加荊棘 中置大院宇 四周爲一間屋數千區 一屋相距半間 左右爲疏牕以納明 前爲板扉 中爲小溫炕 庖湢畢具 外面甎築沒簷 無一區壞墮 外內潔淨 雖欲穿窬作奸 墻壁堅如鐵城 其勢末由也 昨見落第擧人 試券長二尺餘 廣六尺 行用冊紙也 硃印井間 楷字細書可容千餘言 上首硃印禮部二字 下爲封彌 似是禮部印札試紙 以頒應擧者也其攷閱之蹟 如批評古人文 下方批曰本房 具銜姓 有數行評語 又列書諸攷官銜與姓 俱爲評目 皆硃書 一井一字 無上中下次外更等第 雖在黜落之科 題品諄複 使作者曉然知黜落之所以然 丁寧剴切 藹然有師弟子訓誨之意 可見大國場屋之簡嚴 攷試之詳謹 爲學業者足以不恨

## 朝鮮館

朝鮮館使之所 初名玉河館 在玉河橋上 爲鄂羅斯所占 今在正陽門內東城墻

下乾魚衚衕 翰林庶吉士院隔墻 年貢使先至在館 而更有別使 則分處西館 故此名南館 昨年 昌城尉使行時 南館失火 夜方三鼓 館中鼎沸 一行幣貨委積城底馬數百匹闐門爭出 已見甲軍數千 嚴衛如鐵城 數十水車幷驅而入 扁檐兩桶水隨注車箱 無點水冗費 救火者皆着氈帽氈裘 裘帽皆漬水 手持長柄斧鉤鐮鎗 衝焰冒火 隳突隨意 須臾火滅 寂無喧擾 物貨亂置者無一闕失 可見中國法度之嚴每事之不苟艱如此云

# 盎葉記

皇城外内閭閻廛鋪之間 所有寺刹宮觀 不特天子勅建 皆諸王駙馬及滿漢大臣所捨第宅 且富商大賈 必剏一廟堂以資冥佑 與天子競其奢麗 故天子不必更事土木 別置離宮 以奢天子之都也 自皇明正統天順間 發帑所造者二百餘區 而比年所剏多在內 外人不得見 獨我使至 則有時引納 恣其縱觀 然余所遊歷僅百分之一 或爲我譯所操切 或爭難門者 方入其中則顧影忽忽 惟日不足 而建置掌故非攷碑刻無以知何代何寺 纔讀一碑 輒移數晷 貝闕琳宮 隙駟灘船 是以五官幷勞 四友俱瘁 恒如夢讀籙書 眼纈海蜃 顚倒依稀 名蹟多錯 歸拾小錄 或紙如蝶翅 字如蠅頭 皆百忙閱碑所潦草也 遂編爲盎葉小記 盎葉者 倣古人書柹葉投盎中 集而爲錄

## 弘仁寺

弘仁寺最後一殿 有觀音變相 千手千目 手各有執 像後所懸大障 畫大海濤瀧虛舟出沒 而海天雲氣騰騰 化爲卿靄瑞曇 中有金冠玉帶扶擁小兒者 小兒具王者冕服 妙麗端嚴 以手指天 數千人團衛雲氣中 皆頂繞佛光 岸上衆男衆女頂手仰天者殆以萬計 無畫者姓名 亦無年月標題 觀者莫辨爲何緣舍施也 余謂此宋之陸秀夫抱帝赴海圖也 何以知其然也 曾見宋君臣圖像 范文正公冠服如此 昨謁文丞相祠 其所塑冠帶略相彷彿 小兒具王者冕服 必宋之帝昺也 虛舟出沒者公抱帝墮海 而舟中之人皆從而溺也 騰雲昇天 頂繞佛光者 乃後人之妄想 而畫者之苦心也 當此時也 宋之社稷浮在大洋 君臣上下共寄其蜉蝣之命于颶濤鯨波之間 非水則天 無可往矣 然猶日書大學章句以敎少帝 雍容暇豫 有若論思於厦氈之上 豈非迂且惑歟 嗚呼 忠臣義士者 不以顚沛覆亡而小懈其眷眷忠愛之心則誠爲天下國家之本 惟在於意誠而心正 一日無此君臣則已 若一日有此君臣則此爲一日之先務 惟其不明乎此 故雖提封萬里 猶爲無天下國家也 苟能先此

則雖扁舟之中 其治平之理未嘗不素具也 去食則死 去兵則亡 而聖人猶欲守信於死亡之後 而況當時文丞相視師于外 鄧光薦督餉於中 則舟中之天下 猶有光復之理者乎

## 報國寺

報國寺在宣武門外迤北一里 月三五爲市日 海內百貨輳集佛殿 三寮廂周遭而居僧鮮少 皆京外商旅 無異闤闠 禪林中一大都會也 第一殿扁曰 一塵不到第三殿後有毘盧閣 中間爲大路 廛鋪羅列 車馬閙熱 不獨市日爲然也 余謂史記蘇秦說齊王曰 臨淄之道 車轂擊 人肩磨 揮汗成雨 連袵成帷 始以爲過矣 今觀於九門 信然 諸寺如報國隆福 皆如九街 然後益知古人言語文字 不爲虛辭夸炫也 列國之時 日尋干戈 而都邑之富庶猶能若彼 況昇平天子之都乎 上毘盧閣閣三十五間 中安文昌星君 左右列佛像神將 從北壁踏層梯登其上 閣黑暗如漆拾級惟謹 可揣六七丈 及梯盡 而白日昭明 上閣十五間 有大金佛十一 循欄一周 皇城九門外內纖毫皆見 荳人寸馬 蠕蠕埃壒間 天寧寺影塔高入雲霄 太液池一泓澄明 瓊島白塔晶直自表 寺創于皇明成化初 爲皇太后祈福 翰林侍讀學士劉定之撰碑 汪客書

## 天寧寺

自報國寺轉至天寧寺 元魏時名光林 隋時名弘業 唐開元中改額天王寺 金大定二十一年爲萬安禪林 皇明宣德中修之 曰天寧 正統中又修之 曰萬壽戒壇 臨大道築臺二層 高可五丈 臺上廂寮周遭 聯絡幾數里 中有大佛殿五 舊說隋文帝仁壽二年正月 帝遇阿羅漢 授舍利一囊 乃以七寶函 致岐雍等三十州 州建一塔以藏之 今天寧寺塔卽其一也 塔高二十七丈五尺五寸云 塔凡十三簷 八楞懸鈴四周萬計 響無斷時 塔頂風磨銅輪 相晶瑩閃欻 映人衣袂 翻青掣白 舊聞塔影

倒入大士殿 日方中 闔殿門 光從門隙入 見塔全影于石上云 此來適値陰霾 不見其影 大士像後華嚴經障子 奇巧神出 康熙辛未 大興縣李之秀妻劉氏 手寫華嚴全部八十一卷六十萬四十三字 曲折宛轉 作五層殿閣 中置佛像 字細如蟣頭而點畫謹嚴 撇捌齊整 無一毫紕繆 殿閣簷甍牕櫺 無銖黍之錯 佛像眉眼如生 衣紋襞摺隨勢 噫 不謂一女子 心手之用若是其神 況全寺之功 集天下之衆力而爲之者哉 寺中寶器珍玩 有不暇悉者矣

## 白雲觀

白雲觀 周遭壯麗不減天寧寺 道士百餘人居之 牌樓外扁曰 洞天佳境 內扁曰 璚林閬苑 渡三空橋 入玉皇殿 玉皇具帝者服 遶殿三十三天帝君 拱圭垂旒 皆如玉皇 天蓬神將三頭六臂 各擁兵器 前殿安南極老人星君 騎白鹿 左一殿安斗母 右一殿安丘長春 元世祖國師也 玉皇殿扁紫虛眞氣 斗母殿扁大智寶光 俱康熙御筆 道士所居廊廡千餘間 皆明淨肅整 一塵不動 所儲書冊 皆錦卷玉軸 充溢棟宇 鼎彝敦卣 磊砢古奇 屛鄣書畫 往往絕世之寶也

## 法藏寺

從天壇北墻東行數里有法藏寺 寺刱于金大定中 舊名彌陀寺 皇明景泰二年修之 改稱今名 制視天寧諸寺大同 塔七層 高十餘丈 中空 螺旋爲級 黑暗如夜 摹循置足 如入鬼窟 旣登一層 八牕洞然 心目爽豁 比登七層 一夢一覺 每層八面 面皆有牕 牕皆有佛 凡五十八佛 佛前皆設一燈 或云上元夜 繞塔燃燈 迭奏笙簫 如出天上 第一層有我國金公昌業題名 其下又有洪友大容題名 墨光如新 徘徊悵恨 如可晤語 憑闌四望 黃圖全幅歷歷在眼 眼力旣窮 魄動髮慄 不可久居 第二殿有兩碑 一給事中吳獻撰 鴻臚寺丞高岱書 一國子祭酒胡濙撰 太子賓客淮陰金濂書 左都御使姑蘇陳鑑篆

## 太陽宮

出法藏寺西行數百步 有太陽宮 香火甚盛 車馬駢闐 內外諸殿 左右廊廡 男女祈禱者日千萬計 階墄之間 燭淚成峯 香燼如雪 前殿當中紫微星君 東太陽星君 西太陰星君 後殿九天星君聖母 左一殿關帝 右一殿釋迦 販賣酒食花果 戲弄禽鳥 逞伎售術 輻輳雜沓 寺觀中一大都會也

## 安國寺

崇文門外西南有金魚池 一名魚藻池 界池爲塘 盛植桃柳 居人歲種五色魚 市易爲業 金色最多 故號金魚池 每歲端午 都人盡出 走馬池邊 池陰一帶 園亭甚多 而安國寺最爲壯麗 寺門左右有鐘鼓閣 有大殿三 殿前東西廊廡數百間 皆有像設 金碧炫耀 殆難名狀 殿後又有三大樓 金檻繡牖 縹緲雲霄間 而只有二僧相守 香火稀到 是可怪也

## 藥王廟

天壇之北有藥王廟 武淸侯李誠銘所建也 殿中設太昊伏羲氏 左神農 右軒轅 配以歷代名醫 如孫眞人 岐伯 扁鵲 葛洪 華陀 王叔和 韋眞人 太倉令 張仲景 皇甫士安 多不能盡記 槩倣文廟從享之制 每月朔望 士女雲集 祈禱疾病 燭燼香灺 堆積如雪 方有一女子 盛粧叩頭 粉汗漬席 殿宇壯麗 殆與太陽宮相伯仲

## 天慶寺

藥王廟隔墻有天慶寺 有四大殿 第一曰四王 第二曰圓通 第三曰大延壽 第四

曰空相 空相殿中 以寸餘金佛數千萬軀 積纍成大佛像 眉眼如生 額紋衣皺 無非小佛像 橫縱竪倒 如畫筆所摹揩也 以此心手之巧 其於土木之功 丹雘之麗何難之有 如此大寺刹 只有一老釋與數三小沙彌俱居 廊廡間百工居住 工作紛然 書畫長軸裝潢標飾 皆就是中 東北隅有高樓 中建十三簷金塔 刻鏤藻繪之盛殆出鬼手 寺建于皇明天順三年己卯

## 斗姥宮

天壇之西有斗姥宮 門前正街有牌樓三 南坊外額曰與天同壽 內額曰萬壽無疆 東坊外額曰 蓬萊深處 外額曰 東華注籌 西方內額曰 天竺延祥 外額忘焉三樓鼎峙 金碧璀璨 目難定視也 第一殿榜曰北極殿 安北斗星君 第二殿至第五殿皆鎖 不許人觀 大約土木之盛 藻繪之工 有非心智力量所到 左右廊廡壁上所畫 無非般覩 而行忙 不得諦閱 又至一殿 從窓隙遙窺 雖未知何物寶玩而熠熠靑碧如鬼火 礌砢錯落如佛腹 欲曉未曉 如夢讀籙字書 又行至一屋 多置古書畫 米芾天馬賦山精木魅圖 只閱其標題而去 康熙時 太監顧時行爲太皇太后祈福 捐私財造建碑文 翰林侍讀學士高士奇撰 康熙乙亥立

## 隆福寺

隆福寺市日 每月三一 與灣賈鏡贊同行 是日値市 車馬尤爲闐咽 寺中咫尺相失 遂獨行觀玩 碑載景泰三年六月 工部侍郞趙榮董工 役夫萬人 五年四月成車駕擇日臨幸 太學生楊浩 儀制郞中章綸俱上疏諫 卽日罷行 卿士大夫連車騎至寺中 手自揀擇市買 百貨盈庭 珠玉珍寶之物磊落宛轉于履屐之間 令人足踖如也 心怵如也 而視瞿瞿也 階墄玉欄所布掛 皆龍鳳氍毹 而衣被墻壁者 盡是法書名畫 往往施帷幕 撞金伐鼓者 逞戲售術者也 前年 李懋官遊此寺 値市日逢內閣學士嵩貴 自選一狐裘 挈領披拂 口向風吹毫 較身長短 手揣銀交易 大駭之 嵩貴者 滿洲人 往歲奉勑東出者也 官禮部侍郞 蒙古副都統 我國貧士 家

雖乏無尺僮者 未嘗敢身至場市間 與賈竪輩評物高下 爲鄙屑事也 宜其大駭於我人之目 然今吾歷訪賣買者 皆吳中名士 殊非裨販駔儈之徒 以遊覽來者 類多翰林庶吉士 爲訪親舊 問訊家鄉 兼買器服 其所覓物 類多古董彝鼎 新刻書冊 法書名畫 朝衣朝珠 香囊眼鏡 非可以倩人爲皮膜苟艱事 莫若親手停當爲愉快 選擇去就之際 亦見其簡易質直 而所以中國人人能有精鑑雅賞也

## 夕照寺

訪兪世琦于夕照寺 寺不甚宏傑 而精灑幽敻 眞乃一塵不動 禪林中淨界 此爲初見也 無一僧居住 皆閩越中落第秀才 無資不能歸 多留此中 相與著書刻板以資生 時居共三十一人 爲人賃書 朝出未還 寂無一人 而所居皆淨潔 位置整齊 使人徘徊想咏不能去 析津日記云 燕京八景有金臺夕照 此寺之所由名也 兪君本閩人 爲陝西兵備道陳庭學姊婿 今年二月喪妻 無子男 有四歲乳女 置婦家 身獨與小僮棲息此寺中

## 關帝廟

關帝廟遍天下 雖窮邊荒徼 數家村塢 必崇侈棟宇 賽會虔潔 牧竪馌婦 咸奔走恐後 自入柵至皇城二千餘里之間 廟堂之新舊 若大若小 所在相望 而其在遼陽及中後所 最著靈異 其在皇城 稱白馬關帝廟 載於祀典 則正陽門右關帝廟是也 每年五月十三日致祭 前十日 太常寺題遣本寺 堂上官行禮 是日 民間香火尤盛 凡國有大災 則祭告之 皇明萬曆時 特封三界伏魔大帝 神威遠鎭天尊 旨由中出 我國南關廟壁上所揭 蓋摹此筆也 焦竑撰廟碑 董其昌書 世稱二絶

## 明因寺

聞明因寺有僞蜀王衍時貫休所畫十六羅漢像 奇奇怪怪 不類世間所傳 思欲一觀 座有初翰林彭齡 亦同余思 遂約日共車至寺 寺在正陽門外三里 河東畔 不甚宏麗 只有一僧 病咳且甚頑鄙 牢諱此畫 且不許遊覽 初太史向僧再三叩懇 而僧頑賴轉甚 不肯擧頭應答 良久 厲聲叱之 初赧然而退 殊甚敗意 引余同歸 歷護國寺

## 大隆善護國寺

護國寺 都人稱千佛寺 以其有千佛也 又名隆國寺 有大小佛殿十有一區 雖甚宏傑 而亦多破敗 皇明正德中 勅西藩法王領占班丹及著肖藏卜等居住 所謂班丹藏卜者 如今熱河所置班禪也 未知寺刱何代 而有元丞相脫脫塑像 幞頭朱衣 羇長眉脩 氣宇淸肅 衣冠皆似華制 元時宰相或不開剃歟 是可異也 旁有鳳冠赤裳老嫗 乃脫脫妻也 又有姚廣孝畫像 姿容蕭灑 髠頂趺坐 萬緣俱空 不似西湖鼓臂獨吟時也 昔司馬遷稱張子房貌類婦人 余於未見此像時 意其有滔天殺氣 今不然矣

## 火神廟

火德眞君廟在北安門日中坊 元至正間建 皇明萬曆時改增 天啓元年著令 以每年六月二十二日 太常官祀火德之神 前殿曰隆恩 後殿曰萬歲 曰景靈 曰輔聖 曰弼靈 曰昭寧 凡六殿 皆碧琉璃瓦 階墄皆綠琉璃甎 殿後水亭臨湖 金碧照映漣漪間 壯麗與藥王廟相並 而勝槩過之 一碑朱之蕃撰 一碑翁正春撰

## 北藥王廟

北藥王廟 殿宇位設一如南廟 而東臨海子 沿堤萬柳陰濃 湖濱遊客常滿 天啓中魏忠賢所建云

## 崇福寺

崇福寺 本憫忠寺 唐太宗還自征遼 哀憫戰亡將士 爲建此寺以薦福 兩塔對峙 或云安祿山所建 或云史思明所建 高各十丈 要之兩賊所建 而中國人猶以千年舊迹而不沒也 宋史 謝疊山以元至元二十六年四月至燕京 問謝太后攢所及瀛國公所在 再拜慟哭 元人送置憫忠寺 見壁間曹娥碑 泣曰 一女子尙爾 遂不食而死 尋張不肯爲史思明頌唐肅宗碑 蘇靈芝所書 今無有 然當以朱彝尊所辨爲正矣 高麗史 忠宣王至大都 帝祝髮置之石佛寺 或云此寺 未可詳也

## 眞覺寺

眞覺寺 俗名五塔寺 又名正覺寺 浮圖高十丈 號金剛寶座 入其內 從暗中螺旋以陟其頂 上爲平臺 復置五方小塔 世傳皇明憲宗皇帝生藏衣冠處 寺或云蒙古人所建 或云皇明成祖皇帝時 西番板的達所貢金佛五軀 爲刱此寺以舍之 今我人初見金屋番僧 大驚於心 然中國歷代必有此等崇奉 則天下共許天子遊神暇豫之地 而兼資冥佑 故雖極崇侈 所以群下不敢指斥 聊相假借之也

## 利瑪竇塚

出阜成門行數里 道左列石柱四五十 上架葡萄 方爛熟 有石牌樓三間 左右對

蹲石獅 內有高閣 問守者 乃知爲利瑪竇塚 而諸西士東西繼葬者 總爲七十餘塚 塚域築墻 正方如碁局 幾三里 其内皆西士塚也 皇明萬曆庚戌 賜利瑪竇葬地 塚高數丈 甎築 墳形如甗瓦 四出遠簷 望如未敷大菌 塚後甎築六稜高屋 如銕鍾 三面爲虹門 中空無物 樹碣爲表 曰耶蘇會士利公之墓 左旁小記曰 利先生諱瑪竇西泰 大西洋意大里亞國人 自幼眞修 明萬曆辛巳 航海首入中華衍敎 萬曆庚子來都 萬曆庚戌卒 在世五十九年 在會四十二年 右旁又以西洋字刻之 碑左右樹華表 陽起雲龍 碑前又有甎屋 上平如臺 列樹雲龍石柱爲象設 有享閣 閣前又有石牌樓 石獅子 湯若望紀恩碑

# 銅蘭涉筆

余訪兪黃圃世琦 硯北置文石硯屛 屛前有蘭一本 諦視則銅鑄也 鳳眼迎風紫穎汎露 眞奇造也 余爲借數日 丌之所寓東壁下 扁之曰 銅蘭齋

乾隆四十一年丙申 琉球使臣呈文禮部求去 具呈 琉球國正使耳目官向崇猷都通事毛景昌 爲乞順夷情 早賜遣歸事 崇猷等奉王命 恭逢乾隆三十九年知貢典 蒙福建撫昌給發兵牌 勘令沿路護送前來 近於上年十二月初一日抵京 恩準隨班行禮 及朝賀元朝令節 則小邦末員得近天顔 加以賞給廩餼 猷等感激無地茲公務已竣 空閒守居 琉球地屬海外 往來全憑風䬃 此時回閩回國 正値其候但猷等來京 時逢隆冬 河凍結氷 不得不由王家營一直起旱而來 現今返棹 時値仲春 風和地暖 正可起程 含情叩懇大人 仰體皇上撫綏至意 俯鑒遠人 體照前例 恩準由旱而至濟寧 登舟而歸 理應預先呈明大人臺下 迅賜奏請勅書 併關兵部塡給勘合恩賜 於二月初內 猷等聽候遣發 寔爲恩便 千秋戴德 切呈 乾隆四十一年正月二十四日具呈云 其自敍直而情辭婉切 此出塘報舊紙 今番我使數番呈文 當出塘報 流傳天下

琉球國貢例硫黃一萬斤赤銅一千斤錫鑞三千斤云

太平御覽云 漢時霍里子高 朝鮮人也 晨起刺船 見一白首狂夫 被髮携壺 亂流而渡 其妻止之不及 遂溺死 妻乃携箜篌鼓之 歌曰 公無渡河 公終渡河 公淹而死 當奈公何 音甚悽切 曲終亦投河而死 子高還 以其聲語妻麗玉 麗玉傷之引箜篌寫其聲爲箜篌引 余在熱河太學 閱樂器 無所謂箜篌者 皇城琉璃廠中多使人求之 而適未得果 不識其製

天妃 俗傳黃河之神 今淸勅封爲天后 回回人多入此敎云 天妃神有十二字尊號 載淸祀典

我東袍笠與帶 恰似中國之僧 其夏天所戴 或藤或椶 袍特方領異耳 然袍皆黑貢緞或紋紗 其貧者猶袍秀花紬野繭紗 與卞醫觀海入玉田一鋪 則數十人圍觀

爭閱吾輩布袍 詳察其製樣而大疑之 私相謂曰 這個化齋的 那地來哩 或戲答云 從舍衛國給孤園來哩 非不知我爲朝鮮人 而見袍笠 譏其類乞僧也 大約中國女子及僧徒道流 不變舊制 而東方衣冠多襲新羅之舊 新羅始倣華制 然俗尙佛教 故閭閻多效中國僧服 至今千餘年而不知變 反謂中國僧徒悅我東衣冠而效之 豈其然乎

僧笠之以籐絲結者 其色如我東草笠 以椶絲結者 其色如我東朱笠 籐笠以椶絲爲紋 椶笠以籐絲爲紋 蒙古人亦夏天戴笠 多皮造鍍金 上畫雲氣 東俗之冬天戴笠 雪裏把扇 爲他國所笑

中國鄕試之規 第一場試以四書文三篇 性理論一篇 一晝夜而畢 第二場試以經文四篇 排律一首 一日而畢 第三場試以策五道 亦一晝夜而畢 皆千餘言 會試之規亦同 殿試則單試策一道 亦一晝夜 必萬餘言然後中式 又其格式無一差誤 然後乃可入翰林 殿試後又有朝考 試以詔誥 論詩 只許一日而畢 鄕會試五道策內 三條古策 二條時務 殿試則專試時務 一得中鄕試 則因爲擧人 每會試直赴 雖未得會試 十餘年後得一知縣

李卓吾以其煩癢 公然剃髮 中國人亦謂其凶性 蓋中國剃髮之徵也 今中國人開剃 金元之所無 若中國生出眞主 如皇明太祖掃廓乾坤 而愚民之習熟成俗者已百餘年之久 則亦或有以束髮加帽反爲煩癢而不便者

余入中國 沿道二千里之間 時方夏秋之交 劇暑 常晝日四五下馬 入人家休憩而去 丈二芭蕉 太湖石 茶蘼架子 斑竹欄干往往而有 護階綠竹 滿簾翠梧到處多見

高麗時 宋商舶頻年來泊於禮成江 百貨湊集 麗王待之以禮 故當時書籍大備 中國器物無不來者 我國不以水道通南貨 故文獻尤貿貿 不識三王事者 全由此也 日本通江南 故明末古器書畫書籍藥料輻輳于長崎島 今蒹葭堂主人木氏弘恭字世肅 有書三萬卷 多交中國名士云

班禪所居 前枰後鏡 左鍾右玉 上盤水下寶刀 晝日焚香 哦然一笑

卽今戶部尙書和珅 皇帝寵臣也 兼九門提督 貴振朝廷 皇帝誕日 余至山莊門外 貢獻之物輻輳門前 皆覆黃袱 非金佛則皆玉器云 和之所舁來者 卽珍珠葡萄一架在其中 以金銀烏銅出色爲蔓葉 以火齊瑟瑟爲葡萄 眞所謂艸龍珠帳 康熙皇帝萬壽節在三月 康熙癸未是日 九卿皆進古玉書畫爲壽 皆蒙納入內府 王士

禎時爲刑部尙書　亦獻其家舊藏王晉卿烟江疊嶂圖長卷　後有米元章書東坡長句 康熙傳旨云　向來進御　凡畫槪無古者　此卷畫後米字甚佳　故特納之　因論知　康熙時　古玉書畫之奉　未嘗非緣飾雅素　而再轉爲金佛珠萄　則人臣私獻　康熙啓之也　和珅方其貴寵　故皇帝亦嘗曰　珅愛我也　忘其家而獻於朕云爾　則亦將曰　朕以四海之富　無此眞珠葡萄　珅安從得此　珅其危哉

耕織圖始于宋　於潛令四明樓璹以獻思陵　逐段有憲成皇后題字　康熙中　復命工摹寫　逐段有康熙詩御筆　乾隆中　徽州守臣逐段摹刻于墨板　鏤刻精巧　墨凡四匣　一匣十二笏　價銀一百三十兩　乾隆辛卯年間　其價如此云　丙申价低　爲銀八十兩　今余親至廠中　覓得兩函　精巧殆非人手造成　余問價于徐文圃璜　則答　墨非絶品　且第次中舊闕二笏　故久不能售　然價猶不下六十兩銀云

徐璜爲余言藏書辟蠹方　以寒食麵和臘雪水爲糊　裝潢則不蠹　以皂莢末置書中則不蠹　此方出宋王文憲　養筆方　以硫黃湯舒其毫　蘇東坡以黃連煎水　調輕粉蘸筆頭　候乾收之　黃山谷以川椒　黃蘗煎湯染筆藏之　尤佳

方士所說三神山　蓬萊方丈瀛洲在海中　神仙常往來遊居其間　日本人自認爲其國所有　我國亦以金剛山爲蓬萊　濟州漢拏山爲瀛洲　智異山爲方丈　皇輿攷曰　天下名山有八　而五在中國　泰山華山少室太室首陽　而其三在外夷　此妄也　皇輿攷據方士所稱　謂三在外夷　而我國與倭紛紛然較有無　則惑也　天下名山豈止有八　而中國豈止於五　外夷名山亦豈止三

皇輿攷云　天下有三大水　黃河長江幷鴨綠江　然鴨綠江亦在外夷　兩山墨談(陳霆著)云　長淮爲南北大限　自淮以北爲北條　凡水皆宗大河　未有以江名者　自淮以南爲南條　凡水皆宗大江　未有以河名者　二條之外　北之在高麗　曰混同江　鴨綠江　南之在蠻詔　曰大渡河　禹跡之所略也　此說非是　江與河以淸濁分　余渡鴨綠江　江之廣不踰於漢江　而淸則比之　自至皇京　凡渡水十餘　或舟涉馬浮　而所名混河　遼河　灤河　太子河　白河等水　皆黃濁　蓋野水濁而峽水淸也　鴨綠江發源長白山　而行塞上諸山中　故常淸　東八站諸水皆淸　亦其驗　余雖未見長江　而發源於岷峨萬山中　穿三峽而下　則其淸可知　所謂南條諸水未有以河名者　楚之南多山多石　故水皆淸故也　然則南詔之大渡河　想應發源平野而水濁　故稱河耳

楊循吉志異云　皇朝文臣得拜極品爵者不數人　威寧伯王公其一也　公當廷試日稿甫就　忽旋風起腋下　騰其卷於雲霄中　廷臣與同試者咸仰視　彌久彌高　至不見

乃已 中官以聞 詔許別楮謄進 後公由中執法大司馬以進於伯爵 此王越事也 我成宗朝 景福宮簡儀臺邊 落一紙中朝試券 其封彌乃王越名 附貢使奏其券 天子嘉越有風力 乃拜執憲之職 循吉所記 只言其旋風飛券 而不詳其下落 泛言其由執憲以進 而未諳其實由我國奏聞于天子也

原始秘書言 高麗之學始於箕子 日本之學始於徐福 安南之學始於漢立郡縣而置刺史 被之以中國之文學 後至五代末 節度使吳昌文方盛 自中國流衍外夷數千年間 其文皆不免於夷狄之風 窘竭鄙陋 不足以續聖教者 蓋其聲音不同其奇妙幽玄之理 非筆舌之可傳 故不相合 此可謂切論 吾東不知叶音之妙 故柳眉菴號能知音 而其諺解毛詩 不從叶音 詩多絶韻 如王姬之車 不從麻韻而從魚韻之類是也

酉陽雜俎 近有海客往新羅 吹至一島上 滿山悉是黑漆匙筯 多大木 客仰窺匙筯 皆木之花與鬚也 因拾百餘雙而還 用之 肥不能使 後偶取攪茶 立消 此似妄也 吾南沿海島中若有是木 豈有不聞之理

許亢宗行程錄 自同州四十里至肅州 東望大山 金人云 此新羅山 其中産人蔘白附子 與高句麗接界 此妄也 雖未知同州肅州在於何處 而金人所指新羅山 安得與高句麗接界 可謂朔南貿遷

高麗人蔘讚 三椏五葉 背陽向陰 欲來求我 椵樹相尋 中國文書多載此贊 椵樹葉似桐 而甚大多陰 故人蔘生其陰云 椵樹卽我國所謂自作木 以爲冊板 我國至賤 而中原墳墓皆種此樹 靑石嶺成林

大唐新語 李襲譽性儉約 好讀書 寫書數萬卷 謂子弟曰 吾不好財貨 故以至貧乏 然京城有賜田十頃 可以充食 河南有桑千株 可以充衣 寫得書萬卷 可以求官 汝曹共勤于此三事 何求於人 余亦性不好貨 故以至貧乏 然點檢平生所寫書 不滿十卷 燕巖手所種桑纔十二株 其長條纔得及肩 嘗不禁惋歎 今經遼野護田桑林一望無際 則又茫然自失矣

中原人以詩小序必不可廢 阮亭說頗公 其言曰 程子謂 小序必是當時人所傳國史 明乎得失之迹者 是也 不得此 何緣知此篇是甚意思 大序則是仲尼所作要之皆得大意 朱子學宗二程 而于小序獨不然 何也 郝楚望之每一詩必駁朱註亦自不可 常熟顧大韶仲恭欲刊定一書 用毛傳爲主 毛必不可通 然後用鄭 毛鄭必不可通 然後用朱 毛鄭朱皆不可通 然後網羅群說而以己意折衷之 嚴粲詩緝

作于朱註之後 獨優于諸家 大全之作敷衍朱註 全無發明 用覆醬瓿可也 大抵中國人斥朱子盡去小序 爲此世一大時論 朱竹坨經義攷(二百卷)闢朱子 如木瓜美齊桓 子衿刺學校廢 野有蔓草及刺幽王 刺鄭忽諸詩 皆按之經傳 確鑿可據 而朱子盡反之斷以己意 盡廢小序 然其實多宗小序 獨于鄭衛之詩 據放鄭聲一語 幷置淫奔之科 聲淫非詩淫 此西河毛氏之說 而大約扶小序者說皆如此 謂非朱子手筆 而必出於門人之手者 欲放膽於門人而便於攻伐之計也 宋史儒林傳王栢曰 詩三百篇豈盡定於夫子之手乎 所刪之詩 或有存於閭巷浮薄之口 漢儒取以補亡 此說甚似有理 然則中土所扶小序 亦豈無漢儒傅會哉 余嘗與初翰林彭齡 高太史棫生飮段家樓 紛紛以小序相質 余大言曰 詩三百 不過當時閭巷間風謠 歡愉疾痛 喜怒哀樂之際 不得不有此聲 如候蟲時鳥之自鳴自吟 觀風者採其謠 而字而句 而列之學校 被之管絃 是所謂列國之風 而詩之名所由立也 何從得作者姓名哉 小序說詩 必皆有作詩之人 曰此某某之作 如後世之全唐詩 則斷可見其傅會 如爲焦仲卿妻作及古詩十九首 何嘗有作者姓名哉 諸人皆默然 貌似不然之 蓋宗小序始于蘇子由 而攻小序始于鄭夾漈 駁朱註極于馬端臨毛奇齡朱彝尊 而近世靡然爲時義

吳郡馮時可蓬牕續錄 聚頭扇卽摺疊扇 貢於永樂間 盛行於國 東坡謂高麗白松扇 展之廣尺餘 合之只兩指 倭人所製泥金面烏竹骨卽此 余至京 有外國道人利瑪竇贈余倭扇四柄 合之不能一指 甚輕而有風 又堅緻云 由此觀之 中國初無摺疊扇 扇皆團扇 類我東所稱尾扇 蓋見之古畫 如蕉葉桐葉白羽之類是也 我東器什多倣日本 則摺疊扇 高麗學之日本 中原學之高麗歟 中國大扇名高麗扇 製甚樸 傅東紙油黃 細書畫 頗珍之

歐邏鐵絃琴 吾東謂之西洋琴 西洋人稱天琴 中國人稱番琴 亦稱天琴 此器之出我東未知何時 而其以土調解曲始于洪德保 乾隆壬辰六月十八日 余坐洪軒西刻 立見其解此琴也 槪見洪之敏於審音 而雖小藝 旣系刱始 故余詳錄其日時 其傳遂廣 于今九年之間 諸琴師無不會彈 吳君馮時可始至京 得之利瑪竇 以銅鐵絲爲絃 不用指彈 只以小板案 其聲更淸越云 又 自鳴鍾僅如小香盒 精金爲之 一日十二時 凡十二次鳴 亦異云云 幷見蓬牕續錄 蓋此兩器 皇明萬曆時始入中國也 余山中所有洋琴 背烙印五音舒記 製頗精好 故今來中國 爲人應求遍覽所謂五音舒 而竟未得

丹青記 王維爲岐王畫一大石 信筆塗抹 有天然之趣 王甚寶之 時於罘罳間獨坐注視 作山中想 悠然有餘趣 數年之後 益有精彩 一朝大風雨中 雷電俱作忽拔石去 屋宇俱壞 不知所以 後見空軸 乃知畫石飛去耳 憲宗朝 高麗遣使言某年月日大風雨中 神嵩山上飛一奇石 下有王維字印 知爲中國之物 王不敢留遣使奉獻 上命群臣以維手迹較之 無毫髮差謬 上始知維畫神妙 徧索海內 藏之宮中 地上俱洒鷄狗血壓之 恐飛去也 以此推之 中國齊諧所記 其疏謬可知 中國稱高句麗爲高麗者 雅矣 而高句麗亡於唐高宗永徽中 則憲宗時安得遣使 王氏高麗都於松岳之下 松岳號神嵩 而且將謂王氏高麗 則太祖之興國乃在朱梁友貞貞明四年 後憲宗百餘年矣 王維 唐明皇時人 則先憲宗百餘年矣 其飛石之說本自荒誕 而所記又甚乖謬 此應本之王越試劵事 依俙爲此說耳

吾東最不得志於東坡 高麗求書史於宋 則東坡引漢東平王故事 上箚峻斥之其通判杭州時 高麗人貢使者凌蔑州郡 押班使臣皆本路管庫 乘勢馳橫 至與軨轄抗禮 公使人謂之曰 遠夷慕華而來 理必恭順 今乃爾暴恣 非汝導之 不至是也 不悛 當奏之 押班者懼 爲少戢 使者發幣於官吏 書稱甲子 公却之曰 高麗於本朝稱臣而不稟正朔 吾安敢受之 使者亟易書稱熙寧 然後受之 時以爲得體此見東坡墓誌 元祐五年二月十七日 見王伯虎炳之言 昔爲樞密院禮房檢詳文字見高麗公案 始因張誠一言 契丹於虜帳中見高麗人 私語本國主向慕中國之意歸而奏之 先帝始有招來之志 樞密使李公弼因而迎合 親書箚子乞招致 遂命發運使崔極遣商人招之 天下知非極 而不知罪公弼 如誠一 蓋不足道也 又 淮東提擧黃實言 見奉使高麗人 言所致贈作有假金銀鋌 夷人皆坼壞 使露胎素 使者甚不樂 夷云 非敢慢也 恐北虜有覘之者以爲眞爾 由此觀之 高麗所得吾賜物北虜蓋分之矣 而或者不察 謂虜不知高麗朝我 或以爲異時可使牽制北虜 豈不誤哉 此二條俱載東坡志林 子瞻以當時招徠高麗爲失計 觀其諸所記述 俱爲國家深長之慮 然當時士大夫 殊不知高麗慕華之誠 出於赤心 爲遼金所牽制 不能一心事宋 此高麗列朝至恨 每得宋之士大夫文字 則焚香敬讀 如此悃愊 未能見暴 徒爲中土士大夫所鄙外 足爲寒心 余與王鵠汀極言辨之

名山記曰 江原道金剛山中 有一泓曰觀音潭 潭畔崖名曰手巾崖 石心有凹如杵臼 諺傳觀音浣處

崇禎丁丑十一月二十二日 正朝使(與建州和解後)韓亨吉書狀官李後陽之行 定例

外別貢紅柹三十駄 勅使又督納二萬箇 其時勅使英俄兒代 馬福塔 戴雲曾在道馳獵 責納房妓 少不如意 則鞭扑狼藉 倭人亦求馬三百 鷹三百 野鶴三百 今此使行 所持方物 不過紙席 而中國賜賚供給留館員役 常費十餘萬云 比諸淸初 可謂反爲貽弊中國

徐渭路史云 唐時 高麗貢松烟墨 和麋鹿膠造墨 名隃麋 王阮亭辨漢縣名隃麋地出石墨 與高麗無涉 而獨不辨唐時元無高麗 何也 隃麋所出石墨 想應今時所用石煤也 漢時不識爇火以爲石墨歟

皇明萬曆九年 西洋人利瑪竇入中國 留北京二十九年 中國人無信之者 獨力主其曆法者 徐光啓一人 遂爲萬歲曆法之祖宗 則萬曆記年 乃利瑪竇入中國之兆

萬曆壬辰 神宗天子大發兵 東救我國之難 其時所發帑銀八百萬兩

新羅時土産有大小花魚 牙錦 朝霞錦 白氎布

王元美稱東紙 徐文長甚愛東紙如錢厚者 鍾伯敬嘗書唐劉眘虛詩十四首

中原進士及第出身 一甲三人 狀元 次榜眼 次探花 狀元卽授翰林修撰 榜眼及探花爲翰林編修 二甲八九十人 第一人謂之傳臚 亦授翰林 三甲百餘人 則與二甲通納朝考 或點翰林 或授六部主事 或授知縣 不與於此 則爲歸班進士 不比我東較量地閥 分授三館之規

雍正壬子 譯官崔壽城過高喬堡 見吳光霈 光霈嘗受吳三桂僞牒 以此被謫 仍居於此 年方八十七 耳聾神昏 不能酬酌 出視當時文籍 一 天下都招討兵馬大元帥周王爲陞授官員事 予以宇宙昏蒙 如居長夜 仰承天意 倡義救民 必資智勇之才 共濟昇平之烈 查得吳光霈 今授以金吾侍衛遊擊 用示優異 合行給箚 爲此箚付本官 遵照任事 爾受茲委任 宜益加奮勵 戮力行間 茂建勳勞 以膺顯用 儻有奇功足錄 自有不次爵賞 汝其勉哉 須至箚付者 右箚付遊擊吳光霈 準此 周四年五月廿七日箚付 二 兵部爲陞授官員事 洪化元年七月十六日 兵科抄出李少保 金吾衛左將軍胡題爲補用官員請給箚付事 今查得侍衛遊擊吳光霈 老成練達 應加以叅將職銜 管理内府事等 因具 題旨 吳光霈等依議用 兵部知着欽此欽遵 擬合就行 爲此合箚本官 遵照本部欽奉旨内事理 欽遵任事施行 須至箚付者 右箚付叅將吳光霈 準此 洪化元年七月廿一日 經承箚付 三 戶部請添官員事 乃是差授光霈戶部員外郎者也 稱洪化二年七月廿六日 俱有印押 蓋

吳三桂起兵四年而改元也　自作九錫禪文　李克用之所不爲　誓死他日復唐社稷　大明遺黎日望義旗　天下有誰知周家洪化　吳光霱尙以此牒爲家藏舊迹　其意可知　而亦可見當時寬大之政

吸毒石　棗子大　靑黑色　小西洋一種毒蛇　頭裏生石　能治蛇蝎蜈蚣諸蟲咬傷　幷治癰疽一切毒瘇惡瘡　卽將石置傷處　石自緊黏不落　吸毒盡時　石自離落　患可除痊　須預備人乳一鍾　急將石浸之　候至乳色略綠　卽洗淸水　淨抹收貯　以待後用　若浸乳稍遲　則石毒過出　久後無靈

未及山海關十餘里　有姜女廟　新建行宮　望夫石旁有小亭　曰振衣亭　秦時　范七郞築長城　死於六螺山下　夢感其妻許氏　孟姜　陜西同官人也　獨行數千里　收七郞骸骨　歷憩于此　後人立祠　姜女竟負骸入海死　旣數日　有石出海中　潮至不沒云　望夫石三字　太原白暉題　作如是觀四字　內閣修撰賀廷佐書　李蟠撰祠記　高爲書　祠後立四碑　一張揀撰　皇明萬歷甲午立　一張時顯撰　萬曆丙申立　一程觀頤撰　康熙己酉立　一高齊岱撰　康熙戊辰立　唐時人王建所咏望夫石在武昌　或曰　秦時不稱陜　且無稱郞　姜者　齊女也

王民皥贊淸建國一王之制曰　外三王而內二敎　蓋以釋老二氏之術　雜儒道而文之也　雍正時　有密奏請令所在僧尼相配還俗　可得旗下百萬　雍正下詔洞論曰　佛老之敎　心性本源　善惡感應　理氣根窟　自昔理天下者　本之倫常　效之事功　則二氏之敎　無與乎禮樂刑政之區　恐其有妨於明敎　則哲壬賢辟疎而遠之則有之　朕未聞其悖其性而挫折之也　近有密奏進來　毒詆釋氏　請令所在僧尼還俗　朕恐一夫一婦不獲其所　今不問情願還俗　則不獲其所者不啻數百萬人　僧尼卽鰥寡孤獨　所當矜憐　理學之人先罵二氏　自以爲理學者　此習不知剏自何典　夫理學貴於躬行實踐　若虛詆二氏卽爲理學　則卑淺矣　國家尊尙理學之意　本不如此　若云夭言惑衆　作姦犯科　皆出於僧徒　此等果於本敎　亦無躬行實踐　其干紀冒法　豈誠本敎之罪哉　卽如近日獲重罪處極刑者　又何嘗皆僧尼道士耶　執法不平　不足以治天下　持論不公　不足以服人心　故玆諭示　此載閔相應洙癸丑燕行錄中　與王氏說相符

乾隆四十年乙未十一月二十日　內閣奉上諭　崇奬忠貞　所以樹風敎　勵臣節　然自昔嬗代　凡勝國死事之臣　罕有錄與易名　惟我世祖章皇帝定鼎之初　崇禎之末殉難之臣　太學士范景文等二十人　特恩賜謚　仰見聖度如天　軫恤遺忠　實爲亘萬

古之曠典 當時僅徵據傳聞題奏 事件未暇遍爲搜訪 故得邀表章者 只有此數 殆久而遺事漸彰 復經論定 今明史所載 可按而知也 至若史可法之力矢孤忠 支撐殘局 終蹈一死 又如劉宗周黃道周等 立朝謇諤 抵觸僉壬 及遭際時艱 臨危授命 足爲一代之完人 爲褒揚所當及 其他或死守孤城 或身隕行陣 與夫俘禽駢戮視死如歸者 當時王旅徂征 自不得不申法令以明順逆 而事後平情而論 若而人者 皆無愧于疾風勁草 卽自盡以全名節 其心亦可矜憐 雖福王倉卒偏安 唐桂二王幷且流離竄跡 已不復成其爲國 而諸人茹苦相從 捨生取義 各能忠于所事 亦豈可令其湮滅不彰 自宜稽攷史書 一體旌謚 其或諸生韋布及不知姓名之流 幷能慷慨輕生 議謚固難于概及 亦當俎豆其鄕 以纘軫慰 嘗恭讀我太祖實錄載薩爾滸之戰 明楊鎬等集兵二十萬 四路分出 侵我興京 我太祖太宗及貝勒大臣 統勁旅數千 殲戮過半 明之一時良將 如劉綎杜松楊鎬等皆沒于陣 近日親製書事一篇 用揚祖烈而傳示信史 惟是王業肇基 其抗我顏行者 原當獮薙 然迹其冒鏑迎鋒 竭忠效命 未嘗不爲嘉愍 又若明社將亡 孫承宗盧象昇等 抵拒王師 身膏原野 而周遇吉蔡懋德孫傳廷等 以闖獻蹂躪 禦賊身亡 凜凜猶有生氣 摠由明政不綱 自萬曆以至崇禎 而權奸接踵 閹豎橫行 遂至黑白混淆 忠良泯滅 每爲之切齒不平 福王時 雖間有追謚之人 而去就不公 亦未足爲重 朕惟以大公至正爲衡 凡明季完節諸臣 旣能爲國抒忠 優奬實同一視 至若錢謙益之自詡淸流 靦顏降附 金堡屈大均輩倖生畏死 詭托緇徒 均屬喪心無恥 若輩果能死節 今日亦當在予表旌之列 乃旣不能捨命 而猶假言語文字 以自圖掩飾其偸生 是必當明斥其進退無據之非 以隱殛其冥漠不靈之魂 一褒一貶 衮鉞昭然 使天下萬世共知朕意 準情理而公好惡 卽以是植綱常 卽以是示彰癉 所有應謚諸人 並査明史及輯覽所載 遵照世祖時之例 因其原官予以謚號 其如何分別定謚之處 著太學士九卿京堂 翰詹科道集議以聞 幷玆通諭中外知之 欽此 以此詔觀之 我國三學士及淸陰事迹 當載淸太宗實錄 而漠然無聞 何也 夫陪臣之爲中國尊攘 千古所未曾有也 乾隆爲天下萬世自附公正之論 而獨於我東諸賢不少概見者 以其事系外國而未及修擧耶 中州人士往往提及淸陰 而只錄其寂寥詩篇而已 其大節之爭光日月 未有擧似者 抑吾東講和實在關外之時 則中國未之詳知歟 抑嫌於酬答而佯若不知歟 抑故托感舊集(王漁洋士禎輯感舊集 錄淸陰先生詩 其小序具書官銜名與字)以微見其意歟 余每聞淸陰二字 未嘗不髮動脈跳 雖闇自喉裏徘徊 而

未敢發諸齒外 幾成王鵠汀痞證 柰何柰何

未及遼東 有王祥嶺 踰嶺十餘里 有冷井 使行時設幕朝飯處也 非石甃 乃路傍泉源盈科 味甚甘冽 冬溫夏冷 每我東使行時 泉必滔滔湧出 而東人去則立竭 蓋遼東本朝鮮地 故氣類相感而然云

我東避兵福地共有十處 而皆世傳東方名僧無學及方士南師古所占云 余以爲福地莫如去邠之所 雖韋布微賤之士 必爲間關陪扈 執羈靮不離左右可也 猝當兵亂 士女波蕩 每尋深山絶峽 藏蹤巖穴之中 其不智甚矣 運粮旣絶 必先自餓死 其愚一也 不見兵而先爲虎豹所害 其愚二也 外間消息阻絶 莫識去向 其愚三也 草樹霧露 先有疾疫之患 其愚四也 若遇土賊 必爲弱肉 其愚五也 人生不幸 値壬辰倭亂 丙子虜兵 則龍灣南漢皆爲福地 當時避兵者 皆以兩處爲絶地孤城 而余以爲王靈所在 必天地同力 百神呵護 國在與在 國亡與亡 與其竄身草莽 守諒溝瀆 無寧生爲忠臣 死爲義鬼也 嘗見松溪記行(麟平大君著) 淸兵之進圍松山也 我孝宗大王在鳳林邸時 陪昭顯世子瀋行 俱駐淸陣中 幕次因地勢不便 纔移他所 是夜 寧遠摠兵吳三桂率所部萬騎潰圍馳出 幕次初設之地適當潰圍之路 當時移幕 若有天佑神助 吾東過百從人 倘非依托王靈 烏能免奔衝蹂躪之變乎 故曰 不幸當難 九死扈蹕 是乃福地也

在熱河時 見班禪所居金殿屋脊上一對金軀黃龍 起行加馬 長皆二丈餘 自下望之如此 則其長與高可知也 其狀殊不類所畫神龍 楊用修丹鉛錄曰 龍産九子不成龍 一曰贔屭 形似龜 善負重 今碑龜趺是也 二曰鴟吻 性好望 今屋獸 三曰蒲牢 性好吼 今鍾紐 四曰狴犴 形似虎 立獄門 五曰饕餮 性貪食 刻鼎蓋 六曰 蚣蝮性好水 立橋柱 七曰睚眦 性好殺 立刀環 八曰金猊 形類獅 好烟火 立香爐 九曰椒圖 形似螺蚌 性好閉 立門鋪 又金殿四角起行金軀黃龍 而形與屋脊所立又不同 鴟尾鴟吻之說 傳記不一 蓋中國起宮殿 必先鑄鴟尾鴟吻 以占屋之成毁吉凶 故重之 對類總龜謂 龍産九子 一名嘲風 好險 立殿角 一名蚩吻 好呑 立殿脊 博物志逸篇云 螭吻形似獸 性好望 故立殿角 蠻蛀形似龍 性好風雨 故用于屋脊 與丹鉛錄說皆不同 漢武帝柏梁殿災 越巫言海中有魚名虬 其尾似鴟 激浪則降雨 作其形置殿脊 以厭火災 又大起建章宮 越巫上厭勝之法 設鴟尾之象于殿脊 我國船尾謂鴟 則似鴟尾之鴟也 又博物逸篇云 贔屭性好重 故載碑 螭虎形似龍 性好文采 故立于碑文上 又總龜云 龍之九子

一名霸夏 好負重 故爲碑座 贔屭好文 故在碑文兩旁 諸說亦各不同 龍子名號及性情 何以知之 古說傅會多此類

自伏羲氏至今乾隆皇帝 正統天子總二百五十 若通計呂后武后無統天子 自曹魏孫吳南北朝至五季 總八十五 僣僞帝王自后羿至周弘化皇帝吳三桂 總二百七十 春秋之君四百九十有奇

巡撫山東等處 督理營田兼理軍務 都察院右副都御史岳 爲聖德之保和備至天心之錫福彌隆 恭報瑞麟毓生 光照嘉應事 雍正十年壬子六月十三日 據布政使鄭禪寶 據曹州鉅野縣知縣寥開春稱 雍正十年六月初五日 據新城保地保祝萬年等稱 該保李家庄李恩家 於本年六月初五日辰時 有牛生麟 金光繚繞 歷辰巳兩時 遠近聚觀 咸稱奇異 理合稟報等情 隨卽親詣産麟處所 敬謹看檢 係麕身牛尾 渾身皆甲 甲縫皆有紫毫 玉定文定 光采燦生 實屬聖世瑞徵 擬合轉報等情 職迅卽委員馳赴鉅野 細加看審 據稱 瑞麟身長一尺八寸 高一尺六寸 麕身牛尾 頭含肉角 定戴旋毛 目如水晶 額如白玉 遍身鱗甲悉係青色 甲縫俱有紫色絨毛 脊背黑色三節 中節毛皆直竪 前節毛皆向前 後節毛皆向後 膀腹蹄腕皆有白毫 尾長五寸五分 尾尖有黑毫四縷 見經圖繪 呈送到職 職敬閱之下 實甚懽忭 隨卽恭設香案 望闕叩頭慶賀訖 欽惟皇帝陛下 道協淸寧 功參化育 體元立政 六府修而三事和 建極敷民 五典惇而九疇敍 華星順軌 丹霄麗雙璧之輝 湛露凝甘 繡甸闊千珠之液 乃若黃河淸於曹單之間 不獨波澄秦隴 慶雲見於洙泗之涯 豈徒彩煥滇黔 玆當鉅野之鄕 復覩瑞麟之育 麕身牛尾 允擅殊姿 一角圓蹄 咸推異品 職伏稽書傳 春秋服虔註曰 王者視明 禮修則麒麟至 又禮斗威儀曰 王者政訟平 則麒麟在郊 又孝經援神契曰 王者德至鳥獸 則麒麟臻 是以軒轅之朝 麟遊其記 成康之世 麟趾有歌 撫玆神物之誕生 益見瑞符之照格 良由我皇上 欽恭光于四表 如日月之照臨 安阜遍於八紘 比乾坤之幬載 況東省壤聯畿輔 沐化尤先 路接康衢 蒙庥最渥 是知麟之所兆 信而可徵 五色含章 卜文明之大啓 四靈冠首 占戩穀之方來 職忝任封疆 欣逢盛美 自天申命 已知純嘏 願效升恒之頌 用抒拜舞之誠 伏祈照付史臣 宣示中外 毓於郊藪 千秋表河嶽之奇 載在圖書 萬古煥奎婁之象 伏祈皇上聖監施行 爲此除具 合咨貴部 煩請查照 須至咨者 右咨禮部 山東督撫岳者 其姓也 咨表比我東科儷則疏而爛燁 豐腴自生 古色過之 尹亨山云 山東偏産麒麟 康熙朝四 皆牛産 雍正時五 牛産二

豕三 當宁聖朝五蜀閩浙河南兩歲內皆牛産 而一則豕産直隸良鄕云

順治丙申十月十六日 四公主各歸漠北 皆蒙古王妻也 路由玉河館前 蒙王率其下馳去 駝馬甚盛 公主亦乘馬行 蕃漢隨後而行 皆遠餞也 麟坪大君見之

乾隆四十一年丙申正月二十五日 內閣奉上諭 前以明季殉節諸臣 各爲其主義烈可嘉 自宜查明錫謚 因命太學士九卿京堂翰詹科道等集議奏聞 冀以褒闡忠良 風示來世子孫 復念建文革除之際 其臣之仗節死難者 史冊所載甚多 當時永樂位本藩臣 乃犯順稱兵 陰謀奪國 諸人自當義不戴天 雖齊泰黃子澄等輕率寡謀 方孝孺識見迂闊 未足輔助少主 然其尊王鋤强之心 實堪共諒 及大勢已去 猶且募旅圖存 抗辭詆斥 雖殞身湛族 百折不回 洵爲無慚名敎者 其他若景淸鐵鉉等 或慷慨捐軀 或從容就義 雖致命不同而志節凜然 皆可爲克明大義 甚至如東湖樵夫 補鍋匠之流 雖姓名隱晦不彰 其心均足嘉尙 特以永樂性或殘刻 逞志淫刑 其屠戮之慘 極于蔓瓜 牽連之誅 殆非人理 朕讀史至此 未嘗不憤恨 迨其中葉 雖少弛厲禁 而徇私曲諱 終不肯顯示褒揚 使忠臣義士之義 久矣不申 殊堪閔惻 夫以勝國革命之時 其抗我顔行者 尙念其忠 特予表章 矧建文諸臣不幸遘遭內難 爲國捐生 成仁取義 豈可湮沒 自當一體議謚 以發幽光而昭公道 其應如何分別予謚之處 著同前旨 交太學士等一并詳查 集議具奏 稱朕崇奬忠貞有加無已之至意 欽此

皇明崇禎十一年 我國將李時英率兵五千入建州 淸人劫時英爲前行 與明都督祖大壽戰於松山 士兵皆精砲 祖軍多殲 下令軍中虜頭一顆 予銀五十兩 鮮人一級 予銀百兩 士兵李士龍 星州人也 獨黴義不入丸 凡三發 無傷 欲以明本國之心也 淸人覺之 遂斬士龍以徇 祖軍望見皆大哭 大壽乃大書旀上曰 朝鮮義士李士龍 以風時英軍 今星州玉川上有忠烈祠 卽士龍俎豆之所 苟使皇帝聞士龍名合當特予美謚 余過松山 作文以吊士龍之魂

錢牧齋謙益 字受之 其身世半華半胡 其文章半儒半佛 其名節掃地 終不免浪子之號 上愧其師孫高陽承宗 下愧其弟子瞿留守式耟 中愧其妻河東君柳如是受之旣老死 河東君尙少 諸惡少嫉受之 欲汚柳 柳自殺 今見乾隆詔斥受之 謂其自詡淸流 靦顔降附 詭託緇徒 喪心無恥 可謂愧殺錢謙益 我東先輩不知受之之失身 徒見共有學初學等集 未嘗不爲之傷惜 抄其詩文 多列之文丞相謝疊山之下 近歲以來 頗亦聞其毁板禁藏 而功令俗生家未必能盡知之 故今詳錄焉

蘇東坡之惡高麗 則有以也 當時高麗專事契丹 而特以慕華之意 時入宋庭 中州之士未必鑒悉素衷 或謂之窺偵朝廷者 無足怪也 且其貢路 自明州下陸 必儒臣館伴 而其供億之費 常亞於遼使 非與國 非屬藩 而每在倔强夏國之上 則當時士大夫謂之無益者固宜 我朝忠順皇明且將三百年 一心慕華 尤賢於勝國 而東林一隊輒不悅朝鮮 錢牧齋爲東林黨魁 則以鄙夷我東爲淸論 可勝憤惋耶 至於東國詩文 則尤爲抹摋 其跋皇華集曰 本朝侍從之臣 奉使高麗 例有皇華集 此則嘉靖十八年己亥 上皇天上帝泰號 皇祖皇考聖號 錫山華修撰察 頒詔播諭而作也 東國文體平衍 詞林諸公不惜貶調就之 以寓柔遠之意 故絶少瑰麗之詞 若陪臣篇什 每二字含七字意 如國內無戈坐一人者 乃彼國所謂東坡體耳 諸公勿與酬和可也 我東文體誠如所論 而何乃卑薄若是 吾故詳錄之 以見牧齋毁我異於東坡

錢曾字遵王 牧齋族孫 與徐乾學共輯經解 同時吳梅邨龔芝麓 俱稱三大家 皆明朝達官而亦仕乎今淸 其註牧齋贈劉鴻訓奉使朝鮮 註說多失實 又於李提督東援事尤多誣筆 可慨也

今皇帝斥錢謙益詔 有曰 猶假借文字 以自圖掩飾其偸生者 可謂洞照其姦情矣 如跋高麗板柳文之類是也 其跋語 高麗刻唐柳先生集 繭紙堅緻 字畫瘦勁在中華亦爲善本 陪臣南秀文跋尾 前後敬書正統戊午夏 正統四年冬十一月 尊正朔大一統之意 肅然著見于簡牘 蓋箕子之風敎故在 而明皇家文命誕敷 施及蠻貊 信非唐家所可比倫也 天傾地仄 八表分崩 高麗久不作同文夢矣 摩挲此本 潸然隕涕 陪臣奉敎編次者 集賢殿副提學崔萬里 直提學金鑌 博士李永瑞 成均司藝趙須等 而南秀文應敎署銜 則云朝散大夫 集賢殿應敎 藝文應敎 知製敎 經筵檢討官兼春秋館記注官 幷書之以存東國故事 東人每以同文夢一語爲故實 作科體詩題 陋甚陋甚 陳立齋家有古文百選及柳文抄 皆韓構字 以爲高麗板 頗珍之 蓋本之此跋也

我國陜川海印寺紅流洞 有元戎閣 藏明中軍郡督 太子太保李如松笠與袍 其時所爲詩一篇 余嘗遊海印寺 出袍笠觀之 笠帽可三圍 可驗其頭腦 揀寺僧最長者 著其袍 委地尺餘 萬曆壬辰 我東被倭寇 公以提督遼薊保定山東軍務 率師東援 疾趨平壤 破倭將平行長於牡丹峯下 遣壯士婁國安入行長營 奪王子順和君及大臣金貴榮 黃廷彧等以歸 後六年 戰死遼東 詔具衣冠而葬之 贈少保

謚曰忠烈　公東來時　進兵踰鳥嶺　自聞慶還忠州　故其袍笠遺在陜川　公本朝鮮人　自其遠祖英　洪武時始入中國　居襄平　我國人鮮有知其本者　曾見王貽上帶經堂集載清兵部侍郎李輝祖神道碑　有曰　鐵嶺李氏　自寧遠伯成樑以閥閱顯勝國　至本朝其門益大　入叅經幄　出爲將帥　李之先出於朝鮮　其徙襄平自英始　英以軍功授鐵嶺衛都指揮使　子文彬　文彬子五人　長春美　春美子涇　涇子寧遠　寧遠之長子卽公也　輝祖乃春美之弟　春茂之後也　於是益知公爲我國出也　崇禎末公之子及如栢如梅之子脫身東來　爲其父兄建立大功於朝鮮　則非但舊恩可售亦狐死首邱之意也　然中州鼎革之際　本國亦不無忌諱　則諸李之來歸者　亦不敢明言其所自出也　余於宣武門內瞻雲牌樓前　逢一美少年　自言寧遠伯之後　名鴻文　翌日　爲訪余錦緞鋪　出懷中印本族譜二卷　乃鐵嶺李氏世譜　而自英始系之曰朝鮮人　與余舊所識益合無疑　鴻文祖偏德　年今八十二歲　風痺不能起動　使其孫遍訪朝鮮館外　逢有心人傳之使東　察其意　殊不識李萱輩之今官于我國　而余亦不敢明言寧遠伯之後　有某某在於本國也　及暮歸館　急點燭與來源輩觀之蓋寧遠伯長房曰如松　如松一子曰性忠　性忠下曰　無後　蓋性忠奔逃東出故也吾雖不識李萓一面 當出而傳之

萬曆時　荊門人康國泰　坐法徙遼陽　都督劉綎征建州　國泰從　戰死　子世爵年十七　直入虜軍求父屍　兵部熊廷弼置之麾下　及遼陽陷　世爵亡入馬登山　夜泅壕出塞　保鳳凰城　城陷　入金石山　日食木葉　得不死　間出義州　遂避地居會寧府　常冠楚制而自號其堂曰楚幘　余過金石山　義州刷馬驅人輩指點言世爵隱身處 多奇聞

高麗忠宣王(諱璋)朝元搆萬卷堂於燕邸　與閻復姚燧趙孟頫虞集等遊　攷究書史　元封瀋陽王　以爲丞相　遣博士柳衍等詣江南購書籍　船敗　時判典校洪瀹在南京　以寶鈔一百五十錠遺衍購書一萬八百卷而還　瀹又奏元　賜王書四千七十卷　皆宋秘閣所藏也　瀋王請于元英宗　降香江南　遊江浙　至寶陀山　明年　又請降香　行至金山寺　遣使急召　令騎擁逼以北　命護送本國　王遲留不卽發　帝命祝髮　以學佛經爲名　流之吐蕃撒思結之地　朴仁幹等十八人從之　距燕京萬五千里忠宣豈徒爲遺外千乘　耽嗜書籍而已哉　昔南越王尉佗逢陸賈　大悅　留與飮數日曰　越中無足與語　至生來　令我日聞所不聞　耳聞如此　況眞乃目見乎　所謂河伯望洋而歎　當時從臣如李齊賢輩　雖文學才望推爲東國之巨擘　然置諸閻姚趙虞

之間 還應望洋而知醜矣 玉蝀橋邊遙望五龍亭 眞所謂人間世

陸飛字起潛 號篠飲 杭州仁和人山 乾隆丙戌春 與嚴誠潘庭筠來燕京 洪德保證交乾淨衕衕 有會友錄 余曾有序 篠飲家在西湖 坊名湖墅 大關內珠兒潭 起潛言肉桂交趾産 近世亦難得 肉桂性引火歸源 桂皮性發起伏火 用法大相不同云 吾東之妄以桂皮之稍厚者代用 危哉危哉 余曾以此語遍告醫人及藥局 偶於通州藥肆覓肉桂 則出示拳大者 價銀五十兩 有范生隨余 潛囑此非眞 中國絶眞亦已廿餘年云

震澤長語云 祖宗時歲用 以黃蠟一事言之 國初歲用不過二千斤 景泰天順間加至八萬五千斤 成化以後加至十二萬斤 其餘可推知也 又正德十六年 工部奏巾帽局缺內侍靴鞋 合用紵絲紗帽皮張等料 成化間二十餘萬 正德八九年至四十六萬 末年至七十二萬 卽此 其餘可知云

我東以錢十文爲一錢 以十錢爲一兩 今中國以百六十分爲一鈔 十六文爲一陌 我俗以錢一文稱一分 錢十分爲一錢 李烱菴德懋 謂其義出衡與度也 十釐爲一分 十分爲一寸 十寸爲一尺 錢一文之厚 合十釐之積爲一分也 十文之積合十分之厚一寸也 百文之積厚可一尺也 衡則十釐爲一分 十分爲一錢 十錢爲一兩 今錢之名數 取衡之名數也 然今我錢大小厚薄不倫 難以取準矣

海外記事一卷 嶺表頭陀汕厂 康熙甲戌往大越國所錄諸事 大越國在瓊州南海 道萬餘里 每朝日 有箭鳥從洋中起 繞船一匝 向前飛去 舟人曰 此神鳥也 洋中見諸怪異 浪上竪小旂 或紅或黑 乍沈乍浮 一枝纔過 一枝復來 續有十數枝 船人曰 此名鬼箭 見則不利 風濤奮發 雲靄滾滾 有烏龍蜿蜒出船左 舟中人急燒硫黃鷄毳 雜以穢物揮洒 不得近 一夕 陰雲晦冥 星月無光 忽有火山從後起 光燭帆上 如野燒返照 漸與船近 舟中人以木扣舷不絶響 約兩更時候 審知舵掛其體 船稍横開 始隱不見 蓋海鰍目電云 旣至其國 皆裸體被髮 以布條纏蔽其前 推髻漆齒 水面蓮花浮動 翠葉便翩 而無根無藕 其國戰陣皆以象 國王出場演武 每以十象爲偶 背載丹漆木鞍 三人共一象 皆金盔綠襖 執金槍而立 其背縛芻爲人 列樹臺上 如軍陣狀 連響銅鼓 齊發火器 諸軍直前觸象群象亦騰踏奮前 則諸軍退避 象各以鼻卷取芻人而還 國有死罪 則縱象抛起數丈仰齒貫之 洞胸穿腹 須臾糜爛 汕厂勸除其刑 國王具言本國山中 犀象成群 要拘生象 用兩馴牝誘 夾之以大纜 絆其足於樹間 使不得動 飢渴之數日 使象奴

漸迫近而飮食之 少習 兩牝挾而歸 時方早春 平疇綠苗已含穗 不糞而一歲三穫云 風土氣候常煖 陰以長養 陽以消鑠 故萬物發生於秋冬 其作事用夜 女慧於男 樹多波羅蜜椰子檳榔山石榴丁香木蘭番茉莉 其鄕邑聚落皆茆屋竹籬

康熙乙未間 我國人逢黑眞國人於山海關外 與一女同行 蓋寧古塔東北數千里有氷海 五年一氷 有國曰黑眞 未嘗通陸 前此十餘年 黑眞一人忽涉氷至西岸 初不辨是何物 細察之 則人也 遍身蒙獸皮 但出頭面 髮鬈如羊 邊人生致皇京 康熙皇帝招見 饋之飯 則不知喫 惟啖生魚肉 陳列百物於前 觀其所欲得而卒無所顧 引示女人 即欣然摟抱 於是帝命擇配聰慧女子 且令伶俐侍衛五人幷女領還本國 給五穀種耕 且使敎之農 後五年 與其女子復渡氷海而來謝恩 持大珠如拳者數枚 貂皮長丈餘以貢 女言國在大海中 無君長 人長者三丈 小不下丈餘 惟獵禽獸 食生魚鼈 珠滿海中 光怪不測 此載一菴燕行記 余談次問之郝志亭 其答大同小異 益知天下之大 無物不有也

所謂軍機大臣 皆滿人也 嘗聞國中有機密大事 則皇帝密詔軍機大臣同登高樓 自下去梯 聞樓上鈴聲 然後還置其梯 雖數日未聞鈴聲 則左右無敢近樓 雍正時 軍機大臣莽鵠立 蒙古人 工畫 曾寫康熙皇帝及雍正像 鄂爾泰彭公治 皆文武全才 金常明者 我國義州人也 亦帶是號 今福次山追到密雲店中 年可廿五六 亦稱軍機大臣云

雍正二年正月庚子 欽天監奏稱 日月合璧以同明 五星聯珠而共貫 躔宿營室之次 位當娵訾之宮 皇帝勅付史館 知委中外 又雍正四年 親耕籍田 嘉禾一莖雙穗以至八九穗 是時吳中又進瑞繭 其大如帽 其他麟至鳳鳴 河淸慶雲 甘露靈芝之屬 無歲無之 而査嗣庭日錄反以爲災異 或稱中國眞人當出之應 及査獄 雍正皇帝詔諭中外曰 爾漢人旣同享太平 而不知歸福國家 必曰眞人當出 是誠何心 此眞思亂之民云云 是獄所連數萬家 年七十省所呈靈瑞尤多於雍正時 而漢人輒遭思漢之獄 則果非瑞伊災

淸景陵號 卽聖祖仁皇帝也 其諸子箇箇名士 果親王允禮 筆法非祝枝山所比 姜女廟北鎭廟皆有果親王柱聯 撫寧縣徐茗芬家亦有果王所題 余欲摹歸 而行忙 未果

康熙共二十(缺)子 而才子怡親王允祥 莊親王允祿 果親王允禮 雍正帝允禛第四子也 八王允禩 九王允禟 十三王允禵 十五王允祐 廉親王允禩 十四王允

禵 本名允禎 屢建大功 衆望所屬 及康熙大漸 漢閣老王惔同承顧命 誤認禎字爲禎字 第四爲十四 惔被罪 而允禎爲逆魁 改禎爲禵

我國西沿長淵豐川海邊漁採荒唐船 皆覺華島人 每年五月初來 七月初歸 漁採之物 只是防風海蔘 或下陸丐粮 我國陳奏請禁 康熙五十四年二月 禮部覆奏請行文奉天將軍 奉天府尹及山東江南浙江福建廣東等處督務等 申飭沿海水師營 嚴行禁止在朝鮮境上漁採及私行越江者 被朝鮮捕送 則嚴行治罪 該地方官交該部査議 亦令嚴飭朝鮮國沿邊防守官兵 不時巡査 如有此等之徒 使之拿獲解送云云 今唐船之來西沿 吏校雖卽報知 該地方官實無可禁之道 則佯若不知候其當去之期 遙問收矴日字 始乃馳報水營 若今日初來之狀 水營一邊馳啓于朝廷 一邊嚴飭該地方官 刻日逐送 其實皆掩耳偸鈴之術 我國邊防可爲寒心

漢制 三公月俸三百五十斛 自中二千石至百石凡十四等 中二千石月俸百八十斛 百石月俸十六斛 後漢 大將軍三公月俸三百五十斛 中二千石月俸七十二斛錢九千 至百石 月俸四斛八斗 錢八百 晉制 品秩第一等一千八百斛 後周凡九命 三公一萬石 至下士一命一百二十五石 唐制 正一品歲七百石 錢三萬一千至從九品五十二石 錢一千九百七十 宋制 四十一等 宰相樞密使月錢三百千 至保章正二千 皇明 正一品月支米八十七石 從九品五石 大約較之春秋戰國時卿祿萬鍾 則漢制三公月俸已爲些略 攷今淸制祿 州縣養廉 又些略於皇明之制矣高麗 中書尙書令門下侍中歲米四百石 至助敎十石 我朝 正一品歲九十八石 紬六疋 正布十五疋 楮貨十張 從九品十二石 正布二疋 楮貨一張 壬辰倭亂後 一品歲俸六十餘石 無紬布楮貨 大約制祿非儉於前代 官多冗員故也

中國冬月 以紙糊牕 格間用琉璃片 畫作人物花草以嵌之 由室內視外無微不矚 從外視內則無所見 此元歐陽楚漁家詞花戶油牕也 沿路市上賣彩畫琉璃者極多 皆牕格所嵌

數珠之制 必須五品以上帶之 而翰林則以七品而亦許帶 出爲知縣則不得帶通官烏林哺徐宗顯輩 俱得帶珠者 所以詑榮外國 乃權帶也

皇明始終有三異事 太祖高皇帝起自比邱 建文皇帝大內老禪 崇禎皇帝被髮殉杜

王陽明之道學 戚南宮之武略 汪南溟之文章 皆有悍妻 平生畏伏 不敢出氣亦備皇明三異事

康熙中 王士禎在刑部 日閱爰書 有姓妙氏島氏盤氏民氏纆氏杵氏𠠐氏律氏荼氏烟氏穰氏首氏卑氏威氏氷氏坎氏棡氏欖氏慈氏 皆中國稀姓也 余至瀋陽 有貧希顔希憲兄弟 皆江南大商 至山海關 有臼勝者 擧人也 我東亦有夫氏良氏皆出自耽羅 又有乀氏蔦氏 非但爲姓稀 字亦無攷 怪哉

世傳雍伯種玉 今吾所經玉田縣是也 五侯鯖載薛瓊至孝 家貧采薪 遇老夫 以一物遺之曰 此銀實也 用西壁土種之銅盆中 當得銀 如言種之 旬日生苗 再旬開花 花有銀色如螺鈿 及結實皆銀也 高太史棫生謂余曰 西域有種臍羊 捕羊先採臍 種之厚土 至春生羊 羊伏地上 形如家畜 聞雷則臍落 此載元史云 羊可種臍 銀玉亦可種也

雍正元年 詔曰 大行皇帝書笥中 檢得未經頒發諭旨 以明太祖崛起布衣 統一方夏 經文緯武 爲漢宋諸帝之所未及 其後繼體之君 亦未有如前代 荒暴淫虐亡國之跡 欲訪其支派一人 量授官職 以奉春秋陳薦 朕思史記東樓詩歌白馬 後世類多疑忌 以致歷代之君 宗祀殄絶 朕仰體皇考(康熙)如天之心 遠法隆古盛德之事 謹將大行皇考聖祖仁皇帝諭旨頒發 訪求明太祖支派子孫 量授職銜 俾之承奉春秋享祀 是時朱氏一人 變其姓名 作官外邑 爲仇人所告 帝召見 詳問其根脚 特命封國公 以奉明祀云

巴克什 滿洲語大儒之稱 清太宗時 有巴克什達海者 滿洲人也 二十一死 弟子孝服者三千人 號稱神人 新羅斯多含 年十五 風標清秀 志氣方正 時人奉以爲花郎 其徒千餘人 余擧以比達海之夙成 馮秉健笑曰 新羅花郎之號 絶勝理學先生 芬人齒頰 明陸瓊臺 天資高邁 年纔弱冠 會講東林 摳衣趨隅 立弟子之列者 一朝八百人

明特進光祿大夫 前軍都督府左都督 南昌劉公綎 字子紳 喜用大刀 重百二十斤 號劉大刀 全羅道順天府有烈武觀 乃其壬辰東援時視師之地也 綎從李提督進剿倭酋行長於聞慶 提督還 而綎獨戍星州 入莒城 與都督陳璘合擊行長于順天海口 圍曳橋十餘日 行長遁 而東師首尾七年 功最多 後二十年 死深河之役 當 皇明出師之時 綎請以步卒五千擊倭 神宗皇帝壯而許之 明史行長潛出兵千餘騎 綎遂退云者 皆誣史也 史又稱杜松兵敗 楊鎬馳騎召綎 騎未至而綎已死云 今清天子 正朝必先宗廟 而親謁堂子 或稱鄧將軍廟 或稱劉大刀祠 中原人甚秘諱之 或曰劉綎暴歿 其神甚靈 天子不親祀 則天下大疾疫凶歉 宗廟輒

有災異不寧云

朴松堂英 讓寧大君外孫也 天資豪邁 家又富厚 年十七 入遼東 爲購鵓鴿而還 余至遼東店中 所養鵓鴿千百爲群 旣夕飛還 各尋其家 店中大石槽 預灌灰水 鵓鴿朝出遼野 飽豆而歸 爭飮灰水 皆吐豆 則以飼馬

王元美宛委餘編載女子爲兵官者 若軍司馬孔氏 顧琛母也 貞烈將軍王氏 王廞女也 唐行營節度許叔冀部下王氏唐氏侯氏 皆其行營果毅校尉也 陳女白頸鵝 爲契丹懷化將軍 獨不知唐太宗追贈新羅善德女主爲光祿大夫 又冊眞德女主爲柱國 封樂浪郡王 旣薨 高宗贈開府儀同三司 余嘗見之李德懋耳目口心書中 琉璃廠楊梅書街 與凌野高棫生飮 談次及之 凌高諸君頗詡博雅

余所至 多以落花生橘餠梅糖菊茶見待 皆閩越所出也 楊梅五月熟 其色赤鮮大亦徑寸 性熱 多食則令人損齒云

鄭曉古言云 歐陽永叔毁繫辭 司馬君實詆孟子 王介甫非春秋 二程子改古大學 晦菴先生不用子夏詩序 皆不可解云 余竊有所感於此也

人不可以自誇博雅 妄有紀述 康熙中 王士禎著書最富 其筆記云 風俗通漢有太守頤先井者(其自註井音膽) 自以爲姓名三字 二字不通 余嘗擧此語之李懋官 懋官曰 此漁洋夫審耳 風俗通交趾太守有賴先者 頤卽賴古文 又玉海 漢有校尉賴丹者 是合賴先 賴丹二人名爲一人 如丹又井之本文 不必註音爲膽 段樓酒席語之漏明齋 漏以爲懋官博雅更勝漁洋云

春明夢餘錄(北平孫承澤著) 攷其國史(高麗史) 元盛時 元孝王遷居江華島 元無如之何 但責其不登陸而已 竟臣服於元而終不登陸 至其子順孝王親迎王主(元公主) 以元服同輦入國 觀者駭愕 時從行宗室不開剃 王責之 至其子忠烈王則宰相至下僚無不開剃 惟禁內學館不剃 左承旨朴桓呼執事諭之 於是館學生皆剃髮云 淸之初起 俘獲漢人 必隨得隨剃 而丁丑之盟 獨不令東人開剃 剃亦有由 世傳淸人多勸汗(淸太宗)令剃我國 汗默然不應 密謂諸貝勒曰 朝鮮素號禮義 愛其髮甚於其頭 今若强拂其情 則軍還之後必相反覆 不如因其俗 以禮義拘之 彼若反習吾俗 便於騎射 非吾之利也 遂止 自我論之 幸莫大矣 由彼之計 則特狃我以文弱矣

# 金蔘小抄

吾東醫方未博 藥料不廣 率皆資之中國 常患非眞 以未博之醫 命非眞之藥 宜其病之不效也 余在漠北 問大理尹卿嘉銓曰 近世醫書中 新有經驗方 可以購去者乎 尹卿曰 近世和國所刻小兒經驗方最佳 此出西南海中荷蘭院 又西洋收露方極精 然試之多不效 大約四方風氣各異 古今人稟質不同 循方診藥 又何異越括之談兵乎 正續金陵瑣事亦多錄入近世經驗 又有蔘洲漫錄 又苕翡草木注 橘翁草史略 寒溪胎敎 靈樞外經 金石同異考 岐伯侯鯖 醫學紺珠 百華精英 小兒診治方 俱近世扁倉所錄 京師書肆中 俱可有之 余旣還燕 求荷蘭小兒方及西洋收露方 俱不得 其他諸書 或有粤中刻本云 書肆中俱不識名目 偶閱香祖筆記 得其所錄金陵瑣事及蔘洲漫錄 其元書未必皆醫方 而貽上所錄 俱係經驗 余故拈其數十則錄之 餘外誌記及古方雜錄之載筆記中者 併爲抄錄 目之曰金蔘小抄 余山中無醫方 併無藥料 凡遇痢瘧 率以臆治而亦時偶中 則今併錄于下以補之 爲山居經驗方 燕巖氏題

物類相感志 山行慮迷 握嚮虫一枚于手中則不迷矣

游宦紀聞記程沙隨治腎虛腰痛 杜沖酒浸透炙乾 搗羅爲末 無灰酒調下 又記治食生冷心脾痛 用陳茱萸五六十粒 水一盞 煎取汁 去滓 入平胃散三錢 再煎熱服 又沙隨常忠淋 日食白東苽三大甌而愈

江隣幾雜志及侯鯖錄俱言古藥方一兩乃今之三兩 隨合三兩爲一兩

楓窓小牘記東坡一帖 錄足疾用葳靈仙牛膝二味爲末 蜜丸空心服 神效

治水腫方 用田螺大蒜車前草和硏爲膏 作大餠覆臍上 水從便出卽愈

治嗽驗方 香櫞去核 薄切作細片 以淸酒同硏 入砂罐內煮令爛熟 自黃昏至五更爲度 用蜜拌勾 當睡中喚起 用匙挑服 甚效 又向南柔桑條一束 每條寸折 納鍋中 用水五椀煎至一椀 渴卽飮之

宋孝宗食蟹過多 患痢 有嚴防禦者 用新採藕節硏細 熱酒調服 果愈 治眼病

生赤障者 用白螺一枚去掩 以黃連末糝之 置露中一夜 曉取肉化爲水 滴目則障自消

骨鯁用犬涎 穀芒用鵝涎 灌之卽愈

凡溺水及服金屑 用鴨血灌之卽愈

耳聾暴症 用全蝎去毒爲末 酒調滴耳中 聞聲卽愈

枸杞子榨油點燈觀書 能益目力

金瘡傷 用獨殼大栗研乾末 敷之立愈

治喉痺乳蛾 用蝦蟆衣 鳳尾草擂細 入霜梅肉煮酒 各小許調和再研 細布絞汁 以鵝毛刷患處 吐痰卽消

惡瘡腫毒初起 當歸黃檗皮羌活爲細末 生鷺鷥膝搗汁 調傅瘡之四圍 自然收毒 聚作小頭卽破 切不可倂瘡頭傅之

筆記云 宋時徑山僧行園 爲蛇傷足 一叅方僧爲治之 先汲淨水洗之 易水數斛 令腐濃敗肉悉去 瘡上白筋見 乃挹以軟帛 以藥末勻糝 瘡中惡水泉涌 明日淨洗 敷藥如初 一月 毒盡肉生 平復如舊 其方乃香白芷爲末 入鴨嘴膽 礬麝香各小許 見談藪

治血山崩 當歸一兩 荊芥一兩 酒一鍾 水一鍾 煎服立止

撫州商人病痢 危甚 太學生倪某用當歸末 阿魏丸之 白滾湯送下 三服而愈

又治痢方 黃花地丁搗取自然汁一酒盞 加蜂蜜少許 服之神效

濕痰腫痛不能行 用豨薟 草木紅花 蘿蔔英 白金鳳花 水龍骨 花椒 槐條 蒼朮 金銀花 甘草 以上十味煎水蒸患處 水稍溫卽洗之

治小腸疝氣 烏藥六錢 天門冬五錢 白水煎服 神效

治小便不通 芒硝一錢研細 以龍眼肉包之 細嚼嚥下 立效

治瘤方 用竹刺將瘤頂稍稍發開油皮 勿令見血 細研銅綠小許放撥開處 以膏藥貼之

接骨方 土鱉用新瓦焙乾 半兩錢淬次自然銅 乳香 沒藥 菜瓜子仁各等分爲細末 每服一分半酒調下 上體傷 食後服 下體傷 空心服

治疫頭面腫方 金銀花二兩 濃煎一盞服之 腫立消

針入腹 用櫟炭末三錢 井水調服下 又方 以磁石置肛門外引下

荊芥穗爲末 以酒調下三錢 治中風立愈

治走馬疳 用瓦壟子比蚶子差小 用未經醫者 連內煆燒存性 置冷地 用盞蓋覆候冷取出 碾爲末 糝患處 又一方 馬蹄燒灰 入鹽小許 糝患處

治痘疹黑陷 用沈香乳香檀香 不拘多少 放火盆內焚之 抱兒於烟上熏之卽起

治惡瘡 取冬瓜一枚 中截之 先以一頭合瘡 候瓜熱 削去再合 熱減乃已 又一方 用蒜泥作餠 瘡上灸 不痛灸痛 痛者灸不痛 卽止

小兒耳後生瘡 腎疳也 地骨皮一味爲末 粗者熱湯洗之 細者香油調擦

兩廣雲貴多有蠱毒 飮食後 咀嚼當歸卽解

葉蒲州南巖傳治刀瘡藥方 端午日取韭菜搗汁 和石灰杵熟爲餠 用敷瘡處 血卽止 卽骨破亦可合 奇效

薏苡名簳珠

癸辛雜志云 治喉閉用帳帶散 惟白礬一味 或不盡驗 南浦有老醫 敎以用鴨嘴膽礬硏細 以嚴醋調灌 有鈐下老兵妻 患此垂殆 如法用之 藥甫下咽 卽大吐膠痰數升 立差 又 治眼瘴 用熊膽少許 以淨水略調 盡去筋膜塵土 用氷腦一二片 痒則加生薑粉些少 時以銀筯點之 奇驗 赤眼亦可用

閩小記云 燕窩有烏白紅三種 惟紅者 最難得 白者 能治痰疾 紅者 有益小兒痘疾

唐太宗病痢 諸醫不效 金吾長史張寶藏進方 以乳煎蓽茇 服之立差

周公謹述括蒼陳皮言 治痘瘡色黑倒靨 唇口氷冷方 用狗蠅七枚 擂粹 和醅酒少許調服 移時卽紅潤如舊 冬月蠅藏狗耳中

治痘毒上攻內障方 用蛇蛻一具 淨洗焙燥 再用天花粉等分 細末之 取羊肝破開 入藥末于內 麻皮縛定 泔水煮熟 切食之 旬日卽愈

卒然中暑氣閉 取大蒜一握 道上熱土 雜硏爛 以新汲水和之 濾去滓 灌之卽蘇 見避暑錄

楓樹菌 食之則笑不可止 陶隱居本草注 掘地以冷水 攪之令濁 小頃取飮 謂之地醬 可療諸菌毒

香祖筆記曰 黃生某 廬州人 遊于吾郡 偶以偏方療疾 皆效 記其三 治積痞方 用大蓽麻去其殼 一百五十箇 槐枝七寸 香油半觔 二味同入油內 浸三晝夜 熬至焦 去渣 入飛丹四兩成膏 再入井中浸三日夜 取出 先以皮硝水洗患處貼之 治痔方 便後以甘草湯盪洗過 用五棓子荔枝草二味 以砂鍋煎水盪洗 荔枝草一

名癩蝦蟆草 四季皆有之 面靑背白 麻紋累累 奇臭者是也 治血崩方 用豬鬃草四兩 童便淸酒各一鍾 煎一鍾溫服 豬鬃草如莎草而葉圓 淨洗用之

王介甫常患偏頭痛 神宗賜以禁方 用新蘿菖取自然汁 入生龍腦小許調勻 昂首滴入鼻竅 左痛則灌右竅 右痛則反之

鴛鴦草 藤蔓而生 黃白花對開 治癰疽腫毒尤妙 或服或傅皆可 沈存中良方所載 卽金銀花也 又曰老翁鬚 本草注 忍冬 群芳譜一名鷺鷥藤 一名金釵骨

謝在杭文海披沙云 蝨瘕 黃龍沿水治之 應聲蟲 雷丸及藍治之 食肺系蟲 獺爪治之 膈食蟲 藍汁治之 人面瘡 貝母治之

武昌小南門獻花寺老僧自究者病噎食 臨終 謂其徒曰 我不幸罹斯疾 胸間必有物爲祟 歿後剖視 乃可入斂 其徒如敎 得一骨如簪形 取置經案 久之 有兵師借寓 從者殺鵝 其喉未殊 偶見此骨 取以挑刺 鵝血淺骨 骨立消 後其徒亦病噎 因前事悟鵝血可療 數飮之 遂愈 因廣其傳 以方授人 無不愈者

治難産方 用杏仁一枚去皮 一邊書日字 一邊書月字 用蜂蜜黏住 外用熬蜜爲丸 滾白水或酒呑下 此方乃異僧所傳

孫思邈千金方 人蔘湯須用流水煮用 止水則不驗 見人蔘譜

談圃記 曾魯公七十餘 病痢 鄕人陳應之用水梅花臘茶服之 遂愈 但不知水梅花是何物

張鐸僉事言 鴿能辟小兒疳氣 當多置房養之 淸晨令兒開房放鴿 其氣著面則無疳氣

倦遊錄載辛稼軒患疝疾 一道人敎以薏苡米 用東壁黃土炒過 煮爲膏服 數服卽消 程沙隨病此 稼軒以方授之 亦效

文昌雜錄云 鼎州通判柳應辰傳治魚鯁法 以到流水半盞 先問其人 使之應 吸其氣入口中 面東誦元亨利貞七遍 吸氣入水 飮少許 卽差 治水疾 櫓槳交戞處刮取少許艎底塵土 和舵工掌垢爲丸 鹽湯呑下 三丸神效

附

面上水痣 俗號武射莫爲 治方 秋海水洗 立消無痕 余從弟綏源履仲 八九歲時滿面水痣 百方無效 有魚姓老醫 敎洗八九月海水 數洗立效

余十一二歲 滿面鼠乳瘢 眼睫耳輪尤甚 纍纍如黏飯顆 照鏡輒大啼恚 百方

無效 時方春夏 難等秋海水 取鹽井水泡 和水數洗 自乾 神效 余廣其傳 無不收效

王鵠汀僕鄂哥 年二十一 貌頗佼好 方患痢 苦劇 鵠汀問余 請敎貴國太醫 余曰 不須問醫 掘土濕處 得蚯蚓數十條 入白滾湯取汁 煩渴引飮 以此水多飮之 當有效 鵠汀立試之 卽差

有穆生者 方患瘧 鵠汀引生示余請方 余言露薑汁 穆稱謝而去 翌日還程 未知試此收效否也 蓋露薑汁 治瘧良方 取生薑一角 擦取汁 露置一夜 日出前東向坐噉下 屢試屢效

口外人多癭 女子尤甚 余授鵠汀一方曰 癭若是痰核 則每飯時先抄一匙 置掌中團握 飯畢 以鹽少許入掌中飯 以拇指擦爛貼之 久久自潰 飯用粳米飯

催産方 取萆麻子一箇 搗傅足掌中湧泉 順産 産後須卽去之 若忘未卽去 恐生帶下

壯陽方 取秋蜻蜓 去頭翅足 硏極細 泔水和丸 三合能生子 一升老人能媚少姬

已上書與王鵠汀

## 글쓴이 박지원은

1737년에 나서 1805년까지 살았다.
노론 명문가인 반남 박씨 집안에서 태어났으나, 벼슬에 뜻이 없어 과거를 보지 않았다. 신분을 가리지 않고 사람을 사귀며 학문을 닦았다. 홍국영의 세도 정치를 피해 황해도 금천의 연암골로 들어가 살며, '연암' 이라는 호를 가지게 되었다. 쉰 살 넘어 정조의 부름을 받고 선공감역, 안의현감 들을 지냈다.
홍대용과 깊이 사귀었고, 박제가, 이덕무, 유득공, 이서구 들의 스승이자 벗이었다. 문학, 철학, 사회 사상, 행정, 과학, 음악 따위 두루 학식이 깊어 뛰어난 글을 많이 써 당대 사람들뿐 아니라 후대에까지 큰 영향을 미쳤다.
'양반전', '범의 꾸중' 을 비롯한 단편 소설 십여 편, 시 사십여 수, 농업과 토지 문제를 개혁하려는 사상을 쓴 '과농소초', 여러 가지 문학론과 사회 개혁 사상, 편지글 들이 《열하일기》와 《연암집》에 수록되어 있다.

## 옮긴이 리상호는

북에서 한 활동 일부만 알려져 있다.
1955년에 《열하일기》 국역을 마쳤고, 1959년에는 《삼국유사》를 국역했다. 북녘의 고전 출간 사업은 모든 대중이 고전을 읽도록 한다는 원칙에 따른다. 리상호는 그러한 원칙에 따라 쉬운 우리말로 번역을 한 것 위에, 토박이 우리말을 잘 살려 쓰고 운율감이 배어 있게 하여, 《열하일기》가 빼어난 국역 문학으로 새로 태어나게 하였다.

겨레고전문학선집 3

열하일기 下

2004년 11월 15일 1판 1쇄 펴냄 | 2020년 1월 20일 1판 12쇄 펴냄 | **글쓴이** 박지원 | **옮긴이** 리상호 | **편집** 김성재, 김은주, 남우희, 서혜영, 심명숙, 윤은주 | **디자인** 비마인bemine | **영업** 안명선, 양병희, 조현정, 최민용 | **잡지 영업** 이옥한, 정영지 | **새사업팀** 조서연 | **대외 협력** 신종호, 조병범 | **경영 지원** 임혜정, 한선희 | **제작** 심준엽 | **인쇄 제본** (주)천일문화사 | **펴낸이** 유문숙 | **펴낸곳** (주)도서출판 보리 | **출판 등록** 1991년 8월 6일 제 9-279호 | **주소** (10881) 경기도 파주시 직지길 492 | **전화** 031-955-3535 | **전송** 031-955-3533 | **누리집** www.boribook.com | **전자 우편** bori@boribook.com



ISBN 978-89-8428-189-9 04810
978-89-8428-185-1 04810(세트)

이 책의 국립중앙도서관 출판시도서목록(CIP)은 서지정보유통지원시스템 홈페이지(http://seoji.nl.go.kr)와 국가자료공동목록시스템(http://www.nl.go.kr/kolisnet)에서 이용하실 수 있습니다.(CIP 제어 번호: CIP2004001869)

이 책은 한국문화예술진흥원의 문예진흥기금 지원을 받았습니다.